Das Buch

Die drei beliebtesten Fantasy-Autorinnen unserer Zeit, Marion Zimmer Bradley, Julian May und Andre Norton, schufen gemeinsam *Die Zauberin von Ruwenda*, einen märchenhaften Roman voller Magie, Mystik und Liebe. Jetzt kehrt eine von ihnen, Julian May, in die phantastische Welt von Ruwenda zurück.

Zusammen mit ihren beiden Schwestern wacht die Zauberin Haramis über das Gleichgewicht der Welt. Immer tiefer dringt sie in das Studium der magischen Kräfte ein, bis ihr eines Tages ein Bote berichtet, der besiegte Zauberer Orogastus sei aus seinem Exil im Lande des Feuers und Eises befreit worden, um als Herr von Portolanus die Macht in Tuzamen zu übernehmen. Wieder einmal ist Ruwenda in größter Gefahr. Aber Haramis' Bestürzung wächst noch, als ihr magischer Talisman ihr verrät, daß nicht Orogastus, sondern die drei Schwestern selbst die Ordnung im Reich der Schwarzen Lilie bedrohen. Orogastus wird die Macht der drei magischen Talismane, die im Besitz der Schwestern sind, brechen und auf sich selbst übertragen. Schrecklicher noch: Zwietracht wird die Prinzessinnen entzweien und das Königreich an den Rand der Vernichtung führen. Die heilige Schwarze Lilie hat die Farbe des Blutes angenommen ...

Die Autorin

Julian May, amerikanische Fantasy-Autorin, wurde weltweit mit ihrem fünfbändigen Monumentalwerk *Saga vom Pliozän-Exil* bekannt.

JULIAN MAY

DER FLUCH
DER
SCHWARZEN LILIE

Ein Roman aus der Welt von Ruwenda

Aus dem Amerikanischen
von Beate Reiter

WILHELM HEYNE VERLAG
MÜNCHEN

HEYNE ALLGEMEINE REIHE
Nr. 01/10104

Titel der Originalausgabe
BLOOD TRILLIUM

Umwelthinweis:
Das Buch wurde auf
chlor- und säurefreiem Papier gedruckt.

Redaktion: Redaktionsbüro Dr. Andreas Gößling

Copyright © 1992 by Starykon Productions, Inc.
Published in agreement with Baror International, Inc.
Copyright © 1996 der deutschen Ausgabe
by Wilhelm Heyne Verlag GmbH & Co. KG, München
Printed in Germany 1997
Umschlagillustration: Mark Harrison
Umschlaggestaltung: Atelier Ingrid Schütz, München
Satz: Alinea GmbH, München
Druck und Bindung: Elsnerdruck, Berlin

ISBN 3-453-11704-2

Für Betsy Mitchell, die Wissende

I

In diesem Jahr ließen der Frühling und das Ende des Wintermonsuns in der Welt der Drei Monde lange auf sich warten. Nicht enden wollende Regenfälle hatten die Ebenen der Halbinsel überflutet und rund um den Turm der Erzzauberin am Südhang des Mount Brom hohe Schneewehen aufgetürmt. In der Nacht, in der der kleine Flüchtling namens Shiki kam, fiel Schneeregen.

Der Lämmergeier, der ihn durch den tobenden Sturmwind trug, war zu erschöpft und mitgenommen, um in der Sprache ohne Worte die Artgenossen im Horst der Erzzauberin zu rufen, so daß seine Ankunft für alle eine Überraschung war. Kaum war der riesige Vogel auf dem eisglatten Dach des Turms gelandet, brach er tot zusammen. Zunächst konnten die Diener der Weißen Frau seine Last, die er allen Widrigkeiten zum Trotz gen Süden getragen hatte, überhaupt nicht sehen. Mit Ausnahme der Flügel, des Schwanzes und des Kopfes war der gewaltige schwarzweiße Körper gänzlich von einer dünnen Eisschicht überzogen. Während der langen, furchtbaren Reise hatte Shiki zusammengekauert auf dem Rücken des Vogels gesessen. Sein einziger Schutz gegen die Kälte, der lederne Umhang, war so steif wie eine Rüstung geworden und schien mit dem mächtigen Kadaver untrennbar verbunden zu sein. Der Flüchtling war dem Tod so nahe, daß er nicht mehr die Kraft aufbrachte, aus den schützenden Federn herauszukriechen, und er wäre vielleicht gestorben, wenn ihm die Vogelhüter der Erzzauberin nicht zu Hilfe gekommen wären. Sogleich erkannten sie in ihm einen Mann desselben Bergvolkes – den eingeborenen Vispi –, dem auch sie angehörten. Nur war er kleiner als sie, mußte also einem bisher unbekannten Stamm zugehören.

»Ich bin Shiki. Ich habe eine Nachricht für die Weiße Frau«, stieß er hervor. »Im nördlichen Land Tuzamen ist Schreckliches geschehen. Ich ... ich muß ihr davon berichten ...«

Bevor er weitersprechen konnte, stürzte er besinnungslos zu Boden.

In seinem Fiebertraum sah er seine tote Frau und seine beiden toten Kinder, die ihm zuwinkten, als wollten sie ihn drängen, zu ihnen in die goldenen Gefilde voll Frieden und Wärme zu kommen, wo unter einem wolkenlosen Himmel die geheiligten Schwarzen Drillingslilien blühten.

Wie sehr er sich danach sehnte, seinen Lieben dorthin zu folgen! Endlich befreit von seinen Schmerzen und dem erbarmungslosen Druck, den seine wichtige Aufgabe ihm auferlegt hatte! Aber noch hatte er seine unheilvolle Nachricht nicht überbracht, und so bat er die Erscheinungen, noch eine kleine Weile auf ihn zu warten, bis er seine letzte Mission erfüllt und der Erzzauberin von der großen Gefahr berichtet habe. Während er diese Worte sprach, entschwand seine Familie lächelnd und mit einem Kopfschütteln im strahlenden Nebel.

Als er erwachte, wußte er, daß er leben würde.

Er lag in einem Bett in einer abgedunkelten, gemütlich warmen Kammer, eingehüllt in eine Decke aus Pelz. Seine vom Frost gefühllosen Hände waren dick mit Tuch umwickelt. Die kleine Lampe neben dem Bett sah sonderbar aus; ohne Flamme verbreitete sie mit einer Art Kristall ein helles gelbes Licht. An das Fenster der Kammer schlug der Eisregen, aber im Raum war es sehr warm, obwohl weder eine Feuerstelle noch ein Kohlenbecken zu sehen waren. Ein leichter Duft lag in der Luft. Mühsam setzte Shiki sich auf. Auf einem Tisch am Fußende des Bettes bemerkte er eine Reihe goldener Urnen. In diesen Urnen blühten magische Schwarze Drillingslilien, gleich denen, die er in seinem Traum gesehen hatte.

Im Schatten hinter den Blumen stand eine hochgewachsene Frau. Sie trug einen Kapuzenmantel aus einem schimmernden weißen Gewebe, in dem es zuweilen so blau aufblitzte wie im Eis der mächtigen Gletscher im Landesinneren. Ihr Gesicht war nicht zu erkennen, und Shiki, der Schlimmes befürchtete, hielt zunächst den Atem an, denn es schien eine Aura ungeheurer Zauberkraft und Macht von der Gestalt auszugehen, die ihn verzagen und wie ein verängstigtes Kind zittern ließ.

Ein einziges Mal zuvor war er einer Person mit einer solchen Ausstrahlung begegnet, und fast hätte er dieses Zusammentreffen nicht überlebt.

Die Frau schlug die Kapuze zurück und trat an sein Bett. Sanft drückte sie ihn in die Kissen. »Habt keine Angst«, sagte sie, und die furchteinflößende Aura schien plötzlich von ihr zu weichen. Er sah eine schöne junge Frau vor sich, die nicht seinem Volk, sondern dem der Menschen angehörte, mit schwarzem Haar, blaßblauen Augen, in denen goldene Fünkchen aufblitzten, und einem besorgten Lächeln um den anmutigen Mund.

Seine Furcht schlug in heftige Bestürzung um. Hatte ihn sein Reittier an den falschen Ort gebracht? Die sagenumwobene Erzzauberin, die er suchte, war eine uralte Frau, Beschützerin und Hüterin des Bergvolkes seit den Tagen des Versunkenen Volkes. Aber diese Frau konnte nicht älter als dreißig Jahre sein ...

»Beruhigt Euch«, sagte sie. »Seit undenklichen Zeiten folgte eine Erzzauberin auf die andere, so war dies von Anfang an bestimmt. Ich bin die Erzzauberin Haramis, die Weiße Frau dieses Zeitalters, und ich muß Euch gestehen, daß ich noch eine Anfängerin im Gebrauch der Kräfte bin, die mein hohes Amt, das ich erst seit zwölf Jahren innehabe, mit sich bringt. Aber erzählt mir, wer Ihr seid und warum Ihr mich aufgesucht habt, dann werde ich mein Bestes tun, um Euch zu helfen.«

»Herrin«, flüsterte er. Die Worte kamen nur zögernd, wie die letzten, aus einem Schwamm herausgepreßten Tropfen, über seine Lippen. »Ich bat mein treues Reittier, mich zu Euch zu bringen, weil ich Gerechtigkeit suchte ... Wiedergutmachung für das schreckliche Unrecht, das mir, meiner Familie und den Bewohnern meines Dorfes widerfahren ist. Aber während meines Fluges, als ich dem Tod nahe war, begriff ich, daß wir nicht die einzigen sind, die Euch jetzt brauchen – die ganze Welt bedarf Eurer Hilfe.«

Sie sah ihn lange an, ohne ein Wort zu sagen. Dann bemerkte er zu seinem Erstaunen, daß Tränen in ihre Augen traten, die jedoch nicht auf ihre blassen Wangen herabfielen. »So ist es also wahr!« flüsterte sie. »Im ganzen Land gibt es Anzeichen für Unruhe, Gerüchte, daß das Böse unter den Seltlingen und den Menschen wiedergeboren ist. Selbst zwischen meinen beiden geliebten Schwestern herrscht Zwietracht. Und ich suchte bisher belanglose Gründe für diese Störungen, da ich nicht glauben wollte, daß das Gleichgewicht der Welt wieder bedroht wird.«

»Es wird bedroht!« rief Shiki und richtete sich auf. »Herrin, glaubt mir! Ihr müßt mir glauben! Meine Frau wollte es nicht glauben und wurde umgebracht, ebenso wie unsere Kinder und viele unseres Volkes. Das Böse, das aus dem Immerwährenden Eis kam, hält ganz Tuzamen in seinem Bann gefangen. Aber bald ... bald ...«

Ein heftiger Husten schüttelte ihn und hinderte ihn daran weiterzusprechen. Verzweifelt schlug er im Bett um sich.

Die Erzzauberin hob ihre Hand. »Magira!«

Die Tür öffnete sich. Eine Frau kam herein, eilte geschwind zu ihm ans Bett und blickte ihn aus riesigen grünen Augen an. Ihr Haar sah wie feingesponnenes Platin aus, und an ihren großen, hochstehenden Ohren glitzerten rote Edelsteine. Im Gegensatz zur Erzzauberin, die ein schmuckloses weißes Gewand trug, war sie überaus prächtig gekleidet und angetan mit einem dünnen, wallenden Gewand von karmesinroter Farbe. Dazu trug sie einen goldenen Halsreif und Armbänder, die über und über mit bunten Edelsteinen besetzt waren. In ihren Händen hielt sie einen Becher aus Kristallglas, der eine dampfende dunkle Flüssigkeit enthielt. Diesen Becher setzte sie ihm auf ein Zeichen der Erzzauberin hin an die Lippen.

Sein Husten verschwand, ebenso seine panische Angst. »Gleich werdet Ihr Euch besser fühlen«, sagte die Frau, die Magira genannt wurde. »Nur Mut. Die Weiße Frau schickt niemanden weg, der sie um Hilfe bittet.«

Magira fuhr mit einem weichen Tuch über seine blasse, schmutzbedeckte Stirn, und zu seiner Erleichterung bemerkte er, daß ihre Hand – wie die seine – nur drei Finger hatte. Wie tröstlich es war zu wissen, daß diese Frau wie er zu den Eingeborenen gehörte, obgleich sie von menschlicher Gestalt war, feinere Züge hatte als er und mit einem merkwürdigen Akzent sprach. Schließlich kam die große Gefahr, die sie alle bedrohte, aus den Reihen der Menschen.

Der Heiltrank schmeckte bitter, aber bald schon besänftigte und stärkte ihn die Arznei. Die Weiße Frau setzte sich an die eine Seite des Bettes, Magira an die andere, und nach wenigen Minuten hatte er sich entspannt und konnte ihnen seine Geschichte erzählen.

»Mein Name ist Shiki«, so sprach er, »und meine Leute sind die Dorok. Wir leben in jenen Landstrichen des fernen Tuzamen, wo die Gletscherzungen der Immerwährenden Eisdecke aus der zu Eis erstarrten Mitte der Welt herausragen und beinahe bis zum Meer reichen. Fast das ganze Land ist baumlos und öde, mit vom Wind gepeitschten Bergheiden und einsamen Gebirgen. Wir Eingeborenen leben in kleinen Dörfern in den tiefen Tälern unterhalb der vom Eis bedeckten Felsen. Dort brechen Geysire aus dem Boden, die Luft und Erde erwärmen, so daß Bäume und andere Pflanzen wachsen können. Unsere Höhlenwohnungen sind einfach, aber behaglich. Menschen aus den Siedlungen an der Küste und von den Flammeninseln besuchen uns nur selten, auch mit den anderen Stämmen des Bergvolkes haben wir nur wenig Kontakt, aber wir wissen, daß in vielen Hochgebirgen der Welt Verwandte von uns leben, die wie wir den weitfliegenden Var verehren. Mit diesen gewaltigen Vögeln, die uns auf ihren Rücken durch die Lüfte tragen, haben wir Freundschaft geschlossen.

Und nun begreife ich, daß Lady Magira und Eure Diener, die mich hereingebracht haben, zu einem erhabenen Zweig meines Volkes gehören müssen, der die Ehre hat, Euch dienen zu dürfen, Weiße Frau. Ich verstehe auch allmählich, warum mein armer toter Var, Nunusio, darauf bestanden hat, daß ich mit meinen schrecklichen Neuigkeiten zu Euch reisen solle … Aber vergebt mir, ich schweife ab! Zunächst muß ich meine Geschichte zu Ende bringen.

Ich verdiente mir mein Brot als Fallensteller und jagte die schwarzen Fedoks und die goldfarbenen Wurremer, die man nur hoch oben in den Bergen findet. Zuweilen führte ich auch Menschen, die nach wertvollen Edelsteinen suchten, zu den entlegenen eisfreien Enklaven, wo die grausame Kälte durch mächtige Vulkane gemildert wird.

Vor mehr als zwei Jahren kamen während der Trockenzeit im Herbst drei Menschen in unser Dorf. Sie suchten nicht nach Bodenschätzen, waren auch keine Händler, sondern gaben sich als Gelehrte aus dem Süden, aus Raktum, aus. Die Königliche Regentin Ganondri habe sie geschickt, sagten sie, um nach einem seltenen Kraut zu suchen, das den jungen König Ledavardis von den melancholischen Stimmungen heilen solle, die ihn heimsuchen. Diese Pflanze wachse nur in Kimilon, dem weit entfernten Land des Feuers und des Eises, einer Insel mit gemäßigtem Klima. Sie liegt inmitten von Gletschern und ist umgeben von fast noch dampfenden Felsen, die aus den Eingeweiden der Welt gespien wurden.

Die Erste unseres Dorfes, die greise Zozi, erklärte den Fremden, daß Kimilon über zweitausendsiebenhundert Meilen westlich liege und gänzlich von der Eisdecke umschlossen sei. Vom Land aus ist es unerreichbar, und nur die mächtigen Vögel, die wir Eingeborenen Var und die Menschen Lämmergeier nennen, können an diesen Ort gelangen. Dorthin zu reisen ist beinahe unmöglich, da ungeheure Stürme über die Immerwährende Eisdecke fegen. Mit Ausnahme der Dorok hat sich noch kein Wesen eines Bergvolkes auf dem Rücken eines Var nach Kimilon gewagt, und wir selbst haben diesen Ort fast zwei Jahrhunderte lang gemieden.

Die drei Fremden versprachen dem Dorok, der sie nach Kimilon bringen würde, eine hohe Belohnung, doch keiner wollte sie führen. Die Reise dorthin wurde als zu gefährlich angesehen, aber wegen der unheilvollen Ausstrahlung, die von den drei Menschen ausging, trauten wir ihnen auch nicht; sie umgab eine Aura schwarzer Magie. Einer war ganz in Schwarz gekleidet, der zweite in Purpur, und das Gewand des dritten war von einem leuchtenden Gelb.

Sie verlangten dann, daß wir ihnen einige Var verkauften, damit sie selbst zum Kimilon fliegen könnten.

Unsere Erste verbarg ihre Entrüstung und erklärte ihnen, daß die mächtigen Vögel freie Kreaturen seien, die niemandem gehörten und uns nur aus Freundschaft auf ihren Rücken trügen.

Sie wies die Fremden höflich darauf hin, daß die Var Krallen und einen mit scharfen Zähnen bewehrten Schnabel hätten, was sie für jene, die *nicht* zu ihren Freunden zählten, zu furchterregenden Gegnern machte. Daraufhin boten die drei erneut eine hohe Belohnung für einen Führer aus den Reihen der Dorok, aber keiner fand sich, der auf ihr Angebot eingehen wollte. Schließlich bestiegen die Menschen ihre Fronler wieder, und es sah so aus, als würden sie das Dorf verlassen.

Unter den Dorok ist wohlbekannt, daß ich der beste Führer bin, und das hatten die Fremden offenbar in Erfahrung gebracht. Eines Tages, als ich von meinen Fallen zurückkehrte, fand ich meine Höhlenwohnung verlassen vor. Meine Frau und meine beiden jungen Töchter waren wie vom Erdboden verschluckt, und niemand aus meinem Volk konnte mir sagen, was mit ihnen geschehen war. In jener Nacht war ich wie rasend vor Schmerz und hatte mich fast bis zur Besinnungslosigkeit mit Nebelbeerenbranntwein betrunken, als plötzlich der in Schwarz gekleidete Fremde an meine Tür klopfte und sagte, er habe eine wichtige Nachricht für mich.

Sicher habt Ihr es schon erraten: Die Schurken hatten meine Familie geraubt, um mich zu zwingen, sie zu führen! Man warnte mich, daß meine Frau und meine Kinder sterben würden, sollte ich jemandem aus meinem Volk auch nur ein Wort von der schändlichen Tat erzählen. Wenn ich allerdings die drei Männer sicher nach Kimilon und wieder zurück brächte, würden meine Lieben keinen Schaden nehmen und freigelassen und ich selbst von den Menschen mit einem Sack voll Platin belohnt werden, das so viel wert sei wie der Lohn für zehn Jahre Arbeit.

›Aber die gefährliche Reise könnte vergeblich sein‹, warnte ich sie, ›wenn wir das Heilkraut nicht finden, nach dem Ihr sucht.‹

Meine Worte riefen großes Gelächter unter den Schurken hervor. ›Dort gibt es keine Heilkräuter‹, sagte der mit dem Purpurgewand. ›Aber etwas wartet auf uns, das keinen Aufschub duldet. Ruf eine Schar deiner kräftigsten Lämmergeier herbei – vier als Reittiere und weitere zehn, die einige Gepäckstücke tragen sollen. Noch vor der Morgendämmerung werden wir aufbrechen.‹

Ich hatte keine andere Wahl, als mich ihren Wünschen zu fügen.

Erspart mir die Qual, von der fürchterlichen Reise mitten in die Immerwährende Eisdecke berichten zu müssen. Sieben Tage lang flogen wir, nur unterbrochen von den kurzen Ruhepausen, die meine tapferen Var des Nachts auf der sturmgepeitschten Oberfläche des Eises einlegen durften. Als wir endlich das Land des Feuers und des Eises erreichten, gerieten wir in die Vulkanausbrüche. Geschmolzene Lava ergoß sich über die Bergflanken, und der Himmel war von schwarzem Rauch verfinstert, über den blutrote Schlangen krochen – ein Anblick wie die zehn Höllen. Asche regnete auf uns herab, die den Boden mit einer weißen Schicht bedeckte und die karge Vegetation wie giftiger Schnee unter sich begrub.

An diesem Ort fanden wir einen Menschenmann.

Er hatte sich aus Lavablöcken ein stabiles Haus gebaut, das so groß wie zwei Ferolställe war und im Schutze eines großen Felsens stand. Es war nicht nur gut gebaut, sondern auch schön anzusehen. Die Nahrung des Mannes bestand nur aus Flechten, mit denen die Felsen überzogen waren, Wurzeln und Beeren von den wenigen Büschen, die in dem kargen Boden gediehen, und Nacktschnecken und Schalentieren, die in den heißen Quellen lebten. Doch diese waren durch den Ascheregen fast ausgelöscht worden, und so hatte er nicht mehr Fleisch auf den Knochen als ein Skelett, als wir ihm zum erstenmal begegneten.

Er war von hohem Wuchs, fast doppelt so groß wie ich. Das verfilzte, gelbliche Haar und der Bart reichten ihm fast bis an die Knie. Sein Gesicht war von tiefen Furchen durchzogen und voller Narben; aus seinen Augen – blaßblau, mit goldenen Funken in den dunklen Pupillen –, die uns aus tiefen Höhlen anstarrten, leuchtete der Wahnsinn. Er trug grob zusammengefügte Sandalen, die seine Füße vor den scharfkantigen Lavasteinen schützten, und ein steifes Flickengewand, das aus Pflanzenfasern gewoben war und ihm wohl genügte, da Kimilon durch die unterirdischen Feuer sehr viel wärmer war als die umliegende Eisdecke.

Sofort wurde mir klar, daß unsere Expedition nur deshalb

unternommen worden war, um diesen Mann zu retten, dessen Name Portolanus war. Ohne Zweifel war er ein mächtiger Zauberer. Ich muß Euch gestehen, Weiße Frau, daß ihn die gleiche ehrfurchtgebietende Zauberkraft umgab, die auch von Eurer Gestalt ausgeht. Doch in seiner Magie lag keine Güte. Portolanus schien vor unterdrückter Wut beinahe zu glühen, als ob sein Inneres von einem Tumult heftigster Gefühle erfüllt sei. Ich hatte den Eindruck, daß diese so vernichtend wie die rotglühende Magma eines Vulkans aus ihm herausbrechen würden, sollte er jemals die ganze Energie seiner Seele freisetzen.

Als wir Portolanus fanden, war er kaum fähig, ein verständliches Wort von sich zu geben. Ich habe nie erfahren, wie lange er an diesem furchtbaren Ort gelebt hat oder wie es ihm gelungen ist, seine drei Retter herbeizurufen, die ihn mit dem größten Respekt, aber nicht ohne Furcht behandelten. Sie hatten prächtige schneeweiße Gewänder für ihn mitgebracht, und nachdem er gegessen und sich gesäubert hatte, sein Haar und sein Bart geschnitten worden waren, hatte er nichts mehr mit der erbärmlich aussehenden Kreatur gemein, die wie eine triumphierende Bestie gebrüllt hatte, als die ersten Var neben seiner Behausung gelandet waren.

Die ›Gepäckstücke‹, die ich auf Befehl der Schergen des Portolanus den zusätzlich mitgenommenen Var aufgeladen hatte, bestanden – neben unserem Proviant und den winzigen Zelten, in denen wir auf der Eisdecke übernachteten – nur aus Säcken und Stricken. Bald schon wurde mir klar, welchem Zweck diese Dinge dienen sollten. Während die Var sich ausruhten und ich mit einem der Schurken, der mich bewachen sollte, vor dem Steinhaus wartete, machten sich der Zauberer und die anderen beiden Männer im Inneren zu schaffen. Nach einiger Zeit kamen sie heraus, mit Paketen beladen, die sie den Tieren aufluden. Dann kehrten wir auf derselben gefährlichen Route, auf der wir hergekommen waren, wieder nach Tuzamen zurück.

Aber wir flogen nicht zu meinem Dorf. Unser Ziel war Merika, eine verkommene Menschensiedlung an der Küste, die an der Mündung des Weißen Flusses liegt und von sich behauptet, die Hauptstadt von Tuzamen zu sein. Dort luden die Schurken ihre geheimnisvolle Fracht in einem verfallenen Gebäude hoch über der Küste ab, das Schloß Tenebrose genannt wird. Ich selbst wurde weggeschickt, nachdem man mir eine kleine Börse mit Platinmünzen gegeben hatte, die weniger als ein Zehntel der mir als Belohnung versprochenen Summe wert waren. Den fehlenden Betrag, so sagte Portolanus, werde er mir zukommen lassen, wenn sein Reichtum wieder gewachsen sei. Das soll glauben, wer will, dachte ich, hielt aber klugerweise den Mund. Portolanus' Schergen teilten mir die Lage eines weit entfernten Lavatunnels mit, in dem sie meine Familie eingeschlossen hatten. Dort würde ich sie gesund und unversehrt vorfinden.

Die Var und ich kehrten in das Gebirge zurück, und ich rettete meine Frau und meine Töchter. Sie waren hungrig und schmutzig und froren erbärmlich, waren aber unverletzt. Ihr könnt Euch vorstellen, wie froh wir waren, wieder vereint zu sein. Meine Frau war überglücklich, als sie den Beutel mit dem Platin sah, und begann sofort zu überlegen, wie wir das Geld verwenden könnten. Ich befahl ihr und den Kindern, niemandem von ihrem furchtbaren Erlebnis zu erzählen, denn wenn man es mit Menschen zu tun hat – besonders mit jenen, die mit den Mächten der Finsternis im Bund sind –, kann man nicht vorsichtig genug sein.

Danach vergingen zwei Jahre, in denen wir in Frieden lebten.

Neuigkeiten über die Menschen verbreiten sich nur langsam bis in die entlegenen Bergtäler der Dorok. Erst später erfuhren wir, daß Portolanus, der sich als Großneffe des mächtigen Zauberers Bondanus, des früheren Herrschers über Tuzamen, ausgab, den rechtmäßigen Machthaber von Tuzamen, Thrinus, gestürzt hatte und selbst über das Land herrschte. Gerüchten zufolge besaßen er und seine Anhänger Zauberwaffen, die eine gewöhnliche Rüstung nutzlos machten. Außerdem sollten sie selbst unverwundbar sein, die Seelen ihrer Widersacher beherrschen und diese zu hilflosen Marionetten machen können.

Ich begegnete Portolanus erst in der Regenzeit dieses Winters wieder, ungefähr vor zwanzig Tagen. Von einem ohrenbetäubenden Donnerschlag begleitet, erschien er mitten in der Nacht in unserer Höhle, wobei er fast die mächtige Tür aus den Angeln hob. Meine kleinen Töchter wachten schreiend auf, und meine Frau und ich verloren fast den Verstand vor Schreck. Dieses Mal jedoch hielt der Zauberer seine mächtige Aura unter Kontrolle, und ich hätte ihn fast nicht wiedererkannt, wenn nicht seine Augen gewesen wären. Unter dem schlammbespritzten Reitmantel war er wie ein König gekleidet. Sein Körper war wieder wohlgenährt und seine Stimme nicht mehr schroff, sondern sanft und überzeugend.

Er sagte: ›Wir müssen wieder nach Kimilon, Seltling. Ruf Lämmergeier für dich und mich und einen für unser Gepäck.‹

Ich war ungehalten und hatte große Angst, denn ich wußte – auch wenn er es damals vielleicht nicht bemerkt hatte –, daß wir nur um Haaresbreite dem Tod entronnen waren, als wir uns über die Eisdecke gewagt hatten. Hinzu kam noch, daß wir damals in der Trockenzeit gereist waren. Es sei Wahnsinn, jetzt, in der Jahreszeit, in der die Schneestürme am heftigsten tobten, eine solche Reise zu wagen, sagte ich zu ihm.

›Und doch werden wir es wagen‹, erwiderte er. ›Ich besitze einen Zauber, mit dem ich den Sturm meistern kann. Dir wird kein Leid geschehen, und dieses Mal werde ich deine Belohnung hier bei deiner Frau lassen, so daß dich der Gedanke daran während unserer Reise fröhlich stimmen wird.‹

Er zog einen bestickten Lederbeutel hervor, öffnete ihn und ließ eine kleine Pyramide geschliffener Edelsteine auf unseren Tisch regnen – Rubine, Smaragde und seltene gelbe Diamanten, die im flackernden Licht des Herdfeuers funkelten.

Doch ich weigerte mich. Meine Frau erwartete wieder ein Kind, eines der Mädchen war krank, und trotz der Beteuerungen des Zauberers fürchtete ich, daß wir nicht lebendig zurückkehren würden.

Zu meiner Bestürzung fing meine Frau an, mir Vorhaltungen zu machen und aufzuzählen, was für schöne Dinge wir kaufen könnten, wenn wir die Edelsteine eintauschten. Angesichts ihrer Dummheit und Habgier begann ich zu toben, und wir schrien uns an. Die Kinder heulten und flennten, bis Portolanus schließlich barsch ›Genug!‹ hervorstieß.

Plötzlich umgab ihn wieder die ehrfurchtgebietende Aura seiner Zauberkraft. Er sah größer und überaus bedrohlich aus, und wir wichen zurück, als er aus einem Beutel an seinem Gürtel einen dunklen Metallstab zog. Bevor ich wußte, was geschah, berührte er mit diesem Gegenstand den Kopf meiner Frau, die sofort zu Boden fiel. Ich stieß einen Schrei aus, aber schon hatte er mit meinen armen kleinen Töchtern das gleiche getan. Dann richtete er den Stab auf mich.

›Dämon!‹ schrie ich. ›Ihr habt sie getötet!‹

›Sie sind nicht tot, nur ihrer Sinne beraubt‹, sagte er. ›Aber sie werden erst wieder aufwachen, wenn ich sie erneut mit diesem Zaubergerät berühre. Und das werde ich erst dann tun, wenn wir aus Kimilon zurück sind.‹

›Niemals!‹ sagte ich, sammelte meine Gedanken und sandte den Ruf an die Angehörigen des Dorok-Stammes aus. Sie eilten mir durch die stürmische Nacht mit Schwertern und Handschleudern zu Hilfe und versammelten sich als tobende Gruppe unter dem Felsüberhang vor meiner Höhlentür.

Portolanus lachte nur. Er öffnete die Tür einen Spaltbreit und warf einige kleine Gegenstände nach draußen. Ein helles Licht blitzte auf – und dann war kein Laut mehr zu hören. Nun öffnete der Zauberer die Tür ganz und ging ins Freie. Draußen lagen meine tapferen Freunde blind und hilflos in der regennassen Dunkelheit. Portolanus berührte einen nach dem anderen mit seinem Stab, und sie bewegten sich nicht mehr.

Die Angehörigen der Gefallenen traten vor die Türen ihrer Höhlenwohnungen und weinten und klagten. Der hochgewachsene Zauberer wandte sich mir zu, und seine Aura ließ mich erstarren, als ob mich der Gletscherwind gestreift hätte. Seine schrecklichen Augen waren zu gleißendhellen Diamanten geworden, eingefaßt in schwarzen Obsidian. Als er sprach, war seine Stimme sehr ruhig. ›Sie werden sterben oder leben. Es liegt an dir.‹

›Ihr habt sie doch schon getötet!‹ rief ich außer mir. ›Ich werde die Var rufen, damit sie Euch in Stücke reißen!‹

Da berührte er *mich* mit dem Stab.

Ich fühlte mich wie eine Kerze, die man ausgelöscht hat – völlige Leere verschlang mich. Einen Augenblick später kam ich wieder zu mir, schlaff wie ein neugeborener Var, auf dem Rücken im Schlamm liegend, während der Regen auf mein Gesicht prasselte. Der Zauberstab schwebte einen Fingerbreit vor meiner Nase, und Portolanus starrte auf mich herab.

›Was für ein dummer Seltling du bist!‹ sagte er. ›Kannst du nicht verstehen, daß du keine Wahl hast? Ich habe dich betäubt, so daß du bewußtlos warst, und dann mit meinem Zauber wiederbelebt. Der Stab wird auch deine Familie und deine Freunde wiederbeleben – aber nur, wenn du mir zu Diensten bist!‹

›Die Var können bei Sturm nicht weit fliegen‹, stieß ich hervor. ›In dieser Jahreszeit bleiben sie meistens in ihren Horsten.‹

›Ich werde den Sturm besänftigen‹, sagte er. ›Ruf die Vögel und laß uns aufbrechen.‹

Mutlos und jeglicher Hoffnung beraubt, willigte ich schließlich ein. Die Frauen des Dorfes kamen mit ihren älteren Kindern herbei, um ihre besinnungslosen Männer und Väter in den Schutz ihrer Behausungen zu tragen, und Portolanus gab ihnen Anweisungen, wie sie für ihre Lieben und für meine eigene Familie sorgen sollten, bis ich wieder zurückkehrte.

Als wir uns schließlich in die Lüfte erhoben, ließ er die drei Var eng beieinander fliegen, sein eigenes Reittier in der Mitte. Auf geheimnisvolle Art und Weise milderte er die Wucht der Windböen, und wir reisten wie in ruhigem Wetter. Wenn die Vögel ermüdeten, landeten wir wie beim letztenmal auf der Eisdecke und suchten Schutz in den Zelten, während sich die Vögel um uns herum zusammenkauerten. Wieder hielt ein Zauber den Schnee und den Wind ab, während wir rasteten. Dann machten wir uns erneut auf den Weg. Trotz der unablässig tobenden Schneestürme brauchten wir nur sechs Tage, um nach Kimilon zu gelangen, und ich kam unversehrt dort an. Ich hatte mich in mein Schicksal gefügt.

Der Zauberer holte nur einen einzigen Gegenstand aus dem Lavasteinhaus – einen schwarzen Kasten, ungefähr so lang wie mein Körper, drei Hände breit und ebenso tief. Er war aus einem glänzenden Material gefertigt, das wie schwarzes Glas aussah, und auf dem Deckel mit einem vielstrahligen silbernen Stern verziert. Portolanus, der jetzt sehr vergnügt war und seine bedrohliche Aura wieder bedeckt hielt, öffnete die Truhe, um mir zu zeigen, daß sie leer war.

›Ein unscheinbares Ding, nicht wahr, Seltling?‹ sagte er. ›Und doch ist dies mein Schlüssel zur Eroberung der Welt.‹ Aus seinem feinen Wams zog er ein zerbeultes geschwärztes Medaillon hervor, das von einer Kette herabhing und die gleiche Form wie der Stern auf der Truhe hatte. ›So wie dies hier die Rettung meines Lebens war. In den Ländern des Südens gibt es mächtige Zauberer, die die Unsterblichkeit ihrer Seelen eintauschen würden, um diese beiden Gegenstände zu besitzen, und Könige und Königinnen, die mit Freuden ihre Kronen dafür hergeben würden. Aber sie gehören mir, und ich bin am Leben und kann Gebrauch von ihnen machen – dank dir.‹

Daraufhin begann er, wie ein Wahnsinniger zu lachen, und seine Aura hüllte mich wie der frostige Nebel der Immerwährenden Eisdecke ein, so daß ich fürchtete, auf der Stelle vor Verzweiflung und Abscheu gegen mich selbst tot umzufallen. Aber in Gedanken hörte ich, wie mein treuer Var Nunusio in der Sprache ohne Worte nach mir rief und mir Mut zusprach. Da fielen mir meine Familie und die anderen Dorfbewohner wieder ein.

Wir müssen gehen, sagte Nunusio zu mir, *denn ein gewaltiger Sturm nähert sich, der die Zauberkraft des Bösen aufs äußerste herausfordern wird. Wir müssen Kimilon hinter uns gelassen haben, bevor er ausbricht.*

Mit stockender Stimme berichtete ich Portolanus, was mein Var gesagt hatte. Er murmelte einen sonderbaren Fluch und begann eilig, die kostbare Sternentruhe einzupacken. Er vertraute sie nicht dem dritten Var an, der unser Gepäck trug, sondern band sie auf dem Rücken seines eigenen Vogels fest. Dann brachen wir auf, gerade in dem Augenblick, als die Vulkane in undurchdringlichen Schneewolken verschwanden.

Unsere Rückreise war so grauenhaft, daß ich mich an nichts mehr erinnern kann. Dem Zauberer gelang es zwar, den Wind so weit abzuwehren, daß wir nicht hinunter auf die Eisdecke gewirbelt und zu Tode geschmettert wurden, aber gegen die ungeheure Kälte konnte er nichts ausrichten. Am fünften Tag entfernte sich der Sturm endlich von uns. In jener Nacht schlugen wir unser Lager unter dem hellen Licht der Drei Monde auf dem Eis auf, und Portolanus schlief wie ein Toter, erschöpft von seinem Kampf gegen den Sturm.

Ich wagte es, einen Ruf an mein Dorf auszusenden und nach meiner Familie und den anderen zu fragen, die der Bann des Zauberers getroffen hatte. Die greise Zozi antwortete mir und hatte Furchtbares zu berichten. Jene, die zuerst nur im Zauberschlaf zu liegen schienen, hatten am zweiten Tag ihr Leben ausgehaucht und waren von uns gegangen. Die Zeichen waren eindeutig. Und so hatte mein trauerndes Volk ihre Körper dem Feuer eines großen Scheiterhaufens übergeben.

Ich konnte nicht umhin, meinen Schmerz laut herauszuschreien. Der Zauberer erwachte, und ich nannte ihn einen Lügner und schändlichen Mörder und wollte mein Jagdmesser zücken. Erst als er mir mit dem Zauberstab drohte, ließ ich davon ab.

›Wenn ich den Zauber bei Menschen verwende, hat er die ungefährliche Wirkung, die ich beschrieben habe‹, sagte er. ›Und du hast dich auch sofort erholt, nachdem du eine Minute lang besinnungslos gewesen warst. Es müssen unvorhergesehene Folgen eingetreten sein. Die Körper von euch Seltlingen unterscheiden sich von denen der Menschen, und vielleicht seid ihr anfälliger für den Zauber des Stabes.‹

›Vielleicht!?‹ rief ich. ›Ist das alles, was Ihr zu diesen Morden zu sagen habt? Daß es Euch ein Rätsel ist?‹

›Es war nicht meine Absicht, deine Leute zu töten‹, sagte er. ›Ich bin kein herzloses Monster.‹ Er hielt inne und überlegte eine Weile, während ich ihn hilflos verwünschte. Dann sagte er: ›Ich werde es wiedergutmachen, indem ich deine Belohnung verdreifache und dich in meine Dienste nehme. Ich bin der Herr von Tuzamen und werde bald die ganze Welt beherrschen. Ein Varhüter hätte es gut bei mir.‹

Schon wollte ich entschieden ablehnen, da ließ mich die Vernunft meine Antwort unterdrücken. Nichts auf der Welt konnte meine Frau, meine Kinder und meine Freunde zurückbringen. Ich wollte mich an diesem finsteren Zauberer rächen, aber wenn ich mich ihm jetzt widersetzte, würde er mich wahrscheinlich sofort töten. Wir waren nur noch einen

Flugtag vom Rand der Eisdecke entfernt, und bis zu meinem Dorf war es dann noch einmal etwa eine Stunde.

›Ich werde über Euer Angebot nachdenken‹, murmelte ich und drehte ihm im Zelt den Rücken zu. Ich tat so, als ob ich schnarchte, und bald war er wieder eingeschlafen. Ich dachte darüber nach, was ich tun sollte. Als Schmerz und Wut noch in mir gebrannt hatten, wäre es mir ein Vergnügen gewesen, ihn zu töten. Nun, da ich mich wieder beruhigt hatte, war ich dazu nicht mehr fähig. Da waren noch die Var ... aber ich konnte ihnen nicht befehlen, ihn zu töten. Hätte ich ihn umgebracht, wäre ich nicht viel besser als er.

Ich kroch aus dem Zelt, ging dicht an Nunusio heran und bat meinen mächtigen Freund in der Sprache ohne Worte um Rat.

Er sagte: *Vor langer, langer Zeit hat das Bergvolk, wenn es sich in einer schlimmen Notlage befand, immer die Erzzauberin um Hilfe gebeten, die Weiße Frau, die Wächterin und Beschützerin aller Eingeborenen ist.*

Ich erwiderte, daß ich als Kind Geschichten von ihr gehört hätte. Aber sie lebte gewiß in einer entlegenen Gegend der Welt und würde sich wohl kaum um die Nöte eines armseligen Dorok aus Tuzamen kümmern.

Die Var wissen, wo sie wohnt, sagte Nunusio. *Es ist sehr weit. Aber ich werde Euch dort hinbringen, wenn meine Kräfte es erlauben, und sie wird Euch Gerechtigkeit widerfahren lassen.*

Ich sprach zu den beiden anderen Var und bat sie, den Zauberer sicher bis an den Rand des Eises zu bringen, aber nicht weiter, und dann ins Dorf zurückzukehren. Meine trauernden Freunde sollten die Edelsteine, die Portolanus zurückgelassen hatte, und mein Hab und Gut unter sich aufteilen. Noch eine Bitte richtete ich an die Vögel: Alle Var sollten das Dorf für immer verlassen, damit kein anderer Führer jemals wieder ein so großes Unglück über unser Volk bringen könnte wie ich, wenn Portolanus eines Tages zurückkehrte, um wieder jemanden in seine Dienste zu nehmen. Ohne Var sind wir Eingeborenen nutzlos für ihn.

Dann flogen Nunusio und ich davon.

So gelangte ich mit dieser Geschichte schließlich zu Euch, Weiße Frau.«

2

Haramis und Magira verließen die kleine Schlafkammer und gingen die Wendeltreppe hinunter in die Bibliothek der Erzzauberin.

»Er *kann* es nicht gewesen sein!« rief Magira aus. »Er ist tot! In Nichts aufgelöst vom Zepter der Macht!«

Der Gesichtsausdruck der Erzzauberin verriet Zweifel. »Das wird sich zeigen. Für den Augenblick genügt es zu wissen, daß der Herr von Tuzamen ein Zauberer ist, der möglicherweise in der Lage ist, das Gleichgewicht der Welt zu stören ... und der den Namen des Ortes kennt, an den er verbannt war: Kimilon. Ich habe diesen Namen schon einmal gehört, aber das war in einem anderen Zusammenhang.«

Die Bibliothek war ein riesiger, mit Büchern vollgestopfter Raum, der sich über drei Stockwerke erstreckte. Haramis selbst hatte ihn bauen lassen und dafür das ehemalige Arbeitszimmer im Turm des früheren Zauberers erweitert. Hier arbeitete sie am häufigsten, vertieft in Bücher über Zauberkunst, Geschichte und viele andere Themen, von denen sie hoffte, daß sie ihr bei der Ausübung des schwierigen Amtes, das sie gewählt hatte, helfen würden. Der Tür gegenüber befand sich eine Feuerstelle, in der immer ein echtes Feuer brannte, denn es beflügelte Haramis' Gedanken, wenn sie in die Flammen starrte, obwohl diese bei weitem nicht so gut wärmten wie das Hypokaustum, mit dem die übrigen Räume des Turmes geheizt wurden. Auf der anderen Seite des Raumes zogen sich zwei spiralförmige Rampen hinauf, über die man zu den Bücherregalen gelangte. Hohe schmale Fenster, die die Wand neben den Rampen durchbrachen, erhellten die Bibliothek während des Tages. Nach Einbruch der Dunkelheit sorgten magische Lampen links und rechts von den Fenstern für eine sanfte Beleuchtung. Auf ihrem großen Arbeitstisch am Feuer stand ein merkwürdig geformter, schmiedeeiserner Kandelaber, der wie jene aufgrund einer uralten Technik funktionierte und helles Licht verströmte oder erlosch, wenn man eine bestimmte Stelle an seinem Sockel berührte.

Haramis stand in der Mitte der Bibliothek. Sie schloß die

Augen und legte eine Hand auf ihren an einer Kette um den Hals hängenden Talisman, den silberfarbenen Stab mit dem Reif an einem Ende. Plötzlich öffnete sie ihre Augen wieder und eilte rasch eine der Rampen hinauf, um ein Buch aus dem Regal herunterzuholen.

»Hier! Das ist es! Ich habe es zusammen mit einigen anderen Büchern in den Ruinen von Noth gefunden, das lange Zeit die Wohnstätte der Erzzauberin Binah war.«

Sie kam zu ihrem Arbeitstisch zurück, wo sie den staubigen Band fallen ließ und ihn mit dem Dreiflügelreif berührte. Das Buch öffnete sich, und sogleich leuchteten einige Worte darin auf. Sie las sie laut vor:

»»Es sei unveränderliches Gesetz unter den Völkern der Berge, der Sümpfe, der Wälder und des Meeres, daß jedes Gerät des Versunkenen Volkes, das in den Ruinen gefunden wird, zuerst vor den Ersten des Dorfes gebracht und untersucht werde, um in Erfahrung zu bringen, ob es eine unheilvolle Wirkung haben könnte oder eine solche, die sich nur schwer beherrschen läßt, oder eine solche, die man sich nicht erklären kann und die vielleicht mit mächtiger Zauberei zu tun hat. Den Eingeborenen ist es untersagt, Gebrauch von solchen Geräten zu machen oder mit ihnen Handel zu treiben. Sie sollen an einem sicheren Ort verwahrt und einmal im Jahr der Obhut der Erzzauberin anvertraut werden, die sie in der Sicherheit des Unerreichbaren Kimilon lagern oder andernfalls auf geeignete Weise dafür Sorge tragen möge, diese unschädlich zu machen …‹«

»Heute verwahren wir die gefährlichen Geräte hier auf dem Mount Brom«, sagte Magira, »in der Schwarzen Eishöhle.«

Haramis nickte. »Und ich hatte angenommen – zu Unrecht, wie es scheint –, daß Kimilon ein Ort im Turm der früheren Erzzauberin wäre. Der Turm, der bei ihrem Tode verschwand. Aber wenn unser Freund Shiki recht hat, muß das Kimilon draußen im Eis der Ort sein, wo die Erzzauberin Binah und vielleicht sogar andere Erzzauberer vor ihr die Geräte des Versunkenen Volkes verborgen haben.«

Haramis starrte angestrengt auf das aufgeschlagene Buch vor sich, das sie von Zeit zu Zeit leicht mit ihrem Talisman berührte. Sie hatte den Kandelaber nicht angezündet. Der Bernsteintropfen mit der versteinerten Drillingslilie, der zwischen den kleinen Flügeln am oberen Ende des Reifs saß, strahlte ein gedämpftes Licht aus, aber sonst war ihr das Zaubergerät keine Hilfe.

»Sollte der Mann, der dort gefunden wurde, wirklich derjenige sein, für den wir ihn halten, dann hätte er nur in das Unerreichbare Kimilon gelangen können, wenn das Zepter der Macht ihn dorthin *geschickt* hätte, nachdem wir Drei dem Zepter befohlen hatten, uns zu richten – und ihn zu richten.«

»Aber warum?« rief Magira aus. »Warum sollte das Zepter so etwas tun, anstatt ihn zu vernichten? War es denn nicht sein Ziel, das Gleichgewicht der Welt wiederherzustellen?«

Haramis starrte den glühenden Bernstein an und sprach mehr zu sich selbst. »Er muß jahrelang Zeit gehabt haben, all diese wundersamen Geräte zu studieren. Dann ist es ihm irgendwie gelungen, seine Schergen herbeizurufen, die ihn gerettet haben. Die Herrschaft über Tuzamen hat er mit Hilfe der Zaubergeräte des Versunkenen Volkes an sich gerissen.«

Magiras Bestürzung war offener Furcht gewichen. »Aber warum nur? Warum hat das Zepter zugelassen, daß so etwas Furchtbares geschehen konnte?«

Haramis schüttelte den Kopf. »Ich weiß es nicht. Wenn er wirklich noch am Leben ist, dann nur deshalb, weil ihm bei der Wiederherstellung des Gleichgewichts eine wichtige Aufgabe zugedacht worden ist. Wir glaubten, dieses Gleichgewicht sei längst erreicht. Die Ereignisse der jüngsten Vergangenheit zeigen, daß wir uns geirrt haben.«

»Meiner Meinung nach steckt *er* hinter den Unruhen, die in der letzten Zeit aufgetreten sind!« erklärte Magira. »Es könnten doch die Mächte der Finsternis sein, die die Zwischenfälle an der Grenze zu den Menschen hervorgerufen haben, ebenso den Aufruhr unter dem Waldvolk und auch diesen unseligen Streit zwischen der Königin Anigel und der Herrin der Augen …«

Müde hob Haramis die Hand. »Meine liebe Magira, verlaß mich jetzt. Ich muß nachdenken und beten und entscheiden, was zu tun ist. Kümmere dich um unseren Gast. Wenn er sich etwas erholt hat, werde ich wieder mit ihm sprechen. Jetzt geh.«

Die Vispi-Frau gehorchte.

Allein gelassen, starrte Haramis mit trüben Augen auf das Fenster der Bibliothek, an dem der Regen hinunterlief, und rief sich nicht nur das furchterregende Böse, das sie vor zwölf Jahren bekämpft hatten, ins Gedächtnis zurück, sondern auch die Züge jenes Mannes, den sie aus ihrer Erinnerung und ihren Träumen zu verbannen versucht hatte. Es war ihr gelungen, ihn zu vergessen, da sie geglaubt hatte, er wäre tot, und sie hatte auch den Aufruhr der Gefühle vergessen, den er in ihr entfacht hatte, die Verwirrung, die sie für Liebe gehalten hatte ...

Nein.

Sei ehrlich, befal sie sich. Du warst bereit, all diese Lügen zu glauben, die er dir erzählte: daß er König Voltrik von Labornok nicht dazu getrieben habe, in Ruwenda einzufallen; daß er den Mord an deinen Eltern, den rechtmäßigen Herrschern von Ruwenda, nicht befohlen habe; daß er nicht geplant habe, dich und deine Schwestern umzubringen. Du glaubtest ihm, weil du ihn liebtest. Und als du seinen Betrug erkanntest, als er dir von seinen finsteren Plänen, die Welt zu beherrschen, erzählte und dich bat, das alles mit ihm zu teilen, hast du dich vor ihm gefürchtet und ihn verachtet. Du hast sein monströses Vorhaben zurückgewiesen und gleichzeitig auch ihn.

Aber du hast ihn nie gehaßt.

Nein, du hast es nie fertiggebracht, ihm gegenüber ein solches Gefühl zu empfinden, denn tief in deinem Inneren hast du nie aufgehört, ihn zu lieben.

Und jetzt, da die Möglichkeit besteht, daß er trotz allem noch am Leben ist, hast du große Angst – nicht nur vor dem Chaos, das er auf der Welt anrichten könnte, sondern auch vor dem, was er in dir anrichten könnte ...

»Orogastus«, flüsterte sie. Sie spürte, wie sich ihr Herz zusammenzog, als ihre Lippen es wagten, seinen Namen auszusprechen. »Ich bete zu dem Dreieinigen Gott, daß du tot bist. Tot und gefangen in der tiefsten der zehn Höllen!« Nachdem sie ihn verflucht hatte, hob sie zu weinen an. Sie wollte den Wunsch nach seiner Verdammnis zurücknehmen und beschwor doch gleichzeitig den Himmel, ihn tot sein zu lassen.

28

Nach langer Zeit erst konnte sie sich beruhigen. Sie setzte sich vor das Feuer, konzentrierte sich auf den Talisman und hielt den Stab mit dem Reif wie einen Handspiegel vor sich. Sie sah hinein.

»Zeig mir, wer oder was das Gleichgewicht der Welt am meisten bedroht«, sagte sie mit fester Stimme.

Der Reif füllte sich langsam mit einem schimmernden Nebel. Die Farben waren zunächst blaß wie Perlmutt an den Rändern einer Muschel, aber dann wurden sie kräftiger und bildeten einen verschwommenen Fleck im Zentrum, der erst rosa, dann rosarot, schließlich purpurrot war und am Ende in ein kräftiges Scharlachrot überging. Der Fleck wurde deutlicher, dann spaltete er sich in drei Teile auf. Sie sah, daß es eine Blume mit drei Blütenblättern war – eine blutrote Drillingslilie, wie sie in der Welt der Drei Monde noch nie geblüht hatte. Das Bild war nur einen Augenblick lang sichtbar, dann war der Reif wieder leer.

Haramis spürte, wie ihr Körper zu Eis erstarrte. »Wir Drei?« flüsterte sie. »Geht die Gefahr von *uns* aus, nicht von ihm? Was bedeutet das Bild, das du mir gezeigt hast?«

In dem Silberreif spiegelten sich die Flammen der Feuerstelle in der Bibliothek, und der eingefaßte Bernstein mit der versteinerten Schwarzen Drillingslilie gab das übliche schwache Leuchten von sich. Der Talisman erwiderte:

Die Frage ist unzulässig.

»O nein, nicht das!« rief Haramis aus. »Dieses Mal wirst du mich nicht so leicht los wie so oft zuvor. Ich befehle dir, mir zu sagen, ob das Gleichgewicht der Welt von uns drei Blütenblättern der Lebenden Drillingslilie bedroht wird oder ob die Bedrohung von Orogastus ausgeht!«

Die Frage ist unzulässig.

»Verdammt! Sag es mir!«

Die Frage ist unzulässig.

Der heftige Schneeregen ließ Eiskügelchen gegen die Fensterscheiben prasseln, und in der Feuerstelle brach ein brennendes Scheit funkensprühend mit einem lauten Knall in sich zusammen. Im Dreiflügelreif bewegte sich nichts. Er schien sie zu verspotten und erinnerte sie wieder einmal daran, wie wenig sie trotz all ihrer Studien von seiner Funktionsweise wußte.

Haramis bemerkte, daß ihre Hände vor Wut oder Angst zitterten. Sie zwang sich, sie ruhig zu halten, und beschwor den Talisman erneut. »Zeig mir wenigstens, ob Orogastus lebt oder tot ist.«

Wieder füllte sich der silberne Reif mit einem perlmuttfarbenen Nebel, und die blassen Farben wurden zu unruhigen kleinen Wirbeln, als ob sie ein Bild zu formen versuchten. Aber kein Gesicht erschien. Einen Augenblick später war der Dreiflügelreif wieder leer.

Das war zu erwarten gewesen. Wenn er noch lebte, würde er sich durch seine Zauberkraft abschirmen, damit man ihn nicht beobachten konnte. Es blieb noch eine andere Möglichkeit, ihn zu sehen ... aber zuerst eine letzte Bitte an ihren Talisman.

»Sag mir, welchen Gegenstand Portolanus auf seiner zweiten Reise mit Shiki, dem Dorok, aus Kimilon mitgenommen hat.«

Dieses Mal war das Bild deutlich. Es zeigte den flachen schwarzen Kasten mit dem Stern auf dem Deckel, dessen Aussehen Shikis Beschreibung entsprach. Der Kasten stand offen, und in seinem Inneren war eine Unterlage aus Metallgeflecht zu erkennen. In einer der Ecken konnte man ein Quadrat wahrnehmen, das mit funkelnden Edelsteinen besetzt war. Verwirrt starrte Haramis die Sternentruhe an, als der Talisman erneut zu ihr sprach.

Der Kasten zerstört Bande und kann neue Bande schaffen.

»Bande zerstören? Was für Bande?«

Bande wie jene, die mich an Euch binden.

»Dreieiniger Gott! Willst du damit sagen, er könnte die drei Talismane, die das Zepter der Macht bilden, von mir und meinen Schwestern trennen und ihre Macht an Portolanus übertragen?«

Ja. Dazu muß er nur den Talisman in den Kasten legen und einen Edelstein nach dem anderen berühren.

Haramis, der das Herz vor Angst und Vorahnungen schwer geworden war, ging in ihre Gemächer und holte einen Pelzmantel und warme Handschuhe, um sich für den Gang in die

30

Schwarze Eishöhle anzukleiden. Die eigenartigen Kleidungsstücke, die Orogastus immer vor Betreten dieses Ortes angelegt hatte, und die Duplikate, die er für sie hatte anfertigen lassen, waren Teil eines nutzlosen Rituals, das die Mächte der Finsternis beruhigen sollte und völlig unnötig war. Aber er hatte vieles nicht verstanden, was die Quellen seiner Macht betraf. Er hatte uralte Wissenschaft für Zauberei gehalten, sich zu sehr darauf verlassen und dabei die wirkliche Magie, die er an der Seite seines Mentors Bondanus erlernt hatte, vernachlässigt.

»Bei der Heiligen Blume, ich bin dankbar dafür, daß er sie vernachlässigt hat«, sagte Haramis zu sich selbst. »Denn wenn er uns gegenüber echte Zauberei benutzt hätte, wäre er am Ende vielleicht doch als Sieger aus dem Kampf hervorgegangen.«

Sie schlüpfte in den Mantel und stieg hinab zur untersten Ebene des Turms, von wo aus ein langer Tunnel tief in die Hänge des Mount Brom hineinführte. Die grob aus dem Fels herausgeschlagene Röhre wurde von den gleichen flammenlosen Laternen beleuchtet, die auch im übrigen Turm zu finden waren, hier gab es jedoch keine Heizung. Ihr Atem folgte ihr in einer eisigen Wolke, als sie den Gang hinuntereilte und den Kragen des Pelzmantels eng an den Hals preßte. Sie war seit Jahren nicht mehr an diesem Ort gewesen, so sehr hatte seine Atmosphäre sie beunruhigt. Aber nicht die Aura schwarzer Magie hatte sie abgeschreckt, sondern die Erinnerung an *ihn*.

Sie öffnete die mächtige, mit Frost bedeckte Tür am Ende des Tunnels und betrat einen Raum, der wie eine große Höhle mit Wänden aus rohem, von weißen Quarzadern durchzogenem Granit aussah. Der Boden war mit gläsernen Fliesen ausgelegt und so dunkel und glänzend wie das schwarze Eis, das durch Spalten in Wänden und Decke der Höhle eindrang. In den Mauern der Kammer befanden sich offene Nischen, die geheimnisvolle, kompliziert geformte Objekte enthielten. Schwarze Glastüren führten zu anderen Räumen, in denen weitere seltsame Gegenstände zu finden waren. Orogastus hatte ihr in jener Zeit erzählt, daß die Höhle der Verwahrungsort für die Zaubergeräte sei, die er von den Mächten der

Finsternis erhalten hatte. Aber Haramis hatte schon damals vermutet, daß diese Gegenstände Maschinen des Versunkenen Volkes sein mußten. Einige hatte Orogastus den Eingeborenen wohl abgekauft, andere gefunden, als er diesen Ort entdeckt hatte. Er hatte den Turm gebaut, um die Schwarze Eishöhle zu verbergen und jederzeit Zugang zu ihren Wundern zu haben. Nach seinem Tod hatte Haramis den Turm zu ihrer Wohnstatt gemacht, aber nie einen der Gegenstände benutzt, die in der Höhle lagerten und zu denen im Laufe der Jahre noch viele andere verbotene Geräte hinzugekommen waren, die das Sumpfvolk in den Ruinen gefunden hatte.

Viele der Gegenstände, die in der Schwarzen Eishöhle verborgen lagen, waren Waffen.

Nicht jedoch das Gerät, das sie heute abend benutzen wollte. Sie öffnete eine der Türen aus Obsidian und gelangte in einen niedrigen Raum, dessen Wände dick mit Rauhreif überzogen waren. In eine Wand war eine graue, kreisförmige Fläche eingelassen, die wie ein Spiegel aussah – eine uralte Maschine, mit der man jede Person auf der Welt finden und beobachten konnte. Die Maschine war in einem sehr schlechten Zustand, und als Haramis beim letztenmal versucht hatte, sie zu befragen, um den Aufenthaltsort der Glismak-Hexe Tio-Ko-Fra herauszufinden, hatte sie nur ein schwaches Zischen von sich gegeben, in einem unverständlichen Kauderwelsch etwas von ›Erschöpfung‹ gemurmelt und sich dann ausgeschaltet. Seit damals waren viele Jahre vergangen, in denen sie nicht benutzt worden war, und es bestand zumindest eine kleine Chance, daß sie sich wieder erholt hatte. Haramis mußte die Worte für ihr Anliegen allerdings mit Sorgfalt wählen, da ihre erste Frage wahrscheinlich auch ihre letzte sein würde.

Sie stellte sich vor den Spiegel, holte tief Luft und begann, mit lauter Stimme zu sprechen. »Beantworte meine Fragen!«

Nur ihr eigenes Spiegelbild starrte sie an. Nach einer Weile wiederholte sie ihre Worte in einer etwas höheren Stimmlage.

Die Maschine erwachte. Das Spiegelbild ging in ein schwaches Leuchten über, und Haramis vernahm ein leises Flüstern: »Antworte. Bitte fragen.«

Sie war darauf bedacht, in derselben unnatürlich hohen Tonlage zu antworten, in der sie auch zuvor gesprochen hatte, und die abgehackte Sprache zu verwenden, die Orogastus sie gelehrt hatte, als er nach ihrer Liebe getrachtet und ihr daher seine kostbarsten Geheimnisse enthüllt hatte.

»Halte Ausschau nach einer Person. Lege gegenwärtige Position der Person auf Karte fest.«

Ganz langsam wurde der Spiegel heller. Er zischte. »Anfrage bestätigt. Name der Person.«

Sie rief sich sein Bild ins Gedächtnis und war bestürzt darüber, wie leicht sie sich an sein Gesicht erinnern konnte: asketisch, gutaussehend, umrahmt von langem silbernem Haar. Aber dieses Mal wagte sie es nicht, seinen Namen auszusprechen. Wer immer dieser neu an die Macht gekommene Zauberer war – sie mußte ihn unbedingt sehen, damit sie wußte, wer ihr Feind war.

»Portolanus von Tuzamen«, sagte sie.

»Taste ab«, sagte der Spiegel mit einer Stimme, die so schwach wie die eines Sterbenden war. Seine Oberfläche wurde zu einem Kaleidoskop blasser Farben, die fast genauso aussahen wie jene in ihrem Talisman, und seine Stimme verwandelte sich in ein Geschnatter aus unverständlichen Zischlauten. Haramis wollte ihre Enttäuschung laut herausschreien, aber sie hielt sich zurück, wohl wissend, daß die Maschine jetzt jedes ihrer Worte als Befehl ansehen würde. Das konnte zu einem unerwünschten Ergebnis führen oder sogar zur Abschaltung des Spiegels.

Die wirbelnde Masse aus matten Farben stabilisierte sich und wurde zu einem undeutlichen Bild, auf dem gerade noch eine Seekarte zu erkennen war, die das Meer um die Engi-Inseln herum zeigte. Weit entfernt vom Land blinkte ein kleiner Punkt. Haramis spürte, wie ihr schwindelig wurde. Das Herz klopfte ihr in der Brust wie ein gefangenes Tier, das seinem Käfig zu entrinnen versuchte.

Zuerst gab die Maschine immer den Aufenthaltsort der gesuchten Person an. Dann zeigte sie deren Gesicht.

Die Karte verschwand, und ein neues Bild erschien, das noch verschwommener als das erste war und das Gesicht eines

Mannes zeigte. Seine Züge waren so undeutlich und getrübt, daß Haramis ihn nicht erkennen konnte. Sie spürte, wie Wut und Enttäuschung in ihr aufstiegen, aber dann schalt sie sich eine Närrin.

Das Bild verschwand. Der Spiegel gab noch ein paar unverständliche Wortfetzen von sich, dann erlosch das Licht in seinem Inneren. Mit erschreckender Gewißheit wurde Haramis klar, daß die Maschine nie wieder funktionieren würde. Sie verließ den Raum und schloß die Tür hinter sich, zitternd vor Kälte und angesichts der Macht ihrer Gefühle, die sie zu bezwingen versucht hatte.

Portolanus befand sich auf See. Zweifellos reiste er in Begleitung der tuzamenischen Delegation zu dem Ort, den auch ihre beiden Schwestern bald erreichen würden. Er war Herrscher über ein Reich, und er hatte Zugang zu den Schätzen des Verschwundenen Volkes. Diese könnten für die Welt weitaus gefährlicher sein als jene, die in der Höhle hier verborgen waren. In seiner Gewalt befand sich außerdem die Sternentruhe, die ihn in den Besitz eines Talismans bringen würde, sollte er ihn seiner Eigentümerin entreißen können. Vielleicht war Portolanus nur ein Emporkömmling unter den Zauberern, der durch Zufall das geheime Lager der Erzzauberin entdeckt hatte. Doch auch dann wäre er eine Bedrohung, und sie würde sich genau überlegen müssen, wie sie ihn überwinden konnte. Aber wenn der Zauberer wirklich Orogastus war, würde ihre Aufgabe unendlich viel schwieriger sein – nicht nur, weil ihre Gefühle beteiligt waren.

Sie rief sich ins Gedächtnis, daß es das Zepter der Macht selbst gewesen war, das ihn aus einem geheimnisvollen Grund in das Unerreichbare Kimilon verbannt hatte. Es war gut möglich, daß es Orogastus während seines zwölfjährigen Exils in der Abgeschiedenheit des Eises gelungen war, die echte Magie zu beherrschen.

Die sie erst noch lernen mußte.

3

Kadiyas Verhandlungen mit den Anführern der Aliansa hatten viele Monate der Vorbereitung erfordert, und sie waren von solcher Bedeutung, daß sie sogar die Gelehrte am Ort der Erkenntnis um ihren Rat gebeten hatte, bevor sie ihre Strategie festgelegt hatte. Das Seevolk war nicht so wie die Eingeborenen von Ruwenda, die den Gesetzen der Weißen Frau gehorchten und Kadiya bereitwillig als ihre Führerin betrachteten. Für die Aliansa des Südlichen Meeres war die Erzzauberin eine fast schon vergessene Legende – und die Herrin der Augen eine unbekannte Frau, der man vermutlich nicht trauen konnte.

Kadiya saß auf der einen Seite der großen Hütte auf der Ratsinsel, auf der anderen Seite hatte sich das Seevolk niedergelassen. Sie war froh, daß durch die Wände aus locker geflochtenen Lunblättern eine leichte Brise hereinkam. Ihr Talisman, das Dreilappige Brennende Auge, lag auf einer Grasmatte vor ihr und war als Zeichen des Friedens mit Blumen und duftenden grünen Ranken umwunden. Daneben lag, ähnlich geschmückt, das Schwert des Oberhäuptlings der Aliansa.

Hinter Kadiya wurden Jagun, der Nyssomu, und die sechzehn Krieger der Wyvilo, die Kadiyas Eskorte bildeten, langsam unruhig. Sie waren jetzt bereits seit fast drei Stunden ohne Unterbrechung in der Ratshütte. Aber solange Har-Chissa und seine dreißig Häuptlinge gewillt waren zu reden, würde Kadiya ihnen ihre volle Aufmerksamkeit schenken. Sie hatte ihren Vorschlag bereits ausführlich erklärt. Die Herrin der Augen, die Große Fürsprecherin der Eingeborenen auf der Halbinsel bei ihrem Umgang mit den Menschen, war gekommen und bot ihre Dienste jetzt auch den Aliansa an, die seit langem mit dem Königreich Zinora zerstritten waren. Sie war hier, um Frieden zu schließen.

Das Seevolk hatte ihre Worte mit kaltem Schweigen vernommen. Dann bedeutete Har-Chissa den Unterhäuptlingen, ihre Beschwerden über die Menschen von Zinora vorzutragen, und einer nach dem anderen trat vor und zählte die Greueltaten auf, die von menschlichen Händlern an den Eingeborenen begangen worden waren. Kadiya war bestürzt darüber gewesen, wie sehr diese Schilderungen von der Geschichte abwichen, die ihr der glattzüngige König Yondrimel von Zinora erzählt hatte. Dieser hatte ihr geringschätzig entgegnet, daß überhaupt keine Notwendigkeit für eine Vermittlung ihrerseits bestünde. Offensichtlich war die Angelegenheit weitaus schlimmer, als sie vermutet hatte.

Gerade hielt ein weiblicher Häuptling der Seeseltlinge von einer der kleineren Inseln eine flammende Rede. Die großen gelben Augen mit den waagerechten Pupillen standen ihr an den kurzen Stielen aus den Höhlen hervor, und ihre Fangzähne waren entblößt, als sie ihrem Ärger Luft machte. Sie kam von einer armen Insel und trug nur zwei Stränge mit unregelmäßig geformten Perlen um ihren Hals und einen Grasrock ohne jeden Schmuck um die Hüften. Die Schuppen auf ihrem Rücken und den Oberschenkeln waren nicht bemalt, und die Waffe in ihrem Gürtel war nur eine roh behauene Steinaxt mit einer Quaste aus Muscheln.

»Ihr sagt, wir sollen Frieden schließen mit den Menschen von Zinora!« Sie streckte die mit Schwimmhäuten versehene Hand aus und deutete auf die Anführer der Eingeborenen, die am Boden hockten. »Wir, die stolzen Aliansa, die wir seit den Zeiten, als das Große Land noch fest in der Gewalt des Eises war, in Freiheit auf unseren Inseln gelebt haben! Aus welchem Grund sollten wir auf Euch hören? Die Zinorianer kommen auf unsere Inseln und betrügen uns jedesmal, wenn sie mit uns Handel treiben. Wenn wir uns weigern, Perlen, Kishati und Parfümöle einzutauschen, fangen sie einfach an zu stehlen! Sie brennen unsere Dörfer nieder! Sie töten uns sogar! Meinen eigenen Sohn haben sie niedergemetzelt! Herrin der Augen, Ihr habt die Worte der anderen Häuptlinge gehört, die von dem Unrecht berichteten, das uns zugefügt wurde. Wir wollen nichts mehr mit den Zinorianern zu tun haben. Wir brauchen den Handel mit ihnen nicht. Wir werden unsere Waren an die Einwohner von Okamis und Imlit jenseits des Meeres der Untiefen verkaufen. Sagt diesem widerlichen neuen König von Zinora, daß wir ihm ins Gesicht spucken. Uns ist bekannt, daß er es wagt, diese Inseln als Teil seines Königreiches zu beanspruchen, aber er ist ein Lügner und ein Narr. Die Inseln unter dem Verlorenen Wind gehören dem Seevolk, das sie bewohnt – nicht diesem prahlerischen Menschen, der in seinem feinen Palast auf dem Großen Land hockt.«

Die versammelten Aliansa brüllten zustimmend.

»Wenn diese Händler noch einmal zu uns kommen«, setzte sie ihre Ansprache fort, »werden wir sie erwarten! Unsere Krieger werden ihnen in ihren Kanus bei den äußeren Riffen auflauern, und wenn die Schiffe hereinkommen, um uns zu berauben, durchstoßen wir ihren Rumpf und versenken sie ohne Warnung. Wenn dann das Meer die Leichen der Zinorianer hergibt, werden wir sie häuten und aus ihnen unsere Trommeln machen! Ihre Schädel türmen wir auf den Felsen am Meer auf, und die Griss und die Pothi werden ihre Nester darin bauen! Das Fleisch der Zinorianer wird Futter für die Fische sein, und ihre zerstörten Boote sollen dem Seeungeheuer Heldo als Behausung dienen!«

Die übrigen Häuptlinge bellten vor Begeisterung, als sie ihre schuppigen Arme verschränkte und sich wieder hinsetzte.

Jetzt erhob sich als letzter der Oberhäuptling Har-Chissa. Er war eine herrlich anzusehende Kreatur, einen Kopf größer als ein kräftiger Mensch, aber nicht ganz so hochgewachsen wie ein Wyvilo. Sein Gesicht mit der kurzen Schnauze, den schimmernden Stoßzähnen und den goldbemalten Schuppen ließ den Mut des blutrünstigsten raktumianischen Piraten sinken. Er trug einen Kilt aus feinster blauer Seide, die in Var gewoben worden war, und sein stählerner Brustharnisch mit dem juwelenbesetzten Gehänge konnte nur aus der Schmiede des Königs von Zinora stammen. Er war wortkarg und eigensinnig und ließ lieber die anderen Häuptlinge die Verfehlungen vortragen, die dem Seevolk gegenüber begangen worden waren. Nachdem diese nun geendet hatten, ergriff er das Wort und sprach mit seiner tiefen, krächzenden Stimme zu Kadiya.

»Lelemar von Vorin hat unser aller Gefühle ausgedrückt, Herrin der Augen. Wir haben vernommen, was Ihr zu sagen hattet, und Ihr habt unsere Worte gehört. Ihr sagt, Ihr seid die Fürsprecherin der Eingeborenen, eines der Drei Blütenblätter der Lebenden Drillingslilie, die leibliche Schwester der großen Weißen Frau. Ihr habt uns Euren Zaubertalisman gezeigt, den man das Dreilappige Brennende Auge nennt, und wir wissen, daß einige der Eingeborenen auf dem Land – Nyssomu, Uisgu, Wyvilo und Glismak – Euch ihre Führerin nennen und Eurem Rat folgen. Ihr bittet uns, dasselbe zu tun. Ich aber sage, Ihr seid auch die leibliche Schwester der Königin Anigel von Laboruwenda, die zusammen mit ihrem Gemahl, König Antar, jene Eingeborenen unterdrückt, die ihr nicht zu Willen sind. Und Ihr seid ein *Mensch* ...«

Die anderen Vertreter des Seevolkes nickten und heulten leise ihren Beifall. Häuptling Har-Chissa sprach weiter.

»Ihr drängt uns, Frieden mit Zinora zu schließen. Ihr sagt, wir seien den Menschen dieses Landes zahlenmäßig unterlegen und in der Kriegsführung nicht so geschickt. Ihr sagt, daß unseren Frauen und Kindern großes Leid geschehen werde, wenn wir gegen die Zinorianer kämpfen, und daß es am besten sei, mit ihnen einen Kompromiß zu schließen ... Aber haben denn nicht die einstmals so stolzen Glismak auf Euer und Eurer Schwestern Geheiß ihre kriegerische Lebensweise aufgegeben? Und haben sie deshalb nicht großes Leid erfahren, weil sie gezwungen wurden, in den Sümpfen von Ruwenda Straßen zu bauen, anstatt frei im Tassalejo-Wald zu leben? Und sind sie nicht, zusammen mit den Nyssomu, Uisgu und Wyvilo, als Untergebene behandelt und dem Willen der Menschen ausgeliefert worden, die unter ihnen weilen?«

Wieder nickte das versammelte Seevolk und brüllte seine Empörung heraus. Der Häuptling gebot ihnen zu schweigen.

»Kadiya von den Augen, ich sage Euch, die Aliansa werden niemals Frieden mit Zinora schließen, und sie werden sich auch keinem *anderen* Menschen unterwerfen. Wir sind frei, und das werden wir auch bleiben!«

Die Menge brach in lauten Jubel aus. Schließlich erhob sich Kadiya, und das Seevolk wurde still. Die Dämmerung war nahe, und im Inneren der Ratshütte wurde es langsam dunkel. Die einzigen Lichtquellen waren das sanfte Glühen, das der Drillingsbernstein im Knauf ihres Talismans ausstrahlte, und die großen hellen Augen der Eingeborenen – die des feindlich gesinnten Seevolkes und die der Wyvilo, Kadiyas treuen Freunden.

»Laßt mich zuerst das widerlegen, was Ihr von den Glismak glaubt«, sagte Kadiya. »Wenn Ihr an meinen Worten zweifelt, fragt meinen Begleiter Lummomu-Ko, den Sprecher von Let und Häuptling der Wyvilo, der mir die Ehre erwiesen hat, mich bei dieser Mission zu begleiten. Früher lebten die Glismak davon, ihre Nachbarn, die Wyvilo, zu berauben. Nachdem sie ihre unmoralische Lebensweise aufgegeben hatten, mußten sie andere Wege finden, um ihr Überleben zu sichern. Einige Glismak wurden wie die Wyvilo zu Waldbewohnern, andere wiederum verdingten sich als Straßenarbeiter beim Bau der Straße der Königin in den Sümpfen von Ruwenda, einer breiten neuen Straße, die meine Schwester, Königin Anigel, bauen läßt. Die Löhne, die sie ihnen anbot, waren mehr als anständig. Viele Tausende der Glismak gingen während der Trockenzeit nach Norden, um beim Straßenbau mitzuarbeiten. In der letzten Trockenzeit jedoch wurden einige von ihnen mürrisch und unzufrieden. Sie verlangten doppelten Lohn und forderten noch andere Dinge, die die Menschen ihnen nicht gewähren konnten. Schließlich zettelten sie einen Aufruhr an und töteten einige Menschen – und die Menschen töteten einige von ihnen. Dann kehrten sie in den Wald zurück. Und nun hindern die Stolzen und Habgierigen unter ihnen jene, die arbeiten wollen, zur Straße zurückzukehren. Das ist bedauerlich, aber ich setze alles daran, eine Lösung zu finden. Ich will die Benachteiligungen und Ungerechtigkeiten aus der Welt schaffen, die immer noch zwischen den Eingeborenen der Halbinsel und den Menschen herrschen. Gerne würde ich mich auch für Euch einsetzen, um bei Euren Streitigkeiten mit Zinora zu vermitteln. Mein Talisman, das Dreilappige Brennende Auge, das Teil des Großen Zepters der Macht ist, wird dafür sorgen, daß der Gerechtigkeit Genüge getan wird.«

Der Häuptling gab ein unverbindliches Grunzen von sich. Einige seiner Gefährten brachen in verächtliches Gejohle und Knurren aus. Kadiya schien es nicht zu bemerken, sondern stand ruhig und würdevoll vor ihrem kleinen Gefolge aus Eingeborenen des Landes. Ihr Blick war jetzt auf ihren Talisman gerichtet. Dieser schien nur ein dunkles, stumpfes Schwert mit abgebrochener Spitze zu sein – so wie Kadiya nur eine junge, mittelgroße Frau mit rostbraunem Haar zu sein schien, gekleidet in einen Waffenrock aus goldenen Milingalschuppen, der auf der Brust mit einem Drillingsemblem geschmückt war. Jeder der Aliansa hatte bereits gehört, daß der Knauf ihres Talismans drei magische Augen enthielt und diejenigen mit einem flammenlosen Feuer töten konnte, die der Herrin feindlich gesinnt waren oder das Schwert ohne ihre Erlaubnis berührten.

Daher brachte Häuptling Har-Chissa die Respektlosen unter seinem Volk zum Schweigen und verbarg die Verachtung, die er für diese schwächliche menschliche Hexe empfand. Sie wollte sich also zur Fürsprecherin der Aliansa machen! Wer hatte sie gebeten, sich in ihre Angelegenheiten einzumischen? Zweifellos war es der König von Zinora selbst gewesen, ihr menschlicher Komplize! Sie war keine Freundin des Seevolkes. Erst nachdem der junge König Yondrimel die Inseln unter dem Verlorenen Wind für sich in Anspruch genommen hatte, hatte sie sich dazu herabgelassen, die Aliansa zu besuchen. Und der Oberhäuptling hatte sich so lange nicht mit einem Treffen einverstanden erklärt, bis Kadiya gelobt hatte, den Aliansa zu helfen. Allmählich wurde klar, was für eine Art von Hilfe sie damit gemeint hatte: Sie sollten sich unterwerfen.

Die Herrin der Augen war lediglich eine gefährliche Person, die sich in alles einmischte. Aber man würde sie mit Vorsicht behandeln müssen, damit sie ihnen ihren Willen nicht mit Gewalt aufzwang. Dieser Zaubertalisman ... Ohne ihn wäre sie harmlos. Und der Talisman selbst ...

Jetzt allerdings mußte der Oberhäuptling ihr antworten, und die Ehre der Aliansa gebot es, die Wahrheit zu sprechen.

»Herrin der Augen«, sagte Har-Chissa, dessen Stimme ernst und höflich klang, »wir danken Euch für Eure Sorge um das Seevolk. Wenn Ihr uns wirklich helfen wollt, dann warnt König Yondrimel von Zinora davor, uns weiter zu belästigen. Sagt ihm, daß wir seinen Anspruch auf Souveränität über die Inseln unter dem Verlorenen Wind zurückweisen und daß wir so lange nicht mehr mit ihm Handel treiben werden, wie das Dreigestirn am Himmel steht. Warnt ihn, daß seine Seeleute der Tod erwartet, wenn sie sich zwischen die Riffe und Sandbänke wagen, die diesen Ort hier umgeben. Überbringt ihm meine Worte und sorgt dafür, daß er ihnen Glauben schenkt. Dann werdet Ihr eine echte Freundin der Aliansa sein. Ich habe gesprochen.«

Er nahm sein Schwert, streifte die Blumen davon ab und stieß es mit einer weit ausholenden Geste in seine Scheide zurück. »Draußen vor der Hütte bereiten meine Leute ein Abschiedsmahl für Euch. Kommt zum Mahl, wenn der dritte Stern erscheint. Wir fordern Euch respektvoll auf, diese Inseln vor Sonnenaufgang morgen zu verlassen und nach Zinora zu eilen.«

Einzig Kadiyas Hände, die sich zu Fäusten ballten, verrieten ihre Reaktion. Sie hob ihren Talisman vom Boden auf und bedeutete ihrer Delegation, sich zu erheben. Sie verneigten sich kurz vor dem versammelten Seevolk, dann gingen sie einer nach dem anderen hinaus in die fahle Dämmerung.

Als sie unten an der Küste zwischen den großen, leise raunenden Lunbäumen außer Hörweite der Aliansa waren, sagte Kadiya: »Meine Freunde, meine Mission ist fehlgeschlagen. Ich war nicht überzeugend genug. Vielleicht habe ich die Situation sogar noch verschlimmert. Har-Chissa hat ganz offen gezeigt, daß er mich ebenso wie meine Vorschläge ablehnt.«

»Sie haben verlangt, daß wir vor Sonnenaufgang abreisen.« Lummomu-Ko schüttelte den Kopf, als er an den kaum verschleierten Befehl des Oberhäuptlings dachte. »Unter den Wyvilo ist das eine tödliche Beleidigung. Und ich glaube, das ist es auch bei dem Seevolk, unseren Cousins.«

Kadiya stieß etwas hervor, das wie eine Mischung aus Verärgerung und Hoffnungslosigkeit klang.

»Verliert nicht den Mut, Weitsichtige«, sagte der alte Nyssomu Jagun. Er war Kadiyas Freund seit ihren Kindertagen und ihr engster Berater. »Die Auseinandersetzungen zwischen dem Seevolk und Zinora bestehen schon seit langer, langer Zeit. Macht Euch keine Vorwürfe, weil es Euch nicht gelungen ist, sie gleich beim ersten Versuch beizulegen.«

»Ich wünschte, ich hätte zumindest ein kleines Zugeständnis des Königs von Zinora vorweisen können!« sagte sie verbittert. »Aber Yondrimel ist so stur wie ein vollbepackter Volumner und verhält sich nur deshalb so unnachgiebig, weil

41

er die anderen Herrscher, die bei seiner bevorstehenden Krönung dabeisein werden, beeindrucken will.«

»Ihr habt Euer Bestes getan, um ihn zu überzeugen«, beteuerte Jagun beharrlich. »Wenn die Aliansa sich unnachgiebig zeigen und wirklich keinen Handel mehr mit Zinora treiben wollen, wird der König vielleicht bereit sein, auf Euch zu hören. Er ist jung und wird es vielleicht noch lernen, sich klug zu verhalten. Die Spirituosen und die kostbaren Korallen von den Inseln unter dem Verlorenen Wind werden in Zinora hoch geschätzt, und außerdem sind die Perlen bei ihrem Handel mit anderen Völkern von großer Bedeutung.«

Kadiyas Leibwachen, die Wyvilo-Krieger, gingen davon, um sich vor dem Mahl die Beine zu vertreten. Sie hingegen setzte sich, zusammen mit dem kleinen Jagun und Lummomu-Ko, in den Sand und sah auf das Meer hinaus. Der Monsun war zu Ende, und das Meer um die Ratsinsel herum sah aus wie ein Spiegel aus dunklem Metall, in dem sich der erste Stern des Dreigestirns spiegelte. Hie und da zeichneten sich am Horizont andere, kleinere Inseln mit steil aufragenden Klippen und Felsbögen wie eine schwarze Silhouette vor dem heller werdenden Licht der Sterne ab. Das varonische Schiff, mit dem Kadiyas Delegation hergekommen war, lag hell erleuchtet etwa drei Meilen vor der Insel zwischen den Riffen vor Anker. Der menschlichen Besatzung war es verboten worden, an Land zu kommen.

»Werden wir denn jetzt nach Zinora zurückkehren, wie Har-Chissa es uns geheißen hat?« fragte Lummomu-Ko. In seinem Äußeren war er den Aliansa sehr ähnlich, da er groß und kräftig gebaut war, mit einem Gesicht, das nicht ganz so menschlich war wie das der Eingeborenen in den Sümpfen und im Gebirge. Er trug elegante Gewänder, die der neuesten Mode des laboruwendianischen Adels entsprachen, denn die Wyvilo waren ebenso eitel wie tapfer und ehrlich.

»Es wird uns nicht viel nützen, nach Zinora zu reisen, alter Freund«, sagte Kadiya. »Die Krönungsfeierlichkeiten werden in vollem Gange sein, wenn wir in Taloazin ankommen, und ich habe nicht vor, mein Versagen vor sämtlichen Königshäusern dieser Welt zur Schau zu stellen. Nein, ich glaube, es ist

42

besser, wenn ich Yondrimel einfach einen Brief überbringen lasse. Ich kann ihm später persönlich gegenübertreten, wenn mein Versagen dem Ansehen meiner Schwester Anigel nicht mehr schaden kann.«

»Aber wie sollte das geschehen, Weitsichtige?« fragte Jagun verwirrt. »Es besteht doch keine Verbindung zwischen den Klagen der Aliansa und dem weit entfernten Laboruwenda.«

Kadiya stieß ein bitteres Lachen aus. Sie fuhr mit der Hand über die drei schwarzen Kugeln am Knauf ihres Talismans. Das Glühen des Drillingsbernsteins, der zwischen den Kugeln saß, verstärkte sich und wurde zu einem pulsierenden Licht. »Der junge König von Zinora ist ein Mann von großem Ehrgeiz. Es wäre ihm ein Vergnügen, mein Versagen vor den anderen Herrschern herauszustellen und alle darauf hinzuweisen, daß es auch mir bis jetzt nicht gelungen ist, den Disput zwischen den anderen Eingeborenen und Laboruwenda beizulegen. Er würde über seine hochfliegenden Pläne für die Unterwerfung der Aliansa reden und damit insgeheim Königin Anigel und König Antar beleidigen, weil diese nicht ebenso hart gegen die Eingeborenen in ihrem Reich vorgehen. König Yondrimel könnte sich bei der mächtigen Königlichen Regentin von Raktum damit einschmeicheln, wenn er meine Schwester und ihren Gemahl als unfähig und mich als machtlos hinstellt.«

Der Anführer der Wyvilo sagte: »Ich verstehe immer noch nicht, wieso das Eurer Schwester schaden sollte.«

»Königin Ganondri von Raktum würde ihr Königreich gerne auf Kosten von Laboruwenda vergrößern«, erklärte ihm Kadiya. »Es könnte ihr vielleicht gelingen, den Thron von Anigel und Antar zu stürzen, wenn bestimmte Gruppen unter den Menschen in Labornok die gemeinsam regierenden Monarchen für Schwächlinge halten. Das Bündnis zwischen Labornok und Ruwenda ist noch recht zerbrechlich, es wird größtenteils durch die Ehrfurcht der Menschen vor den Drei Blütenblättern der Lebenden Schwarzen Drillingslilie zusammengehalten. Wenn zwei der Blütenblätter unfähig zu sein scheinen und das dritte weit entfernt in einem Turm in den Bergen weilt und sich nur noch um die Geheimen Wissenschaften kümmert, könnte die Einheit des Königreiches daran zerbrechen.«

»Könntet Ihr und Königin Anigel Eure menschlichen Widersacher denn nicht mit den magischen Talismanen unterwerfen?« fragte der Anführer der Wyvilo.

»Nein«, sagte Kadiya. »Genausowenig, wie ich Yondrimel und die Aliansa mit meinem Talisman zu einem Frieden zwingen kann. Die Talismane arbeiten nicht auf diese Weise.«

Lummomu-Ko rollte seine riesigen Augen. »Die Politik der Menschen! Wer soll das verstehen? Nichts unter den Menschen ist so, wie es scheint. Handlungen, die einfach und unkompliziert scheinen, werden von tief verborgenen Motiven bestimmt. Die Länder geben sich nicht damit zufrieden, zu leben und leben zu lassen, sondern müssen immerzu gegeneinander intrigieren und nach noch mehr Macht streben. Warum können die Menschen nicht offen und ohne Hinterlist miteinander umgehen – wie ehrliche Eingeborene?«

Kadiya seufzte. »Diese Frage habe ich mir ebenfalls schon oft gestellt, aber auch ich weiß nicht, warum das so ist.« Sie stand auf und klopfte sich den Sand aus der Kleidung. »Meine Freunde, verlaßt mich jetzt, bis der letzte Stern des Dreigestirns erschienen ist und wir gemeinsam zum Festmahl gehen.« Sie zeigte auf den Bernstein in ihrem magischen Schwert, der ein pulsierendes Licht von sich gab. »Ihr habt es sicher schon gesehen: Mein Talisman bedeutet mir, daß sich eine meiner Schwestern aus der Ferne mit mir unterhalten möchte.«

Jagun und Lummomu-Ko schickten sich an zu gehen, aber der Anführer der Wyvilo sagte: »Wir werden in Eurer Nähe bleiben und Euch im Auge behalten. Mir hat der Ton der Aliansa nicht gefallen, als wir gegangen sind.«

»Sie würden es nicht wagen, mich anzugreifen!« sagte Kadiya, die sich aufrichtete und nach dem Knauf ihres Talismans griff.

Lummomu-Ko neigte den Kopf. »Natürlich nicht. Verzeiht mir, Herrin der Augen.«

Er und Jagun gingen ein Stück den Strand entlang, wobei der hochgewachsene Clanführer seine Gangart mäßigte, damit der kleine Jägersmann mit ihm Schritt halten konnte. Keine fünfzig Ellen entfernt bezogen sie neben einem Felsbrocken Stellung, und Kadiya konnte sehen, daß ihre Gesichter immer noch zu ihr herüberblickten.

»Lächerlich«, murmelte Kadiya, dann hob sie das Dreilappige Brennende Auge in die Höhe und fragte mit ruhiger Stimme: »Wer ruft mich?«

Eine der schwarzen Kugeln am Knauf des Schwertes öffnete sich, und Kadiya blickte in ein braunes Auge, das genauso aussah wie das ihre. Gleich darauf sah sie im Geiste das Bild ihrer Schwester Haramis vor sich.

»Bei der Heiligen Blume, es wird aber auch Zeit, Kadi! Warum hast du denn nicht gleich geantwortet? Ich dachte schon, dir wäre da drüben auf den Inseln unter dem Verlorenen Wind etwas Schreckliches zugestoßen!«

Kadiya murmelte etwas Unhöfliches vor sich hin. »Ich bin völlig in Ordnung, aber meine Mission war das reinste Fiasko.« Mit knappen Worten erzählte sie ihrer Schwester, was sich bei den Verhandlungen zugetragen hatte. »Ich werde nicht zurück nach Zinora gehen. Meine Anwesenheit dort würde alles nur noch komplizierter für Ani und Antar machen. Wahrscheinlich hätte ich auch Schwierigkeiten, ihnen gegenüber höflich zu sein. Was die Befreiung der Sumpf- und Waldvölker anbetrifft, so sind wir in eine Sackgasse geraten, und ich bin furchtbar wütend auf die beiden, weil sie sich bei dem Aufstand der Glismak so unbeholfen verhalten haben. Sie *wissen* doch, daß die Glismak noch nicht richtig zivilisiert sind. Wenn sie mit den aufsässigen Straßenarbeitern etwas taktvoller umgegangen wären, hätten diese niemals Gewalt angewendet.«

Haramis machte eine abwehrende Geste. »Davon können wir ein anderes Mal sprechen. Ich habe wichtigere Neuigkeiten für dich. Aber zuerst … denk gut darüber nach, Schwester. Hast du in letzter Zeit mit deinem Talisman oder auf eine andere Art und Weise Anzeichen dafür festgestellt, daß das Gleichgewicht der Welt durcheinandergeraten ist?«

»Ganz gewiß nicht«, sagte Kadiya kurz angebunden. »Solche Feinheiten überlasse ich dir, Erzzauberin. Ich war damit beschäftigt, mir Sorgen um das Gleichgewicht der Aliansa und der Glismak zu machen, und hatte nur wenig Zeit für andere Dinge. Da ich hier versagt habe, werde ich über Var und den Großen Mutar in die Irrsümpfe zurückkehren und versuchen, die Glismak versöhnlicher zu stimmen, wenn ich durch ihr Gebiet komme. Dann werde ich an den Ort der Erkenntnis zurückkehren und die Gelehrte um ihren Rat bitten.«

»Ja. Du hast natürlich recht. Aber ich hatte Gründe dafür, dich nach dem Gleichgewicht der Welt zu fragen, Kadi. Ich habe Dinge erfahren, die mich vermuten lassen, daß Orogastus noch lebt.«

»*Was*? Das ist völlig unmöglich! Vor zwölf Jahren hat ihn das Zepter der Macht bei unserem Sieg über König Voltrik in Stücke gerissen.«

»So glaubten wir alle. Aber einer der Eingeborenen im fernen Tuzamen, ein kleiner Mann namens Shiki, hat sein Leben riskiert, um mit seiner sonderbaren Geschichte zu mir zu kommen. Er war gezwungen worden, eine Gruppe von Menschen auf dem Rücken von Lämmergeiern zu einem Ort tief im Innern der Eisdecke zu führen, wo sie einen Zauberer retteten, der dort seit Jahren von der Außenwelt abgeschnitten gelebt hatte. Dieser Mann nennt sich Portolanus und ist derselbe, der den Thron von Tuzamen an sich gerissen hat.«

»Ach, das meinst du!« Kadiya lachte verächtlich. »Ich habe von diesem Portolanus von Tuzamen gehört. Er scheint nur ein Emporkömmling mit einem gewissen Hang zu harmlosen Zaubertricks zu sein. Der Dreieinige Gott weiß, daß es nicht sehr viel Zauberei erfordert, um in einem solch erbärmlichen Gurpsnest wie Tuzamen die Macht zu übernehmen. Hat dein Talisman bestätigt, daß dieser große Zauberer wirklich Orogastus ist?«

»Nein«, gestand Haramis ein. »Der Talisman will mir einfach nicht sagen, ob Orogastus tot oder am Leben ist, und ich kann auch kein Bild von diesem Portolanus mit ihm sehen. Es ist das erste Mal, daß er mich so im Stich läßt. Aber selbst wenn Portolanus nicht Orogastus ist, könnte er für uns und unsere Leute eine große Gefahr sein.«

In Kadiya schien ein lange nicht mehr empfundenes Gefühl emporzusteigen, wie ein scheußlicher Skritek, der langsam aus seinem Wasserloch auftaucht – und dieses Gefühl war Angst. Doch sobald sie es erkannte, verleugnete sie es auch schon.

»Wenn Orogastus lebt, werden wir auf die gleiche Weise mit ihm fertig werden wie schon einmal zuvor«, erklärte sie. »Wir drei werden unsere Talismane zum Zepter der Macht zusammenfügen und ihn dorthin zurückschicken, wo er hingehört!«

»Ich wünschte, es wäre so einfach.« Haramis sah besorgt aus. Doch dann lächelte sie Kadiya an. »Aber schließlich muß uns dieser Portolanus erst noch herausfordern, und wir sind wenigstens gewarnt. Leb wohl, Schwester, und rufe mich sofort mit deinem Talisman, wenn du einen Hinweis darauf entdeckst, daß die Welt aus dem Gleichgewicht geraten ist.«

»Das werde ich«, versprach Kadiya. Das Bild von Haramis verschwand.

Lange nach Mitternacht kehrten Kadiya, Jagun, Lummomu-Ko und die fünfzehn Wyvilo-Krieger an den Strand zurück und bestiegen zwei kleine Boote, die sie zu ihrem Schiff zurückbringen sollten. Das Meer war spiegelglatt, und an dem schwarzen Himmel funkelte das Dreigestirn. Sie hatten alle zuviel gegessen und zuviel von dem köstlichen, aber sehr starken Kishatischnaps getrunken. Anstatt sie aufzuheitern, hatte das Festmahl sie nur noch melancholischer gestimmt. Die Wyvilo sehnten sich zurück in den Tassalejo-Wald, und Kadiya und Jagun hatten Heimweh nach dem prächtigen Haus der Augen, das die Nyssomu für ihre menschliche Anführerin und deren Berater und Diener am Oberlauf des Flusses Golobar im Grünsumpf von Ruwenda gebaut hatten.

Kadiya, die sich benommen und krank fühlte, stand im Heck des einen Bootes am Ruder, während Jagun das andere Boot steuerte. Lummomu-Ko hatte sich zu seinen Gefährten an die Ruder gesellt und führte die Wyvilo mit einem traurig klingenden Rudergesang an. Die heiseren Baßtöne des Liedes und Kadiyas Benommenheit verhinderten, daß sie die leisen Geräusche hörte, die nichts Gutes versprachen, und sie schreckte erst auf, als ihr das warme Wasser schon fast bis an die Knöchel reichte. In dem Moment, in dem sie Alarm schlug, rief ihr Jagun von dem anderen Boot aus etwas zu.

»Weitsichtige, wir sinken! Kommt uns zu Hilfe!«

»Wir sinken auch!« rief sie. »Schnell! Steuert auf eines der Riffe zu!«

Sie waren immer noch mehr als eine Meile von ihrem Schiff

entfernt, umgeben von scharfen Felsen, zwischen denen es jäh in die Tiefe ging. Die Wyvilo ruderten wie die Verrückten und schlugen das Wasser zu Schaum. Kadiya vernahm Jaguns erleichterten Ruf: »Wir sind auf dem Riff!« Alle schienen wie wild durcheinanderzuschreien. Dann streifte etwas den Kiel, und das Boot legte sich mit einem heftigen Ruck auf die Seite. Die Wyvilo ließen die Ruder fallen und kletterten über Bord.

»Mir ist nichts passiert!« rief Kadiya. »Rettet euch!« Aber dann bemerkte sie, daß sie gefangen war, daß ihre Füße von etwas festgehalten wurden, während das Boot im schwarzen Wasser versank. Sie strampelte wild mit den Beinen, um sich zu befreien, und es fiel ihr erst ein zu schreien, als es schon fast zu spät dafür und ihr Schrei kaum mehr als ein ersticktes Keuchen war, da sie gleich darauf die Luft anhalten mußte. Das letzte, was sie vor dem Untertauchen sah, war Lummomu-Ko und einer seiner Krieger, die von den Felsen sprangen und auf sie zuschwammen.

Kadiya sank wie ein Stein in die Tiefe, hinabgezogen vom Gewicht ihres eisernen Brustharnisches und des Talismanes. Sie war anscheinend immer noch an das sinkende Boot gefesselt. Verzweifelt kämpfte sie darum, ihre Beine von dem zu befreien, was sie festhielt. Es war kein Holz und auch kein Seil, sondern etwas Rauhes und Hartes, das ihre Knöchel gefangenhielt. Sie griff danach, während sie sank, aber es hielt sie immer noch fest. Was war es nur? Wenn sie doch nüchtern wäre und klar denken könnte! Das Wasser war voll winziger strahlender Fünkchen – Leuchtquallen –, und um sie herum schwebte glühender Seetang, der ihr zuzuwinken schien. Sie war von Schönheit umgeben … und sie war am Ertrinken.

Ihr Brustkorb brannte wie ein Kessel mit geschmolzenem Metall, als die Luft aus ihren Lungen entweichen wollte. Sie konnte nicht mehr länger den Atem anhalten. Leuchtende Bläschen entwichen ihr aus Nase und Mund und stiegen durch die sanft glühende Welt unter Wasser nach oben. Auch der Talisman in seiner Scheide glühte – nicht golden, sondern in einem kräftigen Grün. Das Grün erinnerte sie an die kleine Drillingswurzel, der sie vor so vielen Jahren auf der Suche nach ihrem Talisman durch die Dornenhölle gefolgt war.

Treten! Noch viel stärker treten! Sie mußte sich von ihren Fesseln befreien. Endlich gelang es ihr, und einen Moment lang war sie frei. Aber dann war eines ihrer Beine plötzlich wieder gefangen, und sie wurde in die Tiefe gezogen. Zu spät erkannte sie, daß etwas – oder jemand – ihren Knöchel in eiserner Umklammerung festhielt. Scharfe Klauen gruben sich durch die Riemen ihrer Sandalen hindurch in ihr Fleisch, mächtige Muskeln spannten sich, um zu verhindern, daß sie entkam.

Ärger stieg in ihr auf. Die Aliansa! Lummomu-Ko hatte recht gehabt, als er sie des Verrats bezichtigt hatte. Kadiya war schon fast besinnungslos, aber sie trat immer noch mit all der Kraft um sich, die ihr Körper aufbringen konnte. Das Brennen in ihrer Brust war jetzt unerträglich.

Und dann hörte der Schmerz plötzlich auf. Ihre Wut verschwand. Sie wehrte sich nicht mehr und spürte nur noch Frieden, als sie durch den leuchtenden Seetang tiefer und tiefer nach unten sank. Ihre Augen waren weit offen, aber die Welt um sie herum wurde immer dunkler.

In ihrem letzten klaren Augenblick zog sie an dem Dreilappigen Brennenden Auge. Wenn sie es benutzen konnte ... wenn ihr doch nur einfallen würde, was sie damit tun sollte ...

Sie hatte es in der Hand.

Plötzlich löste sich der tödliche Griff von ihrem Knöchel. Sie war frei, schwebte in der Dunkelheit.

Das ist schon viel besser, dachte sie glücklich. Viel besser.

Jetzt konnte sie sich entspannen.

Ihre Finger öffneten sich, und der Talisman sank in die Tiefe. Sie sah zu, wie das grüne Glühen immer kleiner und kleiner wurde, bis es schließlich ganz verschwunden war.

Dann wußte sie nichts mehr.

Kadiya öffnete die Augen. Ihr Kopf schmerzte, als ob er in einem Schraubstock steckte, und sie konnte nur einen verschwommenen Farbfleck sehen. Ihre Kehle war ausgedörrt, im Mund spürte sie den bitteren Geschmack von Galle. Sie schien weder einen Körper noch Gliedmaßen zu haben. Erst nach einiger Zeit konnte sie ihren Körper wieder spüren, und sie wagte, ihre Arme und Beine zu bewegen. Ihr war kalt trotz des warmen Nachthemdes aus Wollstoff, das sie trug. Als allmählich ihr Sehvermögen zurückkehrte, wurde ihr klar, daß sie in der Koje ihrer Kabine auf dem varonischen Schiff lag. Die Tür schwang im Rhythmus der See leise auf und zu. Das Knarren der Takelage und das Geräusch der gegen den Schiffsrumpf schlagenden Wellen ließen darauf schließen, daß volle Segel gesetzt waren.

Nach mehreren erfolglosen Versuchen gelang es ihr schließlich, nach Jagun zu rufen. Ihr alter Freund kam die enge Schiffstreppe heruntergepoltert und trat mit einem breiten Lächeln im Gesicht, das seine spitzen Frontzähne enthüllte, in ihre Kabine. Bald darauf gesellten sich Lummomu-Ko und der menschliche Kapitän des varonischen Schiffes, Kyvee Omin, zu ihm. Sie kümmerten sich rührend um sie und stopften ihr Kissen in den Rücken, so daß sie sich aufsetzen konnte. Jagun gab ihr etwas Ladubranntwein zu trinken, damit sie wieder zu Kräften kam.

»Was ist passiert?« fragte sie schließlich.

»Es waren die Aliansa«, sagte der Häuptling der Wyvilo mit düsterer Stimme. »Diese verräterischen Teufel sind hervorragende Schwimmer, sogar noch besser als wir. Sie bohrten Löcher in unsere Boote und zogen Euch dann in die Tiefe. Ich sah Euch untergehen und tauchte mit dem jungen Lam-Sa hinter Euch her. Uns wurde sofort klar, was geschehen war. Als Ihr nach Eurem Talisman gegriffen habt, schwamm der Aliansa, der Euch umklammert hielt, weg, und Lam-Sa und ich konnten Euch ergreifen und wieder nach oben auf die Felsen bringen. Wir dachten, Ihr wäret tot, aber Jagun war unermüdlich und hat lange Zeit seinen Atem mit Euch geteilt.«

»Ich danke dir«, sagte Kadiya und sah ihren Nyssomu-Freund mit einem dankbaren Lächeln an.

»Nach einiger Zeit brachten die Herrscher der Lüfte Eure Seele in Euren Körper zurück«, sagte Lummomu-Ko. »Menschen vom Schiff hörten unsere Rufe und retteten uns.«

Kyvee Omin drängte sich ein wenig in den Vordergrund. Der grauhaarige Bürger von Var sah zwar aus wie ein pedantischer Buchhalter, stand aber dennoch in dem Ruf, der wagemutigste Kapitän des Südlichen Meeres zu sein. Kadiya hatte ihm fast tausend Platinkronen zahlen müssen, damit er sie zu den Inseln unter dem Verlorenen Wind brachte – eine Reise, die kein anderer hatte wagen wollen.

»Ich befahl, den Anker zu lichten und diesen vom Unglück verfolgten Ort so schnell zu verlassen, wie die Männer rudern konnten«, sagte er jetzt. »Die Seeseltlinge stellten gerade Scheiterhaufen am Strand auf und riefen mit ihren heiligen Trommeln zum Krieg auf. Wären wir nur wenig später abgereist, hätten sie uns mit ihren großen Kanus vielleicht eingeholt, bevor wir aus den windstillen Gebieten um die Inseln herausgewesen wären und die offene See erreicht hätten.«

»Wie lange habe ich geschlafen?« fragte Kadiya mit schwacher Stimme.

»Zwanzig Stunden«, erwiderte Jagun.

»Der Wind ist nicht sehr stark, aber beständig, jetzt, da wir aus dem Windschatten dieser verfluchten Felsenküste heraus sind«, fügte der Kapitän hinzu. »Wir dürften Taloazin in Zinora in weniger als sieben Tagen erreichen.«

»Nicht dahin! Wir müssen umkehren!« Kadiya versagte die Stimme. Sie stöhnte und legte eine Hand über ihre Augen. Ihr Kopf schmerzte, als würde er gleich zerspringen. Warum mußten sie umkehren? Sie wußte, daß es einen Grund dafür gab. Einen sehr wichtigen Grund …

»Weitsichtige, es gibt noch schlimmere Nachrichten.« Jagun trat näher an ihre Koje heran, und sie sah, daß er etwas in seinen Händen hielt – ihren Gürtel und die Scheide. »Euer Talisman …«, fing er an, konnte dann aber nicht weitersprechen.

Der Nebel um sie herum lichtete sich endlich. Sie begriff, daß die Scheide leer war, und plötzlich konnte sie sich wieder an alles erinnern.

»Wir können nicht auf die Inseln zurückkehren«, hörte sie Kyvee Omin sagen. »Ich werde mein Schiff doch nicht in einer Schlacht mit lauter Wilden riskieren. Das hier ist kein Kriegsschiff, sondern ein Handelsschiff. Wir haben vereinbart, daß ich Euch zu der Ratsinsel bei den Inseln unter dem Verlorenen Wind und dann wieder zurück nach Var bringe. Solltet Ihr Gründe haben, die dagegen sprechen, in Taloazin anzulegen, können wir in Kurzwe anlegen oder in einen anderen zinorianischen Hafen einlaufen, um neue Vorräte und Wasser aufzunehmen, bevor wir weiter nach Osten segeln. Aber zurück können wir nicht.«

Kadiya stemmte sich aus den Kissen hoch und richtete sich auf. Ihre Augen blitzten, und ihr Gesicht war vor Wut ganz verzerrt, als sie mit ihrer heiseren Stimme leise sagte: »Wir *müssen* zurück. Ich habe das Dreilappige Brennende Auge verloren! Wißt Ihr, was das bedeutet?«

Der Kapitän wich einen Schritt zurück, als ob sie verrückt geworden wäre. »Nein, das weiß ich nicht, Herrin. Eure Freunde hier haben mir zu verstehen gegeben, daß es ein großes Unglück ist, aber dieses Malheur ist Eure Schuld, nicht die meine, und es liegt an Euch, den Schaden zu beheben. Ich werde mein Schiff und meine Mannschaft nicht in dem aussichtslosen Versuch aufs Spiel setzen, Euer magisches Schwert wiederzubekommen. Während Ihr besinnungslos darniederlagt, kehrten Eure Wyvilo-Freunde und ich noch einmal kurz zu der Stelle zurück, an der die Boote durchlöchert wurden. Wir konnten leicht feststellen, daß Euer Talisman in einem tiefen Graben zwischen zwei Riffen verlorenging, wo das Wasser dreißig Faden und mehr tief ist. Nicht einmal die Aliansa können so tief tauchen. Der Talisman ist für immer verloren.«

»Nein«, flüsterte sie. Von Schmerz überwältigt, schloß Kadiya ihre dunklen Augen. »O nein!« Schweißperlen glitzerten auf ihrer Stirn, und lange Zeit sagte sie kein Wort. Jagun kniete neben ihr nieder und hielt mit gesenktem Kopf ihre kraftlose Hand in der seinen.

Der Kapitän wechselte einen Blick mit Lummomu-Ko, dann verließ er die Kabine.

Als Kadiya die Augen wieder öffnete, war Entschlossenheit in ihnen zu lesen. Sie sagte: »Meine lieben Freunde, Kyvee Omin hat recht. Ich kann nicht verlangen, daß er mir hilft. Wenn er mich nicht zu den Inseln zurückbringen will, muß ich einen anderen Kapitän finden, der gewillt ist, es zu tun. Zum Glück habe ich noch viel Geld. Ich werde Kyvee Omin sagen, daß er mich an diesem Ort namens Kurzwe absetzen soll. Ihr könnt die Reise nach Var natürlich fortsetzen, und dann den Großen Mutar entlang nach Ruwenda …«

»Nein«, lautete hierauf die entschiedene Antwort des hünenhaften Anführers der Wyvilo.

Jaguns hochstehende Ohren zitterten vor Empörung, seine großen goldenen Augen hatte er weit aufgerissen. »Weitsichtige, wie könnt Ihr nur glauben, daß wir Euch verlassen würden?«

Sie sah erst Jagun, dann Lummomu-Ko an. »Ohne meinen Talisman bin ich nicht mehr die Herrin der Augen und nicht mehr würdig, mich die Große Fürsprecherin der Eingeborenen zu nennen. Ich bin niemand. Nur Kadiya.«

Sie schwang ihre Beine über den Rand der Koje und stellte sie auf das Deck. Auf ihren Knöcheln waren Prellungen und die Klauenabdrücke des erfolglosen Attentäters zu sehen.

»Es besteht nur eine geringe Chance, daß es mir gelingt, meinen Talisman wiederzubekommen – und eine sehr große Chance, daß die Aliansa versuchen werden, den Mordanschlag auf mich zu Ende zu bringen, den sie beim erstenmal so verpfuscht haben.«

»Dennoch«, sagte Lummomu-Ko, »werden meine Brüder vom Stamm der Wyvilo und ich Euch beistehen.«

Kadiyas Augen schwammen in Tränen. Sie schwankte ein wenig, als sie aufstand. Der große Eingeborene und der kleine Eingeborene faßten sie bei der Hand, und sie gingen zusammen zu einem kleinen Tisch vor dem Bullauge, wo sich Kadiya auf eine Bank niedersetzte.

»Ich danke Euch, meine Freunde. Meine Schwester, die Erzzauberin, wird bald entdecken, was geschehen ist, selbst wenn ich sie nicht mehr mit dem Talisman zu rufen vermag. Sie wird sicher einen Weg finden, um uns zu helfen. Bis dahin werden wir unsere Zeit damit verbringen, Kapitän Kyvee Omin und seiner Mannschaft so viele Informationen aus der Nase zu ziehen, wie wir nur können. Ich werde damit beginnen, Kopien von Seekarten des Kapitäns anzufertigen, auf denen dieses Gebiet hier verzeichnet ist. Das sollte mir schon gelingen, auch wenn ich noch zu wacklig auf den Beinen bin, um herumzulaufen.«

Sie blickte den Anführer der Wyvilo an. »Lummomu, du und deine Krieger befragt die Seeleute darüber, wie man auf den Inseln unter dem Verlorenen Wind überleben kann; welche eßbaren Pflanzen auf dem Land wachsen, welche Meerestiere genießbar sind, was giftig oder gefährlich ist, einfach alles, was sie über die Inseln und ihre Bewohner wissen. Die Seeleute, die uns helfen, werden wir belohnen.«

»Und ich, Weitsichtige?« fragte Jagun.

Sie schenkte ihm ein gequältes Lächeln. »Alter Freund, lerne soviel wie möglich über die Kunst des Segelns – ich werde es dir gleichtun. Wenn wir zu den Inseln unter dem Verlorenen Wind zurückkehren wollen, wird uns wahrscheinlich nichts anderes übrigbleiben, als uns selbst darum zu kümmern.«

4

Die königliche Galeere umrundete die Landspitze und fuhr in die Perlenbucht hinein. Sofort kletterten die drei Kinder behende wie Baumgurpse hinauf in die Takelage, während ihnen ihr Nyssomu-Kindermädchen Immu von Deck aus besorgt zusah und sie vergeblich darum bat, wieder herunterzukommen.

»Noch mehr Schiffe! Die ganze Bucht ist voller Schiffe!« Der elfjährige Kronprinz Nikalon hatte ein kleines Teleskop bei sich und war bis auf den höchsten Mast geklettert. »Da sind zwei aus Imlit und eines aus Sobrania, und drei führen das Banner von Galanar, da schaut! Vier aus Raktum! Seht ihr die große schwarze Triere mit dem vielen Gold und den hundert Flaggen? Das muß das Schiff der bösen Königin Ganondri von Raktum sein!«

»Jetzt bin ich aber an der Reihe!« quengelte Prinz Tolivar. »Niki hat das Fernrohr den ganzen Morgen gehabt! Ich will die böse Königin sehen!« Er war acht Jahre alt, wirkte aber wegen seiner zarten Gestalt viel jünger. Als Nikalon ihm das Teleskop nicht geben wollte, fing er an zu weinen. »Jan, Jan, sag ihm, daß er es mir geben soll!«

»Kinder, Ihr kommt jetzt sofort herunter!« rief Immu zu ihnen hinauf. »Ihr wißt genau, daß Eure Mutter Euch verboten hat, so gefährliche Dinge zu tun!«

Aber die königlichen Übeltäter ignorierten ihr Kindermädchen, so wie sie auch viele von Königin Anigels Versuchen, das Temperament ihrer Kinder zu zügeln, ignorierten und statt dessen lieber die entsprechende Strafe in Kauf nahmen.

Prinzessin Janeel, die zehn Jahre und für ihr Alter sehr reif war, sagte: »Weine nicht, Tolo. Ich werde schon mit Niki fertig werden, diesem selbstsüchtigen Woth!« Behende kletterte sie zu ihrem Bruder hinüber und fing an, ihn zwischen den Rippen zu kitzeln; dann schwangen die beiden zehn Ellen über dem Deck an den Seilen hin und her. Tief unter ihnen schrie die arme alte Immu vor Entsetzen laut auf. Aber im Nu hatte die flinke Prinzessin dem kichernden, hilflosen Nikalon das Fernrohr entrissen. Dann schwang sie wieder zurück zu Tolivar, und beide sahen abwechselnd hindurch, während Prinz Niki gutmütig lachte und anfing, noch höher zu klettern, in Richtung des Krähennestes.

Das Teleskop, ein Geschenk ihres Vaters König Antar für die Reise, war kein gewöhnliches Fernrohr. Es war eines jener seltenen Zaubergeräte des Versunkenen Volkes. Die Röhre war aus einem dunklen Material gefertigt, das weder Metall noch Holz war, und an der Seite befanden sich drei farbige Warzen, mit denen man das, was man beobachtete, nah ... noch näher ... ganz nah heranholen konnte, wenn man diese drückte. Mit Hilfe einer etwas größeren silbernen Warze konnte man das Fernrohr auch nachts verwenden, obwohl die Bilder, die man dann sah, sehr verschwommen waren und kaum mehr als grün leuchtende Umrisse zeigten. Das Fernrohr schien eher ein lebendes Wesen als ein unbeseelter Gegenstand zu sein, denn es mußte wie eine Pflanze ins Sonnenlicht gelegt werden, wenn es funktionieren sollte. Während ihrer Reise hatte Prinz Tolivar das Fernrohr einmal den ganzen Tag in seiner Truhe versteckt und allen gesagt, er habe es verloren, weil er gehofft hatte, ganz allein damit spielen zu können, ohne es mit seinem älteren Bruder und seiner Schwester teilen zu müssen. Aber als er das nächste Mal hindurchsehen wollte, hatte er nur Schwärze gesehen und war heulend zum König gerannt. Nachdem Tolivar von seinem Vater wegen seiner Selbstsucht getadelt worden war, hatte dieser

55

ihm erklärt, daß das Teleskop von Sonnenlicht lebte, wie so viele geheimnisvolle Geräte des Versunkenen Volkes.

Tolo sah sich gerade das große Schiff der Königlichen Regentin Ganondri von Raktum an. Es hatte drei Ruderbänke – nicht nur zwei, wie das Flaggschiff von Laboruwenda – und war mindestens doppelt so lang, mit einem enormen Sturmbock am Bug, der zum Rammen von feindlichen Schiffen eingesetzt werden konnte. Das Großsegel und das Focksegel waren mit dem Wahrzeichen des Piratenlandes bemalt, einer stilisierten goldenen Flamme. Tolo war enttäuscht, als er keine Spur von den gefürchteten Kriegsmaschinen entdecken konnte, mit denen geschmolzener Schwefel oder rotglühende Felsen auf die Schiffe von Raktums Feinden geschleudert wurden. Statt dessen standen Ritter in schimmernder Rüstung und farbenprächtig gekleidete Hofdamen auf dem Achterdeck herum, wo über einem vergoldeten Sessel ein goldener Baldachin errichtet worden war.

»Die böse Königin schläft bestimmt noch«, sagte Tolo zu seiner Schwester. »Ich kann ihren Thron hinten auf dem Schiff sehen, aber er ist leer. Schau mal, Jan.«

Prinzessin Janeel sah durch die magische Röhre. »Das ist aber ein schönes Schiff! Die Raktumianer müssen sehr reich sein.«

»Das sind doch Piraten«, erklärte ihr Tolo. »Piraten sind immer reich. Ich möchte auch Pirat sein.«

»Wie kannst du nur so etwas Dummes sagen. Piraten bringen andere Leute um und stehlen, und alle hassen sie.« Sie richtete das Teleskop auf das fremdartig aussehende Schiff der Sobranier, das aus dem entlegensten Teil des Fernen Westens kam.

»Der Königliche Tierhüter Ralabun sagt, daß du den buckligen Enkel der bösen Königin heiraten mußt, wenn du groß bist.« Tolo grinste zufrieden. »Wenn du die Königin der Piraten bist, kannst du mich doch auch zum Piraten machen.«

Prinzessin Janeel ließ das Fernrohr sinken und warf ihrem kleinen Bruder einen bösen Blick zu. »Ich werde nie jemanden heiraten! Und wenn, dann würde ich bestimmt nicht so einen scheußlichen Kobold wie Ledavardis heiraten. Tante Kadiya hat gesagt, daß ich, sobald ich etwas größer bin, zu ihr kommen und in ihrem geheimen Haus im Grünsumpf leben kann, wenn ich will. Und das werde ich auch!«

»O nein, das wirst du nicht! Prinzen und Prinzessinnen können nicht machen, was sie wollen, das ist nicht so wie bei gewöhnlichen Leuten. Niki wird König von Laboruwenda, und er muß jemanden aus einer anderen Königsfamilie heiraten. Und du auch. Aber ich bin nur ein zusätzlicher Prinz. Wenn ich will, kann ich Pirat werden! ... Jetzt gib mir wieder das Teleskop. Ich will sehen, ob die Sobranier wirklich Federn haben, wie Rabun gesagt hat.«

Verärgert drückte ihm Janeel das Fernrohr in die Hände und begann, die Wanten hinunterzuklettern. Jungs! Was wußten die denn schon? Und trotzdem, als sie das sichere Deck erreichte, auf dem Immu sie schon erwartete, ignorierte sie die Schelte der Nyssomu-Frau und auch ihren Vorschlag, in den Salon zu gehen und etwas Kaltes zu trinken, und zog sie mit sich zur Reling des Schiffes hinter einige festgezurrte Frachtkisten. Dort waren die ältere Nyssomu und die Prinzessin völlig ungestört, und Janeel fragte:

»Stimmt es, daß ich Ledavardis von Raktum heiraten muß, wenn ich älter bin?«

Die Eingeborene brach in schallendes Gelächter aus. »Natürlich nicht! Wer hat Euch denn diesen Unsinn in den Kopf gesetzt, mein Liebchen?«

»Tolo«, stieß Janeel hervor. »Er hat es von Ralabun.«

Immus nichtmenschliches Gesicht legte sich vor Empörung in tiefe Falten, und die hochstehenden Ohren über ihrem Batistkopfschmuck zitterten wie vom Wind geschüttelte Blätter.

»Ralabun Ralabun Ralabun! Ich werde ihm den Schädel versohlen, bis ihm die Augen herausfallen. Dieser flossenlippige Dummkopf sollte sich um das Ausmisten der königlichen Fronlerställe kümmern und Staatsangelegenheiten den Höherstehenden überlassen!«

»Dann stimmt es also nicht?«

Immu legte sanft ihre dreifingrigen Hände um das Gesicht der Prinzessin. Die beiden waren beinahe gleich groß, und die Nyssomu konnte mit ihren riesigen gelben Augen genau in die nußbraunen Augen ihres jungen Schützlings sehen. »Ich verspreche Euch bei den Herrschern der Lüfte, daß Eure lieben Eltern eher sterben würden, als Euch mit dem Koboldkönig von Raktum verheiratet zu sehen. Das Gerücht, daß dieser dumme Ralabun Eurem kleinen Bruder erzählt hat, wurde von den Feinden der Zwei Königreiche in die Welt gesetzt, von Lord Osorkon und Leuten seiner Sorte. Es ist eine Lüge.«

Sie küßte Janeel, dann fing sie an, die Zöpfe des Mädchens zu richten, die sich während der Kletterei in der Takelage gelöst hatten. Jan war keine so außergewöhnliche Schönheit wie ihre Mutter, aber ihr mit Sommersprossen übersätes Gesicht war hübsch, mit weit auseinanderstehenden, intelligenten Augen. Ihr Haar, ein warmes Goldbraun von der Farbe der Bloknußschalen, war außergewöhnlich glänzend und reichte ihr beinahe bis zur Taille, wenn es nicht zu Zöpfen geflochten war, um es zu bändigen.

»Stimmt es, daß sich Prinzessinnen ihre Ehemänner nicht selbst aussuchen können?«

Immu antwortete ihr lebhaft: »Was das betrifft – bei einigen ist das so, bei anderen wiederum nicht. Als Eure Tante Haramis Kronprinzessin von Ruwenda war, bevor sie die Weiße Frau wurde und vor der Vereinigung der Zwei Königreiche, wollte der böse König Voltrik von Labornok sie zu seiner Frau machen. Diese Verbindung wurde von König Krain und Königin Kalanthe abgelehnt, da sich Labornok dann Ruwenda einverleibt hätte, was natürlich etwas ganz anderes ist als die Vereinigung der Zwei Königreiche. Prinzessin Haramis erklärte sich damit einverstanden, einen Prinzen aus Var zu heiraten, obwohl sie ihn nicht liebte, denn dieser Prinz wollte mit ihr gemeinsam über Ruwenda herrschen. Eure Tante hat also das Wohl ihres Landes über ihr eigenes Glück gestellt, so wie es ihre Pflicht war.«

»Aber Tante Haramis hat doch auf den Thron verzichtet!«

»Ja. Und die Krone ist an Eure Tante Kadiya übergegangen, die ebenfalls darauf verzichtet hat, und dann an Eure liebe Mutter, die weitaus besser zur Königin geeignet war als ihre Schwestern. Damals war der grausame Voltrik schon tot, und Antar, Euer Vater, war König von Labornok. Eure Mutter und Euer Vater verliebten sich ineinander und heirateten, und jetzt herrschen sie über beide Königreiche. Die Trockenzeit verbringen sie bei Hofe in der Zitadelle von Ruwenda und die Regenzeit im Palast von Derorguila in Labornok.«

»Aber kann sich Niki denn selbst eine Prinzessin aussuchen, in die er sich verliebt und die er zu seiner Königin macht? Und kann ich mir einen Prinzen aussuchen?«

Immu zögerte. »Ich hoffe, daß es so sein wird, mein kleiner Liebling. Ich hoffe es von ganzem Herzen. Aber die Zukunft ist nur dem Dreieinigen Gott und seinen Dienern, den Herrschern der Lüfte, bekannt, und für kleine Mädchen ist es am besten, wenn sie sich über solche Dinge nicht zu viele Sorgen machen. Bis zu Eurer Hochzeit ist es noch lange, lange hin ... Aber jetzt sollten wir in die Kleiderkabine gehen! In wenigen Stunden schon werden wir im Hafen von Taloazin anlegen. Wir werden ein wunderschönes Kleid für Euch heraussuchen, und dann schmücken wir Euer Haar mit einem Juwelendiadem. Schließlich müssen wir den hochnäsigen Bürgern von Zinora doch zeigen, daß das Königshaus von Laboruwenda viel mehr Glanz besitzt als das ihres aufgeblasenen kleinen Königreiches.«

Kronprinz Nikalon teilte sich seinen luftigen Sitzplatz auf dem Fockmast mit einem jungen Seemann namens Korik, mit dem er während der zweiwöchigen Seereise von Derorguila Freundschaft geschlossen hatte. Im Gegensatz zum Rest der labornokischen Mannschaft, die sich ständig vor ihm verneigte und ihn mit ›Hoher Herr‹ anredete – während sie ihn gleichzeitig hinter seinem Rücken eine penetrante Nervensäge nannten und ihm den Zugang zu den interessanteren Teilen des Schiffs verweigerten, weil Königin Anigel den Königskindern verboten hatte, sich diese anzusehen –, hatte Korik Mitleid mit dem gelangweilten Jungen gehabt und ihm alles gezeigt, von der Kettenkammer in der Fockspitze bis hin zur Ruderöse des Achterstevens. Trotz aller Verbote hatte er den Prinzen auch gelehrt, wie man in der Takelage herumkletterte (und Niki hatte es seiner Schwester und seinem kleinen Bruder beigebracht), und ihn eingeladen, heimlich seine Wachen im Krähennest mit ihm zu teilen, wo er nach Felsen, Sandbänken und anderen Schiffen Ausschau gehalten hatte, als die Flottille an den Inseln von Engi vorbei und an der Küste von Var entlang bis hinunter nach Zinora gesegelt war. Korik hatte ihm erklärt, wie die Seile und Segel funktionierten, warum das Schiff den Kurs änderte, wenn der Wind aus einer anderen Richtung kam, und warum sie die Segel während eines Sturms herunternahmen und warum freie Männer bessere Galeerenruderer waren als Sklaven, und tausend andere Fragen beantwortet, so gut er es vermocht hatte.

Aus Dankbarkeit hatte Niki dem jungen Seemann versprochen, ihn zum Admiral zu machen, wenn er König würde. Korik hatte gelacht und gesagt, daß Admirale viel zuviel Zeit bei Hofe verbringen mußten, wo sie langweilige Ratssitzungen besuchten und langatmige Papiere unterzeichneten. Er wollte nur Kapitän seines eigenen Schiffes sein, nicht mehr.

»Und dann«, sagte er zu Niki, »würde ich als erster in die am weitesten entfernten Teile der bekannten Welt segeln – weiter als Sobrania, ja sogar weiter als das Land der Gefederten Barbaren. Ich würde einmal rund um die Welt segeln, durch die Eisinseln des schrecklichen Aurora-Meeres, am Rande der Immerwährenden Eisdecke entlang, bis ich die Eiswüsten oberhalb von Tuzamen erreiche. Und dann würde ich an den Flammeninseln vorbei wieder nach Süden segeln, den Piraten von Raktum trotzen und wohlbehalten wieder nach Derorguila zurückkehren.«

Niki hatte ihn mit offenem Mund angestarrt. »Und das hat bis jetzt noch niemand getan?«

»Noch niemand«, hatte Korik stolz erklärt. »Sie haben alle Angst vor dem zugefrorenen Aurora-Meer und den Seeungeheuern. Aber ich habe keine Angst.« Dann hatte er Niki aufmerksam angesehen. »Eine Forschungsreise wie diese kostet eine Menge Geld, aber die Menschen würden sich für alle Zeiten an den König erinnern, der sie möglich macht. Und ich würde seltene Pflanzen und Tiere und andere wertvolle Dinge für ihn zurückbringen – und vielleicht sogar Hinweise auf eine noch nicht entdeckte geheime Ruinenstadt des Versunkenen Volkes mit noch wundersameren Geräten als jenen, die bis jetzt entdeckt worden sind.«

»Ich werde dir das Geld für diese Reise geben!« hatte Prinz

Niki erklärt. Aber der Seemann hatte nur gelacht und gesagt, daß der Junge erst in vielen, vielen Jahren König sein würde, da König Antar ein junger Mann von robuster Gesundheit sei, und bis dieser alt geworden und gestorben war, würde Nikalon sein Versprechen sicher schon vergessen haben.

»Ich werde es *nicht* vergessen«, hatte der Kronprinz gesagt.

Als Niki jetzt über das glänzende Wasser hinüber zur Küste sah, wo die Hauptstadt von Zinora lag, dachte er darüber nach, wie es wohl sein würde, ein so junger König wie Yondrimel von Zinora zu sein, der Forschungsreisen ausstatten oder andere große Taten vollbringen konnte. Wie sich der König von Zinora wohl fühlen mochte, so kurz vor dem Beginn des Krönungsballes, auf dem ihm die Herrscher der Welt ihre Aufwartung machen würden? Der achtzehnjährige Yondrimel war natürlich bereits Herrscher über sein Volk, und die Krone war rechtmäßig durch Vererbung auf ihn übergegangen. Aber die Zeremonie sollte seine Herrschaft in den Augen der anderen Nationen noch bestätigen und ihnen zeigen, daß er ein richtiger Monarch war – nicht so eine erbärmliche Marionette wie der junge König Ledavardis von Raktum, der beinahe so alt war wie Yondrimel, aber seinen Thron nicht besteigen konnte, da ihm dieser von seiner mächtigen Großmutter vorenthalten wurde. König Antar hatte gesagt, daß auch der zinorianische König hoffe, bei der Krönung Allianzen eingehen zu können, die seinen Thron festigen würden.

Obgleich er erst elf Jahre alt war, verstand Prinz Nikalon schon, wie wichtig Allianzen waren. Laboruwenda war Allianzen mit Var und dem Inselfürstentum von Engi auf der Halbinsel eingegangen. Sie trieben freien Handel miteinander, kämpften gemeinsam gegen Piraten, die ihre Schiffe bedrohten, und nahmen keine Verbrecher auf, die über die Grenze kamen. König Antar und Königin Anigel hofften, eine ähnliche Allianz mit König Yondrimel von Zinora eingehen zu können. Das war jedoch auch der Plan von Raktum, dem größten Feind von Laboruwenda, das Yondrimel bereits Tausende von Platinkronen und unzählige Schatullen mit Juwelen als Krönungsgeschenke geschickt hatte. Niki fragte sich, ob der junge Monarch von Zinora den Schmeicheleien der

Piratenkönigin wohl widerstehen würde. Sie war so unermeßlich reich!

Sie segelten jetzt in der Nähe der raktumianischen Flottille. Das goldverzierte Holz auf den Flanken der riesigen Triere leuchtete in der Sonne, und die vielen bunten Flaggen in der Takelage flatterten lustig im Wind. Die anderen drei schwarzen Schiffe waren beinahe ebenso nobel geschmückt. O ja, Raktum war reich! Nach der Krönung sollte es ein großes Bankett und viele Vergnügungen geben, und man sagte sich, daß fast alles von dem bösen Raktum bezahlt werden würde.

Niki hatte seinen Vater und seine Mutter gefragt, warum die anderen Herrscher das Piratenvolk denn nicht ächteten. Aber sie hatten nur geseufzt und ihm gesagt, daß wichtige Staatsangelegenheiten nicht so einfach seien wie alltägliche Dinge und daß er in ein paar Jahren alles viel besser verstehen werde.

Niki hatte jedoch seine Zweifel, ob das wirklich so sein würde.

Prinz Tolivar wurde es schließlich zu langweilig, in der kratzigen Takelage zu hängen und immerzu durch das magische Fernrohr zu sehen. Da fiel ihm etwas Großartiges ein – er wollte hinunterklettern und seiner Mutter das wundervolle Spielzeug geben, damit sie auch einmal hindurchsehen konnte. Die Königin hatte beim Frühstück sehr traurig ausgesehen, und das Fernrohr würde sie vielleicht aufmuntern. Der kleine Junge klemmte sich das Fernrohr zwischen die Zähne und kletterte an der aus einem Seil geknüpften Leiter hinunter bis auf das Deck. Dann lief er hüpfend und springend zum Heck des Schiffes. Als er auf dem Salondeck um die Ecke bog, wäre er beinahe gegen Lord Penapat und seinen Vater, den König, gelaufen, die gerade angelten. Onkel Penapats große Arme fingen ihn ein und schwangen ihn hoch empor in die Luft, wo er herumzappelte wie ein Sukbri, den man gerade aus seiner Muschel geholt hatte.

»Habt Ihr Mutter gesehen?« fragte der kleine Prinz den König. »Ich will ihr mein Fernrohr geben, damit sie sich die anderen Schiffe und Zinora anschauen kann.«

»Sie ist mit Lady Ellinis auf dem Achterdeck und mit offiziellen Dokumenten beschäftigt – wie immer. Du kannst ihr das Fernrohr geben, aber du mußt gleich wieder gehen. Und stör sie nicht mit deinem Geplapper.«

»Nein, Sire.«

Das Kind rannte davon. Seine hellen Haare wehten in der leichten Brise, und Penapat schüttelte amüsiert seinen mächtigen Kopf. »Was für ein lebhaftes Kind. Er, sein königlicher Bruder und die kleine Prinzessin haben die Mannschaft des Schiffes während dieser Reise ganz schön in Atem gehalten, Euer Gnaden.«

Lachend pflichtete der König ihm bei. Er spießte einen frischen Köder auf seinen Haken und warf ihn wieder aus. Dann verfinsterte sich sein Gesicht. »Ich hoffe, es war kein Fehler, sie zu der Krönung mitzunehmen. Ich wollte die Kinder zu Hause lassen, aber Anigel bestand darauf. Sie sagte, es sei ihre Pflicht, die Mitglieder der anderen Königshäuser kennenzulernen und sich daran zu gewöhnen, gesellschaftlichen Umgang mit Ausländern zu haben. Aber wann immer Raktum sich in etwas einmischt, ist damit eine gewisse Gefahr verbunden. Und wir wissen, daß es sich bei dieser Krönung *sehr stark* einmischt.«

Penapat nickte zustimmend. »Zoto sei Dank, daß Königin Ganondri nur einen mißgestalteten Enkelsohn hat und keine Enkeltochter, die sie mit Yondrimel verheiraten könnte. Sonst wäre ihre Allianz schon vorherbestimmt!«

»Raktum ist weit weg von Zinora, daher ist diese Angelegenheit keineswegs von so großem Interesse für die Zwei Königreiche, auch wenn Ganondri noch so sehr über uns spottet. Aber ich habe immer noch ein ungutes Gefühl, weil wir die Kinder mitgenommen haben.«

Penapat stützte seine Ellbogen auf die Reling und blickte aufs Meer hinaus, hinüber zu den raktumianischen Schiffen, die jetzt weniger als zwei Taulängen entfernt waren. Die kleinen Gestalten der Seeleute und Passagiere auf dem Flaggschiff der Königlichen Regentin starrten ganz ungeniert auf die laboruwendianische Flottille.

»Nicht einmal Königin Ganondri wäre so unverfroren, gegen uns vorzugehen, nicht, wenn die Königsfamilien und Adligen sieben anderer Länder Zeugen ihrer Schandtat sind«, sagte Penapat bedächtig. »Sie würde auch nicht das Risiko eingehen, sich König Yondrimel durch einen Skandal bei seiner Krönung zum Feind zu machen.«

»Ihr habt zweifellos recht, Peni. Wir sollten uns wahrscheinlich mehr Sorgen darüber machen, daß der Herr von Tuzamen anwesend sein wird.«

Vor Überraschung stieß der hünenhafte Haushofmeister des Königs einen Fluch aus. »Tuzamen? Dann sind sie also doch durch eine Delegation vertreten?«

Der König nickte. »Ich bekam vor dem Frühstück Nachricht von unserem Kapitän. Der schnelle kleine Kutter aus Engi, der uns am frühen Morgen überholt hat, signalisierte ihm, daß eine einzelne tuzamenische Galeere hinter uns zurückgeblieben ist. Zweifellos ist der sogenannte Herr von Tuzamen an Bord. In der Takelage des Schiffes wehte sein Sternenbanner. Ich denke, wir können davon ausgehen, daß ein unerwarteter Gast vorhat, den jungen König Yondrimel bei der Krönung durch seine Anwesenheit zu beehren.«

»Bei den Knochen von Zoto! Das erklärt auch, warum Königin Anigel so niedergeschlagen aussieht.«

»So ist es. Nachdem sie von der Erzzauberin erfahren hatte, daß ihre Schwester Kadiya ihren Talisman verloren hat, haben diese schlechten Nachrichten meine liebe Gemahlin mit schlimmen Vorahnungen erfüllt. Ich kann es ihr nicht verdenken. Sie hat sogar ihren eigenen Talisman von seinem angestammten Platz in der Staatskrone der Königin entfernt und ihn in ihrer Kleidung versteckt. Sie sagte, sie werde ihn Tag und Nacht bei sich tragen, solange wir in Zinora sind.«

»Sire, ist es möglich – trotz der gegenteiligen Beteuerungen unserer Spione –, daß dieser Portolanus von Tuzamen der Zauberer Orogastus ist, auferstanden von den Toten?«

»Gott bewahre uns und unser Volk davor, wenn dem so sein sollte. Erinnert Ihr Euch noch daran, wie dieser schändliche Zauberer meinen Vater ins Unglück getrieben hat? Wie er aus diesem strengen, aber gerechten Mann einen Verrückten gemacht hat, besessen von unheiligem Ehrgeiz? Der Zauberer hatte sich die Position des Königlichen Truchseß erschlichen, aber ich glaube, er hatte vor, sich nach meinem geplanten Tod zu Vol-

64

triks Nachfolger erklären zu lassen. Selbst jetzt lebt sein Vermächtnis aus Verrat und Umstürzlerei fort, in den Intrigen und Aufständen, die insgeheim von Lord Osorkon und seinen Gefährten in den nördlichen Marken an der Grenze zu Raktum angezettelt werden. Wenn der Zauberer Orogastus wirklich am Leben ist, können wir Tuzamen nicht länger als unzivilisiertes Hinterland ansehen. Er wird mit Sicherheit seine schwarze Magie einsetzen, um daraus ein mächtiges Land zu machen …«

»… und Königin Ganondri wird sich mit ihm gegen uns verbünden«, schloß Penapat grimmig.

»Vielleicht.« Antar kniff die Augen zusammen und musterte die große Galeere der Raktumianer. »Aber die Königliche Regentin ist keine Närrin. Außerdem spielt sie immer nach ihren eigenen Regeln.« Der König richtete sich auf und schlug seinem alten Freund lächelnd auf die Schulter. »Kopf hoch, Peni! In Taloazin erwartet uns eine Woche voller Festmahle, Bälle, hoher Politik und kleiner Gaunereien. Wir sollten dieser fruchtlosen Angelei ein Ende machen und unsere tapferen Lords von ihren Spieltischen und Trinkgelagen aufscheuchen. Ich will sicher sein, daß ihre Rüstungen glänzen und ihre Schwerter scharf sind.«

Königin Anigel dankte ihrem jüngsten Sohn liebevoll dafür, daß er ihr das Teleskop leihen wollte. Dann küßte sie ihn und befahl ihm, zu Immu zu gehen, die ihn baden und ihm saubere Kleidung anziehen sollte. Als der Junge mit finsterer Miene verschwunden war, seufzte sie und legte das Instrument unbenutzt zur Seite. »Tolo vergißt immer, daß ich solche Dinge gar nicht brauche, um in die Ferne zu sehen.«

Lady Ellinis, die Erste Beraterin der Zwei Königreiche, hob den Blick von dem Dokument, das sie gerade las, und sagte: »Euer Talisman erfüllt natürlich diese Funktion. Und noch andere.« Sie war eine stattliche Dame von gesundem Menschenverstand, Witwe jenes Gefolgsmannes Lord Manoparo, der sein Leben in dem fruchtlosen Versuch hingegeben hatte, Anigels Mutter zu verteidigen. Ellinis und ihre nicht minder klugen drei Söhne waren die Höflinge, die Anigel am nächsten standen, so wie Lord Penapat, der Gelehrte Lampiar und

Owanon, der Hofmarschall, die engsten Vertrauten Antars waren.

Die Königin zog den magischen Talisman, genannt das Dreihäuptige Ungeheuer, aus ihrem einfachen blauen Kleid und setzte ihn sich auf das kunstvoll frisierte Haar. Trotz seines furchteinflößenden Namens war der Talisman nichts anderes als ein Diadem aus einem silbrig glänzenden Metall, auf dem sechs kleine und drei größere Zacken saßen. Es war mit seltsamen Ornamenten verziert, die Blumen, Muscheln und drei bizarre Gesichter darstellten: einen heulenden Skritek, das Antlitz eines gemarterten Menschen, dessen Mund vor Schmerz weit aufgerissen war, und als drittes Gesicht in der Mitte eine wilde Fratze, deren Haar aus den Strahlen eines Sterns gebildet war. Unterhalb davon war der schwach glühende Bernsteintropfen mit der versteinerten Schwarzen Drillingslilie eingesetzt, der vom Augenblick ihrer Geburt an Anigels schützendes Amulett gewesen war – bis sie ihre große Aufgabe erfüllt und den Talisman gefunden hatte.

»Wollen wir uns die Piratenkönigin gemeinsam ansehen?« schlug sie Ellinis jetzt vor. »Auf meinen Befehl hin wird der Talisman seine Bilder mit Euch teilen. Die Vision wird jedoch nicht sehr lange dauern, da tiefe Konzentration erforderlich ist, um sie für zwei herbeizurufen.«

Die dunklen Augen der Königlichen Beraterin blitzten interessiert auf. »Es würde mir schon gefallen, wenn ich Ganondri sehen könnte, Euer Gnaden. Ich habe sie das letztemal vier Jahre vor Eurer Geburt gesehen, als ihr verstorbener Sohn König Ledamot die unglückliche Mashriya von Engi geheiratet hat. Ganondri war damals sehr schön und stolz, aber zurückhaltend in ihrem Auftreten. Ich weiß, daß letzteres angesichts ihres heutigen Rufes sehr unglaubwürdig klingt.«

»Ergreift meine Hand«, befahl Königin Anigel. Dann schloß sie die Augen und rief den Zauber des Talismans herbei.

Sie sahen eine Schiffskabine, die mit kostbaren Federgobelins aus Sobrania und eleganten Stühlen ausgestattet war. Überall standen geschnitzte Truhen, geschmückt mit Intarsien aus Perlmutt, geschliffenen Korallen und Halbedelsteinen. Einige dieser Truhen waren geöffnet, und aus ihnen quollen prächtige Gewänder hervor, die bis auf den mit einem dicken Teppich belegten Boden hingen. Die Königliche Regentin saß an einem Frisiertisch aus lackiertem Holz, auf dem ein vergoldeter Spiegel stand, und legte ungeduldig nacheinander verschiedene Halsbänder an, die ihr von einer eingeschüchterten Hofdame gereicht wurden. Anigel und Ellinis hörten nicht, was die Königin oder ihre Hofdame sagten, da sie das Bild nur im Geiste sahen.

Trotz ihres hohen Alters war Ganondri immer noch eine gutaussehende Frau, obwohl ihr hageres Gesicht von unzähligen feinen Linien durchzogen war, die sie mit Schönheitsmittelchen übertüncht hatte. Ihr Mund war zu einem schmalen Strich zusammengepreßt; die grünen, von langen Wimpern umrahmten Augen funkelten nur so vor Bosheit. Ihr immer noch volles rotes, wenngleich von weißen Strähnen durchzogenes Haar erinnerte an das blasse Rot blankgescheuerten Kupfers und war auf jene komplizierte Art frisiert, die die Damen aus dem halbwilden Raktum bevorzugten. Sie trug ein Kleid aus meergrünem Samt mit Stickereien aus Goldfäden und einem seltenen goldenen Wurrempelzbesatz.

Nachdem sie ein halbes Dutzend prachtvoller Schmuckstücke abgelehnt und dabei anscheinend ungeduldige Verwünschungen ausgestoßen hatte, schien sich Ganondri jetzt für ein schweres Halsband aus goldenen Gondablättern zu entscheiden. Die Blätter waren mit Hunderten von Smaragden besetzt, zwischen denen hier und da Diamanten saßen, die an Tautropfen erinnern sollten. Die zitternde Hofdame wollte ihr dann die passenden großen Ohrgehänge dazu reichen, aber die Königin wies sie zurück und wählte statt dessen kleinere Ohrstecker aus Gold, in die ein einzelner Diamant eingebettet war.

An dieser Stelle ließ Anigel die Hand von Ellinis los, und das Bild, das sie sich zusammen angesehen hatten, verschwand.

»Ganondris hat immer noch einen auserlesenen Geschmack für Juwelen«, bemerkte Ellinis amüsiert, »aber wenn ich ihr in einer dunklen Ecke des Schlosses Taloazin begegnen sollte, würde ich es trotzdem vorziehen, in Begleitung und bewaffnet zu sein. Sie sah so aus, als ob sie die arme Zofe fressen wollte, sollte ihr das Mädchen noch ein weiteres Schmuckstück reichen, das ihr nicht gefiel.«

Anigel sah niedergeschlagen aus. »Ob gut- oder schlechtgelaunt – sie ist eine gefährliche Feindin unseres Volkes, und sie hat schon viel Unheil an der nördlichen Grenze des Königreiches angerichtet. Ich frage mich, ob der junge Yondrimel töricht genug sein wird, ihr zu vertrauen.«

»Wenn er ihr wirklich vertrauen sollte, Madame, wird es ihm vielleicht so ergehen wie dem Dummkopf, der dachte, er könne unbeschadet Würstchen über einem Vulkan grillen!«

Anigel seufzte und suchte die Papiere zusammen, mit denen sie fertig war. »Elli, bringt dies hier bitte zu Lord Lampiar. Erinnert ihn daran, daß Antar und ich noch einen Glückwunsch unterzeichnen müssen, der unseren Geschenken an Yondrimel beigelegt werden soll. Wenn der Schreiber noch nicht damit fertig ist, möge er sich beeilen. Die Geschenke müssen unserer Delegation vorausgeschickt werden, sobald wir in Taloazin angelegt haben.«

Ellinis erhob sich und nahm sowohl ihre als auch die Papiere der Königin an sich. Sie konnte deutlich sehen, daß Anigel sich große Sorgen wegen des bevorstehenden Besuchs machte. Sanft berührte sie die jüngere Frau an der Schulter. »Soll ich Sharice mit süßem Wein und Gebäck schicken, um Euch ein wenig zu erfrischen?«

»Ich danke Euch, aber lieber nicht. Ich muß über einige Dinge nachdenken, und dazu brauche ich einen klaren Kopf.«

Die alte Dame lächelte mitfühlend. »Madame, haltet mich bitte nicht für aufdringlich, aber Ihr solltet Euch vor dem Einlaufen des Schiffes noch die Zeit nehmen, Euch zu erfrischen und Eure Staatskleidung anzulegen.«

»Ja, ja«, erwiderte Anigel ungeduldig. »Ich werde unser Volk nicht bloßstellen, indem ich als königliche Vogelscheuche erscheine.«

»Ihr wärt selbst in einem ramponierten Nachthemd noch strahlend schön«, sagte Ellinis unbeeindruckt. »Aber Euer Gefolge wäre enttäuscht, und Eure Feinde würden jubeln.« Sie verneigte sich und ging. Die Königin blieb allein an dem kleinen Tisch unter dem gestreiften Baldachin.

Von diesem Teil des Achterdecks aus waren weder Seeleute noch andere Menschen zu sehen. Der Wind hatte sich fast völlig gelegt, seit sie um die Landspitze gesegelt waren, und die laboruwendianische Galeere wurde nun von zwei mächtigen Ruderbänken durch die ruhige Perlenbucht vorangetrieben. Auch die anderen Schiffe bewegten sich jetzt mit Hilfe ihrer Ruder vorwärts, und die raktumianische Triere mit ihren drei Begleitschiffen war ihnen weit voraus.

Und wo mag der Mann aus Tuzamen jetzt wohl sein? fragte sich Anigel. Wieder schloß sie die Augen und rief ihren Talisman an. Dieses Mal zeigte die Vision einen viel größeren Ausschnitt, und Anigel konnte auch alle Geräusche in der Umgebung hören. Sie schien ein Seevogel zu sein, der über die Wellen flog und sich dem einsamen, weiß gestrichenen Viermaster näherte. Auf den schneeweißen Großsegeln war kein Wappen zu sehen, aber ganz oben am Großmast flatterte ein schwarzes Banner mit einem vielstrahligen Silberstern.

»Zeig mir Portolanus!« befahl Anigel ihrem Talisman. Die Vision ging näher an das tuzamenische Schiff heran, wo der Kapitän und einige Offiziere in einer kleinen Gruppe hinter dem Steuermann standen.

Inmitten der Offiziere entdeckte sie einen verschwommenen Umriß, der aussah wie ein Mann.

»Zeig mir Orogastus!«

Das Bild des Schiffes verblaßte; statt dessen sah sie nur einen gewaltigen Wirbel aus verschiedenen Grauschattierungen. Als Anigel vor Enttäuschung aufschrie, wurde das Bild immer heller und schrumpfte dann zusammen, bis sie nur noch einen Punkt aus weißem Licht sah, der zunächst noch eine Weile blinkte und schließlich ausging.

»Zeig mir Kadiya.«

Ein anderes Schiff, diesmal ein schnelles Handelsschiff mit der Flagge von Var. Es näherte sich mit hoher Geschwindigkeit dem Hafen von Kurzwe, einer schmuddeligen kleinen Stadt in Zinora, die etwa zwölfhundert Meilen westlich der Hauptstadt Taloazin lag. Kadiya lag bäuchlings auf dem Bugspriet und hielt mit einer Hand ein Seil fest, während viele Ellen unter ihr die See vorbeidonnerte. Aus der Nähe betrachtet, sah Kadiya eher wie eine armselige Schiffbrüchige und nicht wie die unbezwingbare Herrin der Augen aus. Sie trug ein vom Salzwasser durchnäßtes Wams, und ihr Haar war ganz zerzaust und strähnig von der Gischt. Aber ihre geschwollenen Augen und die Spuren von Feuchtigkeit auf ihren Wangen rührten nicht von der Gischt her, und Anigel wollte das Herz brechen, als sie ihre unglückliche Schwester so sah.

Arme Kadi! Sie war die temperamentvollste und mutigste von den dreien – nie schwankend oder an ihren Fähigkeiten zweifelnd wie Haramis, nie völlig mit ihren Gedanken in der Arbeit versunken oder bedächtig wie Anigel selbst. Kadiya schlug zwar oft allzu einfache Lösungen für schwierige Probleme vor, und manchmal ging auch ihr Temperament mit ihr durch. Aber kein menschliches Wesen liebte die Eingeborenen mehr als Kadiya, die bereit war, ihr Leben für sie hinzugeben, sollte es denn notwendig sein.

Aber jetzt war sie gedemütigt durch den Verlust ihres Talismans, verzweifelt angesichts der bevorstehenden Rückkehr auf die gefährliche Insel, mit Gefährten, die tapfer waren, aber fast nichts vom Segeln oder dem Überleben auf See verstanden. Obwohl sie nicht mit ihren Schwestern sprechen konnte, war sie doch sicher, daß diese ihren furchtbaren Verlust bereits entdeckt hatten. Aber sie wußte nicht, daß Anigel und Haramis bereits besprochen hatten, wie der verlorene Talisman geborgen werden konnte, sobald die Krönung vorbei war.

Nur Mut, liebste Kadi! Hara und ich werden dir helfen, das Dreilappige Brennende Auge zu bergen.

Hatte die niedergeschlagene Gestalt nicht eben ihren Kopf gehoben? War nicht ein Leuchten über ihr Gesicht gegangen? Hatte Kadiya sie etwa gehört? Anigel hoffte so sehr, daß sie recht hatte. Kadiya wischte sich die Augen und setzte sich auf, so daß sie jetzt rittlings auf dem Bugspriet saß, anstatt so gefährlich nah an der tobenden See zu liegen. Ihre Tränen versiegten, und ein nachdenklicher Ausdruck erschien auf ihrem Gesicht.

Ja, Kadi, ja! Denk immer daran: Wir Drei sind Eins!

Dann erteilte Anigel ihrem Talisman einen letzten Befehl: »Zeig mir Haramis.«

Die Erzzauberin hob den Blick von einer großen Landkarte, die sie in ihrer Bibliothek studiert hatte, und sah ihre jüngste Drillingsschwester mit einem Lächeln auf den Lippen an.

»Bist du traurig, Ani?«

»Ich habe gerade Kadiya mit meinem Talisman gesehen, und ihr Anblick hat mir das Herz zerrissen. Ich hoffe, du hast recht – daß mein eigener Talisman dem Dreilappigen Brennenden Auge befehlen wird, in die Hand seiner Herrin zurückzukehren, wenn er an den Ort gebracht wird, wo Kadiyas Talisman in den Fluten versank.«

»Es wird alles gut werden«, sagte die Erzzauberin. »Unsere Schwester hat ihren Talisman nicht durch ihre eigene Unachtsamkeit, sondern durch ein Mißgeschick verloren. Sie trifft keine Schuld, und die Magie, die dem Talisman innewohnt und ihn an Kadiya bindet, ist noch intakt.«

»Es beunruhigt mich aber trotzdem, daß wir nicht sofort nach dem Talisman suchen.«

»Darüber haben wir doch schon gesprochen. Die Ehre deines Landes verlangt es, daß du der Krönung beiwohnst. Kadiyas Talisman wird dort unten im Meer schon nichts passieren. Jeder, der ihn ohne ihre Erlaubnis berührt, ist des Todes, und Portolanus mit seiner Sternentruhe ist nicht in der Nähe davon. Wahrscheinlich weiß er nicht einmal, daß Kadi ihn verloren hat.«

»Ja, du hast sicher recht.«

»Selbst wenn es Kadiya gelingen sollte, ein zinorianisches Schiff zu bekommen, wird sie einige Zeit brauchen, um auf die Inseln zurückzukehren. Wenn sie und ihre Gefährten auf eigene Faust reisen, müssen sie mit großer Vorsicht vorgehen und in Sichtweite des Festlandes bleiben, bis sie die nördlichste der Inseln unter dem Verlorenen Wind erreichen. Dann erst werden sie nach Süden zur Ratsinsel segeln können, die selbst auf der kürzesten Route über zweitausendvierhundert Meilen von Kurzwe entfernt liegt. Mit deinen schnellen Schiffen wirst du sie sicher einholen können, selbst wenn du die ganze Krönungswoche über bleibst.«

»Das glaube ich auch. Mit dem Dreihäuptigen Ungeheuer kann ich ja ganz leicht feststellen, wo sie gerade ist. Ist es dir denn inzwischen gelungen, mit Kadi zu sprechen?«

»Leider nein«, mußte Haramis zugeben. »Ich habe es wieder und wieder versucht – ohne Erfolg. Meine Vorgängerin Binah konnte mit Menschen und Eingeborenen über große Entfernungen sprechen, aber sie hatte ja auch viele Jahre der Übung hinter sich. Wenn Kadiya ihren Talisman nicht bei sich hat, vermag ich nicht mit ihr zu sprechen, obwohl ich sie deutlich sehen und hören kann.«

Anigel zögerte. »Als ich sie eben sah, konnte ich nicht umhin, sie zu bedauern und ihr Glück zu wünschen. Sie ... sie schien meine Gedanken zu ahnen.«

»Wirklich? Vielleicht waren es deine tiefe Zuneigung und dein Mitgefühl, die deine geistigen Worte so verstärkt haben. Ich muß zugeben, daß ich mich in letzter Zeit oft über Kadiya geärgert habe, und zweifellos beeinflußt das auch meine Konzentration. Manchmal kommt es mir so vor, als ob ich es nie lernen werde, eine richtige Erzzauberin zu sein. Ich lerne und lerne, aber wenn ich Zauberei einsetzen soll, gelingt es mir oft nicht.«

»Was für ein Unsinn. Die alte Erzzauberin hat dich *erwählt*.«

»Vielleicht hat sie nur den Apfel mit den wenigsten Flecken aus einem Korb fauler Früchte herausgepickt ... Aber ich sollte dich nicht mit meinen Selbstzweifeln belästigen. Ich werde auf alle Beteiligten an dem uns bevorstehenden Geschehen ein Auge haben und dir sofort Bescheid geben, wenn jemand einen schändlichen Plan ausheckt. Leb wohl, kleine Schwester.«

Als das Bild von Haramis verschwand, erlosch auch der Hoffnungsfunke, den Anigel gespürt hatte. In Gedanken versunken, starrte sie am Achterschiff und den drei anderen laboruwendianischen Schiffen vorbei auf den Horizont und die massige Landzunge, die sie vor kurzem umrundet hatten.

Gerade segelte ein anderes Schiff in die weitläufige Perlenbucht ein. Ein Schiff von so blendendweißer Farbe, daß man es deutlich erkennen konnte, obwohl es noch über fünfzehn Meilen entfernt war. Unfähig, ihre Augen davon abzuwenden, folgte sie wie hypnotisiert seinem Kurs, bis nach einer Viertelstunde König Antar kam, ihre Beklommenheit mit seinen Küssen vertrieb und sie dann zum Mittagsmahl führte.

5

Der kleine Prinz Tolivar, der nach der ermüdend langen zinorianischen Krönungszeremonie im Tempel der Mutter schlecht gelaunt war, bekam einen Wutanfall und wollte sich nicht von Immu ankleiden lassen, als er erfuhr, daß sein älterer Bruder Nikalon bei dem Krönungsball ein kleines Schwert tragen durfte und er nicht.

»Niki bekommt immer die schönsten Sachen, nur weil er Kronprinz ist«, stieß der Achtjährige hervor. »Das ist ungerecht! Wenn ich kein Schwert haben kann, gehe ich da nicht hin!«

Dann rannte er weg, und die Bediensteten jagten hinter ihm drein, treppauf und treppab, durch sämtliche der zahlreichen Räume in der laboruwendianischen Botschaft von Taloazin, während draußen die Kutsche wartete und der König und die Königin ob der Verzögerung schon ganz aufgebracht waren. Ein paar kräftige Lakaien zogen den Jungen schließlich aus seinem Versteck im Weinkeller und hielten ihn fest, damit Immu dem immer noch gellend kreischenden Prinzen seinen purpurroten Anzug aus Brokat anziehen konnte. Inzwischen war König Antar so erzürnt über seinen rebellischen kleinen Sohn, daß er zu Tolo sagte, er werde ihm zur Strafe das magische Fernrohr wegnehmen, so daß er auf der Heimreise nicht hindurchsehen könne.

»Ihr haßt mich!« schrie der wütende Junge seinen Vater an. Dicke Tränen liefen ihm über die Wangen. »Immer zieht Ihr Niki vor. Ich werde weglaufen, nach Raktum, und dann werde ich Pirat, und dann werdet Ihr wünschen, Ihr hättet mir erlaubt, ein Schwert zu tragen.«

Die entsetzten Eltern drängten Tolo und ihre beiden anderen Kinder in die Kutsche und bedeuteten dem Fahrer, die Fronler anzutreiben. Und in der Tat waren sie die letzte königliche Gesellschaft, die das neue Lustschloß am Ufer des Flusses erreichte, wo der Ball stattfinden sollte. In dem überfüllten Vorraum zum Ballsaal ließen Anigel und Antar ihre Kinder in der Obhut von Lord Penapat und seiner Frau Lady Sharice zurück, dann eilten sie – angeführt von einem nervö-

sen zinorianischen Zeremonienmeister – davon, um ihre
Plätze im Glückwunschdefilee zu suchen.

»Warum können wir denn nicht mit Mama und Papa
hineingehen?« fragte Tolo bockig.

»Weil wir noch nicht an der Reihe sind«, entgegnete ihm
Prinz Nikalon. »Hör endlich auf, dich wie ein verzogenes
Gör aufzuführen.«

»Ihr drei Königskinder werdet nach den Königen und
Königinnen und den anderen Herrschern hineingehen«, sagte
Lady Sharice mit munterer Stimme. »Jetzt kommt erst einmal
mit mir und Onkel Peni. Wir haben einen reservierten Platz,
wo wir uns hinstellen und zusehen können, wie der neue
König von Zinora seine erlauchtesten Gäste begrüßt.«

»Das macht bestimmt keinen Spaß«, murmelte Tolo.

»Es soll dir ja auch keinen Spaß machen«, sagte Prinzessin
Janeel zu ihm. »Es ist deine Pflicht. Wenn das Defilee vorüber
ist, können wir etwas essen und trinken. Aber erst mußt du
dich noch eine Weile benehmen.«

Die Prinzessin nahm Tolo bei der einen Hand, Lady Sharice
bei der anderen, und mit vereinten Kräften zogen sie den kleinen Jungen zu einem abgetrennten Zuschauerbereich, der von
blauen Satinbändern umgeben war. Dort hatten sich bereits
viele andere prächtig herausgeputzte Königskinder und
hochrangige Adlige versammelt, sowohl Kinder als auch
Erwachsene. Die meisten von ihnen schwatzten und kicher-
ten munter durcheinander. Mit finsterer Miene ließ sich Tolo
mitten in der Menge, die zunächst gar nichts bemerkte, auf
den polierten Marmorboden plumpsen.

»Ich bleibe jetzt hier sitzen«, sagte er und ignorierte die
Bitten der völlig schockierten Lady Sharice.

Lord Penapat beugte sich zu ihm hinunter und fing an, mit
ihm zu schimpfen, aber einen Augenblick später hatte er den
unartigen Tolo vollkommen vergessen und richtete sich wieder auf, als jemand laut flüsterte:

»Der Zauberer! Seht, da kommt gerade Portolanus von
Tuzamen herein!«

Sofort war Tolo wieder auf den Beinen. »Onkel Peni, hebt
mich hoch! Ich will den Zauberer sehen.«

»Aber sicher, Junge.« Penapat setzte den Jungen auf seine Schultern. »Da ist er, er kommt gerade zur Tür herein. Beim Dreieinigen Zoto! Was für ein Anblick!«

»Ohhh!« Tolo war ungeheuer beeindruckt und riß die Augen weit auf. »Wird er heute abend zaubern?«

»Aber sicher wird er das«, sagte Lady Sharice plötzlich mit einem kleinen Lachen. »Da bin ich *ganz* sicher.«

»Es muß sehr schön sein, ein Zauberer zu sein.« Tolo seufzte. »Einem Zauberer kann keiner befehlen, etwas zu tun, das er nicht will … Vielleicht sollte ich statt Pirat doch lieber Zauberer werden, wenn ich groß bin.«

Lord Penapat setzte den Jungen wieder ab und lachte. »Das ist aber eine merkwürdige Idee!«

»Das werden wir schon sehen«, sagte Tolo. Aber dann wurde seine Aufmerksamkeit völlig von den Krönungsfestlichkeiten in Anspruch genommen, so daß er seine Worte bald vergessen hatte.

Portolanus war mit Absicht allen Banketten und Feierlichkeiten ferngeblieben, die der Krönung vorangegangen waren, und hatte sich auch während der Krönungszeremonie selbst im Hintergrund gehalten, umgeben von seinen Helfern und Höflingen, so daß nur wenige Leute einen flüchtigen Blick auf ihn erhascht hatten. Erst bei diesem feudalen Ball, auf dem die Herrscher der verschiedenen Völker dem frisch gekrönten König Yondrimel in einem feierlichen Defilee ihre guten Wünsche überbringen würden, wollte sich der selbsternannte Herr von Tuzamen vor aller Augen zeigen.

In skurrile, unpassende Gewänder gekleidet, schlurfte er jetzt allein zu einem Platz ganz am Ende des prunkvollen Glückwunschdefilees. Die flüsternden Stimmen um ihn herum schien er nicht zu hören, wie er auch offensichtlich nicht bemerkte, daß die Augen der im Ballsaal anwesenden Würdenträger und Adligen zum größten Teil auf ihm und nicht auf König Yondrimel ruhten.

Im Ballsaal spielte ein aus hundert Musikern bestehendes Orchester. Die Wände des riesigen Saales waren mit weinrotem Damast bespannt, von dem sich vergoldete Pilaster und mächtige Spiegel in Rahmen aus Heliotropen, Jaspissen und Onyxen abhoben. Von der Decke hingen riesige goldene Kronleuchter mit Tausenden von Kerzen, die ein warmes Licht aussandten. Auf jeder Seite des Saales waren die hohen Flügelfenster geöffnet worden, damit die süße Luft aus den Gärten hereinströmte.

Es war früher Abend. Beinahe eintausend geladene Gäste waren zu dem Lustschloß am Ufer des Flusses Zin gekommen, das nur für diesen Anlaß errichtet worden war. Die meisten der Anwesenden waren Zinorianer, die sich mit den in Zinora so hochgeschätzten wertvollen Perlen geschmückt hatten. Unter den Gästen von außerhalb befanden sich vor allem Raktumianer. Viele Männer und Frauen aus dem Piratenland trugen anstelle von Gesellschaftskleidung reichverzierte Helme und juwelenbesetzte Harnische.

Königin Anigel und König Antar waren unter den letzten Gästen, die ihre Plätze im Defilee einnahmen.

»Ich sehe keine Ähnlichkeit zwischen Orogastus und diesem Portolanus«, flüsterte Antar seiner Gemahlin zu, als er die bizarre Gestalt des Herrn von Tuzamen musterte. »Der Zauberer, den ich vor zwölf Jahren kannte, hatte ein gutgeschnittenes Gesicht und eine kräftige Gestalt. Dieser Mann hier hat einen krummen Rücken, und seine Züge sind so verzerrt, daß es schon beinahe komisch wirkt. Er hat überhaupt nichts Gebieterisches oder Bedrohliches an sich. Er sieht nicht wie ein Zauberer aus, eher wie ein Quacksalber. Schau dir nur diesen albernen spitzen Hut an – obendrauf sitzt ein Diamantstern, und er hat ihn so tief über seinen Kopf gezogen, daß seine Ohren abstehen!«

Der tuzamenische Herrscher sah in der Tat alles andere als eindrucksvoll aus. Sein dünner Bart und der geradezu lächerlich lange Schnurrbart waren leuchtend gelb und mit viel Pomade gekräuselt worden. Er trug ein giftgrünes Gewand mit orangefarbenen Streifen, das so weit war, daß es aussah, als trage er ein Zelt. Der halbe Ballsaal spottete über ihn, doch das schien ihn überhaupt nicht zu stören. Wie ein Hanswurst grinste und blinzelte er mal auf die eine, mal auf die andere Seite und bewegte seine verkrümmten Finger in einer Geste des Grußes hin und her.

»Portolanus hat Tuzamen sicher nicht mit albernen Zaubertricks erobert«, flüsterte ihm Königin Anigel etwas schroff zu. »Es stimmt schon, daß er aus dieser Entfernung gesehen keine Ähnlichkeit mit dem alten Orogastus hat. Es zeigt sich auch keine Aura dunkler Kräfte um ihn, nach der ich auf Haramis' Bitte hin Ausschau halten soll. Aber es sind viele Jahre vergangen, und er muß da draußen sicher viele Entbehrungen durchgemacht haben. Sein Aussehen könnte sich stark verändert haben. Ich muß ihn mir näher anschauen, wenn wir mit König Yondrimel gesprochen haben. Bis jetzt ist dieser Portolanus ja so scheu gewesen wie ein Lingit bei Kerzenlicht.«

Plötzlich ertönte eine laute Fanfare.

»Ach du liebe Zeit, es geht los.« Anigel seufzte. »Sitzt meine Krone gerade? Sie ist so schwer, daß ich es kaum erwarten kann, sie wieder loszuwerden.«

»Du bist von allen Königinnen hier im Saal die schönste«, versicherte ihr Antar. Er hatte es abgelehnt, die traditionellen Insignien des Königs von Labornok zu tragen, die reichverzierte Paraderüstung und den edelsteinbesetzten Helm mit dem Kopf eines Ungeheuers. Sein schmaler Reif aus Platin und Diamanten sah geradezu bescheiden aus neben der großen Staatskrone der Königin von Ruwenda, die vor Smaragden und Rubinen nur so funkelte. Oben auf der Krone saß eine Brillantrosette, in der ein großer Bernsteintropfen eingefaßt war. Im Bernstein eingeschlossen war eine versteinerte Schwarze Drillingslilie, das Wahrzeichen des sumpfigen Landes, das so unerwarteterweise seinen viel mächtigeren Nachbarn besiegt hatte, was zu der Vereinigung der Zwei Königreiche geführt hatte. Sowohl Anigel als auch Antar waren in Blau gekleidet: Sein Gewand war so dunkel wie der Nachthimmel, gegürtet mit einem saphirbesetzten Schwertgehenk; ihr Kleid leuchtete in dem kräftigen Blau des Himmels zur Trockenzeit. Ärmel, Mieder und Schleppe waren mit der traditionellen gitterförmigen Smokarbeit und aufgestickten Edelsteinen geschmückt. Anigel trug ein Halsband aus kleineren Bernsteintropfen, zwischen denen Cabochon-Saphire von der gleichen Färbe wie ihre Augen saßen.

Die Monarchen, die jetzt auf den jungen König von Zinora zugingen, waren aufgrund einer strengen Rangordnung aufgestellt worden, derzufolge dem ältesten Land der Platz an der Spitze des Defilees zukam und dem jüngsten – Tuzamen – der letzte. Die ersten, die ihre Aufwartung machten, waren der Ewige Fürst Widd und die Ewige Fürstin Raviya aus dem winzigen Inselfürstentum Engi, einem nur spärlich besiedelten Land so völlig ohne Reichtümer, daß sogar die Piraten von Raktum kein Interesse daran hatten, es zu überfallen. Dessen ungeachtet konnte Engi sich rühmen, das ehrwürdigste Königshaus der bekannten Welt zu sein. Seine Seeleute waren berühmt für ihr Geschick, und der Ewige Fürst war trotz seines exzentrischen Gebarens ein schlauer alter Fuchs, der so manchen Disput auf der Halbinsel geschlichtet hatte.

Anigel lächelte, als sie bemerkte, daß die gute alte Raviya dasselbe, bereits etwas schäbige Kleid aus rötlichbraunem Brokat anhatte, das sie schon bei Prinz Tolos Namensfeier vor acht Jahren getragen hatte. Widd hatte seine Krone schief aufgesetzt und kratzte sich ausführlich seinen königlichen Hintern, während er Yondrimel einige markige Ratschläge erteilte.

Dann waren König Fiomadek und Königin Ila von Var an der Reihe – er rundlich und von aufgeblasenem Gebaren, sie sehr mütterlich wirkend –, die beide so mit Schmuck behängt waren, daß Anigel sich wunderte, wie sie überhaupt noch gerade stehen konnten. Als östlicher Nachbar von Zinora hatte das reiche Var des jungen Königs politische Tändelei mit Raktum und Tuzamen voller Besorgnis mitangesehen. Fiomadek war überaus herzlich und hielt Yondrimel viel zu lange mit seinem Wortschwall auf, während sich das Lächeln des jungen Königs verhärtete, als Ila ihn drängte, nicht zu lange mit einer Heirat zu warten.

Dann waren Anigel und Antar an der Reihe. Da Ruwenda das ältere Land war, sprach Anigel zuerst, wobei sie sich auf einen kurzen, herzlichen Glückwunsch beschränkte. Antars Worte waren etwas ausführlicher.

»Wir wünschen Euch eine lange und glückliche Herrschaft, Bruder, und möchten unserer Hoffnung Ausdruck geben, die guten Beziehungen weiterführen zu können, die zwischen Zinora und Laboruwenda während der Herrschaft Eures verstorbenen Vaters bestanden. Die Zwei Königreiche würden Euch gemeinsam mit den Monarchen von Engi und Var mit Freuden in die Allianz der Halbinsel aufnehmen, wenn dies Euer Wunsch ist.«

Yondrimel war recht groß für seine achtzehn Jahre, mit wäßrigen blauen Augen, die unablässig schnelle Blicke zur Seite warfen, als erwarte er die Ankunft eines noch bedeutenderen Gastes. Er hatte die unangenehme Angewohnheit, sich ständig mit der Zunge über seine dünnen Lippen zu fahren. Anigel und Antar hatten ihn von Anfang an nicht gemocht. Bei ihrer Begrüßung vor sechs Tagen war er überaus kühl zu ihnen gewesen und offensichtlich enttäuscht, weil sie keine kostbareren Geschenke für ihn gebracht hatten. Für seine Krönung hatte er sich in weiches weißes Leder und Goldgewebe gewandet. Auch sein Diadem war aus Gold, besetzt mit unzähligen Perlen, die in allen erdenklichen Farben schimmerten. Sein Schwertgehenk, die Scheide seines Schwertes und das Futteral seines Dolches waren ebenfalls mit Perlen verziert. An einer Kette um seinen Hals trug er eine wunderschöne, matt schimmernde rosa Perle, die beinahe so groß wie ein Grissei war.

»Ich danke Euch für Eure freundlichen Worte«, sagte Yondrimel kühl. »Obgleich mein verblichener Königlicher Vater es aus triftigen Gründen abgelehnt hat, sich Eurer Allianz anzuschließen, werde ich Eure huldvolle Einladung sorgfältig abwägen und ihr die gleiche Aufmerksamkeit schenken wie den Vorschlägen anderer Länder guten Willens.«

Antar und Anigel, die immer noch lächelten, nickten und gingen dann auf einen kleinen Alkoven zu, wo den Monarchen Erfrischungen angeboten wurden. Hinter ihnen trat der Häuptling der Barbaren Denombo heran, der sich Kaiser von Sobrania nannte. Er war in sonderbare Gewänder aus bunten Federn gekleidet und überfiel den jungen König sofort mit einem Schwall von Worten. Die Musik war mit Absicht sehr laut, so daß die Zuschauer, die mehr als drei oder vier Ellen entfernt standen, die Gespräche zwischen dem König und seinen königlichen Gratulanten nicht hören konnten.

»Yondrimel hat deine Einladung, sich der Allianz anzuschließen, nicht allzu herzlich aufgenommen«, flüsterte Anigel ihrem Gemahl zu. »Ich fürchte, Fürst Widd und König Fiomadek hatten recht, als sie davon sprachen, daß er gefährliche Ziele verfolgt.«

Antar sah besorgt aus. »Sollte Zinora wegen der feindselig gestimmten Eingeborenen keinen Handel mehr mit den Inseln unter dem Verlorenen Wind treiben können, werden seine Reichtümer bald schwinden. Var ist dann ein verlockender Trostpreis.«

»Yondrimel wird doch nicht so dumm sein, die gesamte Halbinsel herauszufordern, indem er Var angreift?«

»Allein sicher nicht. Er hat nicht genügend Schiffe, und ein Angriff zu Lande ist unmöglich. Aber wenn Raktum sich ihm anschließt ...«

»Dann müßten wir von der Allianz der Halbinsel an der Seite unserer Verbündeten kämpfen.« Anigel klammerte sich an den Arm ihres Gemahls. »O Antar! Wir hatten so lange Frieden ... Ich fürchte, die Menschen von Ruwenda werden wohl kaum bereit sein, im Namen des reichen Var einen Krieg zu führen.«

»Und wenn wir unsere treuen Ritter und Soldaten aus Labornok in den Süden schicken, wäre die nördliche Grenze ohne jeden Schutz. Lediglich Osorkon und die Lords in den übrigen Marken, deren Loyalität fragwürdig ist, könnten uns noch gegen eine mögliche Invasion durch Raktum verteidigen. Im Vergleich zu ihrer riesigen Armada von Schiffen sind die Landstreitkräfte der Königin Ganondri zwar nicht sehr groß, aber wer weiß schon, welche Wirkung eine Armee hat, wenn sie mit den Zauberwaffen des Herrn von Tuzamen ausgerüstet ist.«

»Geliebter, wir müssen etwas gegen Osorkon und diese heuchlerische Gruppe um ihn unternehmen, sobald wir wieder in Derorguila sind«, entschied Anigel. »Der alljährliche Umzug des Hofes in die Zitadelle von Ruwenda muß verschoben werden, bis die Angelegenheiten in Labornok geklärt sind.«

Sie hatten inzwischen den Alkoven mit seinen Erfrischungen erreicht, aber anstatt sich zu stärken, gesellten sie sich zu den Herrschern von Engi und Var, die ungeniert den weiteren Vorgang des Defilees beobachteten und miteinander flüsterten.

Der ungehobelte Kaiser von Sobrania hatte seine Glückwünsche überbracht und stolzierte mit einem selbstgefälligen Ausdruck in dem von einem roten Bart gezierten Gesicht von dannen. Hinter seinem Rücken fuhr sich Yondrimel wie toll mit der Zunge über die Lippen und schien in seiner Krönungsrobe zusammenzuschrumpfen, als er sich einer recht beleibten Dame mittleren Alters mit einem freundlichen Lächeln auf den Lippen gegenübersah. Königin Jiri aus dem wohlhabenden Land Galanar im Westen hatte immer noch sechs unverheiratete Töchter – neben den dreien, die sie bereits mit den Herrschern von Imlit und Okamis verheiratet hatte.

»Jetzt ist er dran«, flüsterte der Ewige Fürst Widd mit unverhohlener Freude. Der König und die Königin von Var machten ebenfalls abfällige Bemerkungen darüber, wie lange Yondrimel angesichts Jiris erfolgreicher Heiratspolitik wohl noch unverheiratet bleiben würde. Die Königin von Galanar sprach lange mit dem jungen König, der sich mit einem seidenen Tuch den Schweiß von der königlichen Stirn wischte, nachdem sie sich endlich mit einem Kuß auf seine Wange von ihm verabschiedet hatte und gegangen war.

Danach traten die beiden einfach gekleideten Duumvirs der Republik Imlit und der Präsident von Okamis in Begleitung ihrer hübschen Gemahlinnen aus Galanar heran, die ihre Gratulation glücklicherweise kurz hielten. Ihnen folgte die Königliche Regentin von Raktum mit ihrem Enkel König Ledavardis, der hier zum erstenmal öffentlich in Zinora auftrat, nachdem er zuvor immer »unpäßlich« gewesen war.

»Du meine Güte, der arme Junge ist nun wirklich sehr ungestalt, nicht wahr?« flüsterte Königin Jiri der neben ihr stehenden Anigel zu. »Ich wußte nicht so recht, ob ich Raktum mit einem Heiratsangebot beehren soll oder nicht – schließlich *sind* sie Piraten, und man muß doch einen gewissen

81

Standard wahren. Aber nachdem ich den Koboldkönig jetzt mit eigenen Augen gesehen habe, bin ich doch froh ob meiner Unschlüssigkeit.«

Ledavardis war ein erschreckender Anblick, um so mehr, als er jetzt an der rechten Seite seiner imposanten Großmutter stand. Sie trug eine über und über mit Gold, Diamanten und Rubinen bestickte Robe aus blutrotem Samt und eine Krone, die doppelt so groß wie die von Ruwenda war. Mit seinen sechzehn Jahren war der König von Raktum recht stämmig, aber sehr klein, mit breiten Schultern und verkrümmtem Rücken. Sein Kopf, auf dem ein einfacher goldener Reif saß, war zu groß für das dünne Hälschen und sein Gesicht schief und mißgestaltet, mit Ausnahme der traurigen braunen Augen, die so groß und glänzend waren wie die eines Nachtkaruwoks. Er war von Kopf bis Fuß in glänzende, mit Goldfäden durchwirkte schwarze Seide gehüllt, die seine Mißbildungen noch betonte, und sagte kein Wort, als Königin Ganondri und Yondrimel sich überschwenglich begrüßten. Als der junge König versuchte, sich mit Ledavardis zu unterhalten, murmelte dieser nur einige Worte und ging dann erstaunlich behende zum Alkoven hinüber. Ganondri, die offensichtlich sehr verärgert über ihn war, mußte ihre Unterhaltung notgedrungen kurz halten und ihrem Enkel folgen.

Mit hoch erhobenem Kopf segelte sie herein, ignorierte die anwesenden Monarchen, die ihr beflissen den Weg frei machten, und ging schnurstracks zu den Weinkrügen aus Kristallglas hinüber, wo sie sich einen großen Pokal füllte. Der ungeschlachte Kaiser von Sobrania, der sich bis jetzt als einziger an den Erfrischungen gelabt hatte, ließ das gebratene Huhn sinken, das er sich gerade in den Mund stopfen wollte, und musterte kurz Ganondris Gesicht, in dem unverhohlene Verachtung zu lesen war. Offensichtlich verging ihm darauf der Appetit, denn er gesellte sich zu den anderen, die sich den Herrn von Tuzamen ansahen.

Portolanus ließ sich Zeit damit, auf Yondrimel zuzugehen. Die Diamanten auf seinem spitzen Hut funkelten im Licht der Kerzen, als er mit quälender Langsamkeit über den weißen Marmorboden wankte, wobei er nach allen Seiten grüßte und possierliche Grimassen für die Zuschauer zog. Diese amüsierten sich jetzt ganz offen und gaben auch auf andere Weise zu verstehen, daß sie froh waren, die langweilige Eröffnung der Festlichkeit hinter sich zu haben und endlich die Attraktion des Abends zu sehen.

König Yondrimel runzelte mißbilligend die Stirn, aber einen Augenblick später hatte er sein Gesicht wieder unter Kontrolle. Während er der herannahenden Gestalt zulächelte, fuhr er sich wieder und wieder über die Lippen, als hätte er Angst, sie würden zerspringen. In einer herzlichen Begrüßungsgeste, die er zuvor nur Ganondri und Ledavardis hatte zukommen lassen, hob er beide Hände.

Plötzlich hob Portolanus seinen rechten Arm.

Auf geheimnisvolle Weise hörte die Musik abrupt auf zu spielen.

Ein Raunen ging durch die Menge.

In der Hand des Zauberers befand sich ein goldener Stab mit einem geschliffenen Kristall am Ende, von dem bunte Blitze ausgingen. Diesen stieß er dem König entgegen, wobei er wie ein Säbelfechter einen Sprung nach vorne machte und die ganze Zeit über verschmitzt lächelte. Erschrocken wich Yondrimel zurück.

»Ah!« stieß der Herr von Tuzamen gackernd hervor. »Ihr habt Angst, nicht wahr?«

Wieder stieß er den Stab nach vorn. Dieses Mal blitzte es gleißend hell auf, dann erschien eine Rauchwolke. Vor dem überraschten jungen Herrscher tauchte plötzlich ein kniehoher Stapel aus kleinen glänzenden Platinkronen auf, die leise klimperten, als einige der Kronen zu Boden fielen. Von den anwesenden Monarchen und der Menge aus Adligen und Höflingen waren erstaunte Rufe zu vernehmen.

Yondrimel unterdrückte die ungehaltenen Worte, die er aussprechen wollte, als Portolanus seinen Mut anzweifelte. Er fuhr sich wieder über die Lippen und begann, Portolanus für das viele Geld zu danken – doch er brach ab, als der wunderliche Herr von Tuzamen plötzlich anfing, sich wie ein Derwisch um sich selbst zu drehen, wobei sich sein weites orange-grünes Gewand wie ein Ballon aufblähte. Der ver-

83

schwommene Umriß des wirbelnden Zauberers sah aus wie
ein Ball, auf dem der spitze Hut mit dem Diamantstern unbe-
weglich in der Luft zu stehen schien. Dann fiel der Ball in sich
zusammen, und übrig blieb nur ein flacher Haufen aus Stoff,
aus dessen Mitte in geradezu lächerlicher Weise der Hut aufragte.

Portolanus war verschwunden.

»Bei den Zähnen von Zoto«, murmelte Antar. »Er ist nur
ein armseliger Gaukler, der einige seiner Tricks zum besten
gibt.«

Unter dem gestreiften Tuch bewegte sich etwas. Der spitze
Hut wankte. Das Gewebe bewegte sich in konzentrischen
Wellen hin und her, dann erhob es sich in großen, unregel-
mäßigen Beulen und blähte sich auf wie ein Ballon, während
der Hut obenan wie wild umhergeschleudert wurde. Die
gestreifte Kugel wuchs und wuchs, bis sie zweimal so groß
wie ein Mann war, und die Menge schrie in freudiger Erwartung, in die sich auch ein wenig Bangen mischte, laut auf. Im
Innern des Ballons erschien ein Licht, dessen Helligkeit ab-
und zunahm, und der schwankende Hut kippte plötzlich um,
so daß der funkelnde Diamantstern jetzt über dem Stoff
schwebte.

Der Stern stieß nach unten und durchbohrte den leuchtenden Ballon. Es gab einen gleißendhellen Blitz, dann war eine
laute Explosion zu hören. Alle schrien entsetzt auf, und als sie
wieder sehen konnten, erblickten sie Portolanus, in die gleichen Gewänder gehüllt wie zuvor, der sich auf die Knie schlug
und schallend lachte. Nach einem Moment der Überraschung
fing König Yondrimel an zu lachen und zu applaudieren, und
die Adligen und Höflinge beeilten sich, seinem Beispiel zu
folgen.

»Was für ein billiger Trick«, sagte Antar zu Anigel. Dann
drehte er sich um und wollte gehen, um sich ein Glas Wein zu
holen.

Aber der Zauberer rief: »Halt!« Er hob seinen Stab.

Aller Augen im Ballsaal folgten ihm, als er mit dem Stab auf
König Antar deutete. Plötzlich herrschte absolute Stille.
Antar drehte sich langsam um und sah Portolanus mit unbe-

84

wegtem Gesicht an. Eine Hand hatte er auf den Knauf seines Schwertes gelegt. »Meint Ihr etwa mich, Zauberer?«

»Ja, Euch, großer König von Laboruwenda«, sagte er mit schmeichelnder Stimme. »Wenn Ihr Euch dazu herablassen könntet, näher zu treten, wird der Herr von Tuzamen Wunder vollbringen, die selbst Eure königlichen Zweifel hinwegfegen werden.«

Anigel ergriff den Arm ihres Gemahls und flüsterte ihm besorgt zu: »Nein, Geliebter! Geh nicht!«

Aber Antar riß sich los und ging in die Mitte des Ballsaales, wo Yondrimel mit offenem Mund inmitten der ihm dargebrachten Reichtümer stand. Zum erstenmal war in seinen ruhelosen Augen Interesse zu lesen. Ein plötzlicher Windstoß blähte die dünnen Vorhänge vor den Fenstern auf, und von ferne war ein Donnern zu hören. Jetzt erklang ein Donnerschlag ganz in der Nähe, und dann erhellte ein Blitzschlag den Park am Ufer des Flusses. Das Lustschloß bebte, als unmittelbar auf den Blitz ohrenbetäubender Donner folgte.

Der Zauberer lächelte. »Abgesehen von den bescheidenen Belustigungen, die ich Euch bereits gezeigt habe, möchte ich Euch noch mehr Beweise meiner Macht bringen. Zum Beispiel diesen Sturm, der so gar nicht in die Jahreszeit paßt.«

Weitere Blitze erhellten den Park, als wäre es Tag. Entlang der kleinen Wege hüpften schaurig anzusehende leuchtende Kugeln aus blauem Feuer auf und ab, die so groß wie Melonen waren. Um die Masten der großen Schiffe, die am Kai des Flusses vertäut lagen, tanzten noch mehr dieser Kugeln herum. Bevor die erstaunte Menge reagieren konnte, flog eine der Kugeln mit lautem Zischen durch das Fenster herein und setzte sich auf die Spitze des Stabes, den Portolanus in der Hand hielt.

»Bei der Heiligen Blume!« stieß Anigel hervor. »Er gebietet über den Sturm!«

Das verzerrte Gesicht des Zauberers wandte sich ihr zu, gespenstisch erleuchtet von dem Ball aus zischendem blauem Feuer, der über ihm schwebte. »O ja. Und noch über viel mehr, stolze Königin. Ich gebiete über Belohnungen für jene, die meine Freunde sind, und über das genaue Gegenteil für

85

jene, die mir feindlich gesinnt sind. Das solltet Ihr nicht vergessen.«

Dann schleuderte er die leuchtende Kugel auf Antar.

Mit einem Fluch zog der König sein Schwert und griff das unheimliche Geschoß an. In dem Moment, als seine Klinge das blaue Feuer traf, verschwanden sowohl Antar als auch der Zauberer in zwei großen Rauchwolken.

Anigel stieß einen Schrei aus und stürzte nach vorn, wobei sie den Talisman aus ihrem Gewand zog und mit beiden Händen vor sich hielt. »Bleibt, Portolanus! Ich befehle Euch, hierzubleiben und mir meinen Gemahl wiederzubringen!«

Der Palast bebte, als erneut Blitz und Donner tobten, und alle Anwesenden schrien auf, als der aufkommende Wind an den Kronleuchtern rüttelte und die Kerzen ausblies. Anigel unterdrückte ein Schluchzen, als ihr klar wurde, daß der Talisman weder Antar noch den Zauberer zurückbringen würde. Voller Zorn wandte sie sich König Yondrimel zu. Der junge König war vor Angst ganz bleich geworden, und Höflinge und Wächter eilten an seine Seite.

Anigel stand mit hoch erhobenem Talisman vor ihm. Der Drillingsbernstein darin strahlte wie eine kleine Sonne. Der Bernstein in der Staatskrone und der in dem Halsband, das sie trug, leuchteten nicht minder stark.

»Befehlt Portolanus, meinen Gemahl König Antar zurückzubringen!« schrie sie Yondrimel mit furchterregender Stimme an. »Ihr seid ein niederträchtiger Verräter! Bringt ihn zurück! Ich befehle es Euch!«

»Ich kann ihn nicht zurückbringen!« jammerte der junge König. »Tut mir nicht weh! Ich wußte nicht … ich hatte keine Ahnung … sie haben mir nicht gesagt, daß …«

»Seht!« stieß der Kaiser von Sobrania hervor. »Draußen auf dem Fluß! Die raktumianischen Piratenschiffe haben Segel gesetzt! Und das Schiff des Zauberers ebenfalls! Ich wette Platinkronen gegen Plarsteine, daß Antar entführt worden ist!«

Alle eilten an den Rand des Ballsaales, um hinauszusehen. Im Licht der unablässig zuckenden Blitze waren fünf Galeeren zu sehen, die in der Mitte des Flusses segelten und der Flußmündung zustrebten. Ihre Segel waren vom Sturmwind gebläht. Vier der Schiffe waren schwarz, eines war weiß. Die Menge brauchte nur wenige Augenblicke, um festzustellen, daß die Gäste aus Raktum und Tuzamen sämtlich während der Vorführung der Zauberkunststücke verschwunden waren.

»Verfolgt die Bastarde!« rief die stattliche Königin Jiri von Galanar.

Die Adligen und Ritter von Laboruwenda, Var und Engi nahmen ihren Ruf auf, gefolgt von den entrüsteten Mannen aus Imlit und Okamis. Es gab ein ungeheures Wirrwarr. Der Kaiser Denombo und seine mit Federn geschmückten Sobranier zogen ihre zweischneidigen Schwerter und stürzten mit ihrem Kriegsschrei auf den Lippen durch die Fenster des Ballsaales nach draußen. Auf dem Weg zu den Anlegeplätzen zertrampelten sie die Blumenbeete. Andere folgten ihnen auf etwas herkömmlicheren Wegen, ungeachtet des heftigen Regens, der jetzt vom Himmel stürzte und ihre prächtigen Kleider zu durchweichen drohte.

Anigel stand immer noch wie betäubt mitten im Ballsaal. Lady Ellinis, die Ewige Fürstin Raviya und Königin Ila von Var versuchten sie zu trösten. König Yondrimel war verschwunden, so wie die meisten seiner Landsmänner. Einige der jüngeren Königskinder hatten zu weinen begonnen. Die älteren Gäste und die Frauen, die nicht mit den Kriegern davongestürmt waren, sammelten sich mitfühlend in einer Gruppe um die laboruwendianische Königin.

Anigel hielt immer noch ihren Talisman empor. »Zeig mir meinen Gemahl Antar!« befahl sie. Ein Raunen ging durch die Menge um sie herum, als die Krone in ihren Händen zu einem Spiegel mit schimmernden Lichtwirbeln zu werden schien. Dann erschien das Bild eines in Blau gekleideten Mannes. Er lag besinnungslos in einer engen Koje, die sich offensichtlich im Frachtraum eines Schiffes befand. Er war an Händen und Füßen gefesselt und wurde von drei grobschlächtigen Piraten mit gezogenen Schwertern bewacht, die immer noch ihre Festgewänder trugen.

»Zeig mir das Schiff, auf dem sich Antar befindet!« rief Anigel.

Der Talisman zeigte ihr die mächtige Triere der Königlichen Regentin von Raktum.

»Zeig mir Portolanus!«

Ein anderes Bild erschien, das Achterdeck von Königin Ganondris Flaggschiff. An Deck befanden sich die Königliche Regentin selbst, an deren rotem Kleid der Wind zerrte, einige Schiffsoffiziere und der bereits vertraute verschwommene Fleck mit den Umrissen eines Mannes.

»Zeig mir, wie die raktumianischen und tuzamenischen Schiffe zusammen segeln«, befahl Anigel.

Die Krone zeigte fünf Schiffe, die den Fluß hinuntersegelten. Die große schwarze Triere bildete die Nachhut. Im Licht der Blitze waren ihre drei Ruderbänke gut zu erkennen. Einen Augenblick später war das Bild verschwunden.

»Seid guten Mutes, meine Liebe«, sagte die ehrwürdige Fürstin Raviya zu Anigel und legte ihr ermutigend die Hand auf die Schulter. »Bei diesem Wind werden unsere schnellen kleinen Schiffe diese Schurken bald einholen und ihre Ruder zerschmettern.«

»Und der gute alte Kaiser Denombo und seine Barbaren segeln unmittelbar hinter ihnen«, fügte Königin Ila hinzu. »Sein Schiff ist beinahe so groß wie das Flaggschiff der Piraten und besser zum Rammen ausgestattet.«

»Die Raktumianer werden ihre Schwefelkatapulte bei Regen nicht einsetzen können«, sagte Lady Ellinis. »Mit etwas Glück fassen wir die Halunken, bevor sie das offene Meer erreicht haben.«

»Nein«, sagte Anigel ohne Hoffnung. »Seht, hier in meinem Talisman.«

Alle reckten die Hälse, um über ihre Schulter hinweg das Bild zu sehen, das der magische Talisman jetzt zeigte. Das erste der schnellen Schiffe aus Engi war hinter der großen Triere aufgetaucht und näherte sich ihr mit hoher Geschwindigkeit. Plötzlich wurde der Fluß von einem gigantischen Blitz erhellt. Sie sahen, wie sich vor dem Schiff aus Engi ein geheimnisvolles, säulenförmiges Wesen aus den Fluten erhob, schwarz wie die Nacht und zweimal so hoch wie die drei riesigen Masten der Triere. Das winzige Schiff, das vor dem Wind

88

segelte, versuchte abzudrehen. Aber das Wesen stellte sich ihm in den Weg und zerschmetterte es. Das Schiff verschwand, als ob es nie existiert hätte.

Die es mitansahen, schrien vor Entsetzen laut auf.

»Was mag das nur sein?« fragte eine von Königin Jiris Töchtern. »Eine Seeschlange, die der Zauberer herbeigerufen hat?«

Raviya von Engi, der die Tränen über die runzligen Wangen strömten, sagte: »Nein, nichts dergleichen. Es ist ein Wasserwirbel – eine Art Orkan, der über dem Meer entsteht. Sie bilden sich manchmal während des Sommermonsuns zwischen unseren Inseln, aber niemals in der Trockenzeit. Wehe! Da kommt ein zweiter! Unsere tapferen Seeleute werden die Verfolgung bald abbrechen, und die anderen werden es ihnen gleichtun. Kein Schiff, wie stabil es auch sein mag, kann das Zusammentreffen mit einem dieser teuflischen Stürme überleben.«

Vor dem Eingang, auf der anderen Seite des Ballsaales, brach jetzt unter den zinorianischen Wachen ein neuer Aufruhr aus. Eine Stimme rief: »Madame! O Madame, welch schändliche Tat!« Ein Mann, dessen elegantes labornikisches Gewand völlig durchnäßt war, riß sich von den Wachen los und rannte auf Königin Anigel zu.

Sie ließ den Talisman sinken. Das Bild darin war verschwunden – und mit ihm auch das Glühen des Drillingsbernsteins und das Funkeln der Juwelen, die Anigel schmückten. Auf ihrem Gesicht erschien ein gequälter Ausdruck, aber sie sprach kein Wort, bis Lord Penapat sie erreicht hatte. Seine Augen blitzten vor Wut, und sein breites Gesicht war so rot, als ob ihn jeden Augenblick der Schlag treffen würde.

»O Madame!« Vor der Königin sank er auf die Knie. »Wie soll ich es Euch nur sagen? Diese Schande! ... Verrat! ... Wie konnte sie nur so etwas tun?«

»Faßt Euch, Peni. Wir wissen bereits, daß der König von dem üblen Zauberer entführt worden ist.«

»Aber das ist nicht alles!« In einer Geste der Verzweiflung warf der kräftige Mann seine Arme in die Höhe. »Meine Frau! Sharice, meine Frau! Sie hat mich während des Defilees unter einem Vorwand aus dem Ballsaal weggeschickt. Ich sollte eine Nachricht an den Marschall Owanon überbringen, von der sie sagte, sie sei von äußerster Wichtigkeit. Aber die Nachricht ergab überhaupt keinen Sinn, und als ich zu meiner Frau zurückkehrte, sagten mir andere, sie sei gegangen und hätte sie mitgenommen, und ich habe erst gar nicht verstanden, und … o Gott! Ich rannte ihnen nach, aber es war bereits zu spät!«

Anigel schien das Herz in der Brust zu stocken. »Meine Kinder«, sagte sie mit gebrochener Stimme. »Meine Kinder.«

»Sharice hat sie weggebracht«, sagte der Haushofmeister unter Tränen. »Alle drei wurden gesehen, als sie in Begleitung meiner Frau an Bord der Piratengaleere gingen.«

»Diese Nachricht an Lord Owanon«, erkundigte sich Lady Ellinis mit finsterem Gesicht. »Wie lautete sie?«

»Es waren nur zwei Worte«, erwiderte Penapat. »›Euren Talisman‹.«

6

Auf den Flammeninseln und den Inseln des Rauches brachen die Seevulkane aus. Auch aus den untätigen Vulkanen auf dem Festland quoll Rauch, der nichts Gutes ahnen ließ, und die Länder um sie herum wurden von Erdbeben erschüttert. Das Ohoganmassiv und die anderen nichtvulkanischen Gebirgsketten südlich der Halbinsel, die an die Immerwährende Eisdecke grenzten, wurden von Schneestürmen heimgesucht, die ganz und gar ungewöhnlich für die Jahreszeit waren. In den Ebenen und auf der sumpfigen Hochebene von Ruwenda wüteten außergewöhnlich heftige Unwetter, und in den südlichen und östlichen Meeren wühlten heulende Sturmwinde die Wellen auf.

Als das verheerende Wetter und die Unruhe in den glühenden Eingeweiden der Welt in der Nacht der Entführung ihren Anfang nahmen, hatte Haramis dies beinahe sofort gewußt. Die besondere Sensibilität, die sie im Laufe der Jahre entwickelt hatte – das geheimnisvolle Einfühlungsvermögen, das die Erzzauberin warnte, wenn in ihrem Land oder unter seinen Bewohnern etwas nicht in Ordnung war –, löste eine tiefe Beklommenheit in ihr aus, die nicht gänzlich auf die erschreckenden Ereignisse nach der Krönung zurückzuführen war, von denen Anigel ihr berichtet hatte.

In den Stunden danach, nachdem Haramis sich vergewissert hatte, daß sie im Augenblick nichts tun konnte, um Antar oder den entführten Kindern zu helfen, hatte sie mit ihrem Talisman die Länder der Halbinsel abgesucht und danach die Länder, die weiter entfernt lagen. Sie sah die Gewitter zur Unzeit, die Erdbeben und Erdrutsche, die speienden Vulkane, das aufgeregte Verhalten der wilden Tiere und wußte, daß dies nicht nur Nebenwirkungen des Sturms waren, den Portolanus bei seiner Flucht aus Zinora herbeigezaubert hatte. Es geschah noch etwas anderes, etwas viel Schlimmeres.

Sie verlangte eine Erklärung von dem Dreiflügelreif.

Der Talisman zeigte ihr wieder das Bild einer blutroten Drillingslilie. Dann sprach er folgende Worte zu ihr:

Das Gleichgewicht der Welt ist wahrlich gestört, denn zwei Teile des großen Zepters der Macht sind in greifbarer Nähe des wiedergeborenen Erben der Sternenmänner. Seid auf der Hut, Erzzauberin des Landes! Sucht den Rat und die Weisheit jener, die von Eurer Art sind, und merzt Eure Unvollkommenheiten aus. Handelt endlich und laßt ab von Euren nutzlosen Studien und Eurer unangebrachten Sorge. Sonst werden die Sternenmänner am Ende doch noch triumphieren, und die Heilung von zwölf mal zehn Jahrhunderten wird zunichte gemacht.

Der Dreiflügelreif verstummte, und Haramis starrte ungläubig auf das Bild der Blutroten Drillingslilie, bis sich dieses in nichts auflöste. Das Gefühl der Bedrohung, das sie eben noch empfunden hatte, wurde von Empörung verdrängt. Sie verließ ihren Platz am Arbeitstisch in der Bibliothek und begann, voll Zorn vor der Feuerstelle hin und her zu gehen.

Rat und Weisheit suchen? Bei wem denn? Bei ihren törichten Drillingsschwestern?

Ihre Unvollkommenheiten ausmerzen?

Ihr Leben, das sie ihren Studien und dem Dienst an anderen geweiht hatte – nutzlos?

Ihre ständige liebevolle Sorge um Laboruwenda und die Teile dieser Welt, von denen es beeinflußt werden konnte – unangebracht?

Wie konnte es der Talisman wagen, sie so zu beleidigen! Sie gab ihr Bestes als Erzzauberin, und das nun schon seit zwölf Jahren. Ruwenda und Labornok waren vereint und friedlich, die Menschen wurden immer wohlhabender, und die Eingeborenen ... nun ja, den meisten ging es jetzt besser als jemals zuvor. Wenn das Gleichgewicht der Welt gestört war, dann war daran der böse Zauberer Portolanus schuld, aber ganz bestimmt nicht sie!

Und warum hatte ihr der Talisman befohlen, den Rat ihrer Schwestern zu suchen, anstatt auf deren Unzulänglichkeiten ebenso hinzuweisen wie auf die von Haramis? Ihre Schwestern hatten doch noch viel mehr Fehler als sie selbst!

Kadiya zum Beispiel! Voller Ungeduld, immer alles überstürzend. Immer schlug sie geradezu einfältige Lösungen für die vielschichtigen Probleme vor, von denen die Beziehungen zwischen den Menschen und den Eingeborenen beeinflußt wurden. Arrogant und selbstgerecht mischte sie sich in alles ein und weckte schlafende Pelriks, die man besser ruhen ließ. Ihren kostbaren Talisman hatte sie durch Nachlässigkeit und Dummheit verloren. Und jetzt war er in greifbarer Nähe von Portolanus!

Und Anigel, die entzückende, verehrungswürdige Königin – sie regierte mit solch fröhlicher Unbekümmertheit, daß man es schon fast Dummheit nennen konnte. Die unzufriedenen Stimmen in Labornok und die offen vorkommenden Ungerechtigkeiten in Ruwenda beachtete sie einfach nicht, fest davon überzeugt, daß sich mit der Zeit schon alles von selbst richten würde. Ihr Gemahl, der mehr Verstand besaß, hatte sie vor den Folgen gewarnt, aber wieder und wieder hatte sie seine Bedenken als unbegründet abgetan. Und er, der sie bis zum Unverstand liebte und kein Zerwürfnis zwischen ihnen herbeiführen wollte, hatte sich davon überzeugen lassen, daß sie recht hatte. Der arme König Antar – blind vor Liebe!

Und die drei Königskinder erst, denen beigebracht worden

war, daß das Leben ein aus Frieden und Freude gewobener Gobelin war, über alle Maßen verwöhnt und beschützt – bis auf den Augenblick hingegen, als sie diesen Schutz am dringendsten gebraucht hätten! Und jetzt waren der königliche Gemahl und die Kinder entführt worden. Ihr Leben war verwirkt, wenn Anigel sich weigerte, Portolanus ihren Talisman zu übergeben.

Sie würde es tun! Sie war schwach und sentimental genug, um es zu tun!

Herrscher der Lüfte, wie dumm ihre Schwestern doch waren! Weshalb hatte die Erzzauberin Binah nur gedacht, daß sie würdig waren, Instrumente von so großer Zauberkraft zu besitzen? Warum waren nicht alle drei Talismane *ihrer* Obhut übergeben worden?

Bei ihr, Haramis, wären sie in sicherer Verwahrung gewesen. Und wenn sie die drei Teile jetzt in ihrem Besitz hätte, könnte sie das Zepter der Macht bilden und kurzen Prozeß mit diesem Portolanus machen – wer immer er auch sein mochte. Aber so, wie die Dinge zur Zeit aussahen ... sie konnte genausogut hier im Turm sitzen bleiben und voller Angst darauf warten, daß der Zauberer von Tuzamen sie mit den beiden anderen Talismanen angriff.

»Dreieiniger Gott und Ihr Herrscher der Lüfte – steht mir bei«, flüsterte sie. Sie spürte, wie ihre Augen zu brennen begannen. »Das Gleichgewicht der Welt ist wahrhaft gestört – nicht nur diese kleine Halbinsel, die unter meinem Schutz steht –, und ich benehme mich wie eine törichte Närrin, gebe meinen Schwestern die Schuld an diesem Unheil und bin bereit, mich Portolanus ohne jeden Kampf zu ergeben!«

Handelt endlich.

Haramis hielt inne. Vor Wut fing sie beinahe an zu weinen. »Handeln? Aber was soll ich denn tun? Soll ich auf dem Rücken eines Lämmergeiers gen Süden fliegen und den Zauberer auf dem Schiff der Piratenkönigin zum Kampf herausfordern? Zweifellos wird er Kadiyas Talisman, den er mit dieser verdammten Sternentruhe dann an sich gebunden hat, schon lange vor meiner Ankunft in Händen haben! Warum nur hast du zugelassen, daß dieses Ding in seinen Besitz gelangt? Warum nur hast du ihn das Kimilon finden lassen? *Warum nur hast du Orogastus am Leben gelassen?«*

Ein heftiger Windstoß fuhr in den Kamin und blies ihr wie eine göttliche Ermahnung einen Funkenregen entgegen. Einer der Funken verbrannte sie an der Hand. Haramis schrie auf und ließ den Talisman an seiner Kette fallen. Die Verbrennung war nicht schlimm. Mit einem leisen Fluch auf den Lippen machte sie sich daran, die Glut auszutreten, die auf dem kleinen Teppich vor dem Kamin schwelte, während sie gleichzeitig versuchte, ihre Fassung wiederzuerlangen. Dann stellte sie den Funkenschutz zurück an seinen Ort und sank auf den Teppich. Tränen strömten ihr die Wangen herab, während sie in die Flammen starrte.

Die Sturmwinde fegten über die Zinnen des Turms hinweg. Es hörte sich an wie ein Chor, der ein Begräbnislied sang. Der Gedanke an Musik brachte ihr mit einem Mal die Erinnerung an Uzun zurück, den Nyssomu-Musiker, der ihr seit ihrer Kindheit ein guter Freund gewesen war. Wann immer sie niedergeschlagen gewesen war, hatte er alles unternommen, um sie wieder aufzumuntern. Der weise alte Uzun, immer lustig und mit einem endlosen Vorrat an Geschichten. Treu ergeben hatte er sie auf der Suche nach ihrem Talisman begleitet, bis ihn sein zarter Körper gezwungen hatte umzukehren. Uzun, der vor fünf Jahren von ihr gegangen war, sie allein gelassen hatte, ohne jemanden, dem sie sich hätte anvertrauen können, ohne jemanden, der sie akzeptierte und sie trotz ihrer Fehler liebte. Sie hatte keinen einzigen wahren Freund. Ihre einzigen Gefährten waren ihre Vispi-Diener, die ihr tiefen Respekt entgegenbrachten und sie Weiße Frau nannten. Nur weil sie den Mantel der alten Erzzauberin trug, glaubten die Vispi, sie besäße auch Binahs Macht und Weisheit.

Wie lächerlich ... Trotz all ihrer Studien wußte sie immer noch so wenig über die Kräfte ihres Talismans. Es sah so aus, als würde sie Jahr um Jahr blind um sich tasten müssen, um dann langsam und zufällig zu entdecken, wie sie ihn einsetzen konnte. Die Erzzauberin Binah war unglaublich alt geworden und hatte auch ohne einen Talisman große Zauberkräfte besessen, aber leider hatte sie ihrer Nachfolgerin kein Handbuch der Zauberei hinterlassen. Haramis hatte ihr Bestes gegeben, aber jetzt, in dieser schweren Zeit, war sie hilflos. All ihre Bemühungen wurden von dem rätselhaften Gegenstand verspottet, den sie um ihren Hals trug.

Sucht den Rat und die Weisheit jener, die von Eurer Art sind.

Jene von meiner Art ...?

Sie runzelte die Stirn, dann erhellte sich ihr Gesicht. Erst jetzt erkannte sie die Bedeutung der Worte, die der Talisman zu ihr gesprochen hatte. Jene von meiner Art? Der Talisman hatte gar nicht ihre Schwestern gemeint, sondern – das war völlig unmöglich! Binah hätte es ihr doch gesagt!

Aber was, wenn Binah es nicht gewußt hatte?

Haramis wandte sich vom Feuer ab, wischte sich die Tränen aus den Augen und hob mit zitternden Händen den Talisman. Sie fragte: »Bin ich die einzige Erzzauberin in der Welt?«

Nein.

Ihr stockte der Atem. »Schnell! Zeig mir einen anderen Erzzauberer! Irgendeinen!«

Schimmernder Nebel erfüllte den Reif. Aber wieder einmal sah sie nur die merkwürdigen Wirbel, die zuvor darauf hingedeutet hatten, daß sich Portolanus mit einem starken Zauber abschirmte, um nicht beobachtet zu werden. Sie stöhnte. »Natürlich. Sie sind auch abgeschirmt, so wie ich.« Sie sprach wieder zu dem Talisman. »Wie viele Erzzauberer gibt es?«

Einen des Landes, einen der See und einen des Himmels.

So war das. Sie selbst war sicher die Erzzauberin des Landes, also gab es noch zwei andere Erzzauberer. »Würden ... würden sie mit mir sprechen? Mir helfen?«

Nur, wenn Ihr zu ihnen geht.

»Wie kann ich sie finden?«

Es gibt zwei Wege: Der erste Weg eröffnet sich Euch, wenn Ihr von ihnen eingeladen werdet. Den zweiten Weg findet Ihr im Unerreichbaren Kimilon.

Haramis stieß vor Freude einen Schrei aus. »Dank sei dem Dreieinigen Gott! Ich werde sofort dorthin aufbrechen!«

Die Tür der Bibliothek öffnete sich. Magira blickte vorsichtig herein. Hinter ihr standen mehrere der hochgewachsenen

Vispi. »Weiße Frau? Habt Ihr gerufen? Uns schien, als hörten wir einen Schmerzensschrei.«

Aufgeregt schüttelte Haramis den Kopf. »Es war nur ein Funke aus dem Feuer, der meine Hand gestreift hat. Eine Bagatelle. Aber ich bin froh, daß ihr hier seid. Benachrichtigt die Varhüter! Beim ersten Licht werde ich morgen zum Kimilon fliegen. Schickt mir sofort unseren Gast Shiki, damit ich ihn fragen kann, ob er mich begleitet. Bereitet Proviant, tragbare Zelte und alles andere vor, was man für eine solche Reise und einen Aufenthalt von mindestens zehn Tagen in der Eiswüste braucht.«

»Aber Herrin!« rief Magira bestürzt. »Der Zaubersturm! Und wenn die Vulkane an der Meeresküste Feuer spucken, könnten denn dann nicht auch jene im Kimilon ausbrechen?«

»Ich kann jedem Sturm widerstehen, den Portolanus herbeizaubert«, erklärte Haramis. »Zumindest *das* habe ich bei meinem Studium des Talismans gelernt. Was die Vulkane und die anderen Störungen anbelangt, so bin ich zuversichtlich, daß ich auch diese abwehren kann, sollten sie mich oder diejenigen bedrohen, die mit mir reisen. Diese Reise muß unternommen werden, damit ich die Gefahr, die Portolanus für die Welt darstellt, abwenden kann. Geht jetzt und tut, was ich euch gesagt habe.«

Sie setzte sich wieder an den Tisch und hielt den Talisman vor sich. Bevor sie sich in dieses Abenteuer stürzte, mußte sie sich noch einmal die wirre Situation im Süden ansehen und Anigel sagen, wie sie weiter vorgehen sollte. Wenn sie die Königin nach eigenem Gutdünken handeln ließe, würde sie wahrscheinlich alles verpfuschen! Aber zuerst die mittlere der drei Schwestern.

»Zeig mir Kadiya«, befahl die Erzzauberin.

Sie erblickte eine regennasse enge Gasse in einer heruntergekommenen Stadt. Dem Aussehen der Häuser nach zu urteilen, mußte es wohl irgendwo in Zinora sein, und die zahlreichen Tavernen in der Nähe, von denen viele nautische Motive auf ihren Schildern trugen, deuteten auf eine Hafenstadt hin. Kadiya und Jagun liefen in Begleitung von mehr als einem Dutzend der großen, grimmig aussehenden Wyvilo über die

Straße. Ihr Gepäck trugen sie in Säcken über der Schulter. Auf ihren Gesichtern lag ein grimmiger Ausdruck. Es war offensichtlich, daß es ihnen noch nicht gelungen war, ein Schiff zu finden, das sie zurück zu den Inseln unter dem Verlorenen Wind bringen würde.

Haramis legte zwei Finger auf den in ihrem Talisman eingefaßten Drillingsbernstein und schloß die Augen. Das Bild ihrer Schwester und deren Freunde erfüllte jetzt ganz ihren Geist. Sie spürte den fallenden Regen in Kurzwe, hörte die Musik aus den Tavernen und das traurige Krächzen der Pothi-Vögel am Boden, roch den Wind vom Meer und den Gestank der schmutzigen Gassen.

»*Kadiya! Kadiya! Ich bin es, Haramis. Ich rufe dich. Kannst du mich hören?*«

Der Ausdruck des Gesichtes ihrer Schwester veränderte sich nicht. Es war offensichtlich, daß sich Kadiyas Gedanken um ihre eigenen Probleme drehten und ganz und gar nicht empfänglich dafür waren, in geistigen Kontakt mit Haramis zu treten.

Die Erzzauberin seufzte, öffnete die Augen und verbannte das Bild. »Vielleicht kann ich Kadiya erreichen, wenn sie träumt. Es *muß* einen Weg geben, um mit ihr in Kontakt zu treten, selbst wenn sie ihren Talisman jetzt nicht mehr hat.«

Jetzt noch ein Blick auf die Piraten und Anigel. Haramis griff nach einem Pergament in der Nähe, auf dem eine Karte der zinorianischen Küste verzeichnet war, rollte sie auf und beschwerte ihre Ecken mit einem Buch, dem Kandelaber, einer leeren Teetasse und einem schwarzen Würfel des Versunkenen Volkes, der geheimnisvolle Lieder von sich gab, wenn man auf seine Warze drückte.

»Zeig mir Königin Ganondris Schiff von hoch oben, so daß ich auch erkennen kann, was für ein Land oder welche Inseln sich in der Nähe befinden. Richte dieses Bild so aus, daß Süden zu mir hinweist und Norden von mir weg.«

Wieder schloß sie die Augen. Die Vision, die sich jetzt in ihrem Geist bildete, war nicht so einfach zu verstehen wie die präzisen Landkarten des erloschenen Eisspiegels von Orogastus. Der Talisman hatte sich ihren Bemühungen widersetzt und weigerte sich nach wie vor, einen Maßstab anzugeben und Länder, Flüsse oder andere markante geographische Punkte mit Namen zu versehen. Aber schon vor Jahren hatte sie gelernt, wie sie die namenlosen Bilder lesen konnte, die der Talisman sie sehen ließ, indem sie die vielen Land- und Seekarten der Bibliothek verwendete, um das abgebildete Gebiet genauer zu bestimmen.

Zum zweitenmal in dieser Nacht versuchte Haramis herauszufinden, wo sich die Triere der Piratenkönigin gerade befand. Da es dunkel und stürmisch war, sah sie ein Bild ohne die hellen Farben des Tages, das nur aus Grau- und Schwarztönen bestand. Das raktumianische Flaggschiff war ein kleiner Punkt zwischen zwei Inselchen, kaum sichtbar und jetzt anscheinend den vier anderen Schiffen, die es am frühen Abend noch begleitet hatten, weit voraus. Auf der linken Seite war ein großes Stück vom Festland zu sehen. Haramis mußte sich die Form des Geländes einprägen und dann die Karte studieren, bis sie die Position des Schiffes bestimmen konnte.

»Aha! Jetzt hab' ich dich!« Das Schiff befand sich mehr als dreihundert Meilen südsüdwestlich von Taloazin. Wie sie befürchtet hatte, segelte es nicht nach Hause, sondern auf direktem Kurs zu den Inseln unter dem Verlorenen Wind, mit Portolanus und den Entführten an Bord. Sie zeichnete die Position des raktumianischen Flaggschiffes in die Karte ein, dann befahl sie dem Talisman, ihr alle weiteren beteiligten Schiffe zu zeigen: die anderen raktumianischen, das tuzamenische Schiff, das Portolanus gehörte, und auch Anigels Flottille aus vier Schiffen, die die anderen verfolgte. Die tödlichen Wasserwirbel hatten die anderen Länder davon abgehalten, sich der Verfolgung anzuschließen.

Die langsameren raktumianischen Schiffe und das tuzamenische Schiff segelten etwa sechzig Meilen hinter der Triere. Die Distanz zwischen ihnen und dem schnellen Schiff der Piratenkönigin, dessen Segel vom Sturmwind gebläht waren, vergrößerte sich jedoch immer mehr. Anigels Flaggschiff lag etwa fünfundvierzig Meilen hinter den Piraten zurück, ihre Begleitschiffe segelten hinter ihr.

»Jetzt zeig mir König Antar«, befahl Haramis dem Talisman.

Das Bild von ihm sah nicht viel anders aus als jenes, das sie drei Stunden zuvor gesehen hatte. Er lag besinnungslos in der Koje eines Ruderers, in einem völlig verdreckten Teil des Frachtraums, gebunden an Händen und Füßen, bewacht von zwei Grobianen. Haramis bedauerte ihn aus ganzem Herzen. Sie befahl dem Talisman, ihr die Kinder zu zeigen.

Sie befanden sich nicht mehr in der Kabine, die der verräterischen Lady Sharice zugewiesen worden war. Man hatte sie in eine enge, dunkle Kammer gesteckt, deren Tür verriegelt war. Das Bild von ihnen schwankte im Rhythmus des Schiffes im Sturm heftig auf und ab, und Haramis hörte ein ständig wiederkehrendes, dröhnendes Geräusch und ein gleichbleibendes Knarren in den Spanten. Große Stapel aus nassen, rostigen Ketten mit gewaltigen Gliedern türmten sich über den dünnen Matratzen, auf denen Nikalon, Janeel und Tolivar schliefen. Ihre Festkleidung war mit Schmutz und Rost besudelt.

»Man hat sie in die Kettenkammer im Bug des Schiffes gesperrt. Die armen Kleinen! Ani bricht sicher das Herz, wenn sie ihre Kinder mit dem Talisman sieht. Aber wenigstens ist ihnen nichts geschehen.«

Sie ließ das Bild ihrer Schwester erscheinen. Die Königin, eingehüllt in den ledernen Mantel eines Seemanns, war ein Bild des Jammers. Sie stand auf dem Achterdeck und hatte sich, dem Sturm trotzend, an die Reling des Flaggschiffes geklammert. Ihren Talisman, das Dreihäuptige Ungeheuer, trug sie auf dem Kopf, und es war offensichtlich, daß Anigel gerade ihre verlorenen Lieben mit dem Talisman beobachtet und Haramis sie dabei unterbrochen hatte.

»Hara! Wie weit sind wir von ihnen entfernt?« fragte die Königin. »Ich verstehe einfach nicht, was mein Talisman mir über die Entfernung zu ihnen zeigt.«

»Sag dem Kapitän, daß er den Kurs etwas ändern soll«, erwiderte die Erzzauberin. Dann teilte sie Anigel die genaue Position und den Kurs der raktumianischen Flottille mit. »Der Zauberer und die Piraten segeln mit großer Geschwindigkeit auf die Inseln unter dem Verlorenen Wind zu, nicht nach Hause, wie wir zuerst dachten. Sie sind hinter Kadiyas verlorenem Talisman her, und wenn dieser teuflische Wind anhält, den Portolanus herbeigezaubert hat, wird er sie aller Wahrscheinlichkeit nach in weniger als drei Tagen zu der Ratsinsel bringen.«

»Wir werden sie nie einholen«, sagte Anigel, die schon alle Hoffnung aufgegeben hatte.

»Es gibt noch eine Chance. Sobald die Triere das offene Meer zwischen dem Festland und den Inseln durchquert, geraten sie in die Windstille, die dort herrscht. Diese Inseln werden nicht umsonst Inseln unter dem Verlorenen Wind genannt! Selbst mit Magie wird sich in diesem Labyrinth aus Felsen, Inseln und Riffen keine verläßliche Brise herbeizaubern lassen. Dein Schiff ist nicht so groß wie das der Raktumianer, und deine Ruderer sind freie Männer und willig. Du könntest sie mit den Rudern einholen.«

»Ist Kadi schon aus Kurzwe ausgelaufen?«

»Leider nein. Sie versucht anscheinend immer noch, ein Schiff zu bekommen. Ich habe wieder versucht, mit ihr zu sprechen, aber ohne Erfolg. Ani, du mußt es versuchen. Du stehst ihr näher als ich.«

»Sag das nicht. Sie liebt dich ebensosehr wie mich, und ich weiß, daß deine Liebe zu ihr genauso groß ist.«

Haramis seufzte. »Versuch dein möglichstes. Wenn sie Kurzwe sofort mit einem schnellen Schiff verläßt, könnte sie die Stelle, an der ihr Talisman verlorenging, noch vor Portolanus erreichen.«

»Aber wir hatten doch ursprünglich geplant, meinen eigenen Talisman einzusetzen, um Kadis Talisman aus den Fluten zu bergen. Wie soll sie ihn da ohne meine Hilfe herausholen?«

»Ich weiß es nicht. Es würde schon genügen, wenn sie verhindern kann, daß Portolanus den Talisman in die Hände bekommt, bevor du und dein Schiff dort ankommt. Versuche, mit Kadiya zu sprechen, wenn sie schläft. Sie ist dann vielleicht empfänglicher. Sie *muß* den Talisman vor dem Zauberer erreichen.«

»Nun gut. Ich werde es mit aller Kraft versuchen. Hara, ich

bitte dich, behalte uns auch weiterhin im Auge und führe uns.«

Die Erzzauberin zögerte. »Ich habe einen neuen Plan, um Portolanus zu vernichten, aber ich möchte noch nicht darüber sprechen. Mach dir keine Sorgen, wenn ich von jetzt an nicht mehr so oft mit dir spreche. Wenn du mich jedoch dringend brauchst, dann rufe mich sofort.«

Anigels Gesicht erhellte sich. »Ein neuer Plan? O Hara, erzähl mir davon!«

Die Erzzauberin schüttelte den Kopf. »Er könnte nutzlos sein, wenn es Portolanus gelingen sollte, Kadis Talisman in seinen Besitz zu bringen – oder den deinigen. Du weißt doch, daß sich Portolanus ein zweites Mal in das Kimilon gewagt hat und bei dieser Reise nur einen geheimnisvollen Kasten mit zurückgebracht hat. Ich habe meinen Talisman gefragt, welchem Zweck dieser Kasten wohl dienen mag, und er hat mir gesagt, daß man damit die Bande der Talismane zu ihren Herrinnen zerstören kann. Dazu braucht man den Talisman nur in diese magische Truhe zu legen und den entsprechenden Zauber zu vollführen.«

»Meinst du damit etwa, daß der Zauberer unsere Talismane berühren könnte, ohne zu Schaden zu kommen?«

»Es ist vielleicht sogar noch schlimmer: Er könnte sie an sich selbst binden und sie einsetzen, sobald ihre Bande zu uns zerstört sind.«

»Bei der Heiligen Blume!«

»Liebste Ani, ich weiß, daß du ganz verzweifelt bist vor lauter Sorge um deinen Gemahl und die Kinder. Aber du darfst unter keinen Umständen Portolanus' Forderungen, ihm den Talisman zu übergeben, Folge leisten. Er lügt sicher, wenn er dir die sichere Rückkehr von Antar und den Kindern im Tausch für deinen Talisman verspricht. Unsere einzige Hoffnung besteht darin, die Entführten zu retten. Schwöre mir, daß du dem Zauberer nicht nachgeben wirst!«

»Ich … ich werde standhaft bleiben. Lord Owanon und seine tapferen Ritter werden mir helfen, Antar und die Kinder aus den Händen der Piraten zu befreien. Ach, könnte ich nur nahe genug an diesen verfluchten Zauberer herankommen, damit ihn das Dreihäuptige Ungeheuer zerschmettert! Er hätte meine Lieben nie ergreifen können, wenn ich gewußt hätte, was er vorhatte.«

Haramis sprach noch einige aufmunternde Worte zu ihrer Schwester, dann ließ sie die Vision verschwinden. Sie erhob sich vom Tisch und ging zu einem mit Fächern versehenen Regal, in dem unzählige aufgerollte Landkarten aufbewahrt wurden. Sie befahl ihrem Talisman, eine Karte herauszusuchen, auf der die Eisdecke westlich von Tuzamen verzeichnet war. Aber offensichtlich gab es keine solche Karte. Haramis stöberte die einzelnen Fächer durch. Sie fand Landkarten von Tuzamen, die jedoch alle nicht sehr genau waren, und eine einzige Karte von dem Gebirgsmassiv, wo das Volk der Dorok lebte. Das Unerreichbare Kimilon jedoch war auf keiner einzigen Karte verzeichnet.

Haramis hatte sich diesen Ort natürlich mit ihrem Talisman angesehen. Beim Anblick der von Gletschern umgebenen kleinen Enklave mit ihren zahlreichen rauchenden Vulkanen war sie zusammengezuckt. Aber es war ihr nicht gelungen, seine genaue Position festzustellen. Auch in den Unmengen von Büchern in der riesigen Bibliothek war kein einziger Hinweis darauf zu finden gewesen. Es sah so aus, als ob die Erzzauberin Binah das Kimilon doch nicht als Lager genutzt hatte. Vielleicht rührte es noch aus der Epoche vor ihrer Amtszeit und war unvorstellbar alt. Oder aber dieser Ort gehörte einem der anderen Erzzauberer, dem Erzzauberer der See vielleicht oder dem Erzzauberer des Himmels …

Sie vernahm ein leises Kratzen an der Tür zur Bibliothek.

»Kommt herein«, sagte Haramis. Sie ließ die Landkarten liegen und begrüßte Shiki.

Der kräftige kleine Eingeborene hatte sich inzwischen fast völlig von dem Martyrium erholt, das er vor sieben Tagen durchgemacht hatte. Seine großen Augen strahlten golden und waren nicht mehr blutunterlaufen; die Frostbeulen auf dem Gesicht mit den fast menschenähnlichen Zügen und den Händen waren gut verheilt. Die Spitzen seiner beiden hochstehenden Ohren, die immer noch bandagiert waren, hatte er in der eisigen Kälte verloren. Die Vispi in ihrem Gefolge hatten ein neues Gewand für ihn angefertigt, und an einer Kette um den Hals trug er stolz ein Medaillon mit der Schwarzen Drillingslilie, da er ja jetzt in ihren Diensten stand.

»Magira sagt, daß Ihr zum Kimilon reisen wollt, Weiße Frau.«

»Wenn Ihr mich führt, Shiki. Weder meine Karten noch meine Zauberkräfte können mir sagen, wo genau dieser Ort liegt. Er muß von einem Zauber umgeben sein, und von unzähligen Meilen ewigen Eises.«

Der kleine Mann nickte. Sein Gesicht war ernst. »Ich werde Euch mit Freuden dorthin führen und mein Leben für Euch hingeben, wenn die Herrscher der Lüfte dies wünschen. Keine andere Aufgabe könnte mich mit soviel Freude erfüllen wie die, Euch dabei zu helfen, den schändlichen Zauberer zu vernichten, der meine Familie und meine Freunde getötet hat. Werden uns andere aus dem Bergvolk auf dem Rücken der Var begleiten?«

»Nein. Nur Ihr und ich werden gehen. Und vielleicht ... vielleicht müssen wir uns sogar noch über das Kimilon hinauswagen, bevor unsere Reise zu Ende ist. An Orte, die noch keiner der Eingeborenen und noch keiner der Menschen je gesehen hat. Schreckliche Orte.«

Shiki streckte ihr lächelnd seine dreifingrige Hand entgegen. »Ich habe keine Angst, Weiße Frau. Wir sind stark, wir beide, und wir werden gehen, wohin wir gehen müssen, und wohlbehalten wieder zurückkehren. Ich weiß es.«

Haramis ergriff Shikis Hand und lächelte ihn ebenfalls an. »Ihr wißt, welche Vorräte wir brauchen werden. Würdet Ihr zu den Varhütern gehen und dafür sorgen, daß alles für unsere Abreise morgen früh bereit ist?«

»Das will ich gern tun.« Er verneigte sich kurz, und gleich darauf war er verschwunden.

Handelt endlich.

So hatte es ihr der Talisman befohlen. Keine Studien mehr, keine Beobachtungen mehr, kein Nachgrübeln mehr. Sie war bereits früher einmal zu großen körperlichen Anstrengungen gezwungen worden, als sie auf der Suche nach ihrem Talisman von den fliegenden Samenkörnern der Schwarzen Drillingslilie in die gefährliche Bergwelt geführt worden war. Aber dieses Mal gab es keine Samenkörner, die ihr helfen würden – nur einen verwundbaren kleinen Mann, der durch einen Zufall zu ihrem Turm gekommen war.

Zufall? O Haramis …

»Kein Wort mehr«, sagte sie entschlossen. Sie steckte den Talisman in ihr Gewand, schaltete den Kandelaber aus und wollte die Bibliothek verlassen.

Aber plötzlich fiel ihr etwas ein. Wie sie mit Kadiya sprechen konnte? Aber natürlich! »Haramis, was bist du doch für ein Dummkopf!« rief sie aus.

Dann hob sie den Talisman empor und erteilte ihm einen Befehl.

7

Sie drängten sich auf der Straße zusammen, vor der einzigen Taverne, in der sie noch nicht gewesen waren – Kadiya und Jagun und die fünfzehn hochgewachsenen Eingeborenen aus dem Tassalejo-Wald. Das Unwetter wütete mit Blitz und Donner, und das Windspiel aus Bambus, das vom Schild des Gasthauses herabhing, bedeutete mit seinem lauten Getöse selbst den des Lesens unkundigen Reisenden, daß hier Speis und Trank zu finden waren.

Düster sagte Kadiya: »Vielleicht haben wir in diesem Milingal-Loch hier endlich einmal Glück. Wir müssen bald ein Schiff gefunden haben, denn ich habe schreckliche Vorahnungen, die mich drängen, meinen Talisman so schnell wie möglich wiederzuerlangen. Jagun, du bildest wie immer die Nachhut und hast ein Auge auf die Wachen der Stadt. Unser Ruf ist uns vielleicht vorausgeeilt. Lummomu-Ko, befiehl deinen Kriegern, ihr Temperament dieses Mal zu zügeln, falls die Schurken in der Taverne uns verspotten oder beleidigen sollten. Oder befiehl ihnen wenigstens, einen Kampf erst dann zu beginnen, nachdem ich mit allen Kapitänen da drinnen gesprochen habe.«

Der mächtigste der Wyvilo, dessen einst elegante Kleidung von dem über der Hafenstadt Kurzwe tobenden Unwetter völlig durchnäßt war, entgegnete ihr: »Wenn diese zinorianischen Schleimkriecher sich weiterhin weigern, uns ein Schiff zu vermieten, müssen wir vielleicht doch unseren ursprünglichen Plan verfolgen und auf eigene Faust lossegeln.«

»Das würde ich nur ungern tun«, entgegnete Kadiya. »Bei diesem unheimlichen Wetter ist die Chance sehr gering, daß wir es ohne erfahrene Seeleute an Bord bis zu den Inseln unter dem Verlorenen Wind schaffen.«

Der junge Wyvilo namens Lam-Sa, der Lummomu-Ko geholfen hatte, Kadiya vor dem Ertrinken zu retten, hatte eine andere Idee: »Wir könnten die Seeleute ja ein bißchen überreden.« Seine scharfen Fangzähne waren trotz der schwachen Beleuchtung deutlich zu erkennen. Die anderen Krieger schmunzelten vielsagend über seine Worte.

»Nein«, wies Kadiya sie zurecht. »Einfach ein Schiff zu nehmen und Geld dafür zurückzulassen, mag noch angehen, aber eine ganze Schiffsmannschaft zu entführen – das geht zu weit. Lieber lasse ich den Talisman dort, wo er gerade ist, als zu solch schändlichen Mitteln zu greifen. Ich habe zu den Herrschern der Lüfte gebetet, damit sie uns beistehen. Irgendwie werden wir schon ein Schiff finden.«

Plötzlich stieß Jagun einen durchdringenden Schrei aus. Sein Körper versteifte sich, die Pupillen seiner gelben Augen weiteten sich, und er starrte hinauf in den Himmel, während der Regen auf sein flaches, breites Gesicht strömte.

»Mein Freund, was ist mit dir?«

Aber der kleine Mann stand da wie gelähmt und starrte auf etwas, das niemand sehen konnte. Nachdem einige Minuten vergangen waren, kam er schließlich langsam wieder zu sich, seine Augen verloren ihren starren Blick, und sein Körper entspannte sich. Er sah Kadiya mit einem Ausdruck des größten Erstaunens an und flüsterte: »Die Weiße Frau! Sie hat zu mir gesprochen!«

»Was?« rief Kadiya bestürzt aus.

Jagun umfaßte seinen Kopf mit beiden Händen, als ob er verhindern wollte, daß ihm seine Gedanken entflohen. »Weit-

105

sichtige, sie hat wirklich zu mir gesprochen! Ihr wißt doch, daß wir vom Sumpfvolk uns mit unseresgleichen in der Sprache ohne Worte verständigen können, obgleich wir darin nicht so geschickt sind wie unsere Cousins, die Uisgu und die Vispi. Und auch Ihr habt mit Eurem Talisman schon viele Male über große Entfernung mit mir gesprochen. Aber noch niemals zuvor habe ich die Weiße Frau gehört.«

»Was hat sie gesagt?« Kadiya war fast außer sich.

»Sie ... sie hat ihr wertes Selbst bezichtigt, ein Dummkopf zu sein. Sie mußte dringend mit Euch sprechen, vermochte dies aber nicht, nachdem Ihr Euren Talisman verloren hattet. Erst jetzt kam ihr der Gedanke, zu *mir* zu sprechen, damit ich ihre Nachricht an Euch übermittle. Sie hatte vergessen, daß ich bei Euch bin, und dachte, Ihr würdet nur mit den Wyvilo reisen, die es nicht vermögen, die Sprache ohne Worte über große Entfernungen zu vernehmen.«

»Ja, ja ... die Nachricht!«

»Ach, Weitsichtige! Der schändliche Zauberer Portolanus ist an Bord eines schnellen Schiffes und segelt gen Süden, um Euren Talisman zu bergen.«

»Dreieiniger Gott!«

»Die Weiße Frau sagt, wenn wir sofort von Kurzwe aufbrechen, haben wir noch eine Chance, den Talisman vor ihm zu erreichen.«

»Hat sie gesagt, wie wir ihn bergen können?« fragte Kadiya ungeduldig.

»Eure Schwester, Königin Anigel, hat ebenfalls die Verfolgung des Zauberers aufgenommen. Wenn Ihr beide die Stelle, an der der Talisman versunken ist, erreichen könnt, dann, so glaubt die Weiße Frau, wird der Talisman der Königin den Euren herbeirufen.«

»Jagun, wenn das ...«

Aber in diesem Moment öffnete sich plötzlich die Tür der Taverne auf der anderen Straßenseite. Helles Licht und tosender Lärm überfielen sie, aus dem mißtönende Musik, das Lachen der Betrunkenen und einzelne Schreie herauszuhören waren. Kadiya und ihre Gefährten schraken auf. Gleich darauf erschienen zwei stämmige Menschen in schmutzigen

Schürzen, die einen heftig strampelnden und schreienden Gast festhielten. Der Mann trug ein seltsames Gewand: eine schwarze Seidenhose, die in hohen roten Stiefeln steckte, ein Wams aus Stücken von buntem Leder, einen vornehmen roten Umhang und einen breitrandigen Hut mit schwarzen Federn, der mit scharlachroten Bändern in seinem Nacken festgebunden, aber jetzt nach vorne gekippt war und ihm die Sicht raubte, als er vergeblich versuchte, den beiden Männern zu entkommen.

»Hilfe! Diebe!« schrie er. »Schwin... Schwindler! Laßt mich los! Die Knochen sind gezinkt, sag' ich!«

Die beiden Schankkellner hoben ihn hoch und warfen ihn über die Schwelle. Dann schlugen sie ihm mit einem lauten Knall die Tür vor der Nase zu. Der Mann landete mitten auf der schmutzigen Hauptstraße auf dem Gesicht, wobei ihn der tief hinuntergezogene Hut davor bewahrte, den Mund voller Dreck zu bekommen. Da lag er nun und stöhnte ganz jämmerlich, während der Regen auf seinen Umhang niederprasselte und die Federn schlaff werden ließ.

Kadiya kniete sich neben ihm nieder, drehte ihn um und befreite ihn von seiner Kopfbedeckung. Eine gewaltige Alkoholfahne traf sie, als der Mann sie mit trüben Augen ansah.

»Hallo, meine Sch-Schöne. Was macht ein nettes Mädchen wie du in so einer garstigen Nacht auf der Straße?« Aber dann erblickte er die Wyvilo hinter Kadiya, und sofort fing er wieder an, gellend zu schreien: »Hilfe! Banditen! Monster! Seeseltlinge! Eindringlinge! Hilfe!«

Gelassen steckte Kadiya ihm eine Falte seines Umhanges in den Mund, woraufhin er spuckte, würgte und kein Wort mehr sagte.

»Seid ruhig. Wir werden Euch nichts tun. Wir sind nur Reisende aus Ruwenda, und jene dort sind keine wilden Seeseltlinge, sondern zivilisierte Wyvilo, die meine Freunde sind. Seid Ihr verletzt?«

Der Mann grunzte etwas. Seine rotunterlaufenen Augen waren jetzt nicht mehr vor Schreck weit aufgerissen. Er schüttelte den Kopf.

Kadiya nickte Lummomu-Ko zu. Zusammen halfen sie

dem Burschen wieder auf die Beine, wobei ihm der impro-
visierte Knebel aus dem Mund fiel. Schwankend und vor sich
hinmurmelnd stand er auf der Straße. Jagun fischte seine
durchnäßte Kopfbedeckung aus dem Rinnstein, wo diese
gerade davongetrieben wurde, und reichte ihm den Hut.

»Ich bin Kadiya, Herrin der Augen genannt, und dies hier
ist Jagun vom Sumpfvolk und dies hier Sprecher Lummomu-
Ko vom Tassalejo-Waldvolk und seine Krieger, die meine
Freunde sind. Wir wollten gerade in die Taverne gehen, als Ihr
so plötzlich herausgekommen seid.«

Der Mann schnaubte verächtlich und setzte sich seinen Hut
wieder auf den Kopf. Dann zog er ein großes Taschentuch aus
dem Ärmel und fing an, sich damit das Gesicht abzuwischen.
Er war so betrunken, daß sie ihn kaum verstehen konnten.

»Als ... fiesen Schurken rausgeschmissen ... Was sagt man
dazu! Das letzte Hemd haben sie mir abgenommen ... oh,
diese verdammten Tanzknochen ... haben mir meine Noga
abgenommen, ja, nachdem sie schon das Geld für meine
Ladung hatten! Ohhh ... mir ist so schlecht ...«

Lummomu und ein anderer Krieger hielten den Kopf des
Mannes, während er in den Rinnstein spie. Der Wind heulte,
der Regen prasselte auf sie herab, und das Windspiel der
Taverne klimperte lustig vor sich hin. Als es dem Opfer offensichtlich wieder etwas besser ging, fragte Kadiya:

»Wer seid Ihr, und was ist diese Noga, um die man Euch
betrogen hat?«

»Ly Woonly ist mein Name ... ehrlicher Seemann aus Okamis.« Er warf ihr einen mißtrauischen Blick zu. »Kennt Ihr
Okamis? Größte Nation in der bekannten Welt! Republik –
nicht so ein verlaustes Königreich wie Zinora. Der Tag sei
verdammt, an dem ich nach Zinora gesegelt bin. Hätte meine
Ladung nach Imlit bringen sollen, selbst wenn sie dort nicht
soviel dafür zahlen.«

Kadiyas Augen leuchteten auf. »Ihr seid also ein Seemann!«

Mühsam richtete sich Ly Woonly auf und wirbelte in einer
stolzen Geste seinen Hut herum. »Handelskapitän. Käpt'n
des Schiffes Lyath, hübsche kleine Noga. Benannt nach meiner lie'm ... lieben Frau.« Er rülpste, und dann rollten ihm

108

plötzlich dicke Tränen über die Wangen. »Lyath wird mich umbringen, ja, das wird sie! Sie wird meine Eier in Essig einlegen und mich an die Sklavenhändler aus Sobrania verkaufen!«

Kadiya sah Lummomu-Ko an. Er nickte langsam, dann blickte er die anderen eingeborenen Krieger an, die voller Vorfreude grinsten.

»Unser neuer Freund hier, Ly Woonly, wurde auf unehrliche Weise bei einem Spiel mit Tanzknochen betrogen«, sagte Kadiya mit ernster Stimme. »Es ist traurig, daß solche Dinge geschehen können, zumal sich hier, an einem so rückständigen Ort wie Kurzwe, die Obrigkeit wohl auf die Seite des Schankwirtes schlagen wird und einem Fremden ganz gewiß keine Gerechtigkeit verschaffen will.«

»O ja, so wird es sein.« Lummomus Stimme grollte wie in Worte gefaßter Donner. »Es ist eine Schande und schreit zu den Herrschern der Lüfte nach Rache.« Seine Gefährten knurrten ihren Beifall. Ihre Augen mit den senkrechten Pupillen, die verrieten, daß in ihren Adern auch Skritekblut floß, glühten in der Sturmnacht wie goldene Kohlen.

Kadiya nahm die lehmverschmierten Hände des Kapitäns in die ihren. »Kapitän Ly Woonly«, sagte sie feierlich, »wir möchten Euch helfen. Aber dafür müßt Ihr uns auch helfen. Wir haben versucht, ein Schiff zu mieten, für eine Reise … von etwa zweitausendvierhundert Meilen. Die feigen zinorianischen Kapitäne wagen es nicht, bei diesem stürmischen Wetter auszulaufen. Wenn wir Euch Eure Noga und das verlorene Geld zurückholen, können wir dann Euer Schiff chartern? Wir werden Euch eintausend laboruwendianische Platinkronen dafür bezahlen.«

Der Mann aus Okamis riß die Augen auf. »*Tausend?* Und Ihr werdet diesen zinorianischen Schurken eins draufgeben und mir alles zurückholen?«

»Das werden wir«, sagte Kadiya.

Ly Woonly schwankte, dann kniete er sich mühsam in die Pfütze zu Kadiyas Füßen. »Herrin, wenn Ihr das fertigbringt, werde ich Euch bis zum gefrorenen Aurora-Meer bringen oder bis zum Eingang der Hölle – was immer weiter weg ist.«

»So sei es. Wollt Ihr uns in die Taverne begleiten und zusehen, wie wir zurückfordern, was rechtmäßig Euer ist?«

Ly Woonly erhob sich schwankend und band seinen Hut auf dem Kopf fest. »Das lasse ich mir um keinen Preis entgehen.«

Zur großen Enttäuschung der Wyvilo und zur Erleichterung Jaguns gab es gar keine Rauferei. Allein der Anblick der eindrucksvollen Waldeingeborenen mit ihren weit aufgerissenen Schnauzen, in denen die großen Fangzähne blitzten, und ihren klauenbewehrten Händen, die griffbereit über ihren Waffen schwebten, genügte, um die betrügerischen Tanzknochen-Spieler zu plötzlicher Rechtschaffenheit zu bekehren. Kadiya spielte mit den präparierten Knochen und sah voll Mitgefühl die drei zinorianischen Spieler an, die an einem Tisch im rückwärtigen Teil der Taverne saßen und völlig verängstigt wirkten. Sie waren gerade dabei gewesen, ihren von Ly Woonly erschlichenen Gewinn unter sich aufzuteilen.

»Ihr guten Männer«, richtete sie das Wort an sie, »es ist ganz offensichtlich – obwohl Ihr es vielleicht noch gar nicht bemerkt habt –, daß Euch ein unbekannter Schurke statt der ehrlichen Knochen, die in einem rechtschaffenen Haus wie diesem doch sicher verwendet werden, diese bleibeschwerten Knochen hier untergeschoben hat.«

»Das ... das mag sein, Herrin«, murmelte der bestgekleidete unter den Schurken, ein hagerer Mann mit eisenharten Augen. »Es könnte geschehen sein, ohne daß wir es sahen.«

Heftig nickend stimmten ihm die beiden anderen Spieler zu. Das mühsame Grinsen auf ihren Gesichtern erstarb, als die Wyvilo bedeutungsvolle Blicke auf ihre Schwerter und die Streitäxte auf ihren Rücken warfen.

Kadiya schenkte dem Trio ein aufmunterndes Lächeln, dann warf sie die Knochen mitten zwischen die Häufchen aus kleinen Goldmünzen. »Wie bin ich erleichtert, daß Ihr das auch so seht. Ich war mir sicher, daß ehrliche Spieler wie Ihr sich die Trunkenheit eines armen Fremden aus Okamis nicht zunutze machen würden. Meine Wyvilo-Gefährten und ich wären in der Tat sehr unglücklich, wenn Kapitän Ly Woonly heute abend nicht auslaufen könnte. Wir haben nämlich sein Schiff gechartert.«

»Hier! Hier habt Ihr die Urkunde für die Noga!« sagte der Anführer der Spieler und zog hastig ein Stück Papier aus der Börse an seinem Gürtel heraus, das er auf den Tisch knallte. »Mit unseren besten Wünschen, Herrin, und gute Reise für Euch und Eure Freunde.«

»Und das Geld für die Fracht!« Ly Woonly war hartnäckig. »Siebenhundert und sechzehn zinorianische Goldmark.«

Als der Spieler zögerte, legte Lummomu-Ko dem Mann eine seiner mit Klauen bewehrten, dreifingrigen Hände auf die Schulter und fing an zu drücken. »Das Geld für die Fracht«, sagte er mit dröhnender Stimme.

Der Mann gab einen erstickten Schrei von sich, machte sich aber sogleich daran, die Münzhäufchen auf dem Tisch in Richtung des Kapitäns zu schieben. Dann sagte er: »Nimm es! Verflucht sollst du sein!«

Ly Woonly kicherte und fing an, das Gold in seine Börse zu schaufeln.

Jetzt kam der Wirt der Taverne auf sie zugeeilt, der den Okami wohl um Vergebung bitten wollte wegen der Miß-handlungen, die diesem vorher zuteil geworden waren. Die Kellner, die ihn hinausgeworfen hatten, so versicherte der Mann, würden streng bestraft werden.

»Ihr könntet uns gewiß von Eurem guten Willen über-zeugen«, sagte Kadiya freundlich und sah ihm direkt in die Augen, »wenn Ihr für uns alle ein gutes Essen und etwas zum Trinken auftragen würdet. Dann werden wir die schöne Hafenstadt Kurzwe in angenehmer Erinnerung behalten. In anderen Tavernen, die wir heute abend besucht haben, waren die Wirte sehr unfreundlich. Meine eingeborenen Begleiter hier wurden beleidigt, und ich fürchte, sie haben sich dafür so revanchiert, wie es bei ihnen Brauch ist.«

Die Wyvilo knurrten und schnitten fürchterliche Grimas-sen. Dann fingerten sie wieder an ihren Waffen herum.

»Welche Schande!« rief der Wirt, dem der Schweiß auf dem kahlen Kopf ausbrach. »Die Gastfreundschaft von Kurzwe wird überall im Südlichen Meer gerühmt! Setzt Euch, und ich werde Euch ein Festmahl bringen.«

»Auf Kosten des Hauses«, sagte Lummomu.

»Selbstverständlich«, stimmte der Wirt zu.

Es sollte ihre letzte anständige Mahlzeit für viele Tage sein.

Mit einem glücklichen Lächeln auf den Lippen schlief Ly Woonly ein, während Kadiya und ihre Gefährten ihren Hunger stillten, und ließ sich nur mit Mühe wieder wachrütteln. Zu dem Kai, wo die Lyath vor Anker lag, mußten sie ihn fast tragen. Bei immer noch strömendem Regen fanden sie dort ein schnittiges kleines Schiff mit spitzem Bug und Heck und zwei Masten vor, das von den hohen Wellen hin- und hergeschleudert wurde und mit seinen Fendern aus Seilen und Lumpen gegen das Pier schlug. Der Zugang zu dem schwankenden Fallreep wurde von zwei schwerbewaffneten Männern versperrt, die nicht allzu glücklich aussahen.

»Wir sind Beamte der Hafenmeisterei von Kurzwe, Herrin«, sagte der eine von ihnen zu Kadiya. »Niemand verläßt dieses Schiff oder geht an Bord, bevor nicht die Hafengebühren und die überfällige Rechnung des Schiffsausrüsters beglichen worden sind.«

Im Schein einer tropfenden Lampe sah sich Kadiya die Rechnungen an. »Das scheint in Ordnung zu sein.« Sie nahm die nun wieder wohlgefüllte Börse vom Gürtel des schnarchenden Kapitäns und zählte einhundert und dreiundfünfzig Goldstücke ab.

Die Beamten salutierten und beeilten sich, aus dem Regen herauszukommen. Lummomu-Ko warf sich Ly Woonly über die Schulter und ging als erster an Bord.

Die Lyath war etwas heruntergekommen und brauchte dringend einen neuen Anstrich. Sie war nicht einmal halb so groß wie das Schiff aus Var, das sie zu den Inseln unter dem Verlorenen Wind gebracht hatte. Die Beschläge aus Metall glänzten nicht, das Deck war rauh und rissig. Aber sie schien stabil gebaut zu sein und hatte eine neue Takelage. Auch die eingerollten Segel, die im Dämmerlicht weiß schimmerten und ordentlich am Baum festgemacht waren, wirkten neu. Keine Menschenseele war zu sehen. Mittschiffs lagen eine dunkle Kabine und eine Treppe, die nach unten führte, wo hinter einem gläsernen Bullauge das Licht einer Lampe zu sehen war.

Kadiya öffnete die Tür zu der Treppe. »Ist jemand hier?« rief sie. Nachdem sie ein zweites Mal gerufen hatte, erschien ein junger Mann, der nur eine zerrissene Hose trug, am Fuß der Treppe und rieb sich schläfrig die Augen.

»Käpt'n Ly? Seid Ihr das? Wir dachten schon, es sei Euch etwas passiert … oh!« Vor Schreck fielen ihm fast die Augen aus dem Kopf, als er im Licht eines Blitzes Kadiya sah. Neben ihr stand der furchteinflößende Lummomu, der den besinnungslosen Kapitän trug. »Du lieber Himmel! Wer seid Ihr? Ist dem Käpt'n etwas passiert?«

»Euer Käpt'n ist heil und gesund, guter Mann«, sagte Kadiya. »Wir haben ihn von seiner abendlichen Zechtour zurückgebracht. Ich bin Kadiya, Herrin der Augen, und dies hier ist Sprecher Lummomu-Ko von den Wyvilo. Wir haben dieses Schiff gechartert, und Ly Woonly ist damit einverstanden, daß wir sofort Segel setzen …«

»Nein, nein«, sagte der Seemann und schüttelte heftig den Kopf mit den zerzausten Haaren. Er war vielleicht zwanzig und fünf Jahre alt, hatte dunkles, lockiges Haar und ein gutmütiges Gesicht. »Wir segeln nirgendwohin ohne eine Mannschaft, Herrin. Sind nur noch ich und Ban und der alte Lendoon an Bord, seit die anderen mit diesem großen Handelsschiff aus Var weg sind, das heute nachmittag angelegt hat.«

Kadiya und Lummomu sahen sich an. Sie sagte: »Kyvee Omins Schiff, das uns hierhergebracht hat.«

Trotz des Regens kam der junge Mann an Deck und winkte Kadiya und dem schwer beladenen Sprecher der Wyvilo, ihm in die Kabine des Kapitäns im Deckhaus zu folgen. »Käpt'n Ly ist ein Geizhals, wenn ein Seemann nicht mit ihm verwandt ist, so wie ich und Ban und der alte Lendoon das sind. Das varonische Schiff war gerade knapp an Seeleuten und hat uns unsere zehn Männer einfach weggeschnappt. Froh waren sie, als sie gingen, haben nur noch das große Geld in den Häfen des Ostens gesehen. Der Käpt'n war furchtbar wütend, als sie das Schiff verlassen haben. Sagte, er würde morgen versuchen,

113

noch ein paar Männer zu bekommen, aber zuerst wollte er sich besaufen.«

Lummomu ließ den schnarchenden Ly Woonly in seine Koje fallen. Der junge Mann zog dem Kapitän die durchweichten Stiefel und seine verschmutzte Oberkleidung aus und nahm die schwere Börse in Verwahrung. Dann führte er Kadiya und die Wyvilo wieder nach unten. Er holte eine Flasche Ilisso und drei Gläser und stellte sich als Ly Tyry vor, Neffe des Kapitäns und Erster Maat auf dem Schiff.

»Also, wie war das: Ihr habt die Lyath gechartert?«

»Wir müssen diesen Ort unbedingt noch heute abend verlassen«, sagte Kadiya. Sie nippte an dem starken Schnaps aus ihrem Glas, während Tyry aus dem zweiten trank, Jagun aus dem dritten und die Wyvilo-Krieger sich die Flasche teilten. »Wie stehen unsere Chancen, andere Seeleute anzuheuern?«

»Schlecht bis unmöglich«, gab Tyry zurück. »Deshalb ist der Käpt'n ja auch so wild geworden. In diesem Loch hier gibt es nur faules Gesindel aus Zinora. Keiner von denen hat Lust, mit uns nach dem guten alten Okamis zu segeln. Weiß gar nicht, warum.«

»Meine fünfzehn Begleiter hier und ich sind nicht gänzlich unerfahren«, sagte Kadiya. »Das Waldvolk der Wyvilo segelt während der Winterstürme in Ruwenda mit mächtigen Flößen auf dem Wunsee, und wir haben alle eine Menge über das Meer gelernt, seit wir in den Süden gekommen sind. Wir sind bereit, auf der Lyath mitanzupacken – zusätzlich zu den eintausend Platinkronen, die Euer Onkel und ich für die Charter vereinbart haben.«

»Wohin soll es denn gehen?«

»Zur Ratsinsel bei den Inseln unter dem Verlorenen Wind.«

Der junge Maat fluchte und sprang auf die Füße. »Herrin, habt Ihr den Verstand verloren? Es ist schon verrückt genug, daß Ihr bei diesem Wetter auslaufen wollt – aber dorthin zu segeln …«

»Die eingeborenen Aliansa sind Euch nicht feindlich gesinnt«, sagte Kadiya. »Ich komme gerade von den Inseln, wo ich mich mit dem Oberhäuptling Har-Chissa beraten habe. Er hat den Handel mit Zinora abgebrochen und sagt, daß die Menschen dort ihn betrogen haben. Von jetzt an will er nur noch mit Okamis oder Imlit Handel treiben.«

Die Augen des jungen Mannes glänzten. »Ist das wahr?«

»Ich schwöre es bei der Heiligen Schwarzen Drillingslilie meines Volkes«, erwiderte Kadiya. »Also, was ist nun?«

Tyry dachte angestrengt nach. »Der Käpt'n ist bis morgen früh nicht zu gebrauchen. Aber wir haben Ban als Rudergänger und Lindoon als Zweiten Maat. Und diese Selt... diese großen Burschen in Eurer Begleitung sehen stark und willig aus, und der kleine Mann da kann sich auch nützlich machen. Bei Gott, ich glaube, wir können es schaffen!« Aber dann brach er ab und sah Kadiya unsicher an. »Da ist noch etwas ...«

»Was denn, guter Mann?«

»Herrin, seid nicht gekränkt, aber könnt Ihr kochen?«

»Ja. Und Jagun auch.«

»Mir fällt ein Stein vom Herzen«, sagte Tyry. Er grinste. »Oder vom Magen. Der alte Lindoon ist der einzige von uns, der einen Topf von einem Bullauge unterscheiden kann, aber sein Essen würde sogar einen Skritek an die Reling schicken. Wenn Ihr und Euer kleiner Freund für unsere Verpflegung sorgt, wird schon alles gutgehen.«

Kadiya seufzte.

Der junge Maat kippte den restlichen Ilisso hinunter, knallte sein Glas auf den Tisch der Messe und schien zum erstenmal zu bemerken, daß er halbnackt war. Er wurde rot. »Ich werde mir etwas anziehen und Ban und Lindoon wecken. Wenn Ihr und Eure Mannschaft Euch geschickt anstellt, Herrin, sind wir in einer Stunde hier weg.«

8

Zuerst hatte man die drei Kinder von König Antar und Königin Anigel in einer prächtig ausgestatteten Kabine auf dem raktumianischen Flaggschiff eingesperrt, wo sie von Lady Sharice beaufsichtigt und von zwei tuzamenischen Kriegern sowie von Schwarzstimme, dem Gehilfen des Zauberers, bewacht wurden. Sobald Lady Sharice zugegeben hatte, daß sie, ebenso wie König Antar, tatsächlich Gefangene waren, hatten Kronprinz Nikalon und Prinzessin Janeel verlangt, ihren Königlichen Vater zu sehen. Nach der wiederholten Ablehnung ihrer Forderung wollten sie nichts mehr essen und machten der verräterischen Sharice das Leben schwer. Ununterbrochen machten sie ihr Vorwürfe und ließen ihr keine Minute Ruhe, während die Triere durch die stürmische See gen Süden segelte.

Schließlich lief sie weinend zu der großen Kabine, die Portolanus für sich in Anspruch genommen hatte, und platzte ohne Anmeldung herein.

»Großer Meister! Ich muß mit Euch sprechen. Oh ...«

Selbst in ihrem erbarmungswürdigen Zustand sah Sharice sofort, daß der Mann am Arbeitstisch, der die Gewänder des Zauberers trug, dem senilen Alten überhaupt nicht ähnlich sah. Es war Portolanus ... und doch war er es nicht. Sie blinzelte mit ihren verweinten Augen und fragte sich, ob sie wohl den Verstand verlor.

Er bastelte an einem geheimnisvollen Gerät herum, das er auseinandergenommen hatte. Die Innereien lagen vor ihm, und er brachte die matt gewordenen Metallstückchen mit Polierrot zum Glänzen. Seine Finger waren so mit dem Rot befleckt, daß es aussah, als hätte er sie in Blut getaucht.

Sharice stammelte: »Seid ... seid Ihr es, Herr von Tuzamen?«

Er sah sie an. Seine Augen mit den geweiteten Pupillen waren von einem unmenschlichen Silberblau. Tief in ihrem Inneren leuchteten winzige Goldpünktchen. Eine schier mit Händen zu greifende Bösartigkeit schien von ihm auszugehen, die den Kummer und die Schmach in ihrem Herzen ans Licht zerrte und mit eisiger Verachtung abtat. Sharice wußte, daß sie fliehen sollte. Aber dann nahm sie ihren ganzen Mut zusammen und flüsterte: »Allmächtiger Meister, Prinz Nikalon und Prinzessin Janeel wollen nicht essen. Und ... und sie zanken mit mir und verachten mich. Ich kann es nicht mehr ertragen, bei ihnen zu bleiben.«

»Wenn sie nicht essen wollen«, sagte Portolanus kurz angebunden, »sollen sie eben fasten. Sie werden schon noch vernünftig werden, wenn ihre Mägen zu zwicken beginnen.«

»Nein, Herr.« Sharice hielt ein feines Spitzentaschentuch in Händen, das sie jetzt in Fetzen riß. Ihr Gesicht war von scharfen Falten durchzogen, die Augen lagen in tiefen Höhlen. »Der Kronprinz ist ein sehr willensstarker Junge, und seine Schwester ist nicht minder entschlossen. Sie werden eher krank vor Hunger, als daß sie nachgeben. Und ... und sie quälen mich so fürchterlich! Sie machen mir ständig Vorwürfe wegen meines Verrates, und in den letzten beiden Tagen hat, wann immer ich schlief, einer von beiden mich gekniffen, damit ich wach werde. Ich bin seekrank, habe nicht geschlafen und werde auch noch zu Tode schikaniert! Herr, ich kann es nicht länger ertragen!«

»Dumme Närrin. Ihr werdet des Nachts einfach in einer anderen Kabine schlafen. Aber während des Tages werdet Ihr weiterhin auf die Kinder aufpassen und Euch um sie kümmern. Jetzt geht und laßt mich meine Arbeit tun.«

»Ich kann aber nicht bei ihnen bleiben!« schrie Sharice wie von Sinnen. »Sie haben ganz recht, wenn sie mich niederträchtig und ehrlos nennen. Ihre vorwurfsvollen Gesichter lassen mir das Herz bluten! Oh, was war ich doch für eine Närrin, den Verlockungen von Schwarzstimme nachzugeben und bei ihrer Entführung zu helfen. Keine noch so große Belohnung für mich und meinen Bruder Osorkon kann meine schändliche Tat wiedergutmachen.«

Portolanus erhob sich von seinem Stuhl und zeigte mit scharlachrot beflecktem Finger auf die völlig hysterische Frau. »Hinaus!« brüllte er mit donnernder Stimme. »Oder ich werde den Piraten der Königin befehlen, Euch wieder etwas Verstand einzubleuen!«

Sharice wankte stöhnend von dannen.

Etwa eine Stunde lang konnte der Zauberer in Ruhe arbeiten. Er reparierte ein kaputtes Zaubergerät, mit dem er unter Wasser sehen und die genaue Position von Kadiyas versunkenem Talisman feststellen konnte. Dann klopfte es an der Tür, und herein kam mit wutentbranntem Gesicht der kleine, drahtige Gehilfe des Zauberers, Schwarzstimme genannt.

»Allmächtiger Meister, diese Frau, Sharice, ist über Bord gesprungen. Ein Mann auf dem Ausguck hat es gesehen, aber bei diesem Sturm ist es völlig unmöglich beizudrehen. Sie muß sofort ertrunken sein.«

Portolanus fluchte. »Dann holt eine der Piratenfrauen, damit sie auf die königliche Brut aufpaßt.«

»Ich habe noch schlimmere Nachrichten. Während der Abwesenheit von Sharice hat Kronprinz Nikalon mit einer der Öllampen ein Kissen angezündet, und als ich mit den Wachen hineinging, um nach der Ursache des Rauches zu suchen, haben er und Prinzessin Janeel uns ein Bein gestellt und sind entkommen. Sie wurden natürlich sofort wieder eingefangen, aber wir sollten für ihre Unterbringung strengere Sicherheitsmaßnahmen treffen.«

»Ja, das sollten wir.« Der Ton des Zauberers verhieß nichts Gutes. Er wischte sich die Hände mit einem Lappen sauber. »Und da du, als meine erste Stimme, offensichtlich unfähig bist, diese lächerliche Angelegenheit zu meiner Zufriedenheit zu regeln, werde ich mich selbst darum kümmern, bevor ich mich mit der Königlichen Regentin berate.«

Als Portolanus sein Arbeitszimmer in Begleitung von Schwarzstimme verließ, veränderte sich sein Aussehen. Sein Körper, der in seinen Privatgemächern wie der eines ganz normalen, wohlgestalten Mannes ausgesehen hatte, schien jetzt zu schrumpfen und durch die Gebrechen hohen Alters verunstaltet zu werden. Die Finger, die stark und sicher gewesen waren, als er an dem Apparat des Versunkenen Volkes gearbeitet hatte, krümmten sich, und die Fingernägel wurden gelb und spalteten sich. Seine Augen tränten, sein Gesicht war nicht länger straff, sondern von tiefen Runzeln durchzogen, bärtig und so abstoßend wie ein Pilz aus dem Sumpfland. Er hinkte langsam den Korridor entlang zu der Kabine, in der die Königskinder eingeschlossen waren. Als das Schiff in der schweren See schlingerte, stützte er sich an den Wänden ab.

Er betrat die Kabine, in der es nach angesengten Federn stank. Nikalon und Janeel hatte man auf Stühlen festgebun-

118

den. Die tuzamenischen Wachen beaufsichtigten einen völlig verängstigten Diener, der das durchnäßte und von Ruß geschwärzte Bett frisch bezog. Der kleine Prinz Tolivar, den man nicht gefesselt hatte, saß auf einem Sofa und sah ihm dabei zu, während er süße Halabeeren aß. Als der Zauberer erschien, vergaß er die Früchte und starrte ihn mit offenem Mund an.

»Was soll denn das alles?« wollte Portolanus mißmutig wissen. »Ihr legt Feuer? Ihr wollt nicht essen? Wißt ihr, das geht nicht. Kinder, ich will euch doch eurer Königlichen Mutter gesund und munter zurückbringen, wenn sie mir das gegeben hat, was ich verlange.«

»Wir wollen unseren Vater sehen«, sagte Prinz Nikalon.

Portolanus schlug die Hände zusammen und rollte mit den Augen. »Junger Herr, das ist leider nicht möglich. Er ist nicht mehr auf diesem Schiff, sondern auf einem anderen, das nach Raktum segelt. Aber sobald der Preis für ihn bezahlt worden ist, wird er wieder in sein eigenes Land zurückgebracht, so wie ihr drei Königskinder auch.«

»Ich glaube«, sagte der Kronprinz ganz ruhig, »Ihr lügt. Wir haben von der Verräterin Sharice erfahren, daß der König von Euch zur selben Zeit gefangengenommen wurde, als sie uns vom Ball weg und an Bord dieses Schiffes gelockt hat. Sie sagte, daß er im Frachtraum bei den Galeerensklaven angekettet ist und nicht besser als diese behandelt wird. Wenn Ihr Euch damit einverstanden erklärt, unserem Vater den Respekt entgegenzubringen, der einem Gefangenen von königlichem Blute geziemt, werden meine Schwester und ich unser Fasten brechen und Euch unser Ehrenwort geben, keinen Fluchtversuch zu unternehmen.«

Portolanus schüttelte mißbilligend den Kopf und bedeutete ihnen, wie vernünftig der junge Prinz Tolivar doch sei, der immer noch aß. Woraufhin Tolo soviel Anstand besaß, seine Beeren zur Seite zu stellen und beschämt dreinzublicken.

»Er ist zu jung, um das alles zu verstehen«, sagte Prinzessin Janeel. »Aber *wir* verstehen nur zu gut, daß Ihr vorhabt, den magischen Talisman unserer Mutter an Euch zu reißen, um Böses damit zu tun.«

Der Zauberer lachte lauthals. »Was für ein Lügengespinst Lady Sharice doch für euch gesponnen hat. Es ist wahr, daß der Talisman der Preis für euch ist, aber falsch, daß ich ihn für Böses verwenden würde. Nein, junge Dame! Ich würde ihn einsetzen, um das gestörte Gleichgewicht der Welt wiederherzustellen. Eure Mutter weiß nicht, wie sie das bewerkstelligen kann. Sie hat ihren Talisman nie richtig verstanden, und ihre beiden Schwestern auch nicht. Und daher steht die Welt jetzt vor einer fürchterlichen Katastrophe. Menschen schmieden Pläne, um andere Menschen zu bekämpfen, die Eingeborenen werden erbarmungslos unterjocht, und ein schrecklicher Zauber droht, das Land in Stücke zu reißen und das Dreigestirn vom Himmel zu stürzen!«

»Und Ihr könntet das wieder in Ordnung bringen?« fragte der kleine Prinz Tolivar staunend.

Der Zauberer nickte und verschränkte mit einer eindrucksvollen Geste seine Arme. »Mein Wissen ist gewaltig, und meine Zauberkräfte sind weitaus stärker als die eurer Tante Haramis, der Erzzauberin. Auch sie versucht, das Gleichgewicht wiederherzustellen, aber ohne Hilfe wird es ihr nicht gelingen. Und diese Hilfe kann nur ich ihr geben.«

Kronprinz Nikalon war skeptisch. »Ich habe keine Gerüchte von einem Krieg gehört, und die einzigen Seltlinge, die unterdrückt werden, sind jene Rebellen und Unruhestifter.«

»Und das Gleichgewicht der Welt wurde bereits wiederhergestellt«, fügte Prinzessin Janeel hinzu, »als unsere Mutter und ihre Schwestern den bösen Zauberer Orogastus besiegten. Sie sind die Drei Blütenblätter der Lebenden Drillingslilie. Die drei magischen Talismane in ihrer Obhut sorgen dafür, daß für ewige Zeiten Friede herrscht.«

»Aber deine Tante Kadiya hat ihren Talisman verloren!« zischte Portolanus. Seine blutunterlaufenen Augen traten aus ihren Höhlen. »Hast du das nicht gewußt?«

»Nein«, mußte Nikalon zugeben. Zum erstenmal schien sein Selbstvertrauen ins Wanken zu geraten.

»Ist das der Grund dafür, warum wir diesen schrecklichen Sturm haben?« fragte Tolo zögernd.

Portolanus blickte den kleinen Jungen strahlend an. »Kluger Junge! Ah, du hast Verstand! Natürlich ist der Sturm ein Zeichen für das gestörte Gleichgewicht der Welt, und du hast es gewußt – dein großer Bruder und deine Schwester nicht.«

Tolo lächelte schüchtern.

Aber dann wirbelte der Zauberer herum und starrte Niki und Jan böse an. »Mit euch beiden werde ich keine Zeit mehr verschwenden. Wenn ihr mir nicht versprecht, dieses dumme Fasten aufzugeben und euch endlich zu benehmen, werde ich euch in einem engen, dunklen Verlies einsperren, in dem es vor Schiffsgurpsen nur so wimmelt.«

Tolo war völlig entsetzt. »Mich auch?«

Traurig strich ihm Portolanus über das Haar. »Leider! Dich auch, mein Kleiner, wenn deine störrischen Geschwister sich weiter so unartig verhalten.«

»Aber ich habe Angst vor Schiffsgurpsen!« jammerte der kleine Junge. »Sie beißen! Niki, Jan, versprecht, daß ihr tut, was er sagt.«

Kronprinz Nikalon richtete sich auf, so gut er es mit seinen Fesseln vermochte. »Tolo, sei ruhig! Vergiß nicht, daß du ein Prinz von Laboruwenda bist.« Dann sagte er zu Portolanus: »Wenn unser Königlicher Vater leiden muß, wird es uns eine Ehre sein, seine Qualen zu teilen.«

»Das ist auch meine Entscheidung.« Prinzessin Janeel war blaß geworden, aber sie preßte ihre Lippen zusammen und hielt den Kopf hoch, selbst als Tolo vor lauter Angst zu weinen anfing.

»Bring sie in die Kettenkammer«, befahl Portolanus seinem Gehilfen Schwarzstimme. »Sie dürfen nichts mitnehmen außer den Kleidern, die sie am Leib tragen. Und gebt ihnen nur Wasser und Brot zu essen – oder gar nichts, was immer sie vorziehen –, bis sie wieder zu Vernunft kommen.«

Die beiden Ritter vor der Tür mit dem königlichen Wappen von Raktum, die ganz grün im Gesicht waren, zogen mühevoll ihre Schwerter, als Portolanus schwankend den Korridor im Achterschiff entlangkam. Tief gebeugt schlurfte er daher, taumelte von einer Seite des Ganges zur anderen und ruderte heftig mit den Armen, um das Gleichgewicht zu halten, als das Schiff im Sturm schlingerte.

»Sie wird Euch nicht empfangen, Zauberer«, sagte einer der Männer angestrengt. »Hat Euch denn ihre Hofdame die Nachricht nicht überbracht?«

»Oje, oje«, stieß Portolanus in weinerlichem Ton hervor. »Aber ich *muß* mit der Königlichen Regentin sprechen. Die Angelegenheit ist überaus dringend!« Er hatte seinen spitzen Hut nicht aufgesetzt und trug einen Kapuzenmantel mit purpurroten und rosafarbenen Streifen, zwischen denen silberne Sterne blitzten.

»Kommt wieder, wenn das Wetter besser ist«, befahl ihm der zweite Piratenritter. Seine Augen lagen tief in den Höhlen, und seine Lippen hatten sich bläulich verfärbt. »Königin Ganondri liegt darnieder. Ihr Magen ist noch empfindlicher als der unsere. Ihre Ärztin ist bei ihr. Wir würden unseren Kopf verlieren, wenn wir Euch zu ihr ließen.«

»Unser Mittagessen haben wir schon verloren«, sagte der erste Ritter und deutete auf einen Eimer in der Ecke.

»Oje, oje! Ihr seid seekrank, nicht wahr?« Der Zauberer kramte in einer großen purpurfarbenen Tasche, die vom Gürtel seines farbenfrohen Gewandes herabhing. »Ich habe hier ein überaus zuverlässiges Heilmittel für Euer Leiden, und es würde auch die arme Königin Ganondri auf der Stelle heilen.«

Der erste Ritter warf ihm einen finsteren Blick zu. »Wir wollen nichts von Eurem scheußlichen Gebräu, Herr von Tuzamen, und die Große Königin auch nicht. Hinfort mit Euch!«

Portolanus zog aus seinem Beutel einen kurzen Stab aus dunklem Metall hervor, der über und über mit Ornamenten und auch einigen Edelsteinen verziert war. Er lächelte hilfsbereit und ging auf die Ritter zu. Dabei hielt er den Stab mit erhobenen Händen vor sich. »Keine Zaubertränke? Seht her! Eine einzige Berührung mit diesem magischen Gerät der Heilkunde, und Eure Leiden wären zu Ende.«

Auch dieses Angebot lehnten die von Übelkeit geplagten Piraten ab. Sie verweigerten ihm weiterhin den Zutritt und kreuzten ihre Schwerter vor der Tür. Portolanus jammerte und drehte sich um, so daß es aussah, als hätte er seine Bemühungen aufgegeben. Die Ritter wurden daher völlig überrascht, als der alte Krüppel herumfuhr, behende wie ein Fytox auf sie zusprang und zuerst den einen und dann den anderen Mann an der Wange berührte. Die Schwerter fielen mit dumpfem Klirren auf das mit Teppich ausgelegte Deck, die Augen der beiden Männer verdrehten sich. Langsam rutschten sie am Schott zu beiden Seiten der Tür herunter, bis sie mit ausgestreckten Beinen und auf die Brust gesunkenen Köpfen besinnungslos dalagen.

Der Zauberer drohte ihnen mit dem Finger. »Ich sagte doch, daß es sehr dringend ist.« Dann zog er aus seinem Beutel einen weiteren Gegenstand, der aussah wie ein goldener Schlüssel ohne Bart, und öffnete damit die Tür.

Er gelangte in den prächtig ausgestatteten Salon der Königlichen Regentin, in dem er niemanden antraf. Der Raum lag im Halbdunkel, da die Luken geschlossen waren, um den aufwühlenden Anblick der gigantischen Wellen auszusperren. Mit erstaunlicher Leichtigkeit zog er die beiden schweren Körper in ihrer Rüstung herein und verschloß die Tür wieder. Plötzlich kam eine große, in Schwarz gekleidete Frau zu der Tür herein, die zur Kabine der Königin führte.

»Was ist hier los?« rief sie mit schneidender Stimme aus. »Was habt Ihr hier zu suchen?«

»Oje, oje!« jammerte der Zauberer. »Ein großes Unglück! Kommt her und seht selbst! Ich habe diese Burschen hier schlafend auf ihrem Posten gefunden und konnte sie nicht wecken.«

Er hüpfte aufgeregt herum, als sich die Ärztin niederkniete, um den Mann zu untersuchen, der ihr am nächsten lag. Aber kaum hatte sie das Augenlid des Ritters hochgehoben, da berührte Portolanus ihren Kopf mit seiner Rute, und sie fiel vornüber auf die Körper seiner ersten Opfer.

»Koriandra? Was gibt es?« rief jemand ungeduldig.

Der Zauberer schlurfte durch die Tür in die königliche Kabine und deutete eine flüchtige Verbeugung an, woraufhin ihn die Königin anschrie: »Ihr! Was habt Ihr mit meinen Dienern gemacht?«

»Wir müssen uns beraten, Große Königin. Eure Leute schlafen tief und fest. Ich habe sie nicht verletzt, sondern nur ihrer Sinne beraubt. Mit meinem Zauberstab. Eine zweite Berührung damit wird sie wieder aufwecken … nach unserem Gespräch.«

Ganondri lag in einem großen runden Bett, gestützt von spitzenbesetzten Kissen. Über ihrer Schlafstätte wölbte sich ein dickes Deckbett aus Seide. Ihr kupferfarbenes Haar stand ihr in wirren Flechten vom Kopf ab, und ihr Gesicht war leichenblaß, aber trotz ihres kränklichen Zustandes schleuderten ihre smaragdgrünen Augen vor Wut Blitze. Sie griff nach der Klingelschnur.

Portolanus schwenkte sie mit seinem Stab zur Seite, so daß Ganondri sie nicht mehr erreichen konnte. Er wackelte mit dem Kopf und sagte mißbilligend: »Wir müssen uns *ungestört* unterhalten.«

»Niederträchtiger Schurke!« krächzte die Piratenkönigin. »Wie könnt Ihr es wagen, Euch gewaltsam Zutritt zu meinen Gemächern zu verschaffen?« Das Schiff schlingerte heftig. Wieder überfiel sie die Seekrankheit. Sie preßte die Hand auf die Stirn und sank zurück in die Kissen.

Gelassen schnitt Portolanus den Klingelzug mit seinem kleinen Dolch durch. Dann zog er einen Stuhl an das Bett und warf die Kapuze seines Mantels zurück. Haar und Bart waren klamm und wirr. Seine Züge waren bis ins Lächerliche verzerrt, mit einer Nase, die wie eine Wurzel gebogen war, und Lippen so ausgefranst und faltig wie die Öffnung eines alten Lederbeutels.

»Gnädige Herrin, wir müssen unsere Unterhaltung, die wir vor zwei Tagen bei unserer Flucht aus Taloazin begonnen haben und die leider durch Eure Unpäßlichkeit unterbrochen wurde, jetzt fortsetzen. Ich habe lange über unser Gespräch nachgedacht und bin beunruhigt über einige der sich daraus ergebenden Konsequenzen. Ich muß darauf bestehen, daß Ihr Eure teilweise überaus rätselhaften Bemerkungen näher erläutert, und zwar sofort.«

Ganondri wandte den Kopf ab. »Dieses fürchterliche Unwetter, das Ihr herbeigezaubert habt, wird mich noch umbringen. Zaubert es wieder weg, dann werde ich mit Euch sprechen.«

»Nein. Der Sturmwind wird uns noch vor Königin Anigel zu den Inseln unter dem Verlorenen Wind bringen, so daß ich den magischen Talisman ihrer Schwester Kadiya an mich nehmen kann. Das wißt Ihr nur zu gut, Große Königin!«

Ganondri stöhnte. »Ich weiß! ... *Jetzt* weiß ich es, Heuchler! Aber das war nie Bestandteil unserer Abmachung. Ich habe von dieser verfluchten Reise nach Süden zum erstenmal gehört, als wir alle mit den Gefangenen an Bord gingen. Seitdem muß ich ständig darüber nachdenken! Unsere ursprüngliche Abmachung sah nur die Entführung König Antars und seiner Kinder vor, damit Ihr Euch Königin Anigels Talisman beschaffen könnt. Wir sind diese Allianz mit Euch als Gleichgestellte eingegangen, obgleich Euer aufstrebendes kleines Land nur kümmerliche Handelsressourcen besitzt und es ihm an Geld und bewaffneten Truppen mangelt. Das große Raktum hat Euch unter seine Fittiche genommen, weil Ihr mir versichert habt, daß wir zusammen die Welt erobern würden, sobald Ihr Anigels Talisman in Euren Händen habt. Und ich habe Euch geglaubt. Was bin ich doch für eine Närrin!«

»Ihr könnt mir auch jetzt noch glauben. Nichts hat sich geändert.«

»Lügner! In unserem Vertrag stand nichts davon, daß ich Euch dabei helfe, einen *zweiten* Talisman zu bekommen!«

Portolanus zuckte mit den Schultern und lächelte nur.

»Als Ihr mir zum erstenmal Euer Angebot unterbreitet habt«, fuhr die Königin fort, »ließ ich durch unsere Weisen in Frangine feststellen, was für ein Zaubergerät Ihr da begehrt. Sie sagten mir, daß Anigels Talisman nur einer von dreien ist und daß diese drei Talismane zusammen das unbesiegbare Zepter der Macht bilden. Mit einem Talisman in Eurem Besitz wäre Königin Anigels Land hilflos, und Raktum und Tuzamen könnten es zusammen erobern. Das kann ich akzeptieren. Aber zwei dieser mächtigen Talismane in Eurer Hand, und Ihr würdet zwangsläufig versuchen, mit ihrer Hilfe auch den *dritten* zu erlangen.«

»Nein.«

»Leugnet es nicht! Ihr begehrt dieses mächtige Zepter. Und sobald Ihr es in Euren Fingern habt, würde das große Raktum binnen kurzer Zeit zu einem Vasallen von Tuzamen und seine Königin zu Eurer Sklavin werden.«

Bestürzt schlug der Zauberer die Hände über dem Kopf zusammen. »Ein Mißverständnis …«

Gestärkt von ihrem Zorn, setzte sich die bettlägerige Königin auf. »Genug jetzt, erbärmlicher Wicht! Wie könnt Ihr Euch anmaßen, mich zu belehren. Wenn ich nicht durch meine Krankheit so entkräftet gewesen wäre, hätte ich Eure Ränke schon früher durchschaut. Nun, da ich weiß, was Ihr vorhabt, habe ich Vorkehrungen getroffen, die sicherstellen sollen, daß Raktum nicht unter Euren teuflischen Zauber fällt.«

Portolanus rang die Hände. »Nein, nein! Wir sind doch Verbündete! Niemals würde ich eine solch heimtückische Tat erwägen! Ihr beurteilt mich falsch!«

»Ich beurteile Euch richtig und stelle fest, daß ich mich nicht auf Euch verlassen kann«, sagte die Königin scharf. Ihre grünen Augen blitzten. »Daß Ihr und Eure drei widerlichen Handlanger immer noch lebt, habt Ihr nur meiner Gnade zu verdanken. Meine Ritter hatten Anweisung, Euch letzte Nacht im Schlaf zu töten, aber ich habe es mir noch einmal überlegt. Ich habe beschlossen, unsere ursprüngliche Vereinbarung zu erfüllen und Euch dabei zu helfen, den Talisman zu erlangen.«

Sie sank wieder in die Kissen zurück, sprach aber nach einem Moment weiter. »Und denkt nur nicht, Ihr könntet Euer Ziel erreichen, indem Ihr mich tötet oder durch einen Zauber lähmt. Für einen *solchen* Fall habe ich Anweisungen gegeben, noch bevor wir zu der Krönung nach Zinora gesegelt sind. Die große Piratenflotte von Raktum weiß, was sie zu tun hat. Wenn die Königliche Regentin durch Euer Verschulden zu Schaden kommt, werden unsere Kampfschiffe alle Häfen in Tuzamen besetzen. Vom Meer aus werdet Ihr nicht mehr in Euer Land zurückkehren können, und falls Ihr es zu Lande versuchen solltet, werdet Ihr von unserer Armada belagert, so daß sich all Eure Träume von einer Eroberung der Welt in Luft auflösen werden.«

Portolanus verneigte sich. »Die Königliche Regentin ist eine glänzende Strategin.«

»Verspottet mich ruhig«, entgegnete sie. »Aber denkt daran, was ich gesagt habe. Wenn ich nicht jeden Morgen meinem Admiral Befehl gebe, weiterhin gen Süden zu segeln, wird dieses Schiff sofort den Kurs ändern und meine Leiche oder meinen besinnungslosen Körper nach Raktum bringen. Ihr werdet Kadiyas Talisman verlieren. Königin Anigel ist uns dicht auf den Fersen und weiß, was Ihr vorhabt. Sie weiß sicher auch, wie sie es mit ihrem Talisman bewerkstelligen kann, daß der verlorene Talisman ihrer Schwester nicht in Eure Hände gelangt.«

»Seid Ihr so sicher, daß ich die Mannschaft dieses Schiffes nicht dazu bringen kann, meinen Befehlen zu gehorchen, sobald Ihr tot oder gelähmt seid?« sagte Portolanus mit einer ganz anderen Stimme. »Mit meiner Zauberkraft kann ich jeden zwingen, das zu tun, was ich will.«

Die schwächliche Gestalt war verschwunden, und das Gesicht, obgleich immer noch seltsam anzusehen, hatte sich verändert. Ihn umgab jetzt eine Aura der Magie, die so bedrohlich war, daß die Königliche Regentin dachte, sie würde vor Angst ohnmächtig werden. Aber sie sagte mit fester Stimme: »Wenn Ihr das große Raktum nicht gebraucht hättet, wäre dieser Pakt mit uns niemals geschlossen worden. Was die Befehlsgewalt über dieses Schiff angeht, mag es sein, daß Euch Mittel und Wege zur Verfügung stehen, diese an Euch zu reißen. Aber vergeßt nicht, daß uns noch drei bewaffnete raktumianische Schiffe folgen sowie auch Euer eigenes Schiff. Bevor wir von Taloazin aufbrachen, hatte ich Euren neuen Plan noch nicht ganz durchschaut, aber ich wußte genug, um Euch nicht völlig freie Hand zu lassen. Die drei Kapitäne meiner Begleitschiffe werden Euch erst dann auf Euer Schiff lassen, wenn ich den Befehl dazu gebe. Wenn Ihr heimlich an Bord geht und zu fliehen versucht, werden sie Euer schwerfälliges Schiff überholen und es mit den Feuerkatapulten angreifen.«

Der Zauberer sagte kein Wort.

Ganondris Augen funkelten triumphierend. »Ihr habt zwar Macht, Zauberer, aber Eure Macht ist nicht unbesiegbar. Unbesiegbare Macht hat nur derjenige, der die drei Talismane der Drillingsschwestern aus Ruwenda zum Zepter zusammengefügt hat. Ihr sollt Kadiyas Talisman haben. Meine Untertanen und ich werden Euch dabei helfen, ihn in Euren Besitz zu bringen. Aber sobald Ihr ihn in Händen haltet, gebunden an Euch mit Hilfe des Zauberkastens, werdet Ihr auf einer der Inseln unter dem Verlorenen Wind an Land gebracht, wo Euch Euer tuzamenisches Schiff aufnehmen soll. Die Sternentruhe werdet Ihr in meiner Obhut lassen. König Antar und seine Brut bleiben meine Gefangenen, und ich werde den Preis für sie von Anigel fordern. *Ihr* Talisman gehört mir!«

»Ihr habt anscheinend an alles gedacht.«

Die Königin lachte leise. »Seit vielen Jahren schon schlage ich mich mehr oder weniger ehrlich durchs Leben. Wie hätte eine arme alte Witwe Eurer Meinung nach denn sonst die Herrscherin des Piratenkönigreiches werden können? ... Jetzt geht. Und weckt meine Diener wieder auf.«

Ihre funkelnden Augen schlossen sich langsam. Lange Zeit stand Portolanus noch an ihrem Bett und sah hinab auf die kranke Königin. In der einen Hand hielt er den lähmenden Stab, mit der anderen umfaßte er ein sternförmiges Medaillon, das er unter seinem Gewand trug. Aber schließlich schüttelte er verärgert den Kopf und ging hinaus, nicht ohne zuvor die besinnungslose Ärztin und die beiden Ritter berührt zu haben. Langsam kamen diese wieder zu sich.

Es gab eine Lösung für die verfahrene Situation, in die er geraten war. Aber dazu brauchte er nicht Königin Ganondri, sondern jemand anderen. Er eilte davon.

Unter dem bleigrauen Himmel, von dem inzwischen kein Regen mehr herabströmte, bewegte sich Portolanus mühsam auf dem schwankenden Deck vorwärts, wobei er sich an den Sicherheitsleinen festhielt, um nicht das Gleichgewicht zu verlieren und über Bord gespült zu werden. Er war völlig durchnäßt von der Gischt der Wellen, die sich an den Flanken des Schiffes brachen. Die riesige raktumianische Triere schien sich wie ein großes gequältes Tier zu winden, ließ aber gleichzeitig mit ungeheurer Geschwindigkeit Meile um Meile hinter sich, obgleich nur wenige Segel gesetzt waren. Die Galeerensklaven wurden jetzt natürlich nicht gebraucht. Bei solch einem heftigen Wind würden die Ruder das Schiff nur verlangsamen. Die meisten Ruderer waren sowieso seekrank, wie auch die Mehrheit der Passagiere, Gelbstimme und Purpurstimme.

Die Krankheit seiner beiden Gehilfen bereitete Portolanus nicht geringe Unannehmlichkeiten. Er brauchte mindestens zwei seiner Helfer und deren gemeinsame geistige Energie, wollte er das Meer über weite Strecken hin beobachten, um die feindlichen Schiffe seiner Verfolger zu finden. Ohne Hilfe von zwei oder mehr Stimmen konnte der Zauberer die See nur mit einer weiteren kleinen Maschine des Versunkenen Volkes absuchen. Es war ein ausgezeichnetes Instrument und zeigte ihm die Position von anderen Schiffen oder Landmassen bis hin zum Horizont, sowohl bei Tag als auch bei Nacht, aber es konnte nicht über den Horizont hinaus sehen, so wie er dies mit seinem Zauberblick vermochte.

Nicht ein einziges Mal zog Portolanus in Erwägung, die Wucht des Sturmes, den er herbeigezaubert hatte, zu zügeln. Er konnte Anigel auch noch auskundschaften, wenn sie das windstille Gebiet vor den Inseln erreicht hatten und die Jagd nach dem Talisman beginnen würde.

Endlich erreichte Portolanus das Ruderhaus. Er stemmte die Tür auf und wankte hinein, wobei er dummes Zeug über das fürchterliche Wetter vor sich hinmurmelte. Admiral Jorot, der hinter dem Steuermann stand, warf dem Zauberer nur einen angeekelten Blick zu. Aber zwei andere Offiziere der Piraten eilten herbei, um dem vornehmen Passagier in einen Stuhl vor dem Kartentisch zu helfen. Sie reichten ihm Tücher, damit er sich das Seewasser vom Gesicht wischen konnte, und hüllten ihn in einen warmen, trockenen Mantel ein. Merkwürdigerweise war auch der junge König Ledavardis im

Ruderhaus anwesend. Er hielt sich im Hintergrund und starrte den tropfnassen, lächerlich aussehenden Zauberer mit einer Mischung aus Furcht und Faszination an.

»Großer Meister, Ihr hättet nicht an Deck kommen und Euch so in Gefahr bringen dürfen.«

Mit einer affektierten Geste winkte ihn Portolanus fort. »Es ist von größter Wichtigkeit, daß ich dem Admiral eine dringliche Nachricht überbringe, die ich soeben von den Lippen der Königin Ganondri entgegengenommen habe. Ich ersuche die anderen, uns jetzt für eine Weile zu verlassen.« Er beugte kurz den Kopf und schenkte dem jungen König ein unterwürfiges Lächeln. »Auch Euch, junger Sire.«

»Mein Steuermann bleibt!« schnappte Jorot. Sein Haar und sein Bart waren schneeweiß, sein Gesicht so wettergegerbt und braun wie ein alter Stiefel. Er war groß und ausgezehrt, und es wurde gemunkelt, daß er an einer tödlichen Krankheit litt, aber seine Männer regierte er mit eiserner Autorität, und selbst Königin Ganondri sprach mit Respekt von ihm und nicht mit ihrer üblichen Herablassung.

Der Ton des Zauberers war milde, aber hartnäckig, als er auf den Einwand des alten Seemanns antwortete. »Auch der Steuermann muß gehen. Es sei denn, Ihr seid nicht fähig, Euer eigenes Schiff zu steuern, Admiral.«

»Das kann ich wohl, Herr von Tuzamen«, stieß Jorot zwischen zusammengepreßten Zähnen hervor. Dann wies er die anderen an, das Ruderhaus zu verlassen, und stellte sich mit dem Rücken zum Zauberer an das Steuerrad. »Nun, was soll dieser Mumpitz über eine dringende Nachricht der Königin? Sie vertraut zweifelhaften Fremden nichts an.«

Portolanus lachte leise. »Und doch scheint Ihr Interesse an dem zu haben, was Euch dieser zweifelhafte Fremde zu sagen hat.«

»Dann sagt es und schert Euch wieder fort.«

»Seid nicht so schroff, Admiral. Ich habe Euch beobachtet. Ihr seid ein Mann von Stärke und Klugheit und darüber hinaus noch mit einem beneidenswerten Sinn für Piraterie ausgestattet. Solche Eigenschaften kann man gar nicht hoch genug schätzen. Daher möchte ich Euch einige meiner Gedanken mitteilen und gewisse Dinge, die von großer Wichtigkeit für uns beide sind, mit Euch bereden.«

»Spart Euch Eure üblen Scherze für die leichtgläubigen Laboruwendianer. Ihr vergeudet Eure Zeit.«

»Das glaube ich nicht. Um Euch meinen guten Willen zu beweisen, werde ich Euch mein wahres Ich zeigen – wie noch keinem anderen Mann an Bord zuvor, mit Ausnahme meiner drei treuen Gehilfen.«

Portolanus hatte sowohl den Mantel als auch sein weites, nasses Gewand abgelegt und stand jetzt völlig aufrecht da, ohne eine Spur der Altersgebrechen, die er immer zur Schau getragen hatte. Jorot sah den verwandelten Zauberer erstaunt an und murmelte einen Fluch, denn Portolanus war jetzt ein Mann, der sehr viel größer als er selbst war. In enganliegende Kniehosen und ein einfaches Hemd gekleidet, mit einem vielstrahligen, zerbeulten Silberstern um den Hals, schien er so kräftig zu sein wie ein Athlet. Selbst sein Gesicht, umrahmt von wirrem gelbem Haar und entstellt durch den dürren Schnurrbart, hatte sich verändert. Es war nicht mehr von hohem Alter gezeichnet, sondern stellte nun einen gutaussehenden Mann mittleren Alters dar, nachdem seine Züge nicht mehr verzerrt waren.

»Aha!« sagte Jorot. »Ihr habt also noch mehr billige Tricks in Eurem Ärmel, als wir vermutet haben.«

»Glaubt, wenn Ihr wollt, Admiral.« Gleich seinem Äußeren hatte sich auch die Stimme des Portolanus verändert, die jetzt wohltönend und ausdrucksvoll war. »Aber unterschätzt meine Zauberkräfte nicht, denn sie sind noch stärker, als Ihr es Euch vorstellen könnt. Diesen mächtigen Sturm habe ich herbeigezaubert, und wenn ich wollte, könnte ich ihn von einer Sekunde auf die andere verschwinden lassen – oder ihn zu solcher Heftigkeit anschwellen lassen, daß er Euer Schiff verschlingen würde.«

»Und Euch!« höhnte Jorot.

»Ich würde nicht sterben, und auch nicht meine drei Stimmen, und auch nicht die königlichen Gefangenen, die ich als Geiseln halte. Nur Ihr und Eure Mannschaft würdet umkommen, ebenso die Passagiere, einschließlich der Königlichen

Regentin Ganondri und ihrem Koboldkönig – wenn ich es wollte.«

»Und? Wollt Ihr es?«

Der Zauberer stellte sich neben das Steuerrad, damit Jorot ihn besser sah. »Das, Admiral Jorot, hängt allein von Euch ab. Seid Ihr ein Mann, der der Königlichen Regentin so treu ergeben ist, daß er für sie sein Leben hingeben würde?«

Der alte Pirat lachte aus vollem Halse. »Für diese aufgeblasene alte Vettel? Seit sieben Jahren schon macht sie allen in unserem Land das Leben schwer, und nicht ein Mann in meiner Mannschaft würde eine Träne vergießen, wenn er sie im Meer schwimmen sähe. Nur die Ritter ihrer Leibwache sind ihr treu ergeben, und ihre Verwandten daheim in Raktum.« Er warf dem Zauberer neben sich einen finsteren Blick zu. »Aber solltet Ihr dem jungen König Ledo ein Leid zufügen, Zauberer, werden Euch sämtliche Seeleute der Nördlichen See bis in die entferntesten Gegenden der bekannten Welt verfolgen und Euren gemarterten Körper dem Seemonster Heldo zum Fraß vorwerfen.«

Portolanus schmunzelte. »Soso! Also ist der Junge Euer Liebling? Ich habe mich schon gewundert, warum wir den häßlichen jungen Kubar so selten in den königlichen Gemächern sehen.«

»Sein Gesicht und sein Körper mögen ungestalt sein«, sagte Jorot ruhig. »Aber sein Geist ist der eines wahrhaft großen Prinzen. Eines Tages wird ihn die Welt verehren, anstatt ihn zu verabscheuen ... wenn er den Tag seiner Volljährigkeit überlebt.«

Jetzt zeigte Portolanus Interesse. »Und warum sollte er das nicht?«

»Seine königliche Großmutter ist sechzig und zwei Jahre alt und bei bester Gesundheit. Sie ist ganz und gar nicht darauf erpicht, in zwei Jahren die Zügel der Macht abzugeben, wie dies unser Gesetz vorschreibt. Nicht, wenn sie noch weitere zwanzig Jahre regieren könnte – sollte der König für unfähig erklärt werden oder ihm ein tragischer Unfall zustoßen.«

»Ihr habt völlig recht, was Ganondris Ziele anbelangt, Admiral. Sie ist eine kluge und mutige Gegnerin. Und darüber hinaus hat sie mich völlig unterschätzt, weshalb ich auch hierhergekommen bin, um mich mit Euch zu bereden.«

Jorots Augen blitzten in plötzlichem Verständnis auf. »Jetzt hab' ich's! Die Königin hat keine Angst vor Euch! Sie hat sich Euch in den Weg gestellt, Zauberer, und gefährdet nun Eure betrügerischen Pläne.«

»So ist es«, gab Portolanus zu. »Obwohl ich ein großer Zauberer bin, befehlige ich noch keine sehr große Anzahl von Anhängern. Mein kleines Land Tuzamen hat keine mächtigen Streitkräfte und auch keine Flotte aus Kampfschiffen, die es mit der von Raktum aufnehmen könnte. Ganondri und ich haben einen Pakt geschlossen, bevor wir zur Krönung nach Zinora gesegelt sind, aber ich habe inzwischen festgestellt, daß ich ihr nicht trauen kann. Ich will aufrichtig zu Euch sein. In Taloazin bin ich mit meinen königlichen Gefangenen auf dieses Schiff gekommen, anstatt das meinige zu nehmen, weil mich die Königin in letzter Minute überzeugt hat, daß dies hier das schnellste Schiff sei, mit genügend Waffen an Bord, um die Verfolger aus Laboruwenda in die Flucht zu schlagen. Dies entspricht der Wahrheit. Aber ich habe nicht damit gerechnet, daß sie so dumm sein würde, die Bedingungen unserer ursprünglichen Vereinbarung zu verwerfen und weitere Zugeständnisse von mir zu verlangen.«

»Es stimmt schon, daß wir Piraten ein eigenes Gesetz der Ehre haben. Aber keiner von uns segelt bei harten Verhandlungen so nah am Wind wie die Königliche Regentin! Wenn sie Euch bedroht, warum tötet Ihr sie dann nicht einfach mit Eurer Zauberei?«

»Wenn ich das täte, würdet Ihr und die Kapitäne der anderen raktumianischen Schiffe dann meinen Befehlen folgen?«

Jorot brach in schallendes Gelächter aus. »Nicht einen Augenblick lang, Schwindler. Schwarze Magie hat ihre Grenzen. Treue oder Liebe kann sie nicht erzwingen, nicht einmal Respekt. Versenkt uns alle mit Eurem Sturm, wenn Ihr es wagt. Euer klappriges tuzamenisches Schiff würde dann wahrscheinlich auch untergehen, da es nicht für schwere See gebaut ist. Ihr und Eure wertvollen Gefangenen würdet mitten auf dem offenen Meer treiben, über achtzehntausend

Meilen von Eurem Heimatland entfernt. Selbst bei ruhiger See würdet Ihr bald sterben – es sei denn, Ihr könnt Euch wie ein Pothivogel in die Lüfte erheben und fliegen.«

»Leider kann ich das nicht«, gab Portolanus verdrießlich zu. »Wenn ich es könnte, wäre ich in diesem Moment bestimmt nicht an Bord Eures schlingernden Schiffes.«

Jorots Gesicht wurde bleich, und die Muskeln in seinem Nacken traten hervor von der Anstrengung, die erforderlich war, um die riesige Triere auf Kurs zu halten. Seine Hände, deren Knöchel ganz weiß geworden waren, klammerten sich an das Steuerrad.

»Zauberer, ich bin dieses geistigen Duells mit Euch überdrüssig und darüber hinaus auch noch körperlich erschöpft. Ich bin weder ein junger noch ein guter Mann. Meine Aufgabe ist es, den Kurs des Schiffes zu überwachen, und nicht, bei einem Wind wie diesem mit einem störrischen Ruder zu kämpfen. Ich werde bald den Steuermann zurückrufen müssen, wenn ich nicht riskieren will, die Kontrolle über das Schiff zu verlieren, was uns bei diesem starken Wind einen Mast kosten könnte. Spuckt es aus. Oder geht und spielt Eure Spielchen mit der Königlichen Regentin.«

Der Zauberer zog jetzt wieder sein feuchtes Gewand an. »Nun gut. Sollte Königin Ganondri sterben und König Ledavardis an die Macht kommen, werdet Ihr und die Piratenflotte seine Herrschaft anerkennen? Würdet Ihr seinen Befehlen gehorchen?«

»Voll und ganz«, sagte Admiral Jorot. »Aber wenn Ihr glaubt, Ihr könntet dem Jungen Euren Willen aufzwingen, habt Ihr Euch geirrt. Er tut nur so, als sei er ein Dummkopf, um seine Großmutter nicht zu provozieren.«

»Das hatte ich bereits vermutet. Um so besser, wenn er Verstand besitzt. Vielleicht wird er dann nicht die tödlichen Fehler Ganondris begehen.«

»Tödlich?«

»Ich beabsichtige, die Königliche Regentin loszuwerden, sobald sie mir nicht mehr von Nutzen ist.«

»Ich könnte ihr von Euren finsteren Absichten erzählen.«

Portolanus lachte. »Natürlich könntet Ihr das, aber ich

glaube nicht, daß Ihr es tun werdet. Ihr könnt jedoch dem königlichen Balg folgendes erzählen. Wenn er mit mir zusammenarbeitet, sobald die Krone von Raktum auf seinem Haupt sitzt, wird er in kurzer Zeit Reichtümer besitzen, die soviel wert sind wie die Beute der Piraten in tausend Jahren, und so viele starke Galeerensklaven, daß er sie gar nicht mehr zählen kann. Und Ihr, Admiral Jorot, werdet bekommen, was Ihr begehrt – sogar die Position des Vizekönigs von Laboruwenda.«

»Aber wenn das Lösegeld gezahlt ist ...«

»König Antar und seine Kinder werden auf keinen Fall lebend in ihr Land zurückkehren, Lösegeld hin, Lösegeld her. Und bald wird Königin Anigel, ihres Talismans und ihrer Familie beraubt, mitansehen müssen, wie ihr Land durch meine Zauberkraft und die vereinten Streitkräfte von Tuzamen und Raktum erobert wird. O ja, es wird sehr schnell gehen, wenn erst einmal ihr Herz und ihr Wille gebrochen sind.«

Portolanus, der jetzt wieder sein weites Gewand trug, schien kleiner zu werden. Sein Körper krümmte sich unter den Gebrechen des Alters. Sein Gesicht nahm wieder die abstoßenden Züge an. Er öffnete die Innentür des Ruderhauses und rief den anderen mit zittriger Stimme zu, wieder hereinzukommen. Der Steuermann und die beiden Offiziere eilten herein, aber der junge König Ledavardis war nicht mehr da. Er hatte das Deck durch eine andere Tür verlassen.

»Überbringt dem lieben Jungen meine besten Empfehlungen, wenn Ihr ihn das nächste Mal seht«, sagte der Zauberer zum Admiral. »Und sagt ihm, daß ich mich recht bald ein wenig mit ihm unterhalten möchte.«

Er zog die Kapuze über den Kopf und ging hinaus in den Sturm. Aber diesmal gab er nicht vor, von dem Sturm gebeutelt zu werden, sondern schritt langsam davon, wobei er nicht ein einziges Mal schwankte, als ob das Schiff in einem ruhigen Hafen vor Anker läge und er einen Nachmittagsspaziergang unternähme.

Von unten rief Prinz Tolivar: »Seht ihr etwas?«

»Große Wellen, den Sonnenuntergang und einen Himmel mit schnell dahinziehenden Wolken«, sagte Prinz Nikalon.

»Ich sehe erst nur Wellen und dann nur Himmel, je nachdem, ob das Schiff gerade hoch- oder runtergeht.«

»Kein Land«, sagte Prinzessin Janeel. »Nur Meer.«

»Das ist komisch«, sagte Tolo. »Auf eurer Seite müßtet ihr eigentlich die Küste sehen, wenn wir zurück zur Halbinsel segeln. Vielleicht bringen uns die Piraten ja gar nicht zu sich nach Raktum.«

Das einzige Licht in ihrem neuen Gefängnis kam durch zwei Öffnungen herein, die etwa acht Ellen über den öligen Planken der Kettenkammer lagen. In dem Raum befanden sich lediglich drei dünne Strohsäcke mit muffigen alten Decken, ein zugedeckter Toiletteneimer, ein Krug mit abgestandenem Wasser und ein kleiner Korb mit trockenen Brötchen. Niki und Jan hatten entschieden, daß Fasten ihrer Sache nicht mehr länger dienlich wäre, und bereits die Hälfte der Brötchen gegessen.

Als sie sicher waren, daß ihre Wächter nicht zurückkommen würden, waren die beiden älteren Kinder auf die beiden großen Stapel der Ankerketten geklettert, die fast den ganzen Raum ausfüllten. Sie kletterten über die riesigen Kettenglieder, vorbei an der großen Doppelwinde mit ihren eisernen Zahnrädern, mit der die Anker herabgelassen oder eingeholt wurden, bis hin zu den Klüsenrohren, durch die die Ketten zum Bug des Schiffes liefen. Dem kleinen Tolo hatten sie verboten, ihnen zu folgen. Wann immer die Triere einer besonders hohen Welle begegnete, gab es einen ohrenbetäubenden Knall, und Niki und Jan wurden mit Meerwasser besprützt, das durch die beiden Öffnungen hereinkam. Aber das Wasser und die Luft waren warm, und die beiden kümmerte es inzwischen nicht mehr, wenn sie von einem neuen Schauer getroffen wurden.

»Die Anker sind so riesig, daß wir fast gar nichts sehen können«, sagte Niki.

»Glaubst du, die Löcher sind groß genug, daß wir hindurchkriechen und fliehen können?« fragte Jan.

»An den Ankern vorbei würde es schon recht eng werden«, erwiderte Niki. »Und selbst wenn es uns gelingen sollte, würden wir doch nur geradewegs ins Wasser fallen und unter das Schiff gezogen werden.«

»Klettert wieder runter«, bat Tolo. »Ich glaube, diese garstigen Schiffsgurpse kommen wieder aus der Ecke heraus.«

»Du bist ein Hasenfuß«, sagte Niki eher freundlich als verächtlich. »Sie können dir doch nichts tun.«

»Aber ich mag sie nicht. Sie sind so häßlich und schmutzig. Kommt runter und scheucht sie weg, Niki. Bitte!«

Der Kronprinz begann herunterzuklettern, seine Schwester folgte ihm nach einigem Zögern. Die Ketten waren mit nassem, übelriechendem Flußschlamm bedeckt und mit zinorianischen Wasserflechten umwickelt, was sie sehr schlüpfrig machte.

»Wenn das Schiff in einem Hafen anlegt und sie die Anker setzen«, sagte Niki zu Jan, »werde ich fliehen! Ich klettere aus einem dieser Löcher und die Ankerkette hinunter bis ins Wasser.«

»Die Piraten sind keine Dummköpfe«, wandte Jan ein. »Sie werden uns vorher hier herausholen.«

Ihre Augen waren weit offen im Halbdunkel. Furchtlos klammerte sie sich fest an eines der riesigen Kettenglieder, als das Schiff wie ein fallender Stein nach vorn plumpste, sich dann wieder aufrichtete und in den Himmel schoß. Die schweren Ketten, die über der Trommel der Winde lagen, schwankten nicht so stark. Als sie das nächste Mal etwas sagte, flüsterte Jan, damit der kleine Junge unter ihnen sie nicht hörte. »Niki, glaubst du, sie werden uns töten?«

»Nicht, wenn Mutter den verlangten Preis zahlt.«

»Und was wird aus Vater?«

Niki wandte sein Gesicht ab. Seine Schwester war ein mutiges und vernünftiges Mädchen, und normalerweise vertraute er ihr alles an, aber jetzt konnte er ihr einfach nicht sagen, was er angesichts der Entführung des Königs vermutete. Ohne Antar auf dem Thron würde es Raktum vielleicht einfallen, seinen reichen Nachbarn im Süden ungestraft anzugreifen und es einfach zu erobern, anstatt sich damit zu begnügen, seine Schiffe auf hoher See zu überfallen. Niki hatte oft gehört, wie sein Vater und seine Mutter von der Gefahr sprachen, die von der ehrgeizigen Piratenkönigin ausging.

Aber jetzt konnte er Jan nur antworten: »Die Piraten wollen sicher auch für Vater ein Lösegeld haben. Sie verlangen wahrscheinlich eine Schiffsladung Platin und Diamanten für ihn, zusätzlich zu Mutters Talisman, aber bestimmt nur ein paar Kisten voll Gold für uns.«

Jan grinste. »Für Tolo vielleicht nur einen Nachttopf voll Silber.«

Unter ihnen kreischte der junge Prinz: »Ich höre schon wieder was, aber dieses Mal sind es keine Schiffsgurpse! Es kommt jemand. Kommt schnell runter.«

Niki und Jan glitten an den Ketten hinunter, wobei sie sich in der Eile Hände und Kleidung an dem rauhen Metall aufrissen. Kaum waren sie von den Kettenstapeln herunter und auf die dünnen Strohsäcke gepurzelt, als mehrere dumpfe Schläge hintereinander ertönten und die Tür der Kettenkammer aufgesperrt wurde. Die Tür ging auf. Draußen war ein dunkler Frachtraum, der mit Seilen, Holz, Metall, altem Segeltuch und Teerfässern vollgestellt war. Ein Mann stand dort. Mit der einen Hand hielt er eine Laterne in die Höhe, in der anderen Hand hatte er ein blankes Kurzschwert. Es war keiner von den finster dreinblickenden Piratenrittern, die sie hier eingesperrt hatten, sondern ein anderer, der aussah wie ein Seemann.

»Tritt zurück«, befahl er Prinz Nikalon, der aufgesprungen und zur Tür gestürmt war. »Weg von der Tür, Balg.« Er streckte die Laterne zur Tür herein und sah sich mit einem Ausdruck des Widerwillens um. »Ein trauriger Ort, um drei kleine Kinder einzusperren, selbst wenn es nur labornikischer Abschaum ist.«

»Laboruwendianischer Abschaum«, sagte Niki gelassen. »Wer seid Ihr, und was wollt Ihr?«

»Ich bin Boblen, der Quartiermeister. Ich habe euch einen Besucher mitgebracht.« Er trat zurück nach draußen, wobei er immer noch die Laterne in die Höhe hielt. Aus dem Dunkel des Frachtraums trat eine kleinere, in Schwarz gekleidete Gestalt hervor, die jetzt in die Kettenkammer kam.

»Der Koboldkönig!« kreischte Tolo. »Er ist gekommen, um uns zu foltern!«

Jan boxte ihren kleinen Bruder in die Seite.

138

Der junge König Ledavardis war bei Tolos gedankenloser Beleidigung errötet, aber er sagte kein Wort, sondern sah die drei nur an, einen nach dem anderen, als ob sie Kreaturen seien, die er noch nie zuvor gesehen hatte.

»Nun, jetzt habt Ihr sie gesehen, junger Herr«, sagte der Quartiermeister barsch. »Laßt uns gehen, bevor uns noch jemand entdeckt. Ihr riskiert nur eine königliche Strafpredigt und werdet vielleicht ohne Abendessen ins Bett geschickt, wenn die Königliche Regentin herausfindet, daß Ihr hier unten gewesen seid. Aber was mich betrifft, so wird sie wahrscheinlich dafür sorgen, daß meine Leber als Futter für die Fische verwendet wird.«

»Gut!« rief Tolo. »Ich hoffe, sie bringt euch beide um!« Dann streckte er ihnen die Zunge heraus.

»Sei still«, befahl ihm Niki. Und zu Ledavardis gewandt: »Mein Bruder ist ein ungezogenes Kleinkind. Ich entschuldige mich in seinem Namen für seine unhöflichen Bemerkungen. Er ist es jedoch nicht gewohnt, wie ein Tier im königlichen Zoo behandelt zu werden. Meine Schwester und ich auch nicht. Oder ist diese Art von Unterbringung für königliche Passagiere auf den Schiffen von Raktum die Regel?«

»Nein, das ist sie nicht«, sagte Ledavardis leise. Zögernd hielt er Prinzessin Janeel einen Beutel entgegen. »Boblen erzählte mir, daß ihr jetzt nur noch Wasser und Brot bekommt. Das tut mir leid. Hier drin ist ein gebratenes Wasserhuhn und etwas Nußgebäck, das ich beiseite schaffen konnte.«

Ohne ein Wort nahm Jan ihm den Beutel ab.

Niki sagte: »Ich danke Euch, König.«

»Nun«, murmelte Ledavardis und drehte sich um. »Ich werde jetzt wohl besser gehen.«

»Eine Frage«, sagte Niki. »Wißt Ihr, wie es unserem Vater König Antar geht? Ist … ist er am Leben?«

»Ja. Ich habe ihn nicht gesehen, aber ich weiß, daß sie ihn mit den Galeerensklaven angekettet haben.«

»Das haben wir schon von Lady Sharice gehört.«

»Der König wird ganz gewiß nicht zum Rudern gezwungen«, sagte Ledavardis hastig. »Bei solch einem heftigen Wind sind die Ruderbänke nicht einmal besetzt.«

139

»Wird man uns in Raktum gefangenhalten und dann das Lösegeld fordern?« fragte Niki.

»Das weiß ich nicht. Zuerst müssen wir alle gen Süden segeln, zu den Inseln unter dem Verlorenen Wind, wo der Zauberer eine geheimnisvolle Aufgabe zu erfüllen hat.«

»Gen Süden!« rief Niki.

»Kommt weg und sagt jetzt nichts mehr!« rief der Quartiermeister von draußen herein. »Was wird nur passieren, wenn uns diese Lossokbrut Schwarzstimme findet und uns dem Zauberer meldet?«

»Sei still, Boblen. Dir wird schon nichts geschehen.« Und der König achtete auch weiterhin nicht auf dessen Drängen und begann, viele Fragen über das Leben zu stellen, das die drei Gefangenen daheim in Laboruwenda führten. Er wollte wissen, wie die Höflinge sie behandelten und ob sie den Palast verlassen und in ihrem Land herumreisen durften und wie sie unterrichtet wurden und ob sie Freunde in ihrem Alter hatten und ob sie jemals Kinder beneidet hatten, die nicht königlichen Blutes waren.

Sowohl Nikalon als auch Janeel verloren bald ihren Argwohn gegenüber Ledavardis und behandelten ihn mit Höflichkeit und sogar Sympathie. Sie beantworteten nicht nur alle seine Fragen, sondern stellten ihm auch selbst welche. Aber der kleine Tolivar konnte seinen Abscheu vor der mißgestalteten Erscheinung des raktumianischen Jungen nicht ablegen und weigerte sich, mit ihm zu sprechen. Nur einmal fragte Tolo ihn, ob es ihm denn gefiel, Piratenkönig zu sein.

Ledavardis schien die Feindseligkeit des Jungen nicht zu bemerken. Er antwortete ihm, daß er sehr glücklich gewesen war, als sein Vater, der wilde König Ledamot, noch gelebt hatte. Der raktumianische Monarch hatte seine Piratenflotte zur Plage des Nördlichen Meeres gemacht und war unerbittlich gegen diejenigen gewesen, die ihn bedroht hatten. Er hatte seinen Sohn über alles geliebt und war rigoros gegen die raktumianischen Adligen vorgegangen, die es wagten, Andeutungen zu machen, daß Ledavardis als Nachfolger für den Thron ungeeignet sei.

Aber dann war König Ledamot bereits in jungen Jahren bei

einem Schiffbruch gestorben, und die Königsmutter Ganondri machte recht schnell deutlich, daß sie als Regenten keinen Widersacher ihres Enkelsohns dulden würde. Mehrere bedeutende Flottenkapitäne, die ihr feindlich gesinnt waren, starben an mysteriösen Krankheiten, so berichtete Ledavardis; wieder andere bezwang sie in aller Öffentlichkeit durch kluge politische Schachzüge, mit denen sie ihnen ihren Reichtum und auch ihre Macht nahm. Für die Mutter des jungen Königs, Königin Mashriya, blieb nur noch die Rolle der bemitleidenswerten Kranken übrig, die nie ihr Bett verließ.

Ledavardis erzählte ihnen in sachlichem Ton, wie sich sein eigenes Leben während der siebenjährigen Herrschaft seiner Großmutter verschlechtert hatte. Obwohl der junge König sein Unglück herunterzuspielen versuchte, war es doch offensichtlich, daß er am raktumianischen Hof einsam und verhaßt war. Nur wenn es ihm gestattet wurde, zur See zu fahren, war er glücklich, weil er dann mit einigen älteren Piratenkönigen zusammensein konnte, die den Säuberungsaktionen der Königlichen Regentin entkommen und immer noch seine Freunde waren. Auf See war sein mißgestalteter Körper stark geworden, und er spürte, daß er ein richtiger König war und nicht nur ein hilfloses Kind.

Als Ledavardis die Kettenkammer schließlich wieder verließ, sagten Niki und Jan zueinander, daß es ihnen leid tat, ihn als Kobold angesehen zu haben. Aber der kleine Tolo machte den merkwürdigen Gang des Buckligen nach und nannte ihn eine Heulsuse und einen Feigling. Und außerdem sei er gar kein richtiger Pirat.

Jan öffnete den Beutel mit Essen. »Wen kümmert das schon? Es war jedenfalls sehr nett von ihm, uns das hier zu bringen.«

»Es ist wahrscheinlich vergiftet«, sagte Tolo und verzog das Gesicht. »Ich traue diesem üblen Koboldkönig nicht!«

Niki zog ein kleines Huhn hervor, wickelte es aus der Serviette und roch daran. »Nein, es scheint ganz in Ordnung zu sein.« Er breitete die Serviette wie ein Tischtuch auf das schmutzige Deck und legte das Essen darauf. »Es war aber doch merkwürdig, daß Ledavardis uns besucht hat, und noch

141

merkwürdiger, daß er uns sein Herz geöffnet hat.« Er blickte seine Schwester an, die immer noch mit dem leeren Beutel in der Hand dastand. »Was meinst du dazu, Jan?«

»Ich ... ich glaube, der König von Raktum ist sehr, sehr unglücklich«, sagte sie. »Mehr kann ich dazu nicht sagen.«

Niki brach das Hühnchen auseinander und verteilte es unter ihnen. Dann begannen die drei mit ihrem Mahl.

9

Königin Anigel befand sich in ihrer Kabine, allein mit ihrem Schmerz und ihrem Kummer. Der Kapitän des laboruwendianischen Flaggschiffes und auch Owanon, Ellinis, Lampiar, Penapat und die anderen hohen Offiziere des Hofes hatten sie beschworen, die Beobachtungen mit ihrem Talisman nicht mehr draußen auf Deck durchzuführen, obgleich sie sich dort unter dem offenen Himmel ihren Lieben näher fühlte. Die Gefahr war einfach zu groß, daß sie von der stürmischen See über Bord gespült wurde, während sie sich in Trance befand.

Seit vier Tagen nun schon hatte sie kaum etwas gegessen und nur unruhig geschlafen. Lediglich Immu hatte sie in ihrer Nähe geduldet. Fast die ganze Zeit über beobachtete sie ihre verlorenen Kinder und ihren Gemahl mit dem magischen Diadem und vergewisserte sich, daß ihnen kein neues Leid zugefügt wurde. Von Zeit zu Zeit spähte sie auch nach dem Zauberer Portolanus; aber sie hatte es versäumt, seine entscheidenden Gespräche mit der Königlichen Regentin und Admiral Jorot mitanzusehen, und wußte daher nichts von Portolanus' Plan, die Gefangenen zu töten, sobald er den verlangten Preis in Händen hielt.

Anigel beobachtete König Ledavardis' ersten Besuch bei ihren Kindern, und sie war überrascht und gerührt angesichts der unerwarteten Freundlichkeit des jungen Mannes. Sie sah auch, wie er am vierten Tag der Reise noch einmal wiederkam – dieses Mal allein – und wieder etwas zum Essen mitbrachte. Er blieb länger als eine Stunde und fragte Niki und Jan, wie sie vom Krönungsball weg auf das Schiff gelockt worden waren und was sie von Portolanus hielten. Für seine sechzehn Jahre war Ledavardis noch ein recht naiver Junge. Für Anigel war es offensichtlich, daß er gegenüber dem tuzamenischen Verbündeten seiner Großmutter heftiges Mißtrauen hegte und Angst vor dem hatte, was ihm die Zukunft bringen würde.

Ledavardis machte auch eine beiläufige Bemerkung über die Art und Weise, in der der Zauberer die Wachen und die Ärztin der Königlichen Regentin mit seinem Zauberstab gelähmt und sie später durch eine Berührung mit demselben Instrument wieder aufgeweckt hatte. Anigel konnte ihre Aufregung nicht unterdrücken, als sie diese Worte hörte, denn nun schien sie Gewißheit zu haben, daß auch ihr Gemahl Antar mit dem Stab berührt worden war. Er lag also nicht in einem tödlichen Koma – wie sie befürchtet hatte, als sie sah, daß er in all den Tagen nicht ein einziges Mal aufgewacht war –, sondern stand nur unter dem Bann eines Zaubers, den der Zauberer nach Belieben wieder lösen konnte.

König Ledavardis schien erpicht darauf zu sein, mit anderen jungen Menschen zu sprechen, die ihm gleichgestellt waren. Das Leben eines Königskindes war selbst unter den besten Umständen alles andere als normal, aber der Junge mit seiner verkrümmten Wirbelsäule und dem abstoßenden Äußeren hatte besonders viel Pech gehabt.

Anigel war bestürzt darüber, daß der kleine Tolivar den jungen König auch weiterhin verspottete und ihn Koboldkönig nannte. Aber Tolo war schließlich noch ein kleines Kind und zudem schwächlich und unsicher. Obwohl Tolo nie ein solch furchtbares Gefühl der Ablehnung erfahren hatte wie der raktumianische Junge, wußte Anigel doch, daß er seinen starken, gutaussehenden Bruder beneidete. Sein Abscheu gegenüber Ledavardis ließ Tolo seine eigenen Unzulänglichkeiten vergessen.

Wenn der kleine Tolo wieder bei mir ist, sagte die Königin zu sich selbst, muß ich mich mehr mit ihm beschäftigen, ihm sagen, daß ich ihn liebhabe, und ihm Sicherheit und Selbstvertrauen geben. Und Antar werde ich sagen, daß er es mir gleichtun soll.

Antar ...

Die Liebe zu ihrem Gemahl, um den sie sich große Sorgen machte, verdrängte jeden Gedanken an Prinz Tolivar. Sie bat den Talisman, ihr den König zu zeigen. Anigel sah, daß er immer noch schlafend auf dem Bett aus rohen Planken lag, in den stinkenden Quartieren der Galeerensklaven. Wie immer, wenn sie ihn beobachtete, betete sie für sein Wohl und seine sichere Rückkehr. Nun, da sie sich sicher war, daß er nicht in einem Todesschlaf daniederlag, war sie dankbar dafür, daß er nichts von seiner eigenen verzweifelten Lage und der ihrer Kinder wußte. Antar war ein stolzer Mann und sehr temperamentvoll, und wenn er bei Bewußtsein wäre, würden ihn sein Zorn und seine Erniedrigung furchtbar martern. Wer konnte schon wissen, was die Piraten tun würden, wenn er sie gegen sich aufbrachte oder einen Fluchtversuch unternahm?

Oder wenn sie sich weigerte, den verlangten Preis zu bezahlen.

Was werde ich tun, fragte sie sich, wenn Portolanus androht, Antar zu foltern oder gar zu töten?

Sie hatte bereits lange über diese so schreckliche Möglichkeit nachgegrübelt, mit der gleichen grausamen Hartnäckigkeit, mit der man in einem schlechten Zahn herumstochert: Man weiß, daß es weh tut, aber trotzdem kann man nicht davonlassen. Sie konnte ihre Tränen nicht zurückhalten, und wieder einmal sah sie dem Dilemma ins Auge, in dem sie sich seit dem Moment befand, als sie die beiden Worte gehört hatte, die den Preis für seine Freiheit benannten: *Euren Talisman.*

Würde sie standhaft bleiben können, wie sie es Haramis versprochen hatte, wenn der Preis für den Besitz des Dreihäuptigen Ungeheuers die gequälten Schreie Antars waren – oder sogar sein schmachvoller Tod? Wenn sie den Talisman Portolanus übergab, war sie keine gute Königin, da sie ihr Land der Eroberung durch die Mächte der Finsternis preisgab. Aber wenn Antar ihr genommen wurde, würde das ihren Tod bedeuten, und dann sollte der Teufel Laboruwenda holen.

Lange Zeit musterte sie das Gesicht ihres Gemahls und

beklagte ihr Leid. Dann wurde die Vision von Antar schwächer, obwohl sie versuchte, es zu verhindern, und sie hörte im Geiste die ungeduldige Stimme von Haramis.

»Ani! Hör mir zu! Wirf einen Blick auf das Meer hinter deiner Flottille und freue dich!«

Sie griff nach ihrem ledernen Umhang und stürzte nach draußen, ohne erst ihrer Schwester zu antworten.

Der Regen hatte aufgehört, aber von Norden blies noch immer ein heftiger Wind. Die turmhohen Wellen hinter ihnen sahen aus, als wollten sie sich auf die vier Schiffe stürzen und sie bis auf den Grund des Meeres schmettern. Aber auf geheimnisvolle Weise brachen sich die Wellen nie, und die Schiffe ritten auf dem schwindelerregenden Gefälle auf und ab wie ein Karren, der rückwärts einen Berg hinunterrollte. Noch bis vor kurzer Zeit hatte die eigenartige Bewegung des Schiffes sie seekrank gemacht, aber jetzt war sie beinahe daran gewöhnt. Sie hielt sich an der Reling des Achterdecks fest und befahl dem Talisman, ihr das Meer hinter den laboruwendianischen Schiffen zu zeigen.

Sie erblickte ein unbekanntes Schiff, das sie überholte.

Atemlos befahl sie dem Talisman, dieses Schiff aus der Nähe zu zeigen. Es war viel kleiner als ihr Flaggschiff, mit zwei Masten, die sich in einem gefährlichen Winkel neigten, und hatte nur vier sehr kleine Segel gesetzt. Wie ein Pfeil schoß es durch die aufgewühlte See und war schon fast in gleicher Höhe mit dem letzten der laboruwendianischen Schiffe. Einige der winzigen Gestalten an Deck sahen recht sonderbar aus, und als sie noch näher heranging, sah sie, daß es Eingeborene aus dem Volk der Wyvilo waren. Unter den Menschen befand sich auch eine schlanke Frau, deren kastanienbraunes Haar im Wind wehte. Auf ihrem Wams konnte sie ein Emblem mit drei Augen erkennen.

»Kadi!« rief die Königin. »Du bist gekommen! Oh, den Herrschern der Lüfte sei Dank!«

Das Bild von Kadiya verschwand, und Anigel sah vor ihrem geistigen Auge das Gesicht ihrer anderen Schwester, Haramis, umrahmt von der pelzbesetzten Kapuze eines Mantels, mit einem sturmgepeitschten Himmel hinter sich.

»Hör mir zu, Ani! Du und Kadiya müßt jetzt eng zusammenarbeiten. Sowohl eure beiden Schiffe als auch jene des Feindes haben den Breitengrad, auf dem die Ratsinsel liegt, schon fast erreicht. Morgen zur Mittagszeit wird die Triere der Piraten nach Westen zu den Inseln unter dem Verlorenen Wind abdrehen, um zu der Stelle zu gelangen, an der Kadis Talisman in den Fluten versank. Portolanus hat schon so viel Vorsprung, daß du ihn mit deinem Flaggschiff nicht mehr erreichen kannst. Du mußt auf Kadis kleineres Schiff umsteigen. Es ist sehr schnell und kann die Raktumianer wahrscheinlich überholen, bevor der starke Wind sich zwischen den Inseln legt.«

»Aber bei Windstille«, wandte Anigel ein, »ist die Triere der Piraten mit ihren Rudern doch viel schneller.«

»Fast alle von Königin Ganondris Galeerensklaven sind fürchterlich seekrank. Die Kaperschiffe von Raktum sind gewöhnlich vor allem in den küstennahen Gewässern unterwegs, und das Nördliche Meer wird durch die Halbinsel vor den schlimmsten Monsunstürmen geschützt. Ich vermute, die Männer der Königin haben noch nie ein solches Unwetter wie den Zaubersturm des Portolanus erlebt.«

»Unser mutiger Kapitän Velinikar sagt, *er* hat noch nie so einen Sturm erlebt. Trotz der riesigen Wellen bläst der Wind immer so, daß er das Schiff mit Höchstgeschwindigkeit vorantreibt, anstatt die Masten und Segel wegzufegen.«

»Das tut jetzt nichts zur Sache«, sagte Haramis ungeduldig. »Jetzt ist nur wichtig, daß sich die Ruderer der raktumianischen Triere nicht so schnell wieder von ihrer Seekrankheit erholen. Sie werden eine Weile brauchen, bis sie wieder kräftig genug sind, um ausdauernd zu rudern. In der Zwischenzeit könnt ihr mit dem kleineren Schiff die Führung übernehmen. Angesichts der leichten und unbeständigen Winde zwischen den Inseln unter dem Verlorenen Wind habt ihr einen Vorteil – für kurze Zeit.«

»Dann ist es also nicht gewiß, daß Kadi und ich ihren Talisman als erste erreichen?«

»Nein«, sagte Haramis. »Aber du mußt deinen Talisman anflehen, euch zu helfen, und zu den Herrschern der

Lüfte beten, damit sie euer Schiff schnell vorankommen lassen.«

Verzweifelt rang Anigel die Hände. »Ich kann meinem Talisman nicht so einfach Befehle erteilen wie du! Manchmal gehorcht mir das Ding, wenn ich etwas anderes von ihm verlange als eine Vision, aber meistens nicht. Ich bin keine Erzzauberin!«

Haramis seufzte. »Ich weiß, daß die Wirkung der Talismane dir und Kadi immer noch ein Rätsel ist. Selbst mein Dreiflügelreif ist nur wenig hilfsbereiter. Aber ich bin auf einer Reise, die dieses Problem vielleicht lösen kann.«

»Hara, du mußt mir sagen, was du vorhast! Ich habe gesehen, wie du auf dem Rücken eines Lämmergeiers über hohe Berge geflogen bist.«

»Kleine Schwester, ich kann nichts mehr tun, um dir bei der Bergung von Kadis Talisman zu helfen. Verlaß dich nicht auf mich. Benutze deinen Verstand und all deine Kraft, um das Dreilappige Brennende Auge aus den Tiefen des Meeres heraufzubringen. Jede Stunde, die du zögerst, gerät die Welt noch mehr aus dem Gleichgewicht. Leb wohl, und mögen der Dreieinige Gott und die Herrscher der Lüfte dich vor Portolanus schützen.«

Das laboruwendianische Flaggschiff drehte bei und versuchte, ein Beiboot zu Wasser zu lassen, das Anigel auf die Lyath bringen sollte. Aber die See war so rauh und der Wind so stark, daß das Boot schon umkippte, bevor die Leinen zu den Bootsauslegern gekappt waren. Es ging beinahe sofort unter, und mit ihm einer der Männer, die sich freiwillig als Besatzung für das Boot gemeldet hatten.

»So geht es nicht, Madame«, sagte Kapitän Velinikar zu Anigel, nachdem die überlebenden Seeleute gerettet worden waren. Die Lyath segelte eine halbe Meile von dem Flaggschiff entfernt, die Hälfte der Zeit verborgen hinter den riesigen Wellenbergen. Anigel hatte ihren Plan Jagun mitgeteilt, und dieser hatte ihre Nachricht an Kadiya und Kapitän Ly Woonly weitergegeben.

»Dann müssen wir einen anderen Weg finden, um mich auf

Kadiyas Schiff zu bringen«, entgegnete ihm Anigel. Sie trug das Ölzeug eines Seemanns und hatte ihren Talisman fest auf die blonden Flechten gesteckt, die sie um den Kopf gewunden trug.

Der labornikische Kapitän schüttelte den Kopf. »Madame, es gibt keinen.«

»Dann laßt uns Jagun bitten, den Kapitän der Lyath zu fragen«, sagte Anigel. Sie schloß die Augen, dann gab sie dem Talisman einen Befehl. Als sie ihre Augen einige Minuten später wieder öffnete, sagte sie: »Der Kapitän aus Okamis schlägt vor, eine Hosenboje einzusetzen – was immer das auch sein mag.«

Vor Entsetzen schrien die Seeleute an Deck laut auf. Sie protestierten heftig. Selbst Velinikar fluchte, dann entschuldigte er sich unbeholfen bei der Königin. »Madame, ich habe schon von einer solchen Vorrichtung gehört, aber es ist heller Wahnsinn, Euch so etwas vorzuschlagen.«

»Beschreibt sie mir.«

»Wir müßten wieder Fahrt aufnehmen und fast ohne Segel vor dem Wind fahren. Das kleine okamische Schiff müßte seine Sturmsegel mit äußerstem Geschick brassen, damit die beiden Schiffe die gleiche Geschwindigkeit haben, dann so nah wie nur irgend möglich längsseits kommen. Dann würden wir mit einem Katapult ein Seil zu dem Schiff hinüberschießen. Anschließend würden wir an diesem Seil eine dicke Trosse mit einem Flaschenzug hinüberziehen. Sobald die beiden Schiffe miteinander verbunden sind, müßtet Ihr in eine Art Rettungsring steigen, der an einer über die Trosse laufenden Rolle befestigt ist. Die Männer auf der Lyath würden Euch dann über die Lücke zwischen den beiden Schiffen ziehen, indem sie das erste Seil einholen.«

Anigel wurde bleich, als sie die Schilderung des Kapitäns vernahm, aber dennoch brachte sie ein Lächeln zustande. »Ich werde es wagen.«

»Nein, meine Königin, das werdet Ihr nicht!« rief Velinikar. »Wenn die beiden Schiffe plötzlich auseinandertreiben oder eines der Schiffe von einer Windbö nach vorne geschleudert wird, könnten die Seile reißen. Dann stürzt Ihr ins Meer. Und wenn die Schiffe plötzlich aufeinanderprallen, hängen die Seile durch. Auch dann stürzt Ihr ins Meer – und werdet vielleicht auch noch zwischen den beiden Schiffsrümpfen zerquetscht.«

»Ich muß es tun«, sagte sie nur. »Es ist unsere einzige Chance, den König und die Kinder zu retten. Trefft Eure Vorbereitungen, Kapitän, während ich mit Jagun spreche und die Lyath dasselbe heiße.«

Zuerst mußte der Zimmermann des Flaggschiffes die Hosenboje bauen. Diese bestand lediglich aus einem Ring aus Korkrinde, der weniger als eine Elle maß, und einer daran befestigten abgeschnittenen Hose aus Segeltuch. Daran wiederum hingen Seile, mit denen die Boje an einer Laufrolle befestigt wurde. Anschließend verging fast eine volle Stunde, bis die Schiffe in der richtigen Position waren. Zu dieser Zeit war es schon beinahe dunkel. Velinikar selbst übernahm das Steuer des königlichen Schiffes, damit seine Fahrt so ruhig wie nur möglich war. Die Lyath schob sich etwas schwerfälliger in Position. Sie segelte etwa zwanzig Ellen von dem größeren Schiff entfernt in der aufgewühlten See, heftig schaukelnd und mit einer völlig anderen Geschwindigkeit als das laboruwendianische Flaggschiff.

Jetzt riefen sich die Maate der beiden Schiffe durch Rufhörner Anweisungen zu. Bei dem heulenden Wind waren ihre Worte kaum zu verstehen. Die Seeleute begannen mit der Errichtung der Hosenboje. Kadiya kam an die Reling der Noga, Jagun und einen hochgewachsenen Wyvilo neben sich. Sie und Anigel riefen sich nur ein paar aufmunternde Worte zu. Jetzt war es nicht der richtige Moment, sich in der Sprache ohne Worte miteinander zu verständigen.

Mit Immu, Ellinis und Owanon an ihrer Seite beobachtete Anigel, wie das erste Seil hinübergeschossen wurde. Dann wurden die übrigen Teile der Boje an Ort und Stelle gebracht: die Winde und die Trosse, an der die Rolle entlanglaufen sollte, und der Flaschenzug, der die Königin hinüberziehen würde. Der Erste Maat des Flaggschiffes versicherte Anigel, daß kleine Veränderungen in der Entfernung der Schiffe zueinander von der Vorrichtung ausgeglichen wurden. Nur

149

plötzliche, heftige Bewegungen könnten ihr gefährlich werden. Drei starke Seeleute traten vor und knieten kurz zu Anigels Füßen, um ihren Segen zu empfangen, dann stellten sie sich an die wichtige Winde, mit der die Trosse gestrafft oder gelockert werden konnte, wenn die Schiffe vom Kurs abwichen.

Auf der Lyath, deren Deck beinahe zehn Ellen unterhalb des Decks der großen Bireme lag, wurde das andere Ende der Trosse am Großmast festgebunden. Darunter wurde der Flaschenzug befestigt, neben dem jetzt Lummomu-Ko selbst stand, um Anigel so schnell wie möglich an Bord zu ziehen. Die Seile knarrten, und die Männer an der Winde waren bestrebt, die Trosse möglichst straff zu halten. Der Wind schien etwas nachgelassen zu haben, und schließlich entschied der Erste Maat, daß die Hosenboje bereit war. Anigel küßte Immu, Ellinis und Owanon. Dann stieg sie in die Vorrichtung, klammerte sich mit aller Kraft an dem Ring um ihre Mitte fest, und schon verlor sie den Boden unter den Füßen, als sie zuerst in die Luft und dann über die Reling des Schiffes gezogen wurde.

Das Flaggschiff der Laboruwendianer schoß nach unten, die Lyath nach oben. Einen Augenblick lang befand sich die Trosse, von der die Boje herabhing, beinahe auf gleicher Höhe mit dem kleineren Schiff, während die von Gischt durchzogenen grauen Fluten unter ihr einen zerklüfteten Hügel bildeten, der steil nach unten abfiel. Anigel bewegte sich vorwärts: Sie flog über die Wellen, mitten durch die Gischt, hin und her geschleudert wie eine Puppe an einer Wäscheleine. Dann erhob sich die Bireme aus den Fluten, und die Lyath verschwand in einem Wellental. Die Trosse über dem Kopf der Königin knarrte vor Spannung, dann lockerte sie sich. Anigels Transportmittel kam quietschend zum Stehen, dann ging es wieder weiter. Trotz der tobenden See hielten die Schiffe jetzt auf geheimnisvolle Art und Weise den gleichen Kurs und die gleiche Geschwindigkeit ein, wie ein seltsam anzusehendes Tanzpaar, das gleichwohl sehr geschickt war.

Die Boje bewegte sich nun wieder recht schnell, und Anigel hatte bereits den halben Weg zur Noga zurückgelegt. Es ge-

150

lang ihr, den Menschen an der Reling des kleineren Schiffes zuzuwinken. Einen Augenblick lang wurde die See unter den Rümpfen der beiden Schiffe ruhiger, da beide das Tal einer großen Welle erreicht hatten. Mühelos glitt Anigel an der schräg stehenden Trosse nach unten, nicht nur von den mächtigen Muskeln Lummomus gezogen, sondern auch unterstützt von der Schwerkraft. Seite an Seite machten sich die Schiffe daran, die nächste Welle zu besteigen.

Und dann drehte plötzlich der Wind. Anigel war, als käme die Lyath direkt auf sie zugestürmt. Die Trosse, an der die Boje hing, war gefährlich schlaff geworden, und anstatt daran entlangzugleiten, stürzte sie jetzt mit beängstigender Geschwindigkeit auf die Fluten zu. Sie hörte aufgeregte Rufe von der Lyath und den schrillen Schrei einer Eingeborenenfrau von ihrem Flaggschiff. Die beiden Schiffe schossen aufeinander zu, angetrieben von dem sich drehenden Wind. Gleich würde sie im Wasser sein.

»Talisman, rette mich!« schrie sie.

Der Wind brüllte und änderte erneut seine Richtung. Ein lauter Knall ertönte, als die Trosse plötzlich wieder straff gezogen wurde. Lummomu hatte den Halt verloren und lag der Länge nach auf dem Deck. Anigel wurde auf das kleinere Schiff zugeschleudert, als hätte ein Katapult sie abgeschossen. Sie wußte, daß sie im nächsten Augenblick gegen das Schiff prallen und zu Tode geschmettert werden würde.

Sie kam mitten in der Luft zum Stehen.

Der Wind hatte aufgehört.

Die See tobte nicht mehr, das kleine Schiff schwankte nicht mehr hin und her. Sowohl die Lyath als auch das Meer lagen regungslos da, wie zu Stein geworden.

Anigel schien in der windstillen Luft zu schweben. Über ihrem Kopf sah sie ein wirres Knäuel aus Seilen, das sich nicht bewegte. Sie hielt den Atem an. Das Leben selbst war zum Stillstand gekommen.

Und dann wurde es ihr – und nur ihr – gestattet, sich zu bewegen. Sie schwebte hinüber zur Lyath, vorbei an der Reling, und sank sacht herunter, wobei sie sich immer noch am Ring der Hosenboje festhielt. Ihre Füße berührten das Deck. Um sich herum sah sie regungslose Wyvilo, Jagun, der mit seinen weit aufgerissenen gelben Augen und dem offenen Mund wie eine kleine Statue aussah, und Kadiya.

Kaum hatte das unheimliche Ereignis begonnen, war es auch schon vorüber. Anigel stürzte auf die Knie, von Kopf bis Fuß eingewickelt in lose Seile und behindert von der Boje. Kadiya und die anderen schrien vor Erleichterung wild durcheinander, und von ihrem Flaggschiff hörte sie entfernte Jubelrufe.

Als Anigel aus dem Knäuel herausgeschält worden war, warf sie sich ihrer Schwester in die Arme. Sie weinte vor Freude. »Es war mein Talisman! Er hat mich gerettet! Kadi ... Kadi ...«

»Ja«, stimmte ihr Kadiya zu. »Ohne Zweifel hat es sich so zugetragen. Du bist auf das Wasser zugestürzt, und im nächsten Moment warst du hier.«

Hinter den beiden Frauen wies Ly Tyry die Mannschaft an, unverzüglich die Leinen zu kappen, die die Noga mit dem laboruwendianischen Flaggschiff verbanden. Sofort strebten die Schiffe mit hoher Geschwindigkeit voneinander fort. Die Lyath war mit zwei kleinen Segeln gefahren. Jetzt wurde ein drittes Segel gehißt, und die Noga nahm Fahrt auf und segelte schneller als die Bireme. Sie wurde sogar noch schneller, als ein viertes kleines Segel gehißt wurde.

»Laß uns nach unten gehen«, sagte Kadiya, die ihre Schwester wie ein Kind bei der Hand nahm.

Die Königin zitterte am ganzen Körper, völlig durchnäßt trotz der Ölhaut, und ihr Gesicht und ihre Hände waren blutleer. Aber immer noch lächelte sie und versuchte, jenen auf dem Flaggschiff zum Abschied zuzuwinken.

»Der Talisman«, sagte sie wieder. »Der Talisman hat mich gerettet!«

Kadiya öffnete die Tür zu der Treppe, die ins Innere des Schiffes führte. »Ich hoffe nur«, sagte sie mit ausdrucksloser Stimme, »daß er auch mich rettet.«

10

Auf der ersten Etappe ihrer Reise zum Kimilon flogen die Erzzauberin und Shiki, der Dorok, über die Ausläufer des Ohoganmassivs von Labornok hinweg gen Westen, jeder auf dem Rücken eines mächtigen schwarzweißen Lämmergeiers. Zwei weitere Vögel trugen ihr Gepäck. Die Erzzauberin besänftigte den um sie tobenden Sturm weitaus wirksamer, als Portolanus dies vermocht hatte, und Shiki staunte, wie warm und gemütlich er es hatte – und wie rasch die Var dahineilten – unter der magischen Glocke, die die große Zauberin mit ihrem allmächtigen Talisman errichtete, um sie vor dem Sturm zu schützen.

Zunächst war Shiki so von der Erzzauberin beeindruckt, daß er es kaum wagte, sie anzusprechen. Während sie in der Luft waren, schwieg er ehrerbietig, um sie bei ihrer Zauberei nicht zu stören, und war bescheiden und zurückhaltend, als sie in dieser Nacht landeten, um auf festem Boden zu rasten. Aus einem Zaubergerät holte sie warmes Essen für beide hervor, und später, als die riesigen Vögel sich um die zwei winzigen Schlafzelte niederließen, schützte sie der Talisman auch weiterhin vor den Unbilden der Natur.

Shiki wurde mitten in der Nacht wach, weil er glaubte, sonderbare Geräusche gehört zu haben, wie jene, die die Menschen von sich geben, wenn sie über alle Maßen betrübt sind. Aber als er fragend nach draußen rief, hörten die leisen Geräusche auf, und er sagte zu sich selbst, daß es das Heulen des Windes gewesen sei und er sich alles nur eingebildet habe. Am nächsten Morgen hatte er es schon wieder vergessen, und in den folgenden Nächten, die sie in den Bergen verbrachten, wurde sein Schlaf nicht gestört.

Als sie das Latuschgebirge von Raktum hinter sich gelassen und die Grenze zur Immerwährenden Eisdecke erreicht hatten, legte sich der von Portolanus herbeigezauberte Sturm schließlich, und der Himmel klarte sich auf. Unermüdlich flogen ihre Luftrösser dahin, über strahlendweiße Schneefelder hinweg, in deren unermeßlichen Weiten sich nur selten Berge in den Himmel erhoben.

Die Erzzauberin lenkte ihren eigenen Var so geschickt wie Shiki seinen neuen Vogel, der den Platz seines verstorbenen Freundes eingenommen hatte. Ohne lange nachzudenken, machte er ihr ein Kompliment wegen ihres Könnens. Sie nahm keinen Anstoß an dieser Vertraulichkeit, sondern war nur zu gern bereit, sich mit ihm zu unterhalten. Sie erzählte ihm, daß sie gewöhnlich immer auf dem Rücken eines Var reiste, wenn sie – was jedoch selten vorkam – den Turm verließ, um ihre beiden Schwestern zu besuchen oder persönlich mit Menschen oder Eingeborenen zu sprechen, die sie um ihre Hilfe gebeten hatten. Schon vor langer Zeit, so sagte sie, hatte sie gelernt, einen Var zu lenken, noch bevor sie die Erzzauberin geworden war. Und ihre Lehrerin war die Vispi-Frau Magira gewesen, die jetzt die Haushälterin des Turmes war.

Dies war eine weitere Überraschung für Shiki, der angenommen hatte, daß die Weiße Frau eine Göttin war, die alles konnte, ohne es jemals gelernt zu haben. Sie lachte, als sie diese Worte vernahm, erzählte ihm einiges aus ihrem Leben, daß sie erst seit zwölf Jahren Erzzauberin war und gerade erst lernte, ihre Arbeit richtig zu tun. Schüchtern fragte Shiki, was für eine Art von Arbeit sie denn im Auftrag ihrer Schützlinge verrichtete. Sie antwortete ihm ganz offen und erzählte, wie sie Streitigkeiten schlichtete, bei der Suche nach Vermißten half, Anführer in verworrenen Situationen beriet, vor drohenden Naturkatastrophen warnte und auf vielfältige Art und Weise jene leitete und beschützte, die sie anriefen und ihr vertrauten.

Shiki war erstaunt, als sie eingestand, daß es Probleme gab, für die sie keine Lösung wußte. Darüber wunderte er sich fast so sehr wie über seine bereits zuvor gemachte Entdeckung, daß sie wie gewöhnliche Menschen Speis und Trank zu sich nahm, sich ebenso wie diese erleichterte und manchmal sogar zu lange schlief. Sein Glaube wurde weiter erschüttert, als sie bekannte, daß sie nicht genau wußte, was sie im Unerreichbaren Kimilon zu finden hoffte, nur daß es von äußerster Wichtigkeit war. Sie fürchtete sich davor, an diesen Ort zu gehen, und war überaus froh darüber, daß er sie dorthin begleitete.

Allmählich wurde dem kleinen Dorok klar, daß er die

Weiße Frau wohl falsch eingeschätzt hatte. Sie war in der Tat eine mächtige Zauberin, aber weder eine furchterregende Göttin noch eine der sagenumwobenen Sindona und keineswegs zu erhaben, um wie gewöhnliche Sterbliche Angst oder Zweifel zu empfinden. Diese Erzzauberin war aus Fleisch und Blut, mit Gefühlen, die den seinen sehr ähnlich waren, ein Mensch, der an sich zweifelte und Trost und Freundschaft brauchte. Und so wagte er es mehr und mehr, sich ganz normal mit ihr zu unterhalten, und machte sogar kleine Scherze. Sie wiederum fragte ihn nach seinem Leben in den tuzamenischen Bergen, und er erzählte ihr, wie seine Frau und er in überall herumstehenden Töpfen Ferolpflanzen gezogen hatten, die in dem von einem Geysir erwärmten Tal, wo sein Dorf lag, ausgezeichnet gediehen und nahrhafte Knollen und Früchte trugen, aus denen man ein berauschendes Getränk brauen konnte. Während des Winters hatte er Fallen für Wurremer und andere Pelztiere aufgestellt, während seine Frau Zukwolle spann und daraus feine Tücher wob, die sie zusammen mit seinen Pelzen an die Menschen in der Ebene verkauften. Traurig sprach Shiki davon, daß sein Volk bereits seit undenklichen Zeiten gut Freund mit den mächtigen Var gewesen war, mit denen sie sich in der Sprache ohne Worte verständigten und auf deren Rücken sie ritten, wenn sie andere Dörfer der Eingeborenen in den Bergen von Tuzamen besuchen wollten.

»Aber wie ich Euch bereits erzählt habe«, fügte er hinzu, »können die Dorok und die Var jetzt nicht länger Freunde sein, und daran trägt der böse Zauberer die Schuld.« Er wartete darauf, daß die Erzzauberin ihn beruhigte und ihm sagte, sie werde alles wieder in Ordnung bringen, indem sie Portolanus vernichtete.

Aber sie sagte kein Wort, sondern griff nur nach ihrem Talisman und starrte mit einem schwer lesbaren, traurigen Gesichtsausdruck hinunter auf die öde Eisdecke. In jener Nacht hörte Shiki wieder die leisen Geräusche, die sich wie das Weinen eines Menschen anhörten.

Sechs Tage, nachdem sie den Turm der Erzzauberin verlassen hatten, erblickten die Reisenden etwas, das wie ein großer, merkwürdig gerundeter dunkler Hügel aussah und sich am Horizont aus der von Eis und Schnee bedeckten Ebene erhob. Als sie näher kamen, schien die Masse Gewitterwolken zu ähneln, zum Teil grau, zum Teil schwarz wie Tinte, die drohend umherwirbelten und doch viel dichter zu sein schienen als gewöhnliche Regen- oder Schneewolken. Von Zeit zu Zeit wurde ihr Inneres von blutroten Blitzen erhellt.

»Das ist das Kimilon«, sagte Shiki zur Erzzauberin, »der Ort, den wir Dorok das Land des Feuers und des Eises nennen. Gewöhnlich besteht die große Wolke, die das Plateau verhüllt, fast ausschließlich aus Wasserdampf, vermengt mit nur wenig Rauch und Asche, aber ich fürchte, daß zur Zeit viele Vulkane ausbrechen. Laßt uns beten, Weiße Frau, daß das innere Becken nicht von der flüssigen Lava verschlungen wurde. Dort nämlich befindet sich das geheimnisvolle Gebäude, das Ihr sucht, jenes Haus, in dem der Zauberer Portolanus gelebt hat. Vermag Euer Talisman uns zu sagen, ob wir das Becken ohne Gefahr für unser Leben betreten können?«

Haramis zog den Reif unter ihrem Mantel hervor und befahl ihm, ihr ein deutliches Bild des Unerreichbaren Kimilons zu zeigen. Als sie versucht hatte, diesen Ort daheim in ihrem Turm zu sehen, waren Einzelheiten in seinem Inneren immer von dichten Wolken verborgen gewesen, und es war ihr nicht gelungen, einen genaueren Blick auf das zu werfen, was sich am Boden befand. Auch jetzt wieder war das Bild im Dreiflügelreif sehr undeutlich, und es zeigte ihr nur wenig mehr, als sie mit bloßen Augen hätte erkennen können, wenn sie direkt über dem Kimilon durch den wirbelnden Rauch gespäht hätte.

»Ich fürchte, wir werden warten müssen, bis wir dort angekommen sind, um zu erfahren, was aus dem alten Lagerhaus geworden ist«, sagte Haramis. »Das Kimilon ist ein von großer Zauberkraft erfüllter Ort. Es wundert mich, daß Euer Volk überhaupt von seiner Existenz weiß.«

Der kleine Mann zuckte mit den Schultern. »In vielen unserer ältesten Legenden wird von dem Land des Feuers und Eises als einem Ort gesprochen, der dem Versunkenen Volk heilig ist. Immer wieder einmal kam es vor, daß einer unserer

156

Dorok-Helden eine innere Stimme vernahm, die ihm befahl, auf dem Rücken eines Var dorthin zu reisen, aber er wußte, daß er nichts berühren durfte, wollte er seine Heimat je wiedersehen. Diejenigen, die der Versuchung widerstanden, kamen wohlbehalten zurück. Einige der Helden jedoch wurden nie mehr gesehen, und man sagt, sie seien den Verlockungen der dunklen Mächte an diesem Ort erlegen und dort geblieben, in Eisstatuen verwandelt. Auf diese Weise blieben die alten Erzählungen den Dorok immer in Erinnerung, und der Weg in das Kimilon wurde von Generation zu Generation weitergegeben.«

»Ich frage mich«, sagte Haramis in Gedanken versunken, »ob Euer Volk nicht vielleicht einmal die Dienerschaft einer längst vergessenen Erzzauberin war und auf ihren Befehl hin gefährliche alte Geräte in das Kimilon gebracht hat. Ihr seid eng verwandt mit den Vispi aus dem Ohoganmassiv, und diese haben meiner Vorgängerin, der Erzzauberin Binah, seit undenklichen Zeiten gedient.«

»Weiße Frau, davon habe ich noch nie gehört. Wir Dorok glaubten, daß die Erzzauberin weit entfernt von unserem Land lebe und nur wenig mit uns zu tun habe. Es war mein geliebter verstorbener Var Nunusio, der mich daran erinnerte, daß Ihr Wächterin und Beschützerin aller Eingeborenen seid, und mich drängte, zu Euch zu kommen.«

Haramis spürte ein leichtes Prickeln im Hinterkopf. Die Lämmergeier! Sie hatte nie daran gedacht, die Lämmergeier zu fragen ...

Hiluro!

Ich höre, Weiße Frau.

Sprich zu mir, aber so, daß Shiki und die anderen Vögel dich nicht hören können.

Ich habe verstanden.

Hiluro, kennst du noch andere lebende Erzzauberer außer mir?

Ja. Die Herrin des Meeres, die in einer Festung im Aurora-Meer lebt, und den Herrn des Himmels, dessen Heimstatt sich im Himmel befindet. Diese beiden und Ihr selbst seid die letzten Vertreter der Erzzaubererschule, die vom Versunkenen

Volk gegründet wurde, um gegen die bösen Sternenmänner anzugehen. Von diesen beiden anderen Erzzauberern kann ich Euch nur den Namen und den Aufenthaltsort nennen und die Tatsache, daß sie ihre Mission so lange fortführen werden, wie der Stern das Gleichgewicht der Erde bedroht.

Ich danke dir, Hiluro.

Dies war zumindest mehr, als ihr der Talisman bereits gesagt hatte, und Haramis dachte darüber nach, als sie näher und näher an das Kimilon heranflogen. Sie erreichten ihr Ziel, als die untergehende Sonne einen rosenfarbenen Schleier über die Immerwährende Eisdecke warf und einen leuchtenden Hintergrund für die Aschewolken bildete.

Das Unerreichbare Kimilon war ein kleines Plateau von etwa neun Meilen Durchmesser, umgeben von einem Dutzend hochaufragender Vulkane. Aus fünf dieser Vulkane, die Schulter an Schulter im Westen standen, quoll schwarzer Rauch, und von Zeit zu Zeit spuckten sie grellrote Lava in den Himmel. Schmale Flüßchen aus geschmolzenem Gestein strömten ihre Flanken hinab. Zwei andere Berge dampften lediglich. Ihre weißen Dampfwolken vermengten sich mit den schwarzen Rauchwolken ihrer Nachbarn. Die restlichen Vulkane waren untätig. Die aktiven Vulkane waren fürchterlich anzusehen, und ihr Grollen klang wie beständiger Donner. Shiki sah überrascht, daß die Hand, die die Erzzauberin um ihren Talisman gelegt hatte, zitterte.

»Der Wind bläst den Rauch und die Asche aus dem Inneren des Kimilon fort«, sagte Haramis zu Shiki. »Endlich einmal eine gute Nachricht.«

Die vier Lämmergeier flogen zwischen zwei steilen Abhängen an der Ostseite des Plateaus hindurch, wo die erloschenen Vulkane von mächtigen Gletschern bedeckt waren, auf denen Ruß und Asche ihre Spuren hinterlassen hatten. Der Boden des Tales bestand aus Lava, die erstarrt war – manchmal zu Blöcken, die aussahen wie löchriger Backstein, manchmal zu bizarren Formen, die riesigen schwarzen Tauen ähnelten oder aufeinandergetürmten Kissen glichen oder ausgezogenem Teig, der zu schwarzem Stein geworden war. Mitten in der Senke befand sich ein ansehnlicher See, in dem sich der aufgewühlte Himmel spiegelte. Der See wurde von reißenden Strömen aus Schmelzwasser gespeist, das von den Eisfeldern der untätigen Vulkankegel stammte. Fumarole spuckten und zischten jenseits des westlichen Seeufers, wo die Erde gespalten war und dampfte und heiße Schlammgruben wie vielfältig gefärbte Kessel brodelten. Am östlichen Seeufer schien der Boden fest zu sein, obwohl die Erde völlig von herbeigeweheter Asche bedeckt war, und auf den Felsen dort wuchsen Flechten. An dieser Stelle gediehen auch einige verkümmerte Büsche und andere Pflanzen, deren grüne Blätter ausgedörrt und von den giftigen Ausdünstungen der Vulkane verfärbt waren.

Das Haus stand am Fuße eines großen schwarzen Felsens. Die vier Lämmergeier kreisten einmal um den See, dann flogen sie hinunter und landeten neben dem Gebäude. Ein beißender Schwefelgeruch umgab sie, der durchdringend, aber noch erträglich war, und die Luft war feucht und sehr warm. Ein leichter Ascheregen fiel auf sie herab, der am Boden durch eine unstete Brise aufgewirbelt wurde. Winzige Knötchen aus Bimsstein knirschten unter ihren Füßen, als die Erzzauberin und ihr kleiner Begleiter abstiegen. Der Boden schien zu vibrieren, und in das Zischen der Fumarole und das Rauschen des fließenden Wassers mischte sich ein tiefes, beinahe melodisches Grollen.

»Hier können wir nicht lange bleiben, Shiki«, entschied Haramis. »Ich werde versuchen, meine Erkundungen kurz zu halten.«

»Soll ... soll ich Euch begleiten?« bot er an. »Wenn Dämonen diesen Ort bewachen, wie sich mein Volk erzählt, werde ich Euch mit meinem Leben verteidigen.« Er zog sein langes Messer aus der Scheide und hob es mit beiden Händen in die Höhe, so daß die Klinge im Schein der Lava rot aufleuchtete.

Tief gerührt blickte Haramis zu ihm hinunter. Er kannte sie kaum, und bestimmt hatte er noch mehr Angst als sie. Und doch war sie sicher, daß er dieses Angebot aus Freundschaft gemacht hatte und nicht nur in Erfüllung einer Pflicht.

Sie legte ihm eine Hand auf die Schulter. »Mein lieber Shiki, mit Eurem gütigen Herzen habt Ihr erkannt, daß ich

Angst vor dem habe, was ich an diesem Ort vielleicht finden werde. Aber Ihr müßt verstehen, daß ich mich nicht vor Ungeheuern oder Dämonen oder Gefahren in anderer Gestalt fürchte, die mein Leben bedrohen könnten. Dieses Gebäude wurde von einem anderen Erzzauberer errichtet. Es ist nur recht, daß ich hineingehe und es erkunde. Das Unbekannte, das ich suche – das ich erkennen werde, wenn ich es sehe –, macht mir angst, weil es das Innerste meines Herzens und meiner Seele betrifft, und in diese Gefilde kann mich niemand begleiten. Und doch wäre ich froh, wenn Ihr so weit als möglich mit mir gehen würdet. Aber Eure Waffe steckt wieder ein, mein Freund.«

Er steckte sein Messer zurück in die Scheide. »Bei den Dorok gibt es ein Sprichwort: Ein Ungeheuer, das man mit einem guten Freund bekämpft, ist kleiner, als wenn man es ganz allein angreift.«

Sie lächelte nur, als sie seine Worte vernahm, und ging mit Shiki an ihrer Seite auf das geheimnisvolle Gebäude zu.

Es bestand gänzlich aus schwarzen Lavasteinen, wie der Felsen, an den es sich schmiegte, und war ungefähr so groß wie eine Scheune, mit einem steilen Dach, das es vor dem Schnee und der herabregnenden Asche schützte. Nur an der Vorderseite gab es rechts und links von der Tür Fenster. Diese waren in Mauern eingelassen, fast eine Elle dick, und bestanden aus vielen kleinen, in Blei eingefaßten Glasscheiben. Die riegel- und klinkenlose Tür war aus Metall und wollte sich auf ihre Berührung hin nicht öffnen.

Sie zog ihren Talisman an der Kette um ihren Hals hervor und berührte damit sanft die Tür, wobei sie sagte: »Talisman, bewahre uns beide vor allem Schaden und gewähre uns Zugang zu diesem Ort.«

Die Tür schwang sofort auf. Das Innere des Hauses lag völlig im Dunkeln. Haramis ging hinein und befahl Beleuchtung. Unverzüglich gingen mehrere Wandleuchter an, deren Lichtquelle der gleiche leuchtende Kristall ohne Flamme war, der sich auch überall in ihrem Turm befand. Shiki hielt sich hinter ihr, als sie eintrat. Diesen Raum hatte der verbannte Portolanus offensichtlich als seine Wohnstatt verwendet. Auf dem

Boden lagen ein Gewand aus steifen Fasern und ein Paar abgetragener Sandalen, in einer Ecke, achtlos weggeworfen, ein Umhang und ein großer spitzer Hut aus dem gleichen Material. Im Gegensatz zu der primitiven Kleidung waren die Möbel in diesem Raum von erlesener Schönheit. Ein Tisch, zwei Stühle, ein Bett und mehrere Truhen aus einem sonderbar glänzenden goldbraunen Material, von einer Machart, die Haramis noch nie zuvor gesehen hatte. Alles war anmutig geschwungen, und doch war keine einzige Fuge zu sehen, als ob diese Gegenstände in ihre jeweilige Form *gewachsen* waren, anstatt von einem Handwerker angefertigt worden zu sein. Auf dem Bett lagen Kissen, zwei großen Seifenblasen ähnlich, und Decken aus einem überaus festen Gewebe, das hauchdünn und durchsichtig war und sich sehr angenehm auf der Haut anfühlte. Die Decken waren mit dem Bett verbunden, so daß sie nicht entfernt werden konnten. Neben dem Bett stand ein seltsames schmales Schränkchen aus einem Material, das glänzte wie poliertes Fischbein, aber so hart wie Metall war, und auf seiner leicht schräg gestellten Oberfläche ein großes graues Rechteck und viele kleinere Rechtecke in verschiedenen Farben aufwies, von denen jedes mit sonderbaren, eingemeißelten Symbolen verziert war. Auf der anderen Seite des Raumes, neben dem Tisch und den Stühlen, befand sich ein kastenförmiger, hüfthoher Gegenstand mit vielen Rechtecken in unterschiedlichen Größen, die offensichtlich auf seine Oberfläche gemalt worden waren. In einem Rahmen auf der Vorderseite waren zehn Kreise angeordnet, die kleiner als Platinkronen waren und ebenfalls die geheimnisvollen Schriftzeichen trugen.

»Sicher sind diese wunderbaren Dinge vom Versunkenen Volk angefertigt worden!« flüsterte Shiki.

»Ihr habt zweifellos recht. Und jetzt werden wir herausfinden, welchem Zweck diese geheimnisvollen Apparate dienen.« Sie berührte das sonderbare Schränkchen neben dem Bett mit ihrem Talisman und stellte ihm gleichzeitig im Geiste eine Frage. Dies hatte sie gelernt, als sie die anderen alten Geräte in der Schwarzen Eishöhle untersucht hatte. Der Talisman sprach:

Eine Bibliothek. Man befragt sie auf folgende Art und Weise ...

»Bitte anhalten«, befahl Haramis dem Talisman. Als nächstes berührte sie das kastenförmige Ding neben dem Tisch.

Eine Kücheneinheit. Dazu gehört ein Sortiment von Behältern und Geräten. Sie bereitet Mahlzeiten zu, erhitzt oder kühlt Lebensmittel und lagert diese, so daß sie unbegrenzt haltbar sind. Man öffnet das Fach mit dem Geschirr ...

»Bitte anhalten«, sagte Haramis. Sie berührte einen Gegenstand von der Größe einer geräumigen Truhe. Sofort sprang der Deckel auf und gab den Blick auf glitzernde Vielecke und Kreise frei, die in einem unverständlichen Muster angeordnet waren.

Ein Musikerzeuger, der den Klang jedes Instrumentes wiedergeben und verschiedene Instrumente nach dem Wunsch des Komponisten zu einem Orchester zusammenfügen kann ...

»Bitte anhalten«, sagte Haramis.

Sie ging zu einer Innentür, die sich leicht öffnen ließ. Das Licht ging an, als sie in einen riesigen Raum gelangte, der annähernd die gesamte Grundfläche des Gebäudes einnehmen mußte. Lange Reihen von offenen Regalen, die bis an die hohe Decke reichten, wechselten sich mit engen Gängen ab, die zwischen den Regalen hindurchführten. Diese waren vollgestopft mit sonderbar geformten Geräten und Behältern in allen erdenklichen Größen. Die Regale und die Gegenstände darauf waren von einer Staubschicht bedeckt, die beinahe einen halben Fingerspann dick war, und hier und da verrieten saubere, leere Stellen, daß ein Objekt heruntergenommen worden war.

Haramis und Shiki liefen staunend durch die Gänge und betrachteten die Apparate. Von Zeit zu Zeit berührte die Erzzauberin eine der Maschinen mit ihrem Talisman und lernte auf diese Weise viele erstaunliche Objekte kennen: jede nur erdenkliche Art von Werkzeugen, furchtbare Waffen, sonderbare wissenschaftliche Vorrichtungen, Geräte, mit denen sich etwas herstellen ließ (aber natürlich fehlte diesen das Rohmaterial, so daß sie für den verbannten Zauberer nutzlos gewesen waren), Maschinen, die Wissen vermittelten, der Unterhaltung dienten und sogar heilen konnten.

»Herrlich!« rief Shiki aus. »Portolanus muß es sehr bedauert haben, daß er nicht alle diese Dinge mit sich nehmen konnte.«

»Ich glaube, wir sollten den Herrschern der Lüfte danken, daß ihm das nicht gelungen ist«, bemerkte Haramis mit grimmiger Miene. »Der Himmel allein weiß, wie es überhaupt möglich war, die größeren Geräte hierherzubringen.«

Als sie auf die Felswand im rückwärtigen Teil des Gebäudes zugingen, zog sie erneut ihren Talisman zu Rate. »Ist dieser Ort hier wirklich das geheime Lager eines Erzzauberers?«

Ja.

»Wer hat es gebaut?«

Dieses Gebäude ließ der Erzzauberer des Landes Drianro errichten, nachdem das Lager, das die früheren Erzzauberer des Landes benutzten, von einem Strom aus flüssiger Lava verschlungen worden war und nicht mehr verwendet werden konnte.

»Sag mir, wann Drianro gelebt hat und warum dieser Ort nicht von der Erzzauberin Binah als Lager verwendet wurde.«

Drianro wurde zweitausenddreihundert und sechs Jahre vor dem heutigen Tage geboren. Er starb ganz plötzlich und versäumte es, seiner Nachfolgerin, der Erzzauberin Binah, die genaue Lage dieses geheimen Lagers von altertümlichen Zaubergeräten im Unerreichbaren Kimilon mitzuteilen.

Haramis hielt den Atem an. Der Talisman, der wie so oft ihre Gedanken zu lesen schien, gab ihr bereits die Antwort auf ihre nächste Frage, die sie noch gar nicht ausgesprochen hatte.

Die Erzzauberin Binah lebte eintausendvierhundert und sechsundachtzig Jahre und übte ihr geheiligtes Amt eintausendvierhundert und vierundsechzig Jahre von diesen Jahren aus.

»Bei der Heiligen Blume! Ist es mir vorbestimmt, ein ebenso langes Leben zu führen?«

Diese Frage ist unzulässig.

Haramis verzog das Gesicht. Wie oft schon hatte ihr der Talisman diese Worte entgegengeschleudert, wenn sie eine Frage stellte, die er nicht beantworten konnte!

Aber schon im nächsten Moment war ihr Zorn verschwunden. Als sie ihren Blick über die vielen tausend geheimnisvollen Apparate gleiten ließ, wurde sie erneut von Staunen ergriffen und befragte ihren Talisman. »All diese Dinge ... wurden sie für gefährlich gehalten, und hat man sie deshalb an diesen Ort hier verbannt?«

Einige dieser Geräte sah der Erzzauberer Drianro lediglich als nicht geeignet für die Eingeborenen an, während er andere wiederum für gefährlich hielt.

»Sind die Apparate hier Zaubergeräte oder nur Maschinen?«

Sie bedienen sich einer uralten Wissenschaft, die einige wohl als Zauber bezeichnen würden.

»Gibt es denn nun echte Zauberei oder nicht?« wollte Haramis wissen.

Diese Frage ist unzulässig.

»Bah!« rief Haramis aus. »Wann wirst du endlich aufhören, mich jedesmal zu verspotten, wenn ich zum Kern der Sache vorstoßen will? Zu den elementaren Bestandteilen meiner Aufgabe als Erzzauberin?«

Diese Fragen sind ...

»Bitte anhalten«, sagte sie wütend und ließ den Reif an der Kette um ihren Hals fallen.

Shiki hatte ihrem Wortwechsel mit dem Talisman mit offenem Mund und ungläubig aufgerissenen Augen gelauscht.

»Seid nicht schockiert, mein Freund«, bemerkte sie mit beißender Stimme. »Zauberei kann recht eindrucksvoll sein, aber auch eintönig und frustrierend, ganz besonders für jene, die sie ohne einen Lehrer erlernen müssen. Ich kam hierher, weil ich hoffte, an diesem Ort eine Lösung für mein Problem zu finden.«

Shiki lächelte unsicher. »Habt Ihr gehofft, ein Buch über Zauberei oder eine magische Maschine zu finden, die Euch belehren würde?«

»Nein. Ich suche nach etwas ganz Bestimmtem. Und da es

sich mir bis jetzt nicht gezeigt hat, werde ich es wohl rufen müssen.« Sie hob den Talisman wieder empor und sprach mit lauter Stimme: »Wenn sich an diesem Ort ein Apparat befindet, mit dessen Hilfe ich mich mit den anderen Erzzauberern in dieser Welt verständigen kann, so zeige ihn mir!«

Sie hörten ein leises Geräusch.

Es klang wie der vibrierende Ton eines Kristallglases, das man mit dem Fingernagel angeschlagen hatte – hell, rein und durchdringend. Hektisch blickte Haramis um sich und suchte die Regalreihen mit all den rätselhaften Geräten ab. Woher kam das Geräusch? Noch während sie vergeblich seine Herkunft festzustellen versuchte, wurde es schwächer.

Shiki hatte sich seine lederne Kappe vom Kopf gerissen, damit seine hochstehenden Ohren mit den erfrorenen Spitzen besser lauschen konnten. »Hier entlang!« rief er und jagte davon, die Erzzauberin dicht auf den Fersen.

Sie liefen an dem Teil der Mauer entlang, der am weitesten vom Eingang entfernt lag und aus rohem Lavagestein war, was darauf hindeutete, daß es sich dabei wohl um einen Teil des Felsens handelte. Shiki hielt an einer Stelle an, die sich in nichts von ihrer Umgebung unterschied, deutete auf den Boden und sagte: »Hier!«

Haramis berührte die staubige Oberfläche des Gesteins mit dem Talisman. Wieder ertönte der helle Ton, und ein Teil des Bodens wurde durchsichtig wie dünner Rauch und verschwand schließlich, wobei ein Loch von etwa einer Elle Durchmesser entstand, in dessen Tiefe undurchdringliche Schwärze lauerte. Modrige Luft strömte ihnen entgegen, die den Staub im Lagerraum aufwirbelte und Haramis und Shiki zum Niesen brachte.

Sie befahl, das Innere des Loches zu beleuchten, aber nichts geschah. Es blieb vollkommen dunkel. Kein Wind entwich mehr daraus. Sie hörten nur noch den melodischen Ton, der von ferne in ihren Ohren klang.

Haramis wandte sich an ihren Talisman. »Was für eine Öffnung ist das? Wohin führt sie?«

Ein Viadukt. Es führt dorthin, wohin man gerufen wird.

»Werde ich gerufen hineinzugehen?«

Ja. Die Erzzauberin des Landes wird von der Erzzauberin der See gerufen, zu einem Lehraufenthalt von dreimal zehn Tagen und dreimal zehn Nächten.

Haramis atmete erleichtert auf. Ihr Gesicht strahlte. »Das ist es, was ich erwartet habe, was ich zu finden hoffte! Dank sei dem Dreieinigen Gott!«

Sie wäre auf der Stelle in der Öffnung des Viaduktes verschwunden, wenn jetzt nicht Shiki mit zaghafter Stimme gefragt hätte: »Und was ist mit mir? Soll ich hier warten, bis Ihr zurückkehrt, Weiße Frau?«

Haramis war beschämt ob ihrer Gedankenlosigkeit. Mit fester Stimme sagte sie zu ihrem Talisman: »Ich kann meinen guten Shiki nicht dreißig Tage hier in diesem schrecklichen Kimilon allein lassen. Und auch auf unsere treuen Lämmergeier muß ich Rücksicht nehmen.«

Shiki der Dorok wird an einen anderen Ort gerufen, an dem seine Anwesenheit erforderlich ist, und er soll das Viadukt vor der Erzzauberin des Landes betreten. Die vier Var, die Euch hierhergebracht haben, sind bereits wieder auf dem Rückflug.

»Ohh!« rief Shiki aus. »Jetzt müssen wir hier zurückbleiben, genau wie der böse Zauberer!«

»Still!« schalt ihn Haramis. »Nichts dergleichen wird passieren … Talisman, wohin schickst du Shiki?«

Dorthin, wohin er gehen muß.

»Oh, es ist zum Verrücktwerden!« rief Haramis aus. Dann faßte sie sich wieder und sagte zu Shiki: »Habt keine Angst. Ich bin sicher, daß der Talisman keinem von uns beiden schaden will. Ich … ich kann nur vermuten, daß es einen Ort gibt, an dem Ihr von Nutzen sein könnt, während ich meine Studien verfolge, und daß dieser Ort nicht der Ort ist, an dem ich mich aufhalten werde. Deshalb müssen wir uns jetzt trennen. Betretet guten Mutes das Viadukt und tut, was der Talisman Euch heißt!«

Der kleine Mann senkte den Kopf. »Es ist Euer Talisman, und ich bin Euer Diener, Weiße Frau.« Er nahm ihre Hand und küßte sie. Dann rückte er sich die Lederkappe auf den Ohren zurecht und trat in die dunkle Öffnung.

Eine laute Glocke ertönte, und Shiki, der Dorok, war verschwunden. Haramis rief ihm nach, aber sie hörte nicht einmal das Echo ihrer Stimme, nur den Nachhall der Glocke.

Jetzt bin ich an der Reihe, sagte sie zu sich selbst. Und dann kam ihr ein furchtbarer Gedanke in den Sinn. War Portolanus ebenfalls gerufen worden?

War er zweimal gerufen worden?

Hatte das Dreiteilige Zepter – und mit ihm die drei Talismane, aus denen es gebildet wurde – einen Zweck, den sie sich nicht einmal in ihren kühnsten Träumen vorstellen konnte? Sie verspürte plötzlich ein ungeheures Verlangen danach, ihre Drillingsschwestern um Rat zu fragen, ihnen alles über dieses Rätsel zu erzählen, sie zu bitten, ihr bei ihrem Schritt in das Unbekannte Stärke und Entschlossenheit zu geben. Sie würde den Mut von Kadiya und die Standhaftigkeit der gütigen Anigel brauchen!

Und jetzt bin ich diejenige, die zaudert, ich, die doch die Anführerin sein sollte.

Nein, entschied sie. Ich werde ihnen nicht noch mehr Sorgen aufbürden, nur damit es mir leichter ums Herz wird. Ich werde mich nicht beirren lassen und dem Beispiel des guten alten Shiki folgen …

Mit beiden Händen hielt sie den Talisman fest und trat in das Loch, das Viadukt genannt wurde. Einen Augenblick lang war sie von erdrückender Dunkelheit umgeben und schwebte im leeren Raum. Ihr Gehirn schien zu zerspringen, schmerzlos, mit einem einzigen, melodischen Knall.

Dann hatte sie plötzlich wieder festen Boden unter sich. Sie spürte Kieselsteine unter ihren Füßen. Es war immer noch dunkel um sie herum, aber sie wußte, daß es nur die Nachtzeit war und kein Zauber, der alles Licht verbannte. Als sich ihre Augen allmählich an die Dunkelheit gewöhnten, sah sie sogar Sterne, kaum wahrnehmbar an einem Himmel, der von einem sonderbaren dunkelroten Glühen überzogen schien. Sie hörte das Plätschern kleiner Wellen gegen den groben Kies, das leise an- und abschwoll. Ein scharfer Wind, der eisige Kälte mit sich brachte, berührte ihr Gesicht.

Sie stand an der Küste eines Meeres.

Im Meer draußen schwammen riesige Gebilde, die wie Geisterschiffe leuchteten, aber viel größer waren als jedes von Menschenhand gefertigte Objekt. Sie waren so groß wie Inseln und so hoch wie kleine Berge, und jedes von ihnen leuchtete in einem blassen, phosphoreszierenden Grün oder Blau. Die kleinen Wellen waren von ebenfalls leuchtendem Schaum gekrönt.

Nun veränderte sich der rotschwarze Himmel. Am Horizont in der Ferne wuchs ein bunt schillernder Strahl heran, und dann bildeten sich langsam noch weitere Strahlen, bis schließlich fünf von ihnen wie geisterhafte Finger über den Himmel taumelten. Sie dehnten sich aus, wurden zu einem Fächer aus rotem, weißem und grünem Licht und dann zu einem leuchtenden Vorhang, der sich über den Himmel breitete. Das Licht schien auf die gigantischen Eisberge vor der Küste und erleuchtete die bizarre Landschaft hinter Haramis, eine trostlose Gegend mit öden, baumlosen Hügeln, die stellenweise von schimmerndem Schnee bedeckt waren. Der Wind wurde stärker.

»Wo bin ich?« flüsterte Haramis.

An der Küste des Aurora-Meeres.

Deshalb also das phantastische Licht am Himmel! Es war die Aurora, ein seltenes Naturphänomen, das nur in den nördlichsten Gebieten der Welt auftrat. Sie hatte schon darüber gelesen, aber nie erwartet, es einmal mit eigenen Augen zu sehen. Die ständig wechselnden Farben waren so herrlich anzuschauen, daß sie beinahe vergaß, warum sie hierhergekommen war ...

Aber das dürft Ihr nicht, Haramis. Ihr müßt doch noch soviel lernen.

Haramis schrie auf. »Seid Ihr es, Erzzauberin der See?« rief sie aus. »Wo seid Ihr?«

Folgt dem Weg des Lichts.

Die Pracht der Aurora spiegelte sich jetzt im Meer, und nahe der Stelle, an der sie stand, schien sich das Wasser zu verdichten und zu einer festen Oberfläche zu werden, die leuchtete wie durchsichtiges Eis und in das Millionen winziger Diamanten eingeschlossen waren. Sie sah zu, wie der Eisfleck

168

wuchs und wuchs, bis er von der Küste bis zum größten der leuchtenden Eisberge reichte.

Wird es mich tragen? fragte sich Haramis. Sie zitterte in dem schneidenden Wind, dann setzte sie einen Fuß vor sich. Ein leises Klirren ertönte, aber das Eis hielt stand. Sie wagte noch einen Schritt. Zu beiden Seiten des schmalen Pfades kräuselten sich die Wellen, aber der Weg des Lichts war so hart wie Eisen.

Haramis schlug ihren Mantel um sich und ging hinaus auf das Meer.

I I

»Wenn die Karte, die Ihr aufgezeichnet habt, stimmt, Herrin«, sagte Kapitän Ly Woonly zu Kadiya, »sind wir nur noch ein paar Meilen von der Stelle entfernt, an der Ihr Euren Talisman habt fallen lassen.«

Kadiya und Anigel, soeben aus dem Schlaf erwacht, waren sofort auf das Deck der Lyath geeilt, als der Kapitän des Schiffes sie hatte rufen lassen. Sie stellten fest, daß das Schiff langsam an der zerklüfteten Küste der Ratsinsel entlang gen Süden segelte, wobei es sich ein gutes Stück vom Land entfernt hielt.

Während der letzten drei Tage, seit dem Tag, an dem die Lyath ihre Fahrt zwischen den Inseln unter dem Verlorenen Wind begonnen hatte, war eine Wache aufgestellt worden, die nach Spuren von raktumianischen Piraten oder feindlichen Eingeborenen Ausschau gehalten hatte. Aber bis jetzt war noch kein anderes Schiff auf dem Meer gesichtet worden, obgleich in den zahlreichen Dörfern der Aliansa aufsteigender Rauch zu sehen war und die Wache auch eine kleine Gruppe von Eingeborenen entdeckte, die an einer seichten Stelle mit Netzen fischte.

Anigels Talisman hatte sich bei der Suche nach der Triere der Piraten in dem Labyrinth von Inseln als nicht sehr hilfreich erwiesen. Die Königin konnte das mächtige Schiff zwar

169

ohne Probleme mit ihrem Talisman sehen, aber es war ihr unmöglich, seine Position auf der Karte durch reine Beobachtung festzulegen. Alle Inseln schienen für sie gleich auszusehen, und außerdem war die Karte anscheinend nicht sehr genau. Ob die Piraten nun vor oder hinter ihnen waren, blieb weiterhin ein Rätsel.

Der Talisman bestätigte jedoch, daß eine große Anzahl von Aliansa die Fahrt der Lyath von verborgenen Stellen aus beobachteten. Da sich das Seevolk auf den verschiedenen Inseln in der Sprache ohne Worte miteinander verständigte, wußten sie zweifellos genau, wo sich das Piratenschiff aufhielt. Aber die Aliansa wollten nicht antworten, als sie von Kadiyas Wyvilo-Gefährten angerufen wurden, und obwohl Königin Anigel ihren Unterhaltungen mit dem Talisman lauschen konnte, mußte sie zu ihrer Bestürzung feststellen, daß sich das Seevolk untereinander einer unverständlichen Sprache bediente. Sie unterschied sich deutlich von der überall gebräuchlichen Handelssprache, die auf der Sprache der Menschen beruhte und auch bei den fruchtlosen Verhandlungen mit Kadiya gesprochen worden war.

Da sie nicht wußten, wo sich ihr Feind befand, blieb den beiden Schwestern nur übrig, Kapitän Ly Woonly zu drängen, so schnell wie möglich in dem unsteten Wind dahinzusegeln, während sie darum beteten, noch vor Portolanus an der Stelle, wo der Talisman verlorengegangen war, einzutreffen.

»Ihr habt gut daran getan, die Ratsinsel so schnell zu erreichen, Kapitän«, sagte Anigel mit warmer Stimme zu ihm. »Ich bin erstaunt darüber, daß Ihr bei Nacht durch das Labyrinth der Riffe und Felsen segeln konntet.«

Ly Woonly warf einen Blick über die Schulter auf einen der Wyvilo, der gerade ein Segel trimmte, und flüsterte: »Das verdanken wir den Waldseltlingen, Große Königin. Diese großäugigen Burschen haben eine Art besonderen Sinn, mit dem sie Hindernisse im Wasser aufspüren. Tag und Nacht ist für sie beinahe dasselbe, und über ein Meer mit Untiefen zu fahren ist für sie nicht anders, als auf den Flüssen in ihrer Heimat zu segeln.«

»Die Bucht, in der das große Dorf des Oberhäuptlings Har-

Chissa liegt, muß unmittelbar hinter dieser Landspitze sein«, sagte Kadiya, die die zerknitterte Karte musterte. »Ich verstehe nicht, warum keine Eingeborenenboote kommen, um uns den Weg abzuschneiden. Als wir das letztemal hier waren, paddelten unzählige Kanus mit zwanzig oder mehr Aliansa herbei, um uns zu unserem Ankerplatz zu geleiten. Damals waren wir noch viel weiter draußen als jetzt.«

»Vielleicht haben die Seeseltlinge einen guten Grund dafür, an Land zu bleiben«, bemerkte Ly Woonly. Sein sonst so fröhliches Gesicht unter dem mit Federn geschmückten Hut hatte einen grimmigen Ausdruck angenommen. »Große Königin, schaut doch noch einmal durch Eure weitsichtige Krone und findet heraus, was auf der anderen Seite von jener Stelle dort vor sich geht.«

»Das will ich gern tun.« Anigel schloß die Augen und berührte den silbernen Reif, den sie auf ihrem blonden Haar trug. »Oh! Die Triere der Piraten ist dort! Ihre Segel sind bereits eingeholt … Und die Anker haben sie auch schon ins Wasser herabgelassen.«

»Heiliger Lossok-Mist!« rief Ly Woonly aus. »Alle Mann an Deck! Steuermann! Fertig zum Beidrehen!« Weitere Befehle brüllend, rannte er davon, und innerhalb weniger Minuten verlangsamte das kleine Schiff seine Fahrt, bis es schließlich zum Stehen kam.

»Schnell!« sagte Kadiya zu ihrer Schwester. »Sieh dir das Piratenschiff noch etwas genauer an. Lassen sie Boote mit Haken zu Wasser, oder tun sie sonst etwas, das wie ein Versuch aussieht, meinen Talisman zu bergen?«

Anigel, über deren Augen ein Schleier lag, sagte zunächst nichts. Dann kam ihre Antwort: »Nein, ich sehe nichts dergleichen, nur Seeleute, die Taue aufwickeln und die aufgerollten Segel festbinden, und den raktumianischen Admiral, der mit einem der Offiziere spricht … Er sagt, daß sie gerade in der Ratsbucht angekommen sind. Aus Furcht, auf Grund zu laufen, hatten sie des Nachts nicht segeln können. Portolanus besitzt anscheinend ein Zaubergerät, mit dem man die Meerestiefe feststellen kann, aber es hat nicht richtig funktioniert, daher mußte die Triere jede Nacht vor Anker gehen … Bei der

Heiligen Blume! Portolanus selbst und seine Diener werden in Kürze an Deck erwartet!«

»Zeig es mir!« verlangte Kadiya.

Anigel befahl dem Talisman, die Vision zu teilen. Das Bild wurde etwas undeutlicher und übertrug keine Geräusche mehr. Trotzdem konnte Kadiya gut erkennen, daß jetzt drei Gestalten auf das Achterschiff des raktumianischen Schiffes heraustraten – ein Mann mittlerer Statur, der in einen purpurroten Kapuzenmantel gekleidet war, ein zweiter, der etwas stämmiger war und ein ähnliches Gewand in Gelb trug, und schließlich ein dritter, der recht klein und von Kopf bis Fuß in Schwarz gehüllt war. Hinter ihnen erschien der schon vertraute verschwommene Fleck, der die Anwesenheit von Portolanus kundtat. Als letzte kamen die Königliche Regentin Ganondri, die ein meergrünes Seidenkleid trug und sich in den drei Tagen ruhigen Wetters offensichtlich wieder völlig von ihrer Seekrankheit erholt hatte, und der bucklige junge König von Raktum, der niedergeschlagen und bleich aussah.

Die Helfer des Zauberers stellten sich jetzt nah beieinander an die reich mit Ornamenten verzierte Reling des Achterdecks und schienen Anigel und Kadiya direkt anzublicken. Der Zauberer, der ihren Blicken verborgen war, trat hinter ihnen hervor – und wurde plötzlich sichtbar. Er trug ein schneeweißes Gewand, aber keinen Hut, so daß sein flachsfarbenes Haar und sein Bart in der leichten Brise wehten. Als den beiden Schwestern der Atem stockte, winkte ihnen Portolanus in einer spöttischen Geste des Grußes zu. Er wußte offensichtlich genau, daß sie ihn beobachteten. Die Königliche Regentin und ihr Enkel entfernten sich so weit wie möglich von dem Zauberquartett, wandten jedoch keine Sekunde den Blick von ihm ab.

Das Grinsen auf Portolanus' Gesicht erstarb. Er schien zu wachsen, wurde groß und breitschultrig. Die Züge seines Gesichts waren plötzlich nicht mehr so verzerrt. Er stammelte einen Befehl, woraufhin die drei Gehilfen auf die Knie fielen. Mit erstaunlicher Kraft zog der Zauberer die Kapuzen zurück und enthüllte ihre geschorenen Köpfe, die er zu sich heranzog wie ein Obsthändler seine Melonen. Dann streckte er seine knochigen Hände weit auseinander, so daß die Finger alle drei Schädel berührten, und schloß die Augen.

»Dreieiniger Gott«, flüsterte Kadiya. »Seine Gehilfen! Siehst du sie, Schwester?«

Anigel war so entsetzt, daß sie nur nicken konnte. Die Augenhöhlen der drei knienden Männer hatten sich in leere, dunkle Gruben verwandelt, und sie selbst waren so reglos wie Statuen. Hinter ihnen öffnete Portolanus langsam die Augen und ließ seine Hände von den Köpfen seiner Diener gleiten. Unter den wirren, gelblichweißen Augenbrauen leuchteten jetzt zwei winzige weiße Sterne von blendender Helligkeit.

»Gut gemacht, Königin Anigel, Herrin Kadiya!« sagte er. Sie hörten ihn so deutlich, als stünde er neben ihnen.

»Er kann uns sehen!« sagte Anigel.

»Natürlich kann ich das«, erwiderte Portolanus grinsend. »Mit Hilfe meiner drei mächtigen Stimmen kann ich bis ans äußerste Ende der Welt sehen, und zwar so gut wie alles und jeden, und ich kann auch zu jedem sprechen! ... Ist das Wetter heute morgen nicht wundervoll? Ich muß zugeben, daß ich ruhiges Wetter vorziehe, und es war eine große Erleichterung für mich – und auch für meine Diener –, daß ich keine weiteren Unwetter herbeizuzaubern brauchte. Ich muß Euch und Eurem Kapitän gratulieren, daß Ihr mit Eurem kleinen Schiff eine so außerordentliche Geschwindigkeit erreichen konntet. Unsere raktumianischen Galeerensklaven sind recht erschöpft, nachdem sie seit dem Morgengrauen gerudert sind, um uns auf einer kleinen Abkürzung noch vor Euch hierherzubringen.«

»Ihr hättet Euren Zaubersturm weiterblasen lassen sollen«, entgegnete ihm Kadiya.

Portolanus tat ihre Bemerkung mit einem Schulterzucken ab. »Die Macht, die ich über den Sturm habe, reicht nicht aus, um die wechselhaften leichten Winde zwischen den Inseln unter dem Verlorenen Wind zu beeinflussen. Wie Ihr seht, haben wir trotzdem gesiegt – auf ganz natürlichem Weg. Aber jetzt warne ich Euch, nicht näher heranzukommen. Versucht nicht, in diese Bucht zu kommen oder Euch der Stelle zu nähern, an der der Talisman versunken ist, oder es wird etwas Schreckliches geschehen.«

Portolanus schnippte mit den Fingern. Aus dem Niedergang traten zwei bewaffnete Piraten hervor, zwischen sich einen schlaffen Körper. Ihnen folgte ein dritter Schurke mit gezogenem Schwert.

»Antar!« rief Anigel.

Der sternenäugige Zauberer lachte. »Ein Bild von einem König, nicht wahr? Und faul noch dazu. Er hat während der ganzen Reise von Taloazin bis hierher geschlafen. Aber jetzt ist es an der Zeit, ihn aufzuwecken. Mein Zauber wird es Euch gestatten, mit ihm zu reden.«

Er berührte den König von Laborwenda mit einem kleinen Stab. Sogleich rührte sich der besinnungslose Mann in den Armen seiner Wächter und hob den Kopf. Als er erkannte, daß er gefangen war, begann er, sich heftig zu wehren und den Zorn des Himmels auf Portolanus herabzurufen.

Der Zauberer schüttelte höhnisch den Kopf. »Ts, ts. Der königliche Gast lohnt unsere liebenswürdige Gastfreundschaft mit harschen Worten. Wir müssen ihm bessere Manieren beibringen.«

Sein schrumpliger Finger stieß nach vorne auf Antars Gesicht zu, und an seiner Spitze entzündete sich plötzlich eine orangefarbene Flamme. Portolanus sprach leise mit dem raktumianischen Krieger, der ein Schwert in Händen hielt. Anigel und ihr so weit entfernter Gemahl schrien zur selben Zeit auf, als dieser Mann jetzt Antars Haar ergriff und seinen Kopf nach hinten bog, so daß der blonde Bart von dem Zauberfeuer getroffen wurde. Ein knisterndes Geräusch war zu vernehmen, dann stieg eine Rauchwolke empor. Anigel brach vor Entsetzen in Tränen aus. Aber als Portolanus seinen Finger zurückzog, war nur das Haar des Königs und nicht sein Fleisch verbrannt.

»Stinkender Bastard!« schrie Kadiya und nahm die weinende Anigel in ihre Arme.

Portolanus tat ihre Worte mit einer gezierten Geste ab. »Das mag schon sein, denn ich kenne weder meinen Vater noch meine Mutter – und auf den raktumianischen Schiffen gibt es trotz all diesem geschmacklosen Zierat keine Badezuber. Aber ich rate Euch, Eure Zunge im Zaum zu halten, Herrin der Augen, damit meine nächste Demonstration für Euren Schwager nicht schmerzhafter wird.«

»Tut ihm nicht weh!« bat Anigel.

Die beiden Sterne im Schädel des Zauberers blitzten auf. Seine Stimme dröhnte im Geiste der Königin. »Ich werde ihn auf der Stelle freilassen – und Eure drei Kinder ebenfalls –, wenn Ihr mir den Talisman gebt, der das Dreihäuptige Ungeheuer genannt wird.«

»Nein! Ihr seid ein gemeiner Lügner! Ich ... ich glaube nicht, daß Ihr sie freilassen werdet! Ihr wollt uns alle tot sehen!«

Portolanus seufzte. »Dumme Frau. Wer hat Euch denn das erzählt? Eure Schwester Haramis? Sie ist doch nur eine unfähige Dilettantin der Zauberkunst, einer Kunst, die sie niemals verstehen wird. Sie weiß nichts von meinen Plänen. Gebt mir den Talisman! Die Krone ist Euch nur von geringem Nutzen – ein Apparat, mit dem Ihr andere beobachten könnt, und ein Symbol für ... der Himmel weiß für was.«

»Hör nicht auf ihn, Geliebte!« rief König Antar. »Befiehl deinem Talisman, ihn zu vernichten!« Der Mann hinter ihm setzte ihm sein Schwert an die Kehle, um Ruhe zu gebieten, aber der Zauberer machte eine gebieterische Geste, und der Piratenritter ließ widerstrebend seine Waffe sinken.

»Denkt darüber nach, Königin Anigel«, sagte Portolanus mit ernster Stimme. »Von welch echtem Nutzen war Euch denn das Dreihäuptige Ungeheuer in den vergangenen zwölf Jahren? Zugegeben, Ihr könnt Euch damit mit Euren beiden Schwestern über große Entfernung hin unterhalten. Aber ich werde Euch drei kleine Maschinen des Versunkenen Volkes geben, die Euch den gleichen Dienst erweisen!«

Wutentbrannt sprach Kadiya: »Und was werdet Ihr mir geben, Ihr Schwindler, das den Platz des Dreilappigen Brennenden Auges einnehmen wird? Und wird Euch die Erzzauberin Haramis ihren Talisman ebenfalls für ein wertloses Zauberspielzeug überlassen?«

175

Portolanus' liebenswürdiger Gesichtsausdruck verschwand. Er fuhr sie an: »Ich rede mit der Königin, Herrin, nicht mit Euch! ... Anigel, wenn Ihr den verlangten Preis nicht zahlt, werden Euer Gemahl und Eure Kinder gewiß sterben. Ich werde Euch sagen, wie Ihr sie retten könnt: Legt Euren Talisman in ein kleines Boot, das ihr davontreiben laßt. Ich werde zur gleichen Zeit Antar und die Kinder in ein Boot setzen. Der König kann um die Landspitze herumrudern und Euch bei dieser ruhigen See in weniger als zwei Stunden erreichen. Ich werde das Boot mit dem Talisman durch meine Zauberkraft zu mir bewegen. Wenn Ihr dann sofort Segel setzt und mit der Lyath in Euer Land zurückkehrt, werde ich Euch nicht folgen und Euch auch keinen Schaden zufügen. Das schwöre ich bei den Mächten der Finsternis.«

Anigel zögerte. Ihre Augen füllten sich mit Tränen, als sie Antar gewahr wurde, der den Kopf schüttelte und sie drängte abzulehnen. Der König bot einen jämmerlichen Anblick. Nach mehr als sieben Tagen des Hungers waren seine Augen tief in die Höhlen gesunken, und sein Gesicht sah völlig ausgezehrt aus. Der Talisman schien ein kleiner Preis zu sein für die sichere Rückkehr ihres Gemahls und der Kinder. Und doch hatte er sie gebeten, nicht nachzugeben ... hatte sie gedrängt, mit dem Talisman zu töten. Aber niemals hatte sie dem Zaubergerät bewußt einen solchen Befehl gegeben, und selbst jetzt, als das Leben ihres Gemahls auf dem Spiel stand, zögerte sie.

Kadiya schien den inneren Kampf ihrer Schwester zu spüren. »Tu das, was du für das Beste hältst«, sagte sie mit bedeutungsvoller Stimme.

Anigel schloß die Augen. *Talisman! Ich befehle dir bei den Herrschern der Lüfte, diesen verderbten Mann zu töten, der meinen Gemahl und meine Kinder gefangenhält! Ich befehle es dir! Ich befehle es dir!*

Die Königin öffnete die Augen und sah wieder die Vision des Talismans. Portolanus stand immer noch da, unverletzt. Es war nichts geschehen.

Kadiyas Augen trafen die ihren, und Anigel schüttelte kaum merklich den Kopf. Kadiyas Kiefer verkrampfte sich, als sie einen Ausruf der Enttäuschung unterdrückte. In ihrem

Herzen gab sie sowohl Anigel als auch dem Talisman die Schuld daran, daß der Zauber fehlgeschlagen war.

Die Königin versuchte, ihren Schmerz und ihre Enttäuschung zu verbergen, und sagte mit kaum hörbarer Stimme zu Portolanus: »Ich kann Euch meinen Talisman nicht geben.«

Die Enttäuschung des Zauberers hielt sich in Grenzen. »Eine sehr unglückliche Entscheidung, Königin. Aber Ihr werdet Euren Entschluß schon noch ändern. Jetzt werde ich Euch meinen guten Willen dadurch zeigen, daß ich weitere Mißhandlungen an König Antar unterlasse, solange Ihr dort bleibt, wo Ihr seid. Schwört mir bei der Schwarzen Drillingslilie, daß Ihr und Eure Schwester Kadiya nicht näher kommt!«

»Schwöre nicht!« rief der König, der sich jetzt von neuem wehrte. Aber gegen die beiden stämmigen Piratenritter, die ihn in ihrem Griff hatten, kam er nicht an.

»Ja!« rief Anigel sofort. »Ich schwöre es!«

Kadiyas Antwort kam nicht so schnell. »Ja«, stieß sie schließlich hervor. »Wir schwören bei der Heiligen Blume, daß wir uns nicht von der Stelle rühren werden. Aber wenn Ihr König Antar auch nur ein Haar krümmt, ist dieser Schwur hinfällig. Und wir werden Euch unablässig beobachten.«

»Aber bitte, ich habe nichts dagegen.« Der Zauberer lachte. Dann sagte er zu den raktumianischen Rittern: »Kettet ihn wieder mit den Galeerensklaven zusammen und gebt ihm eine kleine Schüssel von ihrem Fraß. Aber paßt auf, denn sein Magen kann nach so langem Fasten nicht viel bei sich behalten.«

Als Antar nach unten geschafft worden war, gähnte und streckte sich Portolanus ausgiebig. Anschließend erkannten Anigel und Kadiya, daß seine Augen wieder ihr gewohntes menschliches Aussehen angenommen hatten. In diesem Moment stöhnten die drei Diener des Zauberers laut auf und schienen in heftige Zuckungen zu verfallen. Ihre Gesichter sahen wieder genauso aus wie vorher, dann verdrehten sie die Augen und fielen auf das Deck nieder.

Portolanus drehte sich um, verneigte sich mit einer gezier-

ten Geste vor Ganondri und König Ledavardis und verließ
das königliche Achterdeck. Die Königliche Regentin redete
heftig auf ihren Enkel ein, der der Unterhaltung des Zauberers
mit den unsichtbaren Schwestern ehrfurchtsvoll gelauscht
hatte. Auch sie gingen jetzt von Deck. Dann kamen einige
Seeleute herbei und trugen die bewußtlosen Zaubergehilfen
weg.

Anigel beendete die Vision. »Was sollen wir jetzt nur tun?«
fragte sie sich. Sie trocknete ihr tränennasses Gesicht und setzte
sich auf ein Wasserfaß, da sie immer noch recht mitgenommen
war.

Kadiya blieb noch einige Minuten an der Reling stehen.
Schweigend blickte sie zur Küste der großen Insel hinüber, die
mit Wäldern bedeckt war. Auf dem blendendweißen Sand des
Strandes lagen hie und da rotschwarze Felsen verstreut. Das
Meer war von einem leuchtenden Azurblau, das näher am
Land in ein blasses Grün überging, auf dem die milchigweißen
Brecher verschlungene Muster bildeten, während sie sich
zwischen den verborgenen Riffen hindurch auf die Küste zu-
bewegten. Auf dieser Seite der großen Landzunge gab es keine
Anzeichen dafür, daß die Insel bewohnt war.

»Haramis' Plan sah vor, daß du meinen Talisman mit dem
deinen herbeirufst«, sagte Kadiya, als sie sich schließlich zu
ihrer Schwester umwandte. »Versuch es, selbst wenn wir noch
weit von der Stelle entfernt sind!«

»Daran habe ich überhaupt nicht gedacht«, sagte Anigel.
»Natürlich werde ich es versuchen.« Aber als sie die Augen
schloß und beide Hände auf den Drillingsbernstein legte, der
an der Vorderseite der Krone eingelassen war, zeugte ihr Gesichtsausdruck eher von Zweifel denn von Hoffnung.

»Talisman«, flüsterte sie, »ich befehle dir, mir das verlorene
Dreilappige Brennende Auge zu bringen.«

Ein halbes Dutzend Herzschläge lang geschah überhaupt
nichts, dann sprach Anigels Talisman zu ihr:

*Dies vermag ich nicht, es sei denn, Ihr haltet mich direkt
über die Stelle im Meer, an der der Talisman versunken ist.*

»Oh!« rief die Königin. »Hast du es gehört, Kadiya?«

»Ja«, sagte die Herrin der Augen. Ihr Gesicht nahm einen

178

wild entschlossenen Ausdruck an. »Du könntest es tun, wenn du dich unsichtbar machst und dich bis zum Schiff der Piraten durchschlägst. Es bleibt uns nichts anderes übrig, als unseren Schwur zu brechen ...«

»Kommt gar nicht in Frage!« wies Anigel sie zurecht. Obwohl sie grobe Seemannskleidung trug und ihr Gesicht tränenverschmiert war, sah sie immer noch aus wie eine Königin. »Ich werde weder meinen Schwur brechen noch dir erlauben, den deinen zu brechen.«

»Sei doch keine Närrin, Ani!« Kadiyas braune Augen schleuderten Blitze. »Wenn wir meinen Talisman nicht wiederbekommen, bevor ihn Portolanus in Händen hält, büßen wir jegliche Chance ein, Antar und die Kinder zu retten! Glaubst du, er wird sie einfach freilassen, nachdem er meinen Talisman an sich gebunden hat?«

»Ich ...«

»Oder hast du etwa vor, ihm trotz allem widerspruchslos deinen Talisman als Lösegeld für sie zu übergeben?«

»Natürlich nicht! Aber es muß einen ehrenhaften Weg geben, sie zu retten.«

»Ehre! Du bist so einfältig wie ein Volumnerkalb! Wie kannst du nur von Ehre schwafeln, wenn das Leben deiner Familie auf dem Spiel steht? Und mein Talisman?«

Anigel sprang von dem Faß herunter. »Dein Talisman! Das ist alles, woran du denkst, oder etwa nicht? Ohne ihn hast du keine Macht mehr. Das Sumpfvolk und die anderen Eingeborenen werden dich nicht länger verehren und dir nicht mehr folgen, und sie werden dich nicht länger ihre Große Fürsprecherin nennen, wenn du ihn nicht mehr hast, nicht wahr, Herrin der Augen? Und das ist auch gut so, sage ich! Dann wirst du nicht mehr in der Lage sein, Zwietracht unter ihnen zu säen.«

»Es gäbe keine Zwietracht, wenn menschliche Herrscher wie du nicht so blind wären angesichts der Ungerechtigkeiten, die den Eingeborenen zugefügt werden! Du und Antar habt doch meine Gesuche, ihnen die vollen Bürgerrechte zuzuerkennen, bis jetzt immer abgelehnt.«

»Und das aus gutem Grund!« entgegnete die Königin wütend. »Es würde unsere Wirtschaft zerstören, wenn wir den Seltlingen gestatteten, direkt mit anderen Ländern Handel zu treiben, anstatt über uns. Du weißt das nur zu gut, und doch hast du nicht nachgelassen, aufwieglerische Pläne unter den Wyvilo und den Glismak zu schüren und die Nyssomu und die Uisgu zu drängen, daß sie ihre Handelswaren zurückhalten, um einen Preisanstieg zu erzwingen.«

»Und warum sollten sie keine höheren Preise bekommen? Sie arbeiten hart und bekommen dafür nur eine lächerlich kleine Entlohnung. Du nennst sie Seltlinge! Ich sage, sie sind *Personen* und genausoviel wert wie jeder Mensch. Dir ist das Recht nicht angeboren, sie auszubeuten!«

»Wer hat ihnen denn gesagt, daß sie ausgebeutet werden?« verlangte die Königin zu wissen. »Wer hat denn die Unzufriedenheit in ihren einfachen Herzen gesät? Du! Ihre sogenannte Fürsprecherin! Oh, ich wollte nicht glauben, was Owanon und Ellinis und all die anderen über dich sagten – daß du es tief in deinem Innersten bereust, die Krone aufgegeben zu haben, und mich um meine Macht als Königin beneidest und die Eingeborenen nur deshalb aufwiegelst, um dich wichtig zu machen. Aber sie hatten recht!«

»Was für eine ungeheuerliche Behauptung!« rief Kadiya. »Du bist diejenige, die selbstgerecht und überheblich geworden ist und vergessen hat, wie uns die Eingeborenen geholfen haben, König Voltrik und Orogastus zu besiegen! Du denkst nur an das Wohlergehen deiner menschlichen Untertanen. Du *benutzt* diese armen nichtmenschlichen Völker doch nur, die dich um Gerechtigkeit bitten! Du fügst dich deinem labornikischen Gemahl, der in dem Glauben aufgewachsen ist, daß die Eingeborenen Tiere sind! Er hat dich aufgehetzt.«

»Wie kannst du es wagen, so von meinem geliebten Antar zu sprechen! Du bist so herzlos, daß du nichts von wahrer Liebe weißt! Alles, was du jemals gehabt hast, sind die eitlen Schmeicheleien dieses erbärmlichen Haufens aus Wilden. Sie sind wie die Kinder, und auch du hast das Gemüt eines Kindes! Du bist zum Bersten voll mit einem gefährlichen Zorn, der diese ungezogenen Gören zu Unruhestiftern macht. Für dich ist die einfachste Lösung für ein Problem immer die einzig richtige! Was weißt du schon davon, wie man über ein Volk herrscht und es vor Schaden bewahrt?«

»Ich weiß, was gerecht und was ungerecht ist«, sagte Kadiya, deren Stimme gefährlich leise geworden war, »und ich kenne den Unterschied zwischen einem echten Schwur und einem ungültigen, der unter Zwang erwirkt wurde. Tu, was du willst, Schwester, und verweigere mir die Hilfe deines Talismans, wenn es denn sein muß. Aber wenn du versuchst, mich davon abzuhalten, daß ich mir meinen Talisman auf meine Weise zurückhole, dann mögen sich die Herrscher der Lüfte deiner erbarmen – denn ich werde es nicht tun.«

Sie ging und rief nach Jagun und Lummomu-Ko, damit diese sich zu ihr gesellten, und wollte nicht antworten, als Anigel sie um Verzeihung für ihre aufgebrachten Worte bat und sie anflehte, zurückzukommen.

Anigel, die nicht einmal mehr die Kraft zum Weinen hatte, taumelte nach vorn zum Bug der Lyath und setzte sich zwischen die Taurollen auf den Boden. Den ganzen übrigen Tag lang beobachtete sie König Antar und ihre Kinder mit dem Talisman, und sie kundschaftete auch den Zauberer aus, obgleich sein Körper wieder nur als verschwommener Fleck zu sehen war. Mit bleierner Teilnahmslosigkeit sah Anigel zu, wie Portolanus und seine drei Gehilfen in ihrer Kabine Sprechgesänge und Zaubersprüche murmelten und geheimnisvolle Rituale vollführten, die sie nicht verstand. Abgesehen davon unternahmen sie keinen Versuch, Kadiyas Talisman zu bergen.

Auch Kadiya unternahm nichts. Nachdem sie sich mit ihren eingeborenen Freunden beraten hatte – was Anigel nicht mit ihrem Talisman beobachtete –, ging die Herrin der Augen nach unten in ihre Koje und schlief den ganzen Tag lang.

Am späten Nachmittag gab Anigel ihre Wache auf. Sie war gelangweilt, weil auf der Triere der Piraten nichts passierte, und schläfrig von der warmen Sonne und der sanft schaukelnden Bewegung der Noga. Jagun brachte ihr kühlen Ladusaft, danach fiel sie in einen sanften Schlummer. Sie wachte erst wieder auf, als es zu spät war, das Unglück zu verhindern.

12

»An Deck passiert etwas Merkwürdiges«, rief Prinz Nikalon
zu seinem Bruder und seiner Schwester hinunter. Es war mitten in der Nacht. In der Kettenkammer war es dunkel, bis auf
das schwache Licht der Sterne und des Mondes, das durch die
Klüsen hereinschien. Niki hing in einer der großen Öffnungen und sah nach draußen. »Ich höre Gesänge«, sagte er, »in
einer Sprache, die ich nicht verstehe.«

»Das muß der Zauberer sein«, antwortete Prinz Tolivar mit
unziemlicher Freude, »er verzaubert die Leute, die uns verfolgen. Wenn ich doch nur sehen könnte, wie er Blitze schleudert
und Ungeheuer herbeizaubert!«

»Dummkopf!« sagte Prinzessin Janeel zu ihm. Und dann
zu Niki: »Kannst du etwas an der Küste sehen?«

»Nur ein flackerndes Feuer hinten zwischen den Bäumen.
Auf dem Wasser sind keine Boote. Zwei der Sterne im Dreigestirn strahlen jedoch so hell, daß wir wahrscheinlich gesehen werden, wenn wir jetzt versuchen zu entkommen.«

»Wenn wir noch länger warten, segelt das Schiff vielleicht
wieder weg!« sagte Jan. »Wir sollten gehen, solange wir noch
können.«

»Das stimmt«, sagte Niki, »die Triere hat dieses Mal so nah
am Land geankert wie noch nie zuvor. Wir müßten nur etwas
mehr als eine Meile schwimmen.«

»Wie weit ist das?« fragte Tolo ängstlich.

»Tausend Ellen«, sagte Jan zu ihm. »Aber du brauchst keine
Angst zu haben. Niki und ich können dich ziehen, wenn du
müde wirst.«

»Ich will nicht mit«, heulte der kleine Junge mitleiderre-
gend. »Ich hasse Schwimmen. Dabei kriege ich immer Wasser
in die Nase.«

»Du würdest es noch mehr hassen, wenn dich die Piraten an
den Mast binden und als Zielscheibe für ihre Messer benutzen«, sagte der herzlose Niki.

Tolo brach in Tränen aus. Janeel lief zu ihm hin, um ihn zu
trösten, dann warf sie ihrem Bruder wütende Blicke zu. »Jetzt
sieh dir an, was du angerichtet hast, Niki! ... Komm schon,

Kleiner, Niki hat doch nur einen Scherz gemacht. Niemand wird dir etwas tun.«

»Ich will nicht mehr hierbleiben«, schluchzte der kleine Prinz. »Warum kommt nicht endlich jemand und rettet uns?«

»Ich bin sicher, daß Mama versucht ...«, begann sie, aber in diesem Moment waren Geräusche vor der Tür zu vernehmen, und sie zischte Nikalon zu: »Rutsch schnell wieder runter! Es kommt jemand!«

Kaum war es dem Kronprinzen gelungen, wieder auf die jetzt kleineren Kettenhaufen hinabzugleiten, als auch schon die Riegel der Tür heruntergenommen wurden. Der Quartiermeister Boblen war zu sehen mit einer Laterne in Händen, und hinter ihm der Koboldkönig, der ebenfalls eine Laterne trug.

Ledavardis drängte sich an dem Seemann vorbei und betrat die Kettenkammer. Er trug einen großen Sack, der merkwürdige Beulen hatte. »Warte draußen und schließ die Tür, Boblen. Ich will allein mit diesen unglücklichen Kindern sprechen.«

»Aber Sire! Es ist schon schlimm genug, daß Ihr meine Gutmütigkeit ausnutzt und Euch von mir hierherschmuggeln laßt.«

»Schweig! Glaubst du wirklich, diese Kinder hier könnten mir Schaden zufügen? Du wartest draußen!«

Boblen ging schimpfend hinaus. Als die Tür zu war, hängte Ledavardis seine Laterne an einen Nagel, dann kippte er flink den Inhalt des Sacks auf die rauhen Planken vor sich. Sie sahen einen Rettungsring aus Kork, ein Messer in einer Scheide, ein kleines Beil, ein flaches Bündel aus Segeltuch, einen Beutel aus Öltuch, in dem etwas Klumpiges steckte, eine Kürbisflasche mit Wasser und einen irdenen Krug, auf dem ein Tuch als Deckel festgebunden war.

»Bei der Heiligen Blume!« rief Prinz Niki leise aus. »Was ist denn das?«

»Ihr müßt versuchen, heute nacht zu entkommen«, sagte Ledavardis ohne jede Vorrede. »Portolanus hat heute den ganzen Tag damit verbracht, einen großen Zauber zu vollbringen, mit dem er ein versunkenes Zauberschwert aus den Fluten

183

heben will. Jeder auf dem Schiff wird zusehen, wenn er und seine drei Handlanger in etwa einer halben Stunde, wenn der dritte Stern aufgeht, die letzten Zaubersprüche aufsagen. Dann müßt ihr entfliehen. Sobald das Schwert gehoben ist, werden wir Anker lichten und sofort nach Raktum segeln.«

»Ich will aber nicht fliehen!« Tolo hatte wieder zu schluchzen begonnen. »Ich kann doch kaum schwimmen.«

»Der Rettungsring wird dir dabei helfen«, sagte König Ledavardis. »Wenn es sein muß, könnt ihr euch alle drei daranklammern und euch auf die Küste zubewegen, indem ihr leise mit den Füßen unter Wasser tretet. In diesem wasserdichten Beutel findet ihr etwas zu essen. Ihr könnt auch einige eurer Kleider hineinstecken, damit ihr trockene Sachen habt, wenn ihr an Land kommt. Das Paket aus Segeltuch enthält eine Angelschnur, Haken und eine Feuermuschel. Damit und mit dem Messer und dem Beil werdet ihr euch ernähren und schützen können, bis eure Leute euch retten.«

»Mama wird uns mit ihrem Talisman sicher schnell finden«, sagte Jan eifrig.

»Gibt es denn keine Möglichkeit, unseren Vater, den König, zu retten?« fragte Niki.

»Es ist aussichtslos«, sagte Ledavardis. »Er ist an eine Ruderbank gekettet, umgeben von Sklaven und den Seeleuten, die ihn bewachen. Ihr müßt euch retten. Ich habe gehört, wie sich meine Großmutter mit Portolanus gestritten hat. Irgendwie hat sie ihn dazu gebracht, ihr zu versprechen, daß *sie* den zweiten Talisman von Königin Anigel als Preis für euch und König Antar bekommt, wenn er den im Wasser versunkenen Talisman bergen kann. «

»Mama wird ihren Talisman niemals hergeben!« erklärte Niki voller Überzeugung. »Sie und ihre Ritter sind diesem Schiff hier bestimmt schon dicht auf den Fersen und werden uns alle bald retten.«

»Das mag schon sein«, erwiderte der König. »Aber ich weiß, daß Ganondri vorhat, eure Mutter dazu zu zwingen, ihr den Talisman zu übergeben. Portolanus ist es nicht geglückt, Königin Anigel durch leichte Folter eures Vaters zur Herausgabe des Talismans zu zwingen.«

»Oh!« rief Jan entsetzt aus.

Ledavardis fuhr fort: »Aber meine Großmutter ist aus härterem Holz geschnitzt. Sie hat vor, sich den zweiten Talisman unverzüglich zu beschaffen … indem Sie Euch, Nikalon, und Euch, Janeel, vor den Augen Eurer Mutter foltert.«

»Mich nicht?« fragte Tolivar und sah erleichtert aus.

»Tolo!« rief seine Schwester entrüstet. »Du solltest dich schämen!«

»Genug jetzt, Jan«, sagte der Kronprinz. »Wir haben keine Zeit für solche Kindereien.« Dann sagte Nikalon zu Ledavardis: »Wir werden für immer in Eurer Schuld sein, König, wenn es uns gelingen sollte zu entkommen. Würdet Ihr uns sagen, warum Ihr das tut?«

»Ich weiß es selbst nicht«, erwiderte Ledavardis ganz unglücklich. »Ich weiß nur, daß ich es einfach tun muß. Ich fürchte, euer Königlicher Vater ist verloren, und ich kann nichts tun, um ihm zu helfen. Aber euch kann ich helfen.« Er nahm die Laterne von dem Nagel. »Jetzt muß ich gehen, bevor ich vermißt werde. Es wird erwartet, daß ich dabei bin, wenn der Zauberer beginnt. Flieht, wenn der dritte Stern aufgeht. In dem kleinen Krug dort ist schwarze Stiefelwichse. Diese solltet ihr euch auf die Haut schmieren, damit ihr euch nicht verratet, wenn ihr wegschwimmt. Und jetzt – lebt wohl.«

Ledavardis schlüpfte zur Tür hinaus und schloß sie leise hinter sich. Einen Moment später hörten die drei Königskinder, wie der Riegel vorgeschoben wurde. Niki fiel auf die Knie und untersuchte den Inhalt des wasserfesten Beutels.

»Hier drin ist Schiffszwieback und Nußschokolade und Wurst. Wenn es uns gelingt, Fische zu fangen und Früchte zu finden, sollte das reichen. Unsere Schuhe und die Mäntel werden wir auch in den Beutel stecken. Wahrscheinlich schwimmt er auf dem Wasser und wir können ihn an diesen Schnüren hier hinter uns herziehen. Ich werde das Messer in meinem Hemd verknoten, und du, Jan, bindest dir die kleine Axt an den Gürtel deines Kleides. Jetzt sollten wir uns aber beeilen, damit wir bereit sind, wenn es an der Zeit ist.«

Tolo preßte sich an das feuchte Holz des Schiffsrumpfes. »Ich gehe nicht mit!«

»Doch, das wirst du!« sagte Nikalon mit scharfer Stimme. »Ich bin der Kronprinz und dein Bruder, und ich befehle es dir!«

»Du immer mit deinen dummen Befehlen, Niki! Im Wasser sind Tiere. Gefährliche Tiere! Ralabun sagt …«

Niki und Jan stöhnten gleichzeitig.

»Ralabun! Er erzählt doch nur alte Geschichten und Legenden der Seltlinge«, sagte Niki verächtlich.

»Ralabun sagt, daß es dort große Fische gibt, die dreimal so lang sind wie ein Mann«, beharrte der kleine Junge, »und ihre Münder sind so groß wie offene Türen, mit drei Reihen von Zähnen, die so scharf sind wie Schlachtermesser. Und es gibt große Teppiche aus schwimmenden Quallen, die einen töten können, wenn man sie berührt. Und im Süden lebt das Seeungeheuer Heldo. Seine Augen sind so groß wie Teller und seine Arme so stark wie Taue, mit Klauen am Ende. Und dann schlingen sie sich um dich und drücken, bis dir das Blut aus Ohren und Mund schießt.«

»Aber nein!« entgegnete Jan und nahm Tolo bei der Hand. »Solche Tiere gibt es nicht! Hier auf dem Schiff ist es gefährlich, wegen der Piratenkönigin und dem bösen Zauberer.«

»Der Koboldkönig sagte, daß Königin Ganondri nur dich und Niki foltern will«, sagte Tolo, »nicht mich.« Sein Gesicht zeigte einen störrischen und zugleich berechnenden Ausdruck.

»So etwas darfst du nicht sagen«, tadelte ihn Jan. »Und jetzt hör auf damit und zieh deine Schuhe aus.«

»Nein! Ich gehe nicht mit! Die Seeungeheuer werden mich fressen!«

»Verflucht sei Ralabun«, murmelte Niki. Er öffnete den Krug mit Stiefelwichse und fing an, sich diese ins Gesicht zu schmieren. »Schau, Tolo. Sehe ich nicht fürchterlich aus? Willst du dein Gesicht nicht auch schwarz bemalen? Wir werden alle so schauerlich aussehen, daß die Seeungeheuer bei unserem Anblick Reißaus nehmen werden!«

»Nein!« kreischte der Achtjährige. »Nein, nein, nein!«

Jan hob den Kopf und lauschte. »Horcht! Der Gesang an Deck, wird er jetzt nicht lauter?«

»Ja«, stimmte ihr Niki zu. Er sah sie an. »Komm, Jan. Mach dich fertig. Wenn diese kindische Heulsuse darauf besteht, den Dummkopf zu spielen, werden wir ihn einfach hierlassen.«

»Gut«, sagte Jan und tat so, als ob sie damit einverstanden wäre.

Die beiden älteren Kinder zogen ihre Schuhe aus und steckten sie in den Beutel. Jan zog sich ihren Rock nach vorne durch die Beine und band ihn an ihrem Gürtel fest, an dem sie auch die kleine Axt befestigte. Die beiden schwärzten sich Gesicht, Hände und die nackten Füße. Zum Glück war die inzwischen zerrissene und schmutzige Kleidung, die sie bei der Krönung in Zinora getragen hatten, von dunkler Farbe. Dann kletterte Niki an einer der Ankerketten hoch, zog den Sack und den Rettungsring hinter sich her und legte die Sachen auf die Winde, während Jan wieder versuchte, Tolo zu überreden. Aber er lief davon und versteckte sich hinter den beiden Stapeln der Ankerketten.

»Der dritte Stern erscheint gleich!« rief Niki leise. »Beeil dich!«

»Ich kriege ihn nicht zu fassen!« Jan war völlig verzweifelt.

»Ich werde nicht mit euch gehen!« rief Tolo. »Laßt mich in Ruhe!«

»Ich komme runter, und dann zwingen wir ihn dazu«, entschied Niki.

»Wenn ihr das tut«, warnte sie Tolo, »werde ich nach euch treten und schreien und euch beißen, während ihr mich davonschleppt, und dann werden die Piraten euch ergreifen und foltern!«

»Du verrückter kleiner Teufel!« Niki hatte fürchterliche Angst, obwohl er sein möglichstes getan hatte, um sie nicht zu zeigen. Die Widerspenstigkeit seines kleinen Bruders ließ seinen Mut vollends sinken. »Es würde dir ganz recht geschehen, wenn wir dich *wirklich* hierließen!«

»Ja! Laßt mich hier! Die Piraten werden mir nichts tun. Der Koboldkönig hat es gesagt. Macht euch um mich keine Sorgen. Ich bin nur ein zweiter Prinz. Ihr habt selbst gesagt, daß ich nicht viel Lösegeld wert bin.«

»Wir können ihn nicht hierlassen«, stöhnte Jan.

Nikis Antwort war nicht gerade ermutigend. »Und so wie es aussieht, können wir ihn auch nicht mitnehmen. Sollen wir hierblieben und uns um seinetwillen opfern? Es stimmt, daß Ledavardis gesagt hat, die Königliche Regentin würde ihn verschonen, weiß der Himmel, warum. Jetzt kann ich es dir ja sagen, Jan – ich habe eine Weile gedacht, daß keiner von uns dieses Schiff lebend verlassen würde, egal, ob Mama ihren Talisman als Preis für uns hergibt oder nicht. Es wäre geradezu ein Segen für Raktum, wenn sowohl Papa als auch die rechtmäßigen Erben der Zwei Königreiche von Laboruwenda getötet würden.«

»Du ... du glaubst also, es ist unsere Pflicht, einen Fluchtversuch zu unternehmen?« Die Prinzessin zitterte am ganzen Körper, ihre weit aufgerissenen Augen zwei kleine weiße Kreise im geschwärzten Gesicht.

»Ja, das glaube ich«, sagte Niki.

»Ich auch!« ertönte Tolos kleine Stimme. »Geht schon. Geht!«

Jan streckte die Arme nach ihrem kleinen Bruder aus. »Dann gib mir zum Abschied einen Kuß, mein Kleiner.«

»Nein«, sagte er, »denn du würdest mich packen und mitnehmen.«

Jans Augen füllten sich mit Tränen. »Dann leb wohl«, sagte sie und kletterte an der Kette entlang nach oben.

Tolo wartete, bis die beiden durch das Klüsenrohr nach draußen verschwunden waren. Dann kletterte auch er mühsam hinauf und sah hinaus. Am Horizont stieg gerade der dritte Stern auf, und vom Achterdeck drang Lärm herüber – lauter Gesang und ein sonderbar zischendes Geräusch, das sich wie ein lautes Feuerwerk anhörte, und das Knarren einer Winde oder eines anderen nautischen Gerätes. Der Junge sah zu dem Bogen der rechten Ankerkette hin, wo sich zwei undeutlich zu erkennende Gestalten tiefer und tiefer an den riesigen metallenen Gliedern nach unten hangelten. Schließlich erreichten sie das Wasser. Das Licht des Dreigestirns funkelte auf den leichten Wellen, so daß er nur mit Mühe die beiden Flecke erkennen konnte, die die Köpfe seiner beiden Geschwister waren. Langsam entfernten sie sich in Richtung der Insel, und bald schon konnte er sie nicht mehr sehen.

»Gut«, sagte Prinz Tolivar vollauf zufrieden zu sich selbst. »Jetzt bin ich sie endlich los! Ich weiß, was sie von mir denken: daß ich nur eine ungezogene Göre bin und eine Nervensäge und zu nichts zu gebrauchen. Aber eines Tages werde ich es ihnen zeigen.«

Vorsichtig kletterte er wieder an der Kette herunter. Unten in der Kammer angekommen, legte er alle drei Strohsäcke übereinander und machte ein dickes Bett daraus, das viel bequemer war. Jan hatte etwas von dem Essen für ihn zurückgelassen, und er legte sich nieder, kaute an einer Wurst und lauschte der unheimlichen Musik, die durch den Rumpf des Schiffes tönte.

»Eigentlich wollte ich ja Pirat werden«, sagte der kleine Junge zu sich selbst. »Aber das will ich jetzt nicht mehr. Piraten sind reich und mächtig, aber sie müssen die ganze Zeit auf See sein und sich übergeben, wenn schweres Unwetter herrscht oder sie Kämpfe mit anderen Schiffen austragen. Aber wenn ich groß bin, wäre ich lieber etwas, das noch besser ist als ein Pirat.«

Er lächelte in der Dunkelheit. »Wenn die Wache kommt, werde ich ihm sagen, daß er dem Zauberer eine Nachricht von mir bringen soll. Portolanus wird es doch sicher gefallen, einen echten Prinzen als Schüler zu haben.«

Jan und Niki hielten sich an dem Rettungsring fest und traten unablässig Wasser mit den Füßen, aber es sah so aus, als ob die Küste überhaupt nicht näher käme, obwohl die Triere hinter ihnen immer kleiner wurde. Nach einiger Zeit waren sie völlig erschöpft und konnten sich nur noch an den Ring klammern, während sie den Zauberbeschwörungen lauschten, die über das Meer zu ihnen drangen. Der monotone Gesang ging ohne Unterlaß weiter. Sie konnten nicht sehen, was auf dem Piratenschiff vor sich ging, aber zuweilen stieg rotes oder blaues

Licht in weitem Bogen in den Himmel auf und fiel dann wieder zurück auf das Wasser.

»Hast du dich etwas ausgeruht?« fragte Niki seine Schwester.

»Ja«, sagte sie. »Laß uns weitermachen.«

Sie fingen wieder an zu treten, wobei sie darauf achteten, daß ihre Füße nicht das Wasser aufwirbelten und kein Planschen zu hören war. Nach einiger Zeit brannten die Muskeln in ihren Beinen wie Feuer, und ihre Finger wurden taub von der Anstrengung, sich an den Seilen festzuhalten, die um den Rettungsring geschlungen waren. Treten ... treten ... treten. Sie hörten ihre keuchenden Atemzüge und das Hämmern ihrer angestrengten kleinen Herzen.

Die beiden kümmerten sich inzwischen gar nicht mehr darum, wo sie hinschwammen. Sie lagen einfach nur da, hatten die Wangen an den rauhen Segeltuchüberzug des Rettungsringes gepreßt und bewegten ihre Beine, was sie jetzt unendlich viel Mühe kostete. Jan verlor den Halt, ging unter, schluckte Wasser und fing an zu husten. Sie konnte einfach nicht anders – sie strampelte wild im Wasser herum und schnappte keuchend nach Luft. Als sie sich wieder erholt hatte, tröstete Niki sie und sagte, daß sie jetzt schon zu weit von dem Piratenschiff weg seien und niemand sie gehört haben konnte. Aber Jan fing vor Erschöpfung an zu weinen.

»Ich kann nicht mehr schwimmen. Ich werde sterben, Niki. Schwimm ohne mich weiter.«

Vorsichtig zog er sich zu ihr hin, umklammerte mit der einen Hand fest den Ring und schlug ihr mit der anderen ins Gesicht.

»Au! Du gemeiner Kubar!« schrie sie.

»Tritt!« brüllte er sie an. »Tritt, Jan! Und halt dich am Ring fest! Wenn du es nicht tust, werde ich dich wieder schlagen!«

Immer noch schluchzend tat sie, wie er ihr geheißen hatte.

Plötzlich war das Meer nicht mehr glatt mit kleinen Wellen, die sich um sie kräuselten, sondern stieg empor. Auf und ab wurden sie geschleudert, bis sie schließlich immer höher und höher stiegen, emporgetragen von einer mächtigen Welle. Jan fing wieder an zu schreien, aber Niki rief ihr zu: »Halt dich am Ring fest! Halt dich fest!«

Der Brecher rollte auf die Küste zu, und sie wurden zu dem Wellenkamm gezogen. Vor ihnen war ein regelmäßig wiederkehrendes, donnerndes Geräusch zu hören und um sie herum ein Fauchen, das zu einem ohrenbetäubenden Zischen anschwoll, als die Welle an Geschwindigkeit und Höhe gewann. Jans Finger verloren ihren Halt am Rettungsring. Ihr Schrei wurde von den Fluten erstickt, die über sie hereinbrachen. Ihr Mund füllte sich mit Salzwasser, und sie spürte, wie sie kopfüber in eine brüllende Finsternis geschleudert wurde. Es gelang ihr, den Atem anzuhalten und mit Armen und Beinen zu paddeln, obwohl diese doch nur wenige Augenblicke zuvor nur nutzloser Ballast gewesen waren.

Nach oben! Zurück an die Oberfläche! Mit aller Kraft ruderte sie mit den Armen und trat mit den Beinen. Leuchtende Blasen. Ihr Kopf stieß durch die Wasseroberfläche. Schäumende Brandung um sie herum. Das langsame, rhythmische Geräusch der Wellen, die sich an der Küste brachen …

Ihre Füße spürten festen Boden unter sich.

Eine große Welle brach über sie herein und drückte sie wieder unter Wasser, aber gleichzeitig warf sie Jan ein Stück nach vorn. Ihre Knie scheuerten sich am Sand auf. Sie drückte ihren Kopf nach oben und holte tief Luft, dann kroch sie auf allen vieren vorwärts. Das Meer war sehr warm, und in dem flachen Wasser um sie herum wiegten sich nur kleine Wellen, die ihr Mut machten, als sie sich schließlich aus dem Wasser kämpfen konnte und auf dem Sand zusammenbrach.

Erst nach langer, langer Zeit dachte sie an Niki. Dann verspürte sie ein schneidendes Schuldgefühl, das ihr neue Kraft verlieh. Er hatte ihr Leben gerettet, indem er sie geschlagen hatte. Sie war ein Feigling gewesen, hatte aufgeben wollen, und er hatte sie gezwungen zu überleben. Jan setzte sich auf. Ihre Füße wurden vom Meer umspült, als sie die Küste zuerst in der einen, dann in der anderen Richtung absuchte. Das Licht des Dreigestirns war irreführend, und überall am Strand lagen dunkle Felsen und kleine Hügel aus Seegras herum, die sie für den Körper ihres Bruders hielt. Aber schließlich sah sie den unverwechselbaren, weißen Umriß des Rettungsringes, der ein Dutzend Ellen von ihr entfernt lag, und sie kroch darauf zu. Niki lag genau dahinter. Er atmete, öffnete aber nicht die Augen, als sie seine Schulter schüttelte. Der Sack aus Ölhaut war immer noch oben auf dem Rettungsring festgebunden, und sie suchte in Nikis Hemd nach dem Messer, schnitt den Beutel auf und nahm einen trockenen Mantel heraus. Dann legte sie sich ganz dicht neben ihn, bedeckte ihrer beider Körper mit dem Mantel und überließ sich der herannahenden Finsternis.

Bis der Schmerz sie aufweckte.

»Hör auf, meiner Schwester weh zu tun!«

Es war Nikis Stimme. Jan stöhnte. Als der zweite Schlag ihre schmerzenden Rippen traf, schrie sie auf. Niki brüllte wie wild, und sie hörte rauhes Gelächter. Benommen öffnete sie die Augen – und machte sie gleich wieder zu, um den Schrecken nicht mehr sehen zu müssen.

Es war ein Alptraum! Sie mußte träumen ... aber als ein dritter Schlag sie traf, wußte sie, daß alles grausame Wirklichkeit war.

Eine brennende Fackel, in deren Licht sie drei große Wesen mit glühenden gelben Augen und abscheulichen Gesichtern sah. Aus ihren Schnauzen ragten bleiche Stoßzähne hervor. Eingeborene. Sie ähnelten den wilden Glismak, sahen aber noch häßlicher und grausamer aus. Zwei von ihnen trugen kurze Kilts, die mit schimmernden Perlen besetzt waren, und hatten sich mit unzähligen Muschelketten geschmückt. In den Händen hielten sie große, mit dreieckigen Tierzähnen besetzte Keulen aus Holz. Einer von ihnen trug eine Fackel. Der dritte, der viel größer und noch prächtiger geschmückt war, trug ein feingearbeitetes Schwert an seiner Seite, das wie ein Schwert der Menschen aussah, und eine riesige Perle um seinen Hals. Er stand da und sah mit verschränkten Armen auf die beiden Kinder hinunter, die ein Bild des Jammers boten.

Der Krieger, der Jan mit seinen stummelartigen, klauenbewehrten Schwimmfüßen getreten hatte, deutete jetzt auf sie und Niki und stieß einen zufriedenen Satz in seiner Sprache hervor. Er deutete hinaus auf das Meer, wo die raktumianische Triere vor Anker lag, hell erleuchtet wie ein Vergnügungsschiff, von dem Raketen abgeschossen wurden.

Der hünenhafte Eingeborene machte ein finsteres Gesicht und bellte eine Frage.

»Ich verstehe dich nicht«, sagte Niki, der jetzt wieder ganz ruhig war. »Sprichst du die Sprache der Menschen?«

»Ja«, krächzte das Wesen. »Ich bin der Oberhäuptling Har-Chissa von den Aliansa. Wer seid ihr, und was habt ihr hier zu suchen? Den Menschen ist es verboten, diese Inseln zu betreten. Und doch haben es zwei eurer Schiffe gewagt, genau vor unserer geheiligten Ratsinsel Anker zu werfen, während zahllose andere näher kommen. Seid ihr von diesem Schiff dort gekommen?«

»Ja.« Niki wischte sich etwas Sand aus dem Gesicht und versuchte, so zu reden, wie es sich für seine hohe Stellung geziemte. »Ich bin Kronprinz Nikalon von Laboruwenda, und das ist meine Schwester, Prinzessin Janeel. Wir wurden von unseren Feinden gefangengehalten und sind entkommen.«

»Wem gehört das große Schiff?« wollte Har-Chissa wissen.

»Es gehört dem Piratenstaat Raktum. Es ist schwer bewaffnet, und außerdem ist ein mächtiger Zauberer an Bord.«

Der Häuptling redete in seiner Sprache auf die anderen Krieger ein, dann wandte er sich wieder Niki zu. »Und das zweite Schiff – das kleinere, das hinter der Landzunge ankert. Wem gehört das?«

Jan spürte ein Prickeln auf der Haut. Wem gehörte es? Konnten es die lang ersehnten Retter sein? Konnte es ihre Mutter sein?

»Ich weiß nicht, wem dieses Schiff gehört«, sagte Niki. »Es könnte unseren eigenen Leuten gehören, die gekommen sind, um uns zu retten. Wenn das Schiff aus Laboruwenda ist, wirst du eine hohe Belohnung erhalten, wenn du meine Schwester und mich dorthin bringst.«

Der Oberhäuptling brach in schallendes Gelächter aus und sagte einige Worte zu seinen Gefährten. Auch diese fingen an zu lachen. Dann griff Har-Chissa mit seiner riesenhaften, mit drei Klauen bewehrten Hand nach unten, packte den Prinzen in seinem nassen Haar und zog ihn schmerzhaft nach oben. Die Kinder sahen die geifernden Zähne des Seeseltlings, die im Licht des Dreigestirns schimmerten.

»Euch zu ihnen bringen! Was seid ihr doch für unverschämte Junge! Noch vor dem Morgengrauen werden beide Schiffe von unseren Kriegern versenkt werden, und ihre Mannschaften werden den Fischen als Abendessen dienen. So gehen die Aliansa mit frechen Eindringlingen um! Was euch beide betrifft, so wartet etwas ganz Besonderes auf euch.«

»Und was ist das?« fragte Niki, der verzweifelt versuchte, seine Würde zu bewahren.

»Es gibt bei uns einen Brauch«, sagte Häuptling Har-Chissa. »Jene, die es wagen, unaufgefordert den Fuß auf unsere Inseln zu setzen, müssen sich zu den Trommeln gesellen.«

»Den … den Trommeln?« Jan versagte die Stimme.

Har-Chissa ließ Niki los, so daß dieser fast auf Jan fiel. Dann gab der Häuptling einen Befehl, und die zwei Krieger fingen an, den Prinzen und die Prinzessin mit groben Stricken zu fesseln.

»Was meinst du damit: sich zu den Trommeln gesellen?« rief Niki. »Was werdet ihr mit uns machen?«

»Euch von eurer Haut befreien«, sagte der Anführer der Aliansa. »Ihr beide werdet recht kleine Trommeln abgeben, aber vielleicht ist ihr Klang interessant.«

13

Königin Anigel wachte spät am Abend mit stechenden Kopfschmerzen auf. Das Dreigestirn stand am Himmel, und auf der Lyath war alles ruhig. Sie ging unter Deck, um sich etwas zu essen zu suchen und nach ihrer Schwester zu sehen, aber Kadi war nicht in dem winzigen Salon der Noga. Sie antwortete auch nicht, als Anigel nach ihr rief.

Anigel spürte, wie sich ihr Magen verkrampfte. Sie ging zum Vorschiff und fragte Jagun aus. Ihre schlimmsten Befürchtungen wurden bestätigt, als der kleine Nyssomu zögernd zugab, daß Kadiya vor über einer Stunde von Bord gegangen war, in Begleitung von Lummomu-Ko und zwei anderen Wyvilo, Mok-La und Huri-Kamo.

Völlig außer sich eilte Anigel an Deck und befahl ihrem Talisman: »Zeig mir Kadiya!«

Im Geiste sah sie das Licht des Dreigestirns auf der jetzt ruhigen See. Eines der Rettungsflöße von der Lyath schwamm auf dem Meer. Es war wenig mehr als eine Plattform aus dickem Bambus, kaum zwei Ellen im Quadrat, und über und über mit Seetang beladen, so daß es eher aussah wie treibendes Wrackgut. Zuerst schien es, als ob sich kein lebendes Wesen bei dem Floß befand. Aber dann erspähte Anigel inmitten des Tangs das Leuchten gelber Augen, und sie erkannte, daß sich die drei Wyvilo an den Rand des Floßes gehängt hatten und nur ihre Köpfe aus dem Wasser ragten, auf die sie ebenfalls Seetang gehäuft hatten. Das Floß schien trotz der Windstille schnell vorwärts zu kommen. Zweifellos trieben es die Wyvilo unter Wasser mit ihren Füßen an, die mit Schwimmhäuten ausgestattet waren.

Kadiya konnte sie nicht sehen, aber sie war sicher bei ihnen.

»Aber was will sie denn damit nur erreichen?« rief Anigel wütend aus.

»Große Königin, die Weitsichtige hat vor, das Flaggschiff der Piraten zu versenken«, sagte Jagun. »Sie hofft, daß Portolanus an der feindlichen Küste strandet und sie dadurch Zeit gewinnt, um ihren Talisman zu bergen.«

Die Stimme des Nyssomu lenkte Anigel ab, und die Vision löste sich auf. »Herrscher der Lüfte! Ist Kadi denn nicht bewußt, daß der Zauberer sich mit seinen verdammten Zaubermaschinen schützt? Er wird sie und die Wyvilo entdecken und töten!«

»Die Weitsichtige und ihre Krieger haben vor, sich dem raktumianischen Schiff mit dem getarnten Floß zu nähern und dann unter Wasser zu schwimmen. Ich habe sie angefleht, nicht zu gehen, aber sie ließ sich nicht davon abbringen.«

»Wenn ich doch nur rechtzeitig aufgewacht wäre!«

Jagun ließ den Kopf hängen. »Große Königin, es schmerzt mich, Euch dies sagen zu müssen, aber der Fruchtsaft, den ich Euch heute nachmittag gebracht habe, enthielt einige Tropfen Tiloextrakt, ausreichend, um einen kurzen, tiefen Schlummer herbeizuführen. Meine Herrin befahl es mir, und da ich wußte, daß es Euch nicht schaden würde, habe ich gehorcht.«

»Dadurch hast du Kadiya vielleicht den Tod gebracht«, sagte die Königin schonungslos.

»Ja«, sagte der kleine Mann mit brechender Stimme. »Aber sie hat mich angefleht, bei meiner Liebe zu ihr, es zu tun. Sie sagte, es sei ihre einzige Chance, den Talisman zurückzubekommen, und daß sie ohne ihn lieber tot sein wolle.«

»Diese Närrin!« rief Anigel aus. »Wenn sie das Piratenschiff versenkt, was wird dann aus Antar und den Kindern, die unter Deck eingesperrt sind? Man wird sie in der Aufregung vielleicht vergessen!«

Jagun traten vor Kummer fast die großen Augen aus den Höhlen. »Ich fürchte, die Weitsichtige hat nicht daran gedacht.«

»Nein«, entgegnete die Königin erbittert. »Natürlich nicht. Ihr Talisman ist das einzige, woran sie denkt.« Anigel dachte einen Moment nach. »Jagun, rufe die Begleiter meiner Schwester in der Sprache ohne Worte an und sage ihnen, daß sie Kadiya an die Gefahr für meine Familie erinnern sollen. Sag den Wyvilo auch, daß ich, wenn sie dieses haarsträubende Unternehmen nicht sofort abbricht, gezwungen bin, Portolanus vor ihrer Ankunft zu warnen.«

»O Große Königin, das werdet Ihr doch nicht tun!«

»Ich weiß nicht, ob ich es tun werde oder nicht! Laß uns beten, daß die bloße Androhung ausreicht, um Kadi wieder zur Vernunft zu bringen! ... Jetzt sprich mit ihr, während ich beobachte, was auf dem raktumianischen Schiff geschieht.«

Anigel befahl ihrem Talisman, ihr den Kettenraum im Bug des Schiffes zu zeigen, in dem ihre Kinder eingesperrt waren. Die Vision war sehr undeutlich, und sie sah, wie sich der kleine Tolivar an einer Kette festklammerte und zu der weit offenstehenden Klüse hinausblickte. Auf dem Boden konnte sie eine unförmige Masse aus Strohsäcken und Decken erkennen, und sie dachte, daß Niki und Jan wohl schliefen. Dann rief sie ein Bild von Antar herbei und stellte fest, daß er sich unter Deck in einer engen Kammer befand, die nur von einer flackernden Kerze in einer Lampe erleuchtet wurde. Er unterhielt sich freundlich mit einer Gruppe von Galeerensklaven darüber, ob er sich ihnen wohl anschließen mußte, wenn sie die Galeere zurück nach Raktum ruderten. Ein Fußgelenk des Königs war an die Kette gelegt, und man hatte ihm seine königlichen Gewänder ausgezogen, so daß er jetzt fast so aussah wie die Galeerensklaven, mit Ausnahme seines Körpers, der sauber war und noch keine Narben von der Peitsche trug.

Zufrieden darüber, daß ihrer Familie nichts geschehen war, befahl Anigel dem Talisman, ihr Portolanus zu zeigen.

Er stand auf dem Achterdeck, auf dem rückwärtigen Teil des Hochdecks, und war für Anigels weitsichtiges Auge deutlich sichtbar. Entweder kümmerte es ihn nicht, daß sie ihn beobachtete, oder er mußte für die Beschwörung, die er gerade vollführte, all seine Zauberkraft aufbringen, so daß er seine Gestalt nicht mehr verbergen konnte. Seine Augen sahen wieder aus wie Sterne und leuchteten strahlend hell, als er Gesänge in einer fremden Sprache von sich gab. Seine drei Gehilfen waren wieder in ihrer abstoßenden Trance. Steif und starr knieten sie Seite an Seite an Deck, wie reglose Riesenpuppen, denen jemand gelbe, purpurrote und schwarze Gewänder angezogen hatte. Zu Füßen des Zauberers, auf einem Kissen aus Platingewebe, lag die Sternentruhe.

Zwei Seeleute, die vor Angst fast von Sinnen waren, standen neben einem kleinen Mastenkran, der auf dem vor Gold und Zierat nur so strotzenden Paradedeck seltsam fehl am Platz wirkte. Der lange Arm des Krans ragte über das Heck des Schiffes hinaus, und daran hing ein Seil mit einem Haken am Ende. An dem Haken, nur eine oder zwei Ellen über dem Wasser, baumelte ein noch alltäglicherer Gegenstand herab: eine Schaufel mit einem breiten Blatt. Fast alle Seeleute und Offiziere des Schiffes und auch die Königliche Regentin Ganondri, der junge König Ledavardis und ihr Gefolge hatten sich auf dem Hauptdeck versammelt und beobachteten das Treiben des Zauberers, so gut sie konnten.

Jagun berührte Anigel zaghaft am Arm.

Sie ließ das Bild verschwinden und fragte ihn: »Ist meine Schwester bereit, von ihrem Tun abzulassen?«

»Große Königin, sie war voller Reue, als ich sie an die große

Gefahr für den König und die Kinder erinnerte. Sie schwört bei der Heiligen Blume, daß sie nichts unternehmen wird, was sie gefährden könnte. Sie hat ihren Plan aufgegeben, das Piratenschiff zu versenken.«

»Dem Dreieinigen sei Dank! Sie ist also wieder auf dem Rückweg?«

Jagun zögerte, dann schüttelte er den Kopf. »Sie sagt, sie will das Schiff beobachten, und wenn es eine Möglichkeit gibt, den Zauberer vom Diebstahl ihres Talismans abzuhalten, ohne der Königlichen Familie zu schaden, dann muß sie es versuchen. Ich bat die Wyvilo, sie davon abzubringen, aber sie wollte nicht nachgeben.«

Anigel biß sich auf die Lippen. Das würde genügen müssen, aber verflucht sei Kadis Starrköpfigkeit!

Jagun zuckte zusammen, als er des Zorns in ihren Augen gewahr wurde, und sie empfand Mitleid mit ihm, der hin- und hergerissen wurde zwischen der Treue zu seiner Herrin und der sicheren Gewißheit, daß das, was sie getan hatte, nicht nur vergeblich, sondern geradezu verhängnisvoll war. Es war nicht die Schuld des armen alten Mannes, daß Kadiya so eine eigensinnige Unruhestifterin war.

»Jagun, willst du an der Vision des Piratenschiffes teilhaben?«

»O ja, Große Königin!«

»Dann nimm meine Hand«, sagte Anigel, »und wir werden uns zusammen ansehen, was jetzt geschieht.«

An ihrem Ankerplatz im tiefen Wasser ragte die Triere in den Nachthimmel auf wie ein schwimmendes Schloß, das für einen Galaball geschmückt worden war. Aus vielen Bullaugen strömte Lampenlicht heraus, und auf den vielen Decks und selbst in der Takelage der drei Masten waren unzählige Lichter zu sehen. Die goldenen Blätter und die glänzenden Emailarbeiten, mit denen die Schnitzereien des Flaggschiffes verziert waren, schimmerten hell, und die auf Deck versammelten Raktumianer in ihrer farbenprächtigen Kleidung waren für jene, die sie vom Wasser aus beobachteten, deutlich sichtbar.

»Sie werden von all dem Licht dort ganz geblendet sein«, flüsterte Lummomu-Ko der neben ihm schwimmenden Kadiya zu, »und uns nicht sehen, wenn wir uns vorsichtig nähern.«

Langsam paddelten die drei großen Eingeborenen und die Menschenfrau mit den Füßen. Nur ihre Hände, mit denen sie sich am Floß festhielten, und ihre Köpfe, die vom Seetang fast verborgen waren, ragten aus dem Wasser heraus. Sie näherten sich der Triere vom Bug her, da die Aufmerksamkeit aller auf das Heck gerichtet war, wo die Gesänge des Portolanus immer frenetischer wurden. Wieder und wieder kreischte er dasselbe Wort, aber seine Stimme war inzwischen so überanstrengt, daß die Eindringlinge nicht verstanden, was er sagte.

»Die Kinder sind im Vorderpiek, im Kettenraum«, sagte Kadiya leise. »Bei dem Durcheinander auf dem Achterschiff dürfte es ein leichtes sein, die Ankerketten hinaufzuklettern und sie zu retten. Die Rettung König Antars ist viel schwieriger. Wenn die Piraten ihn nicht verlegt haben, ist er immer noch im untersten der drei Quartiere für die Ruderer auf der zur Küste gelegenen Seite des Schiffes eingesperrt. Aber ich sehe keine Möglichkeit, zu ihm zu gelangen. Die Löcher im Rumpf für die Ruder sind zu klein für uns.«

»An der Seite des Schiffes muß es Ladeluken für das Beladen von Vorräten und das Entladen von Abfällen und Unflat geben«, sagte Lummomu. »Man wird diese Dinge sicher nicht durch den gesamten Rumpf eines so großen Schiffes zerren.«

»Die Luken am Schiff sind sicher fest verschlossen und außerdem zu weit über der Wasseroberfläche, als daß wir sie erreichen könnten«, sagte Mok-La, ein schlauer Wyvilo-Holzfäller, der fast ebenso stark war wie Lummomu. »Aber wir könnten vielleicht in die Quartiere der Ruderer gelangen, wenn wir durch die Ankerklüsen hineinsteigen und dann aus der Kettenkammer in den Bugladeraum ausbrechen.«

»Mit den Streitäxten, die wir mitgebracht haben, sollte uns das bei einiger Vorsicht eigentlich gelingen«, stimmte Huri-Kamo zu, der dritte Wyvilo, der für seinen Einfallsreichtum und sein Geschick bekannt war. Ihn hatte Kadiya auch um Rat gefragt, als es um das Versenken des Piratenschiffes ging, und er hatte sogleich einen guten Plan entwickelt, den sie jetzt allerdings notgedrungen aufgegeben hatten.

Mok-La überlegte laut: »Fast die gesamte Mannschaft wird an Deck sein und zusehen, wie der Zauberer den versunkenen Talisman aus dem Meer holt. Mit etwas Glück können wir zu dem Teil des Schiffes vordringen, in dem der König gefangengehalten wird, mögliche Wachen dort überwältigen und ihn befreien.«

»Es könnte funktionieren«, sagte Lummomu. »Sollen wir es wagen, Herrin der Augen?«

Kadiyas Antwort war so leise, daß die Wyvilo sie kaum hören konnten. »Es ist unverzeihlich, daß ich so selbstsüchtig war und nicht daran gedacht habe, daß wir Anigels Familie durch unser Vorhaben in Gefahr bringen. Das kann ich nur wiedergutmachen, indem ich sie zu retten versuche. Wenn es mir mit eurer Hilfe gelingt, meine Freunde, hat die Seele meiner Schwester wieder ihren Frieden, und ihr Talisman ist vor dem bösen Zauberer sicher. Wenn wir versagen … verlieren wir vielleicht unser Leben, aber das wird Anigels Lage nicht noch mehr verschlechtern.«

»Wir stehen Euch zu Diensten, Herrin, selbst wenn das für uns den Tod bedeuten sollte«, sagte der Anführer des Wyvilo-Stammes. Die beiden anderen Krieger grunzten zustimmend.

»Nun gut«, sagte sie. »Wir werden folgendermaßen vorgehen: Zuerst nehmen wir das Floß auseinander. Die Seile daran werden jenen von Nutzen sein, die mit dem König entkommen, denn wir alle können von hier aus mühelos zur Küste schwimmen. Nachdem wir die Kette hinaufgeklettert sind, nehmen Lummomu und Huri die Seile und versuchen, den König zu finden und zu befreien. Laßt uns hoffen, daß sie das Schiff durch eine der Ladeluken wieder verlassen können, indem sie sich an den Seilen herablassen. Ich werde mit dem kleinen Tolo die Ankerkette hinunterklettern, während Mok hier Niki und Jan über die andere Kette ins Wasser bringt. Wir werden mit den Kindern so schnell, wie wir nur können, zur Küste der Ratsinsel schwimmen. Gelingt es Lummomu und Huri, Antar zu befreien, werden sie mit ihm zur Küste

200

schwimmen. Wenn der König nicht gefunden werden kann oder das Schlimmste eintrifft, werden sich jene auf der Insel bis Tagesanbruch verstecken und dann versuchen, sich durch den Wald bis dorthin durchzuschlagen, wo die Lyath vor Anker liegt. Dort können wir Anigels Aufmerksamkeit auf uns lenken und sind dann mit etwas Glück schon weg, bevor die raktumianische Triere uns einholt. Einverstanden?«

Die Wyvilo grunzten.

Und so bewegten sie das Floß vorsichtig unter den Vordersteven des mächtigen Schiffes, wo es von Deck aus nicht zu sehen war. Behutsam lösten sie die Seile, mit denen das Bambusfloß zusammengehalten wurde, und knüpften die vielen kurzen Seile zu einem langen zusammen. Dann schwammen die Retter zu den Ankerketten und kletterten leise die riesigen Glieder hinauf.

Von Deck kam ein lauter Schrei. Einen Moment lang fürchteten Kadiya und die Wyvilo, daß man sie entdeckt hatte; aber dann vernahmen sie vom Achterschiff ein lautes Platschen und noch mehr Geschrei und Gebrüll, und sie erkannten, daß der Tumult nur die Reaktion auf die Zauberei war, die Portolanus gerade vollführte. Jetzt gaben die Retter jegliche Vorsicht auf und kletterten, so schnell sie konnten. Nach wenigen Minuten hatte Kadiya die Klüse auf ihrer Seite des Schiffes erreicht und fand sich Auge in Auge mit dem kleinen Prinzen Tolivar.

»Tante Kadiya!« rief das Kind überrascht. Aber es schien eher bestürzt denn erfreut zu sein.

»Wir sind gekommen, um dich zu retten«, sagte sie. »Das geht am einfachsten, wenn du jetzt wieder nach unten kletterst und dort bei Niki und Jan wartest. Beeil dich!«

»Aber ich will gar nicht …«

»Mach jetzt keinen Ärger!« fuhr Kadiya ihn an. »Beeil dich! Wir dürfen keine Zeit verlieren. Meine Wyvilo-Freunde hier müssen König Antar suchen und ihn retten, bevor der Zauberer entdeckt, was wir vorhaben.«

Mit verwirrter Miene verschwand Tolo aus der Öffnung, und Kadiya kletterte mühelos hinein. Ihr folgte Mok-La, der leise fluchte angesichts des engen Lochs, durch das sein mächtiger Körper nur mit Mühe hindurchpaßte. Lummomu und Huri waren schon durch die andere Klüse hereingekommen und ließen sich gerade an der Ankerkette nach unten.

»Beim heiligen Dreigestirn!« Von unten dröhnte Lummomus Stimme herauf. »Die beiden anderen Kinder sind nicht mehr da!«

Kadiya kam hart auf den Planken auf, dann rannte sie Tolo nach, der versuchte, sich hinter einem großen Kettenstapel zu verstecken. »Wo sind dein Bruder und deine Schwester?« fragte sie ihn.

Völlig verängstigt fing Tolo an zu weinen. »Sie … sie sind entkommen und an die Küste geschwommen … Ich bin nicht mit … w-weil ich Zauberlehrling werden wollte, anstatt nur ein elender zweiter Prinz zu sein.«

Einen Moment lang war Kadiya sprachlos. Dann sagte sie zu den Wyvilo: »Ihr drei sucht jetzt nach dem König. Ich werde mich um diesen albernen kleinen Gurps hier kümmern. Mögen die Herrscher der Lüfte mit euch sein.« Und dann sagte sie zu Tolivar: »Mach bloß keinen Unsinn mehr! Du kletterst jetzt auf meinen Rücken und hältst dich an meinem Hals fest. Wir werden an die Küste schwimmen.«

Der weinende kleine Prinz rief: »Ich nicht!«

Huri-Kamo hatte sich mit seiner Streitaxt, der traditionellen Waffe der Wyvilo, bereits einen Weg durch die Tür der Kammer gebahnt. Der Frachtraum dahinter lag dunkel und verlassen da. Die beiden anderen Eingeborenen, deren Augen im Dämmerlicht leuchteten, zogen ihre Äxte heraus und schlichen sich weg.

Kadiya nahm das durchweichte Halstuch ab, das sie trug, und hielt es dem störrischen Kind vor die Nase. »Wenn es sein muß, werde ich dir das in den Mund stopfen und dich mit meinem Gürtel auf meinem Rücken festbinden. Aber zuerst werde ich dir deinen königlichen Hintern so versohlen, daß du deine Mahlzeiten in den nächsten vier Wochen im Stehen einnehmen mußt! Also was ist jetzt … wirst du ruhig sein und mit mir kommen?«

»Ja«, sagte Tolo ganz unglücklich und wischte sich mit seinen schmutzigen Händchen die Tränen aus dem Gesicht.

Dann huschte ein böses kleines Lächeln über seine Lippen. »Aber dann ist es deine Schuld, wenn die Seeseltlinge uns und die anderen erwischen.«

»Die *was?*«

»Seeseltlinge. Ich habe ihre Fackeln am Strand gesehen.«

Erst als Kadiya die Triere schon weit hinter sich gelassen hatte, sah sie, auf welche Weise Portolanus ihren Talisman aus den Fluten bergen wollte. Sie war mit Prinz Tolivar schon etwa hundert Ellen in Richtung Küste geschwommen, als sie endlich einen Blick auf das Meer am Achterdeck des Schiffes werfen konnte. Das Wasser dort brodelte und war über und über von weißem Schaum bedeckt, der von den unruhigen Wellen aufgewühlt wurde. Der Zauberer beugte sich über die Reling, drohte mit der Faust und rief etwas. Seine Augen strahlten wie ein weißes Leuchtfeuer und tauchten die Schaufel am Ende des Kranhakens, die wie wild hin und her schwang, in helles Licht. Die Menschen auf dem Hauptdeck hatten sich unter lautem Geschrei so nah wie möglich an den Schauplatz des Geschehens herangewagt.

Kadiya und das Kind, das sich an ihren Hals klammerte, sahen erstaunt, wie die große Triere plötzlich anfing, hin und her zu schwanken. Portolanus bekam einen Wutanfall. Er zog einen kleinen Gegenstand aus seinem Gewand und warf ihn in die Höhe. Ein ohrenbetäubender Knall ertönte, begleitet von einem blendendweißen Blitz. Sofort war das Meer besänftigt, und das Schiff lag wieder ruhig da. Die verängstigten Menschen an Bord waren so benommen, daß sie jetzt schwiegen, und Kadiya konnte endlich hören, was der Zauberer sagte.

»Heldo! Verdammt, Heldo, komm hoch, sage ich! Hör mit dieser widerspenstigen Zappelei auf! Ich habe dich verzaubert, und du mußt mir jetzt gehorchen. Ich werde dich erst wieder freigeben, wenn du tust, was ich dir befehle. Heldo, Herr der Meerestiefen, sei mir zu Willen!«

Etwa ein Dutzend Ellen vom Heck des Schiffes entfernt schien sich die dunkle See aufzubäumen. Dann sahen Kadiya und Tolo, wie das Wasser von einer formlosen gigantischen Masse durchbrochen wurde, die im Licht des Dreigestirns schimmerte. Höher und höher stieg sie und dehnte sich aus zu einer langen und dünnen Form mit einem abgerundeten Ende, bis sie hoch über dem Paradedeck aufragte, beinahe so hoch wie der Besanmast der Triere und mehr als sieben Ellen breit. Zuerst dachte Kadiya, es sei ein Vulkanausbruch unter Wasser, der Gestein gen Himmel schleuderte, aber dann sah sie unmittelbar über der aufgewühlten Wasseroberfläche zwei glühendrote Kugeln und erkannte, daß dies Augen waren.

»Das ist das Seeungeheuer«, sagte Tolo mit bitterer Genugtuung, »so wie Ralabun es gesagt hat. Wahrscheinlich verschlingt es zuerst alle auf dem Piratenschiff, und dann kommt es hierher, um auch uns zu fressen.«

»Sei ruhig, du kleiner Skwit«, sagte Kadiya. »Der Zauberer hat dieses Ding herbeigerufen, um meinen Talisman aus dem Meer zu holen! Oh, mögen die Herrscher der Lüfte dies verhindern!«

»Großer Heldo!« sang Portolanus. »Ergreife dieses Instrument« – er deutete auf die Schaufel, die von dem Kran herabhing – »und tue, was ich dir befehle.«

Die Kreatur namens Heldo neigte sich zurück, und aus dem Wasser hoben sich vier gewaltige Tentakel heraus, die durch die Luft fuhren. An den Spitzen der Fangarme schimmerten zahnähnliche Fortsätze, und an ihrer Unterseite hingen sonderbare Fransen herab, die Myriaden funkelnder Wassertröpfchen von sich schleuderten. Dann stieß Heldo einen schaurigen Triumphschrei aus, wie ihn Kadiya noch nie gehört hatte. Der entsetzliche Laut schien sie zu lähmen, und sie vergaß sogar zu schwimmen, bis Tolo ihr zurief, daß sie untergingen.

»Ergreife dieses Instrument!« befahl Portolanus noch einmal. Und schließlich ergriff einer der zuckenden Fangarme vorsichtig die Schaufel und hob sie vom Haken. Ein anderer Arm schwebte über dem Kopf von Portolanus, und ein dritter bedrohte die beiden Piraten am Kran, die bei seinem Anblick entsetzt aufschrien, die Stufen hinunter auf das Hauptdeck flüchteten und den Zauberer und seine drei reglosen Stimmen allein zurückließen.

»Jetzt sei mir zu Willen! Du sollst von dem Zauber befreit sein, wenn du mir einen kleinen Dienst erweist. Direkt unter diesem Schiff liegt ein Zaubergerät, das wie ein schwarzes Schwert ohne Spitze aussieht. Auf seinem Knauf sitzen drei Kugeln. In der Tiefe des Meeres geht ein grünes Glühen von ihm aus. Finde diesen Gegenstand und bring ihn mit dem Instrument, das ich dir gegeben habe, vorsichtig an die Oberfläche. Berühre das Zauberschwert nicht mit deinem eigenen Fleisch, da es dich sonst töten wird! Hast du verstanden?«

Heldo trompetete.

Portolanus kniete nieder und öffnete die Sternentruhe. »Wenn du das Schwert nach oben gebracht hast, legst du es in diese Truhe hier. Danach werde ich dich freigeben. Jetzt geh!«

Ein gewaltiges Platschen brachte die Triere zum Schlingern. Das Ungeheuer verschwand.

Kadiya stöhnte. »O Dreieiniger Gott, laß es nicht zu! Haramis! Anigel! Hört mich und helft mir! Fleht den Dreieinigen an, mir das Dreilappige Brennende Auge zurückzugeben! Laßt es nicht in die Hände des Zauberers fallen!«

Die See brodelte erneut, und schimmernde Gischt spritzte in alle Richtungen, als Heldo wieder an die Oberfläche schoß, einen Fangarm hoch erhoben. An seiner Spitze, auf dem breiten Blatt der Schaufel, glühte etwas, das wie ein länglicher Smaragd aussah. Der Fangarm stieß auf das Schiff herab, und Kadiya schrie:

»Nein! Nein! Komm zu mir, Talisman! Du gehörst mir!«

Die sternenäugige Gestalt des Zauberers stand abwartend an Deck. Als sich die Wellen um das Ungeheuer wieder beruhigt hatten und Kadiyas entsetzter Schrei verklungen war, trat völlige Stille ein. Der grün leuchtende Talisman schien sich von der Spitze des Fangarms zu lösen und fiel dann langsam wie eine Feder herunter.

»Komm zu mir«, flüsterte Kadiya, der Tränen über das Gesicht liefen. Flehend streckte sie eine Hand aus dem Wasser.

Auf dem Achterdeck des Piratenschiffes blitzte kurz ein goldener Funke auf. Kadiya hörte, wie Portolanus überrascht fluchte – und dann war ein lauter, metallischer Klang zu hören, als das Dreilappige Brennende Auge in die Truhe des Versun-

205

kenen Volkes fiel. Portolanus stieß einen triumphierenden Schrei aus.

Aber Kadiya hielt in ihrer Hand ein Stück glühenden Bernsteins. Sie schien eine vertraute Stimme zu hören, eine Stimme, die sie vor langer, langer Zeit schon einmal vernommen und fast vergessen hatte:

Die Jahre kommen und gehen geschwind. Was oben ist, wird fallen, was zärtlich geliebt wird, geht verloren, was verborgen ist, muß, wenn die Zeit gekommen ist, aufgedeckt werden. Und dennoch sage ich Euch, daß alles sich zum Guten wenden wird ... Aber jetzt muß du fliehen, Blütenblatt der Lebenden Drillingslilie, und an Land gelangen, bevor dem Zauberer klar wird, was geschehen ist, und er seine Rache auf dich niederfahren läßt. Beeile dich! Schwimme um dein Leben und bitte dein Amulett, dir zu helfen!

Ihr Amulett ... sie hatte es ihr ganzes Leben lang getragen, bis es von ihr weggeflogen war, um sich in ihren Talisman einzufügen. Und jetzt war es zu ihr zurückgekommen. Aber seine Zauberkraft war kümmerlich im Vergleich zu der des Dreilappigen Brennenden Auges.

Schwimm!

Der Befehl in ihrem Geiste brachte sie in die Wirklichkeit zurück und ließ sie die drohende Gefahr erkennen. Kadiya umschloß den warmen Bernstein mit ihrer Hand und schwamm los, auf die Küste der Insel zu. »Halt dich fest, Tolo!« rief sie.

Als sie zurückblickte, sah sie hinter der Triere eine riesige Masse aufragen. Kadiya dachte zuerst, es sei Heldo, aber dann wurde ihr klar, daß das Seeungeheuer bereits wieder untergetaucht und dieses Ding viel größer und dünner war, ein schwarzer Schattenriß vor dem Himmel, der zuckte wie eine gigantische Schlange. Aus dem Nichts schossen Wolken herbei, die das Dreigestirn am Himmel verbargen. Ein tiefroter Blitz zuckte auf, gefolgt von einem Donnergrollen. Portolanus hatte wieder einen Sturm herbeigerufen – wahrscheinlich, um Heldo zu vertreiben –, und die Triere wurde wie ein kleines Spielzeug auf dem so plötzlich aufgewühlten Meer hin und her geschleudert. Sie spürte, wie der Wind immer stärker wurde. Tolo fing an zu weinen. Jetzt hörte sie auch das durchdringende, brummende Geräusch über sich, das rasch lauter wurde. Kadiya wurde klar, was der Zauberer getan hatte.

Er hatte wieder einen der großen Wasserwirbel herbeigerufen, und wie zufällig kam dieser genau auf sie zu.

»Schwarze Drillingslilie, rette mich!« rief sie und schloß die Augen. Mit einer Hand umfaßte sie Tolos spindeldürre Handgelenke, mit der anderen das Amulett. Einen Augenblick später stürzten sie und das Kind mit dem Kopf voran in die Finsternis, aber die Fluten, die sie einhüllten, waren nicht naß, und die Dunkelheit wollte ihnen nicht den Atem rauben. Wieder und wieder wurden sie herumgewirbelt, hilflos wie Blätter in einem reißenden Strom, bis sie plötzlich und unvermittelt zur Ruhe kamen. Tolos Arme glitten von Kadiyas Hals, und er fiel stöhnend zu Boden.

Sie saßen auf nassem Sand. Um sie herum tobte ein Inferno.

Auf der Ratsinsel.

Mit Salzwasser gemischter Regen strömte auf sie herab, als hätte der Himmel all seine Schleusen geöffnet. In der Folge des Wasserwirbels fielen sogar einige unglückliche Fische vom Himmel. Es war unmöglich, etwas auf dem Meer zu erkennen, wo sich riesige Wellen in den Himmel hoben und unablässig die Brandung an die Küste donnerte. Es blitzte und donnerte fast ununterbrochen, so daß Kadiya glaubte, ihr müßten die Sinne schwinden. Sie konnte nichts anderes tun, als den zitternden kleinen Jungen festzuhalten und das brüllende Unwetter über sich ergehen zu lassen.

Von einem Wäldchen aus Lunbäumen, die heftig vom Wind geschüttelt wurden, kam eine stämmige kleine Gestalt auf sie zugerannt. Zuerst dachte sie, daß ihr durch ein Wunder der Heiligen Blume Jagun zu Hilfe geschickt worden war. Aber als der Eingeborene näher kam, sah sie, daß er zu einem ihr unbekannten Volk gehörte, mit weitaus menschlicheren Zügen als die Nyssomu mit ihrem breiten Gesicht und dem großen Mund, und einem kräftigeren Körper, der in die warme Kleidung der Nordländer gehüllt war.

»Kommt schnell mit mir!« schrie ihr der kleine Mann durch

den Sturm zu. »Die grausamen Bewohner dieser Insel werden Euch sicher ergreifen, wenn Ihr hier am Strand bleibt.«

Kadiya erhob sich mühsam und kämpfte gegen Müdigkeit und Verwirrung an, die ihre Gedanken lähmten. Mit seinen starken Armen hob der Eingeborene Tolo hoch, und sie alle rannten jetzt auf das schützende Wäldchen zu. Wenige Augenblicke später krochen sie in das dichte Unterholz und fielen keuchend unter die großen Blätter eines riesigen Busches.

»Es sind noch zwei andere menschliche Kinder in Gefahr, und zwar ganz in der Nähe«, sagte der Eingeborene, als er wieder etwas zu Atem gekommen war. »Ich habe sie vor kurzer Zeit gesehen. Sie waren gefesselt, und es wurden Vorbereitungen getroffen, um sie einer schrecklichen Folter zu unterziehen. Da ich allein war und die anderen in der Überzahl, wußte ich nicht, wie ich die armen Geschöpfe hätte retten können. Deshalb habe ich mich hier versteckt. Nun, da Ihr hier seid, können wir jedoch vielleicht einen Weg finden, um sie zu retten.«

»Niki und Jan!« rief Kadiya aus. »In den Händen der Aliansa! Gütiger Gott, was sollen wir nur tun?« Und eine ganze Weile saß sie nur still da und versuchte, die schwindenden Kräfte ihres Körpers zu sammeln. Schließlich sagte sie: »Mein Freund, die Gefangenen sind meine Nichte und mein Neffe. Sie gehören zur Königsfamilie von Laboruwenda. Ich danke Euch dafür, daß Ihr Eure Hilfe für eine Rettung angeboten habt … Aber sagt, wie kommt Ihr hierher? An Eurer Kleidung sehe ich, daß Ihr nicht von den Inseln unter dem Verlorenen Wind stammt.«

Die nichtmenschlichen Augen des kleinen Mannes leuchteten schwach, und auch Kadiyas Bernsteinamulett strahlte ein sanftes goldenes Licht aus. Prinz Tolivar, der seinen Kopf an Kadiyas Brust gelegt hatte und mit weit aufgerissenen Augen um sich blickte, sagte kein Wort.

»Dies hier sind also die Inseln unter dem Verlorenen Wind?« Der Eingeborene schüttelte den Kopf. »Und wo liegen diese Inseln?«

»In einem entlegenen Teil des Südlichen Meeres, unterhalb von Zinora«, sagte Kadiya.

»Ah. Das sagt mir immer noch recht wenig, denn ich habe weder von diesem Meer noch von Zinora je etwas gehört. Ich bin durch ein Zauberviadukt gekommen, das mich im Handumdrehen hierhergeschafft hat. Eine geheimnisvolle Stimme sagte mir, daß ich dorthin gehen würde, wo meine Anwesenheit erforderlich sei, und daher bin ich jetzt hier!«

»Wer seid Ihr, und von welchem Volk stammt Ihr?«

»Mein Name ist Shiki. Einst war ich ein einfacher Bergführer und Jäger aus dem Stamm der Dorok in Tuzamen, aber vor kurzem bin ich in den Dienst der Erzzauberin Haramis getreten!«

»Sie ist meine Schwester! Ich bin Kadiya, von einigen auch Herrin der Augen genannt. Die Erzzauberin hat Euch wahrlich dorthin geschickt, wo Ihr gebraucht werdet, Shiki!«

Sie sah auf den kleinen Tolivar, dessen zarter Körper vor Schock und der plötzlichen Kälte zitterte, die von dem Zaubersturm verursacht worden war. Ohne ein Wort zog Shiki seine dicke, mit Pelz besetzte Jacke aus und wickelte den Jungen darin ein. Der Regen strömte immer noch vom Himmel herab, aber die überhängenden Blätter hielten das meiste davon ab.

»Tolo, du bleibst hier und bist artig, während wir nach deiner Schwester und deinem Bruder suchen«, sagte Kadiya mit strenger Stimme. »Keine Dummheiten mehr, sonst gefährdest du womöglich unser Leben. Hast du das verstanden?«

»Ja, Tante«, flüsterte der Junge widerspruchslos.

»Gut.« Kadiya spürte, wie ihre Kräfte zurückkehrten. Sie durften keine Zeit verlieren. Sie riß eine Ranke von der Pflanze und streifte ihre Blätter ab, dann befestigte sie das Amulett daran und hängte es sich um den Hals. Sie zog ihren kleinen Dolch heraus, schärfte ihn kurz an der Rückseite seiner Scheide und band ihr nasses Haar mit ihrem Halstuch zurück.

»Jetzt bin ich fertig«, sagte sie zu Shiki. »Führt mich dorthin, wo die Kinder gefangengehalten werden, und wir werden unser möglichstes tun, um sie zu retten.«

Der Eingeborene verneigte sich, und die beiden krochen hinaus in den Regen.

14

Die Wasserwirbel verschwanden, und die Triere lag jetzt wieder ruhiger auf dem Meer, obgleich der Sturm weiter mit unverminderter Stärke tobte. Die Zauberstürme des Portolanus brauten sich zwar schnell zusammen, brauchten dann aber eine Weile, um sich wieder aufzulösen. Der triumphierende Zauberer belebte seine Gehilfen wieder und führte sie in seine große Kabine. Die Sternentruhe, in der das Dreilappige Brennende Auge lag, nahm er mit.

Nachdem er einen passenden Zauberspruch gemurmelt hatte, öffnete der Zauberer die Truhe und gestattete seinen vor Ehrfurcht erstarrten Dienern, einen Blick auf den großen Schatz zu werfen, auf dem noch Salzwassertropfen funkelten und Stränge von Seetang lagen.

»Kann man es berühren, Allmächtiger Meister?« fragte Gelbstimme.

»Noch nicht. Ich muß ein bestimmtes Ritual vollführen, mit diesen farbigen Knöpfen im Innern der Sternentruhe. Dann wird der Talisman an mich gebunden sein, und ich kann ihn berühren.« Kaum hatte er diese Worte ausgesprochen, da flogen seine Finger auch schon über die Apparatur, die wie eine Ansammlung von Edelsteinen aussah. Leise Musik erklang, und die Edelsteine in der Truhe leuchteten auf. Dann wurden die kleinen Steine wieder dunkel, und Portolanus hob den Talisman empor.

»Ah!« riefen die Stimmen.

»Jetzt ist das Dreilappige Brennende Auge an meinen Körper und meine Seele gebunden«, verkündete der Zauberer. »Kein anderes lebendes Wesen darf den Talisman ohne meine Erlaubnis berühren, sonst wird es in Flammen aufgehen!«

»Welche Wunder kann der Talisman vollbringen, Allmächtiger Meister?« fragte Purpurstimme begierig.

»Er wird meine Feinde zu Tode schmettern und mir die Gabe der Weitsichtigkeit verleihen, ohne daß ich eure geschundenen Gehirne dazu brauche. Und er wird mir uraltes Wissen vermitteln, das mir helfen wird, der Herrscher der Welt zu werden ... sobald ich gänzlich verstanden habe, wie er funktioniert.«

Wieder taten die Stimmen ihr Erstaunen kund.

»Ich werde euch drei Stimmen gestatten, den Talisman ohne Gefahr für euer Leben zu berühren«, fuhr Portolanus fort. »Diese Erlaubnis gilt so lange, bis ich sie widerrufe – oder bis ihr mir nicht mehr treu ergeben seid.«

»Das würden wir doch niemals!« versicherte Schwarzstimme, und rasch stimmten ihm die beiden anderen Stimmen zu.

»Ihr versteht, Stimmen, daß ihr selbst nicht in der Lage sein werdet, dem Talisman Befehle zu erteilen. Aber ich, der ich durch euch arbeite, werde ihm befehlen können, so wie ich auch durch euch von ferne sehen und sprechen kann.«

Schwarzstimme, der sich über den Talisman gebeugt hatte, um ihn genauer zu studieren, zeigte auf eine Einbuchtung, wo sich die drei dunklen Kugeln auf dem Knauf des Schwertes trafen. »Allmächtiger Meister, es sieht so aus, als ob hier einst ein Gegenstand eingefaßt war. Ein Edelstein vielleicht?«

Portolanus schrie auf, als hätte ihm jemand einen Dolchstoß versetzt. »Der Drillingsbernstein! Er ist weg! Jetzt weiß ich, was den goldenen Funken verursacht hat, der durch die Luft flog, als Heldo das Schwert noch in seinen Fangarmen hielt. Das Amulett ist zu seiner Besitzerin zurückgekehrt!«

Und er verfluchte Kadiya mit üblen Worten und beschimpfte auch die Mächte der Finsternis, während die drei Diener verwirrt zurückwichen. Als er sich wieder etwas gefaßt hatte, murmelte er: »Vielleicht hat der Verlust des Drillingsbernstein ja gar keinen Einfluß auf die Funktionsweise des Talismans. Oder *vielleicht* ...«

Der Ausdruck seines Gesichtes änderte sich abrupt. Er sah jetzt ganz aufgeregt aus. Aus seinen Gewändern holte er den zerbeulten, geschwärzten Stern hervor, den er ständig an einer Kette aus Platin um den Hals trug. »Vielleicht ...«, wiederholte er leise und brachte den Knauf des Schwertes in die Nähe des Anhängers.

Die drei schwarzen Kugeln öffneten sich und enthüllten drei große strahlende Augen. Das erste war das gelblichgrüne Auge der Eingeborenen, das zweite war braun und sah wie das

Auge eines Menschen aus, und das dritte war von einem sonderbaren Silberblau, mit goldenen Fünkchen tief in seinem Innern, und ähnelte Portolanus' Augen.

Der Talisman schien auf den abgenutzten vielstrahligen Stern an seiner Kette zu starren. Dann blitzte etwas auf, und einen Augenblick später saß der Anhänger fest zwischen den drei Kugeln des Schwertknaufs. Der Stern war jetzt wieder so glänzend und unversehrt wie vor vielen Jahren, als er seinem Besitzer von einem greisen Zauberer namens Bondanus von Tuzamen geschenkt worden war.

»Die Mächte der Finsternis seien gepriesen!« frohlockte Portolanus. »Jetzt, Talisman, bist du wahrhaftig mein!«

Ich bin wahrhaftig Euer.

Der Zauberer lachte aus vollem Halse, als er den Talisman an seinem Knauf packte und ihn über seinem Kopf schwang. Seine Maske aus Alter und Gebrechlichkeit war jetzt gänzlich verschwunden, und er stand da, groß und voller Energie, mit einem Gesicht, das von Entbehrungen gezeichnet, aber dennoch ebenmäßig war. Sein Haar und sein Bart leuchteten weiß. Er rief: »Habt ihr es gehört? Habt ihr gehört, wie der Talisman zu mir gesprochen hat?«

»Nein, Allmächtiger Meister«, gaben die Stimmen zu.

»Er sagt, daß er mir gehört! Mir! ... Talisman! Zeig mir dieses hochnäsige Weib, das Kadiya genannt wird.«

In seinem Geist entstand ein Bild, das ihm die Herrin der Augen und einen ihm unbekannten Eingeborenen zeigte. Sie krochen durch einen vom Regen gepeitschten Wald.

»Ha! Sie ist an Land gegangen, und jetzt versucht sie zweifellos, die einheimischen Wilden gegen uns aufzuhetzen ... Gelbstimme! Eile zu Admiral Jorot und befiehl ihm in meinem Namen, den Anker zu lichten und die Ruderer zu wecken. Wir müssen sofort von dieser feindseligen Insel weg. Sag ihm, daß ich ihm später mitteilen werde, welchen Kurs er nehmen soll, um sich mit den anderen Schiffen zu treffen.«

Als Gelbstimme gegangen war, befahl Portolanus dem Talisman: »Und nun zeig mir, wo genau auf dieser Insel Kadiya ist.«

Jetzt sah er die Ratsinsel aus der Vogelperspektive und darauf einen weißen, leuchtenden Punkt nahe dem größten Dorf der Aliansa.

»Es ist so, wie ich es mir gedacht habe. Jetzt zeig mir, wo Königin Anigel ist, und dann gestatte mir, sie zu sehen.«

Wieder sah er die Insel. Dieses Mal befand sich der leuchtende Punkt draußen auf dem Meeresarm genau nördlich von der größeren Bucht, in der die Triere der Raktumianer vor Anker lag. Dann änderte sich das Bild, und er sah Anigel, die völlig ruhig am Bug ihres kleinen Schiffes stand. Ihren Talisman hatte sie sich auf das Haar gesetzt, und ihre Augen schienen die seinen anzustarren.

»Ja, ich weiß, daß Ihr mich beobachtet, Portolanus«, sagte sie, »auch wenn Ihr Euch vor meinen Blicken zu verbergen sucht. Ich habe gesehen, wie Ihr Kadiyas Talisman mit Hilfe des Seeungeheuers gestohlen und das Dreilappige Brennende Auge mit der Sternentruhe an Euch gebunden habt. Aber trotz alledem werdet Ihr nicht siegen.«

»Ha! Wir werden sehen, ob Ihr immer noch so tapfer daherredet, wenn Euer Gemahl und Eure Kinder vor Euren Augen gefoltert werden! Euer Talisman ist verloren, stolze Königin, und wenn Ihr ihn nicht sofort in einem kleinen Boot davontreiben laßt, werde ich die Piraten anweisen, sich unverzüglich Euren Lieben zu widmen!«

Ein sonderbares Lächeln lag auf Anigels Lippen. »So, werdet Ihr das?« Und dann verschwand sie.

Verwirrt durch ihre scheinbare Gefühllosigkeit, versuchte Portolanus, ihr Bild zurückzuholen, aber der Bug ihres kleinen Schiffes schien jetzt verwaist zu sein. Ohne Zweifel schützte ihr Talisman sie vor seinen Blicken, so wie er sich auch vor den ihren verborgen hatte. Nun gut, es spielte ohnehin keine Rolle, welche Spielchen sie mit ihm trieb.

»Purpurstimme! Geh zum Quartiermeister der Piraten und sag ihm, daß er die königlichen Bälger zur Kabine auf dem Paradedeck bringen soll. Wir werden sehen, wie weit es mit der Entschlossenheit der Königin her ist, wenn die Finger ihres Sohnes einer nach dem anderen abgehackt werden und die zarten Zehen ihrer Tochter auf heißen Kohlen braten.«

Aber noch bevor Purpurstimme an der Tür der Kabine angelangt war, hämmerte jemand wie wild dagegen. Die Stimme riß die Tür auf. Draußen stand der Erste Maat, ein großer, finster dreinblickender Pirat namens Kalardis.

»Eure Gefangenen sind entkommen«, sagte er unvermittelt. »Während Ihr mit dem Seeungeheuer gespielt habt, sind drei Eingeborene aus dem Stamm der Wyvilo in die Quartiere der Galeerensklaven eingedrungen, haben König Antar befreit und sind dann mit ihm durch eine der Abwasserluken entkommen. Beinahe fünfzig Ruderer der dritten Bank haben sich ebenfalls davongemacht, und in diesem verfluchten Sturm, den Ihr da zusammengebraut habt, sind sie wahrscheinlich alle ertrunken.«

»Sind auch die Königskinder entkommen?« krächzte Portolanus. Er hatte augenblicklich wieder das Aussehen eines alten Mannes angenommen, als der Maat erschienen war.

»So ist es«, sagte Kalardis. »Meine Männer haben sofort die Kettenkammer überprüft. Die Türen der Kammer sind zerschmettert, wie auch jene der abgesperrten Frachträume in der Nähe und jene in den Korridoren, die zu den Quartieren der Sklaven führen. Diese Gauner müssen über die Ankerketten hereingekommen sein.«

Der Zauberer sprach langsam und mit drängender Stimme. »Haben wir noch so viele Ruderer, daß wir das Schiff voranbringen? Wir müssen diesen Ort verlassen, bevor uns feindlich gesinnte Seeseltlinge angreifen. Ich glaube nicht, daß mein Sturm sie noch lange abhalten kann. Es besteht natürlich auch die Möglichkeit, daß Königin Anigel uns mit ihrem Talisman Böses zufügen will, jetzt, nachdem ihrer Familie die Flucht vom Schiff gelungen ist.«

»Auf dem Weg hierher habe ich Euren Gehilfen getroffen, der mir von Eurem Befehl, von hier zu verschwinden, erzählt hat. Die anderen beiden Ruderbänke sind noch bemannt. Wir werden schon von hier fortkommen, allerdings nicht so schnell wie vorher. Selbst unter den besten Voraussetzungen werden wir auf keinen Fall in der Lage sein, rasch voranzukommen. Euer Sturm wird die Männer im Ausguck behindern, ebenso wie die Dunkelheit, und wir werden ständig loten müssen, um nicht auf Grund zu laufen oder ein Riff zu rammen.«

»Der Sturm wird bald ein Ende haben, und ich werde mit meinem Zaubertalisman für ein sicheres Fortkommen sorgen ...«, begann Portolanus, aber der Maat schnitt ihm das Wort ab.

»Aber erst, wenn Ihr der Königlichen Regentin zu deren Wohlgefallen Eure Aufwartung gemacht habt.« Kalardis grinste höhnisch, wobei befleckte und abgebrochene Zähne sichtbar wurden. »Ich bezweifle allerdings, ob es auch Euch zum Wohlgefallen gereicht. Ihr sollt sofort in die königliche Kabine kommen. Nicht für allen Plunder in Taloazin möchte ich jetzt in Eurer Haut stecken.«

Königin Ganondri, umgeben von sechs schwerbewaffneten Piratenrittern, saß an einem vergoldeten Tisch, auf dem eine Karte der Inseln ausgebreitet war. Kaum hatte Portolanus die Kabine betreten, ergriffen zwei große Raktumianer seine Arme und hielten ihn fest. Er hatte keine Zeit gehabt, das Dreilappige Brennende Auge aus seinem Gürtel zu ziehen.

»Nennt mir einen Grund«, sagte Ganondri mit gespielter Liebenswürdigkeit, »warum ich meinen Männern nicht befehlen sollte, Euch die dürre Kehle durchzuschneiden, weil Ihr zugelassen habt, daß die königlichen Gefangenen entkommen konnten!«

Der Zauberer holte tief Luft. »Talisman! Ich befehle dir, diese Männer hier zu töten!«

Die beiden Piraten fluchten. Sofort ließen sie Portolanus los und zogen ihre Schwerter. Die Königliche Regentin erhob sich von ihrem Stuhl. Sie war totenbleich geworden.

Nichts geschah.

Verzweifelt ergriff der Zauberer den Talisman und schwang ihn in weitem Bogen. »Talisman, töte alle meine Feinde in diesem Raum mit dem Feuer der Rache!«

Wieder geschah nichts.

Erleichtert sank Ganondri in ihren Stuhl zurück. Alle sechs aufgebrachten Ritter stürzten sich auf den Zauberer. Einer von ihnen riß ihm den Talisman aus den Fingern und berührte dabei die stumpfe Klinge.

Sofort öffneten sich die drei Kugeln auf dem Knauf. Einen Augenblick lang starrten die Lebenden Augen den unglücklichen Raktumianer an. Dann schoß aus dem menschlichen Auge ein goldener Strahl hervor, aus dem Auge des Eingeborenen ein grüner und aus dem sonderbaren silberblauen Auge ein blendendweißer.

Sofort war der bewaffnete Pirat von Kopf bis Fuß in die pulsierenden Strahlen getaucht. Die Finger in ihrem Panzerhandschuh ließen den Talisman fallen, aber die magischen Flammen strahlten nur noch heller und umgaben den Mann mit einer dreifarbigen Hülle. Er gab keinen Laut von sich, aber jene, die um ihn standen, schrien vor Entsetzen und Abscheu laut auf, denn sein Gesicht hinter dem offenen Visier war jetzt ganz schwarz und verkohlt, und aus seiner Rüstung quoll dicker Rauch heraus. Ein gräßliches Knistern war zu vernehmen und ein gedämpftes Tosen, wie Feuer, das den Rauchfang emporsteigt. Der brennende Ritter krachte auf den Teppich. Zwei der anderen Piraten rissen einen Gobelin von der Wand und warfen ihn über ihren todgeweihten Kameraden, aber keiner wagte es, ihn zu berühren. Portolanus, der sich an eine Wand gedrückt hatte, beobachtete das Geschehen mit ebensoviel Erstaunen und Angst wie die Königin und ihre Männer.

Plötzlich hörten die fürchterlichen Geräusche unter dem Gobelin auf. Rauch und Gestank verschwanden, und die Luft in der Kabine war so rein und duftend wie zuvor. Portolanus straffte die Schultern, setzte eine ernste Miene auf und ging hinüber, um das schwere Tuch hochzuheben.

Die Lederriemen, mit denen die Rüstung des Opfers zusammengehalten wurde, waren verbrannt, und die angesengten Teile lagen in wildem Durcheinander auf dem Boden. Es gab keine Spur von dem Körper, nicht einmal Knochen waren mehr zu sehen. Inmitten der von der Hitze verbogenen Rüstung lag völlig unversehrt der Talisman, der jetzt wieder aussah wie ein Gnadenschwert aus dunklem Metall, ohne Spitze und mit einer stumpfen Klinge.

Portolanus hob es auf und steckte es in seinen Gürtel zurück, dann ließ er den Gobelin wieder fallen. Er sagte zu den Rittern: »Laßt uns allein, ihr Männer.«

»Nein!« schrie Ganondri. »Seht Euch vor, Zauberer! Habt Ihr meine Warnung vergessen? Selbst wenn alle auf diesem Schiff getötet werden: Ihr würdet Eure ehrgeizigen Pläne am Ende doch nicht ohne die Hilfe des großen Raktum verwirklichen können. Nur mit meiner Hilfe werdet Ihr Euer Ziel erreichen!«

Der Zauberer trat vor und stützte sich mit den Handflächen auf den Tisch. Sein Gesicht sah jetzt abgespannt und müde aus, seine Stimme klang barsch.

»Ihr habt ganz recht. Jetzt, da Anigels Talisman unerreichbar ist, brauche ich Eure Hilfe mehr denn je zuvor. Aber wenn Ihr nicht wollt, daß diese Rüpel Zeugen eines Gesprächs werden, das besser vertraulich bleibt, dann schickt sie fort.«

Er zog einen vergoldeten Stuhl heran, ließ sich darauf fallen und lächelte der Königin sarkastisch zu. »Ihr braucht keine Angst vor mir zu haben, Große Königin. Ihr habt selbst gesehen, daß ich den Talisman noch nicht vollkommen beherrsche. Er tötet nur diejenigen, die versuchen, ihn mir wegzunehmen. Ich schwöre bei den Mächten der Finsternis, denen ich diene, und bei meinem Talisman, daß ich Euch nichts antun werde.«

Die Hand der Königin zitterte, als sie schließlich den Rittern befahl, die geschwärzte Rüstung ihres verbrannten Gefährten aufzulesen und zu gehen. Dann nahm sie eine Karaffe, füllte einen großen Pokal mit Branntwein und war kaum fähig, ihn an die Lippen zu heben. Nachdem sie ihn geleert hatte, schien sie ruhiger zu sein, obgleich ihre Augen immer noch vor Haß glühten. Zu ihrem Haß gesellte sich nackte Angst, die selbst sie mit ihrer großen Willenskraft kaum unterdrücken konnte.

Schließlich sprach sie: »Diese Situation ist unannehmbar, Zauberer. Wir müssen unsere Allianz noch einmal neu verhandeln. Ihr habt Euren Talisman, aber *meiner* ist jetzt unerreichbar geworden.«

»Nicht unbedingt! Laßt mich sehen, ob dieses unhandliche

Schwert mehr vermag, als unvorsichtige Diebe zu rösten.«
Bevor die Königin Einwände erheben konnte, hatte er das
Schwert auch schon gezogen und hielt es aufrecht bei der
Klinge. »Talisman! Zeig uns beiden König Antar!«

Ganondri schrie auf, als sich das Bild formte. Sie sah die
dunkle, aufgewühlte See, auf die Regentropfen niederprassel-
ten. Zwischen den Wellen bewegten sich die Umrisse von drei
Köpfen mit riesigen Schnauzen auf und ab, die sich um einen
kleineren, menschlichen Kopf geschart hatten. Antar und die
Wyvilo paddelten langsam auf die Linie aus schäumender
Brandung zu, die sich hell an der Küste der Insel abzeichnete.

»Ah«, sagte Portolanus. »Also sind sie trotz des Sturms und
Heldo entkommen. Es dürfte nicht allzu schwierig sein, unseren königlichen Gast wieder einzufangen! ... Jetzt, Talisman,
zeig uns Prinz Nikalon, Prinzessin Janeel und Prinz Tolivar.«

Der Zauberer und die Königliche Regentin sahen im Geiste, wie Niki und Jan im feuchten Schlamm eines Eingebo-
renendorfes auf dem Rücken lagen. Ihre Glieder waren an
Pfosten gebunden, und beide schienen besinnungslos zu sein.
Da der Regen inzwischen nicht mehr so stark war, streckten
jetzt einige der Aliansa ihre Schnauzen zu den Türen ihrer
Hütten hinaus und riefen sich gegenseitig etwas zu.

»Soso! Es sieht so aus, als ob sie den beiden älteren Kindern
mit einer örtlichen Variante von Gastfreundschaft die Ehre erweisen wollen. Ich glaube nicht, daß ihr weiteres Schicksal für
uns von Interesse ist. Wo ist das dritte Königskind?«

Der Talisman gehorchte und zeigte ihnen Tolivar. Er
kämpfte sich zielstrebig durch das Unterholz des Waldes und
sprach mit sich selbst. Portolanus und die Königin konnten
nur ein paar Sätze verstehen:

»... Tante Kadiya kann mich nicht dazu zwingen ... egal, ob
die Piraten mich finden ... lieber ein Zauberer als nur ein elender zweiter Prinz ... Ralabun werde ich vermissen, aber keinen von *denen* ...«

Portolanus verbannte die Vision und setzte sich wieder hin,
tief in Gedanken versunken. Schließlich befahl er: »Talisman,
zeig mir genau, wo sich König Antar und die drei Kinder jetzt
befinden – und auch Kadiya.«

In seinem Geist formte sich ein Bild der Ratsinsel, auf der einige leuchtende Punkte aus weißem Licht zu sehen waren. Er wußte sofort, was jeder Punkt bedeutete. König Antar schwamm immer noch fast eine Meile von der Küste entfernt im Meer und war durch den Sturmwind etwas nach Süden abgetrieben worden. Der kleine Tolivar befand sich am Rand des Waldes und näherte sich jetzt dem offenen Strand, der dem Ankerplatz des raktumianischen Flaggschiffes genau gegenüber lag. Die beiden gefangenen Kinder waren in dem großen Aliansa-Dorf etwa drei Meilen weiter nördlich im Landesinneren. Kadiya war in ihrer Nähe und hatte sich offensichtlich nicht von ihrer vorherigen Position entfernt.

»Jetzt zeig mir wieder Prinz Tolivar«, befahl Portolanus.

Durch die offenen Bullaugen der Kabine drangen laute Befehle und das Geräusch von laufenden Füßen herein. Ein Zittern ging durch die Triere, als die Ankerwinden im Bug des Schiffes bemannt und die beiden Ankerketten hochgezogen wurden.

Die Königin sprang auf. »Wer hat den Befehl zum Aufbruch gegeben? Wir müssen sofort bewaffnete Suchmannschaften an Land schicken! Wenn wir auch nur einen der königlichen Gefangenen wieder in unsere Gewalt bringen können, haben wir genügend in der Hand, um Anigel zu zwingen, mir den Talisman zu übergeben.« Sie eilte zur Tür, riß sie auf und fing an, nach Admiral Jorot zu schreien.

Portolanus war immer noch in die Vision von Prinz Tolivar vertieft, der mit sich selbst sprach. »Dieser kleine Teufel! Er würde es also wirklich tun! Ein verwegener Gedanke! ... Aber schließlich schien er mich ja zu mögen, nicht wahr? Und ich dachte, ich hätte ein gewisses Talent für Zauberei an ihm wahrgenommen! Wahrscheinlich habe ich es deshalb nicht über das Herz gebracht, ihn foltern zu wollen. Vielleicht kann man ja einen Zauberer aus ihm machen ... Ich frage mich, ob er alt genug ist, Staatsangelegenheiten zu verstehen? Mag ja sein, daß er uns dabei helfen kann, die Zwei Königreiche zu stürzen!«

Ganondri kam wieder in ihre Kabine. »Ich habe angeordnet, daß das Flaggschiff mit eingeholten Ankern an Ort und

Stelle bleibt, während sechs Boote mit bewaffneten Männern König Antar und dem kleinen Prinzen nachsetzen. Die beiden Kinder, die von den Seeseltlingen gefangen wurden, können wir vergessen. Zweifellos weiß Königin Anigel bereits, wo sie sind. Sie wird kaum Zeit dazu haben, uns zu beobachten, während ihre kostbaren Gören von Wilden bedroht werden. Ihr müßt jetzt ...«

»Ich werde nicht an Land gehen!« verkündete der Zauberer.

»Die Seeseltlinge werden für einen so mächtigen Zauberer wie Euch doch wohl keine Gefahr sein«, sagte die Königin schelmisch. Dann wurde ihr Ton schärfer. »Ihr müßt meine Männer nach der Landung mit Hilfe Eures Talismans direkt zu Antar und Prinz Tolivar führen. Wir dürfen keine Zeit verlieren!«

»Schwarzstimme wird den Suchtrupp für den König anführen, und Purpurstimme wird jene leiten, die Prinz Tolivar suchen. Ich werde den Stimmen mitteilen, wo genau der König und der kleine Prinz zu finden sind. Es gibt keinen Grund für mich, das Flaggschiff zu verlassen.«

»Ihr werdet es verlassen, weil ich es Euch befehle!«

»Nein! Es ist nicht notwendig.«

Portolanus und die Königliche Regentin Ganondri starrten sich eine Weile an, ohne ein Wort zu sagen. Dann sagte er leise: »Ihr werdet mich *nicht* auf dieser Seltling-Insel zurücklassen, Piratenkönigin. Schlagt Euch das aus dem Kopf. Wir werden Verbündete bleiben, in guten wie in schlechten Zeiten, und ich werde dafür sorgen, daß wenigstens eine königliche Geisel wieder eingefangen wird, damit Ihr Königin Anigels Talisman bekommt. Ich empfehle Euch jedoch, den Austausch nicht hier an Bord durchzuführen. Anigel wird mit Sicherheit nicht sehr vernünftig sein, nachdem die Aliansa zwei ihrer Kinder gefoltert und getötet haben. Wir sollten aufbrechen, sobald wir Antar oder den kleinen Prinzen wieder in unserer Gewalt haben.«

»Und dann?« schleuderte ihm die Königin entgegen.

»Werdet Ihr mich und meine Leute auf mein tuzamenisches Schiff bringen. Mit Hilfe des Talismans kann ich dafür sorgen, daß wir mein Schiff und die anderen drei Schiffe Eurer

Flottille recht bald erreichen. Sie können nicht mehr als ein paar Tage Fahrt von uns entfernt sein. Wenn es dann Euer Wunsch ist, unsere Allianz fortzusetzen, können wir die Heimreise im Konvoi antreten. Ihr werdet wie zuvor die königlichen Gefangenen an Bord haben.«

»Und die Sternentruhe«, sagte Ganondri mit fester Stimme. »Ihr werdet mir die Sternentruhe sofort übergeben, oder Eure Allianz mit dem mächtigen Raktum ist am Ende – und damit auch Euer Plan, Laboruwenda zu erobern!«

Portolanus zog den Talisman aus seinem Gürtel und setzte der Königlichen Regentin langsam die stumpfe Klinge an die Kehle. Sie wurde starr vor Angst, schrie aber nicht auf und zuckte auch nicht zusammen, als das Metall ihre Haut berührte. Falls der Zauberer dem Talisman insgeheim ihre Zerstörung befahl, so gehorchte dieser jedenfalls nicht.

Ganondris Mund verzog sich zu einem kalten Lächeln. »Die Sternentruhe«, wiederholte sie. »Jetzt. Und Ihr werdet mir zeigen, wie sie funktioniert.«

Portolanus zog den Talisman zurück, stand auf und verneigte sich. »Wir sind anscheinend an einem toten Punkt angelangt, Große Königin. Laßt uns versuchen, den Groll zu überwinden, den wir beide in diesem Moment empfinden. Laßt uns versuchen, statt dessen an die Überlegungen zu denken, die uns ursprünglich zu unserem Pakt veranlaßt haben. Wir brauchen einander nicht zu lieben oder auf dasselbe Ziel hinzuarbeiten. Ihr wißt nur zu gut, daß meine Pläne sehr viel mehr umfassen als nur die Eroberung von Laboruwenda. Das stolze Land der Zwei Königreiche soll Euch gehören.«

»Und auch Königin Anigels Talisman wird mir gehören.« Das Lächeln der Königin erstarrte, und ihr Gesicht wurde zu einer grausamen Maske. Sie trommelte mit den Fingern einer Hand auf den Tisch vor sich, so daß ihre vielen Ringe im Licht der Lampe aufblitzten. »Ich werde Euch die neuen Bedingungen für unsere Allianz nennen, Zauberer. Das große Raktum wird so lange Euer treuer Verbündeter sein, wie Ihr dem Verrat an Raktum und seiner Königin abschwört. Aber ich werde Anigels Talisman bis zu meinem Todestag in Verwahrung nehmen, und Ihr werdet mir erklären, wie er funktioniert.«

Portolanus schlug die Hände über dem Kopf zusammen. »Ich weiß ja nicht einmal, wie ich *meinen* Talisman richtig einsetzen kann!«

»Ich habe keinen Zweifel daran, daß Ihr das noch lernen werdet.«

Der Zauberer seufzte. »Nun gut ... Ich schwöre bei den Mächten der Finsternis und bei diesem Talisman, der mich vernichten soll, wenn ich diesen Schwur breche, daß ich mich an die von Euch festgelegten Bedingungen halten werde. Ich werde Gelbstimme sofort mit der Sternentruhe zu Euch schicken und dann dafür sorgen, daß die königlichen Gefangenen ergriffen werden.«

Ganondri nickte gebieterisch. Portolanus verließ die königliche Kabine und schloß leise die Tür hinter sich. Als er gegangen war, begann die Königliche Regentin zu lachen, und die Freude und ihr übergroßer Triumph überwältigten sie so, daß sie erst wieder aufhören konnte, als sie noch einen Pokal mit Branntwein getrunken hatte.

Als Gelbstimme mit der Sternentruhe ankam, riß sie ihm diese aus den Händen und stieß ihn vor die Tür. Dann fing sie wieder an zu lachen.

15

Haramis hatte keine Eile, über den Weg des Lichts zu gehen. Sie bewegte sich bedächtig über das tiefe, kalte Wasser des Meeres, als wäre die funkelnde Unwirklichkeit unter ihren Füßen eine gepflasterte Straße. Der arktische Wind trug den sonderbaren Geruch von gefrorenem Meer mit sich, und am Himmel glühte die Aurora, die Mond und Sterne verhüllte und die gewaltigen Eisberge mit ihren matten Strahlen in Blau und Rot beleuchtete.

Der größte der schwimmenden Eisberge, auf den der Weg des Lichts zuführte, schien außerdem noch von innen her zu leuchten. Als Haramis die Küste verlassen hatte, war ihr dies nicht aufgefallen, aber jetzt, da sie näher kam, schien der Eisberg immer mehr zu strahlen, bis er schließlich aussah wie ein mächtiger Beryll-Edelstein, blaugrün in hundert verschiedenen Schattierungen, eingebettet in das schwarze Glas des Nördlichen Meeres. Sein Leuchten setzte sich auch unter Wasser fort, und Haramis erkannte, daß die gewaltige Eismasse, die aus dem Wasser aufragte, nur ein kleiner Teil eines unglaublich großen Eisberges war, der unter der Wasseroberfläche verborgen lag.

Sie mußte fast sechs Meilen gehen, bis sie ihn erreichte. Der Weg des Lichts führte sie in eine Höhle, die an der Seite des Eisberges hineinführte. Der Boden des Korridors bestand aus Wasser, das jetzt nicht mehr schwarz, sondern mitternachtsblau war. Auch hier lag wieder der glitzernde Staub, der das Wasser unter ihren Füßen fest werden ließ. Die Wände wiesen eine unregelmäßig geformte schimmernde Oberfläche auf, die von Facetten und Hohlräumen durchzogen war, so daß das Licht darin durch phantastisch geformte Smaragde und Aquamarine hindurchzudringen schien, überschattet von Saphirblau.

Ohne nachzudenken, streckte sie die Hand aus und berührte die Wand.

»Bei der Heiligen Blume! Das ist ja gar kein Eis!«

Die Oberfläche war glatt und naß, aber nicht unangenehm kalt unter ihren Fingern, und ganz gewiß wärmer als das Meer. War es vielleicht Glas? Sie kratzte mit einem Fingernagel daran. Es schien nachgiebiger zu sein als Glas und war ganz anders als alles, was sie je zuvor gesehen hatte. Es war magisches Material, zweifellos von der Erzzauberin des Meeres gefertigt. Die Nachbildung eines Eisberges.

Und dann wurde Haramis bewußt, daß auf der Innenseite der durchsichtigen Wände Fische und andere Meerestiere auf sie zuschwammen. Unzählige von ihnen kamen auf beiden Seiten der Spalte herein, die sich bis weit in das blaue Halbdunkel hinauf in die Höhe erhob. Der künstliche Eisberg war hohl und erfüllt von Leben.

Sie betrachtete die Tiere, und auch diese blickten sie an mit Augen, die vor Erstaunen weit aufgerissen zu sein schienen. Die meisten waren silberfarben, graublau oder weiß und einige durchsichtig, mit Ausnahme der pulsierenden Organe in ihrem Innern. Es gab riesige Fische mit glitzernden Spiegelschuppen und einem Schlund voll gezackter Zähne, die dem todbringenden Milingal aus den Flüssen der Irrsümpfe ähnelten. Schwärme von jungen Fischen mit stahlblauen Augen huschten mit so übereinstimmenden Bewegungen vorbei, daß es schien, als würden sie von einem einzigen Gehirn geleitet. Es gab träge dahinschwimmende Fische, die aussahen wie weiße Bänder, die jemand mit Silberfolie bestickt hatte, und Fische, die wie Schwerter geformt waren, und Fische, die so bizarr aussahen, daß sie kaum als solche zu erkennen waren, übersät mit Höckern und Stacheln und Fortsätzen wie biegsame Lanzen, von deren Spitzen silberne Banner herabhingen. Es gab große träge Wasserzonane, die wie eine ausgefranste Gallertmasse in allen Farben des Regenbogens aussahen, und kleinere, die hübschen Blumen mit zitternden pastellfarbenen Blütenblättern ähnelten. Schneeweiße Kreaturen mit Fangarmen und possierlichen Gesichtern schwirrten zwischen den langsameren Schwimmern umher, und Schwärme aus halb durchsichtigen Schalentieren zogen majestätisch dahin, bedrängt von einem unförmigen silbernen Raubfisch, der zuweilen ein unachtsames Opfer verschlang und dann wieder verschwand. Überall waren glasartige Krustentiere zu sehen, die wie Kristallbienen über ihren Blumentieren schwebten und furchtlos in den aufgerissenen Rachen der silbernen Milingals hinein- und wieder hinaushuschten und sich von den weniger wild aussehenden Geschöpfen sogar mitziehen ließen.

Haramis konnte nicht umhin, vor Entzücken leise aufzuschreien.

Es freut mich, daß Euch meine Haustiere gefallen.

Verwirrt blickte sie um sich. Aber in der Aquariumhöhle war kein anderes menschliches Wesen zu sehen. »Erzzauberin des Meeres, seid Ihr es?« flüsterte sie.

Aber natürlich! Beeilt Euch, mein Kind. Ich kann es kaum erwarten, Euch kennenzulernen. Ihr könnt Euch die Untertanen meines Reiches später noch einmal ansehen. Unser Essen wird kalt, und ich habe fürchterlichen Hunger!

Haramis unterdrückte ein Lächeln. Anscheinend hielt diese Erzzauberin nicht sehr viel von großem Zeremoniell, und auch ihre geistige Stimme klang überhaupt nicht wichtigtuerisch oder herablassend. Haramis hatte versucht, nicht darüber nachzudenken, mit was für einer Person sie es zu tun haben würde. Offiziell hatten sie den gleichen Rang inne, aber sie würden Lehrerin und Schülerin sein. Sie hoffte nur, daß die Erzzauberin unkompliziert und direkt war und nicht so schwächlich und rätselhaft, wie Binah dies gewesen war. Sie brauchte praktische Hilfe, nicht noch mehr Zauberei. Kadiyas Talisman war Portolanus schon so gut wie sicher, und wahrscheinlich würde es nicht mehr lange dauern, bis Anigel den ihren als Lösegeld an den Zauberer übergab. Wenn sie nicht bald ihren eigenen Talisman beherrschte, würde Portolanus sein Ziel, die Welt zu unterwerfen, zweifellos erreichen.

Denby glaubt, daß Ihr voreilige Schlüsse zieht. Ihr und ich werden es ihm schon zeigen! Was die praktische Hilfe betrifft ... nun, das liegt ganz allein bei Euch. Ich lasse mich ganz gewiß nicht von einem charmanten Zauber beeindrucken, aber was Euch betrifft, bin ich da nicht so sicher!

Haramis schrie vor Zorn laut auf, dann nahm sie sich zusammen und ging weiter, in das Zentrum des nachgeahmten Eisberges hinein. Sie sprach in die dünne Luft:

»Herrin des Meeres, Ihr könnt offensichtlich meine Gedanken lesen. Aber ich bezweifle sehr stark, daß Ihr mein Gewissen lesen könnt. Es ist wahr, daß ich als Bittstellerin gekommen bin, und wenn Ihr mich nur lehren könnt, indem Ihr meine Würde zerstört, dann muß es wohl so sein. Aber ich hatte auf eine herzlichere und freundlichere Beziehung gehofft. Ich weiß, daß ich im Vergleich zu Euch noch sehr jung bin, aber ich bin weder ein Kind noch eine Närrin. Meine Pflichten als Erzzauberin habe ich immer nach besten Kräften erfüllt, und durch nichts und niemanden habe ich mich davon ablenken lassen.«

Noch nicht! Aber Ihr werdet Euch ablenken lassen, stolze Haramis! So wie vor zwölf Jahren, bevor Ihr den Mantel Eures Amtes übernommen habt. Damals habt Ihr Euch nicht nur von Eurer Pflicht ablenken lassen, Ihr wart auch von dem Bösen versucht. Gebt es zu!

Haramis blieb stehen. »Ich will nicht versuchen, mich zu rechtfertigen. Es ist wahr, daß ich den Zauberer Orogastus einst geliebt habe und für kurze Zeit vom rechten Weg abgekommen bin, als er mich mit seinen Plänen der Macht in Versuchung führte. Aber ich habe ihn zurückgewiesen. Wenn er – wie ich vermute – immer noch am Leben ist, dann werde ich mit aller Kraft versuchen, ihn wieder zurückzustoßen und seine finsteren Pläne zu durchkreuzen ... Aber ich brauche dringend Eure Hilfe. Werdet Ihr mir helfen?«

Sonst hätte ich Euch ja nicht durch das Viadukt zu mir gerufen. Ihr habt mir Eure Entschlossenheit durch die Reise zum Kimilon bewiesen, und daher habe ich beschlossen, daß Ihr eine Sonderbehandlung verdient – egal, was Denby darüber denkt. Durch das Wiederauftauchen dieses abscheulichen Sterns ist nicht nur das Gleichgewicht der Welt gefährdet, sondern ihre ganze Existenz! Drastische Situationen erfordern auch drastische Maßnahmen! Denby hielt Binah für eine Verrückte, weil sie es riskierte, das Dreiteilige Zepter der Macht zu bilden, um mit dieser Bedrohung fertig zu werden, und er wurde furchtbar wütend, als sie die Geburt von Euch Drillingen arrangierte. Aber selbst er hat zugegeben, daß der Sternenmann früher oder später das Zepter in seinen Besitz gebracht hätte, selbst ohne die Fehler, die Ihr Drei Blütenblätter der Lebenden Drillingslilie gemacht habt. Binah hat darauf vertraut, daß Ihr mit der Zeit lernen würdet, die Bedrohung ein für allemal zu vernichten – trotz Eurer dummen Patzer. Frisches junges Blut, ein frischer Geist, der dieses uralte Problem angehen soll. Versteht Ihr?

»Nein! Ich habe keine Ahnung, wovon Ihr redet.« Haramis war es plötzlich eisig kalt, obwohl die Luft in dem künstlichen Eisberg recht warm war. Sie zog ihren weißen Pelzmantel an sich und sagte mit scharfer Stimme: »Erklärt mir das, Erzzauberin. Sagt mir, welche Gefahr die Welt bedroht und was für eine Rolle meine Schwestern und ich bei ihrer Vernichtung spielen. Aber ich warne Euch: Ich habe nicht die Absicht, mich noch länger mit Zauberkram und Ausflüchten abspeisen zu lassen.«

Ha! Was für ein Temperament! Das gefällt mir. Kommt weiter, Haramis-die-keinen-Unsinn-hören-will! Wir werden uns großartig verstehen!

Der Weg des Lichts endete, als der schmale Meeresarm in dem immer enger werdenden Korridor plötzlich verschwand. Haramis stand auf einer schimmernden Plattform. Drei Tunnel zweigten davon ab, aber nur einer war beleuchtet. Sie folgte ihm noch eine geraume Weile, inzwischen leicht benommen von der Sinnestäuschung, die ihr vorgaukelte, in hell leuchtendem, von Eis umgebenem Wasser zu schweben. Die Geschöpfe des Meeres hatten sie verlassen, nachdem sie anscheinend genug gesehen hatten, und im Wasser hinter den durchsichtigen Wänden zeigte sich nur gelegentlich eine undeutliche Form, die vorbeischwamm. Als sie weiterging, wurde die Beleuchtung langsam schwächer, als ob sie sich weiter und weiter von ihrer Herkunft entfernte. Die strahlenden blaugrünen Farben wurden dunkler und matter – Ultramarinblau und Jadegrün, überschattet von Violett.

Und dann sah Haramis eine milchigweiße Tür mit einem großen Silberring als Riegel, die sich nicht öffnen wollte, als sie daran zog. Sie berührte sie mit ihrem Talisman, und sogleich ertönte wieder der Glockenton, der das geheimnisvolle Viadukt angezeigt hatte. Die Tür schwang auf. Dahinter war es dunkel.

Beherzt ging Haramis hinein. Sie erstarrte, als sich die Tür hinter ihr wieder schloß. Nur an dem blaßgelben Glühen des Drillingsbernsteins in ihrem Talisman sah sie, daß sie nicht blind geworden war.

Ein leises Lachen ertönte. »Laßt Euren Augen einen Moment Zeit, um sich darauf einzustellen. Dann werdet Ihr wieder sehen können. Meine alten Augen sind nicht mehr das, was sie einmal waren, und so ist es für mich am angenehmsten. Gebt mir Eure Hand …«

Zögernd hob Haramis den Arm. Sie spürte, wie ihre Hand von Fingern ergriffen wurde, die zwar etwas klamm, aber nicht unangenehm waren, und sie einige Schritte nach vorn geführt wurde. Ein salziger Geruch lag in der Luft und der nachklingende Ton der Glocke, der irgendwo in der Dunkelheit gedämpfte Musik auszulösen schien.

»Da wären wir. Könnt Ihr den Stuhl ertasten? Setzt Euch, während ich unser Essen hole.«

Haramis tastete mit den Händen um sich, und schließlich gelang es ihr, sich in einen sonderbar geformten breiten Stuhl ohne Lehne zu setzen. Seine Seiten und die Beine schienen über und über mit unregelmäßig geformten, weichen Höckern besetzt zu sein, und das Sitzkissen war warm und nachgiebig und zweifellos mit einer Flüssigkeit gefüllt. Er war sehr bequem.

Als sie wartend in der Dunkelheit dasaß, entdeckte sie, daß ihr Sehvermögen zurückkehrte. Sie befand sich in einer großen Kammer, die mit schwach leuchtenden Möbeln ausgestattet war. Der Tisch mit seinen zwei Stühlen war aus zusammengefügten Muscheln gefertigt, von denen jede mit einer Spirale aus winzigen grünen Punkten verziert war. Auf dem Tisch standen Geschirr und Pokale, ebenfalls aus Muscheln gefertigt und schimmernd in Rosa und Gold. Auf dem Boden formten azurblaue und karmesinrote Punkte fließende Muster. Im Raum verstreut standen große, gleichfalls aus den grün gepunkteten Muscheln gefertigte Töpfe. In diesen wuchsen fedrige Pflanzen, die wie mächtige Farne aussahen und deren Blätter auf der Unterseite mit einem dunklen Orange überzogen waren.

An einer Wand standen viele Schränke, deren Konturen von blauen Funken nachgezeichnet wurden. Ihre runden Griffe leuchteten in dunklem Rot. An der anderen Wand hing ein riesiges Wandgemälde der Tiefsee, in der Kreaturen mit leuchtenden Augen und Flossen und farbenfroh gezeichneten Körpern im dunklen Wasser schwebten oder auf Korallenformationen ruhten, die von winzigen weißen Sternen übersät waren.

Eine der schwebenden Kreaturen bewegte sich, und Haramis erkannte, daß das Wandgemälde lebte und kein Bild war, sondern ein gewaltiges Fenster, das den Blick auf das nächtliche Meer freigab.

Während sich ihre Augen an das Halbdunkel gewöhnten, erkannte sie immer mehr Gegenstände um sich herum, die schwach leuchteten. In einer Ecke stand eine breite Werkbank, auf der viele sonderbar geformte Gegenstände aus Metall lagen, die das Licht der Muscheloberfläche reflektierten und sanft schimmerten. In einer anderen Ecke stand ein Globus, der fast so groß wie sie selbst war, und sie erschrak, als ihr bewußt wurde, daß es ein Modell der Welt war. Die Meere schimmerten in einem kräftigen Blau und die Landmassen in einem grünlichen Gold oder Weiß.

Sie sah Regale voller Bücher, die in gewöhnliches Tuch und Leder gebunden waren und leuchtende Buchstaben auf ihren Rücken trugen. Auf dem Fußboden lagen weitere Bücher, nachlässig aufeinandergestapelt, und eines befand sich geöffnet auf einem Stehpult aus Muscheln, das neben einem Sessel stand. Haramis war nicht überrascht, daß die Buchstaben in diesem Buch leuchteten. Vor dem Sessel stand ein mit Troddeln verzierter Schemel, und auf dem Boden daneben lag eine weiße Kreatur mit unzähligen Beinen und zwei bösen, rotglühenden Augen. Als sie spürte, daß Haramis sie beobachtete, öffnete sie mit einem zischenden Geräusch ihren Rachen, dessen Inneres gelb glühte und mehrere Reihen Fangzähne enthielt.

»Aber, aber, Grigri! Sei nett zu unserem Gast!«

Ein Vorhang aus purpurrotem Stoff, den Haramis nicht bemerkt hatte, flog auseinander. Herein kam die Erzzauberin des Meeres, die ein Tablett mit einer großen, dampfenden Terrine und mehreren zugedeckten Tellern trug. Dieses stellte sie auf dem Tisch ab, dann lächelte sie. »Könnt Ihr jetzt wieder sehen?«

»Ja, danke.«

»Mein Name ist Iriane. Ich werde auch die Blaue Frau genannt. Willkommen in meinem Haus, Erzzauberin des Landes.«

Sie sah aus wie ein Mensch, was für Haramis eine große Erleichterung war. Iriane war von mittlerer Statur, aber ungemein beleibt, mit einem Gesicht, das so rund war wie eine Melone und leicht bläulich schimmerte. Ihre Gesichtszüge waren von außergewöhnlicher Schönheit, ganz besonders ihre großen schwarzen Augen, die von dichten Wimpern umrahmt wurden. Auch ihr Haar war schwarz – oder vielleicht dunkelblau – und in kunstvolle Locken gelegt, die von Muschelkämmen und Nadeln mit riesigen Perlen darauf zusammengehalten wurden. Sie trug eine ärmellose, bis auf den Boden reichende Robe in Indigoblau. Winzige Plättchen darauf bildeten ein Muster aus stilisierten Meerespflanzen. Auf den Schultern trug sie zwei Perlenbroschen, die einen dünnen mitternachtsblauen Mantel festhielten. Er floß hinter ihrem Rücken hinab und leuchtete sanft.

Iriane hielt Haramis die Hand entgegen, woraufhin diese sich erhob und sie mit einem leichten Kopfnicken ergriff. Dann setzte sich die rundliche Erzzauberin erstaunlich behende auf ihren Stuhl. Sie rief kurz den Segen des Dreieinigen und der Herrscher der Lüfte auf sie herab, dann schöpfte sie sich ihren Teller aus der Terrine voll.

»Eßt, mein Kind, eßt. Ihr müßt am Verhungern sein nach Eurer Reise vom Kimilon hierher. Ihr wart drei Stunden unterwegs.«

»Mir kam es nicht so lang vor. Sagt mir: Wie weit ist es vom Kimilon bis an die Küste des Aurora-Meeres, wohin mich das Viadukt gebracht hat?«

»Über sechstausend Meilen.«

»Erstaunlich! Diese Entfernung habe ich im Handumdrehen zurückgelegt. Euer Zauber ist sehr mächtig.«

»Ja«, stimmte Iriane ihr zu. »Aber das Viadukt gehört nicht dazu. Ihr seid in einer uralten Maschine gereist, an der nun wahrlich nichts Magisches ist.«

»Aha. Ein Apparat des Versunkenen Volkes?«

»Ja. Einst waren diese Viadukte auf der ganzen Welt verstreut. Sie wurden früher dazu benutzt, nicht lernfähige Mitglieder des gemeinen Volkes von einem Punkt zum anderen zu transportieren. Heute funktioniert nur noch eine Handvoll davon.«

Haramis nahm sich etwas von der Speise. Sie hatte keine Ahnung, was es war, aber es roch appetitlich. Ein goldener Krug enthielt eine süß und würzig riechende Flüssigkeit, mit der sie ihren Muschelpokal füllte. Sie trank einige Schlucke, bevor sie weitersprach.

»Iriane, Ihr wißt, warum ich hier bin. Ich muß wissen, wie ich meinen Talisman, diesen Dreiflügelreif hier, richtig einsetzen kann. Ich brauche auch Euren Rat, wie der Zauberer Portolanus besiegt werden kann, der meiner Schwester Kadiya ihren Talisman bereits gestohlen hat und androht, den zweiten meiner Schwester Anigel zu entreißen. Außerdem muß ich alles von Euch erfahren, was Ihr über das Versunkene Volk wißt und ihr Zepter der Macht, das aus den drei Talismanen gebildet wird. Ich hoffe, daß Ihr mir auch den Unterschied zwischen echter Zauberei und der Wissenschaft, derer sich einige dieser erstaunlichen alten Apparate bedienen, erklärt – und was Zauberei und Wissenschaft mit der Auseinandersetzung zwischen Portolanus und den Drei Blütenblättern der Lebenden Drillingslilie zu tun haben.«

Iriane seufzte und legte ihren Löffel weg. Sie nippte an ihrem Glas, dann sagte sie: »Einige Eurer Fragen kann ich nicht beantworten, Haramis. Andere wiederum bedürfen einer langen Erklärung, und diese muß ich auf später verschieben. Laßt mich Eure einfachste Frage zuerst beantworten ... indem ich Euch die Geschichte des Versunkenen Volkes erzähle.«

»Vor zwölfmal zehn Jahrhunderten«, so sprach Iriane, »wurde die Welt des Dreigestirns von zahlreichen Menschen bewohnt. Sie kamen von anderswo, von einem Ort weit jenseits des Himmels, und aufgrund ihres großen Wissens vermochten sie es, gewisse Teile dieser Welt zu verändern, damit sie ihren Bedürfnissen besser entsprach.

Im Laufe der Zeit bildete sich eine Gruppe aus selbstsüchtigen, nach Macht strebenden Menschen, die sich selbst die Sternengilde nannte. Sie waren in den Wissenschaften ausgebildet worden und auch in der Zauberkunst, deren Wurzel im menschlichen Geist und in der innersten Natur des Universums liegt. Die Sternenmänner und ihre Anhänger führten einen grausamen Krieg herbei, der fast zwei Jahrhunderte lang andauerte. Im Verlauf dieses Krieges töteten die Waffen und

231

die Schwarze Magie, deren sie sich bedienten, nicht nur fast die Hälfte der Bevölkerung, sondern schädigten auch das Klima der Welt und lösten das Zeitalter des Eises aus.

Wie Ihr wißt, ist der Welt-Kontinent heute von der gewaltigen Immerwährenden Eisdecke bedeckt. Nur an seinem äußersten Rand und im Süden ist das Land eisfrei. Aber in den Zeiten vor der Eiszeit waren nur die höchsten Berge von Gletschern bedeckt. Auf dem Welt-Kontinent herrschte damals überall ein mildes Klima, und es gab viele große Seen mit wunderschönen Inseln, auf denen die kunstvollsten Städte errichtet worden waren. Als die endlosen Schneestürme begannen, verließen die Menschen notgedrungen all diese Inselstädte, und nur jene entlang der Küste oder im Meer oder im unteren Himmel waren noch bewohnt.

Die Sternengilde kämpfte nur noch verbissener, als sie die Unterstützung des gemeinen Volkes verlor, und selbst die zuversichtlichsten Mitglieder erkannten, daß ihre Sache verloren war. Als es so aussah, als ob die Sternenmänner eher die Welt zerstören als kapitulieren würden, wurde von der Schule der Erzzauberer das Zaubergerät namens Zepter der Macht erschaffen, das die schreckliche Zauberei der Sternenmänner umkehren und gegen sie selbst richten sollte. Aber der Einsatz des Zepters war mit einer ungeheuren Gefahr verbunden, und am Ende fürchteten sich jene, die es erschaffen hatten, so sehr, daß sie es nicht benutzen wollten.

Das Hauptquartier der Sternenmänner wurde schließlich von einem der größten Helden der Welt, dem Erzzauberer Varcour, zerstört, und die Bösewichte, die am Leben blieben, wurden in alle vier Winde zerstreut. Der Krieg war zu Ende. Aber die Welt des Dreigestirns war zerstört. Keine Wissenschaft und keine noch so große Zauberei, die von den Erzzauberern vollführt wurde, konnte das milde Klima des Landes wiederherstellen, das einst so wunderschön und glücklich gewesen war. Der Welt-Kontinent konnte die große Zahl der Menschen nicht mehr aufnehmen, und auch das vom Eis bedrohte Meer nicht oder die noch gefährdeteren Behausungen des inneren Himmels.

Die meisten Überlebenden trafen Vorkehrungen, um die

Welt zu verlassen und sich eine neue Heimat jenseits des äußeren Himmels zu suchen. Aber eine Gruppe von dreißig herausragenden und selbstlosen Mitgliedern der Erzzaubererschule, unter ihnen auch Varcour, beschloß zu bleiben und zu tun, was sie konnte, um die furchtbaren Zerstörungen zu reparieren, die die Menschheit verursacht hatte. Eine ihrer guten Taten war die Erschaffung einer neuen Rasse, die zäher war als die der Menschen und die verlassene Welt des Dreigestirns wiederbevölkern sollte, nachdem Tausende von Jahren vergangen wären und die Eisdecke endlich wieder zu schmelzen anfangen würde.

Als die Menschen auf diese Welt kamen, waren die am höchsten entwickelten Eingeborenen, die sie vorfanden, die primitiven und furchtbar wilden Skritek. Diese warmblütigen, schuppigen Ungeheuer waren sich ihrer selbst kaum bewußt und besaßen nur wenig Verstand, aber sie hatten die Gabe, sich mit und ohne Worte verständigen zu können. Sie kannten keine Liebe, besaßen keine Kunst oder Kultur und führten ein den Raubtieren ähnliches Dasein. Bei ihrer abstoßenden Art der Fortpflanzung wurde die Mutter nur zu oft von ihren gefräßigen Jungen bei deren Geburt verschlungen.

Die Gelehrten der Erzzaubererschule bedienten sich der Wissenschaft und der Zauberei und vermischten das Blut dieser nicht sehr vielversprechenden Kreaturen mit dem der Menschen. So schufen sie das wohlgestalte und intelligente Volk, das Ihr als das Volk der Vispi kennt. Zur gleichen Zeit wurde ihnen zur Gesellschaft eine Rasse telepathisch begabter Riesenvögel namens Lämmergeier erschaffen, die den Vispi bei ihrem Kampf ums Überleben behilflich sein sollten. Überall auf dem kleiner gewordenen Welt-Kontinent wurden nun Kolonien der neu geschaffenen Vispi und Lämmergeier gegründet, und danach ging der Großteil der Menschen fort. So wurden sie zum Volk der Versunkenen.

In letzter Minute vor ihrem Aufbruch beschlossen einige tausend gewöhnliche Menschen, ebenfalls zurückzubleiben, um den Erzzauberern behilflich zu sein und sich inmitten des Eises durchzuschlagen, so gut es eben ging. Diese wurden zu

den Vorfahren der Menschen, die heute in der Welt des Dreigestirns leben.

Nachdem Hunderte und Aberhunderte von Jahren vergangen waren, legten sich die tosenden Schneestürme, und langsam erwärmte sich das Klima wieder und schmolz die innere
Eisdecke Stück um Stück, so daß jetzt wieder trockenes Land
für Behausungen verfügbar war. Angeleitet von den Erzzauberern, vermehrten sich die Vispi – aber auch die überlebenden Skritek. Mit der Zeit entstanden viele andere eingeborene
Rassen, die mal mehr, mal weniger menschlich aussahen. Zuweilen paarten sich die Menschen auch mit den Vispi, so daß
heute in den Adern fast aller Menschen Eingeborenenblut
fließt.

Da die Menschen von Natur aus fruchtbarer sind als die
Eingeborenen, vermehrte sich unsere Rasse sehr viel stärker.
Nach Tausenden von Jahren waren die fruchtbarsten und vom
Klima her gemäßigten Landstriche gänzlich von den Menschen bewohnt, während die Eingeborenen in den Randge-
bieten wohnten: im Hochgebirge, in den Sümpfen, im tiefen
Wald und auf abgelegenen Inseln. Die Mitglieder der Erzzaubererschule verließen den geheimen Ort der Erkenntnis, der
von Varcour gebaut worden war, und zogen sich in eigene
Heimstätten zurück, von wo aus sie fortfuhren, sowohl die
Menschen als auch die Eingeborenen zu führen und anzulei-
ten. Mit Hilfe der alten Wissenschaft sind wir in der Lage, ein
hohes Alter zu erreichen. Oft kann ein sterbender Erzzauberer noch einen Ersatz für sich ausbilden, aber manchmal ist
dies nicht möglich, und so hat sich unsere Zahl in den nachfol-
genden zehn Jahrhunderten langsam und beständig verrin-
gert, wie auch die Notwendigkeit unserer Dienste für die
Menschen.

Und inzwischen, meine Liebe, gibt es nur noch drei Erzzauberer, Euch, mich selbst und Denby. Als Erzzauberin des
Landes habt Ihr die wichtigste und anstrengendste Arbeit.
Meine Arbeit ist nicht so mühsam, und Denby hat am wenigsten von uns allen zu tun, und deshalb ist er auch so brummig
und eigensinnig geworden. Er kümmert sich fast gar nicht
mehr um die Menschen und die Eingeborenen, sondern ver-

bringt seine Zeit mit dem Studium geheimer Himmelsbagatellen. Als ob ihm das etwas nützen würde!

Eure Vorgängerin, Binah, wählte ihren Wohnsitz auf der Halbinsel, weil dort die größte Konzentration von intelligenten Eingeborenen wohnt. Die anderen Enklaven der Eingeborenen, die auf dem Welt-Kontinent verstreut liegen, können entweder für sich selbst sorgen und bedürfen keiner Führung durch einen Erzzauberer, oder sie werden von mir betreut. Fast alle meine Schützlinge leben auf den zahllosen Inseln im äußersten Nordwesten der Welt, wohin nur wenige Menschen gelangen.

Noch bis vor kurzer Zeit gehörte es zu den Hauptaufgaben eines Erzzauberers, die Eingeborenen zu schützen, die Gefahr liefen, von feindlich gesinnten Menschen ausgelöscht zu werden, und gefährliche Apparate des Versunkenen Volkes zu sammeln und zu verwahren, die in den alten Ruinenstädten gefunden wurden. Erst in letzter Zeit hat sich uns ein vollkommen neues Problem gestellt, das wieder einmal das Gleichgewicht der Welt des Dreigestirns bedroht.

Ich meine damit das Wiederauftauchen der Sternengilde.

Die Schule der Erzzauberer wußte nicht, daß die finstere Gilde nicht ausstarb, als ihre letzten Mitglieder flohen. Diese lebten weiter und reichten ihr Wissen über die Mächte der Finsternis von Generation zu Generation weiter. Zu keiner Zeit gab es sehr viele von ihnen, denn sie sind mißtrauisch und verschwiegen. Ihre Hochburgen befanden sich immer in Gegenden, in denen sich die menschliche Rasse noch kaum mit den Eingeborenen vermischt hatte, und viele von ihnen besaßen die kräftige Statur, das platinfarbene Haar und die silberblauen Augen der verbrecherischen Gruppe aus dem Volk der Versunkenen ...

Ah! Ich sehe, daß Euch das an etwas erinnert. Ja, mein Kind, das abgelegene und wenig gastfreundliche Land Tuzamen war ein solcher Stützpunkt der Sternenmänner. Und der Zauberer, den Ihr als Orogastus und Portolanus kennt, ist der erste seiner Art, der versucht, das alte Erbe der Gilde anzutreten: die Beherrschung der Welt.

Ja, Orogastus ist am Leben. Es war Denby, der Erzzauberer

des Himmels, der schon vor langer Zeit sein Kommen voraus-
gesehen hat, aber er hat nichts unternommen, außer Binah
und mir dieses unheilbringende Ereignis zu verkünden. Sie
und ich haben fast neunhundert Jahre lang zusammengearbei-
tet, um die menschlichen Blutlinien aufzubauen, die zu der
Geburt von Euch und Euren Drillingsschwestern führten,
den Drei Blütenblättern der Lebenden Drillingslilie, weil wir
hofften, daß Ihr die Kraft haben würdet, diesem gefährlich-
sten aller Sternenmänner gegenüberzutreten.

Das Emblem der Blume, die ein Symbol für den Dreieinigen Gott und auch die physikalische, mentale und magische
Natur des Universums ist, stammt aus der Zeit, als das Versunkene Volk noch bei uns war, wie auch der vielstrahlige
Stern ihrer niederträchtigen Widersacher. Die Schwarze Drillingslilie jedoch ist ein lebendes Wesen – das schon beinahe
ausgestorben ist –, während der Stern so leblos und verzeh-
rend ist wie der Tod, obgleich er von großer Schönheit ist.

Euch drei Schwestern, die Ihr ermächtigt seid durch die von
Binah für Euch gefertigten Zauberamulette, wurde es gestattet, die Talismane zurückzuholen, aus denen das mächtige
Dreiteilige Zepter der Macht gebildet wird. Wieder einmal
war es dieser unsägliche Denby, der zu dem Schluß gekommen war, daß diese magische Vorrichtung der einzige Weg sei,
um die Welt vor dem Stern zu retten, obwohl es eine große
Gefahr in sich barg. Dann widersprach Denby sich selbst und
war plötzlich *dagegen*, daß Ihr Mädchen die drei Talismane
zusammensetzt. Er war der Meinung, daß es besser sei, die
Welt von der üblen Sternengilde regieren zu lassen, als sie
möglicherweise durch das Dreiteilige Zepter der Macht zu
zerstören.

Binah und ich waren ganz und gar nicht seiner Meinung.

Und so haben wir Euch drei Prinzessinnen auf die Suche
nach den Talismanen geschickt, die Ihr dann auch gefunden
habt. In dem großen Moment der Prüfung haben Euch die
Herrscher der Lüfte den Weg gewiesen und Euch gezeigt, wie
das Zepter der Macht einzusetzen ist.

Orogastus wurde an den Ort verbannt, an dem sich ein
Zaubergerät der Sternengilde, Polarstern genannt, befand, das

von einem längst vergessenen Erzzauberer zur Verwahrung dorthin gebracht worden war. Das Sternenamulett um seinen Hals hat ihn gerettet, denn ohne den Anhänger wäre er vernichtet worden, sobald das Zepter seine eigene Magie umgekehrt und gegen ihn selbst gerichtet hätte. Aber so zog ihn der schützende Polarstern mitsamt seinem Anhänger zu sich und rettete ihm das Leben. Dies war eine furchtbare Überraschung für mich, denn ich hatte nie gedacht, daß es den Sternenmännern gelungen sein könnte, eine Art Abwehr gegen das Zepter herzustellen.

Während Orogastus noch besinnungslos dalag, eilte ich durch das Viadukt zum Kimilon und nahm den Polarstern an mich. Ich befürchtete, er könnte noch mehr unbekannte Funktionen haben, die dem verbannten Zauberer vielleicht die Flucht ermöglichen würden. Der Polarstern liegt jetzt auf meiner Werkbank da in der Ecke. Ich habe ihn jahrelang untersucht und keine andere Verwendung für ihn gefunden als jene, die er uns schon gezeigt hat.

Orogastus wußte nicht, wie oder warum er überlebt hatte. Er weiß es immer noch nicht. Während der zwölf Jahre seiner Verbannung im Unerreichbaren Kimilon hat er sich mit den uralten Lagern des Geheimen Wissens, die dort versteckt wurden, beschäftigt und nach einem Weg gesucht, das Land des Feuers und des Eises zu verlassen und seine unterbrochenen Pläne zur Eroberung der Welt wiederaufzunehmen.

Durch einen ständig ausgeübten Zauber ist es mir gelungen, dieses Viadukt vor ihm zu verbergen. Aber ich konnte nicht verhindern, daß er herausfand, wie eine bestimmte Maschine zu bedienen war – ein mechanischer Kommunikator für die Sprache ohne Worte –, und damit Hilfe herbeirief. Das klapprige alte Ding hat nur ein einziges Mal funktioniert. Aber das genügte, um die Gehilfen des Zauberers in das Land der Dorok zu bringen, wo jener namens Shiki bei der Flucht des Orogastus helfen mußte. Der Zauberer nahm aus dem Kimilon viele alte Waffen und andere Apparate mit, die ihm dann später dabei halfen, Tuzamen zu unterwerfen. Nach weiteren Studien holte er auch die Sternentruhe, ein anderes Gerät der Sternenmänner, von dessen Existenz Binah und ich nichts ge-

237

wußt hatten. Denby hat es vielleicht gewußt, aber er hat uns nie etwas davon erzählt.

Ich weiß nicht, ob wir zwei Erzzauberinnen es gewagt hätten, das Zepter zurückzuholen, wenn wir gewußt hätten, daß die einzelnen Bestandteile den Drei Blütenblättern weggenommen und an Orogastus gebunden werden können. Aber was geschehen ist, ist geschehen.

Der Zauberer hat bereits einen Teil des Zepters der Macht in seinem Besitz. Er weiß noch nicht, wie er es einsetzen kann, aber er wird es lernen, durch Zufall und Herumprobieren und durch die Unterweisungen des Talismans selbst, so wie Ihr drei Schwestern es auch gelernt habt.

Das gesamte Wissen über den Einsatz des Dreiteiligen Zepters und der Talismane, aus denen es gebildet wird, kann nur von dem zusammengesetzten Zepter selbst kommen. Euch drei jungen Prinzessinnen war es nicht gestattet, dieses gefährliche Wissen zu erlangen. Denby und ich zwangen Euch, das Zepter wieder auseinanderzunehmen, nachdem Orogastus verbannt worden war, um die Gefahr für die Welt so gering wie nur möglich zu halten. Ihr Mädchen wart damals noch sehr unreif und Euer Geist empfänglich für unseren Zwang. Aber inzwischen ist das nicht mehr so. Was auch geschieht, Ihr gebietet jetzt selbst über Euer Schicksal, und das Schicksal der Welt liegt in Euren Händen.

Wenn Orogastus alle drei Talismane in seinen Besitz bringt – oder vielleicht auch nur zwei –, könnten Ihr und ich ihn wahrscheinlich nicht mehr daran hindern, fast alle ihrer Geheimnisse zu entdecken. Er ist ein erfahrener Zauberer, hart geworden in den Jahren der Entbehrung, und besitzt einen außerordentlich starken Willen. Selbst mit der vereinten Zauberkraft aller drei Erzzauberer wäre es schwer, die Willenskraft des Sternenmannes zu brechen – so erpicht ist er inzwischen darauf, sein verabscheuungswürdiges Ziel zu erreichen. Der Erzzauberer des Himmels hat große Angst vor Orogastus. Ich befürchte, daß Denby nicht den Mut haben wird, sich ihm entgegenzustellen. Für den Schwarzen Mann des Himmels spielt es sowieso keine große Rolle, ob die Welt jetzt aus dem Gleichgewicht gerät und Menschen und Eingeborene sich der üblen Herrschaft des Sterns beugen müssen. Seine Lebensweise müßte er dadurch nicht ändern.

Aber nun sollten wir nicht mehr von diesen furchtbaren Möglichkeiten sprechen. Ihr seid jetzt endlich hier. Ich kann Euch zwar nichts zu der Funktionsweise des ganzen Zepters sagen, aber ich kann und werde Euch nach besten Kräften dabei helfen, Euren Talisman zu beherrschen. Der Eure ist schließlich der Schlüsseltalisman. So der Dreieinige will, werdet Ihr mit Hilfe des Talismans einen Weg finden, um Orogastus ein für allemal zu besiegen. Dreimal zehn Nächte dürften reichen, um Eure Ausbildung abzuschließen. Die Lektionen werden schwierig sein, denn sie erfordern mehr Selbstdisziplin als die bloße Anhäufung von Wissen. Aber ich habe Vertrauen in Euch, Haramis-die-keinen-Unsinn-hören-will. Ihr werdet gewinnen durch ...

Das reicht jetzt. Laßt mich den Nachtisch hereinbringen, den ich Euch zu Ehren zubereitet habe, eine köstliche Creme aus Fischeiern.«

16

Kadiya und Shiki verbargen sich in dem Dickicht, das am Flußufer am Rand des Aliansa-Dorfes wuchs. Der stürmische Himmel klarte langsam auf, und die kleinen Bewohner des Waldes schienen sich bereit zu machen, ihre unterbrochenen Nachtgesänge wiederaufzunehmen. Angeschwollen vom Regen, rauschte der Fluß in der Dunkelheit über Felsen, und Kadiya und Shiki hatten ihn mit größter Vorsicht überquert. Im Dorf waren unzählige große Fackeln um den Platz in der Mitte aufgestellt worden, und mehr als dreihundert Seeseltlinge tanzten jetzt um ihre beiden Opfer herum, die im Schlamm lagen und an Pflöcken festgebunden waren. Heiserer Gesang drang aus den Kehlen der Eingeborenen, während sie auf primitiven Instrumenten spielten.

Im Orchester fielen besonders die vielen Trommeln auf.

Die primitive Musik, der strömende Regen und die Laute

der Tiere übertönten jeglichen Lärm, als Kadiya und Shiki durch das letzte Stück ihrer Deckung krochen und sich auf ihren Angriff vorbereiteten. Shiki war mit der traditionellen Handschleuder der Dorok und einem breiten Messer bewaffnet, das beinahe so lang war wie ein Kurzschwert. Kadiyas einzige Waffe war der kleine Dolch an ihrem Gürtel.

»Ich werde beherzt dazwischengehen, wenn die Opferzeremonie beginnt«, sagte sie. »Die Aliansa werden sich von den Friedensverhandlungen her an mich erinnern und denken, daß ich immer noch das Dreilappige Brennende Auge habe, um mich zu verteidigen. Wenn die Täuschung gelingt, werde ich die Kinder befreien, sie auf den Arm nehmen und hierher zurückkommen. Ihr müßt dann dafür sorgen, daß uns bei unserer Flucht niemand folgt. Wenn die List mißlingt, werde ich versuchen, möglichst viele dieser Scheusale zu töten, damit Ihr in dem Durcheinander die Kinder retten könnt, während die Aliansa mit mir beschäftigt sind.«

»Aber das würde doch Euren sicheren Tod bedeuten!« sagte Shiki.

Kadiya winkte ungeduldig ab. »Falls ich sterbe, müßt Ihr die Kinder von hier wegbringen und Euch mit ihnen verstecken. Meine Schwester Anigel wird Euch mit ihrer Zauberkraft finden und Euch dann zu Hilfe kommen. Seht! In der großen Ratshütte passiert etwas. Wir werden nicht mehr lange warten müssen.«

»Herrin, nehmt wenigstens mein Messer«, bat Shiki und hielt ihr die Klinge hin.

»Nein. Es ist zu groß, um es in meinem Gewand zu verstecken. Ich muß mitten unter sie treten.« Ihre Hand griff nach dem warmen Amulett um ihren Hals, ein Tropfen Honigbernstein, in dem die versteinerte Blüte einer kleinen Blume eingeschlossen war. Ein bitteres Lächeln lag auf ihren Lippen. »Vielleicht wird dieses Amulett mich beschützen, denn anscheinend habe ich es ihm zu verdanken, daß der Junge und ich wohlbehalten an Land gekommen sind.«

»Glaubt Ihr, daß das Amulett Eure Angreifer abwehren kann oder sie vielleicht sogar töten wird?« Shikis Gesicht sah jetzt schon nicht mehr ganz so hoffnungslos aus. Er hatte den

Plan der Herrin der Augen für ungeschickt und wenig erfolgversprechend gehalten, es jedoch nicht gewagt, ihr gegenüber seine Bedenken zu äußern. Aber wenn ihr Amulett wirklich Zauberkräfte besaß …

Mit einem Seufzer ließ Kadiya den Bernsteintropfen wieder sinken. »Es wird auf keinen Fall töten. Vielleicht wird es mir auf andere Weise helfen, aber darauf konnte ich mich noch nie verlassen. Man muß ganz fest daran glauben, wenn es funktionieren soll. Um ehrlich zu sein, ich weiß nicht, ob mir das jetzt gelingt – jetzt, da ich kaltblütig und als Erwachsene handeln muß und nicht wie ein verängstigtes, argloses Kind. Einst, als ich noch ein einfältiges Mädchen war, hat mich dieser Drillingsbernstein vor der Hellsichtigkeit des bösen Zauberers verborgen, mich sicher durch die Luft getragen, als ich aus großer Höhe in die Tiefe sprang, und mich durch eine furchtbare Sumpfwildnis geleitet. Heute schien es mir, als hätte es mich wieder durch die Luft getragen, fort von dem Wasserwirbel. Aber ich war völlig außer mir, als ich das Amulett um Hilfe gebeten habe. Ich habe es ihm nicht bewußt befohlen. Und … und vielleicht habe ich mir nur eingebildet, daß ein Wunder geschehen ist. Tolo und ich könnten statt durch Zauberkraft auch durch eine große Welle an Land geschleudert worden sein.«

»Am Strand herrschte ein solcher Wirrwarr, daß ich nicht sagen kann, wie Ihr dorthin gelangt seid«, mußte Shiki zugeben.

»Als der Junge und ich dort draußen im Meer waren, dachte ich auch, ich hätte die Stimme einer Frau gehört, die schon seit langer Zeit tot ist – jener Frau, die mir das Amulett gegeben und mich auf die Suche nach meinem Talisman geschickt hat. Aber auch das könnte ich mir eingebildet haben.«

»Ich weiß nur wenig über Magie«, sagte Shiki langsam. »Aber bei allen schwierigen Unterfangen muß man darauf vertrauen, daß es gelingen wird. Ihr solltet mit aller Kraft auf Euer Amulett vertrauen, dann wird Euer Rettungsversuch sicher glücken.«

»Das ist ein guter Rat«, sagte Kadiya. »Ob ich ihn befolgen kann, weiß ich nicht. Ich bin daran gewöhnt, mich auf mich selbst zu verlassen – und auf einen kostbaren Gegenstand, der mir vor kurzem gestohlen wurde. Ohne diesen Gegenstand, den Talisman, bin ich nicht mehr die Frau, die ich einmal war.«

In wenigen Worten erzählte sie, wie sie ihren Talisman verloren und Portolanus ihn aus dem Meer geborgen hatte, und auch, was der Verlust eines Teils des großen Zepters der Macht für sie und ihre Schwestern und vielleicht die ganze Welt bedeutete. Zum Schluß sagte sie: »Ihr seht, mein Freund Shiki, welch kümmerlicher Ersatz dieser Bernsteintropfen für das ist, was ich verloren habe.«

Shiki legte ihr sanft die dreifingrige Hand auf die Schulter. »Ich bin sicher, daß der Bernstein seine Zauberkräfte nicht verloren hat. Sonst wäre er doch nicht zu seiner Herrin zurückgeflogen, als der böse Zauberer ihn ergreifen wollte.«

»Das ist wahr. Seit meiner Geburt, als mir die Erzzauberin das Amulett gegeben hat, waren das Amulett und ich niemals getrennt. Es wurde ein Teil des Talismans, als das Dreilappige Brennende Auge in meinen Besitz überging. Als ich diesen Talisman verlor, fühlte ich mich, als würde mir das Herz aus dem Leib gerissen!«

»Und doch ist es der Bernstein, nicht der Talisman, der seit Eurer Geburt zu Euch gehört hat. Herrin, habt Ihr denn in Betracht gezogen, daß Euer größter Verlust überhaupt nicht der Talisman, sondern der Bernstein gewesen wäre?«

Kadiya war sprachlos. Sie starrte ihn an.

Shiki lächelte ihr aufmunternd zu. »Und jetzt habt Ihr ihn wieder. Es gibt keinen Grund, weshalb Ihr nicht auf seine Zauberkräfte vertrauen solltet. Und auf Euch selbst.«

»Wenn Ihr recht habt ...« Ihre Gedanken überschlugen sich, während sie die tanzenden Aliansa im Licht der Fackeln anstarrte. Ihr Tanz wurde immer wilder, und die Trommeln schlugen jetzt so schnell, daß sie zu einem endlosen Dröhnen verschmolzen, das den Gesang und den Klang der anderen Instrumente übertönte.

»Herrin, es ist *gut*, wenn man das eigene Ich anzweifelt und sich nicht zu sehr darauf verläßt, daß man die Wahrheit schon selbst erkennen wird. So etwas führt zu Überheblichkeit. Aber es ist nicht gut, wenn man nur noch zweifelt und das dann als Entschuldigung für seine Fehler hernimmt oder dafür, daß man überhaupt nichts unternimmt. Das ist eine Form von Hochmut und gar nicht gut. Versteht Ihr, was ich sagen will? Uns allen werden bei der Geburt bestimmte Gaben geschenkt, und diese müssen wir nach bestem Wissen und Gewissen nutzen. Wenn Ihr dazu geboren seid zu führen, dann tut es. Wenn Euch die Rolle des Anführers genommen wird, dann akzeptiert das. Wenn es Euch bestimmt ist, Trägerin von Zauberkraft zu sein, dann akzeptiert auch das – aber nicht hochmütig, als hättet Ihr die Macht verdient. Ihr solltet wissen, wo Eure Grenzen sind, Herrin, aber es wagen, sie zu überschreiten, wenn höhere Werte Euch zum Handeln zwingen. Vielleicht werdet Ihr scheitern. Aber das ist keine Schande, sondern eher Vorsehung.«

Die Trommeln verstummten.

Kadiya umarmte Shiki und küßte ihn auf die Stirn. »Ich danke dem Dreieinigen, daß er Euch zu mir geschickt hat.« Sie holte tief Luft. »Einst entkam meine Schwester Anigel ihren Häschern mit Hilfe ihres eigenen Drillingsamuletts, das sie unsichtbar gemacht hatte. Ein anderes Mal konnte sie die Wachen des Feindes außer Gefecht setzen, indem sie sich ihnen unsichtbar näherte. Mir war eine solche List immer zuwider, denn ich bin immer direkt und mutig vorgegangen und nicht so verschlagen. Aber jetzt werde ich Euren Rat befolgen ... und mich *öffnen*. Wenn ich wirklich die Trägerin von Zauberkraft bin, dann flehe ich jetzt die Herrscher der Lüfte an, mich nach ihrem Willen zu benutzen. Meine Zweifel und meine Ungeduld sind jetzt bedeutungslos. Nun zählt einzig, daß wir die beiden armen Kinder retten. Shiki, seid Ihr bereit?«

»Ja«, sagte er.

»Vergeßt den Plan, den ich Euch vorhin erzählt habe.« Ihre Augen glitzerten im Licht der Fackeln. »Seid wachsam, und wenn der Moment geeignet erscheint, tragt Ihr die Kinder fort.«

Dann verschwand sie.

Um die zwei schlammbespritzten kleinen Gestalten, die man mitten auf dem Platz an Pflöcken festgebunden hatte,

243

waren jetzt an die fünfzig bewaffnete Krieger der Aliansa versammelt. Die anderen Eingeborenen drängten sich weiter hinten zusammen, zwischen den aufgepflanzten Fackeln. Seit Kadiya und Shiki sich dem Platz zum erstenmal genähert hatten, waren Nikalon und Janeel die ganze Zeit bewegungslos gewesen, als wären sie nicht bei Bewußtsein, aber jetzt, nachdem die barbarische Musik aufgehört hatte, bewegten sie sich.

Der Kronprinz drehte den Kopf zu seiner Schwester und sagte etwas zu ihr. Sie brachte ein zitterndes Lächeln zustande. Dann lagen die beiden Kinder wieder regungslos da und starrten in den Sternenhimmel. Die zehnjährige Janeel hatte man bis auf ihr beschmutztes Unterhemd entkleidet, während der Prinz nur noch seinen Lendenschurz trug.

Aus der größten Hütte trat jetzt der Anführer der Aliansa, Har-Chissa, heraus, gefolgt von einer Eingeborenen, die ein großes Bündel trug. Der nichtmenschliche Körper des Häuptlings war aufs prächtigste herausgeputzt mit einem perlenbesetzten Kilt aus Goldstoff, einem Wams und einem hohen Kragen aus einem goldenen Netz, in das Perlen und kostbare Korallen eingelegt waren. Um seine pelzigen Glieder waren Perlenstränge gewunden. Jede einzelne seiner Schuppen auf Rücken, Brust, Oberarmen und Oberschenkeln war mit goldener oder karmesinroter Farbe bemalt. Um seine hervorquellenden gelben Augen waren rote Kreise gemalt, und um die Stirn trug er ein juwelenbesetztes Band, an dem ein großes geschwungenes Horn aus Perlen in einer Fassung aus Gold befestigt war.

Jetzt intonierte Har-Chissa in der Sprache der Aliansa eine Frage. Die Krieger und das übrige Seevolk antworteten ihm enthusiastisch. Dann ertönten wieder die Trommeln, dieses Mal in einem langsamen und komplizierten Rhythmus: tiefe dröhnende Schläge und grollendes Donnern von den größten Trommeln, harte Schläge in verschiedenen Tonhöhen und düster klingende Sequenzen von den Trommeln mittlerer Größe und schrille, dem Zirpen von Insekten ähnliche Laute von den kleinsten Trommeln.

Har-Chissa schritt in die Mitte des Platzes. Er beugte sich über Prinzessin Janeel und riß ihr mit einer einzigen Bewegung seiner großen Hand das dünne Unterhemd vom Leib. Sie schrie entsetzt auf, aber dann gab sie keinen Laut mehr von sich, sowenig wie Prinz Nikalon, der immer noch in den Himmel starrte, während sich seine Augen langsam mit Tränen füllten.

Der Rhythmus der Trommeln wurde jetzt schneller und lauter, und Har-Chissa winkte seine Helferin heran, die sich etwas von ihm entfernt aufgestellt hatte. Es war eine ältere Frau, fast ebenso prächtig gekleidet wie der Häuptling. Sie kniete sich vor ihn hin und öffnete das Bündel, das sie getragen hatte.

Es enthielt Dutzende von Messern.

Die Zuschauer feuerten ihn an.

Har-Chissa bedeutete ihnen zu schweigen. Unter den schaurigen Klängen der Trommeln betrachtete er langsam die sorgfältig aufgereihten Klingen, die nach ihrer Größe geordnet waren. Schließlich zog er ein kleines Skalpell mit einem Griff aus Perlmutt heraus, das im Licht der Fackeln aufblitzte. Im wirbelnden Rhythmus der Trommeln schwang er drohend das Messer über der kleinen Prinzessin und vollführte die Bewegungen, mit denen er ihr später bei lebendigem Leib die Haut abziehen würde. Bei jeder rituellen Geste heulte das Seevolk seinen Beifall.

Plötzlich verstummten die Trommeln.

Har-Chissa hob einen von Janeels dünnen Armen hoch und beugte sich mit hoch erhobenem Skalpell zu ihr hinunter.

Shiki hob seine Schleuder und machte sich bereit, eine der Bleikugeln abzuschießen, die den Dorok als Geschosse dienten. Unglücklicherweise war der schuppige Kopf des Häuptlings mit dem gehörnten Stirnband ein weit entferntes, nur undeutlich zu erkennendes Ziel.

Aber da!

Plötzlich bog sich Har-Chissas langer Hals nach hinten, und sein Kopf zuckte zurück. Er riß die Schnauze mit den mächtigen Stoßzähnen auf und streckte seine schwarze Zunge heraus. Vor Überraschung schrie er laut auf. Das Messer zum Enthäuten wurde ihm aus der Hand gerissen und flog in einem sonderbaren Bogen durch die Luft, wobei es im Licht der Fackeln aufblitzte und selbst wie eine kleine Flamme aussah. Das Skalpell wurde langsamer, dann schwebte es auf geheimnisvolle Weise unmittelbar hinter dem Häuptling in der Luft. Har-Chissa versuchte verzweifelt, sich den großen, perlenverzierten Kopfputz von der Stirn zu reißen. Zum Entsetzen der Zuschauer schien das Zeremonienstirnband ein bösartiges Eigenleben entwickelt zu haben und den Kopf ihres Anführers immer weiter und weiter nach hinten zu zwingen, bis seine schuppenlose Kehle mit dem lohfarbenen Pelz frei lag. Das kleine Skalpell blitzte auf wie ein Meteor, als es nach vorne schoß.

Auf der Kehle des Oberhäuptlings der Aliansa erschien eine blutrote Linie. Sie dehnte sich aus, und dunkles Blut sprudelte aus ihr hervor. Har-Chissas verzweifelter Schrei erstickte in einem fürchterlichen, zischenden Stöhnen. Er fiel vornüber. Sein Blut strömte über Prinzessin Janeels Körper und bedeckte ihre Blöße. Sie schloß die Augen, gab aber keinen Laut von sich.

Har-Chissa lag mitten in einer immer größer werdenden Blutlache. Um die zwei auf dem Rücken liegenden Kinder erschienen blutige Fußabdrücke. Zur gleichen Zeit schlich sich Shiki durch das Dickicht, um noch näher heranzukommen. Er war sich gewiß, daß keiner aus dem entsetzt brüllenden Seevolk zu den Bäumen hinübersehen würde.

Die Menge war immer noch starr vor Grauen, als die schwebende Klinge mit ihrem Perlmuttgriff die Fesseln der kleinen Prinzessin durchschnitt. Aber die Helferin mit dem Messerbündel hatte sich schneller gefaßt als die anderen. Sie griff nach einer fürchterlichen Waffe, die wie ein gezacktes Hackbeil aussah, und stürzte sich zielstrebig auf Prinz Nikalon.

Shiki hob wieder seine Schleuder und zielte auf eines ihrer glühenden gelben Augen. Die Bleikugel traf, und sie stürzte tot zu Boden, mit dem Geschoß in ihrem Gehirn. Einen Augenblick später waren beide Kinder von ihren Fesseln befreit.

Dann rannten die blutigen Fußabdrücke von den Gefangenen fort, durch den Ring aus bewaffneten Kriegern hindurch, bis zum Rand der Menge, wo die Fackeln brannten. Zwei dieser Fackeln wurden aus dem schlammigen Boden herausgerissen und wirbelten plötzlich zwischen den Kriegern herum, die jetzt von den Kindern weggetrieben wurden. Schreiend stürzten die Aliansa zu Boden, und viele, die nicht sogleich weichen wollten, wurden verbrannt. Einige der Krieger schlugen ohnmächtig mit ihren Schwertern auf den unsichtbaren Dämon ein oder warfen ziellos Speere um sich. Aber sie trafen sich nur gegenseitig. Schließlich wurden die beiden herumwirbelnden Fackeln auf die beherzteren Aliansa geschleudert, die sich weiter vorgewagt hatten. Dann zog der Dämon weitere Fackeln aus dem Boden und warf diese eine nach der anderen auf die bewaffneten Eingeborenen. Vom äußersten Rand des Dorfplatzes aus schoß Shiki mit einer solchen Wucht Bleikugel um Bleikugel in die Menge, daß Knochen splitterten.

Fast alle unbewaffneten Aliansa und viele der Krieger ergriffen jetzt die Flucht und rannten durch die Reihen der Hütten hindurch in den dunklen Wald dahinter. Jene, die blieben und zu kämpfen versuchten, fielen Shikis Schleuder zum Opfer oder wurden von den Fackeln erwartet, mit denen ihnen der Dämon ihr Fell und die Kleidung in Brand setzte. Schreiend vor Schmerzen und hilflosem Zorn taumelten sie umher und griffen unsichtbare Gegner an, als seien sie verrückt geworden. Niemand bemerkte, wie eine kleine Gestalt aus dem Wald schoß, mit starken Armen den Prinz und die Prinzessin an sich riß und mit ihnen davoneilte.

Schließlich waren alle Fackeln aus dem Boden gerissen und nach den Aliansa geschleudert. Sämtliche Flammen waren ausgelöscht, und die einzigen Lichtquellen waren der Feuerschein, der aus den offenen Türen der Hütten nach draußen drang, und das Dreigestirn am Himmel. Keine weiteren blutigen Fußspuren tauchten mehr auf. Das Stöhnen der verwundeten Eingeborenen bildete einen düsteren Kontrast zu dem jetzt wieder von neuem erklingenden Chor der Waldtiere.

Als klar war, daß der unsichtbare Dämon gegangen war und die jungen Gefangenen mit sich genommen hatte, krochen und wankten die überlebenden Krieger der Aliansa in die

Ratshütte, um das schreckliche Ereignis und den Mord an ihrem Oberhäuptling zu beklagen. Diejenigen, deren Verstand noch nicht völlig verwirrt war, sandten in der Sprache ohne Worte Botschaften aus und warnten die anderen Dörfer der Aliansa auf der Ratsinsel und den angrenzenden Inseln vor den verhaßten Fremden und ihrem unsichtbaren Dämon. Es tröstete sie etwas, daß sich die anderen Krieger sofort zu Land und zu Wasser aufmachten, um die beiden Schiffe anzugreifen, die den Eindringlingen gehörten.

Aber dann entdeckten die Dorfbewohner, die verängstigt aus dem Wald zurückkehrten, daß noch eine weitere furchtbare Tat begangen worden war – ein so entsetzlicher Frevel, daß das besiegte Seevolk neuen Mut faßte und wieder zu den Waffen griff. Jeder Krieger, der sich noch bewegen konnte, machte sich auf und stürmte zur Küste. Die Schrecken von eben waren vergessen, und sie schworen, daß kein menschliches Wesen die Inseln unter dem Verlorenen Wind lebend verlassen würde.

Denn die Felle jeder einzelnen der kostbaren Zeremonientrommeln des Aliansavolkes waren von dem unsichtbaren Dämon der Menschen aufgeschlitzt worden. Nie wieder würde ihr Ton erklingen.

17

Königin Anigel, Jagun der Nyssomu und die dreizehn Wyvilo-Krieger, die an Bord der Lyath geblieben waren, machten sich in zwei kleinen Booten auf zur Küste, sobald die Königin ihr kurzes Gespräch mit dem Zauberer Portolanus beendet hatte. Die mißliche Lage von Niki und Jan erforderte sofortiges Handeln, und Anigel war überzeugt davon, daß Kadiya bei der Rettung ihrer Kinder Hilfe brauchen würde. Gerade als der Sturm sich legte, landete der schwerbewaffnete Trupp der Königin an der Küste der kleinen Bucht neben der Ratsbucht und eilte auf einem kleinen Pfad dem Dorf von Har-Chissa entgegen.

»Es ist nur sechs Meilen entfernt«, sagte Jagun. »Nehmt meine Hand, Große Königin, und ich werde Euch führen, während Ihr mit Eurem Talisman weiterhin die gefangenen Kinder beobachtet.«

Anigel hastete vorwärts und wurde zusehends unruhiger, als sie beobachtete, wie die tödliche Trommelzeremonie der Aliansa von neuem begann. »Sie haben die Fackeln wieder entzündet und zu tanzen begonnen! ... Wir werden es nicht mehr schaffen! ... Oh, wenn meine Schwester doch nur etwas *tun* könnte!«

Als Har-Chissa sich über die arme Janeel beugte und Kadiya schließlich unsichtbar wurde und ihn tötete, nahm dies die Königin so mit, daß sie stehenblieb und mit leeren Augen vor sich hin starrte, völlig unfähig, sich zu bewegen oder etwas zu sagen.

Jagun und die Wyvilo scharten sich um ihre reglose Gestalt. Auch sie hatte die Angst gepackt, denn bis zu diesem letzten furchtbaren Augenblick hatte Anigel ihnen genau erzählt, was in dem Dorf gerade vor sich ging. Keiner von ihnen wagte zu sprechen, denn sie befürchteten, daß die kleine Prinzessin Janeel getötet worden oder ihr noch Schlimmeres widerfahren war. Jagun, der immer noch Anigels eiskalte Hand in der seinen hielt, kniete sich mit gesenktem Kopf neben sie. Die großen Wyvilo reckten bittend die Arme zum Dreigestirn empor und beteten schweigend, wie es der Brauch des Waldvolkes war.

Ein Schauer überlief Königin Anigel, und sie stieß einen tiefen Seufzer aus. »Meine Freunde«, flüsterte sie. »Kadiya hat die Kinder gerettet.«

Jagun und die Wyvilo taten ihre Erleichterung kund. Anigel hieß sie, sich näher um sie zu scharen, damit auch sie die erstaunliche Szene mit Hilfe des Talismans beobachten konnten. Sie sahen, daß Har-Chissa tot am Boden lag und die eingeschüchterten Aliansa von etwas Unsichtbarem angegriffen wurden, das Fackeln auf sie schleuderte. Dann konnten sie beobachten, wie ein unbekannter kleiner Eingeborener die mit Blut beschmierten Kinder in seine Arme nahm und sie sicher in den Schutz der Bäume brachte.

»Dank sei den Herrschern der Lüfte und meiner Herrin, der Weitsichtigen!« rief Jagun aus. »Aber wer war der Fremde, der ihr geholfen hat?«

»Kadiya hat ihn Shiki genannt«, erwiderte Anigel. »Aber wir haben jetzt keine Zeit mehr, unsere Beobachtungen fortzusetzen. Wir müssen uns beeilen und Kadi finden, bevor die Eingeborenen sich wieder erholt haben.«

Sie kämpften sich durch den dunklen Wald vorwärts, in dem von allen Seiten Tiere schrien und pfiffen. Von Zeit zu Zeit hörten sie ein lautes Krachen im Unterholz, aber die Nachtaugen der Wyvilo sagten ihnen, daß sich in diesem Teil der Insel nur Tiere und keine feindlichen Eingeborenen aufhielten. Dann stellte Anigel mit ihrem Talisman fest, daß Kadiya, Shiki und die Kinder auf einem kleinen Seitenweg flohen, der beinahe parallel zu dem Pfad verlief, auf dem sie sich gerade befanden. Die Wyvilo zogen ihre Äxte hervor und begannen, einen direkten Weg durch das dichte Unterholz zu schlagen. Jagun stieß einen durchdringenden, trillernden Schrei aus, von dem er sagte, daß seine Herrin ihn erkennen würde, und als die Retter schließlich bis zu dem Seitenweg durchgebrochen waren, warteten die anderen dort.

Weinend vor Freude riß die Königin Nikalon und Janeel an ihre Brust. Beide Kinder schienen wie gelähmt zu sein und konnten sich nicht an das Geschehene erinnern. Janeel trug das bestickte Hemd des Dorok, und der Kronprinz hatte sich Shikis Unterhemd aus Zuckwolle übergestreift, so daß dem kleinen Eingeborenen nur noch seine schwere Lederhose und die Stiefel geblieben waren. Anigel wischte sich die Tränen aus den Augen und umarmte und küßte auch ihre Schwester.

Unter Tränen sagte sie zu ihr: »Der Dreieinige segne dich, liebe Kadiya, und auch deinen tapferen Freund Shiki für die Rettung meiner Kleinen. Aber wir können nicht länger hier verweilen. Antar schwimmt mit Lummomu und den beiden anderen Wyvilo auf die Ratsbucht zu, und auch Tolo befindet sich dort, versteckt in den Bäumen. Wir müssen sie finden. Einige aus unserer Gruppe werden Niki und Jan zurück auf die Lyath tragen, während wir anderen zur Ratsbucht weitergehen.«

»Laß die Kinder von Jagun und Shiki und zweien der Wyvilo-Krieger auf das Schiff zurückbringen«, sagte Kadiya.
»Ich werde dich bei der Rettung von Antar und Tolo begleiten.« Sie hob den Drillingsbernstein um ihren Hals hoch. Ihr
blutverschmiertes Gesicht leuchtete triumphierend. »Meinen
Talisman habe ich an Portolanus verloren, aber ich kann
immer noch auf die Zauberkraft meines Amuletts vertrauen,
und diese ist so gewaltig, daß die niederträchtigen Aliansa ihre
gerechte Strafe erhalten haben. Schwester, wir beide werden es
mit Portolanus schon aufnehmen.«

»Das hoffe ich«, antwortete Anigel mit leiser Stimme, aber
ihre Augen drückten Zweifel aus. Sie redete beruhigend auf
Niki und Jan ein und küßte sie zum Abschied, und schon
waren die Kinder mit ihrer Begleitung auf dem Weg zur
Lyath. Dann berührte die Königin ihren Talisman und befahl
ihm, ein Bild der Ratsbucht zu zeigen.

Als sie es sehen konnte, rief sie bestürzt aus: »Der Zauberer
schickt Boote hinter Antar und Tolo her!«

Kadiya rief den Wyvilo zu: »Schnell, meine Freunde, führt
uns so schnell wie möglich an die Küste der Ratsbucht!«

Sie rannten davon. Das Geräusch ihrer stampfenden Füße
übertönte das Gebrüll der Eingeborenen, das jetzt aus Har-
Chissas Dorf drang und immer näher kam.

»Da drüben sind sie«, schrie Schwarzstimme.

Er stand im Bug des ersten Bootes, dem vier weitere Boote
in geringem Abstand folgten. Aus seinen Augen drangen zwei
dünne weiße Strahlen, und er sprach mit der Stimme des Portolanus, der die Position der Flüchtlinge mit seinem Talisman
festgestellt und den Suchtrupp dorthin geführt hatte. Da die
Piraten mit ihren Rudern dreimal so schnell waren, hatten sie
König Antar und die ihn begleitenden Wyvilo überholt, als
diese nur noch weniger als fünfzig Ellen von der Küste entfernt waren.

Plötzlich verschwanden die vier Köpfe, die in der ruhigen
See schwammen.

»Herr, sie tauchen!« warnte einer der Raktumianer.

»Der König ist zu schwach, um lange unter Wasser zu bleiben ... Schnell, ihr da und ihr!« Die Stimme wies auf zwei der anderen Boote. »Rudert, so schnell ihr könnt, an die Küste und schneidet ihnen dort den Weg ab, wenn sie versuchen, an Land zu gelangen. Ihr anderen, macht die Leinen mit den Enterhaken bereit und haltet Ausschau nach ihm!«

Einige Piraten in den verbliebenen drei Booten nahmen aufgerollte Seile zur Hand, deren Enden mit kleinen, aber höllisch scharfen Dreierhaken versehen waren. Einige Minuten lang war nur das Knarren der Ruder in den beiden Booten zu hören, die an Land befohlen worden waren. Das Meer lag völlig ruhig da und spiegelte das Licht des Dreigestirns wider. Eine Dreiviertelmeile weiter nördlich näherte sich das sechste Piratenboot der Küste, das von Purpurstimme befehligt wurde. Die Männer darin machten sich bereit für die Suche nach Prinz Tolivar.

Plötzlich spritzte es im Wasser, und sie hörten, wie jemand verzweifelt nach Luft rang.

»Der König! Dort!« Keine sechs Ellen entfernt machten die Strahlen aus den Augen von Schwarzstimme Antars nasses blondes Haar und sein halb untergetauchtes Gesicht aus. Einer der Piraten im Boot der Stimme wirbelte seinen Enterhaken herum und schleuderte ihn in Antars Richtung. Der König schrie auf, als der Haken nur knapp seinen Kopf verfehlte und sich dann in seine nackte Schulter bohrte. Drei weitere Enterhaken trafen seinen Körper und gruben sich tief in sein Fleisch. Von Schmerzen gepeinigt, krümmte sich Antar und versuchte, den Haken zu entkommen, was jedoch nur dazu führte, daß er sich in den Leinen verheddert und fast ertrank. Bald gab er seinen Widerstand auf und trieb mit dem Kopf unter Wasser auf dem Meer. Eilig befahl Schwarzstimme, den König so schnell wie möglich ins Boot zu ziehen, damit er nicht ertrank.

Aber kaum war Antar an Bord, fing das Boot mit ihm und Schwarzstimme heftig zu schwanken an. Die Piraten stießen Verwünschungen aus, und einer brüllte: »Im Wasser sind Seltlinge! Sie werden das Boot zum Kentern bringen!« Mit glühenden Augen und weit aufgerissenem Rachen schoß Lummomu-Ko, der Anführer der Wyvilo, am Heck des Bootes aus dem Wasser. Er griff sich mit jeder Hand einen der schreienden Piraten und zog die Männer über Bord. Als sie im Wasser waren, zerriß er sie mit seinen Zähnen. Die beiden anderen Wyvilo, Huri-Kamo und Mok-La, setzten ihre Versuche fort, das Boot mit dem Anführer umzukippen, während die Piraten im Boot mit den Rudern auf sie einschlugen.

»Schwerter, ihr Dummköpfe!« schrie Schwarzstimme. »Gebraucht eure Schwerter!« Er kauerte über dem besinnungslosen König und schützte ihn mit seinem Körper vor denen, die ihn retten wollten.

Wieder schoß Lummomu mit lautem Getöse aus dem Wasser und zog noch zwei Piraten mit dem Kopf voran zu sich in die schwarze See. Mok-La ergriff einen anderen. Ein vierter Mann verlor in dem schwankenden Boot den Halt und fiel ins Meer, während er versuchte, einen Treffer mit seinem Schwert zu landen. Die Stimme, Antar und die zwei übriggebliebenen Raktumianer purzelten jetzt hilflos in einem Knäuel aus wild um sich schlagenden Menschenleibern und klirrenden Waffen im Boot umher. Die drei Wyvilo brachen in triumphierendes Geheul aus.

Aber nun kamen die beiden Begleitboote heran, ebenso die zwei anderen, die zur Küste gerudert, dann aber sofort umgekehrt waren, als der Tumult begonnen hatte. Die Raktumianer in den Booten fielen mit Speeren und Langschwertern über die Wyvilo im Meer her. Huri-Kamo heulte vor Schmerz auf, als ihm eine seiner klauenbewehrten Hände von einer Klinge abgehackt wurde, und versank im Meer. Erbarmungslos stachen und hieben die Männer auf Lummomu-Ko und Mok-La ein, bis auch sie untergingen. Im Boot von Schwarzstimme waren sechs Männer über Bord und in ihr Verderben gezogen worden, und einer der beiden Überlebenden stöhnte und preßte die Hände auf eine Wunde, die ihm einer seiner Kameraden zugefügt hatte.

»Schleppt uns zurück zum Flaggschiff«, krächzte Schwarzstimme. »Beeilt euch!«

Der einzige unverletzte Pirat im Boot der Stimme warf ein Seil zum nächsten Boot hinüber, dann setzte er sich vorsichtig wieder hin. »Herr, glaubt Ihr, daß diese schuppigen Teufel ertrunken sind?«

Der Gehilfe des Zauberers schwieg. Die Strahlen aus seinen

253

Augen glitten suchend über das Wasser, während sich sein Kopf hin- und herdrehte. »Sie sind jedenfalls nicht mehr da!« Und zu den Männern in den anderen Booten rief er: »Rudert schneller! Ich muß den König zum Flaggschiff bringen, um nach seinen Verletzungen zu sehen. Wenn er stirbt, kostet es euch alle das Leben.«

In den anderen Booten unterhielten sich leise die Männer, während sie sich über die Ruder beugten, und einer von ihnen wandte sich eifrig an die Stimme. »Herr, Yokil hier glaubt, draußen auf See Lichter zu sehen. Genau jenseits des südlichen Kaps da drüben.«

»Yokil hat scharfe Augen«, sagte die Stimme ruhig. »Es sind die Aliansa, die Seeseltlinge von den nahegelegenen Inseln, die gekommen sind, um uns anzugreifen. Sie werden uns in weniger als einer halben Stunde erreicht haben. Jetzt spart euren Atem und *rudert*.«

Und damit zog sich Portolanus aus Schwarzstimme zurück, dessen strahlende Augen plötzlich wieder glanzlos waren, und wandte seine Aufmerksamkeit der Ergreifung Prinz Tolivars zu.

»Mein Talisman zeigt mir, daß sich das Kind in dem kleinen Wäldchen da drüben verborgen hält«, sagte Purpurstimme zu den acht Piraten, die ihm über den Sand folgten. »Schwärmt aus und achtet auf jede Bewegung.«

Die Raktumianer fluchten überrascht, als unvermittelt zwei helle Sterne unter der Kapuze des Zaubergehilfen aufblitzten und die Dunkelheit im Unterholz beleuchteten. Er sprach zu ihnen mit der unverkennbaren Stimme des Zauberers.

»Ihr braucht euch nicht zu erschrecken, Männer. Ich bin es, Portolanus, der durch Purpurstimme spricht. Haltet eure Wurfnetze bereit, wenn wir in den Wald gehen. Der kleine Prinz darf unter keinen Umständen verletzt werden.«

Aber bevor die Stimme fertigsprechen konnte, hörten sie in der warmen Brise der Nacht von ferne Gesang, und am südlichen Ende des Strandes tanzten plötzlich unzählige kleine Lichter auf und ab. Die Aliansa aus den Dörfern im Innern der Insel kamen scharenweise aus dem Wald heraus.

»Seeseltlinge!« schrie einer der Piraten und deutete mit dem Finger auf sie. »Sie kommen direkt auf uns zu.«

»Und seht da!« Ein anderer Mann zeigte auf das Meer hinaus. »Noch mehr von diesen häßlichen Bastarden! Purpurner Herr, wir müssen zum Flaggschiff zurück! Wir haben jetzt keine Zeit, königliche Bälger zu jagen. Der Admiral wird versuchen, so schnell wie möglich das offene Meer zu erreichen, bevor diese Wilden den Rumpf der Triere in ein Sieb verwandeln!«

Die übrigen Raktumianer nickten zustimmend.

»Wir haben noch genügend Zeit, um nach dem Kind zu suchen«, antwortete Portolanus aus dem Mund von Purpurstimme. »Ich werde noch einen Sturm herbeizaubern, der die Kriegskanus dieser erbärmlichen Kreaturen aufhält.«

»Die Kanus soll der Teufel holen«, knurrte einer der Kerle. »Was ist mit dem Haufen, der die Küste heraufkommt? Sie können nicht viel weiter als eine Meile von uns entfernt sein! Ich jedenfalls verschwinde von hier!«

Die anderen Männer pflichteten ihm lautstark bei, und bevor Purpurstimme sie aufhalten konnte, hatten sie schon die Flucht ergriffen und stürmten auf das Boot zu. Der wütende Zaubergehilfe folgte ihnen und versuchte vergeblich, sie wieder zusammenzurufen.

Plötzlich erschallte von den Bäumen hinter ihnen ein gellender Schrei. Die Raktumianer liefen weiter, aber Purpurstimme blieb stehen und wirbelte herum. Die leuchtenden Strahlen aus seinen Augen erfaßten eine kleine Gestalt, die aus dem dichten Unterholz gekrochen war und jetzt jämmerlich weinend über den mondbeschienenen Sand auf ihn zustürzte.

»Sie kommen auch aus dem Dorf! Ich kann sie hören! Laßt nicht zu, daß die Seeseltlinge mich kriegen! Nehmt mich mit!«

»Bei den Knochen des Bondanus! Es ist der Prinz!« rief Purpurstimme aus. »Beeil dich, Junge!«

»Tolo, nein!« schrie jemand aus weiter Entfernung. »Nicht!«

Der Prinz wurde langsamer und blickte über die Schulter zurück zu dem dunklen Wald.

»Schnell, oder ich muß dich hierlassen«, drängte ihn die Stimme.

Tolivar lief schneller und warf sich in die wartenden Arme des Gehilfen. Er hielt sich am Hals des Mannes fest, während dieser auf das wartende Boot zurannte.

»Halt dich fest, mein Junge!«

»Ihr redet wie der Zauberer«, sagte Tolo.

»Ich *bin* der Zauberer«, keuchte Purpurstimme. »Zumindest jetzt.« Er kletterte über das Dollbord, wobei ihn das Kind beinahe erdrosselte. Sofort stieß das Boot vom Ufer ab.

»Ihr meint, Ihr habt Euch im Körper dieses Mannes versteckt?« Der Prinz war begeistert.

»So könnte man es ausdrücken ... aber ich muß ihn jetzt verlassen, um mich anderen Dingen zuzuwenden.«

»Habt Ihr meinen Königlichen Vater wieder eingefangen?« fragte Tolo.

»Ja. Und dieses Mal wird keiner von euch beiden wieder entkommen, bis das Lösegeld für euch bezahlt ist. Aber hab keine Angst, Tolo. Ich glaube, daß du und ich gute Freunde werden.«

»Zauberer? ... Muß ich auch dann wieder nach Hause gehen, wenn ich gar nicht will?« fragte der Prinz mit leiser Stimme.

Aber die Strahlen in den Augen der Stimme verblaßten, und als ihr Leuchten erloschen war, holte der Gehilfe erst einmal tief Luft. »Setzt Euch da auf den Bug, Prinz, und behindert die Ruderer nicht.« Seine Stimme klang jetzt vollkommen anders.

»Ihr seid jetzt nicht mehr der Zauberer, stimmt's?«

»Schweigt«, sagte Purpurstimme kurz angebunden. »Ihr werdet den Meister noch früh genug treffen.«

Die Piraten ruderten wie wild, und das Boot schien über das spiegelglatte Meer zu fliegen. Die Eingeborenen in ihren Booten näherten sich schnell, und inzwischen waren so viele Kanus mit Fackeln auf dem Wasser um das südliche Kap herumgekommen, daß sie nicht mehr zu zählen waren. Der Singsang der Eingeborenen wurde jetzt von einer menschlichen Stimme übertönt, die schrie:

»Tolo! Tolo!«

Prinz Tolivar stand auf und versuchte, zur Insel zurückzublicken. Purpurstimme fluchte und hielt ihn fest.

»Ich glaube, das ist meine Mutter«, sagte der Junge mit ruhiger Stimme. »Seht, das muß sie sein, sie kommt gerade aus dem Wald. Sie kann mich mit ihrem magischen Talisman sehen.«

»Tolo!« schrie sie verzweifelt.

Der Junge winkte. Dann sagte er zu Purpurstimme: »Sie kann mich auch hören ... Auf Wiedersehen, Mutter!«

Dann setzte er sich wieder hin und sah zu, wie auf der riesigen Triere der Raktumianer die Segel hochgezogen wurden. Das Licht des Dreigestirns wurde durch Gewitterwolken gedämpft, die am Himmel aufgezogen waren.

»Tolo! Mein armer Junge, was hast du nur getan? ... O gütiger Gott, nein! Jetzt hat Portolanus sie beide wieder gefangen! Talisman! Ich befehle dir, meinen Gemahl und meinen Sohn wieder zurückzubringen! Töte ihre Entführer! Töte sie alle, sage ich! Tu es, Talisman! Tu es ...«

Der Talisman reagierte in keiner Weise auf Anigels verzweifelte Schreie. Völlig außer sich wäre sie bis ans Ufer gerannt, wenn Kadiya sie nicht festgehalten hätte. Die Schwestern und die sie begleitende Schar von Wyvilo blieben am Rande des Lunwäldchens stehen und sahen hilflos zu, wie die Boote der Piraten zur Triere zurückjagten. Der Wind wurde immer stärker und rüttelte an den langen, harten Blättern. Die fackeltragenden Aliansa waren jetzt schon so nah, daß deutlich zu erkennen war, wie einige der Krieger ihre Waffen schwenkten. Zweifellos hatten sie die Menschenfrauen und die Wyvilo bereits gesehen.

Kadiya versuchte, ihre vor Schmerz fast wahnsinnige Schwester zu beschwichtigen. »Ani, so wird es nicht funktionieren. Beruhige dich. Denke an ... an einen *positiven* Befehl für deinen Talisman.«

Die Königin, deren Schönheit durch ihr Leid verunstaltet war, gebärdete sich wie eine Verrückte in Kadiyas Armen. »Positiver Befehl?« kreischte sie. »Du redest wie eine Schwachsinnige! Wie kann ich an etwas Positives denken,

257

jetzt, da meine Lieben wieder in der Gewalt dieses Scheusals sind? Er wird sie zu Tode foltern! Und dieser nutzlose Talisman kann nichts tun, um sie zu retten. Nichts …«

Kadiya schlug ihr ins Gesicht.

Vor Schmerz und verletztem Stolz riß Anigel den Mund auf. Und dann änderte sich ihr Gesichtsausdruck. Mit einemmal sah sie nicht mehr unglücklich, sondern wild entschlossen aus. »Nein, ich bin die Närrin! Kadiya, ich danke dir dafür, daß du mich geschlagen hast. Es hat mich wieder zur Besinnung gebracht. Natürlich kann der Talisman sie retten!«

Und die Königin hob ihr Gesicht gen Himmel und schrie: »Portolanus! Hört Ihr mich?«

Ich höre Euch, Königin Anigel.

»Mein Talisman gehört Euch!« Sie riß sich das Dreihäuptige Ungeheuer vom Haar und hielt es in die Höhe. »Gebt mir Antar und Tolo zurück, dann werde ich tun, was immer Ihr wollt.«

»Ani, nein!« schrie Kadiya und hielt sie von neuem fest.

Aber in Anigels rotgeweinten Augen flammte fieberhafte Entschlossenheit auf.

»Nimm dich in acht, Schwester! Denk daran, daß du stirbst, wenn du diesen Talisman ohne meine Erlaubnis berührst, so wie der niedrigste raktumianische Pirat! … Hört Ihr mir zu, Portolanus? Ich werde Euch jetzt den Talisman übergeben!«

Es tut mir leid, Königin. Ich kann ihn nicht annehmen.

Anigel versagte die Stimme. »Ihr … Ihr könnt ihn nicht annehmen?«

Nein.

»Aber warum denn nicht?«

Die Worte, die sie mit dem Talisman vernahm, klangen ironisch. *Jetzt ist wahrlich keine günstige Zeit dafür. Nein, wirklich nicht. Wenn Euch Euer Leben und das Eurer Begleiter lieb ist, solltet Ihr jetzt schnell auf Euer Schiff flüchten, bevor die Handwerker der Aliansa Material für ein paar schöne neue Trommeln bekommen. Es kommen noch mehr Eingeborene aus dem Dorf, und vor der Küste befindet sich eine weitere Gruppe.*

»Wir können den Austausch auf See vornehmen«, flehte Anigel ihn an. »An jedem Ort, zu jeder Zeit. Portolanus, gebt mir meinen Gemahl und mein Kind zurück!«

Nein. König Antar und Prinz Tolivar werden eine Zeitlang meine Gäste sein, bevor wir die Bedingungen für ihre Freilassung neu verhandeln. Ich werde sie in die Hauptstadt von Raktum bringen, nach Frangine. Macht Euch um ihr Wohlergehen keine Sorgen. Sie werden gut behandelt werden, wenn Ihr Euch nicht zu übereilten Handlungen hinreißen laßt.

»Nein! Nein! Nehmt den Talisman jetzt, ich flehe Euch an!«

Wenn es an der Zeit ist, werde ich Euch rufen und Euch den Preis für sie nennen. Bis dahin werde ich nicht mehr mit Euch sprechen. Lebt wohl, Königin.

Benommen flüsterte Anigel ihrer Schwester zu: »Hast du das gehört?«

»Ja«, sagte Kadiya mit eisiger Stimme. »Ich habe gehört, wie du versucht hast, einen feigen Handel abzuschließen! Ani, du bist ein hoffnungsloser Schwächling und eine dumme Närrin. Dem Dreieinigen sei Dank, daß der Zauberer dein Angebot nicht angenommen hat! Wer weiß schon, welches Unheil er über die Welt bringen kann, wenn er zwei Talismane in seinem Besitz hat?«

»Herrin der Augen, wir müssen diesen Ort verlassen«, drängte einer der Wyvilo. »Kommt jetzt! Wir haben keine Zeit mehr. Es könnte sein, daß die Krieger der Aliansa die Lyath schon vor uns erreicht und zerstört haben.«

Kadiya drehte ihrer Schwester den Rücken zu. »Du hast recht, Wummika. Wir gehen.« Und sie rannte den Wyvilo voran in den Wald.

Anigel zögerte einen Augenblick lang, dann folgte sie ihnen. Jegliches Gefühl in ihr war erstorben, und die Krone hing kalt und vergessen zwischen ihren Fingern.

Erst viel später entdeckte sie, daß die Blume im Innern des Bernsteins, der auf der Stirnseite des Talismans saß, nicht mehr schwarz, sondern rot war.

18

Es war ungeheuer anstrengend. Und je mehr Haramis lernte, je deutlicher sie erkannte, wie unfähig sie als Erzzauberin gewesen war, desto tiefer verzweifelte sie und dachte, sie würde es nie schaffen, sich und ihren Talisman zu beherrschen.

Sie wußte jetzt, welch nüchterner, objektiver Geisteszustand erforderlich war, um die hohe Zauberkunst zu vollführen. Aber es zu *wissen* und sich entsprechend zu *verhalten*, das waren zwei völlig unterschiedliche Dinge. Die geistigen Übungen, zu denen Iriane sie nötigte, um ihre unreifen Denkprozesse zu stärken und diese an Disziplin zu gewöhnen, waren ermüdend und langweilig. Was noch schlimmer war: Sie sah den Sinn und Zweck nicht ein. Sie konnte nicht verstehen, warum sie Stunde um Stunde mit geistigen Übungen zubringen mußte, anstatt mit dem Talisman zaubern zu üben. Aber die Blaue Frau bestand hartnäckig darauf, daß vor der eigentlichen Zauberei zuerst der Geist geschult werden mußte. Zunächst war Haramis darüber verärgert, dann trieb es sie an den Rand der Verzweiflung, und schließlich meinte sie, einen Funken der Hoffnung zu verspüren, daß sie vielleicht doch *dahinterkommen* würde!

Nachdem sie fünfzehn Tage lang geübt hatte, war der Grundstein für die Beherrschung der hohen Zauberkunst gelegt. Wie ein Anfänger auf der Flöte, der endlich gelernt hatte, Noten zu lesen und einen makellosen Ton herauszubringen, aber noch nicht in der Lage war, eine Melodie fehlerfrei zu spielen, kannte sie jetzt die Art von geistigen Impulsen, mit denen Zauberei beschworen wurde. Aber noch mangelte es ihr an dem Können, das man benötigte, um ganz sicher zu sein, daß das gewünschte Ergebnis eintreten würde. Iriane hatte ihr streng verboten, sich an der hohen Zauberkunst zu versuchen, und warnte sie, daß sie sich verletzen oder sogar töten könnte, wenn sie ihr neues Wissen falsch einsetzte.

Manchmal hatte Haramis das Gefühl, daß es ihr niemals gelingen würde, ihr flatterhaftes Gehirn dazu zu zwingen, in der präzisen und harmonischen Weise zu denken, auf der Iriane bestand. Ihre Versuche, tiefe Konzentration und völlige

Objektivität zu erreichen, wurden regelmäßig durch quälende Unruhe oder plötzliche Anfälle von Rebellion oder Niedergeschlagenheit zunichte gemacht. Haramis machte sich außerdem große Sorgen um ihre beiden Schwestern, da die Blaue Frau ihr verboten hatte, während der ersten Hälfte ihrer Lehrzeit die Hellsichtigkeit des Talismans einzusetzen. Aber als größte Ablenkung erwies sich die Erinnerung an Orogastus. Jetzt, da sie mit Sicherheit wußte, daß er noch am Leben war, mußte sie immer wieder an sein Gesicht und seine Stimme denken, und in den wenigen Stunden des Schlafes, die Iriane ihr zugestand, träumte sie fast unablässig von ihm.

Einmal, als sie in einem Sumpf der Hoffnungslosigkeit versunken war, flehte Haramis die Erzzauberin des Meeres an, festzustellen, ob der Zauberer irgendwie an ihrer Pein und Unfähigkeit schuld war. Die Blaue Frau erwiderte kurz angebunden, daß keine ungeladene Intelligenz in ihre Heimstatt eindringen könne. Irianes Worte bewirkten nur, daß Haramis noch niedergeschlagener war. Wenn Orogastus nicht der Grund für ihre Verwirrung war, dann mußte sie wohl selbst schuld daran sein.

Haramis verbrachte beinahe jede wache Stunde mit ihren geistigen Übungen. Zunächst arbeitete sie unter Irianes erbarmungsloser Anleitung. Dann wurde sie immer öfter in eine ›Meditationskammer‹ eingesperrt, deren Wände und Fußboden vollkommen glatt und schwarz waren. Ihre brennenden Augen waren auf den glühenden Bernstein im Dreiflügelreif gerichtet, und ihr geplagter Geist bemühte sich, weder Müdigkeit noch Ablenkung nachzugeben, sondern eins zu sein mit dem Talisman.

Ich muß ihn beherrschen, sagte sie sich wieder und wieder. Nur ein Blütenblatt der Lebenden Drillingslilie kann die Grundlage des wiederhergestellten Gleichgewichts bilden und die Genesung der Welt auslösen. Und dieses Blütenblatt bin ich!

Ich setze es in Gang. Von Kadiya stammen der Antrieb und die Standhaftigkeit, von Anigel die menschliche Einsicht und die selbstlose Liebe, die notwendig sind für das Gelingen der Mission …

Ein uraltes Lied der Uisgu aus dem Goldsumpf bestätigte
die Rolle der drei Talismane und ihrer berufenen Trägerinnen:

Eins, zwei, drei: drei in einem.
Eins, die Krone der Gemeinen, Geschenk der Weisheit,
Förderer des Geistes.
Zwei, das Augenschwert, Gerechtigkeit und Gnade
bringend.
Drei, der Flügelstab, Schlüssel und Vereiniger.
Drei, zwei, eins: Eins in Drei.
Komm, Drilling. Komm, Allmacht.

Ich *kann* alles wieder in Ordnung bringen! dachte Haramis.
Aber dazu muß ich meinen Talisman beherrschen lernen, der
Schlüssel und Vereiniger der anderen ist. Herrscher der Lüfte,
helft mir! Helft mir ...

»Sie werden Euch helfen«, sagte Irianes Stimme. »Vertraut
immer darauf, daß sie Euch helfen werden.«

Das gleichförmige Dunkel der Meditationskammer wurde
zu einem strahlenden Blau, und die üppige Gestalt der Erzzauberin des Meeres erschien. Sie lächelte. An einem Arm trug
sie einen zugedeckten Korb aus den biegsamen Halmen des
Seegrases, mit dem anderen hielt sie das Geschöpf namens
Grigri fest.

»Es ist Zeit für eine Pause, mein Kind. Ihr seid schon viel zu
lange in meiner Welt, und eine Abwechslung wird Euch gut-
tun. Folgt meinem kleinen Freund hier, der Euch auf das Dach
meiner Behausung führen wird. Bleibt eine Weile dort oben in
der frischen Luft und genießt die Sonne. Eßt und trinkt von
dem, was ich in diesen Korb gepackt habe. Seht mit Hilfe
Eures Talismans nach Euren Schwestern und Eurem gefangenen Schwager und versichert ihnen, daß sie Eurer liebevollen
Teilnahme gewiß sein können. Wenn Ihr einen solch niederen
Zauber ausübt, kann Euch nichts geschehen. Ruft auch das
Bild von *ihm* herbei, wenn es denn sein muß ... und dann
kehrt zu mir zurück. Ich weiß, daß Ihr mutlos seid, aber ich
kann spüren, daß Ihr sehr nahe daran seid, jene letzte geistige
Tür zu öffnen, die sich Euren Bemühungen bis jetzt wider-

setzt hat. Wir werden sie ab jetzt gemeinsam belagern, Ihr und ich. Und wir werden siegen.«

Mühsam erhob sich Haramis aus der knienden Position, die für ihre geistigen Übungen vorgeschrieben war. Ohne ein Wort griff sie nach dem Korb. Grigri, der aussah wie ein Wurrem, jedoch ein dünnes weißes Fell und rote Augen hatte, zischte kurz und schlängelte sich auf seinen vielen Beinen davon, wobei er einmal zurückblickte, um sich zu vergewissern, daß sie ihm auch folgte.

Sie verließen die Wohnung der Blauen Frau und gingen hinaus in den durchsichtigen Teil des künstlichen Eisberges, wo wieder sonderbar geformte Fische und andere Kreaturen herbeischwammen und sie neugierig durch die glasartigen, unregelmäßig geformten Wände beäugten. Ein Korridor mit einer Treppe wand sich spiralförmig nach oben, und das Licht wurde immer heller. Schließlich erkannte Haramis, daß das Aquarium der Erzzauberin durch echtes Sonnenlicht beleuchtet wurde und nicht durch einen komplizierten Zauber. Sie faßte neuen Mut und rannte fast hinter Grigri her, dem das Tageslicht ebenfalls neue Energie zu verleihen schien. Als sie ins Freie gelangten, gab das Tier ein schnurrendes Trillern von sich, setzte sich auf sein hinterstes Beinpaar und streckte seinen Bauch der Sonne entgegen. Verzückt schloß es die Augen.

»Armer Grigri! Du vermißt die Sonne also auch.«

Die Kreatur schien vor lauter Zufriedenheit zu seufzen. Haramis sah ihm eine Weile zu, und mit einemmal wurde sein Körper dunkler. Die Farbe seines Fells verwandelte sich in ein kräftiges Grün, und die zwölf Beine waren nicht mehr gespenstisch weiß, sondern schwarz. Als er die Augen öffnete, waren diese nicht mehr rot, sondern dunkelblau, wie jene der Wurremer in den Irrsümpfen.

»Das Leben in diesem Zaubereisberg ist also auch für dich unnatürlich«, sagte Haramis grüblerisch und streichelte Grigris Rücken. »Ich frage mich, warum deine Herrin nicht Mitleid mit dir hat und dich freiläßt.«

Das Geschöpf drehte sich zu ihr um und zischte ungehalten. Es schüttelte ihre liebkosende Hand ab und trippelte beleidigt davon. In einiger Entfernung zu ihr setzte es sein Sonnenbad fort.

»Verzeih mir, Grigri. Ich hätte wissen müssen, daß deine Liebe zur Erzzauberin größer ist als deine naturgegebenen Instinkte.«

Das Tier ignorierte sie, begann aber wieder zu schnurren.

Die Aussicht vom Gipfel des gigantischen künstlichen Eisberges war atemberaubend. Das Meer war von einem strahlenden Kobaltblau, durchsetzt mit Eisbergen und einem verschlungenen Mosaik aus schwimmendem Eis. Der Horizont in der Ferne, durchbrochen von großen Inseln mit eisbedeckten Berggipfeln, verschmolz mit einem wolkenlosen Himmel. Das Festland, das einige Meilen entfernt war, bestand aus sanften, baumlosen Hügeln von graubrauner Farbe, fiel aber dort, wo es auf das Wasser traf, in steilen Klippen herab. Die freigelegten Erdformationen gaben einzelne Schichten aus rosa- und orangefarbenem, ja zuweilen sogar purpurrotem Gestein preis. Aus dem Meer vor den Klippen ragten ähnlich farbenfrohe Felssäulen auf. Überall flogen weiße Vögel umher und tauchten kopfüber in das Wasser ein. Wenn das Gleichgewicht der Welt gestört war, dann war hier in diesen ruhigen Gewässern hoch im Norden nichts davon zu spüren.

Haramis setzte sich auf die trockene, unregelmäßig geformte Oberfläche. Deren Durchsichtigkeit brachte sie etwas aus der Ruhe, ebenso wie die Tatsache, daß genau unter ihr ab und zu ein Fisch vorbeischwamm. Sie öffnete den Korb und war ganz gerührt, als sie feststellte, daß die Erzzauberin ihn mit all den leckeren Sachen gefüllt hatte, die sie von ihrer Kindheit in Ruwenda her kannte, und nicht mit den seltsamen Leckerbissen aus dem Meer, die Haramis seit dem ersten Tag ihres Aufenthaltes aus Höflichkeit tapfer heruntergeschluckt hatte. Lächelnd nahm sie eine rosarote Ladufrucht aus dem Korb und biß in die knusprige Schale.

Aber wo sind nur meine Gedanken? ...

Beschämt legte sie die Frucht in den Korb zurück, schluckte das Stück in ihrem Mund und legte die Hand auf den Talisman um ihren Hals.

»Anigel! Schwester, antworte mir!«

Ihr Bild erschien, und Haramis schrie überrascht auf.

Dies war keine bloße Abbildung in dem silbernen Reif des Talismans, und auch keine Vision, die sie für die Ereignisse um sie herum blind machte, während ihr geistiges Auge die weit entfernte Szene wahrnahm. Statt dessen war es ihr, als *stehe* sie neben Anigel auf dem mit einem Baldachin überdachten Achterdeck des laboruwendianischen Flaggschiffes, das alle Segel gesetzt hatte und mit Kurs nach Osten einige Meilen von der Küste entfernt dahinflog. Sie roch das Meer, spürte den Wind in ihrem Haar und die Planken des Decks unter ihren Füßen. Lady Ellinis und die Lords Penapat, Owanon und Lampiar saßen mit der Königin an einem Tisch, auf dem Karten und Schriftstücke ausgebreitet waren. Auf dem mit einem Teppich ausgelegten Deck in der Nähe saßen Prinz Nikalon und Prinzessin Janeel und spielten mit einem Hüpfbrett.

»Hara!« schrie Anigel und sprang auf. Ihr Gesicht war bleich geworden. »Du bist hier?«

Die anderen waren gleichermaßen erschüttert von ihrer plötzlichen Erscheinung, und Haramis erklärte ihnen rasch, daß ihre Gestalt nur eine Übertragung sei. »Ich habe es nicht einmal absichtlich getan«, sagte sie mit einem verlegenen Lachen. »Anscheinend sind die Lektionen, die ich zu Füßen der Erzzauberin des Meeres lerne, weitaus effektiver, als ich bis jetzt vermutet habe.«

Die Königin und ihre Höflinge baten Haramis, sich zu setzen. Die junge Prinzessin Janeel stand auf und wollte ihr Gewand berühren, schrie aber vor Enttäuschung laut auf, als ihre Hand ins Leere griff.

»Tante Hara, du bist ja gar nicht hier!« sagte das Mädchen. »Sehen wir nur deinen Geist?«

»So etwas Ähnliches, mein Liebes«, antwortete Haramis. »Und das tut mir leid. Aber laß mich dich und Niki küssen und umarmen – und auch eure Mutter. Obwohl ihr mich nicht spüren könnt, kann ich euch doch berühren! Meine Lieben, ich bin so froh, daß ihr in Sicherheit seid.«

Und erleichtert, daß der Talisman, der das Dreihäuptige

265

Ungeheuer genannt wird, wohlbehalten dort auf dem Tisch liegt, halb bedeckt von den Papieren der Königin.

»Nicht alle von uns sind in Sicherheit«, sagte die Königin. Sie wandte ihre Augen ab und preßte die Lippen zusammen, nachdem Haramis sie umarmt hatte. Anigel holte tief Luft und wandte sich an die Höflinge. »Ich muß allein mit meiner Schwester sprechen. Würdet Ihr Euch bitte entfernen und auch die Kinder mitnehmen? Ich werde Euch dann wieder rufen lassen.«

Die vier standen auf, verneigten sich und gingen. Lady Ellinis führte den Kronprinzen und die Prinzessin weg.

Als die beiden allein waren, setzte sich Anigel zu der Erscheinung ihrer Schwester an den Tisch. Auf dem Gesicht der Königin lag ein vorwurfsvoller Ausdruck.

»Hara, ich habe so oft versucht, mit dir über die Ereignisse zu sprechen, die vorgefallen sind, und wollte dich um deinen Rat und deinen Trost bitten, aber du hast einfach nicht geantwortet!«

»Es war mir nicht möglich, Verbindung mit dir aufzunehmen. Ich werde dir alles erklären. Aber zuerst mußt du mir sagen, was geschehen ist, seit Orogastus Kadis Talisman an sich gerissen hat.«

»Orogastus!« Bestürzt riß Anigel die Augen auf. »Dann ist es also *doch* er, der sich als dieser Quacksalber Portolanus ausgibt?«

»Ja. Zu welchem Zweck, weiß ich nicht. Vor zwölf Jahren wurde er von dem Zepter nicht getötet, sondern an einen weit entfernten Ort inmitten der Immerwährenden Eisdecke verbannt. Er entkam und wurde zum Herrn von Tuzamen. Ich bin über alle Maßen erleichtert, daß du ihm deinen Talisman nicht als Lösegeld übergeben hast.«

»Ich hätte es getan. Ich habe ihm den Talisman angeboten! Aber er wollte ihn nicht annehmen. Er hält Antar und den kleinen Tolo immer noch auf dem großen Flaggschiff der Königlichen Regentin von Raktum gefangen. Sie werden von herbeigezauberten Winden über das Meer getragen und dürften sich inzwischen der raktumianischen Hauptstadt Frangine nähern.«

266

»Er wollte den Talisman *nicht* als Lösegeld annehmen? Aber warum denn nicht?«

»Ich weiß es nicht«, sagte die Königin mit gleichgültiger Stimme und wich dem Blick ihrer Schwester aus. »Er sagte, die Zeit sei jetzt nicht günstig dafür und daß er mich später noch einmal rufen werde. Wenn er das tut, werde ich ihm den Talisman aus freien Stücken übergeben – und du oder Kadi werdet mich nicht davon abhalten können.«

Die Erzzauberin unterdrückte den heftigen Widerspruch, der in ihr aufstieg. Wenn Antar und der Junge immer noch gefangen waren, würden alle Bitten und Hinweise auf eine weitaus wichtigere Sache warten müssen, bis Anigel den Ernst der Lage erkannte.

»Erzähl mir genau«, sagte Haramis mit ruhiger Stimme, »was geschehen ist.«

Und Anigel beschrieb ihr, wie Kadiya den Kronprinzen und Janeel gerettet hatte, wie Antar wieder gefangengenommen worden und Tolo freiwillig mit dem Gehilfen des Zauberers mitgegangen war. Die Königin, Kadiya und ihre Freunde hatten es nur mit Mühe zu dem kleinen Schiff Lyath geschafft, bevor die Kanus mit den wütenden Aliansa ihnen nachsetzen konnten. Sie konnten sich nur retten, weil ein weiterer heftiger Sturm aufzog, der zweifelsohne von dem Zauberer herbeigerufen worden war, um seine eigene Flucht zu ermöglichen. Der Wyvilo-Krieger Huri-Kamo war bei dem Versuch, König Antar zu retten, getötet worden, aber dem Sprecher Lummomu-Ko und seinem Gefährten Mok-La gelang es, zurück zur Lyath zu schwimmen, obwohl beide verwundet waren.

»Wir trafen uns mit unserer Flottille, sobald der Sturm sich wieder gelegt hatte«, sagte Anigel. »Der tapfere Kapitän des kleinen okamisischen Schiffes erhielt für seine Hilfe eine stattliche Belohnung und wurde dann entlassen. Unsere vier laboruwendianischen Schiffe segelten nach Norden, um die fünf Schiffe des Feindes zu verfolgen. Wir holten die tuzamenische Galeere des Portolanus ein, die sehr viel langsamer ist als die Schiffe der Piraten. Wir griffen es an und versenkten es mit allen, die an Bord waren. Leider befand sich der Zauberer immer noch auf dem raktumianischen Flaggschiff, ihm ist also nichts passiert. Er machte keinen Versuch, seinen unglücklichen Landsleuten zu helfen. Während wir ihn nach Norden verfolgten, wurde die Entfernung zwischen den raktumianischen Schiffen und den unseren immer größer. Sie nahmen in Zinora neue Vorräte an Bord und waren schon seit zwei Tagen wieder fort, als wir dort eintrafen.

König Yondrimel lehnte meine Bitte ab, den Piraten schnelle Schiffe nachzuschicken. Er hatte eine glänzende Ausrede dafür: Seine gesamte Flotte war auf dem Weg nach Galanar und eskortierte einen Gesandten des Königs, der in Yondrimels Namen um die Hand von einer von Königin Jiris Töchtern anhalten sollte. Aber als wir nach sechs Tagen in Mutavari ankamen, erfuhren wir, es sei weitaus wahrscheinlicher, daß sich die zinorianische Flotte wegen eines Manövers auf See befand und sich darauf vorbereitete, in Var einzufallen. Die Hauptstadt von Var war in Aufruhr, und König Fiomadek und die arme Königin Ila waren entsetzt über die schrecklichen Gerüchte, denen zufolge sich Zinora mit den raktumianischen Piraten verbündet hatte.

Du weißt natürlich, daß wir Var aufgrund der Allianz der Halbinsel zu Hilfe kommen müssen. Kadiya, Jagun und die Wyvilo sind sofort gen Norden aufgebrochen und reisen auf dem Großen Mutar weiter, um die Garnisonen in Ruwenda zu mobilisieren. Mit etwas Glück werden unsere Ritter und Soldaten noch rechtzeitig genug in Mutavari eintreffen, um die Invasion zu vereiteln. Aber Hofmarschall Owanon und meine anderen Militärberater fürchten, daß Labornok durch die Verlegung der ruwendianischen Truppen nach Süden gegenüber einem geballten Angriff von Norden her schutzlos ist. Die Invasion von Var ist vielleicht nur eine Finte, um die wahren Pläne der Königlichen Regentin Ganondri und des Portolanus zu verschleiern – ein Angriff auf *uns*. Raktum hat so viele Schiffe, daß es leicht eine kleine Flotte für den Angriff auf Var entbehren kann und ihm doch noch unzählige andere bleiben, um Triola und Lakana und andere Häfen im Norden und auch Derorguila selbst anzugreifen. Raktums Plan kann durchaus gelingen, besonders dann, wenn Lord Osorkon

268

zum Verräter geworden sein sollte, was nur zu wahrscheinlich ist, wenn man bedenkt, daß seine Schwester bei der Entführung der Kinder beteiligt war. Wenn Labornok fällt, wird auch Ruwenda fallen.

Du mußt verstehen, Hara, daß die Vereinigung der Zwei Königreiche ohne Antar zum Scheitern verurteilt ist. Ich selbst kann nicht hoffen, die königstreuen Adligen von Labornok gegen die vereinten Mächte von Osorkons Anhängern, Raktum und Tuzamen um mich zu scharen. Auch deshalb bin ich fest entschlossen, meinen Talisman herzugeben. Ich werde es tun, wenn ich dadurch die Rückkehr meines Gemahls und die Verteidigung unseres Landes bewerkstelligen kann.«

Haramis hatte diesen Worten mit wachsender Sorge gelauscht. Nachdem Anigel geendet hatte, fragte sie: »Was hat Kadiya vor? Wird sie die ruwendianischen Streitkräfte bei der Verteidigung von Var anführen?«

»Nein. Sie ... sie und ich hatten einen fürchterlichen Streit wegen des Preises, den ich für meinen Gemahl bezahlen soll. Ich glaube, sie hätte mich am liebsten getötet, um zu verhindern, daß ich meinen Talisman an den Zauberer übergebe. Sie sagte, sie werde die Ruwendianer zusammenrufen und nach Süden schicken. Aber dann will sie an den Ort der Erkenntnis reisen und die Gelehrte der Sindona um Rat fragen, wie sie mich daran hindern kann, den Talisman als Preis für die Freilassung Antars herzugeben. Doch das wird ihr nicht gelingen. Nicht, solange ich lebe.«

Die leuchtendblauen Augen der Königin schwammen in Tränen, aber um ihren Mund lag ein harter Ausdruck. Haramis wußte, daß es jetzt nicht an der Zeit war, ihrer Schwester zu widersprechen. Statt dessen erzählte sie Anigel in warmen Worten ihr Abenteuer im Kimilon und beschrieb ihr die sonderbare Heimstatt der Erzzauberin des Meeres. Sie brachte ihre Freude darüber zum Ausdruck, daß Shiki bei der Rettung von Niki und Jan geholfen hatte, und drängte Anigel, den treuen Dorok in ihre Dienste zu nehmen, bis es ihm möglich war, zu Haramis zurückzukehren.

»Und bald«, fügte Haramis hinzu, »so der Dreieinige und

die Herrscher der Lüfte es wollen, werde ich meine Studien bei der Erzzauberin des Meeres abschließen. Wenn du die Übergabe deines Talismans so lange aufschieben kannst, bis ich den meinen vollkommen beherrsche ...«

Langsam holte Anigel das Dreihäuptige Ungeheuer unter den Papieren hervor. Sie hielt es über den Tisch, zwischen sich und Haramis' Erscheinung, und sprach mit einer Stimme, die so unnachgiebig war wie Stein. »Ich werde diese Krone dem Zauberer geben, wann immer er sie verlangt, wenn er mir glaubhaft versichert, Antar wohlbehalten zu mir zurückzuschicken. Der Dreieinige Gott sei mein Zeuge.«

Haramis saß wie erstarrt da und starrte den Talisman ihrer Schwester mit ungläubigem Erstaunen an. Die winzige versteinerte Drillingsblume im Innern des Bernsteins auf der Vorderseite der Krone war nicht länger schwarz, sondern so rot wie Blut. Wortlos machte sie Anigel darauf aufmerksam.

»Ja«, sagte die Königin unbeeindruckt. »Und Kadis Blume ist auch rot. Sie wurden beide rot, als wir im Streit auseinandergegangen sind. Aber das ist nicht wichtig. Wichtig ist nur, daß mein Gemahl wieder in Sicherheit ist und das Land seinen König zurückbekommt.«

»Kadiya! Ich bin es, Haramis.«

»Gütiger Gott!« schrie die Herrin der Augen, denn ihre Schwester schien mitten auf dem aufgewühlten Wasser des Mutar zu stehen, direkt vor dem Bug des mächtigen Wyvilo-Kanus, in dem sie saß. Zwei dieser Boote kämpften sich den Strom hinauf, während die Insassen von dem strömenden Regen durchnäßt wurden, obgleich die Trockenzeit schon weit vorgerückt war.

Die erstaunten Wyvilo ließen ihre Ruder sinken, und die zwei Boote mit Kadiya und ihren Begleitern trieben mitten auf dem ungestümen Fluß dahin.

»Hara, kannst du jetzt etwa auf dem Wasser gehen?« rief Kadiya aus.

»Ich bin inzwischen nur etwas bewanderter im Gebrauch meines Talismans«, erwiderte die Erzzauberin. »Du nimmst lediglich ein Bild von mir wahr, das keine richtige Materie ist.

Wie du siehst, kann ich jetzt direkt mit dir sprechen, obwohl du deinen Talisman nicht mehr besitzt. Ich kann mich jetzt mit jedem Lebewesen über große Entfernung hin verständigen.«

»Gut«, sagte Kadiya in beißendem Tonfall. »Dann rede mit diesem königlichen Numschädel Ani und überzeuge sie davon, daß sie ihren Talisman auf keinen Fall dem Zauberer geben darf!«

»Das habe ich bereits versucht, und ich werde es wieder versuchen. Aber jetzt mache ich mir Sorgen um das Zerwürfnis zwischen euch beiden. Ich sehe, daß Ani recht damit hatte, daß die Drillingslilie in deinem Amulett blutrot geworden ist. Aber sage mir, ob sie sich in der Annahme irrte, du hättest sie getötet, um die Übergabe des Talismans als Preis für Antar zu verhindern.«

Kadiyas Gesichtsausdruck war so wild wie der Himmel über dem Tassalejo-Wald. »Du und ich wissen, was es bedeuten würde, wenn Portolanus zwei Talismane in seinem Besitz hätte.« Sie deutete auf das Unwetter, das so gar nicht in die Jahreszeit paßte. »Er ist schuld daran, daß das Gleichgewicht der Welt gestört ist! Weißt du, daß es im nördlichen Tassalejo Erdbeben gegeben hat? Lummomus Leute haben ihm davon in der Sprache ohne Worte erzählt. Und Jaguns Volk sagt, daß die widerwärtigen Skritek von einer sonderbaren Unruhe ergriffen wurden und überall im Schwarzsumpf wüten, wodurch sie meine Waffenruhe brechen. Im Norden ist die Schlafkrankheit unter den Uisgu ausgebrochen. Überall im Land häufen sich die Katastrophen. Und daran ist nur dieser Portolanus schuld! Wenn Anigel ihm ihren Talisman als Preis für Antar gibt, wird alles nur noch schlimmer werden. Nur eine Laune des Zauberers hat verhindert, daß unsere Schwester den Talisman schon früher übergeben hat wie eine zahme Togense, die ihren Hals freiwillig auf den Hackblock legt! Ani stellt die Liebe zu ihrem Gemahl und ihre Pflicht gegenüber den Zwei Königreichen über das Wohl der Welt. Ihre Torheit schreit zum Himmel.«

»Aber auch die Drohung, die du ihr gegenüber ausgestoßen hast ... Kadiya, denk nach! Stimmt dich die blutrote Farbe deiner Drillingslilie nicht nachdenklich? Wir sollen Drei sein, die in schwesterlicher Liebe zusammenarbeiten. Es ist die Heilige Blume, die uns vereint, nicht das Zepter der Macht.«

Einen Augenblick lang huschten Zweifel über Kadiyas hartes Gesicht, auf das der Regen herabströmte. »Das sagte auch Shiki, der Dorok, den du geschickt hast, um mir bei der Rettung von Niki und Jan zu helfen. Und dennoch: Wenn Portolanus zwei Talismane für sich gewonnen hat, wird er nicht ruhen, bis er auch den dritten in seinem Besitz hat. Und selbst mit zweien kann er die gesamte Halbinsel, wenn nicht sogar die ganze bekannte Welt, unterwerfen.«

»Vielleicht.« Haramis sah ihre Schwester an. »Aber ich werde alles tun, um das zu verhindern. Mein Talisman ist der Schlüssel zur Macht der beiden anderen. Dies und noch viele andere bedeutsame Geheimnisse habe ich von einer freundlichen Lehrerin erfahren, die mich in der Zauberkunst unterrichtet.«

Haramis erzählte mit wenigen Worten von ihrer Entdeckung, daß sie nicht die einzige Erzzauberin war, und ihren Studien mit Iriane, der Blauen Frau. »Die Erzzauberin des Meeres hat sich bisher aus den Angelegenheiten des Festlandes herausgehalten, aber diese Haltung wird sie jetzt aufgeben. Sie wird uns eine mächtige Freundin beim Kampf gegen Orogastus sein.«

»Orogastus!«

Haramis nickte langsam. »Er lebt und nennt sich selbst Portolanus. Trotz allem, was vorgefallen ist, haben wir ihn mit dem Zepter nicht getötet. Er ist einer der Sternenmänner, Abkömmling einer mächtigen Gemeinschaft, die in längst vergangenen Zeiten gegen das Versunkene Volk gekämpft hat.«

»Und der Mann, den du immer noch liebst«, sagte Kadiya. Ihre Stimme überschlug sich fast vor Zorn. »Herrscher der Lüfte, steh uns bei! Selbst die Gelehrte am Ort der Erkenntnis wird mir jetzt nicht mehr helfen können, die Welt zu retten!«

Haramis streckte eine geisterhafte Hand durch den strömenden Regen. »Es hängt nicht alles von dir ab, Schwester. Es ist natürlich richtig, die Sindona um ihren Rat zu bitten. Aber verurteile Ani und mich nicht vorschnell. Ich weiß, daß die Gelehrte dich ermahnen wird, mehr Verständnis zu zeigen.«

»Ich werde nicht zusehen, wie meine geliebten Eingeborenen zu Sklaven eines bösen Zauberers gemacht werden!« fuhr Kadiya sie an. »Nicht um Anigels und Antars willen, und auch nicht um deinetwillen. Finde einen Weg, Orogastus ein für allemal zu vernichten! Finde ihn, bevor Anigel den Preis für Antar bezahlt! Und dann kannst du von Liebe und Verständnis reden.«

Haramis senkte den Kopf. »Ich werde es versuchen. Und ich werde wieder mit dir sprechen, wenn ich meine Studien abgeschlossen habe. Leb wohl.«

Als Kadiyas unbeugsames Gesicht verblaßte, spürte Haramis, wie sie wieder von Mutlosigkeit ergriffen wurde, die sie wie Treibsand in die Tiefe zog. Das Schlimmste an dem, was ihre hitzköpfige Schwester gesagt hatte, war vielleicht die Tatsache, daß es die grausame Wahrheit war. Anigel *mußte* davon abgehalten werden, ihren Talisman herzugeben.

Wenn Anigel sich weigerte, ihren Verstand zu gebrauchen, gab es dann vielleicht einen anderen Weg, um sie zu überzeugen? Würde die Königin auf ihren Gemahl hören, nachdem sie sich geweigert hatte, auf ihre Schwestern zu hören?

»Talisman, zeig mir König Antar. Ich will jedoch im geheimen mit ihm sprechen, und meine Gestalt soll nicht sichtbar sein.«

Sofort sah sie den König, ein Bild des Jammers, denn er war in einem Käfig auf Rädern eingesperrt, der von einigen Volumnern über das Kopfsteinpflaster einer Stadt gezogen wurde. Eine grölende Menge zerlumpter Menschen belagerte den Ort, und vier grinsende raktumianische Ritter hielten die etwas Wagemutigeren mit gezogenen Schwertern davon ab, zu nah an den gefangenen Monarchen heranzugehen.

Es war offensichtlich, daß die raktumianische Flottille inzwischen in Frangine, der Hauptstadt des Piratenkönigreiches, angekommen war. Ein improvisierter Triumphzug zog sich vom Hafen bis zum Schloß hinauf, von den Freudenschreien der schändlichen Bürger begleitet. Mehrere Reihen schwerbewaffneter Männer bildeten die Vorhut der Parade. Weitere Ritter scharten sich um die Königliche Regentin Ganondri, die ein juwelenbesetztes grüngoldenes Reitkleid trug und auf einem feurigen Fronler mit vergoldetem Geweih und Schabracken aus grüner Seide saß.

Hinter ihr ritt der junge König Ledavardis auf einem prächtigen schwarzen Roß. Im Sattel waren seine Verunstaltungen nicht so deutlich zu erkennen, und in seiner glänzenden Paraderüstung und dem federgeschmückten Helm mit offenem Visier sah er älter und majestätischer aus. Ledavardis dankte jenen, die ihm zujubelten, weder durch eine Bewegung seines Kopfes noch durch eine Regung seines gleichgültig aussehenden Gesichtes, aber es war klar, daß die Zuneigung der Menschen ihrem jungen ungekrönten Monarchen galt. Nur wenige Stimmen erhoben sich zum Lob der Königlichen Regentin. Ganondri, die ein stolzes Lächeln im Gesicht trug, schien dies nicht weiter zu stören.

Dem königlichen Paar folgten Admiral Jorot und die Kapitäne der anderen drei Galeeren. Dann kamen der Käfig mit dem gefangenen König von Laborwenda und eine farbenfrohe Gruppe von Adligen und Rittern zu Pferde. Die klapprige offene Kutsche mit Portolanus, dem verschrobenen Herrn von Tuzamen, hatte man ganz ans Ende des Zuges verbannt und obendrein noch mit einer bewaffneten Begleitung versehen, die nebenhermarschierte. Er schien nicht zu bemerken, daß die Menge ihn verspottete und auslachte, sondern winkte und lächelte den Zuschauern zu. Von Zeit zu Zeit zauberte er einen Blumenstrauß für ein hübsches Mädchen oder eine Handvoll Zuckerwerk herbei, die er dann zwischen die Kinder warf. Die drei Stimmen des Zauberers ritten auf armseligen Kleppern hinter der Kutsche her, aber der kleine Prinz Tolivar, der in einen prächtigen Anzug aus Brokat gekleidet war, saß neben Portolanus in der Kutsche und lächelte vergnügt.

Haramis flüsterte: »Antar, kannst du mich hören? Ich bin es, Haramis.«

Der König hob erstaunt den Kopf. Man hatte ihm wieder die prächtigen Gewänder angezogen, in denen er entführt worden war. Diese gaben einen merkwürdigen Kontrast zu dem Stroh ab, auf dem er saß.

»Sag kein Wort und rühr dich nicht, lieber Schwager, sondern antworte mir einfach in Gedanken. Meine Fähigkeiten sind in den letzten Wochen gewachsen, und ich kann dich deutlich sehen und hören. Nun antworte mir: Bist du gesund?«

Ja, doch mein Herz ist von Schwermut erfaßt. Ich wurde von Widerhaken durchbohrt, als mich die Schurken wieder einfingen, aber Portolanus hat eine Zaubersalbe auf die Wunden aufgetragen, und diese sind schnell und ohne Narben verheilt. Auf der Rückreise wurde ich nicht wieder mit den Sklaven zusammen angekettet, sondern recht anständig behandelt. Man brachte mir gutes Essen, und ich hatte ein bequemes Bett in einer bewachten Kabine ... Wie du siehst, geht es Tolo nicht nur gut – er ist inzwischen auch ein Herz und eine Seele mit diesem verdammten Zauberer! Ich weiß wirklich nicht, was über diesen dummen kleinen Sprog gekommen ist. Vielleicht ist er einem bösen Zauber zum Opfer gefallen.

»Ich bin ganz sicher, daß er nicht verzaubert ist, mach dir deshalb also keine Sorgen. Weißt du, was die Königliche Regentin und Portolanus mit euch vorhaben?«

Nein, ich weiß nur, daß ich hier im Schloß gefangengehalten werden soll ... Haramis, zwischen Ganondri und Portolanus geht etwas Merkwürdiges vor. Vielleicht hat es Streit zwischen den beiden Schurken gegeben! Während ich an Bord des Schiffes langsam wieder zu Kräften kam, hat die Königliche Regentin mich des öfteren besucht und ein ungewohntes Interesse an meinem Wohlergehen und meiner Bequemlichkeit zum Ausdruck gebracht. Offensichtlich wollte sie sichergehen, daß die medizinische Behandlung seitens des Zauberers mir die Gesundheit zurückbrachte, anstatt sie mir zu nehmen. Sie war sehr besorgt um mich, und du kannst dir vorstellen, wie erstaunt ich von ihrem plötzlichen Sinneswandel war. Ich sagte ihr, daß sich meine Königliche Gemahlin weder durch diese übertriebene Fürsorge noch durch die Androhung, mich zu foltern, zur Herausgabe ihres Talismans zwingen lassen würde. Als Ganondri dies hörte, lachte sie nur. Später hörte ich, wie sie die Wachen ermahnte, in meiner Nähe zu bleiben, wann immer Portolanus meine verschlossene Kabine betrat. Sie drohte ihnen einen fürchterlichen Tod an, falls der Zauberer mir etwas antun sollte.

»Wie sonderbar! Antar, du weißt, daß Anigel den Talisman als Preis für deine Freilassung angeboten hat, nicht wahr? Aber Portolanus wollte ihn nicht annehmen.«

Bei der Heiligen Blume! Nein, das wußte ich nicht ... Haramis, du darfst nicht zulassen, daß Ani die Krone hergibt. Bitte sie zu bedenken, welch großes Unglück eine solche Tat für die Völker der Welt bedeuten könnte! Sag ihr, daß ich es verbiete, daß ich lieber mit Freuden sterben würde als zuzusehen, wie sie ihren Talisman um meinetwillen aufgibt.

»Ich werde es ihr sagen. Allerdings mußt du es ihr auch sagen.«

Aber wie? Ich kann nicht über die Entfernung mit ihr sprechen, und sie hat nicht die Gabe, sich mit mir in der Sprache ohne Worte zu verständigen, so wie du jetzt.

»Formuliere die Nachricht für sie in deinem Herzen und übermittle sie mir so, als wäre ich Anigel. Ich werde dein Bild und deine Worte in ihre Träume einfließen lassen, so daß sie dich jede Nacht sieht und sprechen hört.«

Großer Gott, wie vermagst du so etwas zu tun?

»Eine andere Erzzauberin lehrt mich die höchste Zauberkunst. Ich habe festgestellt, daß ich nicht die einzige bin, die dieses Amt innehat. Es gibt außer mir noch zwei andere Erzzauberer, die der Welt als Wächter und Führer dienen und die Weiße Magie ausüben. Die Erzzauberin, die mich im Gebrauch meines Talismans unterrichtet, heißt Iriane, und sie lebt hoch im Norden, im Aurora-Meer. In zwei Wochen, falls es mir gelingt, meine Studien erfolgreich abzuschließen, werde ich versuchen, dich und den kleinen Tolo zu retten. Ich hoffe auch, einen Weg zu finden, die Pläne des Zauberers und der Königin Ganondri zu durchkreuzen.«

Ich bete zu dem Dreieinigen, daß es dir gelingt! An Bord des Schiffes gab es Gerüchte, daß Raktum und Tuzamen einen Angriff auf die Zwei Königreiche planen, möglicherweise mit

Unterstützung Lord Osorkons und seiner unzufriedenen Anhänger.

»Anigel ist der gleichen Ansicht. Ich werde mein Bestes tun, um euer Land zu verteidigen, sobald ich gelernt habe, meinen Talisman zu beherrschen.«

Aber was ist mit Portolanus und Kadis gestohlenem Talisman? Wird er dadurch nicht ein unbesiegbarer Gegner sein?

»Ich weiß es nicht. Ich hoffe nur, daß er noch nicht genau weiß, wie er das Dreilappige Brennende Auge richtig einsetzen kann, und daß ich es ihm durch eine List wieder abjagen kann. Bete für mich! Und jetzt, Antar, sprich deine Botschaft für Anigel. Bitte sie, standhaft zu bleiben und kein Lösegeld zu zahlen, denn wenn der Zauberer einen zweiten Talisman in Händen hält, wird er vielleicht die ganze Welt in seinen Bann schlagen.«

Als Haramis die Botschaft Antars in ihrem Herzen eingeschlossen hatte und das Bild des Königs in seinem Käfig verblaßte, fand sie sich wieder auf dem Gipfel des künstlichen Eisberges. Zuerst schickte sie den Traum für Anigel auf die Reise, dann stieß sie einen tiefen Seufzer aus und ließ den Talisman an seiner Kette sinken. Wie zuversichtlich hatte sie zu den anderen doch davon gesprochen, daß sie den Dreiflügelreif beherrschen würde! Aber was, wenn ihre Hoffnung nur unbesonnene Anmaßung war?

Grigri, der ihr ihren früheren Mangel an Feingefühl vergeben hatte, kam mit seinen schlängelnden Bewegungen auf sie zu. Nachdem er ihre müde herabhängende Hand liebkost hatte, fing er an, in dem Picknickkorb zu wühlen.

»Ah, mein Kleiner. Welch ein Glück, daß du solch einfache Probleme hast!« Sie nahm ein Stück gebratenes Huhn heraus, brach es auseinander und fütterte es der Kreatur. »Ich konnte Ani und Kadi und Antar doch nicht sagen, daß ich befürchte, den Talisman vielleicht doch nicht erfolgreich einsetzen zu können, selbst nach Abschluß meiner Studien mit Iriane. Es stimmt, daß sich die Verständigung mit anderen sehr verbessert hat. Aber das ist nur die geringste der vielen Fähigkeiten, die der Dreiflügelreif besitzt. Wird es mir gelingen, Orogastus und die Piraten von Raktum durch Zauberkraft zu besiegen? Was passiert, wenn ein Teil des Zepters nicht in der Lage ist, mit einem anderen Teil zu kämpfen? Wenn dem so ist, dann werden sich Orogastus und ich praktisch unbewaffnet gegenüberstehen, wie beim erstenmal, als wir uns getroffen haben: nur ein Mann und eine Frau, Feinde bis auf den Tod, obwohl wir doch gleichzeitig Liebende sind, die nur auf das eigene Selbst zur Verteidigung zurückgreifen können ... O Grigri. Werde ich fähig sein, ihn zu verletzen, wo es doch um die Rettung der Welt geht?«

Die Kreatur schlang gierig das Fleisch hinunter und beachtete sie nicht.

Haramis hob ihren Talisman. »Ich weiß, daß ich besser keinen Blick auf ihn werfen sollte, denn dies würde meinen Entschluß gefährden, ihn zurückzuweisen. Und doch sehne ich mich so sehr danach, ihn noch einmal zu sehen! Ich weiß, daß er sich jetzt nicht mehr vor meinen Blicken verbergen kann. Dieses Mal würde ich keinen verschwommenen Fleck sehen, sondern sein wahres Gesicht. Sein Gesicht ...«

Der Talisman lag warm in ihrer Hand und wartete auf ihren Befehl. In dem Tropfen aus Honigbernstein, der zwischen den drei silbernen Flügeln saß, war eine winzige schwarze Blume eingeschlossen.

Noch während sie sie ansah, änderte sich ihre Farbe zu einem leuchtenden Rot.

»O Dreieiniger Gott«, flüsterte sie und verschloß die Augen vor dem Anblick. »Ist das der Preis, den ich zahlen muß? Ist meine Seele schon gefährdet, wenn ich nur einen flüchtigen Blick auf ihn werfe? Gewiß nicht! ... Oder ist dies wieder eine von Irianes scheußlichen Prüfungen meiner Entschlossenheit? Sie gibt mir die Erlaubnis, einen Blick auf ihn zu werfen, dann enthüllt sie mir, welche Konsequenzen es hat, wenn ich mich in Versuchung führen lasse? ... Nun gut, dieses Mal werde ich kein Bild von ihm herbeirufen, da mein Wunsch rein persönlicher Natur ist! Ich werde meiner Liebe keine Nahrung mehr geben, sondern sie statt dessen aushungern! Talisman, bist du jetzt zufrieden? Gib mir meine Schwarze Drillingslilie wieder zurück! Und du, Heilige

278

Blume, gib mir die Kraft, meine Pflicht und Schuldigkeit zu tun und immer nach dem Guten zu streben und nicht nach dem, was mein selbstsüchtiges Ich begehrt.«

Sie öffnete die Augen.

Die Blume war schwarz.

Haramis erhob sich. Sie sammelte die Reste ein, die Grigri übriggelassen hatte, und wickelte sie in eine Serviette. »Komm mit, mein kleiner Freund. Du hast gut gegessen, und die Ladufrucht soll meine Mahlzeit sein, während wir wieder hinabsteigen. Ich sollte meine Zeit besser für meine Arbeit verwenden.«

Mit dem Tier als Führer ging sie wieder in die Tiefen des Eisbergs zurück. In einiger Entfernung ballten sich dicke Wolken über dem Land zusammen, und ein eiskalter Wind kam auf.

19

Prinz Tolivar wurde es zuweilen gestattet, die komfortabel ausgestattete Zelle seines Königlichen Vaters auf halber Höhe des Westturmes im Schloß von Frangine aufzusuchen. Tolos Freund, der Zauberer, gab ihm immer eine kleine Leckerei mit und manchmal auch ein Buch mit Geschichten, damit dem König die Stunden seiner Gefangenschaft nicht zu lang wurden.

Heute brachte der kleine Prinz eine Schale mit kandierten Früchten und ein Buch über die Abenteuer der Piraten mit. Der freundliche Gefängniswärter Edruk holte den Schlüsselring, als Tolo sich im Vorraum der Wachen einfand.

»Wie geht es meinem Königlichen Vater?« fragte der Junge höflich. Er und Edruk gingen den von Fackeln beleuchteten Korridor entlang, der zu der Kammer führte, in der der König gefangengehalten wurde. Auf beiden Seiten waren verschlossene Eisentüren zu sehen, hinter denen einige Feinde der Königlichen Regentin weilten, die sie nicht zu töten wagte.

»Der König scheint mit jedem Tag, der vergeht, fröhlicher

zu werden, junger Herr.« Edruk öffnete die Tür zu Antars Zelle. »Und das entspricht so ganz und gar nicht den Erfahrungen, die ich mit den meisten anderen Gefangenen gemacht habe ... Geht hinein. Ich werde in einer halben Stunde wiederkommen und Euch herauslassen.«

Würdevoll dankte Tolo dem Wärter und trat ein. Die Tür hinter ihm schloß sich, dann wurde das gutgeölte Schloß verriegelt. Antar blickte von dem Brief auf, den er gerade schrieb, und lächelte seinen jüngsten Sohn an. Er trug schlichte Gewänder, und nach dem letzten Besuch von Tolo hatte man ihm sein Haar und den Bart geschnitten. Er sah wirklich ganz zufrieden aus. Durch die mit Glasscheiben versehenen Schießscharten konnte der Junge sehen, wie draußen Schnee fiel, aber in der Kammer war es warm und gemütlich.

Als der Prinz seinen Vater begrüßt und die Gaben auf den Tisch gelegt hatte, drückte Antar seinen Sohn an die Brust und küßte ihn.

»Und du, arbeitest du immer noch so hart daran, der Lehrling des Zauberers zu werden?«

Der Junge riß sich los. »Ich wünschte, Ihr würdet Euch nicht immerzu über mich lustig machen, Papa. Meister Portolanus tut das nie. Er sagt, ich besitze die natürliche Aura eines geborenen Tau... Thaumaturgen!«

»Es tut mir leid.« Amüsiert blitzten Antars blaue Augen auf. »Und doch hoffe ich, du gewöhnst dich nicht so sehr an die kleinen Späße dieses Scharlatans, daß du ... gar nicht mehr nach Hause willst.«

Der Junge ließ den Kopf hängen. »Nach Hause? Schickt Mama jetzt doch ihren Talisman als Lösegeld für uns? Der Zauberer sagte, sie habe sich geweigert! Ich dachte, Ihr würdet noch eine Weile hier eingesperrt bleiben. Portolanus hat nach Tuzamen geschickt und läßt alle seine Zaubergeräte hierherbringen, und er sagt, daß sie bald hier sind. Aber wenn wir jetzt freigekauft werden, kann ich sie mir nicht mehr anschauen!«

Plötzlich war der König gar nicht mehr so fröhlich. Er sah enttäuscht aus. Er nahm Tolo bei den Schultern. »Mein Sohn, weißt du eigentlich, was du da sagst? Nein, natürlich nicht.

280

Ich weiß, daß du Freundschaft mit diesem Zauberer geschlossen hast. Aber er ist kein netter Mann, der Wunderdinge vollbringt, wie du vielleicht denkst. Er ist böse und hat vor, die Zwei Königreiche zu zerstören.«

Mit eigensinniger, finsterer Miene wandte der Prinz sich ab. »Das sagt die Piratenkönigin auch. Aber es stimmt nicht. *Sie* will unser Land erobern, nicht Portolanus.«

»Das hat er dir vielleicht erzählt.« Antars Stimme wurde sanft. »Aber Portolanus hat dich angelogen, Tolo. Wenn er den Talisman deiner Mutter bekommt, kann er die ganze Welt erobern. Er und seine raktumianischen Verbündeten würden in Labornok und Ruwenda einfallen und unsere Leute töten und alle unsere Reichtümer stehlen. Nach einiger Zeit würden dann auch alle übrigen friedlichen Länder unter seine Herrschaft fallen.«

»Aber er will Mamas Talisman doch gar nicht!« rief der Junge. »Er hat den von Tante Kadi, und er sagt, das reicht ihm. Sie wußte nicht, wie sie wirklich große Dinge mit ihm vollbringen kann. Aber Portolanus ist dabei, seine Geheimnisse herauszufinden. Er hat es mir gesagt! Er wird ihn dazu verwenden, um aus seinem armen kleinen Land ein ganz großes zu machen. Der Talisman wird die Sonne in Tuzamen scheinen lassen und die Erde fruchtbar machen und dafür sorgen, daß die Tiere auf den Bauernhöfen sich vermehren und fett werden, und Edelsteine und Gold und Platin aus den Bergen herausfließen lassen!«

»Großer Gott. Das hat er dir erzählt?«

Aber der kleine Prinz sprach bereits weiter. »Portolanus muß gar keine anderen Länder erobern. Der Talisman gibt ihm doch alles, was er begehrt! Deshalb hat er Mama auch gesagt, daß er ihren Talisman nicht haben will, als sie ihm den angeboten hat. Es stimmt, daß er uns alle hat entführen lassen, um ihren Talisman zu bekommen. Aber als er dann statt dessen den von Tante Kadi erhielt, brauchte er den von Mama gar nicht mehr.«

»Er lügt, Tolo. Ich weiß, daß er die Chance, den Talisman deiner Mutter zu bekommen, hat verstreichen lassen und ihn nicht annehmen wollte, als sie ihn auf den Inseln unter dem

Verlorenen Wind als Preis für uns angeboten hat. Aber warum er das getan hat, bleibt ein Rätsel. Denk doch nach, Junge! Wenn Portolanus den Talisman gar nicht mehr haben will, warum sind du und ich dann immer noch seine Gefangenen?«

»Daran ist die Piratenkönigin schuld«, flüsterte Tolo. »Portolanus hat mir versprochen, daß er Euch helfen wird, von hier zu fliehen.«

»Lügen ... alles Lügen.« Antar schüttelte den Kopf. »Du bist noch so jung. Aber schon alt genug, um zu wissen, daß Erwachsene oft ganz anders denken als Kinder und daß sie nicht immer sagen, was sie vorhaben. Portolanus will keine Reichtümer, mein Sohn, er will Macht. Er will Königinnen und Königen und ganzen Ländern befehlen und nicht friedlich auf Schloß Tenebrose leben und mit dir Zauberspiele spielen und seine Leute mit Gold und Diamanten überschütten.«

»Er sagt, daß ich eines Tages Herr von Tuzamen sein kann.«

»*Was?*«

»Er sagt, er wird mich zu seinem Erben machen«, erklärte der Junge. »Er hat mich sehr gern. Dann wäre ich nicht länger nur ein nutzloser zweiter Prinz. Ich werde lernen, ein Zauberer zu sein so wie er, und wenn er sich zur Ruhe setzt, um nichts anderes zu tun, als altmodische Zauberei zu studieren, werde ich über sein Land herrschen! Er hat keine eigenen Kinder. Er sagt, daß wirklich große Zauberer keine haben können. Sie müssen einen Erben adoptieren ... und er will mich adoptieren!«

»Du würdest dich um dieses elenden Schwindlers willen von deiner eigenen Familie lossagen?« schrie der König. Seine Finger gruben sich in die Arme des Jungen. Aber Tolo wand sich wie ein wildes Tier, riß sich los und rannte trotzig zur Zellentür.

»Du weißt doch gar nicht, was du da tust!« rief Antar aus. »Du bist doch nur ein Kind! Ein dummes kleines Kind!«

Die Zellentür öffnete sich.

»Der Prinz muß jetzt gehen«, sagte Edruk. Sein sonst so liebenswürdiges Gesicht sah ganz grimmig aus.

»Ich *will* gehen!« kreischte Tolo und schoß in den Korridor hinaus. Tränen liefen ihm über die Wangen. »Papa, ich will Euch nicht mehr sehen!«

»Mein Sohn, komm zurück! Ich hätte nicht so grob zu dir sein dürfen.« Der König lief zur Tür, aber Edruk versperrte ihm den Weg, und einen Augenblick später war sie schon wieder versperrt.

»Tolo!« Antars Stimme wurde durch das Eisen und die Wände aus Stein gedämpft. »Tolo, geh nicht!«

Der Junge wischte sich das Gesicht am Ärmel ab, dann folgte er dem Gefängniswärter in den Vorraum. Dort warteten zwei Männer mit grausamen Gesichtern, an deren Livree zu erkennen war, daß sie zu den Leibdienern der Königin gehörten.

»Hier ist er«, sagte Edruk mit einem Seufzer. »Zillak und ich haben das Gespräch mit seinem Vater belauscht. Es ist so, wie die Große Königin vermutet hat.«

Kräftige Hände schlossen sich um Tolivars Oberarme. »Du kommst mit uns«, sagte einer der Diener drohend. Als Tolo erschreckt aufschrie, lachte der Mann nur. »Und beeil dich ein bißchen. Ihre Majestät mag es nicht, wenn man sie warten läßt.«

Durch die verschlossene Tür von Ganondris privatem Wohnzimmer drangen laute Stimmen. Zwei bewaffnete Adlige standen mit gekreuzten Schwertern davor und hinderten Tolos Begleiter, an die Tür zu klopfen.

»Aber die Königliche Regentin hat befohlen, diesen königlichen Balg hier sofort zu ihr zu bringen!« protestierte einer der stämmigen Diener. »Er hat Nachrichten von größter Wichtigkeit für sie!«

»Unser gnädiger Herr, König Ledavardis, ist bei ihr«, sagte einer der adligen Piraten kurz angebunden. Er und sein Gefährte trugen das Abzeichen des Königs. »Und ihr werdet warten.«

Die vier Gefolgsmänner starrten einander böse an, während drinnen das Geschrei weiterging, und Tolos Angst wich brennendem Interesse. Offensichtlich hatten die Piratenkönigin und ihr Enkelsohn, der Koboldkönig, gerade einen fürchterlichen Streit. Es war jedoch nicht zu verstehen, was sie sagten.

Nach einigen Minuten wurde die Tür aufgerissen, und Ledavardis, der vor Zorn ganz bleich im Gesicht war, stürmte heraus.

»O nein, du wirst mir nicht den Rücken zukehren!« schrie Ganondri ihm nach. »Komm zurück, du hochnäsiger, undankbarer Kerl!«

Der stämmige junge Bucklige ignorierte ihre Schreie, bedeutete seinen Männern, ihm zu folgen, und marschierte den Korridor hinunter.

Ganondri kam zur Tür. Ihr Gesicht war vor Wut ganz verzerrt, und das kunstvoll frisierte rostrote Haar saß völlig schief. Sie trug ein purpurrotes Gewand mit einem passenden leichten Mantel, der mit goldener Spitze besetzt war. Als sie Tolo und die Diener erblickte, gewann sie mit einiger Mühe ihre würdevolle Haltung zurück und gab den Männern ein Zeichen, den Jungen hereinzubringen. Auf einem Tisch lag ein Tintenfaß, das über einem Bündel mit offiziellen Papieren umgestoßen worden war, und die schwarze Flüssigkeit träufelte langsam auf den wertvollen Teppich darunter. Ein anderes Dokument lag in Fetzen gerissen auf dem Boden, zusammen mit einem entzweigebrochenen Federkiel.

Die Königliche Regentin würdigte das Durcheinander keinen Blickes und ging zu einem Serviertischchen, wo sie sich einen gläsernen Pokal mit Branntwein füllte. Nachdem sie getrunken hatte, wirbelte sie herum und heftete ihre blitzenden grünen Augen auf Prinz Tolivar.

»Stimmt es«, fragte sie mit ruhiger, strenger Stimme, »daß deine Mutter, Königin Anigel, angeboten hat, ihren Talisman Portolanus zu übergeben, als sie sich noch auf den Inseln unter dem Verlorenen Wind befand?«

»Ja«, murmelte der Junge und starrte auf seine Schuhspitzen. »Ich glaube.«

»Lauter!«

»Mein … mein Königlicher Vater hat das gesagt. Er lügt nie.«

»Und Portolanus hat *dir* erzählt, daß er Anigels Talisman nicht haben will. Ist das wahr?«

»Er … nein. Das hat er nicht gesagt.«

Plötzlich schoß sie auf ihn zu und ergriff sein Ohr, das sie so fest kniff, daß er vor Schmerz aufschrie. »Sag die Wahrheit!«

Der Prinz schluchzte: »Das tu' ich doch! Auuuu … das tut weh!«

»Hat Portolanus gesagt, daß er den Talisman deiner Mutter nicht braucht? Sag es mir, du jämmerlicher kleiner Schleimkriecher! Oder ich lasse dir von meinen Männern die Nase abschneiden und dich dann in das tiefste Burgverlies werfen!«

Weinend und zitternd sank Tolo zu Boden. »Tut mir nicht mehr weh! Ja! Das hat er gesagt! Er hat es gesagt.«

Ganondri ließ ihn los und sah voller Verachtung auf ihn herab. »Das ist schon besser … Was für ein elendes kleines Miststück du doch bist! Du verhältst dich diesem zaubernden Schurken gegenüber, deinem Wohltäter, auch nicht loyaler als zu deinem eigenen Vater. Pfui! Du widerst mich an. Selbst mein mißgestalter Enkelsohn ist aus besserem Holz geschnitzt als du.«

»Tut mir nicht weh.« Der Prinz heulte und hatte den Kopf in den Armen vergraben. Die beiden Diener rissen ihn hoch.

»Bringt diesen armseligen Wicht fort«, sagte Ganondri zu den Männern. »Sperrt ihn in sein Zimmer und bewacht ihn gut.«

Die Männer verneigten sich und zerrten Prinz Tolivar nach draußen. Er weinte schon wieder.

Als sie gegangen waren, sagte Ganondri zu sich selbst: »Es ist schlimmer, als ich dachte. Aber vielleicht kann ich die Situation durch beherztes Handeln noch retten, vorausgesetzt, daß Portolanus nicht ganz unerwartet zu einem Experten im Gebrauch dieses verdammten Brennenden Auges geworden ist.«

Sie zog an der Klingelschnur und ließ von ihrer Hofdame den Hauptmann der Palastwache und zwanzig Männer rufen. Dann begab sie sich zu den Räumen, die sie Portolanus zugewiesen hatte.

»Große Königin, was für eine unerwartete Ehre!« Der vom Alter gebeugte Zauberer rieb sich die verkrümmten Hände und erhob sich von seinem Platz an einem Tisch, der über und über mit Büchern bedeckt war, um seine königliche Besucherin und die kleine Armee, von der sie begleitet wurde, zu begrüßen. Schwarzstimme, Gelbstimme und Purpurstimme lugten aus einer kleinen Kammer nebenan herein und konnten ihren Schrecken kaum verbergen.

»Ergreift seine Handlanger«, befahl Ganondri. Der Hauptmann der Wache winkte kurz, und sechs schwerbewaffnete Männer ergriffen die Gehilfen des Zauberers. Portolanus kreischte zuerst vor Bestürzung, aber dann sauste er mit fliegenden Pantoffeln quer durch den Raum, auf eine große, geschnitzte Truhe aus poliertem Holz zu.

»Haltet ihn auf!« schrie die Königliche Regentin. »Er will den Talisman holen!«

Der Hauptmann und vier seiner Männer stürzten sich mit gezogenen Schwertern auf Portolanus und bekamen sein dünnes Gewand zu fassen. Er heulte auf und schlüpfte heraus, dann warf er sich auf die Truhe, mit nichts als einem Lendenschurz um die dürren Hüften angetan. Aber eine der Wachen versetzte der Truhe mit seinem gepanzerten Fuß einen gewaltigen Tritt, so daß diese außer Reichweite des Zauberers rutschte.

»Gut gemacht!« rief Ganondri. Um ihre Lippen spielte ein dünnes Lächeln. Drei der Wachen hielten den sich windenden alten Mann fest, der plötzlich heftig keuchend zusammenbrach und hervorstieß: »Große Königin, das ist ein höchst bedauerliches Mißverständnis. Ich wäre glücklich, wenn ich ...«

»Schweigt, Zauberer!«

Sie setzte sich auf eine mit Kissen ausgelegte Bank, während sich Portolanus vor sie stellen mußte. »Laßt uns unsere Unterhaltung mit Ledavardis beginnen. Ihr habt mir versichert, daß Ihr meinen widerspenstigen Enkelsohn mit einem Zauber gefügig machen würdet. Und doch hat er sich, als ich ihm heute abend einige wichtige Dokumente zum Unterschreiben vorlegte, nicht nur kategorisch geweigert, sondern mich auch noch beleidigt und erklärt, daß meine Herrschaft bald ein Ende haben würde.«

»Das ist mir völlig unverständlich!« jammerte der Zauberer. »Meine Stimmen haben dem jungen König täglich die erforderliche Menge des Zaubertrankes verabreicht, seit wir nach

Frangine zurückgekehrt sind. Er müßte inzwischen so fügsam wie ein neugeborener Woth sein!«

Ganondri schnaubte verächtlich. Aber dann nahm ihr Gesicht einen bedrohlichen Ausdruck an. »Ihr seid unfähig! ... Oder habt Ihr Euch etwa dazu entschlossen, unserer Allianz trotz meiner Warnung in den Rücken zu fallen? Ist es das? Glaubt Ihr, jetzt, da wir wieder festen Boden unter den Füßen haben, könntet Ihr neue Ränke gegen mich schmieden? Seid Ihr etwa so dumm und glaubt, Ihr könntet meinen einfältigen Enkelsohn als Euer Werkzeug verwenden?«

»Niemals! Ihr müßt Euch irren, Große Königin!«

»Und irre ich mich auch, wenn ich glaube, daß Anigel von Laboruwenda Euch vor einigen Wochen, als wir noch auf den Inseln unter dem Verlorenen Wind waren, ihren Talisman als Lösegeld angeboten hat? Und Ihr Euch geweigert habt, ihn anzunehmen?«

»Nein, das leugne ich nicht. Ich befürchtete, Ihr wäret so erpicht darauf, dieses nutzlose Ding zu bekommen, daß Ihr den König sofort freigelassen hättet, wenn ich Euch von Anigels Angebot erzählt hätte. Und das wäre ein schwerer Schlag für unsere Eroberungspläne gewesen. Wir *brauchen* König Antar als unseren Gefangenen, wenn der Plan, Laboruwenda zu unterwerfen, gelingen soll! Nur er wäre fähig, die geteilten Loyalitäten des labornikischen Adels zu einen. Seine Landsleute werden niemals rückhaltlos unter dem Banner der Zwei Königreiche kämpfen, wenn sie nicht von Antar selbst angeführt werden. Wenn Antar unser Gefangener bleibt, kann Lord Osorkon, der in unseren Diensten steht, während der Invasion die Herrschaft über Labornok an sich reißen. Der Eroberung von Ruwenda wird die Kapitulation von Labornok folgen, so sicher, wie der Tag auf die Nacht folgt, da sich der Großteil der ruwendianischen Streitkräfte im Süden befindet, um Var zu verteidigen.«

»Durchaus einleuchtend«, sagte Ganondri mit scharfer Stimme. »Und das ist der Grund dafür, warum Ihr *meinen Talisman* abgelehnt habt?« Die letzten Worte schrie sie in rasender Wut laut heraus.

»Ich schwöre es! Was würde Euch das Ding schon helfen?

287

Seid Ihr eine Zauberin? Es in Euren Besitz zu bringen wäre doch ein ganz nutzloses Unterfangen.«

»Diese Entscheidung stand mir an, nicht Euch!« sagte sie. »Wie könnt Ihr es wagen, mir den Talisman vorzuenthalten! Ihr habt Angst vor dem, was geschieht, wenn wir einander in der Zauberei ebenbürtig sind!«

»Unsinn. Macht Euch doch nicht lächerlich.«

»Wie könnt Ihr es wagen!« kreischte Ganondri. »Ihr ... Ihr ...«

Völlig außer sich erhob sich die Königin von ihrem Platz. Sie zog einen juwelenbesetzten Dolch aus einer Scheide an ihrem Gürtel und wollte sich auf Portolanus stürzen.

Der Zauberer jedoch sagte knapp: »Genug von dieser Komödie.«

Während die Königin vor ihm noch zögerte und nicht glauben wollte, was ihre Augen da sahen, nahm Portolanus seine normale Gestalt an. Sein fast nackter Körper wuchs und wurde kräftiger, sein Bart und sein Haar leuchteten weiß, und die silberblauen Augen funkelten. In der rechten Hand hielt er das Dreilappige Brennende Auge.

Königin Ganondri schien zu einer Statue zu erstarren, auf einem Fuß stehend, den Dolch zum Angriff erhoben.

Auch die Männer der Palastwache verharrten in ihrer Bewegung und konnten sich, abgesehen von ihren wild rollenden Augen, nicht mehr rühren.

Die Gehilfen befreiten sich von den Männern, die sie ergriffen hatten, und eilten herbei, um ihrem Herrn ein neues weißes Gewand zu bringen. Schwarzstimme öffnete die hölzerne Truhe und hob ehrfürchtig einen silbernen Ledergürtel mit einer Scheide heraus, der für das Dreilappige Brennende Auge angefertigt worden war. Diesen legte er dem Zauberer um die schmalen Hüften. Gelbstimme und Purpurstimme entwaffneten die Wachen und nahmen Ganondri ihren tödlichen kleinen Dolch weg. Dann traten sie zurück. Portolanus steckte den Talisman in die Scheide und erlöste Ganondri mit einer lässigen Handbewegung von ihrer Lähmung.

»Natürlich hattet Ihr recht, als Ihr eine kleine Täuschung meinerseits vermutet habt«, sagte er mit schmeichelnder

Stimme zu der Königin. »Ich hätte niemals zugelassen, daß Euch Anigel ihren Talisman gibt! An Bord des Schiffes waren mir durch Eure klugen Vorsichtsmaßnahmen die Hände gebunden. Aber jetzt ist die Zeit der Heuchelei vorbei ... Ledo! Kommt heraus!«

Der junge König Ledavardis kam aus einer Kammer nebenan, ging auf seine Großmutter zu und starrte sie mit unbewegtem Gesicht an. In den Händen trug er vorsichtig einen kleinen Gegenstand.

»Ihr wart recht geschickt, Königliche Regentin«, fuhr der Zauberer fort, »und dachtet, Ihr hättet mich in eine Falle manövriert, aus der ich mich nicht mehr befreien könnte, ohne die Allianz mit Raktum zu zerstören. Ihr habt nicht mit politischen Ränken meinerseits gerechnet, weil Ihr über Raktum herrscht und jeder Schachzug, den ich gegen Euch führen würde – ich, ein Fremder von höchst zweifelhaftem Ansehen! –, für Eure Leute wie eine Bedrohung Raktums selbst aussehen würde. Wie Ihr es so treffend formuliert habt, brauche ich Raktums guten Willen! Aber Euren guten Willen brauche ich nicht ... nur den *seinen*.« Portolanus deutete auf Ledavardis. »Er haßt Euch, und dafür hat er gute Gründe.«

Die grünen Augen der Königin huschten von dem mitleidlosen Gesicht ihres Enkelsohns zu dem lächelnden des Zauberers und dann wieder zurück. »Ihr werdet es nicht wagen, mich zu töten!«

Portolanus nickte. »Das stimmt. Und ich wage es auch nicht, Euch in die Verbannung zu schicken oder einzusperren. Glücklicherweise haben mir die Sitten und Gebräuche Eures Piratenkönigreiches jedoch eine Lösung für dieses Problem aufgezeigt. Diese Zeugen hier« – der Zauberer zeigte auf die gelähmten Wachen – »sind weiterhin im Vollbesitz ihrer geistigen Kräfte. Ich trage ihnen auf, das, was sich jetzt zutragen wird, zu beobachten und es sich gut zu merken.«

Der Zauberer nickte dem jungen König zu, der sich seiner Großmutter näherte und ihr ein kleines goldenes Kästchen zeigte. Mit der größten Sorgfalt nahm er den festsitzenden Deckel weg. Darunter war ein weitmaschiges Netz aus dünnem goldenen Draht zu sehen. Ganondri warf einen Blick darauf und stieß einen wimmernden Schrei aus. König Ledavardis drehte sich um und zeigte jedem einzelnen der gelähmten Wachen den Inhalt des Kästchens.

Im Innern reckte sich etwas Kleines, Dunkles in die Höhe, das mit schimmerndem Schleim überzogen war. Jetzt stieß ein winziger Fortsatz durch das Netz hindurch, eine Art Tentakel mit zwei nadelähnlichen Stacheln am Ende. An ihren Spitzen hingen zwei Gifttropfen, die wie Glasperlen glitzerten.

»Ihr Männer wißt, was das ist«, sagte der bucklige junge Monarch. »Wenn früher ein Korsar unseres Landes des Betruges an seinen Kameraden angeklagt war, hatte er die Wahl, sich schuldig zu bekennen und sich dann selbst zu richten oder sich der Prüfung durch den Sharik zu unterziehen. Manchmal erklärte der Sharik den Angeklagten für unschuldig.«

»Nein!« flüsterte Ganondri. »Das ... das kannst du jemandem von deinem eigenen Fleisch und Blut doch nicht antun!«

»Königliche Regentin«, sagte der junge Mann, »ich bezichtige Euch, mir den Thron, der mir von Rechts wegen zusteht, vorenthalten zu haben. Ich bezichtige Euch, ein Komplott geschmiedet zu haben, mit dem Ihr mich für unfähig erklären wolltet, damit Ihr Raktum an meiner Stelle regieren könnt. Ich bezichtige Euch des Mordes, der Folter und der Gefangennahme von über dreihundert Männern, die meine treuen Anhänger waren ... Und jetzt werdet Ihr gerichtet.«

Er ergriff das rechte Handgelenk der Königin und drehte das Kästchen um, so daß das goldene Netz auf ihrem Handrücken lag. »Euer Schicksal soll nach dem alten Gesetz von Raktum vom Sharik entschieden werden, nachdem ich bis drei gezählt habe. Eins ...«

Es herrschte absolute Stille.

»Zwei ...«

Die Pupillen in Ganondris Augen waren so sehr geweitet, daß die smaragdfarbene Iris nicht mehr zu sehen war. Sie machte keinen Versuch, sich zu wehren.

»Drei.«

Ganondri stieß einen schrecklichen, unmenschlichen Schrei aus, wie ein Tier, das lebend ins Feuer gestoßen wurde. Als Ledavardis das goldene Kästchen wieder zurückzog, sahen alle, daß der Rücken ihrer Hand zwei winzige Stiche aufwies. Die Haut um die Wunden herum wurde sofort purpurrot, dann schwarz. Der häßliche Fleck breitete sich in die Finger aus und zog sich dann ihr Handgelenk hoch. Sie begann zu zittern. Als sie inmitten der seidigen Falten ihres Gewandes zu Boden sank, verdrehten sich langsam ihre Augen, dann zitterten die faltigen Lider kurz und schlossen sich. Ihre unverletzte Hand nahm das gleiche schwärzliche und gequetschte Aussehen an wie die andere, die gestochen worden war, und die gräßliche Verfärbung kroch an ihrem Hals hinauf, bis sie schließlich ihr Gesicht völlig bedeckte. Aber da atmete die Königliche Regentin Ganondri schon nicht mehr.

Von einigen Palastwachen waren erstickte Ausrufe zu vernehmen. König Ledavardis setzte den Deckel wieder fest auf das goldene Kästchen und steckte es in den Beutel, der von seinem Gürtel herabhing. Er nickte Portolanus zu.

»Männer von Raktum«, sagte der Zauberer, »die magischen Fesseln Eurer Körper sollen verschwinden.«

Der Hauptmann und seine zwanzig Männer stöhnten, dann reckten und streckten sie sich.

»Merkt Euch gut, was Ihr gesehen habt!« sagte Ledavardis. »Hauptmann, laßt eine Trage bringen und verständigt die Hofdamen der verstorbenen Königin, damit diese ihren Körper herrichten. Es wird nur eine bescheidene Beerdigung geben – und eine ebenso bescheidene Krönung.«

»Ja, Großer König.« Er und seine Männer gingen hinaus.

Ledavardis schaute noch einmal auf das greuliche Wesen hinab, das einmal seine Großmutter gewesen war, dann hob er seinen plumpen Kopf und sah den verwandelten Zauberer nachdenklich an.

»Ihr habt aus Eurer ehedem so häßlichen Gestalt etwas gemacht, das gefälliger anzuschauen ist. Darf ich hoffen, daß Ihr meinen erbärmlichen Körper ebenso verwandeln könnt?«

»So sehe ich wirklich aus«, sagte der Zauberer. »Das andere war ein Trugbild, das meine Feinde täuschen sollte, damit sie mich unterschätzten. Ich muß Euch leider sagen, daß meine Kenntnisse der Magie noch nicht groß genug sind, um Euch zu einer gesunden Gestalt zu verhelfen, Großer König. Aber Ihr seid stattlich und stark genug, und wenn Ihr es wünscht, kann ich Euch in ein Trugbild männlicher Schönheit einhüllen.«

Ledavardis winkte ab. »Nein. Ich werde keine Maske tragen. Mein Volk wird mich so akzeptieren, wie ich bin.«

»Und werdet Ihr den ursprünglichen Pakt erfüllen, der zwischen Tuzamen und Raktum geschlossen wurde?« fragte der Zauberer mit leiser Stimme. »Ganondri versuchte, unser Bündnis, das ich in gutem Glauben geschlossen habe, für nichtig zu erklären. Nun biete ich es Euch erneut an: Ihr sollt über alle Länder der Halbinsel und des Südlichen Meeres herrschen, wenn Ihr mir alle Entscheidungen in Angelegenheiten überlaßt, die mit Zauberei zu tun haben.«

»Gilt dies auch für Königin Anigels Talisman?«

»Ja. Und wenn die Zeit gekommen ist, auch für den Talisman der Erzzauberin Haramis. Dafür, so schwöre ich bei den Mächten der Finsternis, werde ich Euch niemals durch Zauberei schaden, sondern Euch nur helfen und bei allen Unternehmungen unterstützen, die ich für zulässig halte.«

»Aber Ihr werdet der Höchste sein«, sagte der junge König mit ruhiger Stimme.

»Ja. Aber nur ich und meine drei treuen Stimmen werden es wissen. Es ist ein kleiner Preis, den Ihr zahlen müßt. Die Angelegenheiten, die für mich von Belang sind, sind so weit von Regierungsgeschäften und Handel entfernt wie das Dreigestirn von der Erde. Ich werde Euch ein Führer und Wohltäter sein, kein Unterdrücker.«

Ledavardis nickte. »Nun gut. Ich werde das Bündnis mit Euch eingehen.«

Der Zauberer zog das Dreilappige Brennende Auge hervor und hielt es in die Höhe. »Laßt uns unseren Pakt mit dem Talisman besiegeln … Ich gebe Euch die Erlaubnis, ihn jetzt zu berühren, um Euren Eid zu bekräftigen.«

Dem jungen König traten Schweißtropfen auf die kantige Stirn. Aber er streckte seine Hand aus und legte sie kurz auf die kühlen schwarzen Kugeln.

»Seht! Ich habe es getan.« Er lächelte erleichtert. »Ich nehme an, daß mich der Talisman erschlagen wird, sollte ich Euch je betrügen.«

Der wohlgestalte Zauberer lachte. »Laßt es mich so sagen: Den Sharik würden wir dann nicht brauchen. Aber wir wollen jetzt über angenehmere Dinge sprechen. Wißt Ihr, wo Ganondri die Krone Eures verstorbenen Vaters versteckt hat? Ihr werdet sie bei Eurem ersten offiziellen Treffen mit einem regierenden Monarchen doch sicher tragen wollen.«

»Und wer ist dieser regierende Monarch?« erkundigte sich Ledavardis.

»Anigel von Laboruwenda«, erwiderte der Zauberer. »Wenn ich meine Zauberstürme herbeirufe, können wir ihre langsame Flottille innerhalb von drei Tagen auf die Straßen von Frangine wehen. Ihr werdet geruhen, sie zu begrüßen, und ihr im Austausch gegen den Talisman ihren Gemahl zurückgeben ... Und dann werden wir zwei uns daranmachen, den beiden ihr Land wegzunehmen.«

20

Shiki, der Dorok, der das blau-gold-rote Banner der Zwei Königreiche trug, verließ das laboruwendianische Flaggschiff als erster. Hinter ihm schritt Königin Anigel das mit einem Teppich ausgelegte Fallreep hinab. Sie achtete gar nicht auf den leise fallenden Schnee, der der raktumianischen Hauptstadt Frangine eine bizarre Schönheit verlieh. Anigel trug die königlichen Gewänder, die sie auch bei der Krönung in Zinora getragen hatte, und auf dem goldenen Haar die prachtvolle Staatskrone von Laboruwenda. Der Hofmarschall Lord Owanon und der Haushofmeister Lord Penapat folgten ihr dicht nach, zusammen mit einer Leibwache aus Adligen, die volle Rüstung trugen und große Zweihandschwerter vor ihre Gesichter hielten. Dann kamen der Lordkanzler Lampiar und die Erste Beraterin Lady Ellinis, beide gänzlich in Schwarz gekleidet. Alle Adligen und Ritter, die die Königin auf ihrer vom Unglück verfolgten Reise zur Krönung nach Zinora begleitet hatten, marschierten in einem traurigen Zug hinter ihr. Sie trugen Trauerfedern an ihren Helmen und schwarze Mäntel.

Auch der Tag selbst schien zu trauern, mit dunklen Wolken und einer eisigen Brise, die so scharf wie ein Messer war, von dem aufgewühlten Meer in den Hafen hereinblies und die Schneeflocken tanzen ließ. Die Jahreszeiten waren völlig durcheinandergeraten, aber keiner der Einwohner von Frangine schien sich darum zu kümmern. Sie drängten sich in jeder Gasse und in jedem Seitenweg und beäugten schweigend die düstere Prozession.

König Ledavardis und seine Höflinge warteten auf einem gepflasterten Platz gleich oberhalb des Hafens. Anigel hatte sich geweigert, in das Schloß von Frangine zu kommen. Was geschehen mußte, sollte unter offenem Himmel geschehen.

Für den Thron des jungen Königs war ein Baldachin errichtet worden. Dort wartete er, umgeben von einer Leibwache aus grimmig aussehenden Piratenrittern mit gezogenen Schwertern und Kriegern, die Speere und Hellebarden bereithielten. Ledavardis trug prächtige warme Gewänder und eine Krone, in der Hunderte von Diamanten blitzten. An der Spitze seines Zepters war das sogenannte Herz von Zoto eingesetzt, ein Diamant, der so groß war wie die Faust eines Mannes und vor fünfhundert Jahren dem Königshaus von Labornok gestohlen worden war.

Der Herr von Tuzamen trug einen weißen, mit Pelz besetzten Mantel, dessen Kapuze er so weit herabgezogen hatte, daß sein Gesicht völlig verdeckt war. Er stand zur Rechten des Monarchen, neben ihm Admiral Jorot, angetan mit der Schärpe und dem Abzeichen des Premierministers. Der Platz, auf dem sich eine riesige Menge aus zerlumpten raktumianischen Bürgern versammelt hatte, war mit farbenfrohen Bannern geschmückt worden, die im Wind knatterten. Keiner sprach auch nur einen Ton, als die Laboruwendianer die steile und schlüpfrige Straße heraufkamen und sich vor dem Baldachin aufstellten.

Trompeten bliesen einen Tusch, als Shiki mit seinem Banner beiseite trat und Königin Anigel auf den Thron zuging. Ledavardis erhob sich und nickte ihr höflich zu, woraufhin sie kurz den Kopf neigte.

»Ich bin gekommen, um den Preis für meinen Gemahl und mein Kind zu bezahlen«, sagte sie nur.

»Euren Talisman!« verlangte der Zauberer.

Sie blickte ihn nicht an, sondern hielt ihre Augen auf das bleiche Gesicht von Ledavardis gerichtet, der trotz des eisigen Windes in Schweiß gebadet war. »Der Preis wird Euch übergeben, Königlicher Bruder, wenn meine Lieben wohlbehalten hier neben mir stehen.«

»Gewiß.«

Der König machte eine knappe Handbewegung, und die Menge bewaffneter Männer auf der rechten Seite des Baldachins teilte sich. Anigel konnte nicht umhin, einen kläglichen Schrei auszustoßen, als sie einen reich bemalten und vergoldeten Käfig sah. Der Hauptmann der Palastwache schloß ihn auf und verneigte sich ehrerbietig, als Antar heraustrat. Der kleine Tolivar folgte ihm. Beide trugen prächtige Gewänder und herrliche Mäntel aus goldenem Wurrempelz. Um die Handschuhe an ihren Händen spannten sich schimmernde Handfesseln und Ketten aus reinem Platin.

Antar wirkte verhärmt und resigniert. Tolo blickte finster drein. Vater und Sohn wurden vom Hauptmann an den Fuß des Thrones geleitet, dann überreichte man Ledavardis einen Schlüssel aus Platin.

Er hielt ihn Anigel hin. »Madame, Ihr könnt die Gefangenen freilassen.«

»Den Talisman!« bellte der Zauberer.

Ledavardis schien ihn nicht zu hören. Da Anigel einfach nur dastand und ihren Gemahl mit einer Mischung aus Trotz und Schmerz anstarrte, löste der junge König selbst zuerst Antars Handfesseln und dann die des Jungen. »Geht. Ihr seid frei.«

Der König von Laborwenda hob die bloße, wächserne Hand seiner Gemahlin an die Lippen und küßte sie zärtlich, dann stellte er sich neben seinen alten Freund, den Hofmarschall.

Anigel griff nach dem Beutel aus goldenem Brokatstoff, der

an ihrem Gürtel hing, und öffnete ihn. Sie holte die schmale silberne Krone, die das Dreihäuptige Ungeheuer genannt wurde, daraus hervor und hielt sie Ledavardis mit zitternder Hand hin. Bevor er sie berühren konnte, stürmte der Zauberer mit drei großen Schritten nach vorn.

»Ledo! Seht Euch vor! Sie hat ihm vielleicht befohlen, Euch zu töten!«

Anigel schüttelte müde den Kopf. »Der Talisman würde ihm nichts antun.«

Hinter dem Thron trat jetzt die kleine Schwarzstimme mit der Sternentruhe hervor. Mit einem süffisanten Lächeln stellte er den Gegenstand vor Anigels Füße und öffnete ihn. Der Zauberer sagte: »Madame, legt den Talisman hinein.«

Anigel kniete sich in den zertrampelten Schnee und tat, wie ihr geheißen wurde. Ein gleißendheller Blitz zuckte auf, woraufhin der junge König zurückschreckte, während seine Wachen aufschrien und nach ihren Waffen griffen und der Pöbel aus raktumianischen Bürgern brüllte und heulte und ganz erbärmlich fluchte. Anigel, die völlig ungerührt schien, trat einen Schritt zurück.

»Habt keine Angst!« Der Zauberer griff rasch in die Truhe und drückte einige Knöpfe. Einen Augenblick später erhob er sich, warf seine Kapuze zurück, setzte sich das Dreihäuptige Ungeheuer auf den Kopf und zog das Dreilappige Brennende Auge aus dem Gürtel. Er hatte keinen Bart mehr, und sein langes weißes Haar flatterte im Wind. Sein Gesicht war von Not und Elend geprägt, aber dennoch überaus ebenmäßig. Gekrönt von Anigels Talisman und den von Kadiya hoch in die Luft haltend, war er in eine Aura der Macht gehüllt. Da schließlich erkannte die Königin ihn als den Gegner wieder, der sie und ihre beiden Schwestern in ihrer Jugend beinahe bezwungen hatte.

»Orogastus!« schrie sie. »*Ihr* seid es also wirklich. Oh, was seid Ihr doch für ein niederträchtiger Halunke. Mögen Euch die Herrscher der Lüfte die gerechte Strafe für den Diebstahl der beiden Talismane zukommen lassen!«

Er lächelte die verzweifelte Königin herablassend an. An der Stirnseite der Krone, dort, wo einmal der Drillingsbernstein seiner früheren Besitzerin gesessen hatte, blitzte jetzt ein vielstrahliger Stern auf.

»Diebstahl? Ihr tut mir unrecht, Madame. Der eine Talisman gehört mir, weil ich ihn gefunden und geborgen habe, und der andere wurde mir nach den Gesetzen des großen Raktum aus freien Stücken als Lösegeld übergeben. Und für den letzteren wurdet Ihr reich entschädigt. Öffnet Eure Hand! Nicht nur Euer Gemahl und König ist zu Euch zurückgekehrt.«

Anigel starrte wortlos auf das glühende Amulett in ihrer Hand. Im Innern des Bernsteins leuchtete eine winzige, blutrote Blume.

»Sagt Eurer Schwester Haramis, daß ich sie erwarte«, sagte Orogastus, der immer noch lächelte. »Und jetzt wäre es am besten, wenn Ihr und Euer Gefolge nach Derorguila aufbrechen würdet. Dieser Schneesturm hier wird sich in Kürze zu einem aus Nordwesten kommenden Wirbelsturm entwickeln und Euch bis vor Eure Haustür blasen ... Komm, Tolo.«

Er drehte sich um. Der kleine Prinz Tolivar, der mit finsterer Miene dagestanden hatte, strahlte. »Darf ich, Meister? Kann ich bei Euch bleiben?«

»Wenn du es willst«, sagte der Zauberer und blickte über die Schulter zurück.

»Ja, das will ich!«

»Tolo, nein!« schrie die Königin.

»Willst du die Sternentruhe für mich tragen?« fragte Orogastus den Jungen, ohne auf den bestürzten Gesichtsausdruck von Schwarzstimme zu achten.

»O ja!« Der kleine Prinz entriß dem finster dreinschauenden Gehilfen die Truhe und hielt sie wie eine Trophäe empor, damit die Menge sie sehen konnte.

»Tolo!« Anigel strömten die Tränen über die Wangen. »Du darfst nicht mit diesem schrecklichen Mann gehen! Wie kannst du nur so etwas tun? Komm zu mir, mein armer Junge!«

Prinz Tolivar, der neben dem großen Zauberer stand, starrte sie durch den immer dichter werdenden Vorhang aus Schneeflocken an und sagte kein Wort.

»Das Kind soll tun, was es will«, erklärte König Ledavardis. »Die Entscheidung liegt bei ihm.«

»Antar!« schrie die Königin hilflos. »Sprich mit deinem Sohn!«

»Das habe ich bereits.« Auf dem Gesicht des laboruwendianischen Königs war keine Hoffnung zu lesen. Er faßte seine Gemahlin am Arm, die zu wanken begann, als ihr die schreckliche Wahrheit bewußt wurde. Owanon ergriff ihren anderen Arm. »Komm, meine Liebe. Wir können hier nichts mehr tun.«

Königin Anigel, die völlig benommen war und heftig weinte, sagte kein einziges Wort mehr, als man sie zurück auf das Schiff führte. Ihre trauernden Begleiter folgten ihnen.

Innerhalb von einer halben Stunde waren die Leinen losgemacht. Die freien Ruderer von Laboruwenda legten sich in die Riemen und ruderten die vier Schiffe auf das offene Meer hinaus und nach Hause.

21

Ein Muster aus Lichtstrahlen in allen Farben des Spektrums erfüllte den Geist von Haramis wie ein Wandteppich der Aurora. Es schien ihr, als hätte sie diese leuchtenden Strahlen nun schon seit Tagen befehligt und in greifbare Bilder gezwungen, wie die Erzzauberin des Meeres es ihr befohlen hatte. Sie rief ein winziges gläsernes Schloß herbei, und es wurde sichtbar. Dann schien es vor ihren Augen fest und real zu werden. Sie verbannte es, dann befahl sie den Lichtstrahlen, ein gesatteltes Reittier zu bilden. Vor ihr erschien ein Fronler, der in allen Regenbogenfarben schimmerte. Das Tier wurde zu warmem Fleisch und schien sie verwirrt anzusehen und sein Geweih hin- und herzuschütteln, bis sie es wieder in das Nichts entließ, aus dem es gekommen war. Haramis erschuf eine Sache nach der anderen – und auch einen Ort nach dem anderen, denn wenn ihm die richtigen Anweisungen erteilt wurden, war der Dreiflügelreif ein magisches Viadukt, das seine Besitzerin im Handumdrehen an jeden Ort der Welt transportieren konnte. Aber Iriane gestattete ihrer Schülerin nur, an jene eintönigen, unbewohnten Teile der Welt zu reisen, deren Namen sie ihr nannte. Diese Lektionen waren sehr schwierig zu erlernen, und Haramis durfte sich nicht durch den Anblick von Personen oder auch vertrauten Orten ablenken lassen.

Zu Beginn ihrer Ausbildung hatte sie die funkelnden Dinge, die sie »erschuf«, und die Orte, zu denen sie sich transportierte, nur sehr unbeholfen herbeigerufen, und die gläsernen Visionen wollten einfach nicht wirklich werden. Aber unter Irianes Führung lernte Haramis schließlich, diese kreative Macht besser zu beherrschen. Inzwischen machte sie es sehr gut. Wenn sie den Fallstricken ihres übersteigerten Selbstbewußtseins entkäme, würde sie ihren Talisman doch noch beherrschen!

»Ihr seid weit entfernt davon, ihn zu beherrschen«, vernahm sie Irianes beißende Bemerkung. »Aber Ihr seid nicht länger die vollkommene Ignorantin, die in meinen Eisberg gekommen ist! Wenn Ihr Euch vorseht und nicht überheblich oder tollkühn werdet, wird es Euch vielleicht doch gelingen, Eure Pflicht ehrenvoll zu erfüllen.«

»Ich werde darum beten«, sagte Haramis so demütig, wie sie nur konnte.

Die wundersame Palette aus formbarem buntem Licht begann zu verblassen und in Dunkelheit überzugehen. Haramis war wieder in der Meditationskammer auf ihren Knien, die ihr fürchterlich weh taten. Die Erzzauberin erhob sich von ihrem Stuhl, reckte sich ausgiebig und gähnte.

»Ah, wie bin ich müde, mein Kind, und hungrig. Kommt, laßt uns essen. Ich habe einen leckeren Sukbri-Eintopf für uns, ganz frisch aus dem Grünsumpf Eurer Heimat, und Nebelbeerentörtchen, die Ihr ebenfalls kennt und ganz köstlich finden werdet.«

Haramis erhob sich steif und ordnete ihren weißen Erzzauberinnenmantel. »Ich fürchte, ich werde nicht sehr viel essen können. Ich bin so erschöpft. Ich kann nur noch an Schlaf denken! Wenn Ihr doch nur nicht so eine strenge Lehrerin wärt und mich etwas länger im Bett bleiben ließet!«

»Ihr könnt heute nacht so lange schlafen, wie Ihr wollt. Eure Unterweisung ist zu Ende.«

Haramis protestierte mit Zweifeln in der Stimme: »Aber ich habe doch noch gar nicht gelernt, die hohe Zauberkunst zu beherrschen.«

Iriane machte eine abwehrende Handbewegung und führte ihre Schülerin in einen der Korridore des Aquariums. »Die dreimal zehn Nächte Eures Aufenthaltes hier sind vorüber. Es gibt nichts, was ich Euch noch beibringen könnte. Ihr beherrscht jetzt schon mehr Zauberei, als ich je gekannt habe, mit und ohne Euren Talisman. Der Rest wird mit der Zeit von selbst kommen.«

»Aber wie kann das sein?«

»Glaubt es nur.«

Auf Irianes rundem, freundlichem Gesicht mit seiner leichten Blautönung lag ein rätselhaftes Lächeln. Die beiden Frauen gingen den leuchtenden, durchsichtigen Korridor hinunter und gelangten schließlich in das behagliche Halbdunkel des Raumes mit dem lebenden Seegemälde.

»Seit der Zeit des Versunkenen Volkes«, sprach Iriane weiter, »hat kein anderer Erzzauberer außer Euch jemals ein Teil des Zepters der Macht besessen oder so viel über seinen Gebrauch gewußt. Das Versunkene Volk hatte Angst davor, aber Ihr könnt Euch das nicht erlauben. Ihr habt jetzt eine ungeheure Verantwortung. Ihr müßt Eure magischen Kräfte so einsetzen, daß das verlorene Gleichgewicht der Welt wiederhergestellt wird, und dafür sorgen, daß die anderen beiden Teile des Zepters nicht von den Mächten der Finsternis benutzt werden.«

Haramis versuchte, ihr starkes Unbehagen zu verbergen. Sie setzte sich an den Tisch, während Iriane das Essen holte, das auf recht geheimnisvolle Art und Weise zubereitet wurde. Haramis hatte nie daran gedacht zu fragen. Als die Erzzauberin des Meeres mit den schmackhaften Speisen zurückkam, stocherte Haramis nur darin herum.

»Ich bin nicht nur müde«, sagte sie, als Iriane sie ermahnte. »Ich habe auch fürchterliche Vorahnungen ... Habe ich Eure Erlaubnis, mit meinen Schwestern zu sprechen?«

»Ab jetzt braucht Ihr meine Erlaubnis für gar nichts mehr, Erzzauberin des Landes«, sagte Iriane mit ernster Stimme. »Aber ich will Euch die Frage beantworten, die Euch so quält. Ja, der Talisman, der das Dreihäuptige Ungeheuer genannt wird, wurde als Preis für die Freilassung von König Antar übergeben. Er ist jetzt im Besitz des Zauberers Orogastus, und dieser hat ihn an sich gebunden.«

»Gütiger Gott, das hatte ich befürchtet! Warum habt Ihr mir nichts gesagt, als das geschah? Ich hätte sie vielleicht aufhalten können!«

Iriane war ganz ruhig, als sie an ihrem Beerentörtchen knabberte. »Ihr hättet sie *nicht* aufhalten können. Und Euch an einem kritischen Punkt in Eurer Zauberausbildung zu unterbrechen, hätte Eure Konzentration so gestört, daß es nicht wieder hätte gutgemacht werden können, und das gerade zu einer Zeit, wo Ihr es endlich verstanden hattet.«

Haramis war vor Erregung rot geworden und sprang auf. »Wenn Orogastus zwei Talismane hat und ich nur den einen, wird er dann nicht im Vorteil sein?«

»Nur wenn er so viel über seine Talismane weiß wie Ihr über den Euren. Und selbst dann: Ich sagte Euch bereits, daß Euer Talisman der Schlüssel zum Zepter ist.«

»Meine beiden Schwestern konnten mit ihren Talismanen töten, aber ich glaube, das geschah eher aus Zufall und ohne ihr eigenes Zutun. Ich vermute, daß Orogastus ebenso unbeabsichtigt jemanden töten könnte. Aber wäre er fähig, mich mit Absicht zu töten?«

Iriane schüttelte den Kopf. »Bis jetzt fehlt ihm das magische Wissen, um Euch mit seinen Talismanen absichtlich ums Leben zu bringen.«

»Aber ich … habe ich die Macht, ihn zu töten?«

»Kein Erzzauberer kann vorsätzlich den Tod über eine andere denkende Kreatur bringen. Ich weiß nicht, ob Ihr fähig wärt, ihn auf Umwegen zu töten. So etwas stand nicht in meinen Nachschlagewerken. Das Versunkene Volk wäre mit einer solchen Information wohl auch sehr vorsichtig umgegangen. Denby sagt, er weiß es auch nicht, aber vielleicht lügt er ja. Es gibt wahrscheinlich nur einen Ort, an dem Ihr das herausfinden könnt – den Ort der Erkenntnis, wo sich die größte Universität des Versunkenen Volkes befand. Die Sternenmänner versuchten, ihn mit einer schrecklichen Waffe zu zerstören, kurz bevor es dem Held Varcour gelang, sie zu besiegen und in alle Windrichtungen zu zerstreuen. Die oberirdischen Gebäude wurden vernichtet, aber es existiert noch ein Labyrinth aus unterirdischen Bauten, bewacht von nichtmenschlichen Wesen, die Sindona genannt werden.«

»Von ihnen und dem Ort der Erkenntnis habe ich schon gehört. Meine Schwester Kadiya hat dort ihren Talisman erhalten, und sie war auf dem Weg dorthin, als ich das letztemal mit ihr gesprochen habe. Es gibt eine Sindona an diesem Ort, die die Gelehrte genannt wird.«

Iriane nickte. »Geht zu ihr. Sie wird Euch vielleicht mehr über das Zepter sagen können. Es waren die Sindona, die vor zwölfmal zehn Jahrhunderten damit beauftragt wurden, das Zepter auseinanderzunehmen und seine drei Teile zu verstecken. Da sie nicht aus Fleisch und Blut sind, war bekannt, daß sie nicht in Versuchung geraten konnten, die Talismane für den eigenen Gebrauch zu behalten oder Informationen darüber an Unwürdige weiterzugeben.«

Haramis unterdrückte einen Schauder und zog ihren weißen Mantel enger um sich. »Iriane, würdet Ihr es mir sehr übelnehmen, wenn ich sofort an den Ort der Erkenntnis gehe?«

Die Erzzauberin des Meeres berührte ihre Lippen mit einer blauen Serviette und erhob sich. »Natürlich nicht. Aber es gibt da etwas, das Ihr besser mit Euch nehmt.« Sie ging zu der Werkbank in der Ecke des Raumes. »Erinnert Ihr Euch noch, wie ich Euch erzählt habe, auf welche Weise Orogastus dem Tod entrinnen konnte und in das Unerreichbare Kimilon geschickt wurde?«

»Durch ein Gerät namens Polarstern.«

»Genau! Und hier ist es.«

Die Erzzauberin hatte in dem Durcheinander aus sonderbaren Gegenständen, die auf der Werkbank lagen, gestöbert und hielt jetzt ein Sechseck hoch, das kaum eine halbe Elle lang und aus einem dunklen Metall gefertigt war. In der

Mitte war es mit einem kleinen, vielstrahligen Stern geschmückt.

»Ich habe es heimlich aus dem Kimilon geholt, nachdem Orogastus besinnungslos dort angekommen war. Er weiß nicht einmal, daß es existiert. Seit damals habe ich den Polarstern in Verwahrung, damit er nicht für verwerfliche Zwecke verwendet werden konnte.«

Haramis starrte sie mit ausdruckslosem Gesicht an. »Ihr meint, damit Orogastus ihn nicht verwenden konnte, um aus dem Kimilon zu entkommen?«

»Nein, nein ... laßt es gut sein!« Iriane war seltsam nervös. »Ruft Euch ins Gedächtnis zurück, wie er funktioniert. Wenn einer der Sternenmänner Gefahr läuft, daß seine eigene Magie durch das Zepter der Macht umgekehrt wird – und auf diese Weise tötet das Zepter –, wird der Polarstern hier das Opfer zu sich holen, noch bevor es von dem magischen Feuer vernichtet wird, und so sein Leben retten.«

Die Erzzauberin des Meeres reichte Haramis das dünne Sechseck.

»Aber was soll ich denn damit?« fragte Haramis verwirrt.

»Zuerst einmal sollt Ihr den Polarstern vor ihm verstecken«, sagte Iriane mit schneidender Stimme. »Sollte er ihn jemals in seine Gewalt bekommen und herausfinden, wozu er dient, wird er so gut wie unverwundbar sein! Vielleicht weiß die Gelehrte einen sicheren Ort, an dem Ihr ihn verstecken könnt. Ihr habt jetzt die Verantwortung für den Polarstern und müßt ihn gut verwahren.«

»Wäre es nicht am einfachsten, ihn zu zerstören?«

»Versucht es«, forderte die Blaue Frau sie auf. »Ich habe es versucht, aber er widersetzte sich all meinen Bemühungen! Vielleicht habt Ihr mit Eurem Talisman mehr Glück.«

Haramis befahl dem Polarstern, vor ihr in der Luft zu schweben. Er gehorchte. Dann wies sie ihn an, sich aufzulösen, wobei sie sich vorstellte, wie sich sein gläsernes Abbild in leuchtenden Staub verwandelte.

Er schwebte unverändert in dem blauen Zwielicht. Haramis versuchte erneut, ihn zu zerstören, aber das Objekt weigerte sich hartnäckig. In seiner Mitte blitzte der Stern auf.

»Seht Ihr?« Iriane zuckte mit den Schultern. »Das Sternenemblem darauf versorgt ihn mit einem Abwehrzauber. Ihr werdet einen anderen Weg finden müssen, um ihn auf sichere Art und Weise loszuwerden.«

Haramis griff sich das Sechseck aus der Luft. »Vielleicht weiß die Gelehrte am Ort der Erkenntnis, wie ich das fertigbringen kann ... Aber jetzt muß ich gehen.«

Die beiden Frauen, die eine groß, schwarzhaarig und in Weiß gekleidet, die andere rundlich und angetan mit leuchtendblauen, fließenden Gewändern, sahen einander in plötzlichem Schweigen an. Dann nahm Iriane Haramis' beide Hände in die ihren, zog sie zu sich herunter und gab ihr einen feuchten Kuß auf die Stirn.

»Vergeßt mich nicht, liebe Haramis, Erzzauberin des Landes. Ich werde Euch immer eine gute Freundin und Schwester in der Pflicht sein. Solltet Ihr mich einmal ganz dringend brauchen, dann ruft mich, und ich werde tun, was ich kann.«

»Ich danke Euch für das, was Ihr bereits getan habt.« Haramis erwiderte die Umarmung. »Ich hoffe, wir werden uns in glücklicheren Zeiten wiedersehen.«

Sie trat zurück. Den Polarstern hatte sie sich unter den linken Arm geklemmt. Mit der rechten Hand faßte sie jetzt nach ihrem Talisman. Sie nickte ein letztes Mal, dann verschwand sie.

Iriane seufzte und schüttelte den Kopf. Dann rief sie Grigri, ging zurück zum Tisch und teilte die übriggebliebenen Törtchen mit ihm.

In Haramis' Geist erklang der Ton, der mit der Reise durch den Raum einherging. Einen flüchtigen Augenblick lang sah sie ein Bild, das aus glitzernden Diamanten gefertigt zu sein schien, und dann wurde es Wirklichkeit. Sie stand in einem großen, strahlend hell erleuchteten Raum, der in völliger Stille dalag. Als sie sich umdrehte, sah sie einen tiefen See, der von einer niedrigen Mauer aus weißem Marmor umgeben war. Das Pflaster unter ihren Füßen bestand aus metallisch blauen Mosaikplatten. Auf der anderen Seite des Sees befand sich eine Treppe aus Marmor, die nach oben zu der Quelle des

Lichts führte. Links und rechts von der Treppe waren lange Reihen von Statuen zu sehen, die auf den breiten Stufen der Treppe aufgestellt worden waren.

Die Sindona.

Haramis ging auf das am nächsten stehende Paar zu. Sie waren einen ganzen Kopf größer als sie, sahen aber ansonsten wie ein Menschenmann und eine Menschenfrau aus, die von einem meisterhaften Bildhauer geschaffen worden waren. An ihren Körpern waren keine Spuren von Haar, Poren, Hautfalten oder Narben zu sehen. Sie waren vollkommen glatt, von gleichmäßiger elfenbeinfarbener Tönung wie poliertes Fischbein. Die dunklen Augen der Sindona ähnelten eingesetzten Steinen, und in ihren Pupillen schimmerten die Goldfünkchen, die Haramis immer dann sah, wenn es um das Versunkene Volk ging. Ihre bleichen, ernsten Gesichter wurden von kunstvoll gearbeiteten Helmen überschattet, auf denen eine Krone saß. Die Visiere der Helme waren geöffnet. Die Sindona trugen nur diese Helme und drei Gürtel – zwei waren über der Brust gekreuzt, der dritte lag um die Hüften. Die Gürtel und die Helme waren mit kleinen, schimmernden Plättchen in allen Schattierungen von Blau, Blaugrün und Grün bedeckt. An den Rändern ihrer Kleidung saßen kleine Goldplättchen, die anmutige Muster bildeten.

Haramis berührte eine der Statuen mit ihrem Talisman, und sofort öffneten sich ihre gemeißelten Lippen. Sie sprach mit einer klangvollen Stimme, die eher wie die Töne eines Musikinstrumentes als wie die Sprache der Menschen klang.

»Willkommen am Ort der Erkenntnis, Erzzauberin. Was ist Euer Begehr?«

»Ich wünsche die Gelehrte zu sprechen«, erwiderte Haramis.

Der Sindona nickte und deutete mit der Hand auf die Treppe. Obwohl er sie bewegte, schien sie dennoch so hart wie Stein zu bleiben, und Haramis staunte über die Erfindungsgabe jener, die sie erschaffen hatten.

»Die Gelehrte erwartet Euch oben im Garten, Erzzauberin. Geht bitte hinauf.«

»Ich danke Euch«, sagte sie und ging langsam die hohen

Stufen der Treppe hinauf. Dabei sah sie sich die nichtmenschlichen Wesen an. Jeder Sindona unterschied sich ein
wenig von den anderen. Sie waren keine bloßen Maschinen,
aber auch keine Kreaturen aus Fleisch und Blut, sondern
etwas völlig anderes.

»Warum wurdet Ihr geschaffen?« fragte sie.

»Um zu dienen«, erwiderten unzählige sanfte Stimmen,
deren Klang so atemberaubend war wie der liebliche Akkord
eines großen Orchesters. »Wir sind die Wächter, die Boten
und die Träger. Einige von uns sind auch Gelehrte, andere
wiederum Tröster, und wieder andere nehmen das Leben,
nachdem das Todesurteil gefällt wurde.«

»Ihr *tötet*?«

»Einige Wächter besitzen diese Fähigkeit.«

»Gütiger Gott!« murmelte Haramis, die jetzt energischer
voranschritt. Ganz neue, erschreckende Gedanken flatterten
ihr wie leuchtende Schmetterlinge im Kopf herum. Könnten
die geheimnisvollen Sindona Verbündete im Kampf gegen das
Böse sein, das von Orogastus ausging?

»Wir wurden geschaffen, um den Stern zu bekämpfen.« Die
Sindona schienen ihre Gedanken zu lesen. »Die meisten von
uns kamen um, als wir vor langer Zeit den ersten Sieg über den
Stern errangen. Jene Sindona, die übriggeblieben sind, bewachen jetzt den Ort der Erkenntnis.«

Haramis stand da wie erstarrt. Langsam formte sich eine
Idee in ihr. »Und würdet Ihr mir folgen, wenn ich Euch befehle, die Welt noch einmal gegen die Bedrohung eines Sternenmannes von heute zu verteidigen?«

»Nur die gesamte Schule der Erzzauberer kann uns eine
neue Aufgabe zuweisen«, seufzten die reglosen Wächter.

Haramis spürte, wie sich ihre Idee in nichts auflöste, noch
bevor sie geboren war, zusammen mit der Hoffnung, die in ihr
aufgekeimt war. Die gesamte Schule? Aber sie waren doch
schon lange tot! … Nun, es war nur ein Gedanke gewesen.

Sie gelangte schließlich nach draußen, auf eine offene, licht-
durchflutete Fläche, wo sich weiße Pfade zwischen üppigen
Blumenbeeten, blühenden Büschen und dekorativen Bäumen
hindurchwanden. Wie Edelsteine inmitten des kurz geschnit-

tenen Grases leuchtend, waren hier und da Teiche zu sehen. Von diesen strebten kleine Bächlein weg, über die fein gearbeitete Brücken aus Marmor führten. Das Grün war gesprenkelt mit Bänken, die ebenfalls aus weißem Stein gefertigt waren, mit von Blumen gesäumten Höhlen, offenen Gartenhäusern und Bäumen, die sich unter der Last der Früchte bogen. Einer der Pfade schien Haramis zuzuwinken, und sie folgte ihm zu einem anmutigen Gebäude mit einem Kuppeldach, das von schlanken Säulen getragen wurde. Überall blühten Büsche, die purpurfarbene, weiße und rosafarbene Blüten trugen und die Luft mit ihrem Duft erfüllten.

Aber es gab keine Insekten, die nach Nektar suchten, keine Vögel, die in den Bäumen sangen, keine kleinen Tiere, die sich über die Früchte hermachten und diese mit sich forttrugen. Die Stille in dieser Landschaft war geradezu unheimlich, nur unterbrochen von dem Gesäusel der kleinen Bäche und dem leisen Rauschen der Blätter im Wind. Haramis blickte hinauf zu dem strahlendblauen Himmel und sah keine Wolken – und keine Sonne. Plötzlich fiel ihr ein, daß Iriane gesagt hatte, der Ort der Erkenntnis befinde sich unter der Erde.

»Kann das denn sein?« fragte sie sich. Sie kniete nieder, um ein Beet mit verschiedenen Blumen zu untersuchen, die in allen Farben blühten, und stellte fest, daß sie keine einzige davon kannte. Auch die Umrisse der Bäume waren ihr fremd, und selbst der Rasen bestand aus Gras, das sonderbar aussah, ungewöhnlich fein und dicht war und federte wie ein Teppich. Die Grashalme hatten abgerundete Ränder, anstatt fein gezackt zu sein wie alle Gräser, die sie kannte.

»Ich grüße Euch, Tochter der Drillingslilie.«

Haramis erschrak, als sie die Stimme hörte, die wie die eines Menschen klang. Sie hob den Blick von dem Grashalm, den sie gerade untersuchte, und sah, daß vom Gartenhaus her eine Frau auf sie zukam.

Eine Frau? Nein, es war keine Frau. Sie war von normaler Statur und in fließende, pastellfarbene Gewänder gekleidet. Ihre nackten Arme und ihr Gesicht schimmerten elfenbeinfarben, und auf dem Kopf trug sie eine eng anliegende Kappe aus Gold auf dem Haar, das zu einer kurzen, lockigen

Frisur geformt war. Sie war eine Sindona, wie die stattlichen Wächter.

»Ich bin die Gelehrte«, sagte sie. Auf ihrem Gesicht erschien ein Lächeln, obwohl es die ganze Zeit über hart wie Stein blieb. »Ich stehe Euch zu Diensten, Erzzauberin Haramis. Begleitet mich doch zu dem Gebäude dort drüben, wo wir im kühlen Schatten sitzen und Ihr mich mit Muße befragen könnt.«

Haramis folgte ihr. In dem kleinen Gebäude mit der Kuppel standen ein weißer Marmortisch und zwei Korbsessel mit rostfarbenen Samtkissen. Ein Glaskrug mit einer rosafarbenen Flüssigkeit und ein Becher, der halb mit Kugeln aus Eis gefüllt war, warteten schon auf sie. Die Gelehrte bedeutete ihrem Gast, sich zu setzen, dann goß sie das Getränk über das Eis und reichte Haramis das klirrende Glas.

»Ihr werdet diese Art, Ladusaft zu servieren, vielleicht etwas sonderbar finden, aber unsere ehemaligen Herren, das Versunkene Volk, haben es sehr gerne gemocht.«

»Ich danke Euch für Eure Gastfreundschaft, Gelehrte.«

Haramis nippte daran. Das ungewöhnliche Gefühl von Eis, das ihre Lippen gleichzeitig mit dem gekühlten Saft berührte, war ungemein erfrischend. Plötzlich kam ihr der Gedanke, daß sie unter den alten Maschinen in der Schwarzen Eishöhle unbedingt nach einem Eiszubereiter suchen mußte, wenn sie wieder zu Hause auf dem Mount Brom war.

Dann wurde ihr der Ernst der Lage wieder bewußt, und Haramis sah in das ruhige Gesicht der Gelehrten und begann mit ihrer Befragung. »Ist es wahr, daß Ihr und jene von Eurer Art vom Versunkenen Volk erschaffen wurdet und daß Ihr nicht wirklich lebendig seid?«

»Wir wurden von den Mitgliedern der ursprünglichen Erzzaubererschule angefertigt. Wir leben, aber unser Leben ist nicht mit dem von beseelten Wesen wie Menschen und Eingeborenen zu vergleichen. Wir gebären nicht, und wenn wir sterben, verschmilzt unser Geist mit jenen von uns, die noch am Leben sind. Ich bin die einzige Gelehrte, die noch lebt, aber in mir ruht der Geist von zweihundert Gelehrten, die eine kürzere Lebensdauer hatten. Wenn ich sterbe, muß ich in einen Wächter oder einen Träger oder einen Boten oder einen Tröster übergehen und dessen Pflicht teilen. So wird es sein, bis nur noch ein einziger Sindona übrigbleibt, und bei dessen Tod werden wir ausgelöscht werden wie der letzte Funken eines großen Feuers, das am Ende zu Asche wird.«

»Wie ... wie viele Wächter sind noch übrig?« fragte Haramis.

»Dreihundert und einer. Außerdem noch siebzehn Diener, zwölf Träger, fünf Boten und zwei Tröster. Aber die beiden letzteren befinden sich beim Erzzauberer des Himmels und können ohne seine Erlaubnis den Erzzauberinnen des Landes und des Meeres nicht zu Diensten sein.«

»Schon wieder der Erzzauberer des Himmels!« Haramis verspürte ein ungeheures Interesse an ihm. »Was könnt Ihr mir über ihn sagen? Meine Freundin, die Erzzauberin des Meeres, sagte mir, sein Name sei Denby, und sie hat ihn als unnahbare Persönlichkeit beschrieben, die wenig mit den Angelegenheiten der Welt zu tun haben will. Wenn ich ihn um seine Hilfe bitte, würde er sie mir dann gewähren?«

»Ich weiß es nicht. Ohne seine ausdrückliche Erlaubnis kann ich Euch nichts über ihn sagen. Die aber gewährt er nicht. Er will zur Zeit auch nichts mit den Angelegenheiten des Landes oder des Meeres zu tun haben. Sagt er.«

Haramis beobachtete die Gelehrte. »Habt Ihr ihn gerade gefragt?«

»Ja.«

Haramis war innerlich aufgewühlt. Wieder eine Hoffnung, die zunichte gemacht wurde! Gab es denn niemanden, der ihr beim Kampf gegen Orogastus zur Seite stehen würde?

»Es gibt jemanden«, antwortete die Gelehrte unvermutet. »Menschen und Eingeborene, Sindona und Erzzauberer, die Pflanzen und Tiere der Welt, die Luft und das Wasser und die Felsen und die Feuerkugeln am Himmel – alle können Eurer Bitte um Hilfe Folge leisten, wenn Ihr diese in der gebührenden Form und zur richtigen Zeit stellt.«

»Könnt Ihr mich lehren, diese Hilfe herbeizurufen?«

»Es tut mir leid. Dieses Wissen könnt nur Ihr allein entdecken. Euer Talisman muß Euch erleuchten.«

309

»Ich verstehe.« Haramis wurde immer aufgeregter, aber sie stellte auch ihre anderen Fragen. »Sagt mir bitte: Ist Orogastus mir gegenüber im Vorteil, da er zwei Talismane des Zepters der Macht in seinem Besitz hat, während ich nur einen habe?«

»Orogastus besitzt keinen Vorteil mit Ausnahme seiner natürlichen Begabungen.«

Bestürzt rief Haramis aus: »Meint Ihr etwa, er ist klüger als ich?«

»Nicht klüger. Er ist weiser und erfahrener, und sein Verstand arbeitet kaltblütiger und logischer, weil er den Mächten der Finsternis dient. Aber Ihr, Erzzauberin des Landes, habt ein größeres Potential, da Ihr die Tochter der Drillingslilie seid.«

»Meine Schwestern ... aber ihre Blumen sind blutrot geworden.«

»Wenn ihre Amulette wieder die Schwarze Drillingslilie in ihrem Innern haben, werden sie wieder zu großen und selbstlosen Taten imstande sein. Und sie werden in der Lage sein, sich Euch als Töchter des Drillings anzuschließen – als die Drei Blütenblätter der Lebenden Drillingslilie. Bis dahin sind sie unter die Masse der Unwissenden verbannt.«

Haramis nickte. »Orogastus und ich sind einander in der Zauberkraft also im wesentlichen ebenbürtig?«

»Das entspricht nicht gänzlich der Wahrheit. Aber da die Teile des Dreiteiligen Zepters auseinandergerissen sind und nun zwei Teile dem Stern gehören und ein Teil der Blume, wird die Welt auf ewig aus dem Gleichgewicht sein und sich in großer Gefahr befinden, bis Orogastus die Talismane, die sich widerrechtlich in seinem Besitz befinden, wieder entrissen werden und sich die Drei Blütenblätter der Lebenden Drillingslilie vereinen, um die Mächte der Finsternis gegen ihn zu wenden.«

»Aber wie soll das geschehen?«

»Das vermag ich Euch nicht zu sagen. Es hängt alles zu sehr vom Zufall ab. Ich vermute jedoch, daß dabei keine hohe Zauberkunst im Spiel ist, sondern eher eine etwas menschlichere Tat.«

»Könnt Ihr mir denn überhaupt keinen Rat geben, wie

ich Orogastus besiegen soll?« bat Haramis. »Kann ich ihn nicht ... irgendwie von den Mächten der Finsternis bekehren?«

»Liebe ist gestattet«, sagte die Gelehrte geheimnisvoll. »Hingabe jedoch nicht. Was eine Bekehrung betrifft, so liegen mir darüber keine Informationen vor. Er ist ein Anhänger des Sterns, und seine Vorgänger hielten an ihrem üblen Glauben fest bis in den Tod. Ich kann nicht in das Herz des Orogastus sehen.«

»Ich auch nicht«, murmelte Haramis. »Nicht einmal in mein eigenes Herz, so wahr mir Gott helfe!« Aber sofort machte sie sich von dem Selbstmitleid frei, das sie von ihrem Ziel abzulenken drohte, und wurde wieder ruhig und zielstrebig. »Gelehrte, wenn ich von hier weggehe, wird mich meine Schwester bitten, ihr bei der Verteidigung ihres Landes gegen schurkische Invasoren zur Seite zu stehen. Ich habe bereits herausgefunden, daß in Kürze eine große Flotte von Kriegsschiffen aus Raktum aufbrechen wird. Orogastus und König Ledavardis haben vor, die nördliche Hauptstadt von Laboruwenda zu belagern. Ich habe meine Schwester Königin Anigel von dieser Gefahr unterrichtet, und sie hat mich gebeten, ihr magische Unterstützung zu gewähren. Ist es klug von mir, wenn ich ihr sofort zu Hilfe eile, oder sollte ich mich besser ganz auf das Problem von Orogastus und den Talismanen konzentrieren?«

»Das dringlichste Problem für Euch«, sagte die Sindona-Frau, »ist jetzt nicht Anigel, sondern Eure andere Schwester, Kadiya, die vor einigen Tagen hier war, um mich zu befragen, wie sie verhindern könne, daß Königin Anigel ihren Talisman hergibt. Als ich Kadiya zur Antwort gab, es sei vorbestimmt, daß der Preis für Antar gezahlt wird, war sie völlig außer sich vor Zorn. Ich riet ihr, sich mit Anigel zu versöhnen und sich in Eure Dienste zu stellen. Diesen Rat lehnte Kadiya sogleich ab. Sie ist jetzt auf dem Weg zu einem Eingeborenendorf am Oberen Mutar. Wenn sie dort ankommt, wird sie versuchen, die tapferen kleinen Uisgu aus der Dornenhölle und dem Goldsumpf um sich zu scharen. Die Uisgu sollen die Nyssomu, die Wyvilo und die Glismak in der Sprache ohne Worte rufen. Kadiya hofft sogar, daß sie die abscheulichen Skritek bewegen kann, sich ihrer Sache anzuschließen. Wenn sie alle Eingeborenen um sich versammelt hat, will Kadiya, die Herrin der Augen, Ruwenda erobern und zum unantastbaren Heimatland der Eingeborenen machen.«

»Sie würde gegen die Menschen, die dort wohnen, in den Krieg ziehen?« Haramis war entsetzt. »O nein! Nicht, wenn die Zwei Königreiche an einer Front Var zu Hilfe kommen und sich an der anderen gegen Raktum und Tuzamen erwehren müssen!«

»Kadiya rechnet damit, daß diese unsichere Situation ihren Sieg wahrscheinlicher macht.«

»Oh, diese hitzköpfige Närrin! Ich werde sie wohl wieder zur Vernunft bringen müssen. Und dann werde ich sehen, wie ich Anigel und Antar helfen kann. Danach werde ich Zeit haben, um mich um Orogastus zu kümmern.«

»Erzzauberin, Ihr versteht immer noch nicht! Ihr könnt den Sternenmann nur besiegen, wenn Kadiya und Anigel Euch rückhaltlos zur Seite stehen.«

»Bei der Heiligen Blume, ich hätte es wissen müssen!« Haramis ballte die Hände zu Fäusten und senkte den Kopf, so daß die Kapuze ihres Mantels die qualvolle Enttäuschung verbarg, die über sie hereinbrach.

Sie waren unentrinnbar Drei. Sie waren für immer Eins. Weder ihr Talisman noch ihre gerade erworbenen Fähigkeiten als Erzzauberin würden den Stern besiegen. Das konnte nur die Lebende Schwarze Drillingslilie.

Sie drängte ihre Gefühle beiseite und blickte wieder in das geduldige, nichtmenschliche Gesicht der Gelehrten. »Ich danke Euch. Jetzt weiß ich, was ich tun muß. Ich werde sofort zu Kadiya gehen.«

Sie erhob sich von ihrem Stuhl. Dabei fiel die sechseckige Platte, die Polarstern genannt wurde, lärmend auf den Marmorfußboden. Haramis hob ihn auf und sagte: »Ihr wißt sicher, was das hier ist. Könnt Ihr mir sagen, ob man es zerstören kann?«

»*Ihr* könnt es nicht. Die Sindona auch nicht. Nur der Rat des Sterns vermag das zu tun oder die gesamte Schule der Erzzauberer.«

Wieder ein Fehlschlag! Haramis runzelte die Stirn. »Dann sagt mir, wie ich den Polarstern so verwahre, daß Orogastus ihn nicht wieder verwenden kann, um der Strafe für seine Verbrechen zu entgehen.«

Zum erstenmal zögerte die Gelehrte, bevor sie ihre Antwort gab. »Wenn Ihr ihn auf den Grund des Meeres bringt oder ihn in einen aktiven Vulkan werft oder ihn mitten in eine Gletscherspalte fallen laßt, dann wird derjenige, der bei der Umkehrung der Magie von ihm angezogen wird, mit Sicherheit sterben, anstatt gerettet zu werden.«

Haramis spürte, wie ihr die Kehle eng wurde. »Ich hatte gehofft, Ihr wüßtet einen Ort, an den ich den Polarstern bringen könnte, um Orogastus lebendig dort einzusperren. Vielleicht hier, in diesem Bollwerk mächtiger Magie, wo die Wächter dafür sorgen könnten, daß er nicht von seinen Gehilfen gerettet wird.«

Wieder zögerte die Gelehrte. Dann sagte sie: »Es gibt nur einen Ort, der dafür geeignet ist. Folgt mir.«

Schnellen Schrittes ging sie davon. Haramis folgte ihr hastig nach, wobei sie den Polarstern fest unter dem Arm hielt. Die beiden kamen zu einem Wäldchen aus Bäumen mit blaßgrünen Blättern, deren Äste tief herabhingen. Darunter erstreckte sich ein großer Steingarten, auf dem schattenliebende exotische Pflanzen wuchsen. Ihre Blüten waren bizarr geformt, die Farben unnatürlich lebhaft, beinahe glühend in dem grünen Dämmerlicht.

Auf der anderen Seite des Steingartens gähnte ein dunkles Loch in der Erde, das von einem Kreis aus großen weißen Steinen umgeben war.

Die Gelehrte deutete darauf. »Das ist die Schlucht der Gefangenen. Der einzige Eingang ist ein unterirdischer Schacht mit steilen Wänden, die so glatt wie Glas sind. Der Schacht ist durchdrungen von dem stärksten Zauber des Ortes der Erkenntnis. Während der Kriege zwischen den Sternenmännern und unseren ehemaligen Herren sperrte die Schule der Erzzauberer in einer Höhle am Fuße des Schachtes Gefangene ein, bis diese gerichtet wurden und entweder Milde erfuhren oder den Tod von der Hand der Wächter des Todes.«

313

»Nach so einem Ort habe ich gesucht!« Haramis holte tief Luft. »Könnte Orogastus hier eingesperrt werden?«

»Wenn er seine mächtigen Talismane nicht mehr hat, ja. Unter unserer Bewachung könnte er in der Schlucht der Gefangenen unendlich lange überleben.«

»Ich werde mir diesen Ort ansehen«, sagte Haramis, »und wenn er so geeignet ist, wie Ihr sagt, werde ich den Polarstern hier lassen.«

Die Gelehrte nickte. »Habt Ihr noch andere Fragen an mich, Erzzauberin?«

Haramis lächelte wehmütig. »Nur eine, und ich habe schon gezweifelt, ob ich jemals eine Antwort darauf erhalten würde: Ist die Macht der Schwarzen Drillingslilie und des Dreiteiligen Zepters echte Magie oder eine geheimnisvolle Wissenschaft?«

»Sie ist Magie.«

»Ah! ... Und was ist Magie?«

»Das, was der Wirklichkeit Wahrheit und Schönheit verleiht und die physikalischen und geistigen Welten zu einer einzigen vereint.«

»Ich ... ich werde darüber nachdenken«, sagte Haramis. Sie legte ihre Hand auf die Brust, so daß sie den Stab des Dreiflügelreifs berührte, der an seiner Platinkette um ihren Hals hing. Zwischen den winzigen Silberflügeln leuchtete der Bernsteintropfen mit der schwarzen Blume in seinem Innern. »Jetzt habe ich keine weiteren Fragen mehr an Euch, Gelehrte. Ich danke Euch für Eure Hilfe.«

Die Sindona-Frau verneigte sich, dann drehte sie sich um und ging ohne ein weiteres Wort in das Wäldchen hinein.

Haramis befahl ihrem Talisman: *Bring mich in die Schlucht der Gefangenen.*

Die Glocke ertönte. Für einen Augenblick formte sich das schon vertraute gläserne Bild, dann wurde es Wirklichkeit. Sie befand sich an einem Ort, der wie eine riesige Höhle aussah und übermäßig warm und feucht war. Ein Teil des Daches war massiver Fels, von dem Stalaktiten wie durchsichtige Eiszapfen und Pfeiler aus Stein herabhingen, der Rest bestand aus einer schwarzen Leere, in deren Zentrum das schwache Licht eines winzig kleinen Sterns zu erkennen war. Haramis wußte sofort, daß dies der steile Schacht war, der an die Oberfläche führte, und der winzige Lichtpunkt die weit entfernte obere Öffnung der Schlucht.

Der Ort wurde von einem tiefroten Glühen erhellt, das aus verborgenen Winkeln und Spalten strömte. Haramis ging zu einer der leuchtenden Spalten hinüber und sah hinein. Sie sah eine angrenzende Höhle, viel kleiner und tiefer, deren Boden aus einem Fluß glühender Magma bestand. Sie trat zurück und untersuchte die Schlucht selbst, in der sie dunkle Teiche mit Wasser und viele sonderbare Felsformationen fand. Zerfallene Überreste der einstigen menschlichen Bewohner waren noch vorhanden: geschwärzte Ringe aus Stein, in denen Kochfeuer entzündet worden waren, zerbrochene Tonkrüge, Teller, Fettlampen, vermoderte Strohsäcke und ein morsches Buch, das zu Staub zerfiel, als sie es berühren wollte.

Und an einer Wand, die etwas glatter war als die anderen, herausfordernd mit einem rußigen Stock hingeworfen, sah Haramis einen vielstrahligen Stern.

Sonst gab es keine Spuren jener, die vor zwölftausend Jahren hier gefangengehalten worden waren. Hatten einige von ihnen hier ihr Leben beendet? Haramis verwendete ihren Talisman, um in die Ferne zu blicken. Sie stellte fest, daß die Gefängniskammer riesig war, mit unzähligen Nischen, von denen einige so aussahen, als seien sie der persönliche Bereich der einzelnen Gefangenen gewesen. Aber es gab keine Knochen oder gekennzeichneten Gräber. Trotzdem sprach Haramis ein Gebet für jene, die in diesem furchtbaren Gefängnis gelebt und gelitten hatten, obwohl sie ihre Strafe doch verdient hatten. Und als sie über das Leid jener nachdachte, konnte sie nicht umhin, sich auch ihrer eigenen Nöte zu entsinnen. Sie stand allein in der grausigen Schlucht und betete auch für sich selbst.

»Gütiger Gott, gib mir die Kraft und die Weisheit, um Orogastus zu besiegen! Ich wäre diesem Mann schon einmal beinahe erlegen. Laß mich ihm jetzt widerstehen! Ich kann nicht aufhören, ihn zu lieben, und doch muß ich einen Weg finden, um seine schändlichen Pläne zu vereiteln. Hilf mir!«

Aber ihr Gebet schien nutzlos zu sein und bot ihr keinen Trost. Tief in ihrem Herzen wußte sie, daß es nur zwei Möglichkeiten gab, den Zauberer aufzuhalten: Tod oder ewige Verbannung von der Welt. Haramis erkannte, daß sie ihn nicht töten konnte, weil sie eine Erzzauberin war.

Würde sie ihn dann an diesen furchtbaren Ort verbannen können, gegen den das Unerreichbare Kimilon ein Paradies war?

Zwei Szenen aus ihrer Kindheit tauchten in ihrer Erinnerung auf: Königin Kalanthe, ihre Mutter, durchbohrt von einem Schwert, ihr Blut in einer Lache zu Füßen des Zauberers, und König Krain, ihr Vater, in seinem eigenen Thronsaal in Stücke gerissen auf Geheiß desselben Zauberers.

Würde sie Orogastus hierher verbannen können?

»Ja«, sagte sie laut. Sie beugte sich hinunter und legte den Polarstern auf den Boden der Höhle.

Dann griff sie nach ihrem Talisman und befahl ihm, sie zu Kadiya zu bringen.

22

Das magische Nußkriegsspiel hatte seinen wilden Höhepunkt erreicht. Prinz Tolivars Armee aus rotbemalten Bloknüssen hatte in der letzten Schlacht große Verluste hinnehmen müssen, aber erbarmungslos trieb er sie voran, um eine letzte Offensive zu starten, mit der der Schatz errungen werden sollte. Die blauen Kifernuß-Bataillone der Verteidigung kamen auf ihren winzigen Beinchen herbeigerannt, mit erhobenen Lanzen und wild verzerrten kleinen Gesichtern. Tolo ließ seine angreifenden roten Truppen einen Keil bilden und zielte mit dessen Spitze genau auf den Schatz. Wenn die roten Nüsse nicht schon wieder besiegt werden wollten, war ein verzweifeltes Manöver vonnöten.

»Vorwärts, Männer!« drängte der Prinz und schlug mit der Faust auf den Teppich. Er lag auf dem Bauch, damit seine Augen fast auf der Höhe des Gefechts waren.

Die Bloknüsse griffen die Front der Kifernüsse an. Winzige, lautlose Lichtblitze zuckten auf, wenn zwei Soldaten aneinandergerieten. Rotbefrackte Krieger, die von den Lanzen des blauen Gegners getroffen wurden, stürzten besiegt zu Boden. Ihre Beine zogen sich zurück, ihre Gesichter verschwanden, und ihre kleinen Körper rollten hilflos wie Perlen umher, als ihre magischen ›Leben‹ endeten.

Es fielen auch blaue Kifernußsoldaten, aber das größte Gemetzel fand unter den Bloknüssen statt.

»Nicht aufgeben!« ermahnte Tolo die schwindenden Streitkräfte. »Kehrt nicht um! Ihr müßt den Schatz jetzt ergreifen, oder es ist alles verloren!«

Die tapferen Überreste seiner Armee versuchten es.

Der stumpf gewordene Keil der roten Bloknüsse bildete sich erneut, obgleich er jetzt völlig von den Truppenansammlungen der blauen Kifernüsse umzingelt war. Die Roten warfen sich nach vorn und wurden immer weniger und weniger, als die Nüsse am äußersten Rand gemeuchelt wurden. Langsam näherte sich der Keil der Zitadelle auf dem dreibeinigen Schemel neben der Feuerstelle, wo der Schatz im Zwielicht funkelte. Jetzt waren kaum noch zwanzig Bloknüsse am Leben! Jene, die die Attacke anführten, schwangen ihre Lanzen noch schneller, als Tolo sie anfeuerte. Blaue Nüsse fielen! Eine winzige Lücke öffnete sich.

»Jetzt!« schrie der Prinz.

Seine stark geschwächten Truppen stürmten mit blitzenden Beinchen vorwärts. Sie zersprengten den Feind und töteten jene, die es wagten, sie aufzuhalten. Die armen Rotröcke der Nachhut verloren ihr Leben, aber der kleine Pfeil aus Kämpfern warf sich immer noch tapfer nach vorn. Jetzt waren von den ursprünglich hundert Männern nur noch fünf tapfere Bloknüsse übrig. Der Schatz lag kaum eine doppelte Handspanne entfernt.

»Ihr habt ihn fast erreicht!« rief Tolo. »Vorwärts! Vorwärts!«

Noch zwei Rote fielen. Das überlebende Trio wirbelte wie rasend mit seinen Lanzen. Tolo wurde von den Todesblitzen des Feindes geblendet. Dann – o nein! Zuerst fiel eine Bloknuß, dann eine zweite. Der letzte Held stürmte weiter ...

... und seine Lanze berührte den Schatz.

Sofort hauchten alle blaugewandeten Kifernüsse in einer blitzenden Salve aus Funken ihr Leben aus und rollten beinlos über den Teppich. Der siegreiche Bloknußkrieger glühte auf wie heiße Kohle, als er sich gegen den Schatz aus einer eiförmigen Rusanuß lehnte. Die große goldene Rusanuß wurde augenblicklich geröstet, ihre harte Schale krachte auf, und die süßen Innereien fielen heraus, damit Tolo sie essen konnte. Das winzige Gesicht der letzten lebenden Bloknuß schenkte seinem menschlichen Befehlshaber ein Lächeln. Dann hauchte auch sie ihr Leben aus.

»Wir haben gewonnen!« jubelte Tolo und griff nach dem eßbaren Schatz. »Wir haben schließlich doch noch gewonnen!« Er stopfte sich die Innereien der Rusa in den Mund und kaute genußvoll. »Was haltet Ihr davon, Gelber? Ihr sagtet doch, ich würde nie herausfinden, wie es geht!«

Gelbstimme antwortete nicht. Er flickte einen von Orogastus' schweren weißen Stiefeln und paßte gleichzeitig auf den Prinzen auf – dies aber nur mit Widerwillen. Der Meister hatte angeordnet, daß Tolivar niemals allein gelassen werden durfte, da es den hinterhältigen Raktumianern einfallen könnte, sich mit dem Jungen davonzumachen und ihn bei irgendwelchen Machenschaften einzusetzen. Die drei Stimmen hatten außerdem den warnenden Hinweis erhalten, sich auch um ihre eigene Sicherheit zu kümmern. Sie sollten allezeit bewaffnet sein und jegliches Essen auf Gift untersuchen, während sie sich im Schloß von Frangine befanden. Verrat war zwar nicht sehr wahrscheinlich, aber keiner von ihnen, nicht einmal der Meister selbst, würde völlig sicher sein, bevor nicht die tuzamenische Armee und die Zauberwaffen angekommen waren und der Krieg gegen Laboruwenda begonnen hatte.

Der junge König Ledavardis hatte sich als weitaus weniger gefügig erwiesen, als der Meister dies erhofft hatte. Er war keineswegs ein mundfauler Trottel, wie es unter dem bösartigen Einfluß seiner verstorbenen Großmutter den Anschein gehabt hatte. Statt dessen wurde er zunehmend schwieriger und hatte vor kurzem sogar darauf bestanden, in der aufziehenden Auseinandersetzung volle Befehlsgewalt über die Piratentruppen zu erhalten und sie nicht unter den Befehl des tuzamenischen Generals Zokumonus zu stellen, wie dies der Meister gewünscht hatte. Sie würden sich eine List ausdenken müssen, um Ledavardis in seine Schranken zu weisen.

Was für eine Erleichterung würde es sein, wenn sie diesen dekadenten Haufen hochnäsiger Taschendiebe wieder verlassen konnten.

»Es *war* doch ein gutes Spiel, nicht wahr, Gelber?« wollte Prinz Tolivar wissen.

»Wenn es ein richtiger Krieg gewesen wäre statt einem unter dummen Nüssen«, sagte die Stimme verächtlich, »wäre das Ergebnis ganz und gar eine Katastrophe gewesen. Mit Ausnahme des Gewinners sind alle Eure Männer tot.«

Der Prinz sammelte die magischen roten und blauen Nüsse zusammen und steckte sie in einen Beutel, dann warf er die Nußschalen ins Feuer. »Pah! Was wißt Ihr schon davon? Der Meister hat das Nußkriegsspiel ganz allein für mich gemacht. Schlachten gewinnen ist eine Arbeit für einen Prinzen und nicht für einen …« Klugerweise sprach Tolo nicht weiter. Er blickte den stämmigen, kahlgeschorenen Gehilfen in seinem zerknitterten, safrangelben Gewand finster an.

»Wenn man diese jämmerliche Vorstellung gewinnen nennen kann«, sagte die Stimme abfällig und stieß eine große Nadel mit einer Sehne daran durch das Oberleder des Stiefels.

Tolo beobachtete den Gehilfen mit einem schlauen kleinen Lächeln. »Ihr seid eifersüchtig. Deshalb werde ich von Euch und den anderen immer verspottet.«

»Redet nicht so dumm daher.« Gelbstimme biß sich auf die Lippen und betrachtete mit finsterer Miene seine Arbeit.

»Doch, das seid Ihr. Alle drei seid Ihr eifersüchtig! Ihr könnt es nicht ertragen, daß der Meister mich zu seinem Erben machen will und nicht einen von Euch!« Der Junge erhob sich vom Boden, klopfte sich den Staub von den Knien seiner Hose und rückte seine Jacke zurecht. »Bringt mich sofort zu Portolanus.«

»Er arbeitet in der Bibliothek. Ein verwöhntes Kind, das

ihm in den Ohren liegt, kann er jetzt überhaupt nicht brauchen.«

Tolo sagte ganz ruhig: »Bringt mich zu ihm.«

Gelbstimme seufzte gequält und legte seine Arbeit beiseite. Er nahm den kleinen Prinzen bei der Hand und führte ihn aus der geräumigen Kammer, die sich die beiden teilten. Die Bibliothek lag am anderen Ende des weitläufigen Schlosses von Frangine, und der Gehilfe und der Junge mußten endlos lange durch einen reichgeschmückten Korridor nach dem anderen und durch einen hallenden Saal nach dem anderen laufen. An jeder Ecke trafen sie auf hochmütige Piraten und deren Frauen, die in grellbunte Hofgewänder gekleidet waren. Einige von ihnen lungerten nur herum, einige waren auf Hofklatsch aus, wieder andere warteten nervös auf ihre Audienz bei einem Beamten des Königs, und einige wenige gingen wirklich ihren Geschäften nach. Herablassend dreinschauende Lakaien wischten den Staub von vergoldeten Möbeln und Bilderrahmen, kehrten prächtige Teppiche, die auf den Inseln von Engi erbeutet worden waren, schürten die Feuer, füllten in Erwartung des Abends die silbernen Wandleuchter mit parfümiertem Öl und huschten hierhin und dorthin auf ihren verschiedenen Botengängen. Kräftige Wachleute hatten ein Auge auf die übrigen Bewohner des Schlosses. Als Gelbstimme und Tolo vorbeigingen, blickten sie finster drein und packten ihre Hellebarden fester.

Nachdem die beiden einen unbewohnten Salon voll varonischer Skulpturen und perlenbesetzter Wandteppiche aus Zinora durchquert hatten, betraten sie schließlich einen Durchgang aus einfach behauenen Steinen, der vor einer mächtigen, eisenbeschlagenen Flügeltür aus Gondaholz endete. Davor stand ein raktumianischer Soldat. Neben ihm auf einem Faltstuhl hockte die kleine Schwarzstimme und las in einem zerfledderten Buch.

Der Schwarze sah ihn fragend an.

Gelbstimme sagte förmlich: »Prinz Tolivar wünscht den Allmächtigen Meister zu sprechen.«

»Lord Osorkon wird in Kürze zu einer Besprechung mit

ihm eintreffen«, sagte Schwarzstimme. »Der Junge wird sich beeilen müssen.«

Tolo sah dem Mann in die Augen. »Es wird nicht lange dauern.« Er wandte sich zu Gelbstimme um. »Ihr könnt hier warten.«

Der Gelbe verneigte sich mit gespielter Unterwürfigkeit und zog die schweren Türen auf, damit der Prinz hineinschlüpfen konnte.

Die Bibliothek war ein kalter, gespenstischer Raum mit Gewölben und schmutzigen, bleiverglasten Oberlichtern unter der Decke. Altersschwache Treppen, von denen Lingitweben herabhingen, führten zu drei Galerien hinauf, die den Raum umgaben. Oben auf diesen standen mit Büchern vollgestopfte Regale, und inmitten des Hauptraumes befanden sich noch mehr freistehende Regale. Rundherum am Rand waren stabile Tische und Bänke, die grauer, jahrealter Staub bedeckte. Auf dem einzigen sauberen Tisch stand eine der magischen Lampen des Zauberers, die mit voller Kraft die im Halbdunkel liegende Bibliothek beleuchtete. Nur an wenigen Stellen drangen zusätzlich einige fahle, staubgeladene Strahlen der Nachmittagssonne durch die schmalen Fenster auf der Westseite durch. Der große Schneesturm hatte sich endlich gelegt.

Orogastus trug gerade drei dicke, in zerknittertes Leder gebundene Bücher zum Regal zurück. Als Tolo hereinkam, lächelte er und stellte die Bücher an ihren Platz.

»Junge! Bist du gekommen, um mir zu helfen, in diesem Gurpsnest die wenigen Brocken brauchbarer überlieferter Zauberei ausfindig zu machen? Man sieht schon an dem Schmutz und dem verwahrlosten Aussehen, daß sich die Piraten wenig aus Gelehrsamkeit machen. Aber vielleicht haben sie doch etwas Brauchbares gestohlen, als sie sich noch die Mühe machten, Bücher mit sich fortzutragen. Daher hielt ich es für eine gute Idee, die Schloßbibliothek zu durchforsten, solange wir noch hier in Frangine sind. Bis jetzt habe ich nur sieben Bücher entdeckt, die es wert sind, nach Schloß Tenebrose mitgenommen zu werden, und keines von ihnen ist besonders kostbar. Willst du sehen, wie ich suche? Ich benutze das Dreilappige Brennende Auge als Wünschelrute. Weißt du, was eine Wünschelrute ist?«

»Eine Zauberrute, mit der man Wasser oder seltene Mineralien finden kann«, erwiderte Tolo höflich.

»Stimmt, aber man kann noch mehr damit machen.« Das einstmals weiße Gewand des Zauberers war jetzt fast schwarz vor Schmutz, und in seinem platinfarbenen Haar hingen Lingitweben und Schimmelbrocken. Er winkte dem Jungen, ihm zu dem am nächsten stehenden Regal zu folgen, dann nahm er den Talisman aus der Scheide und deutete damit auf die langen Reihen aus altersschwachen Büchern. »Ich habe das Brennende Auge angewiesen, mir alle Bücher zu zeigen, in denen etwas über Zauberei geschrieben steht ... und zwar so!«

Er fuhr mit dem dunklen, stumpfen Schwert über das Regal. Und schon leuchteten ein sehr kleines, in zerfallenes rotes Leder gebundenes Buch und ein dickes, das mit matt gewordenen Beschlägen aus Bronze eingefaßt war, im Halbdunkel grün auf.

»Ah! Siehst du?« Er steckte das Schwert in die Scheide zurück und nahm den unförmigen Band in die Arme. »Trag du das kleine rote zurück zum Tisch. Ich werde dieses hier mitnehmen, und dann werden wir sehen, was die Mächte der Finsternis uns zu sagen haben.«

Tolo folgte Orogastus gehorsam mit dem kleinen roten Buch. Der Zauberer wischte kurz mit einem schmuddligen Lappen über die beiden Bücher, dann holte er wieder den Talisman hervor. Er öffnete das große Buch, legte die stumpfe Schwertklinge auf die erste Seite und schloß die Augen. »O Talisman, enthülle mir in einer knappen Zusammenfassung den Inhalt dieses Bandes.«

Tolo zuckte vor Schreck zusammen, als eine geheimnisvolle Stimme sprach:

Dieses Buch enthält die Zaubersprüche der sobranischen Hexe Acha Tulume und wurde vor siebzig und acht Jahren von einem Schiff dieses Landes geraubt. Das Buch enthält in sobranischer Sprache zumeist schamanistische Bagatellen. Die wichtigsten Zaubersprüche dienen zur Bekämpfung von Zackbefall in Federmänteln, Heilung von Achselhöhlenjucken, Bewerkstelligung erfolgreicher Vogeljagden und Ab-

schreckung verschmähter Liebhaber und verlassener Ehegatten davor, ihren ehemaligen Partnern Schaden zuzufügen.

Orogastus schnaubte verächtlich und knallte den Deckel des Buches zu. »Nutzlos, es sei denn, jemand möchte einen Laden im Land der Gefederten Barbaren eröffnen! Jetzt laß uns das andere Buch versuchen, Tolo. Vielleicht ist es ein Schatz, obwohl es so dünn ist ... Kennst du das Sprichwort ›In den kleinsten Päckchen sind oft die schönsten Geschenke‹?«

»Ja, Meister.«

Orogastus öffnete den ramponierten Einband, auf dem verblaßte Goldbuchstaben zu sehen waren. »Die Sprache ist jene, die von fast allen Menschen gesprochen wird, aber die Schreibung ist veraltet. Das bedeutet, es ist sehr, sehr alt ... Hmm! *Geschichte des Krieges.* Ich frage mich, welcher Krieg wohl gemeint ist?«

Vorsichtig legte er den Talisman auf die erste Seite und begehrte wie zuvor Kenntnis vom Inhalt des Buches.

Dieses Buch enthält die Geschichte der großen magischen Auseinandersetzung zwischen dem Versunkenen Volk und den Sternenmännern und wurde etwa neun Jahrhunderte danach von dem Nachkommen einer Familie aus Datenverwaltern verfaßt, die das Zeitalter des Erobernden Eises überlebte und auf den Inseln des Rauchs wohnte ...

»Genug!« rief der Zauberer. Seine silbergrauen Augen waren vor Aufregung weit aufgerissen, als er das kleine Buch in die Hand nahm und die brüchigen Seiten mit größter Sorgfalt umblätterte. »Ja! O ja! Und was noch seltener ist: Es ist eines von jenen Büchern, die im Lande Raktum selbst geschrieben wurden, lange bevor dieser jämmerliche Haufen hier zu Piraten geworden ist. Dies ist wahrlich ein Schatz, Tolo. Ich werde es mit größter Aufmerksamkeit lesen müssen.«

Der kleine Prinz, der sich fürchterlich bemüht hatte, nicht zu zeigen, daß er gelangweilt war, sagte jetzt eifrig: »Ich habe heute auch einen Schatz errungen, Meister! In dem Nußkriegsspiel, das Ihr für mich gemacht habt. Es war ein großer Triumph!«

Orogastus lachte gutmütig, während er die verblaßten

323

Schriftzeichen im Inhaltsverzeichnis des roten Büchleins las. »Mit meinen begrenzten Kräften hätte ich es zuvor nicht vermocht, ein solches Spiel zu erschaffen. Aber die beiden Talismane haben mich im Handumdrehen gelehrt, wie es hergestellt wird! Es ist natürlich nur ein Kinderspielzeug.«

»Gelbstimme hat sich über meinen Sieg lustig gemacht«, sagte Tolo vorwurfsvoll. »Meister, er und die anderen Stimmen sind eifersüchtig auf mich. Wenn Ihr nicht in der Nähe seid, sind sie unhöflich zu mir und behandeln mich wie jemanden von niedrigem Stand und nicht wie einen Prinzen. Sie bedauern, daß Ihr mich zu Eurem Erben gemacht habt. Ich bin sicher, sie dachten, daß einer von ihnen der nächste Herr von Tuzamen sein würde.«

Orogastus brach in lautes Gelächter aus und klappte das Buch zu. »Oh, tatsächlich? Und haben sie dir etwas getan, Junge? Abgesehen davon, daß sie dir nicht die Ehrerbietung erwiesen haben, die dir aufgrund deiner königlichen Geburt zusteht?«

Tolo wandte den Blick ab. Seine zur Schau getragenen verletzten Gefühle schlugen in Verdrossenheit um. »Nein, aber …«

»Und wie behandelst du meine Gehilfen?« fragte der Zauberer mit ernster Stimme. »Bist du huldvoll, so wie ein echter Prinz allezeit seine Untergebenen behandeln muß, oder bist du hochnäsig und verhältst dich wie ein Bauer? Weißt du, daß die drei Stimmen meine treuesten Freunde sind? Sie haben mich aus der Verbannung in der Immerwährenden Eisdecke gerettet, weil ihr Geist so empfindsam war, daß sie meinen Zauberruf hörten, und seit dieser Zeit haben mir alle drei selbstlos gedient. Ohne ihre Hilfe hätte ich nicht soviel erreichen können!«

Der Prinz sah ihn mit unschuldigen blauen Augen an. »Aber jetzt, da Ihr die Talismane habt, werdet Ihr ihre Hilfe nicht mehr so sehr brauchen. Ich habe gehört, wie sie untereinander davon gesprochen haben, als sie nicht wußten, daß ich zuhörte.«

Orogastus runzelte die Stirn. Aber sofort erhellte sich sein Gesicht wieder, und er lachte. »Du verstehst nicht, wie sich Erwachsene verhalten. Wenn du mir eine Freude machen willst, dann behandle die Stimmen wie ältere Brüder. Sei höflich und nett zu ihnen und gib dich bescheiden. Dann wird sich ihr Benehmen schon bessern.«

»Wenn Ihr das wollt, Meister.« Tolo seufzte. »Und doch denke ich ...«

»Du wirst mir gehorchen!« Die Leutseligkeit des Zauberers fiel wie ein Mantel von ihm ab. »Du mußt jetzt gehen. Ich habe ein neues Spiel für dich. Bitte meine Gelbstimme um eine große Karte der Westlichen Welt und sieh sie dir den Rest des Nachmittages und den ganzen Abend lang an. Richte dein Augenmerk besonders auf Raktum und die angrenzende Küste von Labornok und denke dir einen Plan aus, wie du in das Land der Zwei Königreiche einfallen würdest, wenn du Kommandant einer Piratenflotte wärst. Arbeite hart. Ich werde dich morgen rufen lassen, und dann spielen wir dieses Spiel zusammen.«

Das Gesicht des Prinzen erhellte sich. »Eine Invasion! Das wird bestimmt Spaß machen!«

Orogastus winkte ihn fort. Der Junge verneigte sich und ging gehorsam davon. Der Zauberer öffnete mit einem einfachen Zauber die Tür für Tolo, dann, als er wieder allein war, fing er an zu grübeln.

Daß er dem kleinen Prinzen gestattet hatte, bei ihm zu bleiben, war eine Entscheidung ohne Logik gewesen – eine Entscheidung, die, so erkannte Orogastus jetzt, gewiß überstürzt und vielleicht auch gefährlich war. Aber Tolivar hatte auf dem Schiff so verloren ausgesehen, klein und schwach, mit einem scharfen Verstand, so uneins mit seinem kräftigen älteren Bruder und seiner Schwester und offensichtlich unbeeindruckt davon, daß er von seinen königlichen Eltern getrennt war. Die Andeutung einer magischen Aura um ihn herum und die Art und Weise, in der das Kind Orogastus ganz offen als Helden verehrte – selbst in dessen Verkleidung als abstoßender alter Mann –, hatte den Zauberer sonderbar bewegt. Seit seiner ersten Begegnung mit Haramis hatte er sich nicht mehr so angerührt gefühlt, so ... beherrscht von Unvernunft.

In dem einsamen, unzufriedenen kleinen Prinzen hatte Orogastus tief vergrabene Erinnerungen eines anderen Kin-

325

des erkannt, das ebenfalls ein Außenseiter gewesen war – ein nacktes Findelkind, das nur widerwillig in das Haus des ehrwürdigen Bondanus aufgenommen wurde, des größten Zauberers der bekannten Welt und Sternenmeisters des Schlosses Tenebrose in der Küstenstadt Merika. Und doch wuchs der armselige Wicht, von einer betrunkenen Hure gestillt und der schmutzigen Lumpen beraubt, in die er gehüllt war, zu einem strammen Burschen heran, der sich seinen mageren Lebensunterhalt als Togensehüter und Küchenjunge verdiente. Er wurde immer schlecht behandelt und war halb verhungert – bis zu jenem unvergeßlichen Tag, an dem seine Klugheit und seine unentwickelte, aber gewaltige psychische Aura die Aufmerksamkeit des Sternenmeisters von Tuzamen erregten.

Das Kind Orogastus war ebenfalls acht Jahre alt gewesen, als er zum Lehrling des Zauberers ernannt worden war.

Bondanus war ein strenger, aber gerechter Mentor gewesen. Nie hatte er seinem jungen Protegé Liebe oder wenigstens Zuneigung entgegengebracht, und doch hatte er deutlich zu verstehen gegeben, daß Orogastus alle seine magischen Geheimnisse erben sollte und ihm als Herr des armseligen kleinen Landes hoch im Norden nachfolgen würde. Orogastus wurde Schüler und persönlicher Diener des alternden Zauberers. Mit argloser Begeisterung arbeitete und studierte er und bemerkte nicht, daß sich der Meister mehr und mehr von den Staatsangelegenheiten zurückzog und die Führung des Landes einer Schar räuberischer und mordlüsterner Kriegsherren überließ, die aus Tuzamen ein Flickwerk aus winzigen, nur durch ihre Feindschaft zueinander geeinten Lehen machten.

Während die Bauern in Tuzamen in trüber Hoffnungslosigkeit lebten und seine Händler in blühendere Länder flohen, verbrachte der Meister seine letzten Jahre damit, über der uralten Philosophie des Sterns zu grübeln, deren einsamer Anhänger er gewesen war. Als Bondanus im Sterben lag, vermachte er seinem Lehrling Schloß Tenebrose (das inzwischen eine fast unbewohnbare Ruine war), eine kleine Truhe mit alten Zaubergeräten, denen der alte Zauberer nur wenig Bedeutung beimaß, und den größten Schatz, den er besaß: ein

Medaillon aus Platin, das wie ein vielstrahliger Stern geformt war. Mit diesem Emblem, das Orogastus auf dem Höhepunkt eines furchtbaren Aufnahmerituals um den Hals gehängt wurde, war der junge Mann ein vollwertiges Mitglied in der uralten Gemeinschaft des Sterns geworden.

Zu jener Zeit war Orogastus zwanzig und acht Jahre alt gewesen. Das Martyrium des Aufnahmerituals hatte sein Haar schneeweiß werden lassen.

Orogastus stellte nur zu bald fest, daß ihn die räuberischen Kriegsherren von Tuzamen nicht als ihren Landesherrn anerkennen wollten. Zu lange hatte der verstorbene Bondanus ihnen keine Aufmerksamkeit geschenkt. Orogastus versuchte, die Leute durch Zauberei einzuschüchtern, und zwar insbesondere durch die Beherrschung des Sturms, worin er überaus geschickt war. Aber die störrischen Barone verbarrikadierten sich lediglich in ihren einfachen Festungen, als er sie dazu zwingen wollte, ihm zu dienen, und das gemeine Volk war zu abgestumpft, zu niedergedrückt von Not und Elend und zu arm, um dem ehrgeizigen Zauberer von Nutzen zu sein.

Drei Jahre lang beschäftigte er sich mit der Sammlung der altmodischen Maschinen, die Bondanus als unbedeutend abgetan hatte. Orogastus kam zu dem Schluß, daß sie dies ganz und gar nicht waren, und mit der Zeit brachte er seine Loyalität nicht mehr der geheimnisvollen, beunruhigenden (und oftmals launenhaften) Zauberei der Sternengemeinschaft entgegen, sondern den nützlicheren Mächten der Finsternis, die da hießen Aysse Lyne, Inturnal Bataree und Bahkup. Diese drei Gottheiten beherrschten die Zaubergeräte des Versunkenen Volkes, und wenn sie in gebührender Form angerufen wurden, verliehen sie ihrem einsamen Diener die Macht, Wunder zu vollbringen, die einen praktischeren Nutzen hatten als die Geheimnisse des Sterns.

Die wichtigste der Maschinen enthielt Informationen, die Orogastus schließlich ein weiteres Lager des Versunkenen Volkes in einer weit entfernten Ruinenstadt nahe dem Oberlauf des Weißen Flusses entdecken ließen, weit im Westen im Lande der Dorok. Nachdem er seine Beute auf Schloß Tenebrose gebracht hatte, begann der Zauberer erneut mit seiner vereitelten Kampagne, sich zum wahren Herrn von Tuzamen zu machen. Es wäre ihm vielleicht gelungen, wenn Kronprinz Voltrik von Labornok damals nicht zu einem Besuch vorbeigekommen wäre und die Richtung von Orogastus' Leben verändert hätte.

Voltrik war eine ähnlich unruhige Seele, ein Mann, der verärgert darüber war, daß er schon viel zu lange auf den Tod seines senilen Onkels und den damit endlich freiwerdenden Thron gewartet hatte. Der Kronprinz schlug vor, daß Orogastus über die jämmerliche Wildnis von Tuzamen hinaus auf die reiche Halbinsel im Süden blickte. Zusammen würden sie durch die Eroberung anderer Länder ein großes Reich gründen können!

Und außerdem wußten die Gelehrten von Labornok von vielen anderen Ruinenstädten, wo der Zauberer noch mehr jener magischen Spielereien finden konnte, die er so begehrte ...

So verließ Orogastus das Land, in dem er geboren worden war. Siebzehn Jahre später, als Truchseß des soeben gekrönten König Voltrik, nahm er an der Invasion und der Eroberung von Ruwenda teil – um dann jedoch mitanzusehen, wie sein sorgfältig geschmiedeter Plan durch das Eingreifen der drei jungen Prinzessinnen von Ruwenda zunichte gemacht wurde. Geschützt von einer magischen Schwarzen Drillingslilie, die sogar noch älter als der Stern war, hatten sich die Drillingsmädchen jede für sich auf die Suche nach einem geheimnisvollen Talisman gemacht. Die drei Talismane, zusammengefügt zu dem furchtbaren Zepter der Macht, hatten Orogastus' eigene Zauberei verkehrt und gegen ihn gerichtet. Auf unverständliche Art und Weise war er dann – anstatt vom Zepter getötet zu werden – in das Land des Feuers und des Eises in die Verbannung geschickt worden.

»Aber wie?« grübelte er und blätterte müßig die brüchigen Seiten des kleinen roten Buches um. »Wie konnte das geschehen? Die Prinzessinnen wollten mich zerstören. Ich weiß, daß dies ihre Absicht war! Und doch bin ich nicht gestorben ...«

Zerstreut berührte er die silberne Krone auf seinem Kopf,

den Talisman, der mit drei bizarren Gesichtern geschmückt war und das Dreihäuptige Ungeheuer genannt wurde.

»Welcher unbekannte Gott hat Mitleid mit mir gehabt und mich verschont, so daß ich in die Welt zurückkehren und erneut mein Ziel verfolgen konnte, das mir vor so langer Zeit verwehrt worden war? ... Herr von Tuzamen! Jetzt bin ich es, und das Land, das einst nur eine Zielscheibe des Spotts war, genießt jetzt einen gewissen Wohlstand und auch Ansehen. Ich stehe kurz davor, meinen größten Plan zu verwirklichen, der in der Eroberung der Welt seinen Höhepunkt finden wird. Ich besitze zwei magische Talismane, und eines Tages werde ich vielleicht alle drei haben und damit die grenzenlose Macht, die ihnen innewohnt! Aber wie lautet die Antwort auf das Geheimnis meines Überlebens im Kimilon?«

Seht in das Buch.

Orogastus erschrak und faßte mit einer Hand an den Knauf des Dreilappigen Brennenden Auges, das an seiner Hüfte hing. Aber nicht dieser Talisman hatte gesprochen. Die Stimme in seinem Geist war ihm unbekannt und stammte zweifellos von Königin Anigels Krone.

Mit zitternden Fingern blätterte er die bröckelnden Seiten aus Pergament um, bis er zu einer Stelle kam, deren Buchstaben selbst im strahlenden Schein der Lampe leuchteten.

»Polarstern?«

Das unbekannte Wort sprang ihn an, und er las mehrere Minuten lang und war völlig vertieft in das Buch. Als er schließlich verstand, hob er den Blick und berührte die Krone.

»Talisman! Zeig mir diesen wundersamen Polarstern, der mir das Leben erhalten und mich zum Kimilon gezogen hat!«

In seinem Geist formte sich das Bild eines schwarzen Sechsecks.

Der Mächtige Polarstern, vor zwölfmal zehn Jahrhunderten erschaffen von den Sternenmännern, um das Dreiteilige Zepter der Macht zu bekämpfen.

Vor Aufregung rief er laut aus: »Ah! Jetzt weiß ich es wieder! Jetzt weiß ich es wieder! Die Welt schien zu explodieren, als das Zepter der Macht mich traf, und ich dachte, ich sei tot. Aber bevor mich meine Sinne verließen, habe ich dieses Ding gesehen! Es hat mir das Leben gerettet, nicht wahr? Ich habe es nicht mehr gesehen, als ich wieder wach war. Wo war es versteckt? ... Würde es mich wieder wohlbehalten in das Land des Feuers und des Eises ziehen, wenn die Erzzauberin Haramis die Kräfte ihres Talismans gegen mich einsetzt?«

Nein. Der Mächtige Polarstern wurde von der Erzzauberin Iriane aus dem Kimilon geholt und der Erzzauberin Haramis übergeben, die ihn auf den Rat der Sindona-Gelehrten hin in der Schlucht der Gefangenen niederlegte.

Orogastus verschlug es den Atem. Was war das? Noch eine Erzzauberin? Und die Sindona ... In allen Nachschlagewerken, die er gelesen hatte, stand, daß die sagenhaften Statuen des Versunkenen Volkes im Krieg der Eiszeit vernichtet worden waren.

Lest weiter, flüsterte die Stimme in seinem Kopf.

Er senkte den Blick auf die glühenden Seiten des kleinen roten Buches – und alles stand dort geschrieben: Er las über das Überleben einiger Mitglieder der Erzzaubererschule, den unterirdischen Ort der Erkenntnis mit seinen Wächtern, den Sindona, im weit entfernten Lamarilu, nördlich der Dornenhölle von Ruwenda ... und sogar über die Schlucht.

Ein Schauer lief ihm über den Rücken, als er von dem furchtbaren Ort las, an dem die Sternenmänner in vergangenen Zeiten gefangengehalten wurden. Dorthin also hatte Haramis den Polarstern gebracht.

»Kann ich ihn ergreifen?« fragte er den Talisman. »Kann ich ihn aus der Schlucht holen und ihn an einem sicheren Platz verstecken?«

Nur einem Erzzauberer ist es gestattet, den Ort der Erkenntnis ohne Einladung zu betreten. Er ist so von uralter Magie durchdrungen, daß selbst die Macht der zwei Talismane nichts dagegen vermag.

Orogastus fluchte und stieß Schmähungen gegen die Mächte der Finsternis aus. »Kann der Polarstern auf andere Weise zerstört werden?«

Die Schule der Erzzauberer kann ihn zerstören, wenn ihre Gemeinschaft dies wünscht. Der Rat des Sterns, der ihn geschaffen hat, kann ihn ebenfalls zerstören. Aber der Rat des

*Sterns existiert nicht mehr. Ihr seid der einzige Sternenmann,
und da Ihr nur einer seid, besitzt Ihr nicht die Macht dazu.*

»Wenn ... wenn ich noch mehr in die Gemeinschaft des
Sterns aufnehmen könnte, wie viele müßten wir sein, um den
Polarstern zu zerstören?«

Mindestens drei.

»Drei ...« Orogastus holte tief Luft. Er sank in sich zusammen wie ein Tier, das nach einer Verfolgung erschlafft, und
wischte sich mit dem Ärmel seines schmutzigen Gewandes
den Schweiß von der Stirn. »Drei«, wiederholte er leise.

Das rote Buch hatte sein übernatürliches Leuchten verloren. Lange Zeit starrte er es mit leeren Augen an, während
ihm die Erinnerungen im Kopf herumschwirrten. Selbst jetzt
konnte Orogastus kaum an seine Aufnahme in die Gemeinschaft des Sterns denken, ohne vor Angst zu zittern. Aber die
alten Bücher und Regalien für das Ritual gab es noch. Orogastus hatte sich nicht die Mühe gemacht, sie mitzunehmen,
als er Schloß Tenebrose verlassen und Voltrik begleitet hatte.
Seit zwanzig und sieben Jahren lagen sie verborgen in einer
Geheimkammer im Schloß, und als Orogastus aus dem
Kimilon zurückgekehrt war, hatte er sie unversehrt vorge-
funden.

Er konnte noch mehr Sternenmänner erschaffen! Er konnte
die Stimmen in die Gemeinschaft aufnehmen! Es bedurfte
eingehender Vorbereitung, denn das Ritual war so entsetzlich,
daß untaugliche Novizen verrückt werden oder vor Angst
sterben konnten. Aber diese Stimmen waren stark und klug,
viel würdiger als sein erstes Trio von Gehilfen, das von der
Hand der Prinzessinnen gestorben war. Wie lange würde es
wohl dauern, bis die Stimmen bereit waren? Zehn Tage?
Zweimal zehn Tage? ... Aber zuerst mußte er sich um diesen
verdammten Krieg kümmern! Er hatte nicht genug Zeit, um
vorher noch nach Schloß Tenebrose zu reisen.

Ihm wurde bewußt, daß jemand immer lauter an die Türen
der Bibliothek hämmerte. Allmächtiger Bahkup! Er hatte die
Besprechung mit dem labornikischen Überläufer, Lord Osorkon, vergessen.

Orogastus machte eine Handbewegung, und die großen

Türen schwangen auf. Ein Mann trat herein, der eine schwarz emaillierte Rüstung und einen schweren Mantel aus Reffinchenhaut trug. Sein offener Helm wurde von dem Bildnis eines wilden Loorus mit ausgebreiteten Flügeln gekrönt. Dieses Tier war auch auf seinem schwarzseidenen Wappenrock zu sehen, gestickt in Gold und Rot. Seine gepanzerte Faust umschloß ein Schwert, das beinahe so lang wie er selbst war.

»Beunruhigt Euch meine Gegenwart denn so sehr, Lord Osorkon?« fragte der Zauberer lächelnd. »Nun gut, wir haben uns vor zwölf Jahren zum letztenmal gesehen, und damals waren wir nicht gerade die besten Freunde. Aber die Zeiten haben sich geändert. Inzwischen sind wir beide aufeinander angewiesen.« Er schlug das kleine rote Buch zu und bedeutete dem labornikischen Adligen, sich zu setzen.

Osorkon steckte sein Schwert mit einem metallischen Klang in die Scheide, dann nahm er seinen Helm ab und legte ihn auf den Tisch.

»Die Piraten sind diejenigen, denen ich nicht traue, Zauberer! Meine Männer und ich wurden auf unserem Weg vom Hafen zum Schloß auf Schritt und Tritt von ungehobelten Flegeln belästigt, die uns verhöhnt und mit Schneebällen beworfen haben. Und was noch schlimmer war: Unsere sogenannte Eskorte aus Piratenrittern machte nicht einmal den Versuch, sie davon abzuhalten! Sind wir denn nicht auf Eure ausdrückliche Einladung hierhergekommen? Und doch wurden wir, als wir diese herausgeputzte Räuberhöhle betraten, ohne jede Höflichkeit empfangen und mußten stundenlang in einem eiskalten Vorraum warten. Man hat uns keine Erfrischungen angeboten und sich auch nicht um unsere anderen Bedürfnisse gekümmert!«

Orogastus schüttelte mitfühlend den Kopf. »Die kleine Tür dort drüben, genau zwischen den beiden Pfeilern.«

»Laßt es gut sein! Dieser sauertöpfische Bastard Jorot hat sich schließlich dazu herabgelassen, unsere Delegation zu empfangen. Meine Kameraden Soratik, Vitar, Pomizel und Nunkalein von Wum beraten sich gerade mit Jorot und seinen Admirälen, um unseren Landangriff mit der Invasion vom

Meer her abzustimmen. Und ich bin hier, wie Ihr es wünsch-
tet, um mich mit Euch zu besprechen.«

Der Zauberer schnippte mit den Fingern, und auf dem
Tisch vor ihm erschien ein dampfender Topf mit starkem Ilis-
soschnaps, neben dem zwei große Becher standen. Auch ein
Laib warmen Brotes, ein Brett mit gegrillten Würsten vom
Rost, ein kleines Fäßchen mit Gewürzgurken und ein Teller
mit einem in Stücke geschnittenen Nußkuchen und frischem
Käse waren plötzlich da.

»Laßt mich Euch ein wenig für die fehlende Gastfreundschaft der Raktumianer entschädigen«, sagte Orogastus. »Ich
muß leider sagen, daß die Piraten hoffnungslose Amateure in
Sachen Diplomatie sind. Allein schon die Vorstellung eines
Bündnisses ist ihrer Kultur völlig fremd.«

»Ihr meint, sie sind ein Haufen dreckiger Banditen.« Osorkon streifte seine metallenen Panzerhandschuhe ab, ließ sie
mit einem zweifachen Klirren auf die Steinboden fallen und
blies sich auf die Hände, die blau vor Kälte waren. Er trank
einige Schlucke von dem wärmenden Alkohol, dann bediente
er sich von dem Büfett. »Ich verstehe sowieso nicht, warum
wir die Raktumianer in unseren Plan mit einbeziehen mußten.
Mit meinen dreitausend Mann und Eurer Armee – dazu noch
ein paar übernatürliche Feuerwerke wie jene, die Ihr damals
bei der Invasion in Ruwenda gezaubert habt – können wir die
Anhänger der Zwei Königreiche in Derorguila doch mit
Leichtigkeit schlagen. Wir brauchen diese arroganten Seeräu-
ber doch gar nicht.«

Orogastus roch an einer Gurke und biß mit seinen starken
weißen Zähnen hinein. Auf gar keinen Fall würde er zugeben,
daß seine tuzamenische ›Armee‹ nur aus sechzehnhundert
Mann bestand, befehligt von neun Kriegsherren, deren mili-
tärische Erfahrung größtenteils aus Überfällen auf unvorsichtige Händler, Viehdiebstahl und der gegenseitigen Plünderung ihrer Dörfer bestand.

»Wir brauchen die Flotte der Piraten für den schnellen
Transport meiner Männer und Zauberwaffen«, erklärte der
Zauberer seinem Gast mit ernster Stimme. »Die raktumia-
nischen Kriegsschiffe werden verhindern, daß die Truppen in

Derorguila Verstärkung auf dem Seeweg erhalten. Die raktumianischen Flammenkatapulte werden die Festungen am Eingang des feindlichen Hafens zerschmettern, und die achttausend Piratenkrieger werden für eine schnelle Kapitulation der Zwei Königreiche sorgen. Es ist von entscheidender Bedeutung, daß Derorguila so schnell wie möglich fällt. Wenn sich die Kämpfe länger hinziehen, besteht die Gefahr, daß die Erzzauberin Haramis eine Möglichkeit findet, ihrer Schwester zu Hilfe zu eilen.«

Osorkons Augen wurden zu schmalen Schlitzen. »Wollt Ihr damit etwa sagen, daß die Erzzauberin der Zauberkraft der beiden Talismane entgegentreten kann?«

»Meine Kräfte sind den ihren jetzt weit überlegen«, sagte der Zauberer hochmütig. »Aber sie könnte verheerende Auswirkungen auf unsere Pläne haben, wenn sie die Königliche Familie wegzaubert oder sich sonst etwas Unerwartetes einfallen läßt. Wir müssen mit durchschlagender Gewalt hereinbrechen, während Antar und Anigel noch Hoffnung haben, sich unserer Invasion entgegensetzen zu können, und noch bevor die Erzzauberin ihre Schwester zur Flucht überreden kann.«

»Das hat Hand und Fuß«, gab Osorkon widerwillig zu.

»Da die ruwendianischen Truppen nach Var geschickt worden sind, stehen den Zwei Königreichen jetzt nur noch etwa viertausend loyale Männer für einen Kampf zur Seite ... zuzüglich Eurer eigenen Provinzarmee mit dreitausend Mann. Dies dürfte genügen, um sie glauben zu lassen, daß sie eine Chance gegen uns haben.«

Osorkon brach in heiseres Gelächter aus. »Bis sie entdecken, daß sich meine Anhänger gegen sie gestellt haben! Euer Ablenkungsmanöver mit Var war eine brillante Idee, Zauberer – vorausgesetzt, der Trubel da unten im Süden endet nicht gar zu bald.« Seine Heiterkeit verflog, und er blickte finster vor sich hin. »So wie es aussieht, müssen wir Ruwenda dann noch einmal erobern, um ordentlich aufzuräumen.«

Orogastus lächelte ihm über den Rand seines Bechers zu. »Die zurückkehrenden ruwendianischen Königstreuen werden schnell feststellen, daß in den Irrsümpfen noch ein Problem auf sie wartet. Die furchteinflößende Herrin der Augen hat es sich in den Kopf gesetzt, die Seltlinge von Ruwenda zur Rebellion aufzuwiegeln. Und zwar alle! Ihr Ziel wird es sein, alle Menschen aus dem Land zu werfen, damit die Seltlinge es selbst regieren können.«

Der alte Soldat stieß einen anerkennenden Pfiff aus. »Ich muß schon sagen! Ihr habt es verstanden, für Aufregung zu sorgen! Ich nehme an, Ihr wollt, daß sich die Seltlinge und die ruwendianischen Königstreuen gegenseitig abschlachten.«

»Die Menschen werden im Handumdrehen aus dem Weg geschafft sein, wenn dieses ungewöhnliche Wetter weiter anhält. Während der Regenzeit haben die Eingeborenen in den Irrsümpfen einen überwältigenden Vorteil.«

Osorkon zwinkerte dem Zauberer zu. »Für die Stürme und die Erdbeben und den ganzen anderen Rest seid doch wohl Ihr verantwortlich, nicht wahr?«

Orogastus gab sich bescheiden und füllte den Becher des labornikischen Lords wieder auf. »Das alles ist Teil meines großen Plans.«

»Wie erobern wir uns Ruwenda nach dem Sieg der Seltlinge wieder zurück?« fragte Osorkon. »Wir brauchen Ruwendas Rohstoffe, ganz besonders das Holz für den Schiffsbau und die Erze.«

»Das ist ganz einfach. Dazu müssen wir nur die Anführerin der Seltlinge töten, die Herrin der Augen. Ohne sie wird das Land der Eingeborenen schnell wieder zerfallen.«

»Ha! Das ist richtig! Zauberer, Ihr habt an alles gedacht.« Osorkon hielt lange genug inne, um einige Würste zu vertilgen. »Wißt Ihr, Euer Vorschlag für ein Bündnis kam zu einer überaus günstigen Zeit. Die Lehnsherren der westlichen Provinzen von Labornok haben sich schon viel zu lange über die schlappe Herrschaft der Zwei Königreiche geärgert. Eine Krise war unausweichlich. Meine alten Kameraden fanden Euren Plan, Antar und die Königskinder bei der Krönung in Zinora zu entführen, ganz ausgezeichnet.«

»Ich bedaure, daß Eure Schwester Sharice dabei den Tod gefunden hat.«

Osorkon zuckte mit den Schultern. »Ich mußte sie nicht

lange überreden, dabei mitzumachen. Dieses feiste Schwabbelgesicht Penapat hing ihr zum Hals heraus, aber sie wollte sich nicht von ihm scheiden lassen aus Angst, die Gunst der Königin und des Königs zu verlieren. Meine erste Amtshandlung als neuer König von Laboruwenda würde es sein, meinen geliebten Schwager um seinen fetten Kopf zu bringen.«

Der Zauberer lachte. »Wenn alles gutgeht, werdet Ihr in sieben Tagen dazu Gelegenheit haben. Die tuzamenischen Schiffe mit meinen Zaubergeräten und meiner Armee dürften morgen in Frangine ankommen. Wir werden die Invasionstruppen aufeinander abstimmen und uns dann mit den schnelleren, schwerer bewaffneten Piratenschiffen gen Süden aufmachen, wobei uns mein Zaubersturm schnell voranbringen wird. Wir werden Euch und Eure Freunde beim Hafen von Lakana heimlich an der Küste absetzen und uns dann bis zum vereinbarten Tag in einer großen Nebelbank verbergen, die ich herbeizaubern werde. Ihr und Eure Armee werdet Derorguila auf dem Land angreifen, während wir gleichzeitig von See aus zuschlagen.«

»Und Antar wie einen Lingit zwischen zwei Steinen zerquetschen!«

Der Zauberer hob den Becher mit dampfendem Ilisso spöttisch grüßend in die Höhe. »Ich sehe einen schnellen und vernichtenden Sieg voraus.«

»Es muß erhebend sein, in die Zukunft sehen zu können«, bemerkte Osorkon mit hämischer Stimme. Dann erschien ein Ausdruck des Bedauerns in seinen grobschlächtigen Zügen. »Es ist jedoch ein Jammer, daß Anigel so schnell nachgegeben und den Preis für ihn bezahlt hat. Wenn König Antar die königstreuen Truppen anführt, haben wir nicht ganz so leichtes Spiel. Obwohl die Verteidiger in der Minderheit sind, werden sie wie die Teufel kämpfen, wenn Antar sie anfeuert.«

»Ich versuchte, seine Freilassung hinauszuzögern, aber es gab da einige Probleme. Ich hatte eine garstige Auseinandersetzung mit der Königlichen Regentin Ganondri, und nach ihrem so überaus passenden Ableben wurde der Koboldkönig ganz unerwartet widerspenstig, als es um die weitere Gefangenhaltung von König Antar ging. Ledo ist ein guter Freund von mir, aber auch ein sehr ritterlicher junger Mann, und ich konnte ihn nicht davon abbringen, den Preis für Antar sofort anzunehmen, als Anigel ihn ein zweites Mal anbot. Da ich aber jetzt Kadiyas Talisman *und* den ihren habe, dürfte uns das wieder einen Vorteil verschaffen. Wir werden Antars Verteidiger mit Zauberei und bewaffneten Männern angreifen. Wir werden seinen Streitkräften drei zu eins überlegen sein, wenn wir Derorguila angreifen. Mit Glück werden wir an einem einzigen Tag siegen.«

Lord Osorkon war in Gedanken versunken, als er den süßen Käse von einem Stück Nußkuchen ableckte. »Königin Ganondri ... dieser Weibsteufel! Gut, daß wir uns nicht mehr mit ihr herumschlagen müssen. Bei unserer Ankunft wurde im Hafenviertel nur noch über ihr Rendezvous mit dem Sharik geredet. Ich kann doch darauf vertrauen, daß der Koboldkönig ansonsten nach Eurer Pfeife tanzt?«

»Ich werde schon mit Ledo fertig«, versicherte ihm Orogastus.

»Das will ich auch hoffen.« Der labornikische Lord leckte sich mit der Zunge seine Finger sauber. »Es wäre eine Katastrophe, wenn seine Piraten nach dem Sieg außer Kontrolle gerieten und anfingen, die Hafenstädte zu plündern, in denen meine Anhänger leben. Gebt den Raktumianern Derorguila zur Plünderung frei, und meine Leute werden zufrieden sein. Vergeßt nicht, Zauberer, in unserem Pakt steht nichts davon, daß mein zukünftiges Königreich zu einem verwüsteten und verbrannten Ödland wird!«

»Das wird niemals geschehen«, versicherte ihm der Zauberer. »Ich schwöre es bei den Mächten der Finsternis und bei dem heiligen Stern, der meinen beiden Talismanen ihre Kraft verleiht.«

Orogastus erhob sich und ließ mit einer Handbewegung Speis und Trank verschwinden. Dann zauberte er noch den Schmutz von seinem Gewand und steckte das kleine rote Buch in die Tasche. »Meine Arbeit hier ist beendet. Mit Hilfe meiner Zauberkräfte sehe ich, daß Premierminister Jorot, seine Admiräle und Eure tapferen Freunde in einen garstigen Streit darüber geraten sind, wem das Recht zur Plünderung des Palastes von Derorguila zusteht. Bewaffnet Euch wieder, und wir werden zusammen einen Waffenstillstand aushandeln. Vielleicht können wir dann endlich unseren Kriegsrat halten.«

23

Haramis traf ihre Schwester Kadiya, als diese den überfluteten Oberen Mutar hinunterpaddelte, begleitet von ihren treuen Gefährten Jagun und Lummomu-Ko und einem zweiten Kanu mit Wyvilo. Als die Erzzauberin zwischen Kadiya und Jagun im Boot erschien und mit ruhiger Hand einen magischen Schirm gegen den strömenden Regen errichtete, starrte Kadiya ihre Schwester vor Kummer nur an und sagte kein Wort.

»Ich weiß, was du vorhast«, sagte Haramis, »und ich bin gekommen, um dich davon abzuhalten.«

»Ich weiß nicht, was du meinst.« Kadiyas Blick wurde unsicher.

»Die Gelehrte am Ort der Erkenntnis hat mir von deinem neuen Plan erzählt. Es ist der reinste Wahnsinn, ganz abgesehen davon, daß du damit eine schändliche Untreue gegenüber unserer Schwester Anigel an den Tag legst. Du mußt davon ablassen.«

»Mein Plan ist keineswegs Wahnsinn«, rief Kadiya aus. »Was weißt du schon von dem Verhältnis zwischen den Menschen und den Eingeborenen? Du hast dich in deinem Turm versteckt und Zaubersprüche geübt, während auf unserer armen Halbinsel ein Unglück nach dem anderen geschehen ist! Du hast nichts unternommen, um mir zu helfen, meinen Talisman vor Orogastus in Sicherheit zu bringen. Du hast nichts unternommen, um zu verhindern, daß Anigel, diese Närrin, ihm den verlangten Preis gezahlt hat! Und jetzt maßt du dir an, dich in meine Angelegenheiten einzumischen!«

»Ich bin gekommen, weil ich mir Sorgen um dich mache.«

»Geh wieder! Nichts, was du sagst, wird mich davon abhalten können, das zu tun, was ich tun muß. Du kannst mich nur aufhalten, wenn du mich tötest.«

Der kleine Jagun, der nichts von Kadiyas Plan wußte, rief entsetzt: »Weitsichtige, sprecht nicht auf diese Weise zu der Weißen Frau!«

Sie fuhr herum wie ein Gradoling, den man seiner Beute beraubt hatte, und fauchte ihn an: »Sei still! Das geht nur mich und meine Schwester etwas an!«

»Das ist nicht wahr«, sagte die Erzzauberin, in deren Gesicht tiefe Traurigkeit zu lesen war. »Es geht Jaguns Stamm an und Lummomus und auch alle anderen Eingeborenen. Ich bin ihre Beschützerin und Hüterin.«

»Sie haben mich zu ihrer Anführerin gewählt, nicht dich!« sagte Kadiya. »Habe ich denn nicht das Recht, ihnen meinen Vorschlag zu unterbreiten, auf daß sie darüber urteilen – und über mich – und eine freie Entscheidung treffen?«

Betroffen schwieg Haramis.

»Du weißt, daß ich das Recht dazu habe!« rief Kadiya triumphierend. »Und du kannst den Eingeborenen nicht deinen Willen aufzwingen, denn sie sind freie Seelen und nicht deine Sklaven. Also geh jetzt!«

»Laß mich dir doch erklären.«

»Erzzauberin, geh«, sagte Kadiya mit gefährlich leiser Stimme, »es sei denn, du willst meine Aufmerksamkeit mit Gewalt erzwingen.«

Haramis senkte den Kopf. »Nun gut. Ich sehe, daß es unmöglich ist, vernünftig mit dir zu reden. Aber ich werde zurückkommen.«

Sie verschwand, und der Regen prasselte nur noch stärker auf die beiden Kanus herab.

»Weitsichtige, was habt Ihr nur getan?« jammerte Jagun. »Ihr hättet zumindest anhören sollen, was die Weiße Frau Euch zu sagen hatte.«

»Jawohl«, sagte Lummomu, und seine entsetzten Wyvilo-Gefährten pflichteten ihm bei.

»Ich weiß, was sie sagen wollte«, entgegnete Kadiya. »Aber sie hätte nichts mit ihren Worten erreichen können. Es hätte keinen Zweck gehabt, ihr zuzuhören.«

»Aber sie ist die Weiße Frau!« beteuerte Jagun.

»Und ich bin die Herrin der Augen!« Kadiya berührte das

Emblem mit den drei Augen auf ihrer Brust. Darüber hing ihr Bernsteinamulett mit seiner blutroten Drillingslilie. »Wenn ihr mich nicht verlassen und eurer eigenen Wege gehen wollt, dann hört jetzt auf, mich zu ärgern! Paddelt, damit wir unser Ziel noch vor Einbruch der Dunkelheit erreichen.«

Die Zeit war gekommen.

Die Erzzauberin saß allein in ihrem Arbeitszimmer im Turm auf dem Mount Brom, der einmal seine Heimstatt gewesen war und jetzt die ihre war. Draußen tobte ein Schneesturm von unsagbarer Heftigkeit, aber sie achtete gar nicht darauf. Sie ging zu ihrem Lieblingsstuhl am Kamin (an dem sie beide zusammengesessen und einander kennengelernt hatten), hob den Talisman empor und sah in den leeren Ring. Der Bernsteintropfen zwischen den Flügeln an seinem oberen Ende glühte in einem sanften goldenen Licht. Die winzige Blume mit ihren drei Blütenblättern in seinem Inneren war schwarz ... schwarz.

Jetzt, dachte sie, muß ich ihn wirklich sehen und hören, was er sagt. Ich muß herausfinden, welche Pläne er hat und was für eine Gefahr er für die Zwei Königreiche von Anigel und den Rest der Welt darstellt. Talisman, wirst du mir gestatten, ihn zu beobachten, ohne daß ich dabei meine Seele verliere? Meine Liebe zu ihm bleibt bestehen. Ich kann nichts dagegen tun. Ich weiß, daß schon sein Anblick allein eine Gefahr für mich sein kann, aber ich würde meine Pflichten vernachlässigen, wenn ich sein Bild jetzt nicht herbeirufe. Und so werde ich es denn tun.

Sie sagte: »Zeig mir Orogastus.«

Und da war er. Sicheren Schrittes ging er über das schwankende Deck eines großen raktumianischen Kriegsschiffes, das durch die ungestüme See raste. Sein weißes Haar flatterte im Wind, und sein nasses Gewand klebte an seinem hochgewachsenen, muskulösen Körper. Sein Gesicht hatte sich kaum verändert, es hatte nur etwas mehr Falten als in ihrer Erinnerung. Seine Lippen waren schmal, aber schön geschwungen, die Wangenknochen hoch angesetzt, die Augen von einem blassen Gletscherblau unter schneeweißen Brauen. Er war bartlos und sah überaus heiter aus, als ob er an der Kraft des Sturmwindes teilhätte. Er hatte keinen der gestohlenen Talismane bei sich.

Vor dem Eingang zu dem hoch aufragenden Achterschiff stützte er sich auf die Schiffsreling und sah hinaus in die tobenden Wassermassen. Er lächelte …

Haramis hielt den Atem an. Aus irgendeinem Grunde – und das hatte nichts mit der Schwarzen Drillingslilie oder dem Dreiflügelreif zu tun – wußte sie, woran er dachte: nicht an die Eroberung der Welt oder den Triumph der Sternengilde. Nicht an die Mächte der Finsternis und auch nicht an das Zepter der Macht, das er in seinen Besitz bringen wollte.

Er dachte an sie.

Das Herz brannte ihr in der Brust, und sie spürte, daß sie nahe daran war, in Tränen auszubrechen. Und dann wollte sie nach ihm, der so weit entfernt war, rufen, seinen Namen aussprechen und bei seiner Antwort erschauern, um dann zu ihm zu gehen, ihn zu berühren …

Die winzige Blume zwischen den Flügeln des Talismans schien zu schlagen wie ein lebendes Herz. Sie war immer noch so samtschwarz wie die tiefe Nacht, aber nur noch einen Augenblick, und ihre Farbe würde sich ändern.

»Nein! Nein, nein, *nein!*« Sie schluchzte laut auf und stieß den Talisman von sich. Er schwang an seiner Kette aus Platin hin und her. Das Bild im Innern seines Ringes war verschwunden.

Lange Zeit saß sie da und betete. Gewappnet und mit neuer Entschlossenheit holte sie schließlich tief Luft und sagte wieder: »Zeig mir Orogastus.«

Mit trockenen Kleidern und wohlfrisiertem Haar befand er sich in einer prächtig ausgestatteten Kabine und sprach mit seinen drei Gehilfen. Der kleine, in Schwarz gekleidete Diener hielt in seinen Händen die sonderbar geformte Krone, die das Dreihäuptige Ungeheuer genannt wurde. Der Gehilfe in Gelb trug das schwarze, stumpfe Schwert ohne Spitze, das Dreilappige Brennende Ungeheuer.

»… mußt den König und die Königin Tag und Nacht beobachten«, sagte der Zauberer gerade. »Und du, Gelbstimme, wirst feststellen, was die Herrin der Augen vorhat. Was dich betrifft, Purpurstimme, so …«

Gelassen setzte Haramis sich hin, um ihm zuzuhören.

Kadiya hatte das Uisgu-Dorf Dezaras tief in der Dornenhölle als den Platz ausgewählt, an dem sie ihren Plan bekanntgeben wollte, ganz Ruwenda zum Heimatland der Eingeborenen zu machen. Ihre gute Freundin Nessak, der sie damals bei der Suche nach ihrem Talisman das Leben gerettet hatte, war hier immer noch Erste des Hauses und Hüterin des Rechts. Dezaras war auch der Ort, von dem vor zwölf Jahren der Ruf in der Sprache ohne Worte ausgesandt worden war, der die Uisgu und Nyssomu an Kadiyas Seite und in die große Schlacht gegen König Voltrik gerufen hatte, deren Ende die Befreiung von Ruwenda gewesen war.

Fast die gesamte Reise vom Ort der Erkenntnis den Fluß hinunter war Kadiya schweigsam und nachdenklich gewesen und hatte Jagun und den anderen nichts von ihrer Unterhaltung mit der Gelehrten oder den furchtbaren Neuigkeiten über Anigels Talisman erzählt. Trotz des beunruhigenden Besuches der Erzzauberin war Kadiyas Plan, den sie bei ihrer Ankunft in Dezaras enthüllte, für ihre Begleiter daher ebenso eine Überraschung wie für Nessak und die Dorfbewohner.

Kadiya malte ihren Kriegsplan mit glühenden Worten aus, sprach von den vielen Ungerechtigkeiten der Vergangenheit und betonte, daß die Voraussetzungen für einen leichten Sieg gegeben seien, besonders, wenn sich die Skritek ihrer Sache anschlössen. Ihre Strategie sah vor, nur die bewaffneten Truppen der Menschen anzugreifen. Menschliche Zivilisten sollten ungeschoren bleiben. Die aus Var zurückkehrenden laboruwendianischen Truppen wollte sie an dem natürlichen Wall, den die Wasserfälle von Tass bildeten, angreifen und den Fluß hinuntertreiben. In Ruwenda selbst sollten die Zitadelle und andere Zentren der menschlichen Bevölkerung umzingelt und belagert werden. Abgeschnitten vom Nachschub und isoliert durch die ungewöhnlich starken Regenfälle, würden die in der Falle sitzenden Menschen gar keine andere Wahl haben, als sich ohne Blutvergießen zu ergeben. Wenn sie alle aus Ruwenda vertrieben worden waren, sollten die Große Straße der Königin, die von der Zitadelle bis an die Grenze zu Labornok führte, gänzlich zerstört und die einsam gelegene Hochebene der Irrsümpfe zur Zufluchtstätte für alle Eingeborenen werden, zu einem Land, das sie selbst regieren würden.

Als Höhepunkt erzählte ihnen Kadiya von der erstaunlichen Zusicherung, die ihr der Zauberer Orogastus insgeheim gegeben hatte. Er hatte mit furchterregenden Schwüren versprochen, daß die Irrsümpfe für alle Zeiten den Eingeborenen gehören sollten, sobald die menschlichen Siedler daraus vertrieben worden waren.

Die Eingeborenen reagierten auf Kadiyas Plan nicht mit der Begeisterung, die sie erwartet hatte. Statt dessen hörten sie ihr mit verblüfften oder gar völlig entsetzten Mienen zu. Der Ruf zu den Waffen, den die Herrin der Augen da von sich gab, traf sie zutiefst, denn seit der Thronbesteigung von Antar und Anigel und der Vereinigung der Zwei Königreiche hatte fast überall in den Irrsümpfen Friede geherrscht. Nur die zänkischen Glismak aus dem Tassalejo-Wald und die Skritek, deren Blutrünstigkeit nicht einmal die Erzzauberin oder Kadiya völlig bezwingen konnten, hatten diesen Frieden in den letzten zwölf Jahren gebrochen. Aber jetzt rief die Herrin der Augen selbst zu einem Krieg gegen die Menschen auf!

Nessak von Dezaras hörte Kadiyas langem, leidenschaftlichem Vortrag mit unbewegtem Gesicht zu. Als er beendet war, sandte die Sprecherin des Rechts den Vorschlag in der Sprache ohne Worte an alle Uisgu. Und da ihr Volk die Sprache ohne Worte viel besser beherrschte als Jagun oder Lummomu-Ko, erklärte sich Nessak damit einverstanden, daß einige Älteste des Dorfes den Ruf an die Anführer der Nyssomu und der Wyvilo sandten und um die Entscheidung dieser Stämme baten. Sie versprach, sich auch mit den Glismak in Verbindung zu setzen. Nessak weigerte sich jedoch, sosehr Kadiya sie auch bedrängte, den Aufruf zum Krieg an die Skritek weiterzuleiten. Wenn die Herrin der Augen es wünschte, jene, die ihre Opfer ertränkten, an ihrem Vorhaben

343

zu beteiligen, dann würde sie sich zu einem späteren Zeitpunkt selbst mit ihnen in Verbindung setzen müssen.

Kadiya beugte sich der Entscheidung der Anführerin, woraufhin sich Nessak, Jagun und die anderen zurückzogen. Kadiya mußte allein in der kargen Gästehütte warten, in der sie sich mit den anderen besprochen hatte.

Sie wartete fünf Tage lang.

Der Regen fiel unablässig, und für einen Menschen war die Hütte ein überaus feuchter und düsterer Ort. Da der Obere Mutar in der Dornenhölle wegen des ungewöhnlichen Wetters über die Ufer getreten war, gab es in Dezaras kein trockenes Fleckchen Erde mehr. Die etwa fünfzig kleinen Grashäuser des Dorfes, die auf Pfählen erbaut waren, sahen wie Inseln in einem überschwemmten braunen See aus. An jeder Behausung – mit Ausnahme von Kadiyas Hütte – waren die aus Weiden geflochtenen Kanus mit den leeren Geschirren für die Rimoriks vertäut. Die zwei großen Einbäume ihrer Wyvilo-Begleiter waren an dem Haus festgebunden, das Nessak und ihrer Familie gehörte.

Zuweilen wurde Kadiya etwas zu essen gebracht, aber die Person, die es brachte, wollte ihr nichts über die Entscheidung der Eingeborenen sagen. Schließlich, am fünften Tag, wurde es langsam dunkel, und mit der Dunkelheit zog dicker Nebel herauf. Wie an den vorangegangenen Abenden ging Kadiya auch heute von Zeit zu Zeit zu der offenen Tür hinüber, um zu sehen, ob jemand kam. Aber sie erblickte nur die verschwommenen Lichter aus den am nächsten stehenden Hütten und hörte lediglich das nicht enden wollende Prasseln der Regentropfen sowie die gedämpften Laute von Insekten und anderen Tieren.

»Sie *müssen* einfach zustimmen, für ein eigenes Land zu kämpfen!« sagte Kadiya zu sich selbst. »Sie müssen!« Und sie schloß die Augen und sandte ein stummes, verzweifeltes Gebet gen Himmel ... an dessen Ende ihre rechte Hand unbewußt zu der Scheide an ihrem Gürtel fuhr, um magische Bekräftigung von dem Talisman zu erflehen, der dort einst seinen Platz gehabt hatte.

Aber er war verschwunden. Die Scheide enthielt jetzt nur

noch ein ganz gewöhnliches Schwert. »Sie müssen an meiner Seite kämpfen«, stieß sie hervor, »oder es ist *alles* verloren!«

»Das ist es nicht«, sagte eine leise Stimme.

Kadiya riß die Augen auf und schrie vor Wut laut auf, als sie Haramis erkannte, die gerade auf der ungeschützten Terrasse der Gästehütte erschien.

»Du schon wieder!« rief Kadiya aus. Ihre Schwester stand da und sah sie mit traurigen Augen an. Ihr weißer Erzzauberinnenmantel blieb trotz des strömenden Regens trocken. »Ich werde es nicht zulassen, daß du dich einmischst! Du hast kein Recht, die freie Wahl meiner Eingeborenen zu behindern!«

»Ich bin nicht hier, um mich einzumischen, und ich habe auch nicht mit deinen Eingeborenen gesprochen. Ich möchte mich einfach nur ein wenig mit dir unterhalten. Darf ich hereinkommen?«

Kadiya betrachtete Haramis mit überdeutlicher Feindseligkeit und gab ihr keine Antwort. Die Erzzauberin trat ein und ging auf das dürftige kleine Feuer in der Mitte der Hütte zu, das auf einem mit Sand gefüllten Tablett aus Ton brannte. Träge kräuselte sich der Rauch in der feuchtkalten Luft empor und sammelte sich unter den Dachsparren. Ein Teil drang durch die Ritzen des rußgeschwärzten Strohdaches nach draußen, während ein anderer Teil im Inneren herumwirbelte und die blutsaugenden Insekten der Dornenhölle vertrieb, wodurch der Aufenthalt in der Hütte für die Menschen höchst unangenehm war.

Der Abend wurde allmählich recht kühl, aber Kadiya schwitzte in ihrem zeremoniellen Harnisch aus harten goldenen Fischschuppen. Ihr Amulett hing an einer Kordel um ihren Hals, und die rostbraunen Flechten waren fest um ihren Kopf gesteckt. Sie setzte sich steif auf einen der geflochtenen Hocker, die neben der Feuerpfanne standen. Als sich Haramis ohne ein Wort zu ihr gesellte, beschäftigte sich Kadiya eifrig damit, trockene Farnwedel aus einem Korb neben ihr zu ziehen. Sie brach sie auseinander und warf sie in das kleine Feuer, in das sie hineinblies, damit es nicht zu sehr rauchte.

Haramis wartete.

Kadiya blieb noch eine ganze Weile stumm, dann fragte sie schließlich: »Hat dich die Gelehrte wieder zu mir geschickt? Oder war es diesmal Anigel?«

»Die Gelehrte hat mir nur gesagt, was du vorhast. Ich habe Ani nichts von deinem entsetzlichen Plan erzählt, aber ich habe sie gewarnt, daß Orogastus und die Piraten nach Derorguila segeln.«

»Ich wußte, daß es so kommen würde. Es tut mir leid für Ani und Antar, aber die Eingeborenen und ich werden tun, was getan werden muß. Mit zwei Talismanen in seinem Besitz wird Orogastus die Menschheit unterwerfen, egal, wie sehr du dich bemühst, es zu verhindern. Aber die Eingeborenen interessieren ihn nicht. Wenn sie und ich friedlich hier in den Irrsümpfen leben, wird Orogastus uns gewähren lassen – egal, welche Grausamkeiten er über die Länder der Menschen bringt.«

»Woher weißt du das?« fragte Haramis zweifelnd.

»Orogastus hat mir sein Bild geschickt und es mir erzählt.«

»Und du hast ihm geglaubt? Hast du den Verstand verloren?«

Ein grimmiges Lächeln huschte über Kadiyas Gesicht, als sie den wiederauflebenden Flammen neue Nahrung gab. Die Flammen umgaben ihre Gestalt mit einem roten Schimmer, und auf ihrer Brust leuchtete die rote Blume. »Unser alter Feind ist so gutaussehend und charmant wie immer! Auch er kann jetzt mit seinen Talismanen jeden auf der Welt erreichen und mit ihm sprechen. Aber ihr beide habt ja sicher schon so manches Gespräch darüber geführt, wie ihr das Schicksal der Welt zu lenken gedenkt.«

»Nein, ich habe überhaupt nicht mit ihm gesprochen«, erwiderte Haramis steif. »Und das werde ich auch nicht, bis ich bereit bin, ihm das zu geben, was er verdient. Ich habe meinem Talisman befohlen, mich sowohl vor seiner Beobachtung als auch vor seiner drängenden Stimme zu schützen.«

»Du liebst ihn immer noch. Leugne es, wenn du kannst!«

»Ich leugne es nicht. Aber ich werde mein Äußerstes tun, um meine Handlungen nicht von meinen Gefühlen beeinflussen zu lassen.«

»Das glaube ich erst, wenn du mit dem gleichen Eifer nach Gerechtigkeit für die Eingeborenen strebst, mit dem du dich um die Angelegenheiten der Menschen kümmerst!«

»Es ist meine Pflicht, Beschützerin und Hüterin aller Personen zu sein, die an Land leben, ob dies nun Skritek, Menschen oder Eingeborene sind. Deshalb bin ich auch gekommen, um dich davor zu warnen, einen so entsetzlichen Fehler zu begehen.«

Kadiya hob trotzig das Kinn. »Mich sehen die Eingeborenen als ihre Anführerin an, nicht dich! Während du dich in deinem Turm vergraben hast, habe ich zwölf Jahre mit ihnen gelebt und gearbeitet und nach Gerechtigkeit für sie gestrebt, wenn es um ihre Beziehung zu unserer eigenen Rasse ging. Du sagst, du liebst sie, aber was hast du denn getan, um das zu beweisen?«

Haramis blieb ganz ruhig. »Die Eingeborenen wurden von der Schule der Erzzauberer erschaffen. Lange bevor es eine Herrin der Augen gab, kümmerte sich eine Erzzauberin des Landes um die Eingeborenen, die hier lebten. Es ist leider wahr, daß ich bis jetzt nicht so erfolgreich war, wie ich hätte sein können.« Sie berührte den Dreiflügelreif, und der Drillingsbernstein darin glühte plötzlich mit einem goldenen Leuchten auf. »Aber jetzt wird sich alles ändern.«

»Du hast vor, mich als Anführerin zu verdrängen?« rief Kadiya aus.

»Nein. Ich will dich nur überzeugen.«

»Dann wirst du dir aber viel Mühe geben müssen!« Kadiya sprang auf. »Zeig mir, wie du mich schlagen wirst, wenn ich dir die Stirn biete!«

Haramis schüttelte nur mitleidig den Kopf.

»Du wirst dich doch sicher nicht von einem Gefühl wie schwesterlicher Zuneigung von deiner Pflicht abhalten lassen!« Kadiya lächelte spöttisch. »Oder ist es etwas anderes, das dich zu sanfteren Methoden zwingt? Sag mir, allmächtige Erzzauberin: Bist du dieses Mal wirklich hier, oder stehe ich wieder einem Geist gegenüber?«

»Ich bin wahrhaftig hier. Ich kann jetzt mit Hilfe meines Talismans überallhin reisen, und ich kann dich mitnehmen.«

Kadiya hatte plötzlich ihr Schwert in der Hand. »Berühre mich, wenn du es wagst, Hara. Wenn du versuchst, mich mit Gewalt von hier wegzubringen, dann – bei den Herrschern der Lüfte und dem Dreigestirn – werde ich dich töten.«

»Kadi! Kadi!« Haramis blieb sitzen. Sie hatte die Hände im Schoß gefaltet und den Kopf gesenkt, damit ihre Schwester den Schmerz nicht sah, der ihre Augen zum Glitzern brachte. »Ich würde dir nie etwas antun, und ich würde dich auch nie zu etwas zwingen. O liebe Schwester! Warum verstehst du nicht? Wir Drillinge sind Drei, und wir sind Eins! Nur wenn die Drei Blütenblätter der Lebenden Drillingslilie zusammenarbeiten, können Orogastus besiegt und sein schändlicher Plan vereitelt werden. Die Gelehrte hat versucht, dir das zu sagen. Ich habe sie gerade erst gesehen und mit ihr gesprochen, und sie hat mir nützliche Ratschläge gegeben, die vielleicht zu einer Lösung all unserer Schwierigkeiten führen könnten … Leg deine Waffe weg und hör mir zu.«

»Verlasse diesen Ort! Nur so kannst du mich davon überzeugen, daß du nicht hierhergekommen bist, um mich bei den Eingeborenen zu verleumden. Ich werde nicht zulassen, daß du ihre Entscheidung beeinflußt.«

»Kadi, es ist doch schon zu spät.« Die Erzzauberin hob den Kopf und deutete auf die offene Tür. »Sieh nur.«

Kadiya ging hinaus auf die offene Terrasse. Sie achtete nicht auf den Regen, der auf sie niederprasselte. Durch den Nebel näherten sich viele kleine Lichter, die nur verschwommen zu erkennen waren, vier Kanus mit Fackelträgern.

»Sie kommen.« Kadiya warf ihrer Schwester drinnen in der Hütte einen schmerzerfüllten Blick zu. »Wirst du bleiben und eine flammende Rede für sie halten? Oder sie mit einem Zauber blenden, wenn sie sich weigern, dir zu gehorchen?«

»Ich werde nichts dergleichen tun. Aber du kannst sicher sein, daß ich zusehen und zuhören werde.«

Und damit verschwand die Erzzauberin.

Immer noch vor Wut zitternd, steckte die Herrin der Augen ihr Schwert in die Scheide zurück und kletterte die Leiter hinunter auf die schwimmende Anlegestelle. Sie nahm die Leinen entgegen, die ihr gereicht wurden, und machte die

Boote fest. Die Sprecherin Nessak und der Rat der Dorfältesten befanden sich in den ersten drei Booten, das letzte trug Jagun, Lummomu und einige andere hochrangige Wyvilo.

Kadiya wartete, bis alle die Leiter hochgestiegen waren, dann folgte sie ihnen in die Gästehütte.

Keiner der Uisgu war größer als ein Menschenkind von acht Jahren. Sie ähnelten Jagun, dem Nyssomu, waren aber kleiner und von zarterer Gestalt, mit größeren Ohren, die noch höher standen, größeren goldenen Augen und schärferen Zähnen in ihren breiten Mündern. Das Fell auf Gesicht und Körper war mit Körperfett bedeckt, und auf ihren Handflächen lag schützender Schleim. Mit Ausnahme von Nessak trugen alle einfache Grasröcke und hatten sich verschiedenfarbige Ringe um die Augen gemalt. Die Sprecherin war prächtiger gewandet in einem Rock aus blauem Stoff, einem kleinen, juwelenbesetzten Kragen aus Gold, zwei dünnen Goldarmreifen und dreifachen weißen Farbringen um die Augen.

Nessak hob die beiden klauenbewehrten Hände zum Gruß für Kadiya, dann fing sie an, in der Sprache der Uisgu zu sprechen.

»Herrin der Augen, jene, die spricht, hat viele Stunden damit verbracht, unsere Brüder und Schwestern in den Sümpfen anzurufen. Honebb hier hat mit Frotolu der Erkenntnisreichen vom Volke der Nyssomu gesprochen. Kramassak hat mit Sasstu-Cha vom Volke der Wyvilo gesprochen, und Gurebb hat sein möglichstes bei den Glismak versucht. Zu all jenen haben wir den Ruf ausgesandt. Jetzt laßt uns ihre Antworten hören ... Gurebb!«

Ein ehrwürdiger kleiner Uisgu-Mann trat auf Kadiya zu und begrüßte sie. »Jenem, der spricht, fiel es schwer, einen Sinn in den Tiraden der Waldkriecher zu erkennen. Aber es scheint, Herrin, daß sie überaus gewillt sind, sich Euch in Eurem Krieg gegen die Menschen anzuschließen.«

Kadiyas Augen leuchteten. Sie richtete sich auf. »Danke, Gurebb.«

»Kramassak!« rief die Sprecherin aus.

Jetzt sprach eine Uisgu-Frau. »Der Älteste Sasstu-Cha, der

in Abwesenheit des Ausersehenen Sprechers Lummomu-Ko seine Leute befragt hat, teilte mir mit, daß die Wyvilo der Herrin der Augen in den Kampf folgen werden, wenn sich ihnen noch ein anderer Stamm der Eingeborenen außer den Glismak anschließt.«

Kadiya strahlte Lummomu und seine Krieger an. Aber der Häuptling der Wyvilo erwiderte ihr Lächeln nicht, sondern starrte mit unbewegtem Gesicht in das Feuer.

»Honebb, du bist an der Reihe«, sagte Nessak. »Was ist mit den Nyssomu?«

»Nachdem sich die Erkenntnisreiche Frotolu«, sprach ein anderer Uisgu, »mit anderen ihrer Art beraten hat, gibt sie bekannt, daß das Volk der Nyssomu auch weiterhin in Frieden mit den Menschen leben will.«

Kadiyas Gesicht wurde zu einer starren Maske. Sie wandte sich an Nessak. »Und was ist mit den Uisgu, gute Freundin? Was ist mit jenen, die mir bei dem Kampf gegen die schändlichen Eindringlinge in Labornok als erste zur Seite standen? Jene, die mich als erste die Herrin der Augen genannt und mir als Trägerin des Lichts und Überbringerin der Hoffnung zugejubelt haben?«

»Jene, die spricht, muß Euch die Wahrheit sagen.« Nessak sprach mit freundlicher, aber bestimmter Stimme. »Wir wissen, daß sich die Glismak mit den Menschen zerstritten haben, und wir wissen auch, daß einige Nyssomu von den menschlichen Händlern zuweilen ungerecht behandelt wurden. Wir wissen, daß die Wyvilo es vorziehen würden, einige ihrer wertvollen Erzeugnisse des Waldes an die Menschen im südlichen Var und nicht alles an die Zwei Königreiche zu verkaufen, wie sie es jetzt tun müssen. Aber diese Ungerechtigkeiten können auf friedlichem Wege behoben werden, und daher werden wir nicht in den Krieg ziehen. Die Uisgu hegen keinen Groll gegen die menschliche Rasse. Unsere Heimat ist der abgelegenste Teil der Irrsümpfe, und unsere einzigen Feinde sind die abscheulichen Skritek – und selbst diese Ungeheuer überfallen uns heutzutage nur noch selten.«

Die anderen Uisgu nickten und pflichteten ihr bei.

»Aber es würden niederträchtige Menschen kommen!« rief

Kadiya aus. »Die Zwei Königreiche sind dazu verdammt, von den Armeen aus Raktum und Tuzamen erobert zu werden. In Labornok wird es einen neuen König geben, und das wird Osorkon sein, einer jener schändlichen Männer, die vor zwölf Jahren eure Dörfer niedergebrannt und eure Kinder niedergemetzelt haben. Er wird alle in Ruwenda zu Sklaven machen, wenn ihr mir nicht folgt und dafür kämpft, aus diesem Land eine Nation der Eingeborenen zu machen. Der Zauberer Orogastus hat feierlich geschworen, daß man uns dann in Ruhe läßt.«

»Wir glauben Orogastus nicht«, sagte Nessak mit sanfter Stimme. »Und Euch glauben wir auch nicht, wenn Ihr sagt, daß uns nur noch der Krieg als letzte Möglichkeit bleibt.«

»Mein Weg ist der beste!« rief Kadiya verzweifelt aus. »Ich würde euch doch nie anlügen! Ich habe euch mein Leben gewidmet! Ich liebe euch.«

Nessak trat zu der Herrin der Augen und sah traurig zu ihr auf. »Ich glaube nicht, daß Ihr uns vorsätzlich die Unwahrheit sagen würdet. Auch wir werden Euch immer lieben. Aber wir können Euch nicht länger gestatten, uns anzuführen. Möge die Blume Euch Weisheit geben!« Sie deutete auf die glühendrote Drillingslilie in Kadiyas Amulett. »Ich spreche nicht von *dieser* Blume aus Blut, sondern von der anderen, der Ihr entsagt habt.«

Sie drehte sich um und ging in den Sturm hinaus. Die Uisgu folgten ihr.

Kadiya sah diejenigen, die zurückgeblieben waren, mit wildem Blick an. »Und was ist mit dir, Lummomu-Ko?«

Der hochgewachsene Anführer der Wyvilo trat zu ihr und sank auf eines seiner schuppenbewehrten Knie. »Herrin, wir sind Euch treuen Herzens gefolgt, während der Mond dreimal ab- und zugenommen hat. Jetzt bitten wir Euch, uns zu entlassen, da die anderen Eingeborenen ihre Entscheidung getroffen und dadurch auch die unsere erzwungen haben.«

»Ich ... ich ...« Die Worte blieben Kadiya im Hals stecken. Aber sie würde nicht weinen oder auf andere Weise die Selbstbeherrschung verlieren. »Geht«, brachte sie schließlich heraus, und Lummomu-Ko erhob sich. Er verneigte sich, dann führte er seine Krieger fort.

Kadiya sah ihnen nach. Sie konnte es immer noch nicht glauben. Dann schüttelte sie den Kopf und sank auf einen der Korbhocker. Wieder fing sie an, in Stücke gebrochene Farnwedel in das Feuer zu werfen. »Und du, Jagun? Wirst du mich auch verlassen?« fragte sie mit gebrochener Stimme.

Der kleine alte Nyssomu-Jäger trat aus dem Schatten hervor, in dem er sich während des traurigen Geschehens aufgehalten hatte, und kletterte auf einen Hocker neben ihr. Er öffnete den Beutel an seinem Gürtel und kramte darin herum, während sie auf seine Antwort wartete.

»Nichts zu essen übrig außer getrockneten Adopwurzeln«, jammerte er. »Was für ein Tag!« Mit seinem Messer schnitt er ein Stück von der zähen, knorrigen Wurzel ab und bot es Kadiya an.

Sie nahm es und kaute gedankenverloren darauf herum. »Als ich noch ein kleines Kind war und du mich zum erstenmal mit in den Sumpf genommen hast, da hast du mir beigebracht, wie man diese Wurzeln ißt. Und wie oft bestand unser kärgliches Mahl daraus, als wir vor König Voltriks Soldaten geflohen sind.«

Jagun nickte. »Wir sind seit vielen Jahren Freunde, Weitsichtige. Wie könnte ich Euch jetzt verlassen?« Er lächelte und hielt ihr noch ein Stückchen Wurzel hin.

Kadiya nahm es, dann wandte sie sich schnell zur Seite, als ihr nun doch die Tränen in die Augen schossen. »Ich danke dir, Jagun.«

Eine Weile aßen sie schweigend. Jagun teilte auch seine Wasserflasche mit ihr.

Sie sagte: »War ich denn im Unrecht, wie dies meine Schwester Haramis sagte? Sag mir die Wahrheit, alter Freund.«

Jagun dachte einen Moment nach, dann erwiderte er: »Ja. Ihr wart im Unrecht. Dieser Krieg von Euch, Euer Plan, er war nicht gut überlegt. Wenn Ihr tief in Euer Herz hineinblickt, werdet Ihr entdecken, daß es einen verborgenen Grund dafür gab, den Ihr nicht wahrhaben wolltet.«

»Was sagst du da? Sag mir lieber geradeheraus, was deiner Meinung nach der Grund dafür war!«

»Weitsichtige, das kann ich nicht. Ihr werdet es nur glauben, wenn Ihr es selbst herausfindet. Doch glaube ich, die Schwierigkeiten fingen an, als Ihr Euren Talisman verloren habt.«

Sie nickte zustimmend. »Ja. Ohne ihn bin ich nicht mehr die Führerin, die ich einmal war.«

»Unsinn!« sagte der Nyssomu barsch.

Kadiya hob verwundert den Kopf. Noch nie hatte er es gewagt, so respektlos zu ihr zu reden. »Aber du hast doch selbst gesagt, daß der Verlust des Talismans der Grund für all meine Schwierigkeiten war!«

»Ihr habt nicht verstanden, was ich damit sagen wollte. Euer Talisman besaß große Macht – magische Macht! Aber das war kein Teil von *Euch*. Der Talisman enthielt weder Eure wahre Stärke noch Euer Leben, noch das, was dem Leben einen Sinn gibt. Shiki, der Dorok, hat versucht, Euch das zu sagen, und ich sage es Euch ebenfalls.«

»Ihr irrt euch beide!«

Er schüttelte den Kopf, schnitt noch ein Stück von der Wurzel ab und steckte es sich in den Mund. Erst einige Minuten darauf sprach er weiter. »Macht ist etwas, das der Dreieinige nur wenigen von uns gewährt. Sie ist weder schlecht noch gut, aber sie kann das eine oder das andere werden, je nachdem, auf welche Weise sie ausgeübt wird. Man kann ihr aus guten Gründen entsagen und doch seine Integrität bewahren. Der *Verlust* der Macht ist schwerer zu ertragen und kann Demütigung mit sich bringen, aber es braucht einen nicht zu entehren.«

»Daß Anigel ihren Talisman dem Zauberer gegeben hat, war ein Akt verachtenswerter Feigheit!«

»Nein«, sagte der alte Jäger. »Es ist aus Liebe geschehen, und es gibt keinen edleren Grund. Die Königin ist durch den Verzicht auf ihren Talisman weder beschämt noch herabgesetzt worden.«

»Aber mir ist beides widerfahren! Und dieses Debakel, die Tatsache, daß die Eingeborenen mich als ihre Führerin zurückgewiesen haben, beweist es.« Sie hob das in fahlem Rot glühende Amulett hoch. »*Das* beweist es!«

»Nein, das hier beweist gar nichts. Ich glaube, es war nicht der Verlust des Talismans, sondern die Art und Weise, in der Ihr gegen seinen Verlust angekämpft habt, die Eure Seele erblinden ließ. Der Talisman war nicht wirklich ein unentbehrlicher Teil von Euch, bis Ihr ihn dazu gemacht habt.«

»Ich verstehe nicht, was du mir damit sagen willst. Ich weiß nur, daß die Arbeit meines Lebens mit einem Schlag zunichte gemacht wurde und ich jetzt ohne Wurzeln und ohne Aufgabe dastehe. Ich glaube, mein Herz wird daran zerbrechen. Was soll ich nur tun, Jagun? Ich weiß nicht, was jetzt aus mir werden soll.«

»Königin Anigel bedarf Eurer Hilfe jetzt am nötigsten«, sagte der alte Jäger. »Sie wird von Rebellion im Innern und von Invasoren außerhalb des Landes bedroht, und ihre Drillingslilie hat sich in ein blutiges Rot verfärbt, weil sich ihre Liebe zu Euch in Haß verwandelt hat. Könnt Ihr Euren Streit nicht vergessen und Ihr zur Seite stehen?«

»Würde Ani denn meine Hilfe annehmen, nach all den furchtbaren Dingen, die ich zu ihr gesagt habe? Ich bezweifle es. Aber du hast recht, Jagun. Ich habe zu hart über meine Schwester geurteilt, vielleicht, weil ich so wenig von der Liebe zwischen Mann und Frau weiß. Sie glaubte aufrichtig daran, daß die Übergabe des Talismans im Tausch für Antar das beste für ihr Land und auch ein Trost für sie sei, da sie damit dem Land in der Stunde der Not seinen König zurückgab. Sie verstand einfach nicht, daß die drei Talismane für die Sicherheit der Welt wichtiger sind als ihre Familie und ihr Land. Ihre Entscheidung war töricht und von Gefühlen bestimmt, aber ich hätte sie nicht so grausam dafür schelten dürfen.«

Jagun nickte. »Und dieser Krieg, den Ihr unter den Eingeborenen geschürt hättet. Erkennt Ihr, daß Ihr auch hier unrecht gehandelt habt?«

Sie starrte ihn an. Erst nach langer Zeit antwortete sie. Die Stimme stockte ihr, als sie ungläubig sagte: »Habe ich … habe ich mir Krieg gewünscht, um meine verlorene Macht wieder-

354

herzustellen? O Jagun! Ist es denn möglich, daß ich aus solch niederen Beweggründen gehandelt habe?«

»Nur Ihr könnt wissen, ob Ihr es bewußt getan habt.«

»Das habe ich nicht!« rief sie voller Schmerz aus. »Ich schwöre aus tiefstem Herzen, daß ich nicht aus diesem Grund so gehandelt habe ... nicht wissentlich.« Sie wandte den Blick von ihm ab. Auf ihrem Gesicht war ungläubiges Entsetzen zu lesen. »Aber manchmal erkennt man die Eingebungen seines Herzens nicht. Doch es ist möglich, bei Gott, es ist möglich, daß ich es unbewußt getan habe, mitgerissen von der Macht meiner Gefühle. Du weißt, wie stürmisch und ungeduldig ich bin und daß mein Temperament aufflammen kann wie ein Stück Zunder, an das man eine Feuermuschel hält. Herrscher der Lüfte, erbarmt Euch meiner! Ich erkenne jetzt ... aber was soll ich denn nur *tun*?«

Jagun antwortete: »Ihr könnt versuchen, alles wiedergutzumachen. Das ist immer möglich, solange Ihr nur bereit seid, Euren verletzten Stolz zu überwinden und zu lieben. Liebt die Eingeborenen, die sich von Euch abgewandt haben! Liebt Eure Schwestern!«

»Ich liebe die Eingeborenen aus ganzem Herzen! Das weißt du.« Kadiya war völlig außer sich vor Verzweiflung. »Und ... ja! ... ich würde jetzt mit Freuden zu Anigel gehen, um ihr zu helfen, wenn ich kann, und um mein schändliches Verhalten wiedergutzumachen. Aber sie ist viel zu weit weg. Bei diesem fürchterlichen Wetter würde ich fast zweimal zehn Nächte brauchen, um über die Landroute nach Derorguila zu gelangen.«

»Nein, das würdest du nicht«, sagte die Erzzauberin, die plötzlich erschien.

»Hara! Du sagtest, du würdest zuhören ...« Kadiya war hin- und hergerissen zwischen ihrem alten Groll und der reumütigen Stimmung, in der sie sich gerade befand. »Dann weißt du alles. Sag mir, habe ich mich richtig beurteilt?«

»Beantworte deine Frage selbst, liebe Schwester.«

Kadiya umklammerte mit einer Hand ihr Amulett. »Ich habe Anigel und den Eingeborenen unrecht getan, und auch dir. Das bereue ich zutiefst, und so der Dreieinige es will, werde ich mein möglichstes tun, um alles wiedergutzumachen.«

355

Alle Unruhe fiel von ihr ab, als sie das Amulett wieder losließ.

»Weitsichtige!« rief Jagun aus und deutete auf das Amulett. »Seht!«

Kadiya blickte sprachlos auf ihre Brust herunter. Im Innern des golden glühenden Anhängers sah sie eine winzige Blume mit drei Blütenblättern, die so schwarz wie die Nacht war.

Haramis breitete ihren Mantel aus. Sie winkte Kadiya und Jagun zu sich heran, dann schlug sie die Falten des weißen Stoffes über sie. »Zwei Blütenblätter der Lebenden Drillingslilie sind jetzt wieder vereint«, sagte die Erzzauberin. »Nun ist es an der Zeit, nach dem dritten zu suchen.«

Sie befahl ihrem Talisman, sie alle nach Derorguila zu bringen. Die Welt um sie herum verwandelte sich in buntschillerndes Kristall.

24

Schwarzstimme erwachte mit aschfahlem Gesicht aus seiner Trance. Als die Erzzauberin das zweite Mal in Dezaras erschienen war, hatte er kein Bild mehr von Kadiya bekommen können. Aber er hatte genug gehört und gesehen.

Er nahm das Dreihäuptige Ungeheuer vorsichtig vom Kopf, versteckte es in einer Tasche seines Gewandes und verließ seine Kabine. Der Meister mußte sofort darüber informiert werden, daß sich seine Hoffnungen auf den Krieg, in den er die Herrin der Augen und die Seltlinge von Ruwenda hineinziehen wollte, nicht erfüllt hatten.

Orogastus war in der Prunkkabine des raktumianischen Flaggschiffes, wo er mit dem kleinen Prinzen Tolivar auf einem großen Tisch in der Mitte des Raums sein neues Invasionsspiel ausprobierte. Der Tisch stand auf Kardanringen, so daß er immer waagerecht war, obwohl die große Galeere sich auf die Seite legte, um von den mächtigen Sturmwinden zu profitieren, die die Flotte nach Süden trieben. Orogastus und Tolo schienen auf Luft zu sitzen und schwebten immer ordentlich an ihrem Platz, welche Bewegungen das Schiff auch machte. Als die Stimme durch die schräg stehende Tür hereinstolperte und einen Schwall von Gischt mit sich brachte, las der Zauberer die Gedanken, die das Gehirn der Schwarzstimme förmlich herausschrie. Dann hinderte er seinen Gehilfen daran, mit den schlechten Neuigkeiten in Gegenwart des Jungen herauszuplatzen.

»Ich weiß, was geschehen ist«, sagte Orogastus und nahm den Talisman entgegen, den der Anführer der Stimmen ihm jetzt übergab. »Es ist zwar ein Rückschlag, aber keinesfalls ein entscheidender. Sag nichts davon zu unseren erlauchten Verbündeten. Geh und löse Gelbstimme bei der Überwachung unseres Bestimmungshafens ab und verwende dafür mein Dreilappiges Brennendes Auge. Richte dein Augenmerk besonders auf neue Mitspieler, die am Schauplatz des Geschehens auftauchen, falls es überhaupt möglich ist, diese zu beobachten. Achte darauf, daß du das Brennende Auge nicht einen Augenblick lang unbeaufsichtigt läßt. Sag dem Gelben, er soll zu Purpurstimme gehen und ihm helfen, unsere Männer im Gebrauch der Zaubergeräte zu unterweisen.«

»Allmächtiger Meister, ich höre und gehorche.« Die drahtige kleine Schwarzstimme verneigte sich und ging.

Orogastus legte den Talisman neben der Landkarte auf den Tisch. Prinz Tolivar starrte mit lebhaftem Interesse auf die silberne Krone. »Meine Mutter hat ihn nie von einem anderen berühren lassen, während sie ihn besaß. Sie warnte uns alle, daß der Talisman nur an sie gebunden sei, und wenn jemand anders ihn berühren würde, so wäre er des Todes.«

»Ich habe meinen Stimmen gestattet, die Talismane für die Überwachung bestimmter Ereignisse zu verwenden, die in der Welt stattfinden. Ich habe Wichtigeres zu tun und außerdem keine Lust, meine gesamte Zeit mit diesen Beobachtungen zu verbringen.«

Der Junge streckte vorsichtig die Hand nach dem Talisman aus. »Würdet Ihr es *mir* erlauben, Meister? Es wäre eine große Ehre.«

»Vielleicht später einmal.« Orogastus schob die Krone weg,

so daß Tolo sie nicht mehr erreichen konnte. »Aber nicht jetzt. Wage es nicht, die Talismane zu berühren, Junge. Sie sind sehr mächtig und überaus gefährlich. Deine Mutter, die Königin, hat nicht einmal gewußt, wie gefährlich! Ein halb gedachter Wunsch, geistesabwesend an den Talisman gerichtet, kann entsetzliche Folgen haben. Die Magie kann sich sogar gegen den Talisman selbst richten, wenn die falschen Befehle gegeben werden.«

»Ihr … Ihr könnt ihm nicht einfach befehlen, etwas zu zaubern?«

»Nein. Der Befehl muß sehr deutlich formuliert und in der gebührenden Art und Weise erteilt werden. Macht man es falsch, riskiert man ein Unglück. Ich erlaube meinen Stimmen nur, die Talismane für einfache Dinge zu verwenden, wie zum Beispiel für die Beobachtung anderer. Sie wissen ganz genau, daß sie meine Befehle nicht mißachten dürfen.«

»Aber sie halten sich nicht immer daran«, sagte der Junge mit gekünstelter Beiläufigkeit. »Schwarzstimme hat das kleine rote Buch gelesen, obwohl Ihr allen verboten habt, es aufzuschlagen.«

Orogastus runzelte die Stirn. »Wirklich?«

»Er holt es sich, wenn Ihr schlaft. Ich habe schon oft gesehen, wie er es getan hat, seit wir hier an Bord des Schiffes sind. Er nimmt es mit in die Kabine, die er sich mit Purpurstimme teilt. Vielleicht lesen sie es zusammen.«

»Das ist sehr ungehörig von ihnen«, sagte der Zauberer gelassen. »Vielleicht werde ich das Buch mit einem Zauber versehen müssen, um seine Geheimnisse zu schützen. Wie ich dir schon gesagt habe, ist es ein ganz besonderes Buch.«

Das Gesicht des Prinzen strahlte nur so vor Tugendhaftigkeit. »*Ich* würde es ohne Eure Erlaubnis nie lesen, Meister.«

»Gut.« Der Zauberer deutete auf die Landkarte, die vor ihnen ausgebreitet war. »Laß uns unser Spiel beenden. Ich werde mich bald um andere Dinge kümmern müssen.«

Prinz Tolivar zog seinen unsichtbaren Stuhl näher an den Tisch heran, warf die Knochen und sah sich das Ergebnis an. Er schob die rot bemalte Elfenbeinmarke, die eine seiner Kriegsflotten darstellte, näher an Lakana heran, die große

Hafenstadt in der Nähe von Derorguila an der labornikischen Küste.

»Ich weiß, was du planst«, sagte Orogastus mit einem Lächeln. »Du willst die Truppen in Lakana beschäftigen, die der belagerten Hauptstadt vielleicht zu Hilfe kommen könnten.«

»Ja. In Lakana gibt es schnelle Schiffe. Wenn es wüßte, daß Derorguila von meinen Kriegsschiffen belagert wird, würde es der Stadt helfen.«

Orogastus nickte langsam. »Ich verstehe. Dieser Zug von dir wäre zwar eine gute *Taktik*, aber keine gute *Strategie*. Kennst du den Unterschied?«

»Nein, Meister.«

»Unter einer Taktik versteht man die Manöver, mit denen man Schlachten gewinnt. Ihr liegen kurzfristige Ziele zugrunde. Eine Strategie dagegen verfolgt langfristige Ziele.«

»Ihr meint, den Krieg zu gewinnen?«

»Genau! Ich habe dir zu Beginn unseres Invasionsspiels zu bedenken gegeben, daß deine abtrünnigen laboruwendianischen Verbündeten keine echten Freunde deiner raktumianischen Eroberer sind. Wenn die Piraten Lakana angreifen, wechseln einige – oder sogar alle – Rebellen vielleicht wieder die Seiten, weil viele von ihnen ihre Familien in Lakana haben.«

»Aber vielleicht tun sie es nicht!« Tolos Augen glitzerten verwegen.

Orogastus mischte die Knochen und warf sie. »Wir werden sehen. Ich habe genausoviel Kontrolle über die Rebellen wie du ... aha! Jetzt hab' ich dich!«

Da die Knochen es so wollten, wandte sich Tolos gesamte Rebellenstreitmacht von Derorguila ab, um Lakana zu verteidigen, was es den Anhängern des Zauberers ermöglichte, die geteilte Flotte des bestürzten Prinzen zurückzuschlagen. Nach weiteren fünf Zügen waren Tolos raktumianische Invasoren besiegt. Die Hauptstadt von Derorguila, die Orogastus verteidigt hatte, war wieder sicher.

»Das nächste Mal werde ich gewinnen!« prophezeite Tolo. »Wenn ich an der Reihe bin, Derorguila zu verteidigen. Es ist schließlich mein Zuhause. Ich meine ... es ist mein Zuhause, bis ich nach Tuzamen gehe.«

Orogastus lachte. »Und du würdest dich viel mehr anstrengen, wenn du dein Zuhause verteidigen müßtest ... Ja. Das ist eine jener Ungewißheiten im Krieg. Die Tapferkeit und der Kampfgeist auf beiden Seiten. Selbst eine zahlenmäßig unterlegene und schlecht bewaffnete Armee kann gewinnen, wenn ihr Mut größer ist als der des Gegners.«

Tolo sah den Zauberer scharfsinnig an. »Wenn Ihr *wirklich* gewinnen wollt – mehr als alles andere –, wie würdet Ihr das machen?«

»Keine leichte Frage, mein Junge. Ich bin kein General. Aber wenn du ganz einfach meine Meinung dazu hören willst, würde ich sagen, die wertvollste Waffe im Krieg ist die Überraschung. Wenn ich entschlossen wäre, einen Krieg zu gewinnen, koste es, was es wolle, dann würde ich etwas Unerwartetes tun.«

»Meint Ihr damit, Ihr würdet mogeln?« fragte Tolo zögernd.

»Auf gar keinen Fall. In einem richtigen Krieg sind die Regeln nicht so streng wie bei einem Spiel. Und manchmal gibt es überhaupt keine Regeln.« Orogastus räumte die roten und blauen Marken in eine kleine Truhe aus geschnitztem Horikelfenbein. Die Landkarte, die ihr Spielbrett gewesen war, ließ er liegen. »Aber jetzt mußt du mich verlassen. Geh eine Weile in den Salon nach achtern. Lies einige der Bücher, die ich dir gegeben habe. Ich muß mich jetzt um wichtige Dinge kümmern. Wir sind fast am Ende unserer Reise, und die große Überraschung, die ich dir versprochen habe, wird bald enthüllt werden.«

»Oh, sagt mir doch bitte, wohin wir gehen!« bat der Prinz. »Niemand außer dem Steuermann weiß, wo wir sind, aber er will es mir nicht sagen. Reisen wir zum Schloß Tenebrose in Tuzamen? Hoffentlich ist das unser Ziel! Ich will all diese Zaubergeräte sehen! Oder segeln wir zurück zu den Inseln unter dem Verlorenen Wind, um die bösen Eingeborenen zu bestrafen und ihren Schatz zu rauben?«

»Geduld! Du wirst es noch früh genug herausfinden. Jetzt geh.«

Der Junge fiel aus der Luft auf das schräg stehende Deck, das von einem Teppich bedeckt war. Vorsichtig ging er zu der Tür hinaus, die in die kleine Kabine achtern führte. Diese war zu einer behelfsmäßigen Bibliothek hergerichtet worden und diente jetzt als Arbeitszimmer für den Zauberer.

Orogastus verschloß die Tür mit einem Fingerschnippen und saß eine Weile schweigend da. Dann setzte er das Dreihäuptige Ungeheuer auf. »Zeig mir die Erzzauberin Haramis«, flüsterte er.

Vor seinem inneren Auge bildete sich eine wirbelnde Masse aus Licht, ein Strudel in allen Farben des Regenbogens, der die Kabine des Schiffes verschwinden ließ. Wie immer setzte er seine ganze Willenskraft ein, als er dem Talisman befahl, ihm die Erzzauberin zu zeigen. Er streckte die Hand nach *ihr* aus und bat sie, ihm endlich gegenüberzutreten, von Geist zu Geist. Aber als der Talisman schließlich zu ihm sprach, wiederholte er nur wieder denselben entmutigenden Satz, den Orogastus bereits zuvor gehört hatte.

Die Erzzauberin Haramis gestattet Euch nicht, sie zu sehen oder mit ihr zu sprechen.

»Dann laß sie mit mir sprechen!« verlangte der Zauberer. »Sag ihr, daß immer noch Zeit ist, das furchtbare Blutvergießen zu verhindern, mit dem übermorgen in Derorguila begonnen wird. Sie kann für Frieden sorgen, wenn sie anhört, was ich ihr zu sagen habe.«

Sie weiß, was Ihr sagen wollt, und lehnt jegliche Übereinkunft mit Euch ab.

»Der Teufel soll diese Frau holen! ... Sie kann doch nicht meine Gedanken lesen! Ich will ihr etwas ganz Neues vorschlagen! Talisman, bitte sie inständig, mich anzuhören. Wenn sie mich dann zurückweist, so soll es von Angesicht zu Angesicht geschehen!«

Die Erzzauberin Haramis gestattet Euch nicht, sie zu sehen. Sie wird erst dann mit Euch sprechen und Euch von Angesicht zu Angesicht gegenübertreten, wenn sie es wünscht.

Orogastus stöhnte und riß sich den Talisman mit einem Fluch vom Kopf. Die wirbelnden Farben verschwanden, und er sah wieder die mit Gold und Malereien geschmückte

361

Holzvertäfelung im Salon des raktumianischen Flaggschiffes. Er seufzte.

Das Porträt der Königlichen Regentin, das an einem Ehrenplatz über der Anrichte in der größten Kabine des Schiffes gehangen hatte, war inzwischen durch ein einfaches Seegemälde ersetzt worden. König Ledavardis wollte nicht, daß sein unschönes Gesicht öffentliche Orte zierte. Orogastus runzelte verärgert die Stirn, als er daran dachte, wie der junge Mann sich geweigert hatte, die Befehlsgewalt über seine Piraten an den tuzamenischen Kriegsherrn Zokumonus abzugeben. Er hatte vor, seine acht Brigaden beim Angriff auf Derorguila selbst anzuführen.

Er würde den Koboldkönig während des bevorstehenden Überfalls gut beobachten müssen und nicht nur auf Zeichen von Schwäche oder Verrat achten. Sollte Ledavardis sterben oder schwer verwundet werden, würden die Raktumianer wahrscheinlich völlig außer Kontrolle geraten. Mit den wankelmütigen Freibeutern und den gerissenen Abtrünnigen würde die Invasion eine riskante Sache sein. Orogastus wußte, daß er es noch nicht vermochte, mit seinen beiden Talismanen große Wunder zu vollbringen. Er konnte sie zwar einsetzen, um seine Truppen zu verteidigen und die Feindbewegungen auszukundschaften, aber er war weniger zuversichtlich, wenn es um ihr Angriffspotential ging. Diesen Krieg würde er nicht mit dem Dreihäuptigen Ungeheuer oder dem Dreilappigen Brennenden Auge gewinnen.

Aber über das Endergebnis hatte der Zauberer keinen Zweifel. Die Verteidiger waren zahlenmäßig unterlegen und konnten einfach nicht gewinnen, und er besaß die Zauberwaffen des Versunkenen Volkes, während die Zwei Königreiche nur Haramis hatten.

Sie sollte sich zum Teufel scheren! Warum konnte er sie sich nicht ein für allemal aus dem Kopf schlagen? Sein großer Plan brauchte sie nicht. *Er* brauchte sie nicht!

»Wenn sie sich mir nicht anschließen will, dann wird sie mit all den anderen sterben müssen«, sagte er laut zu sich selbst.

Es dauerte einige Minuten, bis er seine Fassung wiedererlangt hatte. Dann befahl er der Krone, ihm die Position der ruwendianischen Streitkräfte zu zeigen, die Var zur Seite geeilt waren, um Zinora und seine Verbündeten, die Piraten, vertreiben zu helfen. Dieser Kampf war bereits vorbei, und die siegreichen ruwendianischen Krieger befanden sich wieder auf dem Weg zurück in ihre Heimat.

Auf der Landkarte vor ihm tauchten vereinzelt leuchtende Punkte entlang des Großen Mutar auf, weit unten im Süden im riesigen Tassalejo-Wald, der die nicht genau festgelegte Grenze zwischen Ruwenda und Var bildete.

Das war gut. Unmöglich konnten sie Derorguila zu Hilfe eilen.

Als nächstes kundschaftete er Lord Osorkon und seine Rebellen aus. Er war beruhigt, als er sah, daß sie sich in einem kleinen Wäldchen etwa vierzig Meilen westlich der labornikischen Hauptstadt verborgen hatten. Ihre Anwesenheit hatten sie nur geheimhalten können, indem sie die unglücklichen Köhler umbrachten, die dort wohnten, zusammen mit ein paar glücklosen Reisenden, die zufällig auf der kleinen Straße dahergekommen waren, der einzigen Durchgangsstraße des Waldes. Die Anwesenheit der auf der Lauer liegenden Armee würde jedoch nicht sehr viel länger geheimgehalten werden können. Selbst wenn Haramis sie nicht entdeckte, war es nur noch eine Frage der Zeit, bis Antar bemerken würde, daß Osorkon und seine Provinzherren nicht unter den bewaffneten Männern und Rittern waren, die ins Land strömten, um Derorguila zu verteidigen.

Nun gut. Es sah so aus, als ob sich die Dinge so zufriedenstellend wie nur möglich entwickelten. Die Raktumianer mußten gewarnt werden, daß vielleicht königstreue Schiffe aus Lakana an ihrer Flanke auftauchen könnten, aber das war ein leichtes. Orogastus lachte laut. Noch eine wichtige Information, die ihm der ahnungslose Tolo geliefert hatte! Der Junge hatte außerdem noch einige wichtige Details über die Befestigungsanlagen um den Palast herum verraten. Haramis würde zweifellos versuchen, ihre Schwester mit Zauberei zu verteidigen, aber am Ende würden Königin Anigel, Kronprinz Nikalon und Prinzessin Janeel entweder gefangengenommen oder getötet werden, und auch Kadiya, falls diese sich entschließen sollte, ihrer Schwester zur Seite zu stehen.

Wenn sie alle hingerichtet waren, Antar im Kampf gefallen war und wenn der widerliche Lord Osorkon seine gerechte Belohnung erhalten hatte (Überläufer sollte man nie am Leben lassen), würde der kleine Prinz Tolivar der einzige lebende Erbe für den Thron von Laboruwenda sein. Es würde ein gefügiger Vasallenstaat von Raktum werden ... solange Orogastus Gefallen daran fand, dem Koboldkönig seinen Willen zu lassen.

Stück für Stück würde sich sein Plan zusammenfügen. Und es würde sogar alles Rechtens sein.

Orogastus nickte befriedigt, als ihm diese und andere Gedanken durch den Kopf gingen. Die Welt war noch nie so bereit für seine Herrschaft gewesen: blutjunge Könige in Raktum und Zinora, und bald auch in Laboruwenda. Senile Monarchen auf den Inseln von Engi, und ein jämmerlicher Trottel auf dem Thron von Var. Imlit und Okamis waren Republiken, die von schwachen Kaufleuten verwaltet wurden, während das reiche Galanar im Süden von einer alternden Frau regiert wurde, die nur dumme Töchter als Erben hatte. Sobrania mit seinen zähen Barbaren würde schon etwas schwieriger zu unterwerfen sein, aber nach einiger Zeit würde auch dieses Land fallen ... und die ganze bekannte Welt würde ihm endlich zu Füßen liegen.

Dann gäbe es keinen Zauber mehr, den er nicht zustande bringen konnte! Selbst wenn der dritte Talisman nicht sofort in seinen Besitz kam – irgendwann würde es doch soweit sein. Endlich würde die Gemeinschaft des Sterns herrschen, nach zwölftausend Jahren des Wartens.

Der Stern ...

Seine neuen Mitglieder mußten ihrem Meister treu ergeben sein.

Orogastus runzelte mißbilligend die Stirn, als er daran dachte, was Tolo ihm über Schwarzstimme erzählt hatte, daß dieser heimlich in dem kleinen roten Buch las. Auch wenn er die Angelegenheit dem kleinen Prinzen gegenüber heruntergespielt hatte, war der Zauberer tief beunruhigt angesichts dieses Hinweises auf die Ungehorsamkeit seines ersten Gehilfen. Der Schwarze war trotz seiner schwächlichen Statur die fähigste der Stimmen, am besten geeignet für eine baldige Einführung in die Gesellschaft des Sterns. Aber war die Ergebenheit seinem Meister gegenüber wirklich aufrichtig? Und wie stand es mit der Treue der Gelben und der Purpurroten Stimme?

Nachdem er nachgedacht hatte, traf Orogastus widerstrebend eine Entscheidung.

Was getan werden mußte, konnte er jetzt nicht mehr aufschieben. Bevor die Hektik des Krieges begann, mußte er ein für allemal feststellen, ob ihm die drei Stimmen wirklich treu ergeben waren – oder ob Unzufriedenheit und Eifersucht ihre Überzeugung vergiftet hatte.

Er setzte sich die Krone wieder auf das Haupt und rief seine Gehilfen herbei.

Schwarzstimme, Gelbstimme und Purpurstimme eilten in den Salon. Der Wind hatte sich etwas gelegt, und das große Schiff segelte jetzt auf ebenem Kiel. Schwarzstimme, der mit dem Dreilappigen Brennenden Auge Dezaras und Derorguila überwacht hatte, erzählte seinem Herrn sofort, daß die Bewohner des Uisgu-Dorfes in heller Aufregung über das geheimnisvolle Verschwinden von Kadiya und Jagun waren.

»Einige von ihnen befürchten, Ihr hättet sie entführt, Allmächtiger Meister«, sagte Schwarzstimme zu dem Zauberer. »Wir wissen, daß das unmöglich ist, woraus wir den Schluß ziehen müssen, daß sie von der Erzzauberin weggezaubert worden sind.«

Orogastus erhob sich und fing an, auf und ab zu gehen, während er über diese höchst unerfreuliche Möglichkeit nachdachte. War es möglich, daß Haramis einen solch eindrucksvollen Trick gelernt hatte? Er wußte nicht, was sie in den letzten zwölf Jahren getan hatte. Aber wenn sie Menschen mit Hilfe von Zauberei von einem Ort zum anderen befördern konnte, warum hatte sie dann Antar und die Kinder nicht gerettet? Warum hatte sie dann nicht ruwendianische Soldaten herbeigeschafft, damit diese bei der Verteidigung von Derorguila halfen? Orogastus versuchte erst gar nicht, seinen Talismanen diese Fragen zu stellen. Sie schwiegen unerbittlich, wenn es um die Erzzauberin und ihre Angelegenheiten ging.

Schwarzstimme setzte seinen Bericht fort. »Ich konnte keine Spur der Herrin Kadiya in Derorguila entdecken. Aber wenn sie unter dem magischen Schutz der Erzzauberin steht, dann ist sie für den Talisman genauso unsichtbar wie die Weiße Frau selbst. Allmächtiger Meister, dieser Vorfall könnte von größter Bedeutung sein. Wenn die Erzzauberin Menschen wegzaubern kann, wird sie dann nicht die Königin und die beiden älteren Königskinder aus Derorguila herausbringen, wenn wir angreifen? Das würde Euren Plan vereiteln, nach dem Tod der Königsfamilie Prinz Tolivar zum Erben der Zwei Königreiche zu machen, damit er dann Labornok und Ruwenda an Euch ausliefert.«

»Das glaube ich nicht«, erwiderte der Zauberer nach kurzem Nachdenken. »Selbst wenn Anigel dem Tode entrinnt, könnte sie unseren Sieg nicht verhindern. Sie ist keine Kriegerin wie ihre Schwester Kadiya. Wir können jederzeit bekanntgeben, daß sie und ihre Kinder umgekommen sind. Laboruwenda wird schon längst kapituliert haben, bevor die Königin dies dementieren und eine kleine Armee um sich scharen kann, um sich uns zu widersetzen.«

»Ihr habt zweifellos recht, Allmächtiger Meister«, sagte Purpurstimme. »Nicht einmal die Erzzauberin kann eine Armee von dreizehntausend Mann zurückschlagen.«

»Wenn sie es könnte«, sagte der Zauberer mit einem Lächeln auf den Lippen, »hätte sie es schon längst getan. Noch vor Ablauf einer Stunde wird unsere Flotte vor der Küste von Labornok in Stellung gehen. Lord Osorkons Männer sind bereit zum Angriff. Wir müssen jetzt nur noch die Ausbildung der tuzamenischen Krieger beenden, die mit den Waffen des Versunkenen Volkes kämpfen sollen. Wir werden an unserem Plan festhalten und Derorguila übermorgen angreifen ... Und dies führt uns zu dem Grund, weshalb ich euch, meine geliebten Stimmen, zu mir gerufen habe.«

Er streckte die Hand nach dem Dreilappigen Brennenden Auge aus. Schwarzstimme verneigte sich unterwürfig und reichte es Orogastus. Die drei Gehilfen standen erwartungsvoll nebeneinander da. Der Zauberer hielt den Talisman an seiner stumpfen Klinge, so daß die drei Kugeln auf dem Knauf nach oben wiesen. Auf dem Kopf trug er das Dreihäuptige Ungeheuer.

»Stimmen, in letzter Zeit habe ich Dinge gehört, die mich mit Besorgnis erfüllen: daß einige von euch eifersüchtig auf den kleinen Prinzen Tolivar sind und sich über die Pläne, die ich mit ihm habe, ärgern; daß einige von euch befürchten, ich bedürfte eurer nicht mehr, jetzt, da ich zwei Talismane habe, mit denen ich meine Zauberkräfte steigern kann; daß einige von euch meinen ausdrücklichen Befehl mißachtet haben, das kleine rote Buch mit dem Titel *Geschichte des Krieges* nicht anzufassen. Schlimmer noch, zweimal habe ich die Sternentruhe gesucht und sie erst gefunden, als ich die Hilfe der Talismane in Anspruch genommen habe. Und dann fand ich die Truhe dort, wo jemand sie zurückgelassen hatte, der sie offensichtlich in aller Heimlichkeit untersuchen wollte.«

Die drei Stimmen verneinten dies heftig und beteuerten ihre Loyalität zu ihm. Orogastus hob die Hand und gebot Schweigen. »Ihr braucht nichts dazu zu sagen. Dieser Talisman« – er hob das Schwert ohne Spitze empor – »wird die Wahrheit schon in Erfahrung bringen.«

Die drei Gehilfen starrten auf den Knauf mit den drei schwarzen Kugeln. Allmählich verstanden sie. Auf der Stirn und den geschorenen Köpfen von Gelbstimme und Purpurstimme brachen Schweißperlen aus. Schwarzstimme in seinem düsteren Gewand wurde totenbleich.

»Es gibt Sünden, über die man hinwegsehen kann«, fuhr Orogastus fort. »Sünden wie unkluge Neugierde oder Verdrießlichkeit oder boshafte Bemerkungen, die nicht wirklich so gemeint sind. Sie können leicht bereut und leicht vergeben werden. Aber es gibt auch andere Sünden, die die Seele so beflecken, daß keine Vergebung im diesseitigen Leben möglich ist, und diese Sünden mag der Himmel vergeben, aber ich werde es nicht tun! Dazu gehören jene schändliche Eifersucht, die der beneideten Person Böses wünscht, sowie Untreue gegenüber dem Meister und die Gier nach der Macht des Meisters.«

Orogastus hielt den Talisman vor Purpurstimme. »Lege deine Hand auf den Knauf und schwöre, daß du in deiner Seele keine jener Todsünden verbirgst, die ich gerade aufgezählt habe.«

Dessen Lippen zitterten, und vor Angst standen Tränen in seinen Augen, als die Stimme die drei Kugeln berührte. »Ich ... ich schwöre es«, flüsterte er.

Die Kugeln öffneten sich, und drei Augen starrten Purpurstimme für kurze Zeit an. Dann schlossen sie sich wieder, und der Mann schien wie ein angestochener Ballon in sich zusammenzusinken. »Sie haben mich nicht getötet!« rief er mit schriller Stimme aus, dann verbarg er das Gesicht in den Händen und brach in lautes Schluchzen aus.

Nicht ohne Mitleid sagte Orogastus: »Fasse dich, Purpurstimme. Du hast die Prüfung bestanden, und bald wirst du in die mächtige Gemeinschaft des Sterns aufgenommen werden.«

Purpurstimme schluckte, und schlagartig versiegten seine Tränen.

»Und nun du, Gelbstimme«, sagte Orogastus.

Der stämmige Gehilfe im safrangelben Gewand war entweder mutiger oder tugendhafter als sein Bruder. Er wankte nicht, als er die Kugeln berührte. Die Augen der Eingeborenen, der Menschen und des Versunkenen Volkes öffneten sich, sahen ihn an und schlossen sich wieder. Gelbstimme atmete hörbar auf.

»Auch du, meine Stimme, hast dich als unschuldig erwiesen«, sagte Orogastus. »Und nun zur letzten Prüfung.«

Einen Augenblick lang zögerte der Anführer der Gehilfen und sah Orogastus in die Augen. Auf seinem bleichen Gesicht war ein leises Bedauern zu lesen, als er ohne jede Regung sagte: »Wir haben unser Leben – und unsere Persönlichkeit – mit Euch verschmolzen, Allmächtiger Meister. Wir haben Euch mit all unserer Kraft gedient. Und doch, als die Zeit kam, Euren Erben zu wählen, habt Ihr nicht einen von uns dazu ausersehen. Ihr hättet alles diesem jämmerlichen

Balg gegeben … aber nicht uns, die wir Euch über alle Maßen geliebt haben.«

Herausfordernd schlug er die Hände auf die drei Kugeln, und als sich die Augen des Talismans öffneten, starrten sie ihn böse an. Ein blauweißer Lichtstrahl brach aus ihnen heraus und traf Schwarzstimme mitten in die Stirn. Ohne einen Laut fiel er auf das mit Teppichen ausgelegte Deck. Sein schwarzes Gewand war unversehrt, während der Körper darin verkohlt war.

Orogastus wandte sich ab, damit die anderen beiden ihm nicht ins Gesicht sehen konnten. »Entfernt den Leichnam und übergebt ihn dem Meer. Dann kannst du, Gelbstimme, zurückkommen und dir das Dreilappige Brennende Auge holen. Fahre fort mit der sorgfältigen Beobachtung von Derorguila, während Purpurstimme die Ausbildung der Truppen zu Ende führt.«

»Allmächtiger Meister, wir hören und gehorchen.« Starr vor Entsetzen knieten sich die Gehilfen nieder, um die Überreste ihres verstorbenen Bruders aufzusammeln.

Auf der anderen Seite der Tür, die zum Salon führte, entfernte sich Prinz Tolivar zitternd vom Schlüsselloch. Dann verkroch er sich in die dunkelste Ecke der Kabine und steckte den Daumen in den Mund. Er wurde fast verrückt vor Angst. Hatte nicht auch er die Macht der Talismane begehrt? Hatte er nicht eine Sünde begangen, die noch viel schlimmer war? Oh, warum nur hatte er der Versuchung nachgegeben?

Wenn es dem Meister jemals einfallen sollte, *ihn* zu prüfen, würde er ganz sicher zu Tode kommen – genau wie Schwarzstimme.

Und das Invasionsspiel, das Orogastus und er miteinander gespielt hatten, war überhaupt kein Spiel! Der Zauberer segelte nach Derorguila, und er und die Piraten würden *wirklich* in die Stadt einfallen. Und Mutter und Vater und Niki und Jan töten … und *ihn* als ihre Marionette benutzen, so wie die schreckliche Piratenkönigin den Kobold benutzt hatte.

»Ich war ein dummes kleines Kind«, sagte Tolo zu sich, »so wie Vater es gesagt hat.« Er hätte zu weinen angefangen, wenn ihm nicht klar gewesen wäre, daß er, gäbe er auch nur einen Laut von sich oder verriete auf sonstige Weise, daß er gehört hatte, was in der Kabine nebenan geschehen war, so schnell wie Schwarzstimme sterben würde.

Und so kletterte Prinz Tolivar auf ein Sofa, öffnete eines der Bullaugen und atmete den kalten, nach Salz riechenden Nebel von draußen ein. Als sich seine Angst wieder etwas gelegt hatte, setzte er sich mit einem der Bücher, die der Zauberer ihm gegeben hatte, nieder und zwang sich, es zu lesen. Seine Lippen bewegten sich, als er lautlos die einzelnen Worte formte.

Über eine Stunde später sperrte Orogastus die Tür auf und sagte, daß es jetzt Zeit für das Essen sei. »Wie ist es – hast du bei deinen Studien viel gelernt?«

Tolo kicherte schüchtern. »Nicht soviel, wie ich hätte lernen sollen, Meister. Es tut mir leid, aber ich habe fast die ganze Zeit über geschlafen. Es ist sehr anstrengend, diese langen Wörter zu lesen, und ich war nach unserem schönen Spiel so müde.«

»Das macht nichts«, sagte der Zauberer freundlich. »Du wirst später noch viel, viel Zeit zum Lesen haben.«

Er nahm den kleinen Jungen an der Hand, und zusammen gingen sie in die Messe, wo König Ledavardis, General Zokumonus und die Adligen aus Raktum und Tuzamen schon auf sie warteten.

25

»Da! Hast du es denn diesmal gespürt?«

Königin Anigels Stimme klang schrill und angespannt, und ihre Hand fuhr unwillkürlich an den Ausschnitt ihres Kleides, wo das Bernsteinamulett zwischen den Falten des schweren Wollstoffes verborgen lag. Sie stand mit König Antar am Fenster ihres Salons ganz oben in dem mächtigen Burgfried des Palastes von Derorguila. Sie hatten zu Abend gegessen und dann das nachlassende Treiben in den Höfen unten beobachtet, als sich das nächste Beben ereignete. Dieses Mal waren die Erdbewegungen so stark, daß die Gläser auf dem Tisch leise klirrten und die vergoldeten Hängelampen zu schwingen begannen.

Der König ergriff die eiskalte Hand seiner Frau. Obwohl im Kamin ein loderndes Feuer brannte, war der Raum frostig. »Ja, ich habe es gespürt. Es war ganz sicher ein schwaches Erdbeben. Aber daran ist nichts Unheimliches, Geliebte. Als ich noch ein kleiner Junge war, gab es auch manchmal solche Störungen, aber sie haben nie einen Schaden angerichtet.«

»Das hier ist etwas anderes«, beteuerte die Königin, deren saphirblaue Augen voller Angst waren. »Tief in mir spüre ich, daß eine furchtbare Katastrophe auf uns zukommt. Und damit meine ich nicht nur Orogastus und seine niederträchtige Piratenflotte! Etwas viel Schlimmeres. Die Erdbeben sind ein weiteres Anzeichen dafür, daß die Welt immer mehr aus dem Gleichgewicht gerät. Und ich bin schuld daran.«

»Kein Wort mehr, Geliebte. Kein Wunder, daß du so überreizt bist, jetzt, da die Raktumianer jeden Augenblick angreifen können.«

Antar legte ihr zärtlich einen Finger auf die blutleeren Lippen und nahm sie in die Arme. Er hatte die dick gepolsterte Unterkleidung aus Leder an, die unter der Rüstung getragen wird, denn er wollte am Abend noch einen Rundgang über die Befestigungsanlagen machen. Sein Gesicht sah abgespannt aus, und unter den Augen hatte er tiefe Ringe, weil er nicht genug geschlafen hatte. In den letzten sechs Tagen – seit dem Tag, an dem sie die Erzzauberin vor Orogastus' geplanter Invasion gewarnt hatte – hatten sie beide hart und lange gearbeitet. Aber mit bloßer Erschöpfung konnte der an Hysterie grenzende Zustand der Königin nicht erklärt werden, und Antar machte sich um sie ebenso viele Sorgen wie um die Verteidigung seiner Hauptstadt.

»Beinahe zehntausend Piraten!« flüsterte Anigel und klammerte sich an ihren Gemahl. »Vielleicht nähern sie sich jetzt schon, unter der Deckung des Sturmes, der Stadt!«

»Aber deine Schwester, die Erzzauberin, hat mir heute morgen noch einmal versichert, daß die Invasion erst über-

371

morgen beginnen soll. Und sie hat versprochen, uns bei der Abwehr von Orogastus' Schwarzer Magie zu helfen, damit es ein Kampf Mann gegen Mann wird, falls das überhaupt möglich sein sollte.«

»Haramis hat versprochen, uns zu helfen, aber sie will nicht sagen, wie! Warum war sie so ausweichend, als es um ihre neuen Kräfte ging? Als ich sie anflehte, die Piratenflotte mit ihrem Talisman zu zerstören, sagte sie, das könne sie nicht! Obwohl ich ihr mitteilte, daß nur viertausend geübte Krieger unserem Ruf nach den Waffen gefolgt sind, behauptet sie, daß sie es nicht vermag, die zurückkehrenden ruwendianischen Truppen durch Zauberei nach Derorguila zu bringen.«

»Wenn Lord Osorkon und seine Armee uns treu ergeben bleiben, so wie ich dies immer noch hoffe, werden wir genügend Verstärkung haben, um den Feind zurückzuschlagen, selbst wenn wir zahlenmäßig noch immer unterlegen sind. Derorguilas Verteidigungsanlagen sind stark. Raktum hat uns in den vergangenen hundert Jahren fünfmal erfolglos angegriffen. Selbst wenn die Blockade an der Straße von Dera versagt, werden die Bombarden auf der befestigten Anhöhe zu beiden Seiten der Hafeneinfahrt gewiß jeden Versuch der Invasoren verhindern, an Land zu gehen. Was die Hilfe angeht, die wir vielleicht von der Weißen Frau erhalten, so müssen wir das schon ihr überlassen. Sie sagte, sie werde zu uns kommen, wenn sie kann. Bis dahin bleibt mir nichts anderes übrig, als besonnen die notwendigen Vorbereitungen zu treffen und den Dreieinigen und die Herrscher der Lüfte um ihren Schutz anzuflehen.« Er legte seine Hände um Anigels Gesicht. »Und das mußt auch du tun, Geliebte. Bete auch du, daß meine Kraft und mein Mut mich nicht verlassen.«

»Es tut mir leid«, flüsterte Anigel und schmiegte sich an ihn. »Was bin ich doch für eine törichte Närrin. Mit meinen schauerlichen Phantasien mache ich alles nur noch schlimmer.«

Er küßte sie. »Ich liebe dich. Vergiß das nicht.«

Es regnete immer noch in Strömen, und von Zeit zu Zeit schlugen kleine Eiskügelchen an das Fensterglas. Eisregen an einem Ort, der so weit südlich lag wie Derorguila, und obendrein noch in der Trockenzeit! Der König unterdrückte ein Schaudern. An Anigels seltsamer Vorahnung von einer weltweiten Katastrophe war vielleicht doch etwas Wahres ...

Obwohl die Sonne gerade erst untergegangen war, lag die Stadt vor ihnen, eingehüllt in einen eisigen Nebel, schon in beinahe so vollkommenem Dunkel wie bei tiefster Nacht. Die Straßenlampen und die Feuer der Wachen auf dem Schutzwall um den Palast herum brannten bereits. Ihr Rauch vermischte sich mit dem Dunst, der über der weit auseinandergezogenen Hauptstadt lag. Derorguila, die größte und reichste Stadt der Halbinsel, machte sich bereit, die raktumianische Invasion zurückzuschlagen.

In den Bereichen innerhalb der Palastanlage wimmelte es nur so von gerade erst angekommenen Truppen, Soldaten, Rittern, die auf Kriegsfronlern ritten, und Wachkommandos. Draußen vor dem Palast kamen gerade einige verspätete Karren die Promenade herauf, voll beladen mit Nahrungsmitteln, Feuerholz und Munition für die Katapulte. Fackeln schwenkende Offiziere trieben die Fuhrmänner an und sorgten zwischen den langsam nachlassenden Strömen aus Wagen und Fußgängern für Ordnung. Fast alle Menschen, die nicht am Kampf beteiligt sein würden und aus der Stadt gewiesen worden waren, hatten sie bereits verlassen. An den Häusern in Palastnähe, deren Besitzer nicht in panischer Angst die Flucht ergriffen hatten, nagelten Diener gerade Bretter vor die Fenster der unteren Stockwerke.

Der Himmel über dem Meer glühte rot im Widerschein der großen Feuer, die entlang des Hafens entzündet worden waren. Die größeren Schiffe der laboruwendianischen Flotte hatten den Hafen bereits verlassen, um die Armada der Piraten anzugreifen, wenn sich diese der Küste näherte; und jetzt nahmen die kleineren Schiffe, die man aneinanderketten und als Blockade des Hafeneingangs verwenden wollte, Männer und Vorräte an Bord und machten sich bereit, in Position zu gehen.

Ein Windstoß heulte auf und schleuderte noch mehr Eis wie eine Handvoll Sand an das Fenster.

»Was für ein scheußliches Wetter!« Anigel schlug ihren dicken Schal enger um die Schultern. »Unsere Krieger sind nicht richtig dafür ausgerüstet, bei einer solchen Kälte zu kämpfen, und die Zivilisten, die aufs Land geflüchtet sind, werden fürchterlich leiden, wenn die Belagerung der Stadt länger dauern sollte.«

»Wenn Osorkon und die anderen Provinzherren uns die Treue halten, haben wir noch Hoffnung, die Oberhand zu gewinnen. Sie können mindestens dreitausend Mann aufbieten, und da wir uns in einer defensiven Position befinden, dürfte dies als Verstärkung ausreichen. Das schlechte Wetter ist eher ein Nachteil für den Feind als für uns.«

»Aber wird Osorkon denn kommen?« zweifelte die Königin. »Ich weiß, daß er uns weiterhin seine Treue versichert und abstreitet, am Komplott seiner Schwester Sharice beteiligt gewesen zu sein. Aber er und seine Anhänger haben sich immer gegen die Anwesenheit von Ruwendianern in der Regierung der Zwei Königreiche ausgesprochen.«

»Osorkon wird kommen«, beharrte der König. »Vor wenigen Stunden erst kam ein Bote aus Kritama mit der Nachricht, daß seine Truppen unterwegs seien. Sie hätten sich schon früher auf den Weg gemacht, wenn nicht die Straßen in den westlichen Provinzen durch das Unwetter beinahe unpassierbar wären.«

»Wenn ich nur meinen Talisman hätte!« seufzte Anigel. »Damit könnte ich jetzt Osorkon auskundschaften und feststellen, ob er sich wirklich auf Gedeih und Verderb mit unseren Feinden zusammengetan hat, wie Owanon und Lampiar glauben. Der Talisman würde mir auch erlauben, einem entsetzlichen Gerücht nachzugehen, das Lady Ellinis heute von einem der Fuhrmänner gehört hat.«

»Und was ist das für ein Gerücht?«

Anigel zögerte. Ihre Antwort war voll schrecklicher Vorahnungen. »Es sollen Seltlinge aus den entlegenen Bergtälern weit im Westen in die Ebene heruntergekommen sein, die von der großen Kälte aus ihren angestammten Gebieten vertrieben wurden. Sie erzählten den Bauern, daß das Eis wieder in Bewegung sei und die Welt verschlingen werde, wenn ihr Gleichgewicht nicht wiederhergestellt wird.«

»Unsinn!« spottete der König. »Die Unwetter sind gewiß das Werk dieses schändlichen Zauberers. Er setzt das Wetter als Waffe ein. Schon früher hat er sich damit gebrüstet, daß er dem Sturm befehligen könne. Aber er wird es nicht wagen, sich noch länger einzumischen, denn sonst könnten seine eigenen Leute gefährdet werden. *Beim Heiligen Zoto!*«

Wieder wurden die mächtigen Steinmauern des Burgfrieds von einem Erdbeben erschüttert. Diesmal war es so stark, daß eine Wolke aus schwarzem Ruß aus dem Kamin quoll, der das Feuer fast erstickte. Zwei kleine Fensterscheiben zerbrachen, und die Rüstung des Königs, die auf einer Truhe bereitgelegt worden war, fiel klirrend auf den Steinboden. Anigel vergrub den Kopf an der Brust ihres Gemahls, gab aber keinen Laut von sich, während das Gebäude weiterbebte.

Dann war alles wieder ruhig.

»Es ist vorbei«, sagte Antar. »Wir sollten besser einen schnellen Rundgang machen und nachsehen …«

Jemand hämmerte an die Tür.

»Tretet ein!« rief der König.

Lord Penapat, der Haushofmeister, stand auf der Schwelle. Sein rundes Gesicht war ganz blaß. Dicht hinter ihm waren drei Gestalten mit Kapuzenmänteln zu sehen.

»Euer … Euer Gnaden, diese ehrwürdigen Damen und ihr Begleiter sind gerade angekommen und ersuchen um eine Audienz bei Euch und der Königin.«

Eine Frau in einem weißen Mantel drängte sich an ihm vorbei und trat ins Zimmer. »Wir haben allerdings nicht erwartet, daß man uns gleich mit einem Erdbeben begrüßen würde.«

»Hara!« rief Königin Anigel freudig aus, als sie ihre ältere Schwester erkannte. Sie eilte zu ihr. »Gott sei Dank! Und du bist wirklich hier, nicht nur ein Abbild deiner! Wie wunderbar!« Die beiden umarmten sich. »Bist du auf einem Lämmergeier hierhergeflogen?«

»Nein. Mein Talisman kann mich jetzt an jeden Ort der Welt bringen, zusammen mit jenen, die ich berühre.« Kadiya und Jagun, der Nyssomu, kamen vom Korridor herein, und Anigel starrte die beiden erstaunt an.

375

»Du kannst *sie* mit deiner Zauberkraft transportieren, aber du kannst keine Verstärkung aus Ruwenda bringen?«

»Ich kann nicht genügend Männer so rechtzeitig hierherbringen, daß es euch etwas nützt«, sagte die Erzzauberin. »Die ruwendianischen Krieger sind erschöpft, und viele von ihnen müssen sich noch von den Wunden erholen, die sie in Var erlitten haben. Es ist besser, wenn ich meine Zauberkräfte nutzbringender einsetze.«

»Sag uns, wie ... *oh!* Gott, steh uns bei! Es geht schon wieder los!«

Der Palast wurde erneut von einem kleineren Erdbeben heimgesucht.

Haramis hob ihren Talisman und murmelte einige Worte, die keiner hören konnte. Dann sagte sie: »Ich habe die Erde unter Derorguila untersucht. Zur Zeit besteht nicht die Gefahr eines schweren Erdbebens.«

»Wir müssen unseren Leuten sagen, daß sie sich keine Sorgen zu machen brauchen«, entschied der König. »Penapat, geht und verbreitet die Neuigkeit, daß die Erzzauberin hier ist und uns beschützen ...«

»Nein!« rief Haramis aus. »Niemand außer den Anwesenden darf wissen, daß ich hier bin. Und ihr dürft mich nicht verraten. Orogastus beobachtet euch unablässig mit seinen Talismanen. Meine Hilfe für euch wird am wertvollsten sein, wenn der Zauberer keine Ahnung hat, wo ich bin oder was ich vorhabe.«

»Aber die Menschen werden Angst vor weiteren Beben haben«, sagte der König. »Können wir sie denn nicht beruhigen?«

Haramis überlegte kurz, dann erhellte sich ihr Gesicht. »Lord Penapat, geht zu dem Gelehrten Lampiar. Laßt ihn bekanntgeben, seine Geomantiker hätten festgestellt, daß die Erdbeben jetzt vorüber sind und nichts mehr zu befürchten ist. Aber denkt daran! Sagt nichts von meiner Anwesenheit hier, und erwähnt auch die Herrin Kadiya und Jagun nicht.«

Der Haushofmeister verneigte sich, ging hinaus und schloß die Tür hinter sich.

Jetzt ging Kadiya auf die Königin zu. Mit einem zaghaften

Lächeln streckte sie ihr beide Hände entgegen. Sofort verschwand jegliche Herzlichkeit aus Anigels Gesicht. Sie nickte der Herrin der Augen nur kurz zu, dann drehte sie sich um und sprach mit der Erzzauberin.

»Erzähl uns, was es Neues über Orogastus und seine Piraten gibt. Haben sie immer noch vor, Derorguila in zwei Tagen anzugreifen?«

»Die raktumianische Flotte könnte in weniger als drei Stunden hier sein«, sagte Haramis. »Sie treiben – verborgen von einer Nebelbank – auf dem offenen Meer, gleich hinter der Straße von Dera. Sie warten nur darauf, daß der Zauberer den Befehl zum Angriff gibt. Aber durch meine gelegentlichen Beobachtungen habe ich erfahren, daß sie immer noch vorhaben, übermorgen hier einzufallen. Die Krieger müssen erst noch im Gebrauch einiger sonderbarer Waffen unterwiesen werden, die Orogastus mitgebracht hat.«

»Was ist mit Lord Osorkon und seinen Anhängern?« fragte der König mit drängender Stimme. »Sind sie auf dem Weg hierher, um Derorguila bei der Verteidigung der Stadt zur Seite zu stehen, wie sie es versprochen haben, oder planen sie Verrat?«

»Ich kann diese Leute für euch finden«, sagte die Erzzauberin mit einem Stirnrunzeln, »aber ich kann nicht in ihre Herzen sehen. Vielleicht verraten sie ihr Vorhaben, während ich sie beobachte. Ich brauche etwas Zeit, um ihren Aufenthaltsort festzustellen.«

Unruhig warteten Antar und Anigel, während Haramis wieder ihren Talisman ergriff und ihre Augen in die Ferne zu blicken schienen. Viele Minuten lang stand sie völlig starr vor ihnen, und als ihre Trance immer länger andauerte, wagte Kadiya zu sprechen:

»Ich verstehe dein Zögern bei meiner Begrüßung, Anigel. Ich habe mich dir gegenüber sehr häßlich benommen. Ich hatte nicht das Recht, dir Vorwürfe zu machen, weil du deinen Talisman als Preis für deinen Gemahl und deine Kinder hergegeben hast. Es war deine Entscheidung. Ich … ich bedaure mein abscheuliches Verhalten aus tiefstem Herzen und bitte dich um Verzeihung.«

377

»Ich vergebe dir«, sagte Anigel mit gleichgültiger Stimme. Aber sie ging keinen Schritt auf ihre Schwester zu.

»Ich werde tun, was ich kann, um bei der Verteidigung des Landes zu helfen«, fügte Kadiya hinzu.

»Ein weiterer Krieger«, erwiderte die Königin, »wird kaum etwas ausmachen, wenn Raktum und Orogastus unsere zahlenmäßig unterlegenen Streitkräfte angreifen. Aber wenn mein Gemahl gestattet, daß du dich seinen Kämpfern anschließt, kann ich nichts dagegen einwenden.« Sie wandte sich wieder ab und beschäftigte sich damit, die zu Boden gefallenen Teile von Antars Rüstung aufzuheben. Der kleine Jagun, der sich bescheiden im Hintergrund hielt, war zum Kamin gegangen, wo er jetzt Ruß und Asche zusammenfegte und den heruntergebrannten Flammen neue Nahrung gab.

»Ich bedaure, daß meine Entschuldigung den Bruch zwischen uns offensichtlich nicht zu heilen vermag«, sagte Kadiya mit leiser, inbrünstiger Stimme. »Wenn meine Anwesenheit dich beleidigt, werde ich Hara bitten, mich an einen anderen Ort zu bringen. Aber ich schwöre, daß ich mein Leben für die Verteidigung von dir und deinen Kinder hingeben würde.«

»Ich danke dir, aber das wird nicht notwendig sein. Da du dich vor langer Zeit auf Gedeih und Verderb mit den Eingeborenen zusammengetan hast, wäre es wohl am besten, wenn du wieder zu ihnen zurückkehrtest ... Wenn gewisse Gerüchte stimmen, dann werden die Eingeborenen bald alle Hilfe brauchen, die du aufbringen kannst.«

»Was meinst du damit?« rief Kadiya aus.

Anigel wirbelte herum, einen Panzerhandschuh in den Händen. Tränen strömten ihr aus den Augen. »Wir sind alle verdammt – das meine ich damit! Menschen und Eingeborene gleichermaßen. Ich spreche nicht von der Invasion dieser Stadt und dem Fall der Zwei Königreiche, sondern von der Zerstörung der Welt! Es ist *meine* Schuld und auch die deine, denn wir haben zugelassen, daß die Talismane in den Besitz dieses Teufels Orogastus gerieten!«

»Ist sie denn verrückt geworden?« wollte Kadiya voller Entsetzen von Antar wissen. »Was sie sagt, kann doch wohl nicht wahr sein!« Sie hielt das Bernsteinamulett hoch, das sie um den Hals trug. »Ani, liebste Schwester, sieh! Meine Blume ist wieder schwarz geworden. Dies ist sicherlich ein gutes Omen und nicht die Ankündigung eines bevorstehenden Weltuntergangs.«

Der Königin flossen die Tränen über die Wangen, als sie den metallenen Handschuh beiseite legte und ihr Amulett aus dem Kleid zog. Die scharlachrote Drillingslilie darin leuchtete wie ein Blutstropfen in ihrem Ausschnitt.

»Vielleicht habe ich mich geirrt, was das Schicksal der Seltlinge anbelangt. Vielleicht werden nur die Menschen sterben, wenn das Eis unsere Welt zurückverlangt!« Anigel deutete zum Fenster. »Hörst du den Eisregen und das Heulen des schneidend kalten Windes? Ein solches Wetter mag in den hohen Bergen und in der nördlichen Wildnis von Tuzamen normal sein – aber an der Küste von Labornok mit ihrem gemäßigten Klima ist so etwas noch nie vorgekommen. Die Welt spielt verrückt, und das nur wegen unserer verdammten Talismane! Du und ich hatten keine Ahnung, wie wir sie beherrschen konnten, und ich bin überzeugt davon, daß Orogastus es auch nicht weiß. Was er auf uns losläßt, weiß allein der Himmel, und die Erdbeben und Unwetter sind nur die Vorboten der Katastrophe, die über uns hereinbrechen wird! Unsere Schwester Haramis soll die Gefahr abstreiten, wenn sie es denn kann!«

Antar und Kadiya sahen zu der Erzzauberin hin, aber diese war immer noch in Trance.

»Was hat sie denn da über das Eis gesagt?« fragte Kadiya den König.

»Es ist ein Gerücht, nur ein Gerücht über Seltlinge, die aus den Tälern im Landesinnern fliehen.« Er hob hilflos die Hände. »Aber wer kann schon sagen, ob es nicht vielleicht doch wahr ist? Lampiar, unser größter Gelehrter, behauptet, daß dieses Land noch niemals zuvor ein solch verheerendes Wetter erlebt hat. Während der letzten sechs Tage wurde fast ein Drittel der labornikischen Getreideernte zerstört. Was nicht erfroren ist, wurde durch Überschwemmungen verdorben, und die verbliebene Ernte ist ebenfalls in großer Gefahr.

Was macht es da aus, ob die Katastrophen ihre Ursache im Übernatürlichen haben oder nicht? Auch ohne die bevorstehende Invasion steht unser Land am Rande des Ruins.«

»Ich habe Lord Osorkon gefunden«, sagte die Erzzauberin plötzlich. Mit neuer Hoffnung wandten Antar und Kadiya sich ihr zu, und selbst das sorgenvolle Gesicht der Königin erhellte sich. »Er und seine Armee aus etwa neunundzwanzig Hundert Mann haben ihr Lager etwa vierzig Meilen südwestlich der Stadt in einem Dickicht bei Atakum aufgeschlagen.«

»Wundervoll!« rief der König aus. »Dann können sie ja schon morgen hier sein!«

»Ich fürchte nicht«, sagte die Erzzauberin. »Sie sind bereits seit zwei Tagen in diesem Dickicht und machen nicht den Eindruck, als ob sie es bald wieder verlassen würden. Bei einer schnellen Durchsuchung des Lagers konnte ich keine konkreten Informationen über Osorkons Pläne finden ... nichts außer der Gewißheit, daß sich seine Armee erst rühren wird, wenn die raktumianischen Invasoren in Derorguila sind und der Kampf schon in vollem Gange ist. Erst dann wird Osorkon in die Stadt einmarschieren.«

»Bei den Zähnen von Zoto!« stieß der König hervor. »Dann ist er also wahrlich ein Verräter! Und nicht nur an den Zwei Königreichen übt er Verrat, sondern vermutlich auch an seinen Verbündeten, diesen dreckigen Piraten. Zweifellos hat er vor, sich so lange zurückzuhalten, bis sowohl Verteidiger als auch Raktumianer stark geschwächt sind. Dann wird er versuchen, die Kontrolle über die Stadt an sich zu reißen.«

»Dieser verräterische Kubar!« rief Kadiya aus.

König Antar wandte sich an die Erzzauberin. »Es sieht so aus, als ob du und deine Zauberkräfte unsere einzige Hoffnung seid. Mit nur viertausend Kriegern können wir Derorguila unmöglich gegen Angriffe von Land und See aus verteidigen.«

»Ich bin allein und habe mein Wissen gerade erst erworben«, sagte die Erzzauberin. »Ich werde mein Äußerstes tun, um euch zu helfen, aber es ist gut möglich, daß Orogastus meinem Zauber entgegenwirken kann ... und ich kann auf keinen Fall vorsätzlich den Tod der Invasoren verursachen.

Dies würde gegen die Regeln der Erzzauberei verstoßen, an die ich gebunden bin. Ich habe die Aufgabe, Beschützerin und Hüterin aller Personen zu sein, die in diesem Land leben, egal, welcher Nation oder Rasse sie angehören.«

»Du würdest deine Zauberkräfte nicht einsetzen, um diese schändlichen Angreifer zu töten?« rief Königin Anigel voller Empörung.

»Nein«, erwiderte die Erzzauberin. »Nicht einmal, um eure Zwei Königreiche zu retten.«

Kadiya sagte mit ruhiger Stimme: »Aber Hara, was ist, wenn Ani recht hat und die ganze Welt in Gefahr ist? Würdest du denn Orogastus nicht töten, um sie zu retten?«

Haramis senkte den Blick. »Diese Frage stellt sich gar nicht. Wenn ich seine Zauberkräfte besiegen kann, wird es nicht notwendig sein, ihn zu töten. Es gibt … einen sicheren Ort, wo er eingesperrt werden kann.«

»*Wenn* er dich nicht vorher umbringt!« rief Anigel. »*Wenn* er die Welt nicht zerstört!«

Haramis sagte: »Orogastus hat keine Ahnung von der tödlichen Gefahr, die das Zepter der Macht in sich birgt. Auch ich verstehe sie nicht gänzlich. Ich werde mich mit meiner Freundin, der Erzzauberin des Meeres, beraten müssen, um zu entscheiden, wie man den Störungen der natürlichen Ordnung am besten begegnet.«

»Dann solltest du das besser gleich tun«, rief Anigel aus, »bevor die Piraten Derorguila niederbrennen und Orogastus das Dreigestirn vom Himmel stürzen läßt!«

»Ani, wie kannst du nur so etwas sagen?« sagte Kadiya, entsetzt über die Verbitterung der Königin.

»Gib Ruhe, Weib!« drängte sie der schockierte König. »Deine Schwestern sind gekommen, um uns zu helfen. Du solltest ihnen dankbar sein, anstatt ihnen Vorwürfe zu machen, die sie nicht verdient haben.« Anigel sah verstört von Haramis zu Kadiya, dann brach sie in lautes Weinen aus, zitternd vor Kummer.

Wieder nahm Haramis die Königin in ihre Arme. Sie tröstete sie und murmelte beruhigende Worte wie früher, als die drei Prinzessinnen noch jung gewesen waren und Haramis,

381

die älteste, immer vernünftig und beherrscht gewesen war, und Anigel, die jüngste, schüchtern und ängstlich.

Kadiya zog einen Stuhl heran. Anigel sank hinein und faßte sich allmählich wieder.

»Ich benehme mich wie eine törichte Närrin«, flüsterte die Königin. »Wie ein Kind und nicht wie die Herrscherin der Zwei Königreiche. Seit dem Tag, an dem meine Drillingslilie rot geworden ist, quälen mich entsetzliche Alpträume und schreckliche Vorahnungen. Mein Mut hat mich verlassen, und ich sehe nur noch Dunkelheit vor mir.«

»Wenn deine Blume wieder schwarz würde«, sagte Kadiya, »würde auch deine Seele wieder heilen.«

»Ich habe keinen Zweifel daran.« Anigel war völlig erschöpft. »Da deine schwarze Drillingslilie zurückgekehrt ist, kannst du mir vielleicht sagen, wie du es bewerkstelligt hast.«

»Ich weiß nur, daß die rote Drillingslilie wieder schwarz wurde, als ich meinen Haß auf dich und meine Verachtung dir gegenüber bereute und akzeptierte, daß die Eingeborenen meinen Kriegsaufruf zu Recht zurückgewiesen hatten.«

»Ich habe dir doch schon gesagt, daß ich deine Entschuldigung annehme«, sagte die Königin. »Wie du gesehen hast, ist mein Amulett immer noch rot.«

»Ich habe es gesehen«, sagte Kadiya, »und der Anblick ließ mir das Blut stocken. Aber nur du, kleine Schwester, kannst wissen, wie es wieder in Ordnung gebracht werden kann.« Die Herrin der Augen wandte den Blick von Anigel ab und richtete das Wort an den König. »Willst du, daß ich gehe, Schwager, oder kann ich dir irgendwie helfen?«

Antar hatte stumm dagestanden, fassungslos angesichts des Kummers seiner Gemahlin. Aber jetzt war sein Gesicht nachdenklich, und seine Augen leuchteten vor Entschlossenheit.

»Darauf möchte ich dir jetzt keine Antwort geben. Laßt mich von einer Idee erzählen, die mir gerade eingefallen ist. Damit können wir Osorkons Verrat vielleicht ausgleichen. Der Plan ist verwegen und gefährlich und vielleicht sogar vergeblich. Ihr drei werdet mir bei meiner Entscheidung helfen müssen.«

Haramis und Kadiya nickten mit ernsten Mienen. Die Königin schien nur noch mehr in ihrem Stuhl zusammenzu-sinken, gepackt von neuen dunklen Vorahnungen. Aber sie sagte kein Wort.

»Ich glaube nicht, daß die Provinzherren in Osorkons Ge-folge ihm in eiserner Treue ergeben sind«, sagte der König. »Wenn ich noch heute abend mit einer kleinen Gruppe meiner tapfersten Ritter aufbreche und Osorkon zu einem Zwei-kampf herausfordere und ihn dabei besiegen kann, dann bin ich mir absolut sicher, daß sich seine Anhänger wieder den Zwei Königreichen zuwenden werden, falls ich ihnen Straf-freiheit zusichere. Es sind fast dreitausend Mann. Wenn sie auf unserer Seite kämpfen würden, hätten wir zumindest eine Chance, die einfallenden Piraten aus unserem Land zu vertrei-ben … was auch immer danach mit der Welt geschieht.«

»Nein!« rief Anigel. »Osorkon ist ein unritterlicher Schur-ke. Er wird dich umbringen lassen, bevor du ihn zum Kampf herausfordern kannst.«

Antar blickte zur Erzzauberin hin. »Nicht, wenn die Weiße Frau mir mit ihren Zauberkräften hilft, in das Lager der Verrä-ter vorzudringen, ohne entdeckt zu werden. Wenn sie mich und meine Männer unsichtbar machen oder uns vielleicht auf sonst eine Weise verbergen könnte, so daß uns niemand auf-hält, bevor ich Osorkon herausfordern kann, würde mein Plan funktionieren. Er kann meine Herausforderung nicht zurückweisen, da er sich sonst vor seiner Armee blamiert.«

»Das ist eine großartige Idee, Antar!« sagte Kadiya. »Laß mich mit dir kommen.«

Haramis überlegte kurz und nickte dann. »Dein Plan scheint durchführbar zu sein. Ich kann Osorkons Truppen beobachten und dir mitteilen, was sie vorhaben, wenn du dich ihrem Lager näherst. Ich kann dich auch vor der Beobachtung durch Orogastus schützen. Er würde Lord Osorkon mit Sicherheit warnen, wenn er dich und deine Ritter unterwegs erspähen würde.«

»Er würde noch mehr als das tun!« rief Königin Anigel aus. »Er würde sofort mit der Invasion beginnen! Und du, mein Gemahl, würdest fern von Derorguila gefangengenommen werden. Unsere Truppen wären wieder ihres Anführers be-

383

raubt! Was soll ich ihnen dann sagen? Daß du weggegangen bist, um Verstärkung zu holen?«

Kadiya sagte: »Aber Hara wäre doch noch hier, um dir bei der Verteidigung der Stadt zu helfen.«

»Nein«, sagte Haramis düster. »Um Antar unsichtbar zu machen, muß ich mit ihm gehen. Ich kann ihn vor der Beobachtung durch Orogastus' Talismane nur schützen, wenn ich ihn mit meinem Dreiflügelreif begleite.«

Der König stöhnte. »Dann läßt sich mein Plan nicht durchführen. Hofmarschall Owanon könnte die Truppen wohl unter Kontrolle halten, aber ich kann Anigel und die Kinder angesichts der Bedrohung durch Orogastus nicht allein lassen.«

Die Königin sprang auf. Ihre Augen leuchteten plötzlich, und ihr bleiches Gesicht bekam wieder Farbe. »Es gibt eine Lösung dafür. Niki, Jan und ich werden mit dir gehen!«

»Großer Gott, nein!« rief der König. »Ich kann euer Leben nicht riskieren!«

»Unser Leben ist bereits in Gefahr«, erklärte die Königin. »Wenn wir keine weiteren Truppen bekommen, haben wir keine Hoffnung, Derorguila halten zu können. Verschwende keine Zeit mit der Sorge um uns, Geliebter! Das Dickicht ist nur zwei Stunden auf Fronlerrücken von der Stadt entfernt. Wir müssen sofort aufbrechen und Osorkons Lager erreichen, bevor sich die Männer für die Nacht niederlegen. Sie alle müssen dabeisein, wenn du den Verräter herausforderst und besiegst. Sonst bleibt uns nur noch übrig, einfach abzuwarten, wie Orogastus und seine Abtrünnigen über uns herfallen und uns in die Zange nehmen. In einer solchen Situation – bedroht von Zauberei und bewaffneten Truppen – würden die Kinder und ich mit Sicherheit gefangengenommen werden.«

»Laßt euch von deiner Schwester an einen sicheren Ort bringen, während ich Osorkon herausfordere!« rief Antar aus.

»Ich werde diese Stadt nur an deiner Seite verlassen«, sagte Anigel mit fester Stimme. »Wir sind die beiden Herrscher dieses Landes. *Wir* sind die Zwei Königreiche.«

»Sie hat recht«, warf Kadiya mit ernster Miene ein. »Du

darfst an deine Königin nicht wie an eine gewöhnliche Frau denken und an den Kronprinzen und die Prinzessin nicht wie an gewöhnliche Kinder.«

»Richtig«, sagte Antar. »Aber wenn Osorkon unser Duell gewinnt ...«

»Das wird er nicht!« Anigel eilte zu ihrem Gemahl und legte die Arme um ihn.

Die Erzzauberin sagte: »Ich muß dich und deine Ritter begleiten. Es gibt keine andere Möglichkeit. Wenn auch Anigel und die Kinder mitkommen – und natürlich Kadiya –, kann ich euch alle beschützen. Außerdem ist der Zauberer dann nicht in der Lage herauszufinden, was wir vorhaben. Er wird es erst merken, wenn Osorkon besiegt ist und seine Armee in die Stadt vorrückt. Aber denkt daran: Orogastus wird sofort losschlagen, wenn das geschieht.«

»Und dann?« fragte der König.

Die blaßblauen Augen der Erzzauberin des Landes wurden so kalt wie Eis. Sie zog den schimmernden weißen Mantel um sich, und die anderen schraken vor der unheimlichen Aura zurück, die plötzlich von ihr ausging. Aber einen Augenblick später war sie wieder Haramis. Mit einem verzagten Lächeln sagte sie: »Ich werde mich Orogastus mit all meinen Kräften entgegenstellen. Aber ich kann immer nur einen Zauber nach dem anderen vollführen, außerdem bin ich keine Expertin in militärischen Dingen. Wir alle werden in großer Gefahr schweben – ich ebensosehr wie ihr. Wenn mich ein verirrter Pfeil oder ein unerwarteter Schwerthieb trifft, werde ich vielleicht verwundet und kann meinen Zauber nicht mehr kontrollieren. Oder ich könnte sterben.«

»Und dein Talisman ...«, sagte Kadiya zögernd.

»Keiner von euch könnte ihn berühren und benutzen, wenn er nicht vorher an die Person gebunden wird«, sagte die Erzzauberin. »Er würde zweifellos Orogastus und seiner Sternentruhe anheimfallen.«

Mit bleichem Gesicht sagte der König: »Ich wußte nicht, was ich da vorgeschlagen habe. Wir müssen meinen Plan wieder aufgeben. Hilf uns dabei, Derorguila zu retten, Erzzauberin, aber gefährde dich nicht selbst dabei.«

385

»Ich habe bereits entschieden, was ich tun werde«, sagte Haramis.

»Dann laßt uns jetzt aufbrechen«, sagte Königin Anigel energisch. »Wir sind in weniger als einer Stunde bereit. Antar, du mußt die Ritter für deine Eskorte zusammenrufen. Wir werden auch Shiki, den Dorok, mit uns nehmen, da er im Gegensatz zu uns an dieses kalte Wetter gewöhnt ist.«

»Jagun wird uns ebenfalls eine Hilfe sein«, sagte Kadiya zu Anigel. »Und ich werde dir helfen, die Kinder fertigzumachen.«

Die Königin erstarrte, und der Eifer verschwand aus ihrem Gesicht. »Das wird nicht notwendig sein.«

Antar sagte zu seiner Frau: »Wie würde ich mich freuen, wenn du und deine Schwester Kadiya euch wirklich aussöhnen würdet, bevor wir zu dieser schicksalhaften Mission aufbrechen.«

Aber die Königin erwiderte: »Ich sagte doch, daß ich ihr vergebe! Was erwartest du denn noch von mir?«

»Ani«, sagte die Erzzauberin mit drängender Stimme, »zeigst du mir bitte deinen Drillingsbernstein?«

Anigels Lippen wurden zu einem schmalen Strich. Sie zog das Amulett an seiner goldenen Kette aus dem Ausschnitt ihres Gewandes. »Hier! Bist du jetzt zufrieden?«

Die Blume sah wie ein kleiner Blutstropfen auf der Hand der Königin aus.

Als die anderen sie nur stumm anstarrten, steckte Anigel das Amulett wieder unter ihre Kleidung. »Ich werde nach den Kindern sehen, nachdem ich Shiki gefunden habe. Antar, du mußt Hara, Kadiya und Jagun mit dir nehmen, um deine Worte zu den Rittern und die Vorbereitungen für unseren Aufbruch vor dem Zauberer und seinen Spionen zu verbergen. Ich werde mich euch in einer halben Stunde anschließen.«

Schnellen Schrittes eilte sie aus dem Zimmer. Alle Anzeichen ihres früheren Unbehagens waren verschwunden.

»Vielleicht solltet ihr mich doch wegschicken«, sagte Kadiya. »Es ist offensichtlich, daß Ani immer noch böse auf mich ist.«

Haramis ging zum Fenster und sah auf die trostlose Stadt hinunter. »Nein. Wir müssen uns dieser Krise zusammen stellen. Wenn ich mir bei etwas sicher bin, dann dabei.«

»Weiße Frau.« Der König zögerte. »Ist die Angst meiner Frau vor einem Weltuntergang nur eingebildet, oder besteht wirklich Gefahr?«

»Die Gefahr besteht«, gab die Erzzauberin zu.

»Das hatte ich befürchtet.« Der König straffte die Schultern. »Nun gut. Ich werde mich jetzt darum kümmern, mein kleines Land zu retten. Die Rettung der Welt muß ich dir überlassen! ... Laßt uns jetzt zusammen in den Sitzungssaal gehen.«

Die vier gingen hinaus in den Korridor. Vor dem Palast von Derorguila blies der kalte Wind immer stärker und riß den Nebel auseinander. Der Eisregen verwandelte sich in dicke Schneeflocken.

26

Durch ein Seitentor des Palastes ritten sie hinaus in die blendend weiße Nacht und durch die Stadt, auf deren Kopfsteinpflaster bereits drei Fingerbreit Schnee lag. Die Zierbäume und Büsche auf den Plätzen und entlang der Straßen waren bei dem fürchterlichen Wetter erbärmlich anzusehen. Blätter und Blüten waren erfroren, und die Zweige beugten sich traurig unter dem funkelnden Schnee. Alle Verteidiger hatten inzwischen ihre Plätze in den Befestigungsanlagen eingenommen, und der Strom der Karren mit Vorräten war versiegt. Derorguila schien völlig verlassen im Schneesturm dazuliegen. Alle Gebäude waren dunkel hinter geschlossenen Fensterläden, und nur zuweilen zeugte ein rauchender Schornstein davon, daß doch noch einige unbeugsame Hausbesitzer geblieben waren.

Sie ritten zu zweit nebeneinander auf großen, mit Geweihen bewehrten Fronlern, die mit gepolsterten Schabracken bedeckt waren. Angeführt wurden sie von der Erzzauberin und König Antar. Er hielt die Zügel ihres Reittieres in der Hand, damit sie sich ungestört ihrer Zauberei widmen konnte. Dann kamen die drei kräftigen Söhne von Lady Ellinis – Marin, Blordo und Kulbrandis – zusammen mit Kadiya. Danach folgten Königin Anigel und neben ihr Prinz Nikalon und seine Schwester Janeel, die, bis über die Nasen in Pelze eingepackt, zusammen auf einem Fronler saßen. Dicht hinter ihr saßen Jagun und Shiki, der Dorok, etwas unbeholfen auf ihren riesigen Tieren, die außerdem noch Bündel mit Vorräten trugen. Die Nachhut aus sechs tapferen Rittern wurde von zwei Adligen mit unanfechtbarer Königstreue angeführt: Gultrein, Graf von Prok in Ruwenda, und Lord Balanikar von Rokmiluna, Antars geliebter Cousin.

Die Rüstungen des Königs, Kadiyas und der elf Menschenmänner bestanden nur aus Helmen, Brustharnischen und Kettenhemden, da sie wärmende Kleidung tragen mußten. Sie hatten sowohl Langschwerter als auch Lanzen bei sich. Beide Eingeborenen waren mit einer Armbrust und einem Messer bewaffnet, und selbst die beiden Kinder trugen Dolche zu ihrer Verteidigung bei sich.

Als die Gruppe über die verlassenen Straßen ritt, hinterließen die Tiere weder Hufabdrücke, noch war ihr Schatten im Schein der Straßenlampen zu sehen. Die Erzzauberin hatte mit einigen Schwierigkeiten die schützende Aura über sie errichtet; gewöhnlich war nur der Bereich innerhalb einer Armlänge ohne Mühe ihrerseits vor der Beobachtung durch einen Talisman sicher. Sie hatte Antar und Anigel zu Beginn ihrer Reise beruhigt, daß sie genügend magische Reserven habe, um Osorkon oder den Zauberer beobachten zu können. Wenn sie diese gerade nicht beobachtete, konnte sie von Zeit zu Zeit bestimmte andere Zaubereien vollführen, die ihnen bei ihrer Mission vielleicht helfen würden.

Leider war es ihr unter den gegebenen Umständen nicht möglich, alle Reisenden vor der Kälte und dem wirbelnden Schnee zu schützen. Der Talisman hielt Haramis warm, aber sie vermochte es nicht, den anderen, die sich klaglos auf ihren Sätteln zusammenkauerten, dieselbe Erleichterung zu verschaffen.

Sie kamen an das große Südtor der Stadt, das verriegelt und schwer bewacht war. Vor dem Wachhaus und entlang der gewaltigen Mauer waren große Feuer angezündet worden, deren Flammen bei dem heftigen Wind fast waagerecht brannten.

»Ich werde vorausreiten und ihnen befehlen, das Tor zu öffnen«, sagte Antar zu Haramis.

Aber sie schüttelte den Kopf. »Orogastus wird es vielleicht beobachten. Wenn er oder seine Stimmen sehen, wie das Tor geöffnet wird und niemand hinein- oder hinausgeht, würde er sofort vermuten, daß Zauberei im Spiel ist. Das dürfen wir nicht riskieren.«

Während die nichtsahnenden Torwächter ihre Arbeit verrichteten, eilten die Reiter heran. Haramis ritt allein zu dem mächtigen Wall und berührte ihn mit ihrem Talisman. Sofort schienen sich die dicken Bohlen und die Eisenbeschläge darauf in Glas zu verwandeln. Antar und die anderen konnten nicht umhin, vor Erstaunen leise aufzuschreien, als sie hinter dem durchsichtigen Stadttor die dunkle Straße erkennen konnten.

»Reitet weiter«, befahl Haramis, und sie und ihr Fronler glitten durch das geschlossene Tor hindurch wie ein Messer, das durch Wasser schneidet. Von Ehrfurcht ergriffen, folgten ihr die anderen nach. Als sie alle hindurchgeritten waren, wurde das südliche Stadttor wieder so undurchdringlich wie zuvor.

»Weiße Frau, wir wissen, daß Ihr große Zauberkraft besitzt«, rief der ehrwürdige Graf Gultrein aus, »aber noch nie habe ich von dergleichen gehört!«

»Ich auch nicht«, erwiderte Haramis gelassen. »Ich wußte erst in dem Moment, als es geschah, daß es funktionieren würde. Vor kurzem habe ich meine Kenntnisse der Zauberei erweitern können, Graf Gultrein, und ich nehme an, daß uns im Laufe der Zeit noch einige Überraschungen bevorstehen. Betet, daß es sich dabei um willkommene Überraschungen handelt.«

Sie ritten weiter.

Die Nacht war jetzt von undurchdringlicher Schwärze.

Nur am Himmel über ihnen war ein schwacher grauer Licht-schimmer zu sehen, der für die vom Sturm geplagten Reisen-den jedoch nutzlos war. Shiki, der Dorok, zog die langen Seile hervor, die er hatte einpacken lassen. Mit diesen wurden jetzt die beiden Reihen aus Fronlern zusammengebunden, damit keines vom Weg abkam. Die Tiere schlugen zu Beginn noch eine schnelle Gangart an, aber als der Schnee tiefer wurde, schritten sie langsamer aus, und allen wurde klar, daß die Reise länger dauern würde als geplant.

Auf ihrem Weg begegneten sie niemandem. Die Bewohner der Dörfer vor der Stadt waren offensichtlich geflohen. Nach-dem sie etwa neun Meilen hinter sich gebracht hatten, bog die Gruppe auf eine kleinere Straße ab, die sich zwischen ver-streut liegenden kleinen Gehöften hindurchschlängelte, deren Lichter im wirbelnden Schnee kaum zu erkennen waren, ob-wohl die Häuser nur einen Steinwurf von der Straße entfernt standen.

Die Erzzauberin führte sie voller Zuversicht an. Selbst als sie tief in Trance versunken war, stapfte ihr Reittier unter ihrer Führung in gleichmäßigem Tempo dahin, anscheinend unbe-eindruckt von dem Schneesturm. Dicke Dampfwolken strömten ihm aus den Nüstern, und von Zeit zu Zeit warf es den Kopf hin und her, um den Schnee von seinen Augenwim-pern zu schütteln.

Als sie schon länger als eine Stunde unterwegs waren, schlief Prinzessin Janeel trotz des Sturms ein und wäre bei-nahe von ihrem Platz hinter dem ebenso schläfrigen Kron-prinzen heruntergefallen. Glücklicherweise sah Shiki, was vor sich ging, und drängte sein Reittier heran. Es gelang ihm, die Prinzessin aufzufangen, bevor sie auf die hartgefrorene Erde fiel. Nach diesem Vorfall ließ Königin Anigel beide Kinder am Sattel festbinden.

Als sie sich wieder auf den Weg machten, sagte Antar zu Haramis: »Der Sturm wird von Minute zu Minute schlimmer. Wie sollen Osorkon und ich denn bei einem solchen Schnee-treiben kämpfen? Wir werden einander kaum erkennen kön-nen!«

»Osorkon hat sein Lager zwischen Bäumen aufgeschlagen,

die die Kraft des Windes brechen«, sagte Haramis. »Du brauchst dir deswegen keine Gedanken zu machen.«

»Es war auch nicht weiter wichtig«, gab der König zu. »Ich habe ein anderes, weitaus ernsteres Anliegen, von dem ich jetzt, da Anigel uns nicht hören kann, zu dir sprechen will. Meine Gesundheit ist nicht so gut, wie sie sein sollte. Der Zauberschlaf, mit dem Orogastus mich betäubt hatte, und die anschließende Gefangenschaft können kaum als Vorbereitung für einen Kampf Mann gegen Mann gelten. Wäre ich so gesund wie früher, könnte ich Osorkon mit Leichtigkeit schlagen. So wie es jetzt aussieht, bin ich ihm vielleicht unterlegen, auch wenn er zwanzig Jahre älter ist als ich. Er ist ein zäher alter Bursche und bekannt für sein überragendes Können mit dem Langschwert.«

»Ich könnte helfen …«, hob die Erzzauberin an.

»Nein! Genau davor will ich dich warnen, selbst wenn meine Gemahlin dich sicherlich darum bitten wird. Ich darf keinen unbilligen Vorteil durch Zauberei meinerseits haben, wenn wir Osorkons Anhänger für uns gewinnen wollen. Sie dürfen nichts von deiner Anwesenheit erfahren! Ich muß Osorkon in einem ehrlichen Kampf besiegen, allein mit meinen Kräften … oder meine Niederlage hinnehmen.«

»Und damit vielleicht sogar den Tod?« fragte Haramis. In dem lärmenden Sturm war ihre Stimme kaum zu hören.

»Du mußt alle deine Kräfte einsetzen, um Anigel und die anderen zu retten, wenn ich fallen sollte, aber unternimm keinen Versuch, mich zu retten. Ich bin sicher, daß du das verstehst!«

»Ja.« Haramis seufzte. »Ich werde tun, was du von mir verlangst.«

Lange Zeit ritten sie ohne ein Wort nebeneinander her. Die Straße unter ihnen stieg immer mehr an, bis sie schließlich nur noch aus zwei gefrorenen Furchen bestand, die von dem wirbelnden Schnee zugeweht worden waren. Es gab keine Pfosten links und rechts des Weges mehr, und auch keine Brücken, die über die mit Eis vermischten Bäche führten. Neben dem schmaler werdenden Pfad standen kümmerlich kleine Bäume und Büsche, die dick mit Schnee bedeckt waren.

Endlich hatten die Reisenden das Dickicht von Atakum erreicht, und nach kurzer Zeit war der lichte Wald so dicht, daß die Wucht des Sturms gemildert wurde.

Haramis ließ anhalten, als sie eine kleine, schäbige Hütte erreichten, die ehemalige Behausung der von Osorkons Truppen ermordeten Köhler. Die Gruppe stieg ab, und die Fronler wurden an den jungen Bäumen festgebunden, die neben dem aus groben Steinen zusammengefügten Brennofen wuchsen. Dann suchten alle Schutz in der Hütte, wo sie sich eng aneinanderdrängten. Der Drillingsbernstein im Talisman der Erzzauberin glühte wie eine goldene Lampe, als Jagun und Shiki halb gefrorene Behälter mit Speis und Trank auspackten. Als die Erzzauberin die Lebensmittel und den gewürzten Wein mit ihrem Talisman berührte, erhitzten sie sich sogleich, und die Reisenden aßen und tranken begierig. Jene, die von Frostbeulen geplagt wurden, erfuhren Linderung, als Haramis sie mit ihrer Hand berührte, und Jagun entzündete ein kleines Feuer im Herd der kleinen Hütte, das die schreckliche Kälte bald ein wenig milderte.

»Wir sind beinahe im Lager angekommen«, sagte Haramis. »Ich habe die Armee und Lord Osorkon beobachtet, und sie ahnen nichts. Bis jetzt ist es uns gelungen, der Entdeckung zu entkommen.«

»Und der Zauberer?« fragte Anigel. Sie kauerte neben dem Feuer und hatte ihre beiden Kinder eng an sich gedrückt.

»Die Gelbe Stimme des Orogastus beobachtet mit dem Dreilappigen Brennenden Auge Derorguila. Der Zauberer selbst trägt die Krone, und am frühen Abend hat er mit Osorkon gesprochen und ihn ermahnt, sich für den bevorstehenden Angriff auf die Stadt bereitzuhalten. Jetzt bemüht sich Orogastus ohne Erfolg, einige Gegenstände von seinem Schloß in Tuzamen auf sein Schiff zu bringen. Er scheint gänzlich von dieser Aufgabe in Anspruch genommen zu sein, und fürs erste sind wir vermutlich sicher vor einer Überwachung.«

»Dann können wir jetzt also weitergehen?« fragte König Antar mit düsterer Stimme.

»Ja«, sagte die Erzzauberin. »Wir werden die Tiere hierlassen und zu Fuß durch den Wald gehen. Osorkons Lager ist kaum eine Meile von hier entfernt. Nehmt nur eure Schwerter mit. Ich werde euch den Weg weisen.«

Die Anwesenden willigten mit leisem Gemurmel ein. Ein großer Krug mit dampfendem Wein ging von Mann zu Mann, und viele aßen warmes Brot oder Fleischküchlein. Kronprinz Nikalon schluckte sein Brot hinunter und fragte:

»Und was ist mit meiner Schwester und mir, Vater? Werden wir mit Euch kommen?«

»Nein«, antwortete die Erzzauberin für Antar. »Du wirst mit deiner Mutter, der Königin, hierbleiben. Graf Gultrein und die drei Söhne von Lady Ellinis werden euch bewachen, ebenso wie Jagun und Shiki.«

»Nein!« rief Anigel verzweifelt aus. »Antar, laß mich mit dir gehen!«

Der König drängte sich durch die Menge aus bewaffneten, mit pelzgesetzten Mänteln bekleideten Körpern und ergriff ihre Hände. »Geliebte, du mußt hierbleiben. Du und die Kinder würdet mich durch eure Gegenwart nur ablenken. Ich weiß, daß es schwer für dich ist, nicht zu wissen, was geschieht, aber so ist es am besten. Du bist hier nicht in großer Gefahr. Und wenn das Schlimmste passieren sollte, wird die Erzzauberin dich und die anderen an einen sicheren Ort bringen.«

»Mein Platz ist an deiner Seite! Darüber waren wir uns einig!«

»Und was ist, wenn Antar tödlich getroffen wird«, warf Kadiya erbarmungslos ein, »weil du ihn von seinem Gegner ablenkst?«

»Oh, wie kannst du nur, Kadi!« jammerte Anigel. »Ich würde doch niemals ...«

»Du würdest es nicht absichtlich tun«, sagte der König. »Aber dieser Kampf ist der wichtigste meines Lebens. Geliebte, ich flehe dich an: Bleib hier. Ich würde mit leichterem Herzen kämpfen.«

Anigel sah mit tränenvollen Augen zu ihm auf. Ihr Gesicht war von goldenem Wurrempelz umrahmt, in dem immer noch einige Tropfen geschmolzenen Schnees hingen. »Antar ... o Geliebter! Jetzt hindere ich dich schon wieder daran, deine Pflicht zu tun, und das alles nur aus selbstsüchtigen Gründen. Vergib mir. Natürlich werde ich hierbleiben.« Sie küßten einander, dann schlüpfte sie aus seinen Armen und winkte Niki und Jan zu sich. »Gebt eurem Vater zum Abschied einen Kuß, Kinder.«

Mit ernsten Gesichtern kamen die Kinder zum König, und dieser beugte sich zu ihnen hinunter und umarmte sie.

»Wir werden für dich beten«, sagte Anigel. »Vergiß nicht, daß ich dich mit ganzem Herzen liebe.«

Der König sagte kein Wort mehr. Er setzte seinen Helm wieder auf und prüfte sein Schwert, um zu sehen, ob er es mühelos aus der Scheide ziehen konnte. Die Ritter, die ihn begleiten sollten, taten es ihm gleich; dann kam einer nach dem anderen herbei, um sich von der Königin zu verabschieden und ihren Segen zu empfangen, bevor sie der Erzzauberin nach draußen folgten.

Kadiya ging zuletzt. »Schwester«, fragte sie Anigel zögernd, »soll ich bei dir bleiben?«

Aber Anigel schüttelte den Kopf und wandte sich voll Schmerz ab. Sie vergaß, ihr den Segen zu entbieten.

»Dann werde ich diejenige sein, die dem König bei seinem Kampf am nächsten steht«, sagte Kadiya, »und entweder die erste, die ihm zu seinem Sieg gratuliert, oder die erste, die ihr Leben hingibt, um ihn zu rächen. Leb wohl.«

»Kadi ...« Die Königin hob langsam den Kopf.

Aber die Herrin der Augen war bereits gegangen.

Der kleine Shiki, dem vor Kummer Tränen in den Augen standen, rief laut: »O Große Königin! Warum könnt Ihr Eurer Schwester denn nicht vergeben?«

»Ich habe ihr vergeben«, beteuerte Anigel und starrte in die Flammen. Aber die blutrote Drillingslilie an der goldenen Kette strafte sie Lügen.

Was sucht er mit solcher Dringlichkeit? fragte Haramis ihren Talisman. In den Stunden zuvor war sie zu beschäftigt gewesen, um über die Folgen des sonderbaren Zaubers nachzudenken, den Orogastus vollführte, aber jetzt, als sie mit den anderen hinter ihr durch die Dunkelheit eilte, gewann die Frage immer mehr an Bedeutung.

Der Dreiflügelreif erwiderte: *Orogastus versucht, die Gegenstände zu sich zu transportieren, die für die Einführung neuer Mitglieder in die Gemeinschaft des Sterns benötigt werden.*

Großer Gott! Und wen will er aufnehmen – seine Stimmen?
Ja.
Aber warum?
Der Grund dafür wird vom Siegel des Sterns verborgen.

Haramis war so verärgert, daß sie am liebsten laut geschrien hätte. Aber als sie die Männer und Kadiya, die ihr in einer Reihe nachfolgten, weiter durch den verschneiten Wald führte, fiel ihr die Antwort ein. Natürlich! Der Polarstern! Was hatte die Gelehrte der Sindona gesagt? ... Nur der Rat des Sterns oder die gesamte Schule der Erzzauberer konnte das schwarze Sechseck zerstören, das der Schlüssel zur ewigen Verbannung von Orogastus war!

Obwohl sie die Antwort bereits kannte, fragte sie den Talisman: *Wie viele sind notwendig, um den Rat des Sterns zu bilden?*
Drei oder mehr.
Das erklärte alles.

Sie blieb stehen und ergriff den Talisman, um den Zauberer auf dem Schiff erneut zu beobachten – und hielt den Atem an, als das Bild erschien.

Orogastus war nicht mehr in das übliche weiße Gewand gekleidet, sondern trug die eindrucksvolle Kleidung, die er vor so langer Zeit jeweils zu Ehren der Mächte der Finsternis angelegt hatte. Er trug ein langes Gewand aus silbern glänzendem Gewebe, das mit Stücken von schimmerndem, geschmeidigem Leder in Schwarz besetzt war. Auch sein mit silbernem Stoff gefütterter Mantel war schwarz, mit einer verzierten Spange und einem großen, vielstrahligen Stern auf dem Rücken. An den Händen trug er Handschuhe aus silbernem Leder. Seine Züge waren fast vollständig von einer außergewöhnlichen silbernen Maske verborgen, die nur den unteren Teil des Gesichts freiließ und seinen Kopf mit einem großen

395

Ring aus den langen, spitzen Strahlen eines Sterns umgab. Auf die Maske hatte er sich das Dreihäuptige Ungeheuer gesetzt. Die Augen des Zauberers waren zwei Punkte aus strahlend weißem Licht.

Zu Füßen ihres Meisters knieten nebeneinander Purpurstimme und Gelbstimme. Die Kapuzen waren von ihren kahlgeschorenen Köpfen gezogen worden, und ihre Augenhöhlen schienen leere schwarze Löcher zu sein. Eine Hand des Zauberers schwebte über den reglosen Gehilfen, die andere hielt das Dreilappige Brennende Auge in die Höhe.

»Talismane, hört meine Befehle!« rief er. »Ich beschwöre euch im Namen des Sterns! Bringt mir die mit dem Stern versiegelte Truhe, die sich in meinen Privatgemächern auf Schloß Tenebrose in Tuzamen befindet. Tragt sie durch die Luft und bringt sie auf den schnellen Winden der Magie herbei! Gehorcht mir!«

Nein! sagte Haramis. *Dreiflügelreif, ich befehle dir, den Transport der Truhe zu verhindern.*

Aber schon sah sie, wie vor Orogastus eine verfallene alte Truhe auftauchte, die in der Luft zu schweben schien. Sie war mit schwarz gewordenen Bändern aus Silber verschlossen, und auf dem Deckel war ein dunkler, korrodierter Stern zu sehen.

Haramis konzentrierte sich und stellte sich vor, wie sich die Truhe in schimmerndes Glas verwandelte. Mit all ihrer Kraft zwang sie sie dazu, dorthin zurückzukehren, wo sie herkam.

Die Truhe verschwand.

Die beiden Stimmen brachen plötzlich in heftige Zuckungen aus und sackten besinnungslos zu Füßen des Zauberers zusammen. Dieser taumelte und sah sie bestürzt an, dann brüllte er seinen Zorn heraus.

»Haramis! Das hast *du* getan!«

Ja, sagte sie.

Langsam ließ Orogastus das Brennende Auge sinken, wobei er die Flüche unterdrückte, die er sonst ausgestoßen hätte. Verzweifelt versuchte er, die Fassung zu bewahren.

»Haramis, zeige dich«, bat er sie mit gebrochener Stimme. »Wo bist du? Warum hast du nicht geantwortet, als ich dich gerufen habe? Sprich mit mir! Komm zu mir! Wir können die Zerstörung des Landes und den Tod von Tausenden noch verhindern. Geliebte, so höre doch, was ich dir zu sagen habe! Zeig mir dein Gesicht. Du mußt es tun!«

Haramis war tief bewegt. Sie zögerte. Dann verbannte sie mit einem gepeinigten Schrei sein Bild und stand zitternd inmitten der Schneeflocken. Den Stab ihres glühenden Talismans hatte sie mit bloßen Händen umfaßt. Ihr Gesicht war eine Maske des Grauens. Kadiya, Antar und die Ritter sahen sie starr vor Entsetzen an. Sie wußten, daß etwas Furchtbares geschehen war, konnten es aber nicht begreifen.

»Beinahe wäre ich zu ihm gegangen, ohne darüber nachzudenken«, flüsterte sie.

»Schwester, was ist mit dir?« fragte Kadiya besorgt. »Ist etwas im Lager von Lord Osorkon geschehen?«

Die Erzzauberin erschrak und fuhr zusammen, dann beherrschte sie sich. »Nein. Es ist nichts … nichts, das jetzt für uns von Bedeutung wäre. Folgt mir.«

Sie gingen weiter.

Nach einiger Zeit wurde der Schneefall schwächer, und sie konnten das rote Glühen von offenen Feuern durch die Bäume vor ihnen sehen. Schließlich gewahrten sie auch den ersten Wachposten, der widerwillig seine Runde abschritt. Sie gingen in einer Entfernung von sechs Ellen an ihm vorbei, ohne daß er sie bemerkte. Auf ihrer weiteren Wanderung trafen sie noch mehr Wachen, die ihre Anwesenheit ebenfalls nicht wahrnahmen.

Schließlich kamen sie zum Lager selbst und schritten durch lange Reihen kleiner Zelte. Immer noch liefen einige jüngere Ritter und Soldaten umher oder drängten sich um die Feuer, aber keiner von ihnen beachtete die Erzzauberin und ihre Begleiter. Ungehindert setzten sie ihren Weg fort, bis sie zu einem reichverzierten Pavillon kamen, vor dem ein großer, freier Platz mit zerstampftem Schnee lag. Vor dem großen Zelt brannte ein mächtiges Feuer, und links und rechts vom Eingang standen Lanzen mit den Wimpeln Lord Osorkons und denen der vier Provinzherren, die seine Verbündeten waren.

König Antar ging bis zur Mitte des Platzes, wo er stehenblieb. Er zog die Kapuze seines pelzverbrämten Mantels zurück, so daß der Kronhelm von Labornok, dessen Visier wie der offene Schlund eines Skritek aussah, im Licht des Feuers schimmerte. Kadiya und Balanikar standen ihm zur Seite, und die sechs anderen königstreuen Laboruwendianer hatten sich hinter ihm aufgestellt.

Haramis hatte sich unsichtbar gemacht und sprach nun folgende Worte zum König:

Jetzt ist es an dir, lieber Schwager. Ich werde unsichtbar bleiben, so daß Osorkon nur dich zu Gesicht bekommt, aber ich werde sehr genau aufpassen, ob der schändliche Versuch unternommen wird, in diesen Ehrenhandel einzugreifen.

»Ich danke dir«, flüsterte Antar. »Wann werden Osorkon und die anderen merken, daß wir hier sind?«

Sobald du ihn herausrufst.

Antar nahm seinen Mantel ab, reichte ihn Kadiya und zog sein Schwert. Die anderen folgten seinem Beispiel und hielten ihre Klingen bereit.

»General Osorkon!« rief Antar. »Osorkon, kommt heraus und steht Eurem König Rede und Antwort!«

Sofort wurde den Männern im Lager bewußt, daß Eindringlinge unter ihnen waren. Sie kamen zu dem großen Zelt der Adligen gerannt und griffen unterwegs nach ihren Waffen. Aber als sie an dem Zelt ankamen, wurden sie auf geheimnisvolle Weise daran gehindert, den offenen Platz zu betreten. Beim Anblick König Antars waren sie sehr verwundert und schrien wild durcheinander. Eine riesige Menge versammelte sich und wartete ab, was geschehen würde.

»Osorkon, kommt heraus!« wiederholte der König. »Ich erkläre hiermit, daß Ihr ein elender Verräter seid und Euren Lehenseid gebrochen habt. Ich erkläre hiermit, daß Ihr eine Verschwörung mit dem Piratenstaat von Raktum und dem schändlichen Herrn von Tuzamen eingegangen seid, die zu dieser Stunde für den Angriff auf Derorguila bereitstehen. Ihr seid ein treuloser Schurke! Ihr habt Euer Land verraten! Kommt heraus und stellt Euch Eurer gerechten Strafe.«

Lange Zeit war alles still. Inzwischen fielen nur noch ein paar Schneeflocken vom Himmel, und auch der Wind hatte sich gelegt. Kadiya, die dem König zur Seite stand, spürte, wie ihr Herz hämmerte. Plötzlich war es ihr, als würde sie in ihrem pelzverbrämten Mantel ersticken. Unter dem Nackenschutz ihres goldenen Helms perlten Schweißtropfen herab. Sie wagte einen Blick nach unten und sah die Schwarze Drillingslilie im Innern des Bernsteintropfens, der auf ihrem Brustharnisch leuchtete.

Heilige Blume des Dreifaltigen, betete sie, gib ihm Kraft! Gewähre ihm den Sieg! Rette den Gemahl meiner lieben Schwester!

Die Leinwand des Zeltes wurde zurückgeschlagen, und heraus schritt Osorkon. Er hatte nur den oberen Teil seiner schwarzen Rüstung anlegen können. Unter dem Arm trug er seinen geflügelten Helm und in der Hand seinen riesigen Zweihänder. Kadi hielt den Atem an, als sie ihn erblickte. Sie hatte vergessen, was für ein mächtiger Mann er war. Er war fast kahl, und in seinem Bart waren graue Strähnen zu sehen. Mit finsterem Blick ging er auf den König zu und blieb etwa vier Ellen von ihm entfernt stehen. Hinter ihm kamen seine vier Gefolgsmänner Soratik, Vitar, Pomizel und Nunkalein – und eine wild durcheinanderredende Schar aus Knappen, die Schilde und verschiedene Waffen mit sich führten und verzweifelt versuchten, ihren Herren beim Anlegen ihrer Rüstung zu helfen.

»So!« donnerte Osorkon. »Dann bin ich also ein Überläufer, nicht wahr?«

»O ja, das seid Ihr«, erwiderte Antar. »Ihr und Eure verstorbene Schwester Sharice wart an dem Komplott zu meiner Entführung und der meiner Kinder beteiligt. Und jetzt habt Ihr diese guten Männer« – der König wies auf die Menge, die ihn umgab – »mit Lügen und verräterischen Äußerungen auf Abwege geführt und hindert sie daran, ihre Pflicht zu tun. Ihnen biete ich Straffreiheit an, wenn sie Euch abschwören und ihren Treueeid auf die Zwei Königreiche erneuern. Aber Ihr, Osorkon, müßt sterben – es sei denn, Ihr fallt vor mir auf die Knie, sagt Euch von allem los, was Ihr getan habt, und nehmt Eure gerechte Strafe an.«

»Niemals!«

Antar hob sein Schwert. »Dann fordere ich Euch zu einem

Zweikampf vor Zeugen auf, in Verteidigung der Ehre der Zwei Königreiche.«

Osorkon brach in höhnisches Gelächter aus, setzte seinen Helm auf und schloß das Visier. Kadiya und die anderen wichen zurück und ließen den König allein, um die üblichen Höflichkeiten abzuwarten, die einem Duell vorangingen.

Aber Osorkon hatte nicht vor, die Regeln der Ritterlichkeit zu beachten. Mit einer Beweglichkeit, die alle Zuschauer erstaunte, machte der alte General einen Satz nach vorn, hob sein Schwert hoch über den Kopf und ließ es mit erstaunlicher Geschwindigkeit herabsausen. Der Schlag hätte den Körper des Königs mitten entzweigeteilt; statt dessen traf das Schwert aber mit einem metallischen Klang die gefrorene Erde, als der Monarch zur Seite auswich.

Antar wirbelte herum und konnte Osorkon einen schweren Treffer an der Seite seines Kopfes versetzen. Osorkon taumelte und geriet außer Reichweite des Königs. Aber der schwere Stahl seines Helms hatte ihn gerettet, und einen Augenblick später erholte er sich und stürzte sich auf Antar. Dann ließen die beiden Männer Schlag auf Schlag aufeinander herabregnen. Funken sprühten, wenn sich ihre Schwerter trafen. Als Osorkon kurz einen Vorteil erringen konnte, zwang er den König in die Defensive und schlug erbarmungslos auf diesen ein. Er jagte Antar halb um den Kreis der Zuschauer herum, während Kadiya und ihre Gefährten hilflos von der Mitte des Platzes aus zusehen mußten.

»Dreieiniger Gott, laß ihn nicht nachgeben!« betete Kadiya leise. Sie hatte den Mantel des Königs zu Boden fallen lassen. Ihre rechte Hand umklammerte den Knauf ihres Schwertes, während ihre linke den Drillingsbernstein festhielt.

Antars Fuß stieß gegen einen Stein, der in dem gefrorenen Schlamm lag. Er fiel nach hinten, und die Anhänger des Osorkon schrien laut auf. Aber während er fiel, hielt der König sein Schwert weiter fest und schlug zu. Er streifte Osorkon an der Stelle, an der der stählerne Kragen, der seinen Nacken schützte, am schwächsten war. Der schwarz emaillierte Stahl gab nach, und die Klinge des Königs bohrte sich tief in das linke Schlüsselbein seines Gegners. Osorkon stieß einen heiseren Schrei aus.

Sein hoch erhobenes Schwert, mit dem er Antar gerade den Todesstoß hatte versetzen wollen, zitterte, dann, als seine linke Hand ihren Griff um den Knauf verlor, fiel es zur Seite. Mit einer ungeheuren Anstrengung verhinderte er es, nach vorn auf den am Boden liegenden König zu stürzen, und rollte sich zur Seite in den Schnee.

Antar sprang auf. Aus Osorkons Wunde strömte das Blut heraus, und der König tat, was die Regeln der Ritterlichkeit vorsahen: Er gewährte seinem Gegner eine Pause in der Hoffnung, daß sich dieser ergeben würde. Aber der große Mann, der im Schnee lag, griff mit seiner unverletzten Hand nach dem Schwert und zielte mit einem hinterhältigen Hieb auf die ungeschützten Beine des Königs, die er nur knapp verfehlte. Aus der Menge ertönten Rufe des Mißfallens, und einige riefen: »Schande!«

Osorkon schenkte dem keine Beachtung. Er zog sich hoch, stellte sich in geduckter Haltung abwartend hin und hielt sein Schwert für einen zweiten regelwidrigen Schlag bereit. Aber als er zustieß, wehrte der König den Hieb ab, und die beiden schlugen voller Wut aufeinander ein, wobei sie sich wieder durch den Schnee jagten. Diesmal jedoch war Antar im Vorteil, und nun war er derjenige, der seinen Gegner zum Zurückweichen zwang.

Osorkons Männer schienen jetzt sowohl ihn als auch den König anzufeuern. Als Antars Schwert den oberen Teil der Helmzierde seines Widersachers durchtrennte, war von Osorkons Männern neben Ausrufen der Bestürzung auch heiseres Gelächter zu hören. Die verbliebenen Flügel des zerstörten Helmschmucks hingen herunter und machten den General halb blind, so daß er sich kurz vom Gefecht entfernte, um sich den Helm vom Kopf zu reißen und ihn von sich zu schleudern. Als auch Antar daraufhin seinen Helm absetzte, war selbst von den vier Lords, die Osorkons Verbündete waren, ein Raunen der Anerkennung zu vernehmen.

Die beiden kämpften jetzt in der Nähe des lodernden Feuers und hieben mit kurzen, schnellen Schlägen wie rasende Schmiede aufeinander ein. Wieder versuchte Osorkon einen regelwidrigen Schlag, und dieses Mal verletzte er den König

401

an dessen ungeschütztem Schenkel. Aber Antar hieb unvermindert auf ihn ein. Das Gesicht des alten Generals war jetzt eine gequälte Maske aus Wut und Angst. Er wurde immer schwächer, während das Blut aus seiner Schulter strömte. Seine Augen verdrehten sich, als die beiden Kämpfer einen Augenblick voneinander abließen. Er holte weit aus, dann schwang er sein Schwert in einem fürchterlichen Hieb von der Seite nach vorn, wobei er auf den Unterleib des Königs zielte. Aber Antar sprang zurück, dann wirbelte er mit seinem Schwert herum und drängte Osorkon rückwärts auf das Feuer zu. Der Verräter stolperte. Einer seiner ungeschützten Füße geriet zwischen die heißen Kohlen. Er schrie auf, versuchte Antar am Kopf zu treffen und verfehlte ihn.

Das blutbefleckte Schwert des Königs blitzte auf. Mit beiden Händen schwang er es von rechts nach links und trennte Lord Osorkon den Kopf vom Körper.

»Antar!« jubelte Kadiya triumphierend. »Antar! Antar!«

Eine dunkle Blutfontäne spritzte hervor, als der Körper des Generals in die lodernden Flammen stürzte. Die zuschauende Armee stöhnte auf. Balanikar und die anderen königstreuen Ritter schlossen sich Kadiyas triumphierenden Schreien an und riefen Antars Namen. Und dann stimmten, einer nach dem anderen, auch die ehemaligen Abtrünnigen ein. Bald schrien fast alle Anwesenden, so laut sie konnten, seinen Namen; wieder und wieder riefen sie die beiden Silben, bis die Luft von ihren Schreien widerhallte.

Antar stand regungslos da. Das Schwert hatte er auf den scharlachroten, zertrampelten Schlamm gesenkt. Dann drehte er dem jetzt wieder hell auflodernden Feuer den Rücken zu und ging langsam zu der Stelle, an der die vier entsetzten Freunde des toten Generals standen. Der König steckte sein Schwert ein und hob die Hand.

Sofort verstummten die Umstehenden.

Antar sah die vier Männer streng, aber ohne Groll an. »Soratik, Vitar, Pomizel, Nunkalein ... ich gewähre Euch Straffreiheit, wenn Ihr mir von jetzt an treu ergeben seid und bei der Verteidigung von Derorguila und den Zwei Königreichen an meiner Seite kämpft.«

Die vier fielen auf die Knie. Soratik, der älteste, sagte: »Großer König, ich schwöre Euch meine Treue bis in den Tod.«

»Das schwöre ich auch«, sagten die drei anderen wie ein Mann. Wieder stimmten die zuschauenden Ritter und Soldaten ihr Jubelgeschrei an.

Kadiya lächelte. Sie griff nach ihrem Amulett und flüsterte: »Hara! Überbringe Anigel die guten Nachrichten!«

Das habe ich bereits getan. Sie ist auf dem Weg hierher, zusammen mit den Kindern und den anderen.

Gefolgt von den königstreuen Rittern, ging Kadiya zu Antar, um dem siegreichen König ihre Glückwünsche zu überbringen. Er gab bereits Befehl, das Lager abzubrechen und nach Derorguila zu marschieren. Die begnadigten Verräter eilten davon, um ihre Offiziere zu rufen und den Befehl auszuführen.

In dem kleinen Wäldchen hinter dem Pavillon wurde die Erzzauberin wieder sichtbar. Ihre Arbeit hier war getan, und sie hatte Königin Anigel bereits gesagt, daß sie eine Weile an einen anderen Ort gehen müsse. Als sie nach ihrem Talisman griff, sah sie, was sie erwartet hatte: eine Armada aus mehr als sechzig raktumianischen Kriegsschiffen, angeführt von vierzehn mächtigen Trieren, die die Straße von Dera hinunter auf den Eingang des Hafens von Derorguila zustrebten. Sie hatten ihre Deckung zweifellos in dem Moment verlassen, in dem König Antar seinen Kampf mit Osorkon begonnen hatte.

»Zeig mir Orogastus«, sagte sie.

Dieses Mal wartete er auf sie, und sie hielt den Atem an, als sie erkannte, daß er sie vor seinem inneren Auge ebensogut sehen konnte wie sie ihn.

»Meine Talismane sind aus einem unerfindlichen Grund nur sehr zögerliche Lehrer«, sagte er mit einem Lächeln zu ihr. »Aber ich bin ein außergewöhnlich fähiger Schüler! Du wirst mich jetzt nicht mehr beobachten können, ohne daß ich davon weiß, meine liebe Haramis. Wenn du jetzt mein Bild in deinem Talisman heraufrufst, kann ich auch dich sehen! Ich hoffe, daß ich auch bald in der Lage bin, deine schützende Aura zu neutralisieren, so daß du dich nicht mehr vor mir verbergen kannst. Was für eine Freude wird es sein, wenn ich mich mit dir unterhalten und dabei ungestört in dein schönes Gesicht blicken kann.«

»Du hast mit dem Angriff auf die Stadt begonnen«, sagte sie nur knapp.

»Ich würde ihn sofort abbrechen, wenn du zu mir kommen und dich ganz ruhig mit mir unterhalten würdest. Ich weiß, daß du es jetzt vermagst, mit deinen Zauberkräften an jeden Ort der Welt zu reisen.«

»Wenn ich zu dir komme«, sagte sie langsam, »dann nur für unsere letzte Auseinandersetzung, die so tödlich sein wird wie der Kampf zwischen König Antar und dem toten Verräter Osorkon.«

»Willst du mit Talismanen anstelle von Langschwertern kämpfen?« Der Zauberer lachte, dann schüttelte er mit liebevoller Herablassung den Kopf. »Ach, Haramis. Warum kümmerst du dich um die unbedeutenden Auseinandersetzungen von Unwichtigen? Du und ich sind nicht so wie sie! Uns ist es vorbestimmt, Tausende von Jahren zu leben und Königreich um Königreich entstehen zu sehen, die für einen winzigen Moment blühen und gedeihen und dann Platz für ein anderes machen. Verstehst du, was das bedeutet? Kannst du dir überhaupt vorstellen, wie dein Leben als Erzzauberin aussehen wird? Trotz der großen Macht, die du besitzen wirst, wird es schrecklich einsam sein. Aber du brauchst nicht ganz allein zu sein, und auch die Kontrolle über die Welt des Dreigestirns braucht keine Bürde zu sein, die du allein tragen mußt. Komm zu mir, Geliebte! Laß mich dir von den erstaunlichen Dingen erzählen, die mir diese beiden Talismane enthüllt haben; Dinge, von denen deine armen, erdgebundenen Schwestern nicht einmal geträumt haben! Und wir können …«

»Nein!« Sie unterbrach ihn, als sie erkannte, daß sie wieder einmal kurz davor war, von ihm gefesselt zu werden. »Du bist nach wie vor ein geschickter und betörender Lügner, Orogastus. Aber du offenbarst deine Unkenntnis, da du jetzt versuchst, mich in Versuchung zu führen. Ich werde die Invasion von Derorguila verhindern. Und dann werden wir sehen, wessen Magie stärker ist.«

Sie verbannte sein Bild und stand zitternd da, gegen den Stamm eines schlanken, jungen Gondabaums gelehnt, um sich wieder zu sammeln. Im Lager wurden die Zelte abgebaut, und die scharfen Befehle der Lehnsmänner übertönten den Radau der Armee, die sich zum Abmarsch bereitmachte.

Als Haramis sich wieder beruhigt hatte, sah sie hinauf zu den Ästen des Baums, die sich unter der ungewohnten Last des Schnees beugten. Blätter, die noch vor einer Woche grün und saftig gewesen waren, raschelten leise in dem wieder aufgefrischten Wind, steifgefroren und überzogen von einer Eishülle.

War Orogastus überhaupt klar, was geschah?

Hatte er eine Ahnung davon, daß die Welt aus dem Gleichgewicht geraten war und auf eine Katastrophe zusteuerte?

Nein, sagte sie zu sich. Er konnte es nicht wissen. Wahrscheinlich tat er die Erdbeben und Vulkanausbrüche als Naturereignisse ab und sah das verheerende Wetter als von ihm verursacht an. Beherrscher des Sturms! Vor zwölf Jahren hatte er sich so genannt, und zweifellos tat er es immer noch.

O ja, die stürmischen Winde, mit denen er die Schiffe über das Meer jagte, hatte sicher er herbeigezaubert, und auch die Wasserwirbel und die kleineren Unwetter, die ihm bei seinen schändlichen Taten tief im Süden geholfen hatten. Aber niemals könnte er die tödliche Kälte befehligen, die Labornok heimgesucht hatte, und auch nicht das neuerliche Vordringen des Eises.

»Talisman«, flüsterte sie, »kann ich es aufhalten?«

Er schien eine Ewigkeit für die Antwort zu brauchen. Die Zweige des kleinen Baumes wurden jetzt hin und her geschüttelt, und der Wind fegte den Schnee von ihnen herunter, der eine wirbelnde weiße Wolke bildete wie ein Schneesturm dicht über dem Erdboden. Haramis zitterte, obwohl ihr Zauber sie wärmte. Würde der Talisman ihr eine Antwort geben? Wußte er überhaupt, ob es möglich war, das Vordringen des Eises aufzuhalten?

Die Drei, die Eins sind, können es aufhalten ... wenn sie rechtzeitig handeln. Aber die Zeit wird knapp.

27

Prinz Tolivar träumte, daß er wieder zu Hause sei. Der König und die Königin nahmen ihn mit zu einem privaten Besuch der königlichen Menagerie im Park des Flusses Guila, und dieses Mal waren Niki und Jan nicht dabei, die sonst wieder alles verderben würden.

Es war ein herrlicher Tag in der Trockenzeit, mit kleinen weißen Wolken, die über den blauen Himmel zogen, und Tolo hatte seine Mutter und seinen Vater endlich einmal für sich allein.

Zuerst amüsierten sie sich ganz prächtig in dem Zoo seines Traums. Anstatt ihn dafür zu schelten, daß er herumrannte und Krach machte, und ihm zu sagen, daß Prinzen immer ein gutes Beispiel sein mußten, waren seine Eltern ihm gegenüber besonders freundlich und aufmerksam. Sie lachten, als er den großen, struppigen Reffinchen Kekse hinwarf, um sie zum Betteln zu ermuntern. Ihr Lächeln versiegte auch dann nicht, als er die Horiks ärgerte, damit diese bellten und ihre langen weißen Zähne zeigten. Er hatte großen Spaß, als er die anmutigen Shangar so erschreckte, daß sie mit einem mächtigen Satz über die Einfriedung ihres Geheges sprangen.

Und dann beschloß Tolo, daß es noch mehr Spaß machen würde, die bösen Looru zu wecken. Diese Tiere stammten aus den Sümpfen von Ruwenda, und man sagte, daß sie das Blut von Menschen tranken. (Im Zoo mußten sie sich mit Kubarsuppe begnügen.) Er hob einen kleinen Stock vom Boden auf und rannte damit zu ihrem großen Käfig hinüber, um auf die Gitterstäbe einzuschlagen.

Der Stock machte mächtig viel Krach! Im Käfig waren etwa zwanzig der häßlichen Looru gefangen, der größte von ihnen mit einer Flügelspannweite von über zwei Ellen. Als Tolos infernalischer Lärm begann, fielen die schlafenden Tiere von ihren Sitzstangen herunter und flatterten mit gellenden Schreien umher. Wieder und wieder warfen sich die wütenden Kreaturen gegen die Gitterstäbe des Käfigs. Sie machten ein ungeheures Getöse und versuchten, ihn mit ihren klauenbewehrten Gliedmaßen zu ergreifen. Lachend sprang er zurück und hob einen Stein auf.

Und dann brachen die Gitterstäbe durch.

Ein schwarzes Flugtier nach dem anderen entkam, bis der ganze Schwarm frei war. Mit glühenden roten Augen und weit geöffneten, mit langen Zähnen bewehrten Schnäbeln machten sie sich auf die Suche nach Beute. Tolo warf sich hinter einen Busch in der Nähe, hielt sich die Ohren zu, damit er ihre furchtbaren, pfeifenden Schreie nicht mehr hörte, und hoffte, daß sie ihn nicht fänden.

Die Looru beachteten ihn überhaupt nicht. Statt dessen stürzte sich der Schwarm auf seine hilflosen Eltern, den König und die Königin, und begrub sie in einem Gewirr aus klauenbewehrten, ledernen Flügeln und übelriechenden, pelzigen Körpern unter sich. Im Nu wurde der Himmel schwarz. Blitze zuckten, und ohrenbetäubender Donner ließ die Erde erzittern. Tolo hörte Schreie – wessen Schreie? –, und plötzlich wurde der Busch, unter dem er Zuflucht gesucht hatte, mitsamt den Wurzeln herausgerissen! Er kauerte sich zusammen und wartete darauf, daß ihm die Looru das Fleisch von den Knochen rissen. Als nichts geschah, hob er zögernd den Kopf.

Über ihm ragte seine Tante, die Erzzauberin, hoch auf. Sie schien mindestens zehn Ellen groß zu sein. Im Licht der Blitze konnte er ihr Gesicht erkennen, das furchtbar wütend aussah. »Du bist schuld daran, daß deine armen Eltern umgekommen sind! Jetzt wirst du den Preis für deine schändliche Tat bezahlen!«

»Nein!« heulte Tolo. »Das habe ich nicht gewollt!«

»Du bist schlecht!« donnerte die Erzzauberin. »Du bist böse!« Eine ihrer riesigen Hände näherte sich, um nach ihm zu greifen.

»Das habe ich nicht gewollt!« Tolo sprang auf und rannte um sein Leben.

»Halt!« Ihre Stimme hörte sich wie ein Donnerschlag an. »Halt!«

Im Laufen blickte er über die Schulter. Sie kam näher – größer als die Bäume! –, und bei jedem ihrer Schritte erzitterte die Erde. Sie hob ihren magischen Talisman und starrte ihn durch den Silberreif an. Er sah ein riesiges, vergrößertes Auge. Es wurde größer und größer, bis es nur noch dieses Auge auf der Welt gab, und dort würde er hineinstürzen und sterben.

»Halt! Halt!«

»Nein! Das habe ich nicht gewollt! Neeiiiin ...«

Als er erwachte, konnte er seinen Schrei immer noch hören.

Keine Looru. Keine Mutter und kein Vater, die in Stücke gerissen worden waren. Keine riesengroße, wütende Erzzauberin. Er war in seiner kleinen Kabine auf dem Flaggschiff des Königs von Raktum. Er war in Sicherheit. Es war nur ein Traum gewesen.

Und doch gingen die lauten Donnerschläge weiter, und auch die grauenhaften Schreie aus den Kehlen der Raubvögel hielten an. Er hörte sogar das klirrende Geräusch, das er mit dem Stock gemacht hatte ...

Halt! Halt!

... und die dröhnende Stimme der Erzzauberin.

Der kleine Prinz sprang aus seiner Koje, rannte zu dem Bullauge der Kabine, öffnete es und zog einen Schemel heran, damit er hinaussehen konnte.

Der Nebel war verschwunden. Es war immer noch Nacht. Am Himmel explodierten unaufhörlich bunte Lichter, die sich in dem schwarzen Wasser spiegelten. Auf dem Meer wiegten sich unzählige Schiffe. Einige davon waren Piratengaleeren, und von diesen wurden die Zauberwaffen des Orogastus abgefeuert, hoch aufsteigende Kugeln aus weißem, grünem, rotem und goldenem Licht, die wie Kugelblitze explodierten, wenn sie sich gegenseitig oder eines der verteidigenden Schiffe mit der Schwarzen Drillingslilie und den Drei Goldenen Schwertern von Laboruwenda auf ihren Segeln trafen. Die Verteidiger schleuderten mit ihren Katapulten brennende Bombarden auf die Invasoren, die riesige, orangefarbene Schweife hinter sich herzogen, als sie durch die Luft jagten.

Beide Widersacher schossen unablässig Bolzen aus ihren Armbrüsten ab. Die kurzen Pfeile waren mit kleinen Widerhaken versehen, die bei ihrem Flug über das Wasser jene unheimlichen Geräusche machten, welche er für die Schreie der Looru gehalten hatte. Mit offenem Mund sah Tolo, wie der Rumpf des raktumianischen Flaggschiffes von einer Bolzensalve getroffen wurde, die sich wie prasselnde Hagelkörner anhörte.

Halt! Hört auf mit dem Kampf! Seeleute von Raktum, hütet euch! Kehrt um, oder euch wird ein fürchterliches Schicksal ereilen!

Die donnernden Worte seiner Tante Haramis schallten über das Wasser ... und eine andere übernatürliche Stimme antwortete ihr – die des Meisters, Orogastus!

Machen dich deine nutzlosen Bemühungen langsam müde, Erzzauberin? Ja, ich sehe, daß du erschöpft bist. Ein längerer Einsatz der Zauberkräfte zehrt an den Kräften, und jetzt flüchtest du dich in Lügen in dem törichten Versuch, unsere tapferen Krieger zu entmutigen. Aber wir lassen uns nicht abschrecken.

Prinz Tolivar glaubte immer noch zu träumen, so unwirklich sah die Szene draußen auf dem Wasser aus. Nicht ein einziges der feurigen Geschosse von den Schiffen der Verteidiger traf die Piratenschiffe. Zauberei hielt die Kugeln aus brennendem Pech hundert Ellen vor ihrem Ziel auf, wo sie hin und her hüpften, als wären sie an einer unsichtbaren Wand abgeprallt, und dann ins Meer fielen, ohne Schaden angerichtet zu haben. Das Flaggschiff und die anderen raktumianischen Schiffe wurden jedoch weiterhin von den Bolzen aus den Armbrüsten getroffen, und auch von den Felsbrocken, die von Katapulten der verteidigenden Schiffe herübergeschleudert wurden. Offensichtlich war der Zauber, mit dem das brennende Pech ferngehalten wurde, nutzlos gegen Eisen und Fels, oder vielleicht konnte sich der Meister jeweils nur auf eine Gefahr konzentrieren.

Der Schaden, den die Waffen des Versunkenen Volkes auf den laboruwendianischen Schiffen anrichteten, war ungleich größer. Tolo sah ganz deutlich, wie eine Kugel aus schimmerndem grünem Licht von einem Piratenschiff auf das Ziel zuschwebte, nur um dann kurz vor ihrem Einschlag die Richtung zu wechseln, als ob sie in letzter Minute von der Erzzauberin abgelenkt worden wäre. Wenige Augenblicke später jedoch wurde ebendieses laboruwendianische Schiff von einer Wolke aus gleißend hellen weißen Funken getroffen, die aus einer anderen Richtung kamen und wie eine Herde eng beieinander fliegender Grissvögel durch die Luft schossen. Die Funken entfachten Hunderte von Feuern in der Takelage des glücklosen Kriegsschiffes, und bald brannte es lichterloh, wie so viele andere laboruwendianische Schiffe.

Tolo erkannte, daß Tante Haramis versuchte, die Laboruwendianer zu beschützen, was ihr allerdings nicht sehr gut gelang.

Die Schiffe aus Derorguila waren zahlenmäßig unterlegen und bewegten sich größtenteils nur mit Hilfe ihrer Segel vorwärts. Da der Wind nur schwach und auffällig wechselhaft war (kämpften die Erzzauberin und Orogastus etwa um die Herrschaft über die Lüfte?), war die laboruwendianische Kriegsflotte den von Ruderern angetriebenen Piratenschiffen auf Gedeih und Verderb ausgeliefert. Reihenweise wurden die Schiffe der Verteidiger von den Raktumianern auf der Breitseite gerammt, so daß sie in den Fluten versanken, oder von den kometenartigen Geschossen aus den Waffen des Versunkenen Volkes getroffen und von den Flammen zerstört. Einigen Schiffen gelang es dank des Eingreifens der Erzzauberin, der Zerstörung zu entkommen, aber anscheinend vermochte sie es nicht, einen Zauber zu wirken, der mächtig genug war, um sie alle zu schützen.

Aus den dumpfen Explosionen war das dröhnende Gelächter des Orogastus herauszuhören. Die Luft, die durch das Bullauge von Tolos Kabine hereinströmte, war eisig kalt, und er schlug die Arme um sich, um nicht noch mehr zu zittern. Aber nicht einen Augenblick lang dachte er daran, wieder ins Bett zurückzugehen oder seinen Posten für einen Augenblick zu verlassen, um sich eine wärmende Decke zu holen.

Für den kleinen Prinzen schien die Seeschlacht endlos lange weiterzugehen. Im Osten erhellte sich allmählich der Himmel, und dann änderten die Piraten plötzlich ihre Taktik, zweifellos aufgrund eines magischen Befehls von Orogastus.

Die Galeeren lösten sich von ihren schwer getroffenen Gegnern und ließen die Ruder zu Wasser. Tolos scharfe Ohren konnten den immer schneller werdenden Rhythmus der Rudertrommeln auf dem Flaggschiff hören. Gepeitscht von ihren Aufsehern, ruderten die raktumianischen Galeerensklaven nun aus Leibeskräften, so daß die vierundsiebzig Schiffe der Armada mit großer Geschwindigkeit den Schauplatz des Geschehens in den Gewässern nahe der Küste verließen und auf den Eingang des Hafens von Derorguila zusteuerten.

Die mächtige Vorhut aus Trieren durchbrach mit ihrem gepanzerten Bug die viel zu schwache Blockade aus aneinandergeketteten kleinen Booten, die vor dem Hafeneingang errichtet worden war. Zauberwaffen erschütterten innerhalb kurzer Zeit den Widerstand, der von den äußeren Verteidigungsanlagen des Hafens ausging. Tolo konnte keine Anzeichen dafür erkennen, daß die Erzzauberin Haramis einen Gegenzauber wirkte. Mit fliegenden Bannern lief die Flotte der Invasoren in der Hauptstadt ein, ohne daß ein einziges Schiff ihres Feindes sie aufzuhalten versuchte.

Die Sonne ging langsam auf. Der Palast mit seinen Befestigungsanlagen, dem mächtigen Burgfried im Zentrum und den winzigen Feuern auf seinen Wällen hob sich schwarz gegen den hochrot gefärbten Himmel ab. Der Hafen, die dorthin führenden Straßen und die Häuser der Stadt waren von Schnee bedeckt, der von der Morgendämmerung rosa gefärbt wurde. Aus einigen Gebäuden am Kai stiegen dünne Rauchschwaden in der morgendlichen Stille auf. Im inneren Hafenbecken, das an drei Seiten von Land umgeben war, wurde die Wasseroberfläche von einer dicken Nebeldecke verhüllt, da hier die kalte Luft auf die wärmere See getroffen war. Es sah aus, als ob sich die raktumianische Flotte ihren Weg durch Wolken bahnte, während sie auf das Land zusteuerte. Als die Trieren in Reichweite der Katapulte gerieten, die entlang der Küste aufgestellt worden waren, bombardierten sie diese mit einem wahren Regen aus gelben, blauen und roten Lichtkugeln, die sie aus den Waffen des Versunkenen Volkes abfeuerten.

Aber diesmal erreichten die tödlichen Geschosse ihr Ziel nicht. Der Prinz schrie erstaunt auf, als er sah, wie sich der wabernde Nebel zusammenballte und eine riesige Hand formte. Im Widerschein der hell lodernden Geschosse schwach glühend, fegte sie die Feuerbälle weg wie jemand, der eine lästige Wolke aus Insekten verscheucht. Noch mehr Bälle aus farbigem Licht wurden abgefeuert, und wieder griff die schützende Hand nach ihnen und schleuderte sie hoch in die Luft, wo sie schließlich erloschen.

Der Nebel um die vorrückende raktumianische Flotte wogte jetzt hin und her, als ob sich jeden Moment noch weitere Geisterhände daraus erheben würden. Die dröhnende Stimme der Erzzauberin ertönte:

Weicht zurück, Raktumianer! Verlaßt den Hafen, bevor es zu spät ist!

Orogastus' Antwort war herablassend: *Was für ein lächerliches Schauspiel veranstaltest du denn da, Erzzauberin? Glaubst du, daß du uns mit Kindereien in die Flucht schlagen kannst? Wir wissen, daß du uns gerade ein Trugbild vorgegaukelt hast! Unsere Geschosse haben die Küste getroffen und großen Schaden angerichtet. Deine riesige Hand ist nur ein Phantom. Du kannst uns keinen Schaden zufügen!* Dann lachte er.

In Haramis' Stimme schien Verzweiflung mitzuschwingen. *Wenn du jetzt nicht zurückweichst, Zauberer, dann wird dich und deine Anhänger ein unsäglich grausames Schicksal ereilen!*

Wirklich? erkundigte sich Orogastus mit beißender Ironie. *Sag mir eins, Erzzauberin – wenn du so mächtig bist, warum schleuderst du dann nicht einfach unsere Geschosse wieder auf uns zurück? Warum verbrennst du unsere Schiffe nicht mit Zauberfeuer oder zielst mit Felsen auf uns, die Löcher in den Rumpf unserer Schiffe reißen, oder zauberst eine Flutwelle herbei, die uns alle in ihren Fluten ertränkt? ... Ich weiß, warum! Weil du es nicht vermagst, vorsätzlich den Tod oder auch nur die Verletzung eines lebenden Wesens herbeizuführen! Ein kleines rotes Buch hat mir das enthüllt, zusammen mit vielen anderen Geheimnissen.*

Wieder hallte sein Gelächter über das Wasser. Dann sagte er mit schroffer Stimme: *Wir werden keine Zeit mehr damit verschwenden, uns über dich zu ärgern! Unsere tapferen Truppen brennen darauf, an Land zu gehen.*

Tolo hielt den Atem an. Plötzlich schien um das gesamte, riesiggroße Hafengebiet in der Stadt eine Mauer aus Flammen zu entstehen, die das höchste Gebäude überragte.

Orogastus sagte mit tadelnder Stimme: *Arme Erzzauberin! Glaubst du, die Männer von Tuzamen und Raktum lassen sich von einem solch armseligen Trick erschrecken? Sind wir denn Seltlinge, die vor Trugbildern zurückschrecken? Nein! Wir wissen sehr gut, daß uns dein kleines Schauspiel nicht verletzen kann. Wir werden auch dann nicht wanken, wenn du Horden geifernder Skritek herbeizauberst oder eine Barrikade aus Dornenfarn oder eine imaginäre Lawine. Wir werden uns bis zum Palast durchkämpfen und alle töten, die sich uns in den Weg stellen ... du aber wagst es nicht, uns zu töten! Du wagst es nicht! Gib es zu!*

Er erhielt keine Antwort. Die Flammen erloschen. Es sah so aus, als hätte sich die Erzzauberin – zumindest vorläufig – besiegt zurückgezogen.

Jetzt bewegte sich das raktumianische Flaggschiff majestätisch auf den größten Ankerplatz zu, eskortiert von den anderen Trieren. Erfolglos versuchte Tolo gerade herauszufinden, ob Soldaten sie an Land erwarteten, als die Tür zu seiner Kabine aufgerissen wurde.

Die stämmige Gelbstimme stand da. Seine Augen strahlten wie Sterne, und er sprach in dem für Orogastus typischen befehlenden Ton: »Prinz Tolivar! Ich brauche dich. Kleide dich in die königlichen Gewänder, die meine Gelbstimme dir bringt, und komm dann zu mir auf das Achterdeck des Flaggschiffes.«

»J-ja, Allmächtiger Meister.« Beinahe bewußtlos vor Schrecken stieg der Junge von seinem Schemel herunter. Seit dem schon lange zurückliegenden Tag (war es wirklich schon so lange her?) auf den Inseln unter dem Verlorenen Wind hatte er eine solche Demonstration der Macht des Zauberers nicht mehr gesehen – seit damals, als er sich entschieden hatte, mit Schwarzstimme zu gehen und nicht mit seiner Mutter. Was für ein törichter Dummkopf er doch gewesen war! Mutter ... Vater ... man würde sie töten. Und diesmal war es kein Traum.

Das magische Licht in den Augen der Stimme erlosch. Als Tolo keine Anstalten machte, sein Nachthemd auszuziehen, sagte der Gehilfe mürrisch wie immer zu ihm: »Jetzt steht nicht da wie ein hypnotisierter Nachtkaruwok, der das Drei-gestirn anheulen will! Kommt her. Muß ich Euch denn wie ein kleines Kind anziehen?«

»Nein«, sagte Tolo. Aber abgesehen von seinem Zittern be-wegte er sich so steif wie eine Puppe. Er hob erst den einen und dann den anderen Arm, zuerst das eine und dann das an-dere Bein, während ihm der murrende Gehilfe des Zauberers einen goldenen Anzug überstreifte und ihm dann einen Rock aus himmelblauem Samt anzog. Über seine Schulter legte er ein juwelenbesetztes Schwertgehenk, an dem eine gleicher-maßen mit Juwelen besetzte Scheide hing. Und darin steckte ein kleines Schwert, dessen Griff mit Rubinen verziert war. Wie sehr hatte sich Tolo ein solches Schwert gewünscht! Nun aber, da er es besaß, hätte er es auf der Stelle wieder hergege-ben, wenn er dafür frei und wieder mit seinen Eltern und Ge-schwistern zusammensein könnte.

Um den Hals des Prinzen hängte Gelbstimme eine Minia-turnachbildung der Königskette von Labornok, deren dicke Goldglieder mit großen Diamanten besetzt zu sein schienen. An der Kette hing ein Anhänger aus schwarz emailliertem Gold in Form einer Drillingslilie. Schließlich öffnete die Stimme einen Beutel aus Waschleder und holte eine Krone heraus. Es war eine genaue Nachbildung der prächtigen Staatskrone von Ruwenda, der Krone seiner Mutter, wenn auch viel kleiner. Als Tolo sie aus der Nähe betrachtete, fiel ihm auf, daß der Bernsteintropfen oben auf der Krone keine Schwarze Drillingslilie enthielt und die Edelsteine glanzlos waren. Waren sie etwa falsch?

»Setzt sie auf!« fuhr ihn die Stimme an. »Der Meister erwar-tet uns.«

»Aber ich kann mich doch nicht als König verkleiden!«

»Ihr werdet Euch als König verkleiden«, sagte die Stimme drohend, »solange es dem Meister gefällt. Ihr werdet König von Laboruwenda und der zukünftige Herr von Tuzamen sein!«

»Aber wie kann ich denn ...«

Der Widerspruch des Jungen wurde von der Stimme mit harten Worten erstickt: »Entweder Ihr setzt jetzt die Krone auf, oder Ihr bekommt Ärger mit Orogastus! Unverschämter Bengel! Seid Ihr denn wirklich so dumm und glaubt, Ihr werdet tatsächlich herrschen oder die Macht eines Monarchen besitzen? Ihr seid ein Schaustück, eine Marionette, weiter nichts.«

Die Stimme setzte Tolo energisch die Krone auf den Kopf. Sie war schwer und drückte. Dem Prinzen wurde ein Umhang aus weißem, mit Goldgewebe gefüttertem Pelz umgehängt, dessen Kapuze über die Krone gezogen wurde. Endlich war der Junge fertig, und Gelbstimme drängte ihn aus der Kabine. Er hatte es so eilig, daß sie die Treppe fast hinaufrannten.

Als der kleine Prinz auf das Deck der Triere kam, wurde der Befehl gegeben, Anker zu werfen. Das Schiff erbebte, und dann waren zwei mächtige Spritzer im Wasser zu hören. Seeleute kletterten in die Wanten über ihnen und stellten sich an die Winschen, um die reichverzierten Segel des Flaggschiffes einzuholen. Die Trommel für die Rudersklaven verstummte. Sie trieben noch eine kurze Strecke im Wasser dahin, dann kamen sie schließlich mitten in dem Hafenbecken zum Stehen, während sich die anderen Kriegsschiffe der Armada bedrohlich dem Kai näherten. Einige hatten gebrochene Masten, zersplittertes Balkenwerk und andere Schäden, aber die meisten schienen nach ihrem Zusammenstoß mit den Verteidigern noch unversehrt zu sein.

Tolo und die Stimme stiegen zum Achterdeck hinauf. Dort befanden sich König Ledavardis, Premierminister Jorot und General Zokumonus von Tuzamen, angetan mit prächtigen Rüstungen und schweren Pelzen. Purpurstimme stand bescheiden hinter Orogastus, der seine eindrucksvollen schwarzsilbernen Gewänder und die Sternenmaske trug. Dem armen Tolo verschlug es die Sprache, als er ihn erblickte.

Der Zauberer reichte Gelbstimme das Dreihäuptige Ungeheuer. Den anderen Talisman trug er an seinem Gürtel.
»Nimm dies, meine Stimme, und begleite den König, Premierminister Jorot und Lord Zokumonus bei ihrem Angriff
zu Lande. Kundschafte den Feind gewissenhaft aus und er-
statte von seinen Plänen Bericht, so daß die Krieger von Tuzamen und Raktum rasch von Derorguila Besitz ergreifen können. Aber ich warne dich: Verwende die Krone zu keinem
anderen Zweck als der Beobachtung unseres Feindes, sonst
werden ihre Geheimnisse dir oder unseren tapferen Verbündeten Schaden zufügen.«

»Ich höre und gehorche, Allmächtiger Meister.« Die
Stimme verneigte sich, dann nahm er den Talisman und setzte
ihn sich auf den kahlgeschorenen Schädel.

»Noch eines«, sagte Orogastus. »Du weißt, daß du die Erzzauberin nicht beobachten kannst, da sie sich mit einem Zauber abgeschirmt hat. Aber es besteht immerhin die Möglichkeit, daß du sie mit deinen sterblichen Augen erblickst. Sollte
das geschehen, bleib ganz ruhig. Vergiß nicht, daß sie dich
nicht verletzen kann, solange du meinen Talisman trägst. Aber
auf gar keinen Fall darfst du dich ihr entgegenstellen! Befiehl
der Krone, dich unsichtbar zu machen, und rufe mich alsdann
unverzüglich mit dem Talisman, um mir ihren Aufenthaltsort
mitzuteilen.«

»Ich verstehe«, sagte die Stimme. Er wandte sich zu dem
jungen Ledavardis um. »Ich bin bereit, Großer König.«

Der Bucklige sah Orogastus mißtrauisch an. »Ihr werdet
uns bei dem Angriff also nicht begleiten?«

»Ich muß noch andere Dinge erledigen, Ledo«, erwiderte der Zauberer liebenswürdig. Seine Augen hinter der
Maske leuchteten so silbern wie der Kopfputz seines Gewandes.

»Vorläufig dürfte sich Euch keine Magie in den Weg stellen. Ich glaube, die Erzzauberin ist erschöpft von all ihren
Anstrengungen. Sie weiß, daß ihre furchterregenden Trugbilder Euch nicht aufhalten werden, und wird wahrscheinlich
keine weiteren Versuche mehr unternehmen, uns angst zu
machen. Sie beobachtet mich nicht mehr mit ihrem Talisman,

416

und daher kann ich sie nicht sehen. Wahrscheinlich wird sie sich jetzt mit Königin Anigel, König Antar und ihrer eingeschneiten Provinzarmee beraten.«

»Sie wird sich schon noch einen anderen Zauber für uns ausdenken«, sagte der junge König mit grimmigem Gesicht, »und dann solltet Ihr bei uns sein, um ihn abzuwenden!«

»Ich habe das Gebiet ausgekundschaftet, und Euch erwarten jetzt an Land nur die üblichen Gefahren einer Schlacht«, versicherte ihm der Zauberer. »Nur ein paar Katapulte auf den Piers und ungefähr zweitausend Verteidiger, die sich in den Hafengebäuden und entlang der Straßen zum Palast verschanzt haben. Mit diesen dürftet Ihr kurzen Prozeß machen können. Nutzt die Gunst der Stunde, um soviel Boden und Ruhm wie nur möglich zu erringen. Wenn der eigentliche Angriff auf den Palast und den Burgfried beginnt, werde ich an Eurer Seite sein.«

»Wie weit ist Antar jetzt mit seiner Verstärkung entfernt?« fragte Premierminister Jorot.

»Sie sind noch über dreißig Meilen weit weg und kommen im Schnee nur sehr langsam voran. Der Palast wird uns gehören und Prinz Tolo auf den Thron gesetzt sein, bevor sie die Stadttore erreichen ... wenn Eure ungebärdigen Freibeuter ihre Sache gut machen.«

»Das werden sie«, entgegnete der König, »wenn Ihr die Eure ebenfalls gut macht und dafür sorgt, daß wir nicht von einer tödlichen List der Erzzauberin überrascht werden.«

Orogastus wurde wütend. »Wie oft muß ich Euch noch sagen, daß sie nicht töten kann, sie kann Euch nicht einmal verletzen! Sie kann lediglich versuchen, Eure Waffen abzuwehren. Wenn Ihr die Kampfstätten weit genug auseinanderzieht, wird sie so verwirrt sein, daß sie nicht mehr weiß, wohin sie sich wenden soll! Jetzt geht, denn ich muß über wichtige magische Angelegenheiten nachdenken.« Dann drehte er dem König den Rücken zu.

Einen Augenblick lang sah es so aus, als ob der zornige Ledavardis eine unbesonnene Antwort geben wollte. Aber Jorot legte ihm die Hand auf die Schulter, und der junge Monarch ließ mit finsterem Blick davon ab. Er zog seinen Pelzmantel um sich und führte die anderen zu der Stelle, wo sein Ruderboot lag.

Als der König und sein Gefolge außer Hörweite waren, seufzte Orogastus und sagte zu Purpurstimme: »Ein aufsässiger junger Mann, unser Koboldkönig. Wie schade, daß ich seiner Hilfe so dringend bedarf.«

»Ihr werdet ihrer nicht auf ewig bedürfen, Allmächtiger Meister. Sobald Derorguila fällt und die Piraten es plündern können ...«

Orogastus warf einen Blick auf den kleinen Prinzen, der ihnen mit großen Augen zuhörte, und sagte hastig: »Laß uns jetzt nicht mehr von König Ledavardis sprechen, meine Stimme. Ein anderer König bedarf jetzt deiner Anweisungen, damit er seine Rolle in dem vor uns liegenden Schauspiel auch richtig spielen kann. Ledos königlicher Salon dürfte inzwischen verlassen sein. Bring Tolo dorthin, und dann können wir beginnen.«

28

Haramis erwachte aus ihrer Trance. Sie war ganz bleich vor Hoffnungslosigkeit. »Die Blaue Frau weiß keinen Weg, wie wir uns den Eindringlingen entgegenstellen können, ohne die Regeln der Erzzauberei zu verletzen. Ebenso wie ich kann sie keiner lebenden Seele einen Schaden zufügen und ihre Zauberkräfte nur zum Vorteil anderer oder zur Verteidigung einsetzen.«

Die Armee der ehemaligen Rebellen hatte inmitten der schneebedeckten Felder eine Rast gemacht. Die Sonne stand hoch am Himmel, aber sie war hinter grauen Wolken verschwunden, und ein schneidender Wind kam von Westen, wo die Immerwährende Eisdecke das Innere des Weltkontinents bedeckte. Antar, Anigel, Kadiya und ihre Begleiter versuchten gerade, sich auf der völlig zertrampelten Straße etwas auszuruhen, als die Erzzauberin plötzlich zum erstenmal erschienen war. Sie überbrachte ihren Schwestern und dem König die betrüblichen Nachrichten von ihrem vergeblichen Versuch, die Flotte der Invasoren aufzuhalten, und teilte ihnen mit, daß sie völlig erschöpft sei.

Dann war Haramis eingefallen, daß sie sich mit der Erzzauberin des Meeres beraten könnte, um herauszufinden, ob die Blaue Frau sie auf irgendeine Weise unterstützen konnte. Ihre Besprechung hatte fast eine halbe Stunde gedauert und war ergebnislos geblieben.

Nachdem also auch diese Hoffnung zerschlagen war, setzte sich Haramis müde auf einen eisig kalten Felsen und trank von dem gewürzten Wein, den Shiki, der Dorok, ihr brachte.

»Sieh noch einmal nach, wie es mit dem Kampf in der Hauptstadt steht!« bat sie der König. Er und seine Frau hatten sich flüsternd mit Graf Gultrein und Lord Galanikar beraten, die mit besorgten Gesichtern neben ihnen standen. »Haben die Piraten schon den Palast bedroht?«

Haramis hob langsam ihren Talisman. Wieder versank sie für einige Minuten in Trance, dann sagte sie: »Er ist noch sicher. Die Waffen des Versunkenen Volkes, die an Land gebracht worden sind, haben bis jetzt nicht die Befestigungsanlagen niederzureißen vermocht.«

»Dem Dreieinigen sei gedankt!« rief Lord Balanikar.

»Ich würde ihm noch mehr danken«, murmelte der alte Graf Gultrein, »wenn er diese fürchterliche Kälte lindern würde! Die Wolken ballen sich schon wieder zusammen, und es sieht nach noch mehr Schnee aus. Wenn die Schneewehen tiefer werden, können weder die Männer noch die Tiere weitergehen. Wir werden alle umkommen, und das in einer Entfernung zur Stadt, die sonst in einer Stunde auf Fronlerrücken zurückgelegt werden kann.«

»Kannst du denn nichts tun, um die Straße frei zu machen, Hara?« fragte Kadiya ihre Schwester.

Die Erzzauberin schüttelte den Kopf. »Ich könnte etwas von dem Schnee schmelzen, aber wahrscheinlich nicht genug, daß es euch etwas nützen würde, besonders dann nicht, wenn noch mehr Schnee fällt. Ich bin so müde.«

»Wir alle können uns vor Müdigkeit kaum mehr auf den Beinen halten«, sagte Anigel. »Alle außer den Kindern, die im

Sattel geschlafen haben.« Sie sah zu Kronprinz Nikalon und Prinzessin Janeel hinüber, die unter den wachsamen Augen von Jagun herumtollten und sich mit Schneebällen bewarfen.

»Der Feind wird bald seine schweren Waffen an Land bringen«, sagte Haramis. »Ich muß mich ein bißchen ausruhen und dann alles in meiner Macht Stehende tun, um Derorguila zu verteidigen. Aber ich fürchte, daß die Männer mit den Waffen des Versunkenen Volkes die Mauer um den Palast an vielen Stellen gleichzeitig angreifen werden, und wenn dies geschieht, werden sie trotz all meiner Bemühungen mit Sicherheit durchbrechen. Ich wünschte, mein Kopf wäre klarer, und ich wünschte, ich könnte euch ermutigendere Worte sagen. Und doch kann ich euch jetzt nur raten, euch zurückzuziehen.«

»Nein!« sagte der König erregt. »Ich werde nicht davonlaufen.«

Haramis sprach beharrlich weiter. »Es sind zweihundertvierzig Meilen bis zu den Ausläufern des Ohoganmassivs. Weiter vom Meer entfernt ist der Schnee nicht mehr so tief, obwohl durchdringende Kälte herrscht. Es ist unwahrscheinlich, daß euch die Piraten verfolgen, wenn die Plünderung von Derorguila sie erwartet. Ihr könntet euch verbergen, bis das Wetter wieder besser ist und ihr über den Vispir-Paß nach Ruwenda gehen könnt. Wenn ihr erst einmal dort seid, könnt ihr in der Zitadelle Zuflucht suchen und die anderen Truppen zusammenrufen ...«

Plötzlich wurde sie von Kadiya unterbrochen, die vor Freude strahlte. »Hara! Mir ist gerade etwas Wundervolles eingefallen. Ich weiß, daß die Erzzauberin des Meeres uns nicht direkt bei dem Kampf helfen kann. Aber könntest du denn nicht mit ihr *zusammen* diesen fürchterlichen Schnee vertreiben? Das würde eure heilige Pflicht doch sicher nicht verletzen.«

Haramis hatte mit gesenktem Kopf gesprochen, überwältigt von Müdigkeit. Als sie die Worte ihrer Schwester vernahm, war sie plötzlich hellwach und blickte auf. Neue Hoffnung ließ ihr Gesicht aufleuchten.

»Ich bin mir nicht sicher. Schließlich ist das Wetter ein Zeichen dafür, daß die Welt aus dem Gleichgewicht geraten ist.

Vielleicht können wir es ja gar nicht ändern. Aber wir könnten es versuchen.«

Mit Mühe stellte sie sich auf die Beine, griff nach dem Dreiflügelreif und rief: »Iriane! Habt Ihr zugehört! Ist es möglich?«

Jene, die um sie herumstanden, schrien vor Erstaunen auf, denn ein Blitz aus blauem Licht blendete sie. Eine leuchtende Masse aus saphirblauen Blasen erschien und schwoll immer mehr an, bis sie größer als ein Mensch war. Darin war eine azurblaue Gestalt zu erkennen, die mit winzigen, wie Sterne aussehenden Lichtpunkten übersät war.

Die Blasen platzten, und plötzlich stand dort eine rundliche, lächelnde Frau, in fließende blaue Gewänder gehüllt. Ihr dunkelblaues Haar trug sie in einer sonderbaren, von perlenbesetzten Kämmen zusammengehaltenen Frisur.

»Laßt uns sehen, was wir zustande bringen können!« sagte die Erzzauberin des Meeres zu Haramis. »Nehmt meine Hand. Vergeßt Euren Talisman. Ihr seid eine Erzzauberin, und Eure Kraft wohnt in Euch!«

»Beim Heiligen Zoto!« rief Antar aus. »Sie ist gekommen! Es gibt sie wirklich.«

Iriane warf dem König einen verächtlichen Blick zu. »Zweifel werden Eurer Sache wohl kaum helfen, junger Mann. Ich rate Euch, mit aller Inbrunst, die Ihr aufbringen könnt, zu beten. Betet, während Eure gute Schwägerin und ich versuchen, unsere Arbeit zu tun! Und Ihr zwei Schwestern« – sie nickte Anigel und Kadiya zu – »haltet Eure Bernsteinamulette fest und betet auch, obwohl Ihr noch nicht wieder als die Drei Blütenblätter der Lebenden Drillingslilie vereint seid. Was Haramis und ich jetzt versuchen, wird nicht leicht sein. Wir brauchen Eure Hilfe!«

Beschämt fiel Antar auf die Knie und beugte sich über seine gefalteten Hände. Anigel und Kadiya folgten seinem Beispiel, wie auch die übrigen Adligen und Ritter, die um sie versammelt waren, und selbst die Königskinder, Shiki und Jagun taten es ihm gleich.

Zunächst geschah nichts, abgesehen davon, daß die Auren der beiden Erzzauberinnen stärker wurden. Haramis war in golden glühendes Licht eingehüllt, Iriane in blaues, und dort, wo sich die Auren vermischten, entstand ein reines, strahlendes Grün. Das grüne Licht schoß nach oben und bildete eine smaragdgrüne Lanze, die zu den untersten Sturmwolken flog und sich schnell wie ein Blitz zwischen ihnen ausbreitete.

In dem Augenblick, als sie ihr Ziel schon fast erreicht hatten, spürte Haramis einen feindseligen Widerstand. Eine böse Macht übte all ihre Kraft aus, um den Zauber zu verhindern. Orogastus! Sie brauchte nicht erst sein Bild heraufzubeschwören, um zu wissen, daß er da war und gegen sie ankämpfte. Er wollte verhindern, daß sich die große Kälte von den beiden Erzzauberinnen befehligen ließ.

Das grüne Leuchten am Himmel wurde schwächer und flackerte, und dann wurden die Wolken wieder schwarz. Die Blaue Frau schrak zurück, entsetzt über die Bösartigkeit des unerwarteten Gegenangriffs und bereit, sich von dieser plötzlich gefährlich gewordenen Zusammenarbeit zu befreien.

Iriane, nein! Wartet!

Haramis vergaß ihre Müdigkeit und sah tief in ihr Inneres hinein, wo sie etwas fand, das Drei und gleichzeitig Eins war. Mit letzter Kraft holte sie es hervor und zerschmetterte das erdrückende Böse mit einem einzigen gewaltigen Schlag. Das Dreifaltige löste sich wieder auf, aber es hatte seine Aufgabe erfüllt. Das goldene Glühen und das Blau verstärkten sich wieder und verschmolzen erneut. Grünes Licht hüllte den Himmel ein, und ein dröhnendes Läuten ertönte, das wie von hundert riesigen Glocken klang.

Dann war das grüne Leuchten verschwunden.

Iriane und Haramis standen Seite an Seite da, ihrer magischen Auren beraubt, aber mit erwartungsvollen Gesichtern. Wind kam auf ... und er war nicht frostig kalt wie vorhin, sondern warm. Aus Tausenden von Kehlen stieg erstauntes Gemurmel auf. Ein Blitz zuckte über den grauen Himmel und verzweigte sich in alle Richtungen, und über den ruinierten Getreidefeldern, wo die Armee sich ausruhte, grollte der Donner.

Es begann zu regnen.

Lauwarmer Regen. Er strömte auf sie herab, als hätte der

Himmel seine Schleusen geöffnet. Große klatschende Tropfen schlugen Löcher in die Schneewehen und fraßen das Eis weg. Der Regen ergoß sich auf die gen Himmel gewandten, von Frostbeulen entstellten Gesichter der Ritter und Soldaten und taute ihre gefrorenen Rüstungen auf. Wie silberne Lanzen fiel er vom Himmel, durchnäßte das lachende Königspaar und ließ die Königskinder vor Freude kreischen und tanzen. Die Fronler warfen ihre Köpfe hin und her, wieherten vor Freude über den plötzlichen Temperaturanstieg und scharrten mit ihren gespaltenen Hufen in den Pfützen, die sich auf der Straße bildeten.

»Auf nach Derorguila!« rief Antar. Er sprang in den Sattel und hob sein Schwert empor. »Auf nach Derorguila!« Und er ritt mitten in die Männer hinein, die sich von den Knien erhoben und so laut jubelten, daß sie den Donner und das Geräusch des gewaltigen Regengusses übertönten. Gultrein, Balanikar und die übrigen Adligen beeilten sich, ihre Fronler zu besteigen und ihre Männer zum Aufbruch bereitzumachen.

Iriane lächelte Haramis an. »Nun, es hat funktioniert. Ich bin froh darüber. War das Euer ungezogener Liebhaber, der versuchte, sich einzumischen?«

Haramis' Gesicht war von der furchtbaren Anstrengung ganz bleich geworden. Der Regen hatte ihr Gewand durchweicht, und das schwarze Haar hing in nassen Strähnen herab, während die Erzzauberin des Meeres so elegant wie immer aussah.

»Es war Orogastus. Glücklicherweise kann er nichts von Eurer Gegenwart geahnt haben, Iriane. Ihr müßt Euch vorsehen, wenn Ihr versucht, sein Bild herbeizurufen, denn er kann mich jetzt sehen, wenn ich ihn beobachte – und dasselbe kann er mit Euch möglicherweise auch machen.«

Die Blaue Frau lachte nervös. »Nun gut! Ich denke, ich werde meine Neugier noch ein wenig bezähmen.«

»Ich danke Euch für Eure Hilfe. Darf ich Euch wieder rufen, wenn ich Euch brauche?«

»Hmm.« Ihre blaßblau leuchtende Stirn runzelte sich. »Strenggenommen ist es ja nicht meine Aufgabe, Euch bei den

Angelegenheiten des Landes zu helfen. Aber Regen unterscheidet sich nicht so sehr von Meerwasser, deswegen konnte ich hier noch ein Auge zudrücken – besonders, da der Zauber friedfertig war. Ich werde auch in Zukunft tun, was ich kann, aber es muß den Regeln entsprechen. Wenn uns doch nur nicht so viele Regeln einengen würden! Das macht das Leben zuweilen sehr schwierig.«

Sie verschwand mit einem kleinen Knall in einer indigoblauen Rauchwolke.

Haramis wandte sich jetzt ihren Schwestern zu, die mit Hilfe von Shiki und Jagun ihre Sachen zusammensuchten. Kadiya fragte: »Glaubst du, wir haben jetzt eine gute Chance, den Palast zu erreichen?«

»Bis jetzt wird er nur von kleinen Gruppen tuzamenischer Krieger angegriffen«, erwiderte Haramis. »Die Piratentruppen sind an anderer Stelle in der Stadt mit leichter zugänglichen – und lohnenderen – Zielen beschäftigt. Da die Straßen nun frei werden und die große Kälte zumindest eine Zeitlang vorbei ist, glaube ich, daß ihr den Palast erreichen werdet.«

»Wirst du bei uns bleiben, Hara?« fragte die Königin, die gerade die nassen Mäntel ihrer beiden Kinder richtete. Der Regen fiel noch immer mit unverminderter Stärke. »Wirst du uns bei dem Marsch in die Stadt beschützen?«

Die Erzzauberin antwortete ihr nicht sofort. Sie schien in Gedanken versunken zu sein.

Der König kam zurückgeritten. »Seid ihr denn immer noch nicht im Sattel? Shiki! Jagun! Bringt Reittiere für die Königin, die Herrin der Augen und die Königskinder, und sucht auch eines für die Erzzauberin.«

Die beiden Eingeborenen rannten davon. Aber Haramis sagte zu dem König: »Ich mache mir große Sorgen. Auf der Straße nach Derorguila besteht keine Gefahr für euch. Ich muß zumindest ein paar Stunden schlafen, damit ich mich wieder erhole. Ich habe noch genug Kraft übrig, um mich in den Palast zu bringen. Wenn du und Anigel es wünscht, kann ich euch beide mit mir nehmen.«

»Ich muß die Männer hier anführen«, erwiderte Antar. »Aber ich wäre dir dankbar, wenn du meine Gemahlin und die

Kinder in den sicheren Burgfried bringen könntest. Anigel kann dem Hofmarschall Owanon die guten Nachrichten über die Verstärkung für unsere Truppen mitteilen.«

»Antar, ich will bei dir bleiben«, rief die Königin.

»Vielleicht müssen wir uns unseren Weg in den Palastbezirk erkämpfen«, tadelte er sie mit strenger Stimme. »Ich kann keine Krieger für deinen Schutz erübrigen. Da der Vorschlag der Erzzauberin durchaus vernünftig ist, bitte ich dich, mit ihr zu gehen.«

Widerstrebend willigte Anigel ein. Sie rief den Kronprinzen und die Prinzessin zu sich, und Haramis breitete ihren Mantel aus.

Aber als sich die Königin und die beiden Kinder an sie gedrängt hatten, sagte die Erzzauberin plötzlich: »Wir haben noch Platz ... Kadi! Du kommst auch mit. Wir Drei Blütenblätter der Lebenden Drillingslilie sollten in dieser schlimmen Zeit nicht getrennt werden.«

Kadiya öffnete den Mund und wollte ihr widersprechen. Doch Haramis sprach weiter: »Wir können von der Erzzauberin des Meeres keine direkte Hilfe bei dem Kampf erwarten, der uns bevorsteht. Ich werde alle Hilfe brauchen, die ihr beide mir geben könnt. Ohne eure Unterstützung hätte ich es niemals geschafft, Orogastus abzuwehren und den Regen herbeizuführen. Aber die Einheit der Drei Blütenblätter war nur flüchtig und nicht von Dauer. Wir müssen uns schon ein wenig mehr anstrengen, wenn wir den Zauberer und seine Verbündeten ein für allemal besiegen wollen.«

»Ich schwöre dir Treue bis in den Tod«, versicherte ihr Kadiya beherzt und nahm ihren Platz unter dem Mantel ein.

Aber Anigel schien seltsam beunruhigt zu sein. »Die große Kälte«, murmelte sie und sah zu Haramis auf. »Sie ist nicht wirklich aus dem ganzen Land verschwunden, nicht wahr? Nur für kurze Zeit aus diesem kleinen Gebiet hier verbannt.«

Haramis nickte zögernd.

»Aber wie können wir dann gewinnen?« wollte Anigel wissen.

Eine Entgegnung darauf kam von König Antar: »In weniger als drei Stunden werde ich in Derorguila sein, und mit diesen zusätzlichen Truppen haben sich unsere Chancen erheblich verbessert. Geliebte, verliere nicht den Mut!«

Haramis schloß die Augen. Der König hatte die Bedeutung von Anigels wehmütiger Frage nicht verstanden – im Gegensatz zu Haramis. Die aber wußte keine Antwort darauf, und im Augenblick kümmerte es sie auch nicht, denn sie wollte nur schlafen. Mit Mühe beschwor sie im Geiste das gläserne Bild des königlichen Salons im Burgfried von Derorguila herauf.

»Lebt wohl!« rief der König. »So der Dreieinige es will, werden wir uns in wenigen Stunden wiedersehen.«

Das Bild aus Glas wurde Wirklichkeit.

Haramis wagte wieder zu atmen. Sie waren wohlbehalten angekommen. Die Kinder fingen an zu reden, während Kadiya und Anigel unter dem Mantel der Erzzauberin hervortraten. Der Raum war eiskalt, da das Feuer ausgegangen war, und sie waren alle bis auf die Haut durchnäßt. Haramis fragte sich, ob noch ein wenig Zauberkraft übriggeblieben war …

Ja. Im Kamin brannte plötzlich ein loderndes Feuer. Ihre Kleidung und die der anderen wurde trocken und warm. Beeindruckt bedankten sich Anigel, Kadiya und die Kinder bei ihr.

»Ich werde die Diener herbeirufen«, sagte die Königin zur Erzzauberin, »damit sie sofort mein Bett für dich herrichten.«

Aber Haramis hatte ein weichgepolstertes Sofa erspäht. Sie ging hinüber, legte sich nieder und fiel sofort in einen traumlosen Schlaf. Der Bernstein in ihrem Talisman glühte so schwach, daß er kaum noch zu leben schien.

»Meister! Meister! Erwacht!« Purpurstimme ergriff die Hand seines Herrn, die immer noch einen silbernen Handschuh trug und schlaff herabhing, um sie gegen seine Stirn zu pressen. »Meister, kommt zurück! Lebt, geliebter Meister! Ohhhh … Mächte der Finsternis, bringt ihn zurück!«

Orogastus stöhnte, und sein Körper, der im königlichen Salon des Flaggschiffes zu Boden gestürzt war, rührte sich. Purpurstimme beeilte sich, die Sternenmaske des Zauberers zu lösen und ihm vom Gesicht zu nehmen, dann stopfte er ihm einige Kissen unter den Kopf. »Steht nicht einfach so da, Junge!« ermahnte der Gehilfe Tolo. »Holt Branntwein!«

Die Unterweisung des Prinzen in königlicher Etikette war jäh unterbrochen worden, und er hatte einen erstaunlichen magischen Kampf miterlebt, während er wie gelähmt auf König Ledos Reisethron saß. Orogastus hatte eine kurze Pause angeordnet, um König Antar mit seinem Talisman zu beobachten. Dabei hatte er offensichtlich festgestellt, daß eine Art bedrohlicher magischer Aktivität vor sich ging. Eingehüllt in ein grünes Leuchten und mit Augen, die wie zwei weiße Leuchtfeuer aussahen, schien er mit unsichtbaren Dämonen zu kämpfen, auf die er schreiend mit seinem Talisman eingeschlagen hatte. Dann war er zusammengebrochen. Die Tatsache, daß der Zauberer verwundbar war, überraschte Tolo völlig und gab ihm einiges zu denken.

Der Junge ging unsicher zu einer Anrichte und schüttete etwas Alkohol in einen goldenen Kelch, den er dem Diener des Meisters brachte. »Was ist geschehen?« fragte Tolo. »Ist er verletzt?«

»Zauberei«, sagte die Stimme nur. »Die Erzzauberin Haramis wollte einen mächtigen Zauber vollführen; sie wollte das Wetter ändern. Der Meister hat sie zufällig dabei beobachtet und versucht, dieses Ereignis zu verhindern. Aber … er hat versagt. Das ist völlig unerklärlich.«

»Versagt«, wiederholte Orogastus mit schwacher Stimme. Seine Augen öffneten sich. Die Stimme führte ihm den Becher mit Branntwein an die Lippen, und er trank ein oder zwei Schlucke. Er klang benommen und verwirrt. »Rein zufällig kam mir in den Sinn, König Antar zu beobachten. Und dabei habe ich festgestellt, daß das Wetter über der abtrünnigen Armee dabei war, sich zu verändern. Ich habe sofort vermutet, daß Haramis die Truppen begleitete, obgleich ich mir ihre Gegenwart nicht durch den Talisman bestätigen lassen konnte. Ich habe all meine Kräfte eingesetzt, um die Kälte an diesem Ort zu halten, damit die Verstärkung nicht in die Stadt gelangen konnte.« Vor Schmerz verzog er plötzlich das Gesicht. »Aber ich vermochte es nicht. Und in dem Augenblick meiner Niederlage sah ich … sah ich …«

»Was, Allmächtiger Meister?« Die Stimme löste den Ver-
schluß des schweren Mantels von Orogastus, machte es ihm
etwas bequemer und half ihm, noch etwas Branntwein zu
trinken.

»Ich sah Haramis. Und ... wer war das? Zweifellos die beiden anderen Blütenblätter der Lebenden Schwarzen Drillingslilie. Aber mir war, als hätte ich noch jemanden gesehen.«
Orogastus schüttelte den Kopf. »Aber wen?« Er runzelte die
Stirn und murmelte eine Verwünschung. »Mein Gehirn hilft
mir nicht weiter, es ist so löchrig wie ein Sieb!«

»Könnt Ihr denn den Schneesturm nicht wieder herbeirufen?« fragte die Stimme. »Ihr befehligt doch den Sturm! Die
eisigen Winde gehorchen Euch und bringen Verderben und
Hoffnungslosigkeit für Eure Feinde! Wenn Ihr geruht habt
und wieder zu Kräften gekommen seid ...«

Orogastus hob die Hand. »Meine Stimme, ich habe König
Ledavardis und die anderen einfältigen Raktumianer glauben
lassen, daß die Verwüstung von Laboruwenda durch die
plötzliche rauhe Witterung mein Werk war. Aber vor dir
brauche ich mich nicht zu verstellen. Ja, ich kann kleine
Stürme befehligen und Blitze am Himmel erscheinen lassen,
Wirbelstürme herbeirufen und heftige Winde entstehen lassen, die unsere Schiffe schneller voranbringen. Aber ein so
weit verbreitetes Chaos durch anhaltend schlechtes Wetter
zu verursachen übersteigt meine Fähigkeiten – und auch die
der Erzzauberin Haramis selbst. Die Wahrheit ist, daß ich
nicht weiß, warum das Klima Amok läuft. Gelegentlich habe
ich über dieses Rätsel nachgedacht, es aber bald wieder aufgegeben, da die Unwetter meinen Plänen nur zuträglich waren.
Aber daß ich jetzt versagt habe ... ich kann es nicht verstehen! Als wir heute unsere magischen Kräfte miteinander
maßen, schienen Haramis und ich einander ebenbürtig zu
sein. Dann wurde sie sehr müde und zog sich zurück, nachdem wir die Blockade des Hafens durchbrochen hatten. Sie
hätte überhaupt nicht in der Lage sein dürfen, unseren Zusammenstoß zu gewinnen!«

»Wie erklärt Ihr es Euch dann, Allmächtiger Meister?«

»Sie hat Hilfe von ihren Schwestern bekommen. Dessen bin

ich mir sicher. Aber Königin Anigels Drillingsblume ist noch blutrot, die Lebende Drillingslilie hat somit noch immer nicht ihre gesamte Kraft zurück. Dennoch wurde ich besiegt.«

Orogastus setzte sich mühsam auf. Er nahm den Becher aus der Hand seines Gehilfen und leerte ihn, dann hustete er und preßte die Knöchel seiner Finger auf die Stirn. »Sie haben warme Luft und Regen herbeigezaubert. Und das nur in einem begrenzten Gebiet südlich von Derorguila. Die Armee der Provinzherren wird jetzt ziemlich schnell in die Stadt gelangen und versuchen, sich den Truppen innerhalb des Palastes anzuschließen. Wir müssen sofort an Land gehen, um uns darum zu kümmern. Der Koboldkönig und seine Männer werden etwas Überredung brauchen, wenn wir sie von ihrer Plünderei abziehen und wieder auf das eigentliche Geschäft des Krieges lenken wollen. Und ich muß meinen zweiten Talisman von Gelbstimme zurückhaben, denn ich brauche beide Talismane, um Haramis zu besiegen.«

Als er sich erhob, stöhnte er wieder, und dann schien er zum erstenmal, seit er zu Boden gestürzt war, Prinz Tolivar zu bemerken.

»Laß mich für einen Augenblick allein, Purpurstimme, und nimm den Jungen mit. Laß ein Boot bereitmachen, das uns an Land bringt. Wir werden meine tuzamenische Leibwache brauchen. Und bring die Sternentruhe mit. Wenn es mir gelingt, Haramis zu finden und zu besiegen, muß ich sofort ihren Talisman in Besitz nehmen.«

Die Stimme verneigte sich. »Ich höre und gehorche, Allmächtiger Meister.« Tolo rannte ihm nach.

Orogastus zog das Dreilappige Brennende Auge aus seiner Scheide, drehte es um und hielt es an der stumpfen Klinge fest. »Talisman, antworte mir wahrheitsgemäß.«

Die schwarze Kugel mit dem silbernen Auge öffnete sich. *Das werde ich, wenn die Frage zulässig ist.*

»Wer hat der Erzzauberin Haramis geholfen, als sie den warmen Regen herbeigezaubert hat?«

Die Herrin der Augen, Kadiya. Und die Königin von Laboruwenda, Anigel.

»Ja? Ja? Ich weiß, daß noch eine dritte Person dabei war! Wer war das?«

Die Erzzauberin der See, Iriane.

»Bei den Knochen von Bondanus!« rief der Zauberer aus. »Noch eine Erzzauberin? Kann das denn sein?«

Die Frage ist unzulässig.

Orogastus fluchte heftig. »Antworte mir wahrheitsgemäß: Wie viele Erzzauberer sind am Leben?«

Eine Erzzauberin des Landes, eine Erzzauberin des Meeres und ein Erzzauberer des Himmels.

»Wie kann ich sie sehen und mich mit ihnen unterhalten?«

Zur Zeit wünschen die Erzzauberer nicht, sich mit Euch zu unterhalten. Sie gestatten Euch auch nicht, sie mit dem Talisman zu sehen. Später einmal, wenn er Gefallen daran finden sollte, wird sich Denby, der Erzzauberer des Himmels, vielleicht mit Euch unterhalten. Fürs erste seid Ihr für ihn nicht von Interesse.

Orogastus unterdrückte einen weiteren Fluch und sagte mit schmeichelnder Stimme: »Überbringe Denby, dem erlauchten Erzzauberer des Himmels, meine besten Wünsche. Ich werde in Demut warten, bis er geruht, mit mir zu sprechen.«

Es ist geschehen. Das Auge schloß sich wieder.

Wütend dachte Orogastus eine Weile nach. Dann steckte er den Talisman zurück in die Scheide, nahm seinen Mantel und seine Maske und machte sich daran, für den Kampf an Land zu gehen.

29

Die Kämpfe im Hafen von Derorguila waren bereits beendet, als sich Orogastus, Prinz Tolivar und Purpurstimme in einem kleinen Boot näherten, das von einem Dutzend schwerbewaffneter tuzamenischer Krieger gerudert wurde.

Die verlassenen Schiffe der Invasionstruppen drängten sich zu dritt und zu viert um die Piers, so daß der Zauberer und seine Begleiter über sie steigen mußten, um den Kai zu erreichen. An Land erwartete sie ein wildes Durcheinander, auf das ein milder Morgenregen fiel. Beißender Rauch erfüllte die Luft, und der schnell schmelzende Schnee war mit Schmutz und Blut besudelt. Überall lagen die Leichen der Invasoren und der Verteidiger herum.

Am Ufer brannten trotz des leichten Regens die hölzernen Katapulte, die man dort aufgestellt hatte, um die Piraten aufzuhalten. Die blutüberströmten Körper der Männer, die sie bedient hatten, lagen verstreut zwischen den unberührten Stapeln mit Steingeschossen und den umgestürzten Pechtöpfen. Auch jene Hafengebäude, in denen sich die laboruwendianischen Verteidiger zu Beginn verschanzt hatten, standen in Flammen. In den engen Gassen zwischen den Lagerhäusern lagen noch mehr Leichen, sowohl Raktumianer als auch Laboruwendianer. Bei fast allen mächtigen Gebäuden waren die Türen weit aufgerissen und die Fenster eingeschlagen. Horden von raktumianischen Seeleuten schafften ihr Beutegut heraus, das sie dann auf dem Kai aufstapelten. Weggeworfene Ballen kostbaren Tuchs, aufgerissene Stapel mit Fellen, Truhen mit wertvollem Schnickschnack und überall herumliegende leere Schnapsflaschen zeugten von der Plünderung, die stattgefunden hatte, als das Gros der Piratenarmee durchgezogen war. Da der Zauberer König Ledavardis neue Befehle gegeben hatte, strömten die Raktumianer nun davon, um sich ihren tuzamenischen Verbündeten bei der Belagerung des Palastes anzuschließen.

Während sich vier seiner Leibwachen auf die Suche nach einem Karren oder einem anderen Gefährt für ihren Herrn Orogastus begaben, machte dieser unter dem steinernen Schutzdach der Handelsbank von Derorguila halt, um sich in eine kurze Trance zu versetzen. Zum erstenmal seit seiner Unpäßlichkeit fühlte er sich stark genug, um mit Gelbstimme, der sich weit entfernt von ihm befand, zu sprechen.

Nach seiner stummen Unterhaltung blickte der Zauberer finster drein. »Königin Anigel ist zusammen mit ihrer Schwester Kadiya im Burgfried«, sagte er zu Purpurstimme. »Der Gelbe sagt, daß die beiden Königskinder ebenfalls dort sind, und diese haben ausgeplaudert, daß sich die Erzzauberin ebenfalls im Burgfried befindet und vor Erschöpfung eingeschlafen ist. Ob wach oder schlafend, Haramis bleibt durch ihren Talisman vor unseren Blicken verborgen. Aber fürs erste wird sie sich uns nicht entgegenstellen, und wir müssen schnell handeln, um diese Situation auszunutzen.«

»Das sind ausgezeichnete Neuigkeiten!« sagte Purpurstimme.

»Und nun zu den schlechten Neuigkeiten«, sprach Orogastus weiter. »König Antar nähert sich rasch von Süden mit seiner Armee von dreitausend Mann. Innerhalb des Palastbereiches stehen zweitausend Verteidiger bereit, darunter viele Ritter und die besten Soldaten des Feindes. Wenn sie Verstärkung durch den König erhalten, werden wir alle Hände voll zu tun haben, um sie ohne große Verluste unsererseits zu überwältigen. Unsere tuzamenischen Truppen vor dem Palast wurden von Bogenschützen auf dem Bollwerk unter heftigen Beschuß genommen. Die tapferen Männer halten trotz der vielen Gefallenen noch stand, aber wir müssen ihnen rasch zu Hilfe eilen.«

»Haben wir schon Fortschritte beim Durchbruch der Palastmauer gemacht?« fragte Purpurstimme. Er hielt den Arm des kleinen Prinzen Tolivar fest, der begierig zuhörte und seine früheren Ängste fast vergessen hatte.

»Unglücklicherweise scheinen meine schweren Waffen nicht sehr effektiv zu sein. Diese verdammte Mauer ist über sechzig Ellen dick! Ich muß schnell dort hinauf und versuchen, sie mit der Magie beider Talismane zu durchbrechen. Es ist von größter Wichtigkeit, daß wir den Burgfried einnehmen und die Königin und ihre Kinder töten, bevor König Antar eintrifft.«

Eine der Leibwachen, die ausgesandt worden waren, um nach einem Transportmittel zu suchen, kam zurückgerannt. »Meister, im Stall hinter der Bank stehen viele prächtige Kutschen, aber wir können kein einziges Zugtier finden.«

»Laßt es gut sein!« sagte Orogastus. »Ich kann nicht länger warten.« Er wählte sechs tuzamenische Krieger aus, die ihn begleiten sollten, und machte sich zu Fuß auf den Weg zum Palast, der beinahe drei Meilen vom Hafen entfernt inmitten der großen Stadt lag. Es wurde ausgemacht, daß Purpurstimme mit Tolo und den übrigen Leibwachen folgen sollte, so schnell er konnte.

»Halte unseren jungen König von allen Gefahren fern«, schloß der Zauberer, »aber halte dich bereit, damit du ihn schnell zu mir bringen kannst, sobald die Palastmauer durchbrochen ist. Wir brauchen ihn vielleicht, um seine Mutter oder die Erzzauberin zurückzuhalten.«

Mit diesen Worten ging Orogastus davon. Die Regentropfen auf seinem silberschwarzen Mantel glänzten, und in der Hand hielt er das Dreilappige Brennende Auge.

Der kleine Prinz wand sich in Purpurstimmes Griff, mehr zornig als ängstlich angesichts der grausamen Worte, die sein früherer Held ausgesprochen hatte. Der Zaubergehilfe schüttelte den Jungen kräftig durch und befahl ihm stillzuhalten, oder er würde ihm eins auf die königlichen Ohren geben. In hilfloser Wut fing Tolo zu weinen an. In diesem Moment kamen die anderen tuzamenischen Wachen von ihrer ergebnislosen Suche zurück, und alle machten sich daran, die steile Straße hinaufzugehen. Sie liefen so rasch, daß der Junge stolperte.

»Ihr geht viel zu schnell!« protestierte Tolo. »Das Kopfsteinpflaster ist glatt! Ich werde meine Krone verlieren!«

Fluchend hielt Purpurstimme an und gab einem Wachposten den Befehl: »Nimm diesen elenden Balg auf die Schultern, Kaitanus. Ich muß die Sternentruhe des Meisters tragen.«

Ein stämmiger, finster dreinblickender Mann mit einem buschigen roten Bart ergriff Tolo und setzte ihn sich widerwillig auf die Schultern. Die überlappenden Stahlplatten seines Rückenpanzers und jene, die hinten von seinem spitzen Helm herunterhingen, schnitten schmerzhaft in das zarte Fleisch des Jungen, und er kreischte: »Au! Au! Das halte ich nicht aus! Es tut weh, auf ihm zu sitzen!«

Purpurstimme fluchte noch viel heftiger als vorher. »Setz ihn wieder runter.« Er sah den Prinzen voller Abscheu an.

»Ich nehme an, *ich* muß Euch tragen. Nehmt also die Sternentruhe und haltet sie gut fest, wenn Euch Euer Leben lieb ist.«

Wieder wurde Tolo auf Schultern gesetzt, aber diesmal war seine Sitzgelegenheit weicher. Die von Regentropfen bedeckte, aus einem sonderbaren, glatten Material gefertigte Truhe mit dem Sternenemblem auf dem Deckel wurde ehrfürchtig in seine Arme gelegt. Er hielt sie an seine Brust gepreßt, als sie sich wieder auf den Weg machten.

Rauch und Flammen, die Schreie der Plünderer und der Verwundeten sowie die gräßlichen Leichenhaufen kamen Tolo unwirklich vor, als er die schaurige Szenerie von seinem schwankenden Sitz hinter der purpurfarbenen Kapuze aus erblickte. Diese verwüstete Stadt war nicht das Derorguila, das er kannte; es war ein alptraumhafter Ort, den er noch nie zuvor gesehen hatte. Nur der massige Palast hoch oben auf dem Hügel ragte so entschlossen und beruhigend in den Himmel wie immer.

Sie kamen in einen Stadtteil mit einst prächtigen Häusern, wo der heftige Kampf noch tobte und die Horden von Raktumianern wie von Sinnen alles ausplünderten, was sie zu Gesicht bekamen. Tolo sah Piraten, die sich mit gestohlenen Perlensträngen, goldenen Ketten und juwelenbesetzten Armbändern geschmückt hatten und jetzt in tödlichem Kampf mit den Soldaten und Rittern der Zwei Königreiche die Klingen kreuzten. Die königlichen Truppen waren jedoch zahlenmäßig weit unterlegen, und der Prinz schauderte, als er sah, wie sie von dem jubelnden Feind in Stücke gehackt wurden. Ihr Blut spritzte auf seine regendurchnäßte Kleidung, als Purpurstimme im Schutz der sechs kräftigen Leibwachen vorbeiging. Die tuzamenischen Männer hatten ihre Schwerter mit den gewellten Klingen herausgezogen und schlugen jene Raktumianer zurück, die verwegen genug waren, sie um des juwelengeschmückten Königskindes willen herauszufordern.

Als sie sich dem Palast näherten und das Kampfgewühl immer wilder wurde, konnte Tolo nicht länger hinsehen. Mit fest geschlossenen Augen legte er den gekrönten Kopf auf die Sternentruhe. Heftiges Schluchzen schüttelte ihn, und es war ihm egal, ob er lebte oder starb.

In diesem Moment griff der Tod nach ihm.

Er spürte, wie Purpurstimme unter ihm taumelte, und hörte den gellenden Schrei des Gehilfen. Als Tolo die Augen öffnete, hielt er vor Angst den Atem an: Das reichverzierte dreistöckige Gebäude über ihm bewegte sich auf sonderbare Weise. Gleichzeitig gellte ein ohrenbetäubender, unmenschlicher Schrei durch die Luft, gefolgt von einem lange andauernden Rumpeln, das tiefer als Donner war und nicht vom Himmel stammte, sondern aus der Erde unter ihnen drang. Gesimse und Zierfassaden begannen zu bröckeln. Dachziegel und Mauersteine flogen in alle Richtungen. Männer schrien voller Panik auf, Schlacht und Beute vergessend, als sie nach oben blickten und eine Lawine aus einzelnen Steinen und ganzen Mauern auf sich zukommen sahen.

»Ein Erdbeben!« schrie Purpurstimme.

Die tuzamenischen Wachen taumelten schreiend umher und schlugen hilflos mit ihren Schwertern um sich, als sich Wolken aus Staub und Rauch bildeten. Das Geräusch niederkrachender Balken und klirrenden Glases übertönte die Schreie der Menschen, und das Grollen nahm immer noch zu. Purpurstimme stieß einen schrillen Schrei aus und tanzte wie ein Verrückter herum, als das Pflaster unter ihm nachgab. Er ließ Tolos Beine los und warf ihn weit von sich. Der Prinz flog schreiend durch die Luft, hielt aber die Sternentruhe fest. Er fiel und spürte dann, wie ihn etwas Dunkles, Kratzendes einhüllte, das jedoch nachgiebig genug war, seine Landung zu dämpfen.

Lange Zeit lag Tolo, umgeben von ohrenbetäubendem Lärm und Aufruhr, auf der Erde und fragte sich, ob er lebendig oder tot sei. Aber die Herrscher der Lüfte erschienen nicht, um ihn in den Himmel zu begleiten. Die Übelkeit erregenden Erdbewegungen hörten auf, und auch das Krachen der einstürzenden Gebäude verebbte. Schließlich hörte er nur noch das leise Weinen und Stöhnen einiger Leute, ein oder zwei herabfallende Steine, das Knarren nachgebender Balken und die Regentropfen auf seiner Krone, die immer noch auf seinem schmerzenden Kopf saß.

Er lag mitten in einem großen Thranubusch. Dessen dichte,

leicht klebrige Nadeln stachen ihm in Gesicht und Hände. Immer noch die Sternentruhe in Händen haltend, machte er sich vorsichtig frei und ließ sich auf die Erde fallen, die nur eine halbe Elle unter ihm lag.

Die Zerstörung um ihn herum machte ihn sprachlos. Fast alle prächtigen Häuser waren nur noch Ruinen, mit geborstenen Mauern, durch die er das zerstörte Innere sehen konnte, wo Möbel und Wandbehänge jetzt dem leichten Regen ausgesetzt waren. Geröllhaufen versperrten die Straße, so weit Tolo sehen konnte. Die Bäume entlang der Gehsteige hatten sich auf die Seite gelegt. Die Gehsteige selbst und die gepflasterte Straße waren derart verschoben und verzogen, daß kein ebener Fleck mehr zu sehen war. Die Luft war erfüllt von dickem Staub, den der Regen schnell wieder auflöste.

Neben seinem Busch ragte fast drei Ellen hoch ein großer Haufen aus Steinen auf, die einmal eine Hauswand gebildet hatten. Am Rand sah er einen schlammverschmierten Arm in einem schmutzigen purpurfarbenen Ärmel, der unter einer Türschwelle aus Granit hervorragte. Genau darunter lag halb vergraben ein toter tuzamenischer Wachmann. Seine Augen waren weit aufgerissen und sein Mund zu einem stummen Schrei geöffnet.

Tolo rappelte sich auf. Er war zerkratzt, alles tat ihm weh, und seine königlichen Gewänder waren nur noch Lumpen. Aber er hatte keine Knochen gebrochen, und der Schmerz in seinem Kopf ließ langsam nach. Er kletterte auf den Geröllhaufen hinauf, starrte in Richtung des Palastes und wartete darauf, daß sich der düstere Nebel aus Staub wieder lichtete.

Die Festung der Zwei Königreiche war unversehrt! Aus der Ferne konnte er das Geräusch der Kriegshörner und gebrüllte Befehle hören, dann auch den dumpfen Knall und schließlich das sonderbare Zwitschern, das einige Waffen des Versunkenen Volkes von sich gaben, sowie das Pfeifen der Bolzen aus den Armbrüsten.

Der Krieg ging also weiter.

Tolo kletterte wieder nach unten. Er hakte seinen zerrissenen, schmutzigen Mantel aus weißem Pelz auf und legte ihn beiseite. Er zog seinen blauen Samtrock aus, anschließend

436

nahm er die Krone, die Königskette und das prächtige Schwertgehenk mit der daran hängenden Scheide ab, die er getragen hatte. Dann schmierte er sich einige Handvoll Schlamm auf seinen goldenen Brokatanzug und auf Gesicht und Hände. Mit dem kleinen Schwert schnitt er ein Stück Samt aus dem blauen Rock, in den er die Sternentruhe einwickelte. Die Überreste des Rocks und seine abgelegten königlichen Attribute trug er zu dem Platz, an dem Purpurstimme und die Wachen umgekommen waren.

Mit großer Sorgfalt drapierte der Prinz den Rock mit dem Schwertgehenk und der Scheide darüber auf dem Geröll und legte die goldene Kette neben den Kragen. Dann schleppte er viele zerbrochene Mauersteine herbei und häufte so viele davon auf die Kleidungsstücke und die anderen Gegenstände, daß diese kaum noch zu erkennen waren und es so aussah, als läge ein kleiner Körper darunter. Und schließlich ließ er die Krone gut sichtbar am Rande des Steinhaufens liegen.

Nachdem er seinen Pelzmantel mit viel Dreck beschmiert hatte, legt er ihn wieder an. Dieser bedeckte die Sternentruhe und das kleine Schwert, das er sich in den Gürtel gesteckt hatte. Nun war er bereit, nach Hause zu gehen.

In der Palastmauer auf der Westseite nahe dem Unrattor gab es eine kleine Tür. Sie war einst von den Stallknechten des königlichen Marstalles benutzt worden, die hier den Mist hinausgeschafft hatten, als man in früheren Zeiten noch nicht gewußt hatte, daß er wertvoller Dünger für die Felder war. Heute war die alte Misttür von Kletterpflanzen überwuchert, und nur Personen, die im Stall arbeiteten, wußten von ihr – so wie der Eingeborene Ralabun, der Königliche Tierhüter.

Ralabun, ein guter Freund von Tolo, hatte ihm die Geheimtür vor zwei Jahren gezeigt. Er hatte ihm erzählt, daß er sie in den lauen Nächten benutzte, wenn das Dreigestirn am Himmel stand und sein Herz die Fesseln gar zu sehr empfand, die sein Leben unter den Menschen ihm auferlegte. Dann stahl sich Ralabun, der Nyssomu, durch die Geheimtür aus dem Palast davon und ging hinunter zum Fluß Guila. Dort paddelte er zu einer Insel im Morast, wo er viele Stunden lang betete und die alten Lieder des Sumpfvolkes sang, bevor er wieder zurückkehrte.

Diese Tür, so hatte Ralabun seinem jungen Freund erzählt, war sein größtes Geheimnis.

Der Königliche Tierhüter von Laboruwenda hätte sich niemals träumen lassen, daß diese Tür auch das Leben eines davongelaufenen Prinzen retten konnte ... sofern er sie nur rechtzeitig erreichte.

Orogastus war gerade an dem großen Platz vor dem Nordtor des Palastes angekommen, als das Erdbeben begann.

Auf dem Platz drängten sich beinahe sechstausend Männer, von denen sich die meisten so aufgestellt hatten, daß sie außerhalb der Reichweite der Armbrüste und Katapulte waren, die von den Zinnen aus abgefeuert wurden. Die tuzamenischen Kommandos an den Waffen des Versunkenen Volkes hatten sich den Befestigungswällen im Schutz von schwerfällig daherrumpelnden, gepanzerten Karren genähert, die vorn mit engen Schlitzen versehen waren, aus denen die Waffen abgefeuert wurden. Die hohe Schutzmauer des Palastes zeigte Einschußlöcher und Schäden, war aber immer noch intakt. Einige der Belagerungskarren standen verkohlt und rauchend da. Von den großen Kesseln mit brennendem Pech waren diejenigen getroffen worden, die Katapulte auf dem Festungswall des Palastes in die Menge schleuderten. Daneben lagen Leichname, von den Bolzen der Armbrüste durchbohrt. Um einen verlassenen Rammbock vor dem Haupttor des Palastes von Derorguila lagen noch mehr Tote herum.

Als die Erde zu zittern und zu grollen begann, schrien die Invasionstruppen laut auf. Einige Männer wurden sofort zu Boden geworfen, während andere in panischer Angst herumliefen, drohend ihre Waffen schwangen und schrien, daß sie von der Erzzauberin angegriffen würden. Die Belagerungskarren hüpften wie kleine Boote auf dem Meer auf und ab, und rings um den Platz begannen Gebäude umzustürzen.

Orogastus dachte zuerst, daß die Erzzauberin es *doch* getan hatte. Er stürzte auf die Knie, halb blind wegen der Staubwolken, die sich mit einemmal bildeten und fast sofort in einen schlammigen Sprühregen übergingen, hielt sich an dem Brennenden Auge fest und befahl dem Talisman mit all seiner Macht, die zitternde Erde zu besänftigen und sein Leben und das seiner Truppen zu retten. Aber als das Erdbeben unvermindert weiterging, rief er verzweifelt aus: »Haramis! Haramis, um Gottes willen! Willst du denn deine Leute mit meinen zusammen umbringen?«

Ihre Antwort kam einen Augenblick später, und er erblickte sie, als sie sich in einer Kammer des Palastes an ein schwankendes Sofa klammerte. Sie sah überhaupt nicht ängstlich aus, nur resigniert und mutlos.

Dies ist nicht mein Werk. Die Welt zittert, weil sie ihr Gleichgewicht verliert. Und du trägst die Schuld daran, obwohl du es nicht bewußt verursacht hast.

»Was meinst du damit?« schrie er.

Aber sie sagte nichts mehr zu ihm, und ihr Bild verblaßte. Wenige Augenblicke später war die Erde wieder still. Mit Mühe erhob er sich.

Seine tuzamenischen Leibwachen fluchten und wollten wie die meisten der kämpfenden Männer in der Nähe wissen, was passiert sei. Aber als Orogastus sie beruhigen wollte, hörte er ein sonderbares Geräusch.

Jubelschreie.

Laute Jubelschreie von den Männern aus Tuzamen und aus Raktum. Lachend und schreiend deuteten sie in Richtung des Palastes. Viele von ihnen lagen immer noch auf dem zerbrochenen Pflaster oder kämpften sich benommen auf die Beine.

»Die Mauer! Die Mauer!« schrien sie. »Heil Orogastus! Heil dem mächtigen Zauberer! Heil!«

Verblüfft drehte sich Orogastus um und blickte zum Palast hin.

Westlich vom Palasttor war die mächtige Steinmauer von oben bis unten aufgespalten. Der große Westturm auf dieser Seite war ebenfalls halb eingestürzt, und der Ostturm am jenseitigen Ende der Befestigungsanlage war mit einem Netz aus Rissen überzogen.

439

»Heil Orogastus! Heil! Heil!«

Die Kriegshörner von König Ledavardis von Raktum bliesen zum Angriff. Mit einem gewaltigen Schrei erhoben sich die Horden der Piraten und stürzten in wirrem Durcheinander auf die neugeschaffene Bresche zu.

»Allmächtiger Meister, das war überaus eindrucksvoll«, sagte ein tuzamenischer Wachposten mit zitternder Stimme. »Aber das nächste Mal solltet Ihr uns vielleicht vorher warnen.«

Der Zauberer konnte nur nicken. Er steckte den Talisman ein und rückte seine Sternenmaske zurecht, die bei seinem Sturz verrutscht war.

»Allmächtiger Meister, sollen wir uns dem Vormarsch anschließen?« rief eine andere Wache eifrig aus.

»Gleich. Ich muß meine Stimmen suchen.«

Orogastus legte seine behandschuhte Hand auf den Knauf des Talismans und befahl ihm, seine Gelbstimme zu zeigen. Sofort sah er ein Bild seines Gehilfen, der hinter König Ledavardis in seiner Rüstung herrannte. Das Dreihäuptige Ungeheuer saß auf dem Kopf der Stimme.

Gelbstimme, ist mit dir und dem Koboldkönig alles in Ordnung?

O ja, Allmächtiger Meister! Er war tief beeindruckt von Eurem göttergleichen Streich! Ihr habt in einem kurzen Moment das erreicht, was Stunden der Bombardierung mit den Zauberwaffen nicht vermochten. Es war unglaublich! Ein Wunder ...

Orogastus unterbrach ihn. *Genug! Hör mir gut zu. Du mußt jetzt sehr besonnen handeln. Betritt den Palast mit den vorrückenden Truppen, aber denke dir eine Entschuldigung aus, um den König zu verlassen. Du wirst dich an einem sicheren Ort verstecken, bis ich zu dir komme. Ich benötige die Krone für meine Auseinandersetzung mit der Erzzauberin, und du mußt sie schützen – selbst wenn es dich das Leben kostet. Hast du das verstanden?*

Ja, Allmächtiger Meister. Ich höre und gehorche.

Dann leb wohl, meine Stimme, bis ich zu dir komme.

Nun befahl Orogastus seinem Talisman, ihm Purpurstimme zu zeigen. Aber als das Bild erschien, taumelte er und stöhnte so entsetzlich, daß die tuzamenischen Wachen ihre Schwerter zogen, sich voller Bestürzung um ihn scharten und zu wissen begehrten, was geschehen war.

Doch er konnte ihnen nicht sagen, daß Purpurstimme in den Frieden der Dunklen Mächte der Finsternis eingegangen war und daß auch der kleine Prinz Tolivar tot war.

»Wir dürfen keine Zeit verlieren«, sagte Orogastus. »Da ich euch beschützt habe, ist keiner von euch verletzt worden. Wir müssen weiter voranstürmen! Fürchtet euch nicht. Ich werde uns auch weiterhin vor Schaden bewahren.«

Die Wachen drängten sich um ihn und setzten sich in Marsch, auf die Lücke in der Palastwache zu, eine kleine, disziplinierte Gruppe inmitten der schreienden Menge aus Raktumianern.

Orogastus hatte so selbstbewußt und anmaßend wie immer gesprochen, aber allmählich begann er zu verstehen. Das Beben hatte sich ohne jede Vorwarnung ereignet, und er wußte, daß er nicht vermocht hatte, es zu stoppen oder auch nur ein wenig abzuschwächen. Daß seine Leibwachen und fast die gesamte Armee unverletzt geblieben waren, war nur der Tatsache zuzuschreiben, daß sie sich auf dem offenen Platz und nicht zwischen den einstürzenden Gebäuden aufgehalten hatten. Aber das konnte Orogastus niemandem gegenüber zugeben, und er konnte ihnen auch nicht sagen, daß die Seeschlacht und sein Versuch, den Plan der beiden Erzzauberinnen zu durchkreuzen, seine Kräfte aufgezehrt hatten.

Er hatte noch soviel Kraft, um sich und die Leibwachen vor den Geschossen des Feindes zu schützen, aber sehr viel mehr würde er in der nächsten Zeit nicht vollbringen. Erst mußte er wieder die Krone tragen.

Er hatte entdeckt, daß das Dreihäuptige Ungeheuer der Talisman war, der seine Gedanken am besten unterstützte und ihn innerlich stärkte, während das stumpfe Schwert sein Handeln unterstützte. Er erkannte, daß es ein großer Fehler gewesen war, die Krone aus den Händen zu geben, selbst wenn es nur für kurze Zeit war.

Mächte der Finsternis, betete er, beschützt ihn! Laßt mich

441

den Talisman erreichen, bevor sie feststellt, daß ich ihn nicht
bei mir habe!

Der uralte Mann wackelte mit dem Kopf und lächelte weise.
Er hatte von Anfang an gewußt, daß es nicht klappen würde.
Keine Seite würde gewinnen. Das hatte er den beiden anderen
schon gesagt, als sie sich das Ganze ausgedacht und ihm davon
erzählt hatten.

Was geschehen mußte, das würde auch geschehen! So einfach war das. Es hatte keinen Sinn, sich einzumischen und zu
versuchen, die Richtung zu ändern, in die sich die Welt bewegte. Vielleicht gelang es ja einem, das Unausweichliche für
eine Weile aufzuhalten, aber am Ende geschahen die Dinge so,
wie sie nun mal geschehen mußten.

Schade wäre es, wenn jetzt schon wieder alles kaputtginge,
aber mit der Zeit würde es heilen. Das hatte es beim letztenmal
schließlich auch getan.

Er wußte genau, wie diese lächerliche Sache ausgehen
würde. Es war alles so unwichtig. So banal. So völlig bedeutungslos, wenn man es mit den bedeutsamen Angelegenheiten
verglich, die seine Aufmerksamkeit zur Zeit in Anspruch
nahmen.

Nicht einmal seiner Verachtung würdig, sie alle. Nie sahen
sie die Lösung, die genau vor ihrer Nase lag. Sie machten einen
Fehler nach dem anderen.

Es war zum Verrücktwerden. Warum machte er sich eigentlich noch die Mühe, ihnen zuzuschauen?

Bald würde er wirklich damit aufhören müssen.

30

Haramis wandte sich von dem zerbrochenen Fenster des
Salons ab und ging auf unsicheren Beinen zurück zum Sofa.
Der Schock und die Verwirrung, die sie ergriffen hatten, als sie
von dem Erdbeben und dem Schrei des Zauberers geweckt
worden war, ließen allmählich nach, verdrängt von der grau-

enhaften Wirklichkeit, auf die sie gerade hinabgesehen hatte – eine riesige Armee schreiender, auf Hörnern blasender Invasoren, die sich vor den Mauern des Palastes versammelt hatte und jetzt durch die Bresche hereinströmte wie Wasser, das unaufhaltsam in ein leckgeschlagenes Boot eindrang.

Und Orogastus war unter ihnen.

Was sollte sie tun? Was *konnte* sie tun?

Zuerst mußte sie ihr widerstrebendes Gehirn zwingen, wieder klare Gedanken zu fassen. Sie sank auf das Sofa und preßte den Talisman auf ihre Stirn. Das half.

Das ungeheure Beben, das fast ganz Derorguila zerstört hatte, schien dem Burgfried selbst nur wenig Schaden zugefügt zu haben, lediglich die Fenster waren zerbrochen, und der Inhalt von Regalen und Schränken lag verstreut auf dem Fußboden. Durch das Fenster drang der Regen herein und durchnäßte die Vorhänge. Es wurde wieder sehr kalt, wie sie erwartet hatte.

Wie lange hatte sie wohl geschlafen? Eine Stunde? Sicher nicht zwei. Aber sie fühlte sich schon ein wenig stärker. Haramis hob ihren Talisman und rief ihre beiden Schwestern: »Anigel! Kadiya! Seid ihr unverletzt?«

Das Bild der beiden erschien. Sie waren mit Hofmarschall Owanon, Lord Penapat, Lordkanzler Lampiar und einigen anderen adligen Offizieren im Sitzungssaal des Burgfrieds. Die Luft war von Staub durchdrungen. Stühle waren umgestürzt, und Kerzen, Dokumente und andere Dinge lagen überall herum. Kadiya war dem ehrwürdigen Lampiar behilflich, als er unter dem schweren Tisch hervorkroch, der während des Erdbebens offensichtlich als behelfsmäßiger Schutz gedient hatte. Owanon stützte die Königin, die benommen, aber unverletzt schien.

»Uns geht es gut«, war Kadiyas Antwort. Sie schaute zu dem Abbild der Erzzauberin auf, das wie eine Erscheinung in der Luft schwebte. »Es ging gerade noch einmal gut, als der große Kronleuchter herabfiel. Zum Glück konnte ich ihn durch mein Drillingsamulett ablenken. Ist dies das Werk dieses Bastards Orogastus?«

»Nein«, sagte die Erzzauberin. »Er ist zur Zeit fast ebenso

geschwächt wie ich. Das Erdbeben ist ein weiteres Anzeichen dafür, daß die Welt aus dem Gleichgewicht geraten ist.«

Penapat und Kadiya kümmerten sich um eine Schnittwunde auf der Stirn des alten Lampiar und legten ihm ein in Wein getränktes Tuch auf. Owanon hatte der Königin geholfen, sich auf einen Stuhl zu setzen. Jetzt fragte er die Erzzauberin nach dem Zustand des Palastes.

»Ich habe ihn nur flüchtig untersucht, aber ich muß Euch sagen, daß die Lage sehr ernst ist. Die Mauer ist nahe dem Haupttor auseinandergebrochen, und der Feind rückt rasch in den Palastbezirk vor. Der Westturm ist nur noch eine Ruine. Der Ostturm wankt, aber noch sind einige Verteidiger auf ihrem Posten in seinem Innern.«

»Ist der Burgfried noch sicher?« fragte Owanon.

»Zum Glück ja.«

Der Hofmarschall überlegte kurz, dann nickte er. »Nun gut. Ich werde die Truppen zusammenrufen müssen, die vor dem Burgfried in Stellung gegangen sind. Wir werden versuchen, seine Tore zu verteidigen, um zumindest die Kontrolle über die westlichen und südlichen Palastbezirke zu behalten. Das Seitentor der Befestigungsanlage muß für König Antars Truppen geöffnet bleiben. Wir hatten gehofft, er wäre vorher hier eingetroffen.«

Rasch rief Haramis das Bild des Königs herbei. »Er ist immer noch eine Stunde entfernt.«

Owanon sagte: »Penapat, Lampiar, es liegt nun an Euch, die Verteidigung des Burgfrieds zu befehligen. Laßt uns eilen!«

Die drei Hofbeamten und die Anführer der Truppen eilten aus dem Sitzungssaal und ließen Kadiya und Anigel mit dem geisterhaften Abbild der Erzzauberin allein.

»Hara, was ist mit meinen Kindern?« fragte die Königin.

»Ich werde sie suchen. Warte.« Einen Augenblick später sagte die Erzzauberin: »Janeel ist wohlbehalten in ihrem Zimmer im Burgfried, zusammen mit Immu. Aber Niki ... vielleicht wollte er Antars Einmarsch beobachten oder hatte sich in den Kopf gesetzt, irgendwie beim Kampf zu helfen. Ich habe ihn bei den Soldatenunterkünften am Seitentor gefunden. Dort herrscht ein fürchterliches Durcheinander, denn das Ge-

444

bäude ist bei dem Erdbeben eingestürzt. Niki hat ein zerkratztes Gesicht und zerrissene Kleider. Er sitzt benommen, aber noch bei Sinnen inmitten einer Gruppe verwundeter Männer. Ich kann nicht sagen, welch andere Verletzungen er vielleicht erlitten hat.«

»Geh zu ihm, Hara!« flehte sie die Königin an. »Rette ihn!«

»Ich ... ich glaube nicht, daß ich in der Lage bin, mich an einen anderen Ort zu transportieren. Dieser Zauber erfordert höchste Konzentration. Es tut mir so leid, Ani, aber ich hatte nur kurze Zeit geschlafen, als das Erdbeben losging, und wenn ich es versuche, bevor ich mich wieder erholt habe ...«

Die Königin sprang auf. »Dann werde ich Niki selbst holen!«

»Du willst mitten in eine regelrechte Schlacht rennen?« Kadiya war völlig entsetzt.

»Ja!« kreischte Anigel wie von Sinnen. »Wenn Hara meinem Sohn nicht helfen will, dann werde ich es eben tun!«

Kadiya beugte sich über den Stuhl, faßte ihre Schwester bei den Schultern und schüttelte sie. Ihr staubiges braunes Haar stand ihr wie eine Mähne vom Kopf ab, und die braunen Augen blitzten. »Nein! Du wirst nicht gehen! Denk endlich einmal daran, wer du bist. Denk daran, wer die Erzzauberin ist und was für eine schwere Bürde sie übernommen hat. Um Gottes willen, Schwester, laß ab von dieser Angst und diesem Herzeleid, die dich deines gesunden Menschenverstandes und deiner Unbescholtenheit beraubt haben, und benimm dich wie eine Königin!«

»Ich weiß, was ich bin«, jammerte Anigel, die sich wie ein gefangenes Tier in Kadiyas Griff wand. »Ich bin ein Schwächling, wertlos und verachtenswert, unwürdig des heiligen Amtes, das ich bekleide!« Plötzlich gab sie ihren Kampf auf und sank in sich zusammen, überwältigt von ihrem Elend. »Du hast recht, Kadi. Ich kann meinen armen Sohn nicht retten. Er wird sterben, und das werden wir auch. Wenn wir nicht von der Schwarzen Magie des Orogastus oder den Schwertern seiner schändlichen Kohorten umgebracht werden, wird es eben das Eis sein, das die Welt zurückerobert.«

445

Kadiya ließ die Königin los. Sie kniete nieder und nahm die kleinere Frau in ihre Arme.

»Liebste kleine Schwester. Du irrst dich. Ich weiß, daß du dir große Sorgen darüber machst, daß die Welt aus dem Gleichgewicht geraten ist, und daß du dir dafür die Verantwortung zuschreibst. Aber wir sind alle daran schuld, denn wir alle haben selbstsüchtig und unehrenhaft und töricht gehandelt! Wenn du dich ganz allein dafür verantwortlich machst, ist das nur Stolz.«

»Stolz? Du tust mir unrecht. Ich habe in vielerlei Hinsicht versagt, aber ich bin nie überheblich oder anmaßend gewesen.«

»Du bist immer stolz gewesen trotz deiner Sanftmut. Und das hat zu einer düsteren Ichbezogenheit geführt, die dich blind für die Wahrheit gemacht hat. Im Laufe der Jahre hast du dich schließlich geweigert zu glauben, daß mit deiner blühenden Welt etwas nicht stimmen könnte. Du hast dich geweigert zu erkennen, daß Gefahr oder Ungerechtigkeit existieren könnten. Du wolltest nur glücklich sein und dafür sorgen, daß dein Gemahl und deine Kinder es auch sind, und dein Glück genießen.«

»Ist das denn eine Sünde?« rief Anigel, die empört und wütend war.

»Es kann dann eine sein, wenn man eine noch größere Verantwortung hat. Deine und deiner Familie Sicherheit und dein Wohlergehen sind wichtig, aber sie sind nicht das Wichtigste in der Welt. Es gibt höherstehende Werte. Und manchmal müssen wir deswegen furchtbare Opfer bringen. Manchmal müssen wir deswegen sterben ... oder, was noch schlimmer ist, zulassen, daß einer unserer Lieben leidet oder stirbt.«

Das liebliche Gesicht der Königin verzerrte sich, so verwirrt war sie. Sie sagte kein Wort und blickte ihre Schwester auch nicht an.

Kadiya drängte sie: »Ich weiß, daß einst eine edle Selbstlosigkeit in dir wohnte. Finde sie wieder. Stelle deine Pflicht als Monarchin über deine persönlichen Wünsche. Laß ab von dieser Bitterkeit, von den Vorwürfen und der Hoffnungslosigkeit, die dich so verändert haben. Diese Dinge sind mehr als unnütz, sie sind Gift! Liebe deine Familie, deine Freunde, dein Land und die Welt. Aber liebe sie nicht um deinetwillen, sondern aus Großmut ... weise, so wie der Dreieinige uns liebt. Du hast es nicht getan, aber du *kannst* es. Das weiß ich.«

Die Königin sagte: »O Kadi ... wenn ich dir doch nur glauben könnte.«

»In deinem Herzen weißt du, daß ich die Wahrheit über deine Sünde der Selbstsucht gesagt habe, sonst hätte deine Drillingsblume nicht aus Scham geblutet.«

Die Königin hob ihr schmerzerfülltes Antlitz. »Erst jetzt ist mir klargeworden, was wirklich mit mir geschehen ist. Du hast recht: Ich war stolz auf das, was Antar und ich in den Zwei Königreichen geschaffen haben. Ich war stolz auf meine hübschen Kinder und stolz auf mich selbst. Als alles auseinanderbrach, da haßte ich dich, weil du meinen Schmerz nicht verstanden hast. Ich haßte Hara wegen ihrer erhabenen Ideale, die so viel erhabener waren als die meinen, und dafür, daß sie ihre Liebe nicht auf wenige beschränken wollte, so wie ich es getan hatte. Ich glaubte, mein Gemahl und meine Kinder seien das Wichtigste in der Welt, wertvoller als du, als Hara, als meine Freunde und mein Volk. Als ein Unglück nach dem anderen eintrat, hätte ich alles getan, um ihr Leben zu bewahren, sogar zugesehen, wie die Welt von dem vordringenden Eis verschluckt wird.«

»Ja.« Zärtlich nahm Kadiya die Hände der Königin in die ihren. Die beiden Frauen erhoben sich.

»Ich hatte unrecht.«

»Ja.«

»Kadi, ich vergebe dir aus tiefstem Herzen.«

»Ich weiß.«

Die beiden Schwestern küßten sich. Dann richtete sich die Königin auf. »Ich ... ich werde sofort zu Penapat und Lampiar gehen und sehen, wie ich unseren tapferen Verteidigern am besten helfen kann. Ich kann zwar kein Schwert führen, aber ...«

Die Herrin der Augen lächelte. »Aber ich kann es. Tu, was du kannst. In der Zwischenzeit werde ich diesen kleinen Dummkopf Niki holen.«

Sie strich sich das widerspenstige Haar aus dem Gesicht, dann zog sie ihr Schwert und verließ den Sitzungssaal.

Die Königin ging langsam durch den verwüsteten Raum. Wie benommen sammelte sie die Dokumente zusammen, die auf den Boden gefallen waren, und legte sie sorgfältig auf den staubigen Tisch.

Sieh dir dein Amulett an, Schwester.

Vor Schreck schrie Anigel auf. Sie hatte vollkommen vergessen, daß das geisterhafte Abbild ihrer Schwester sie beobachtete. Sie nahm die goldene Kette in die Hand und zog den Bernsteintropfen aus seinem Versteck.

Das Amulett glühte golden, und die winzige versteinerte Blume in seinem Innern war schwarz.

Gelbstimme hatte bereits viermal versucht, von der Seite des jungen Königs Ledavardis von Raktum zu entschlüpfen, der an der Spitze seiner Truppen einherschritt und als Kämpfer wie auch als Anführer seiner Krieger erstaunliches Können bewies. Aber der Kampf wurde zunehmend heftiger, als die erbittert kämpfenden Bataillone von Raktum und Tuzamen durch die Bresche in der Mauer in den Palastbezirk eindrangen, wobei sie ausnutzten, daß alle Verteidiger aus dem zerstörten Westturm geflohen waren und sie daher die massiven Steinbauten von Gesindequartieren, Waschhaus, Backhaus und Ställen an der Westseite des Burgfrieds als Deckung verwenden konnten. Die Piratenritter, die den Monarchen umgaben, benutzten ihre Schilde nicht nur, um Ledavardis vor fliegenden Pfeilen zu beschützen, sondern auch, um der Stimme die Flucht unmöglich zu machen. So blieb ihm nichts anderes übrig, als weiter seine Arbeit zu tun und die besten Stellen aufzuzeigen, wo jene Waffen des Versunkenen Volkes aufgestellt werden sollten, die noch in Gang waren (inzwischen funktionierte kaum noch eine), herauszufinden, wo die vorrückenden Truppen den wenigsten Widerstand zu erwarten hatten, und sie vor den gelegentlichen selbstmörderischen Ausfällen in die Enge getriebener Laboruwendianer zu warnen.

Von Zeit zu Zeit, wenn er nicht gerade um sein Leben zitterte, rief Gelbstimme den Meister an. Orogastus hatte sich und seine aus sechs Männern bestehende Leibwache mit einem unsichtbaren Zauberschild versehen, der gewöhnliche Waffen abwehrte. Aber der Schild half ihm nicht, sich den Weg durch das Gedränge der Soldaten zu bahnen, um an die Seite seines geplagten Gehilfen zu gelangen. Als sich Ledavardis und seine Ritter schon bis zu dem großen Stallhof neben dem westlichen Tor des Burgfrieds durchgekämpft hatten, war es Orogastus lediglich gelungen, zweihundert Ellen hinter die zertrümmerte Palastmauer zu kommen.

Der junge König hatte vor, das westliche Tor des großen Burgfrieds anzugreifen statt des Haupteingangs auf der Nordseite, der von einem massiven Vorwerk aus verteidigt wurde, auf dem Armbrustschützen, Bogenschützen und unzählige Nyssomu, die vergiftete Pfeile aus ihren Blasrohren abschossen, Position bezogen hatten.

Ein Trupp aus lediglich dreißig bis vierzig laboruwendianischen Rittern hatte sich zusammengefunden, um in einer scheinbar zum Scheitern verurteilten Aktion den Burgfried vor dem Westtor zu verteidigen. Diese wurden geschwind von den Kriegern des Koboldkönigs dezimiert, als Gelbstimme plötzlich eine weitere Gruppe aus mindestens fünfhundert schwerbewaffneten Verteidigern sah, die von der hinteren, südlich gelegenen Seite des Burgfrieds aus in den Stallhof strömten. Angeführt wurden sie von einem prächtig gekleideten Adligen in einem grünen Wappenrock, der sein Schwert mit solcher Kraft führte, daß die Klinge einem wirbelnden silbernen Fleck glich, der bei jedem Streich Tod und Verderben brachte. Die Ritter und Soldaten, die diesem imposanten Führer folgten, fielen über die Raktumianer her, die dem westlichen Tor am nächsten standen, und richteten unter ihnen ein wahres Gemetzel an, was den Vormarsch der Invasoren zu einem plötzlichen Stillstand brachte. Ein paar Piraten liefen davon und drohten somit, eine wilde Flucht in Gang zu setzen.

»Wer ist jener hochgewachsene Kämpfer in Grün?« wollte König Ledavardis von Gelbstimme wissen.

»Es ist Owanon, der Hofmarschall der Zwei Königreiche

und König Antars engster Freund, Euer Gnaden. Er ist ein berühmter Kämpe, der sich fast in der gesamten bekannten Welt auf Turnieren hervorgetan hat.«

Darauf sprach der König zu den Rittern, die ihm am nächsten standen: »Wir müssen sofort etwas gegen ihn unternehmen. Er läßt seine Männer wie die Teufel kämpfen und mäht unsere tapferen Burschen nieder wie ein reifes Weizenfeld! Ihr da! Alle zu mir! Wir nehmen ihn uns vor!«

Ledavardis schwang sein Schwert, verließ die Deckung seiner Ritter und stürmte los. Nach einem Moment des Zögerns sammelten sich seine Ritter sowie die übrigen Piratentruppen und folgten ihm mit neuem Mut.

Endlich bot sich Gelbstimme also eine günstige Gelegenheit. Er duckte sich tief im Getöse des Handgemenges, raffte sein nasses und schmutziges Gewand zusammen und rannte um sein Leben in Richtung der Ställe.

Überall wurde Mann gegen Mann gekämpft. Der stämmige Zaubergehilfe stolperte über Leichname und wich den Waffen von Freund und Feind aus, bevor er den mächtigen Steinbau erreichte. Gleich hinter dem Eingang drängten sich verwundete Raktumianer, die dort Schutz vor dem unaufhörlichen Regen aus Bolzen und Pfeilen suchten, der sich von den Zinnen des Burgfrieds ergoß. Tiefer im Innern fand er viele getötete Stallknechte und auch die Leichname einiger Piraten, von denen einer eine Mistgabel im Hals stecken hatte. Der diese Waffe geführt hatte, lag mit einem Dolch im Rücken auf seinem Opfer. Seltsamerweise war es kein Mensch, sondern ein zwergenhafter Eingeborener, der überaus ansehnliche braune Lederkleidung trug.

Je näher er an die Quartiere der Stallknechte kam, desto weiter ließ er die Kampfgeräusche hinter sich. Dann entdeckte er eine fensterlose Kammer, die man von innen verschließen konnte. Endlich ein Zufluchtsort! Er stürzte hinein und schloß leise die Tür hinter sich. Gegen die dicken Bohlen gelehnt, wartete er ab, daß sich sein hämmerndes Herz und sein Atem wieder beruhigten, bevor er seinen Herrn anrief.

Im Gegensatz zu den kaum mit Möbeln ausgestatteten Schlafsälen ohne Türen besaß dieser Raum hier ein gewisses

Maß an Luxus: einen Tisch, kleine Stühle, ein Bett mit schönen Decken, Teppiche auf dem Fußboden und einen Kamin, in dem noch die Kohlen glühten und von einem Dreifuß ein dampfender Kessel mit Eintopf herabhing.

Auf dem Tisch standen eine saubere Holzschale mit einem Löffel und einem Kanten Brot, ein Krug Bier und ein Zinngeschirr mit Kanikin.

Er hatte wahrlich eine Zuflucht gefunden!

Die hungrige und durstige Gelbstimme verschob alle Pflichten auf später, seufzte tief und ging zum Kamin hinüber. Er löffelte gerade den köstlich riechenden Eintopf, als er plötzlich einen stechenden Schmerz in seinem Rücken spürte.

»Bewegt Euch nicht!« zischte jemand.

Die Stimme erstarrte.

»Laßt alles fallen!«

»Ich wollte nichts Böses tun«, sagte die Stimme. Aber die Klinge stieß vor und verletzte seine Haut. Mit einem Schmerzensschrei ließ er die Schale auf die Steine des Kamins fallen und warf den Löffel in den Kessel. »Ich bin nur ein unbewaffneter Stadtbewohner, der durch Zufall in die Schlacht verwickelt wurde.«

»Schweigt, oder Ihr seid des Todes! Und rührt Euch nicht von der Stelle.« Der Flüsternde zog die Klinge zurück, und Gelbstimme spürte, wie ihm das Blut den Rücken hinunterlief.

»Ich werde ganz ruhig stehenbleiben. Ich werde mich nicht rühren ...«

Das besänftigende Geplapper erstarb ihm in der Kehle, als er spürte, wie ihm plötzlich die Kapuze vom Kopf gezogen wurde. Aus den Augenwinkeln sah er, wie eine schmale Klinge an seinem Ohr vorbeifuhr. Kaltes Metall berührte seinen Schädel dort, wo sich warmes Metall befand. Das Herz stockte ihm, als er erkannte, was geschah.

»Großer Gott, nicht den Talisman! *Meister! Helft mir ...*«

Aber der silberne Reif war ihm schon vom Kopf gerissen worden, wirbelte durch die Luft und fiel mit einem melodischen Klirren auf den Boden. Verzweifelt wirbelte Gelbstimme herum und warf sich mit einem heiseren Schrei auf den Gegner. Aber wo war er? Er konnte keinen Mann in dem schwach erleuchteten Raum sehen, nur eine kleine dunkle Gestalt, die der stämmigen Stimme nicht einmal bis zur Taille reichte. Noch ein Seltling?

Der Gehilfe stürzte sich auf die winzige Gestalt. Sie kreischte, aber ihr Schrei wurde von dem Schmerzensschrei der Stimme übertönt. Er spürte plötzlich eine große Kälte zwischen seinen Rippen. Es war erstaunlich, wie sehr die Kälte ihm weh tat. Er schlug um sich und versuchte, daran zu ziehen, mit einemmal blind für alles um ihn herum. Er sah nur noch das Gesicht seines Meisters.

Augen wie weiße Leuchtfeuer, die hinter der Sternenmaske hervordrangen. Und dann leuchteten die Augen der Stimme selbst, und er ließ ab von dem Versuch, das kalte Ding aus seiner Brust zu ziehen ... aus der Brust von Orogastus.

Der kleine Angreifer hatte sich frei gemacht. Der Zauberer kämpfte gegen den fürchterlichen Schmerz an und lauschte. Er hörte, wie aus dem wilden Keuchen ein Schluchzen wurde. Sein Gegner war in der Ecke, in der Falle! Jetzt mußte Orogastus nur noch seinen Kopf drehen, um zu sehen, wer der mordende Dieb war. Nur noch ein wenig, damit jener, der sich in der Ecke verbarg, von den Zauberaugen erleuchtet wurde und er ihn erkennen konnte. Dreh den Kopf, bevor das blutleere Gehirn stirbt. Dreh den Kopf! Dreh ...

Die leuchtenden Augen fanden ihr Ziel und erloschen. Für einen kurzen Augenblick sah Gelbstimme selbst Prinz Tolivar, der in der Ecke kauerte. Dann fiel der Zaubergehilfe tot auf den Rücken. In seinem Herzen steckte ein kleines Schwert, dessen Griff mit Rubinen besetzt war.

»Das habe ich nicht gewollt«, sagte Tolo nach langer, langer Zeit. Aber Gelbstimme antwortete ihm nicht.

Der kleine Prinz rappelte sich auf und wischte sich seine tränennassen Augen und die Nase an seinem goldenen Ärmel ab. Er taumelte, als er auf den Leichnam herabsah. Zwischen dem schmutzigen gelben Tuch blinkten Rubine. Tolo holte tief Luft, beugte sich hinab, faßte mit beiden Händen den Griff des Schwertes und zog daran. Es glitt überraschend leicht heraus.

Er wischte die Klinge an dem Gewand des toten Mannes sauber und ging dann auf wackligen Beinen zur gegenüberliegenden Seite der Kammer.

Der Reif war unter das Bett gerollt.

Tolo fischte ihn mit dem Schwert heraus, hob ihn hoch und trug ihn mit weit ausgestrecktem Arm zum Tisch hinüber. Er zog einen der Stühle heran, setzte sich darauf und sah ihn an. Er hatte einen vielstrahligen Stern auf der Vorderseite und drei bizarre Köpfe, die ihn im Schein des Feuers seltsam vertraut anzustarren schienen.

Er brauchte sehr lange, um all seinen Mut zusammenzunehmen, aber schließlich ging er zu der Stelle, wo er die Sternentruhe versteckt hatte, wickelte sie aus und brachte sie zum Tisch. Er öffnete den dunklen, glatten Deckel. Im Innern war eine Unterlage aus einem metallenen Netz zu sehen, und in einer Ecke befand sich eine Gruppe flacher, bunter Edelsteine.

Tolo hatte das kleine rote Buch gelesen. Er, nicht Schwarzstimme, hatte die Sternentruhe ohne Erlaubnis genommen und studiert.

Wieder griff er nach dem Schwert und ließ das Dreihäuptige Ungeheuer behutsam in die Truhe gleiten. Ein greller Blitz leuchtete auf. Tolo schrak mit einem Schrei zurück und wäre beinahe davongelaufen. Aber statt dessen warf er einen Blick in die Truhe und sah, daß der Stern unter dem Ungeheuer in der Mitte verschwunden war. Der Talisman war nicht länger an Orogastus gebunden.

Tolo drückte auf den blauen Edelstein.

Dieser leuchtete auf, und ein leiser, melodischer Ton erklang.

Dann drückte er auf den roten, den gelben und die beiden grünen Edelsteine. Auch diese leuchteten und gaben einen Ton von sich. Jetzt war nur noch der weiße Edelstein übrig. Als er diesen drückte, ertönte eine Melodie, die etwas lauter war; dann erloschen alle Lichter.

Durch die dicke Tür hörte Tolo Schreie und das Klirren von Schwertern. Vorhin war alles ruhig gewesen. Die Kämpfe näherten sich wohl. Er hatte Ralabun versprochen, daß er sich

453

in dem Raum verstecken würde, bis dieser wieder zurück war. Aber Tolo hatte das Gefühl, daß sein Nyssomu-Freund nicht mehr zurückkommen würde.

»Wenn der Zauber nicht funktioniert hat«, flüsterte er, »sterbe ich bei der Berührung des Talismans. Aber wenn die Piraten mich erwischen, sterbe ich ohnehin.«

Mit zitternder Hand faßte er in die Truhe.

31

Tolo! Bei den Knochen des Bondanus – der Balg war nicht nur am Leben, sondern hatte auch noch das Dreihäuptige Ungeheuer an sich gebunden!

Von allen Seiten klirrten Waffen wie die Hämmer der Hölle, und er hörte das Brüllen seiner Leibwachen, die die Angreifer abwehrten. Inmitten dieses Infernos spürte Orogastus, wie ihm das Herz sank, als er den kleinen Prinzen plötzlich nicht mehr beobachten konnte. Es war zwecklos, jetzt hinter Tolo herzujagen. Er trug den Talisman und konnte sich gewiß in dem weitläufigen Stall oder in einem der angrenzenden Gebäude des Hofes verstecken, und keine Zauberei der Welt würde ihn finden können. Zudem würde die Krone ihn verbergen, ohne daß der Junge es ihr bewußt befahl.

Aber sicher würde er dem Dreihäuptigen Ungeheuer keine Befehle erteilen können. Er war halb tot vor Angst. Nein, Tolo würde ihn nur festhalten – und auch die Sternentruhe, die der schlaue kleine Kerl mitgenommen hatte – und sich in einem Versteck zusammenkauern, bis die Schlacht vorbei wäre.

Seine drei Gehilfen waren tot, und damit war auch die Hoffnung zerstört, den Rat des Sterns wiederaufleben und den Polarstern zerstören zu können. Aber er hatte immer noch das Brennende Auge; die Schlacht entwickelte sich über alle Maßen gut, und es stellte sich heraus, daß Haramis eine unbeholfenere Gegnerin war, als er zu hoffen gewagt hatte.

Wenn er diesen Krieg gewinnen konnte, würde noch Zeit

genug sein, um sich zu überlegen, wie er dem kleinen Prinzen seinen Talisman wieder abnehmen konnte ... Zeit, um neue Anhänger zu finden und diese in die Gemeinschaft des Sterns aufzunehmen ... Zeit, um seinen eigenen Talisman zu beherrschen und Haramis entweder auf seine Seite zu bringen oder sie zu vernichten.

»Allmächtiger Meister!« Eine der tuzamenischen Wachen deutete zur Westseite des Burgfrieds. »Hört, wie die Piraten jubeln. Dort muß etwas geschehen sein!«

»Ich werde es mir ansehen.« Der Zauberer benutzte seinen Talisman, um den gesamten Palasthof von hoch oben aus der Luft zu sehen. Er sah, daß die Invasoren die Haupttore der Befestigungsanlagen geöffnet hatten, so daß die Piratenkrieger jetzt in Scharen über das Gelände strömten. Die meisten Krieger hielten sich vom Burgfried fern und richteten ihre Aufmerksamkeit auf die vielen anderen Gebäude des Palastes, wo sie mehr plünderten als kämpften.

Nur auf der Westseite, von wo der Lärm herrührte, wurden ernstliche Versuche unternommen, das Bollwerk zu stürmen. Die meisten Verteidiger hatten sich dort vor dem schwachen Westtor zusammengeballt. Der Angriff der Raktumianer wurde von König Ledavardis und seinen adligen Halsabschneidern angeführt, die ihre Sache recht gut machten! Der König ...

Allmächtiger Bahkup! Was war denn plötzlich in Ledo gefahren? Er forderte den Hofmarschall Owanon zu einem Zweikampf heraus! Dieser Wahnsinnige! Er würde mit Sicherheit getötet werden, und die Piratenarmee würde sich in Chaos auflösen.

»Schnell!« rief Orogastus seiner Leibwache zu. »Ich muß mich zu einem hochgelegenen Aussichtspunkt begeben, wo ich meinen Zauber vollführen kann.«

»Das Backhaus hat ein stabiles Dach mit einer Brustwehr«, sagte einer der Wachposten, »und ist für die Pfeile der Schützen im Burgfried unerreichbar.«

Sie erkämpften sich ihren Weg zu dem Gebäude, wobei sie sogar Raktumianer niedermähten, wenn sie ihnen nicht schnell genug Platz machten. Das Innere des Backhauses war

ein einziges Chaos aus Leichnamen, stöhnenden Verwundeten, zerschmetterten Tischen und Regalen und blutbespritz-
ten Wänden, aber von der tobenden Schlacht bis jetzt weitge-
hend verschont geblieben. Der Zauberer fand die Leiter, die
auf das Dach führte, und kletterte behende hinauf. Die Wachen blieben unten zurück. Von hier oben hatte er einen aus-
gezeichneten Blick auf den Kampf, der bei dem Westtor des
Burgfrieds tobte.

Die gedrungene Gestalt des jungen Königs von Raktum
und der hochgewachsene Hofmarschall schlugen aufeinander ein, während die Ritter beider Länder mit gesenkten
Schwertern dastanden und den zwei Kämpfenden unter
Beifallsrufen zusahen. Trotz seiner plumpen Gestalt war der
junge Monarch stark und flink, aber für den Zauberer war
klar, daß Ledo dem älteren Mann unterlegen war. Owanon
zwang den König zurückzuweichen, auf die Reihen der
Raktumianer zu. Ledo würde mit Sicherheit jeden Moment
fallen.

Orogastus hob den Talisman empor, so daß der Knauf mit
seinen drei Kugeln aufrecht stand. Niemals zuvor hatte er gewagt, mit Bewußtheit das zu tun, was er jetzt vorhatte. Wenn
er den Befehl nicht in der richtigen Form gab, bestand die
Möglichkeit, daß er selbst starb. Aber dieses Risiko mußte er
eingehen.

Dreilappiges Brennendes Auge, töte Owanon.

Die drei Augen auf dem Knauf öffneten sich. Sie sandten
einen dreifarbigen Strahl aus – weiß, grün und gold. Er traf
den Hofmarschall auf seinem Brustharnisch und breitete sich
wie ein Netz auf seiner Rüstung aus. Owanons Körper war in
leuchtenden Rauch gehüllt. Das Schwert glitt ihm aus der
Hand, und er fiel zu Füßen des erstaunten Königs von Raktum nieder. Der glühende Stahl seiner Rüstung prallte auf das
Pflaster, zusammen mit seinen geschwärzten Knochen.

*Dreilappiges Brennendes Auge, zerschmettere diese Tür
dort!*

Wieder flammte der Strahl auf – dieses Mal blendend weiß –
und traf die eisenbeschlagenen Gondabohlen des schweren Por-
tals. Das Metall wurde weißglühend, und das Holz ging in

lodernden Flammen auf. Einen Augenblick später fiel das Tor funkensprühend zu einem Stapel verkohlter Balken zusammen. Die raktumianischen Krieger sperrten vor Staunen den Mund auf und wollten ihren Augen nicht trauen. Aber König Ledavardis schrie jubelnd: »Vorwärts!« Ein Aufschrei ging durch die Menge, und sie strömten auf den schmalen Eingang zu.

Sein Herz frohlockte, und Orogastus wandte sich um und richtete die wundersame Waffe auf das Haupttor an der nördlichen Seite der Festung.

Dreilappiges Brennendes Auge, jetzt zerschmettere diese Tür dort!

Wieder schoß der weiße Lichtstrahl heraus, und der breite Haupteingang zu dem Burgfried lag weit offen vor den einfallenden Horden.

Haramis! schrie der Zauberer. *Haramis, ergib dich! Ich kann dem Talisman befehlen zu töten! Ich habe den Hofmarschall von Laboruwenda getötet und werde jeden töten, der sich mir in den Weg stellt! Befiehl den Verteidigern des Burgfrieds, ihre Waffen niederzulegen. Befiehl Königin Anigel, herauszukommen und sich König Ledavardis zu ergeben. Wenn du das tust, werde ich das Leben aller in Derorguila verschonen. Wenn du dich weigerst, werden sie alle niedergemetzelt werden. Haramis, ergib dich!*

Ganz oben im Burgfried konnte er an einem Fenster eine Bewegung erkennen. Mit seinen eigenen Augen sah Orogastus in der Ferne eine weißgekleidete Gestalt. Sie sagte:

Nein.

Brennender Zorn stieg in ihm hoch. Sie sollte in der tiefsten aller zehn Höllen verschwinden! Sie würde als nächstes sterben!

Nein! Nein! Er liebte sie nicht, konnte sie nicht lieben! Er haßte sie, haßte sie aus tiefstem Herzen und mit all seiner Kraft. Warum hatte er dann das Gefühl, daß er mit Ketten an sie gefesselt war – unwiderstehlich von ihr angezogen?

»Ich werde mich von dir befreien!« stöhnte er laut. Er verbannte ihr Gesicht aus seinen Gedanken und konzentrierte sich nur noch auf das Bild des stumpfen Zauberschwerts.

Dreilappiges Brennendes Auge, ich ... ich befehle dir, Haramis zu ... zu töten!

Falsch! Er hatte es falsch gemacht, hatte gezögert, verraten durch seine Schwäche, die er so sehr verabscheute. Verraten durch Liebe.

Er spürte, wie sein rasender Selbsthaß mit einem dreifarbigen Lichtstrahl verschmolz. Er zielte auf sie, und als er das Fenster erreichte, zersplitterte es in tausend glitzernde, klingende Stücke, als ob es in durchsichtiges Eis oder funkelnde Diamanten verwandelt worden wäre. Der Talisman in seinen behandschuhten Händen war glühend heiß. Mit einem Schmerzensschrei ließ Orogastus ihn fallen und stürzte mit einem metallischen Klirren auf die Brustwehr, wo er liegenblieb – schwarz und wie tot, die Augen geschlossen. Seine silbernen Lederhandschuhe qualmten. Er riß sie herunter und schleuderte sie mit einem Fluch auf den Lippen von sich.

Die Gestalt am Fenster war unverletzt. Sie schien größer zu werden, und dann schwebte sie kaum zwei Ellen vor ihm in der Luft, groß und wunderschön, mit traurigem, aber entschlossenem Gesicht.

Ich muß gehen und meinen Leuten helfen, Sternenmann. Dann werde ich zu dir kommen, und wir werden dies zu Ende bringen.

Haramis wollte ihre unbeständigen Energien nicht verschwenden, indem sie sich zur untersten Ebene der Festung zauberte, daher rannte sie die acht Ebenen über die Treppe hinab, dorthin, wo der Kampf im Innern des Burgfrieds weiterging. Aber als sie die zweite Ebene erreichte, waren schon so viele Invasoren durch die zwei geöffneten Tore hereingeströmt, daß in der großen Halle unterhalb von ihr der Kampf tobte. Der Steinfußboden schwamm in Blut, und die Widersacher kämpften so beengt, daß sie kaum mit ihren Schwertern ausholen konnten.

Anigel und die junge Prinzessin Janeel hatten sich in eine schwerbewachte, befestigte Kammer neben dem prächtigen Audienzsaal auf der zweiten Ebene des Burgfrieds geflüchtet und waren fürs erste sicher. Kadiya hatte den nur leicht verletzten Nikalon gefunden. Sie und der Kronprinz eilten jetzt über die Hintertreppe in den Schutzraum.

Haramis hastete zu einem Orchesterbalkon über dem Haupteingang der großen Halle. Sie hoffte, daß sie die beiden Tore mit ihren Zauberkräften schließen konnte. Aber jedesmal, wenn sie eine neue Barrikade errichtete, wurde diese von dem Zauberer draußen gesprengt. Schließlich war sie durch ihre vergeblichen Versuche so geschwächt, daß sie aufgeben mußte.

Ich bin ihm mit meinen Zauberkräften unterlegen, sagte sie sich. Trotz meiner Ausbildung ist er der mächtigere Zauberer. Wir können uns nicht gegenseitig durch Magie töten, aber diesen Krieg wird er mit Gewißheit gewinnen. Herrscher der Lüfte! Wie sollte das enden?

Sie sah hinab und beobachtete die tapferen Laborwendianer, die, obwohl in der Minderheit, die feindlichen Truppen zu hindern versuchten, die imposante Freitreppe hinauf und in den Thronsaal zur Königin zu gelangen. Die Treppe lag dem Haupteingang der Halle gegenüber und war eine der Attraktionen des Palastes gewesen – ein mächtiges Bauwerk aus weißem Marmor, an ihrem unteren Ende doppelt so breit wie oben, von einem scharlachroten Teppich bedeckt und mit einem goldenen Treppengeländer und Laternen aus vergoldetem Silber geschmückt. Bei feierlichen Anlässen wurde sie von unzähligen Kerzen beleuchtet und diente als Promenade für festlich gekleidete Männer und Frauen. Nun aber war sie die Bühne für ein wahres Gemetzel, und von ihren Stufen floß das Blut herunter.

Die Verteidiger des Palastes ballten sich jetzt hier zusammen, angeführt von Lord Penapat, dem Haushofmeister. Der schwergewichtige Adlige sprang von einer Seite der breiten Treppe auf die andere und brüllte seine Befehle. Wenn eine Gruppe von Rittern besiegt wurde und fiel, stürzte eine andere aus dem Vorraum zum Audienzsaal hervor und kämpfte bis auf den Tod, um ihre Königin zu verteidigen.

Die Armen, dachte Haramis. Sie haben immer noch die Hoffnung, daß ich diese abscheulichen Horden zurückdrängen kann, bevor König Antar kommt und den Sieg erringt. Aber sie sind verloren ... verloren. O Gott! Wenn sie doch nur klar denken könnte!

459

Während sie sich zu erholen versuchte, half Haramis den Verteidigern auf der Treppe, so gut sie es vermochte. In ihrem geschwächten Zustand konnte sie zwar zuweilen die Schwertstreiche des Feindes von einigen Männern ablenken, aber es gelang ihr nicht, sie alle zu schützen. In der vordersten Linie fiel ein Ritter nach dem anderen im Kampf. Die vorrückenden Piraten warfen deren Leichname sowie die ihrer getöteten Kameraden über die Brüstung hinunter auf stetig anwachsende Leichenhaufen.

König Ledavardis von Raktum, leicht verwundet an seinem Schwertarm und nicht mehr in der Lage, selbst am Kampf teilzunehmen, beobachtete die Schlacht von einer sicheren Nische rechts von der Treppe aus. Umgeben von seinen bewaffneten Beschützern, feuerte er nun seine Männer mit einem lauten Schrei an: »Die Königin! Die Königin! Sie ist dort im Thronsaal am oberen Ende der Treppe! Die Hälfte der Beute in Derorguila für den Mann, der Königin Anigel ergreift!«

Die Piraten antworteten ihm mit donnerndem Gebrüll. Noch mehr Männer drängten herein. In der großen Halle befanden sich jetzt über neunhundert Mann, und drei Viertel von ihnen waren Raktumianer. Auf Penapats Befehl hin kam eine neue Gruppe der laboruwendianischen Ritter aus dem Vorraum heraus und stellte sich zum Angriff auf.

Haramis berührte ihren Talisman. Sie sah, daß Kadiya und Nikalon den Schutzraum hinter den Thronen unversehrt erreicht hatten. Antar und seine Armee hatten endlich das Seitentor erreicht, aber dieses wurde inzwischen von einem starken Aufgebot des Feindes gehalten. Der König würde um die Festung herum marschieren müssen bis zu der Bresche in der Palastmauer, wo er unweigerlich auf die rechte Flanke der Piraten treffen und aufgehalten würde. Sein Plan, den Verteidigern des Burgfrieds zu Hilfe zu eilen, war gescheitert.

»O Gott, es ist hoffnungslos!« Haramis weinte beinahe vor Gram und wütender Enttäuschung. »Ich habe nicht einmal mehr die Kraft, Anigel, Kadi und die Kinder in Sicherheit zu bringen ... Iriane! Iriane! Könnt *Ihr* denn nichts tun?«

Neben ihr auf dem Balkon erschien mit bemerkenswerter Geschwindigkeit ein Gewirr aus blauen Blasen, aus dem die

Erzzauberin des Meeres heraustrat. Iriane runzelte die Stirn, als sie auf das irrsinnige Getümmel in der Halle hinabblickte, und schüttelte den Kopf.

»Es sind so viele, und alle in der Raserei des Blutrausches. Wir könnten es mit neuen Trugbildern versuchen, aber ich bezweifle, daß sich diese Schurken davon ablenken lassen. Was Ihr wirklich braucht, sind noch mehr Kämpfer auf Eurer Seite.«

»König Antar ist es nicht möglich, von Süden aus in den Palastbezirk zu gelangen. Die Piraten haben das Seitentor besetzt. Es wäre völlig sinnlos, ihn und dann jeweils immer ein paar seiner Ritter hierherzubringen, selbst wenn ich die Kraft dazu hätte ... aber die habe ich nicht.«

»Ich vermag dieses spezielle Kunststück nicht zu vollbringen«, gab Iriane zu. »Ich kann nur mich selbst von einem Ort zu einem anderen zaubern.« Sie spitzte die blauen Lippen, und ihre indigoblauen Augen wurden zu schmalen Schlitzen, als sie nachdachte. »Hmm. Kämpfer ... Kämpfer. Wißt Ihr, meine Liebe, wir Erzzauberer waren den bösen Mächten nicht immer so hilflos ausgeliefert. Früher, in den alten Zeiten, als der Stern zum erstenmal die Welt bedrohte, hatten wir die Wächter des Todes als letztes Mittel zu unserer Verteidigung. Diese konnten jenen denkenden Wesen das Leben nehmen, die nicht davon abließen, Böses zu tun.«

»Aber nur die gesamte Schule der Erzzauberer konnte die Sindona losschicken«, entgegnete Haramis verbittert. »Die Gelehrte am Ort der Erkenntnis hat es mir gesagt. Und jene uralten Erzzauberer haben uns längst verlassen.«

Langsam schüttelte Iriane den Kopf. »Die Schule existiert noch. Sie braucht nur drei Mitglieder, um bestehen zu können. Ihr und ich und ...«

»Denby!« Haramis unterbrach sie, erfüllt von neuer Hoffnung. »Würde er es tun?« Ohne auf Irianes Antwort zu warten, warf sie den Kopf zurück und rief, so laut sie konnte: »Denby! Helft uns! Schickt uns die Sindona!«

Als nichts geschah, rief sie voller Verzweiflung wieder seinen Namen. »Denby! Erzzauberer des Himmels! Schwarzer Herr des Firmaments! Ihr tut so, als ob Ihr Euch nicht einmischen wollt, aber ich weiß, daß Ihr uns von dort oben beobachtet. Ich weiß, daß Ihr von Anfang an in diese Sache verwickelt wart, lange bevor meine Schwestern und ich geboren wurden. Helft uns!« Sie griff nach Irianes Hand. »Wir, die Erzzauberinnen, flehen Euch im Namen des Dreieinigen an!«

Die schreckliche Kampfszene vor ihnen verblaßte, bis sie nicht mehr zu sehen war. Haramis erblickte das Dreigestirn, das silbern an einem klaren, sternenübersäten Himmel strahlte. Es war nicht klein wie sonst, wenn sie das Dreigestirn über sich am Himmel sah, sondern so riesig, daß es beinahe alles ausfüllte.

In einem der Sterne sah sie das Gesicht eines uralten Mannes, der sie mit einer Mischung aus Ärger und Verwirrung ansah, so als hätten sie ihn gerade bei etwas überaus Wichtigem gestört.

»Denby!« rief Haramis aus. »Denkt an Euer heiliges Amt und helft uns, die Sindona zu rufen!«

Das Land und das Meer gehen mich nichts an, sagte Denby mürrisch.

»Ihr seid ein Erzzauberer«, sagte Haramis. »Ihr gehört der Schule an. Iriane und ich verlangen es von Euch!«

Oh. Nun gut! Wenn Ihr es so seht, muß ich es wohl tun ... aber es wird keine Lösung für die Ewigkeit sein!

Das Dreigestirn verschwand.

»Seht!« jubelte Iriane freudig. »O seht nur!«

Oben auf der Treppe war eine Phalanx aus fünfzig elfenbeinfarbenen Statuen erschienen, die hinter den Reihen der strauchelnden Verteidiger stand. Sie waren jeweils größer als ein Mann und trugen glitzernde Gürtel, die über der Brust gekreuzt waren, und schimmernde Kronhelme. Jeder hielt einen goldenen Schädel unter dem Arm. Langsam und unerbittlich marschierten sie die blutbefleckte Treppe hinunter, immer fünf nebeneinander. Die verblüfften Laboruwendianer purzelten übereinander, als sie ihnen eilig den Weg frei machten.

Jene Krieger der Invasionstruppen, die die herabsteigenden Wächter gesehen hatten – und dies waren fast alle, die in der großen Halle kämpften –, ließen die Waffen sinken und starrten verwundert auf das seltsame Schauspiel. Einen Moment lang war es in der Halle fast vollkommen still.

Krieger von Raktum. Krieger von Tuzamen. Im Namen der Schule der Erzzauberer: Legt eure Waffen nieder.

Die Stimme war sanft, beinahe mütterlich, und sie kam aus der Luft, nicht von den bewegungslosen Lippen der Sindona.

Einen Augenblick lang waren die Piraten zu überrascht, um zu handeln. Dann schwang ein blutbeschmierter tuzamenischer Kriegsherr in der vordersten Reihe jener, die am Fuße der Treppe kämpften, sein Schwert mit der gewellten Klinge und schrie mit heiserer Stimme: »Ich soll verdammt sein, wenn ich mich einer Herde nackter Spukgestalten ergebe!«

Einer der Sindona in der vordersten Reihe sah auf ihn herab, hob den Arm und deutete mit dem Finger auf ihn.

Mit einem Knall verschwand der Ritter in einer Rauchwolke. Dort wo er gestanden hatte, fiel ein glänzender weißer Schädel zu Boden und rollte über die Steinplatten davon. Die Männer in der Nähe schrien vor Angst und Erstaunen auf.

Aber die Invasoren hatten noch nicht verstanden, was vor sich ging. Als die Wächter weiter die Treppe herabschritten, griffen viele beherzte Widersacher aus der Menge vor ihnen an und schlugen mit Schwertern und Streitäxten und stachelbewehrten Morgensternen auf die lebenden Statuen ein. Das Eisen prallte wirkungslos von den glatten elfenbeinfarbenen Körpern ab. Gekrönte Häupter drehten sich und wiesen mit dem Finger auf die Männer. Eine Kaskade aus Totenschädeln rollte scheppernd in die Menge.

Ein aufgeweckter Bursche rief aus: »Es ist nur ein Trick, Jungs! Das sind Trugbilder, die die Erzzauberin geschaffen hat! Beachtet sie gar nicht!«

Von den erleichterten Piraten war wütendes Geschrei zu vernehmen, als sie mit neuer Energie angriffen. Aber nur Augenblicke später hatten die Reihen der Wächter den Boden der großen Halle erreicht. Die Sindona schwärmten unter den Kämpfenden aus, wobei sie mit ihren tödlichen Fingern auf einen Mann nach dem anderen zeigten. Die Totenschädel mehrten sich, und die überlebenden Invasoren konnten nicht umhin, sie unter ihren gepanzerten Füßen zu zertreten. Lang-

463

sam wurde ihnen klar, daß überall um sie herum ihre Kameraden in kleinen Rauchwolken starben. Viele Raktumianer hörten auf zu kämpfen und sahen sich nach Fluchtmöglichkeiten um.

Die Sindona waren gänzlich unverwundbar für die menschlichen Waffen. Auf ihren majestätischen Gesichtern lag ein ruhiges, freundliches Lächeln, während sie ihre Arbeit verrichteten.

Die verständigeren unter den Invasoren stöhnten jetzt in wachsendem Grauen auf und stahlen sich davon, um eines der beiden umkämpften Tore zu erreichen. Daraufhin riefen die raktumianischen Anführer und die tuzamenischen Kriegsherren aus: »Nein, ihr Männer! Diese Gestalten sind nur Trugbilder! Vorwärts! Fürchtet euch nicht! Auf zum Thronraum und zur Königin!«

Der Koboldkönig in seiner Nische wollte diese aufmunternden Worte gerade wiederholen, als er eine Frau in Weiß erblickte, die auf dem Orchesterbalkon hoch oben über dem Haupteingang stand. Es war die Erzzauberin, und sie sah ihn an! Er hörte ihre Stimme, als stünde sie nur eine Armlänge von ihm entfernt.

»König Ledavardis von Raktum! Jene Geschöpfe dort sind die Wächter des Todes. Sie sind keine Trugbilder. Sie sind wirklich, und sie bringen jenen Kriegern den Tod, die in ihren Herzen die Absicht zum Töten hegen. In dieser Halle befinden sich fünfzig Wächter, draußen vor dem Burgfried sind noch viele andere, die ebenso todbringend sind. Ergebt Euch, oder Ihr und alle Eure Leute werdet sterben.«

Der vor Angst zitternde König stieß hervor: »Ihr lügt!«

Sie zeigte mit ihrem Talisman auf ihn. »Seht selbst.« Und in seinem Geist sah er eine greuliche Szene: Große, bleiche Gestalten, die goldene Totenschädel unter den Armen hielten, glitten durch die kämpfende Menge im Palastbezirk und ließen Tod und Verwirrung hinter sich zurück.

Verliert nicht den Mut, Ledo! Ich bin hier!

Orogastus kam durch das Westtor herein. Seine silberne Sternenmaske und sein Gewand leuchteten, und in der Hand hielt er das Dreilappige Brennende Auge.

»Tötet diese Wesen!« schrie der König außer sich dem Zauberer zu. »Tötet sie, bevor die Männer noch mehr in Panik geraten!«

Aber es hatte bereits eine wilde Flucht begonnen. Die Invasoren in der großen Halle stürmten aus dem Haupteingang und kreischten fortwährend: »Dämonen! Dämonen kommen! Lauft zu den Schiffen!« Angst und Schrecken verbreiteten sich rasch und griffen auch auf das Gros der Invasoren draußen über.

Orogastus hob seinen Talisman und brüllte einen Befehl. Ein dreifarbiger Strahl aus Licht traf einen der Sindona und ließ ihn mit einem ohrenbetäubenden Knall explodieren. Die Überreste seines steinharten Körpers bombardierten als winzige Geschosse die flüchtenden Piraten, woraufhin diese aufschrien und nur noch schneller rannten.

»Halt!« rief ihnen Orogastus mit einer Stimme zu, die wie Donner grollte. »Kommt zurück, ihr Dummköpfe! Seht, ich töte sie!« Und er tötete eine zweite der lebenden Statuen.

Beim Tode des ersten Sindona hatten sich die anderen umgedreht und den Zauberer mit heiteren Mienen angesehen. Jetzt deuteten sie alle gemeinsam auf ihn. Haramis schrie unwillkürlich auf und spürte, wie ihr das Herz stockte.

Aber kein auflösender Rauch erschien. Der Schädel von Orogastus befand sich weiterhin dort, wo er hingehörte, bedeckt von der eindrucksvollen Sternenmaske. Er schrie triumphierend auf und begann, sie einen nach dem anderen in Stücke zu schmettern. Das Getöse der Explosionen war ungeheuer, und die Moral der Invasoren wurde nur noch mehr untergraben.

Aber jetzt kamen die Ritter von Laboruwenda, angeführt von Lord Penapat, die Treppe herabgestürmt, um sich auf König Ledavardis und die etwa dreißig ihn umgebenden Ritter zu stürzen. Die Raktumianer, in der Nische gefangen, wehrten sich heftig.

Alle Sindona marschierten in der sich leerenden Halle auf den Zauberer zu. Die Zerstörung ihrer Gefährten schienen sie zu ignorieren. Haramis fiel ein, daß der Geist der zerstörten Statuen in jene überging, die noch unversehrt waren. Die Ex-

465

plosionen waren ohrenbetäubend, als der Zauberer Wächter um Wächter zerstörte, aber immer noch näherten sie sich ihm unerbittlich. Die goldenen Schädel hielten sie jetzt mit ihren beiden elfenbeinfarbenen Händen vor sich. Orogastus wirbelte wie rasend mit dem Talisman herum und tötete einen nach dem anderen. Und doch kamen sie immer näher – und in den zwei offenen Toren erschienen noch mehr von ihnen, die ebenfalls auf ihn zugingen.

»Iriane!« rief Haramis. »Könnt Ihr mir etwas von Eurer Stärke geben?«

»Ich könnte Euch etwas abgeben«, antwortete die Erzzauberin des Meeres, »aber gewiß nicht genug, um Euch völlig wiederherzustellen.«

»Ich brauche nur soviel Kraft, daß ich mich ein einziges Mal an einen anderen Ort bringen kann.«

»Versuchen wir es.« Die Blaue Frau legte ihre Hände auf Haramis' Kopf, zog ihn herunter und legte ihre Stirn an die ihre. Haramis spürte, wie hinter ihren Augen ein strahlendes blaues Licht explodierte. Neue Energie strömte durch ihren Geist und ihren Körper.

»Ich danke Euch! Und jetzt betet für mich!« Mit diesen Worten griff Haramis nach ihrem Talisman und verschwand.

»Du liebe Güte«, murmelte Iriane und schüttelte ihren perlengeschmückten Kopf. »Was mag sie denn nur vorhaben?« Ihre Augen waren einen Moment lang völlig ausdruckslos, als sie zum Himmel hinaufblickte. »Denby? Siehst du zu?«

Aber von dem fernen Firmament kam keine Antwort herunter.

»Dann wirst du aber etwas verpassen«, sagte die Erzzauberin des Meeres.

Sie raffte ihre Röcke und ging über den umlaufenden Balkon auf die Westseite der Halle hinüber, wo Orogastus immer noch einen Sindona nach dem anderen zerschmetterte. Von dort drüben würde die Sicht auf die entscheidende Auseinandersetzung viel besser sein.

32

Der Schutzraum hinter den beiden Thronen im Audienzsaal war eigentlich zur Aufbewahrung der königlichen Insignien gedacht, diente den Monarchen bei langen Zeremonien aber auch als kleiner Salon. Er war zwar annähernd uneinnehmbar, aber klein und mit Truhen voller Juwelen zugestellt, und er besaß nur eine Tür. Zudem war es eisig kalt dort, so daß niemand auf Dauer darin bleiben konnte.

Lord Penapat hatte Anigel, Janeel und das alte Nyssomu-Kindermädchen Immu dort hineingeschickt, als die Türen des Burgfrieds zerstört wurden. Die Königin hätte diesen Ort nicht gewählt. Anigel wußte zwar, daß sie nicht kämpfen konnte, aber es war unerträglich, so hilflos zu sein und nicht zu wissen, was vor sich ging.

Sie war tief erfreut, als sich nach kurzer Zeit die Tür des Schutzraumes öffnete und Kadiya gemeinsam mit Nikalon eintrat. Immu untersuchte den Jungen kurz und erklärte dann, daß er bis auf ein paar Schrammen gesund sei. Er schämte sich fürchterlich dafür, daß seine Tante ihn hatte retten müssen.

Kadiya erzählte ihrer Schwester in lebhaften Worten, wie sie sich mit Hilfe ihres Drillingsamuletts unsichtbar gemacht hatte und den Kronprinzen aus den vom Feind überrannten Kasernen herausgeholt hatte. Da sie Anigel und den anderen nicht alle Hoffnung rauben wollte, sagte Kadiya nichts davon, daß sich in dem Bereich hinter dem Burgfried unzählige feindliche Truppen drängten. Doch wußte die Herrin der Augen nur zu gut, daß Antar überhaupt keine Chance hatte, mit seiner Verstärkung durch das Seitentor in die Befestigungsanlage zu gelangen.

Und falls Haramis kein Wunder vollbrachte, würden sie sich in diesem Schutzraum früher oder später entscheiden müssen, ob sie sich ergeben oder langsam verhungern und verdursten wollten.

Sie setzten sich nieder und warteten. Kadiya saß neben der Tür und schärfte ihr Schwert, während sich die anderen in die prächtigen Krönungsgewänder hüllten, um sich warm zu halten, und zu einer kleinen Gruppe zusammendrängten.

»Ich bin dir unendlich dankbar, daß du mir Niki zurückgebracht hast«, sagte Anigel zu Kadiya. »In diesen schrecklichen Zeiten ist es ein Trost zu wissen, daß wenigstens zwei meiner geliebten Kinder in Sicherheit sind.«

»Der dumme Tolo ist wahrscheinlich auch in Sicherheit«, sagte Prinzessin Janeel angewidert.

»Wir wollen nicht unfreundlich von ihm sprechen«, tadelte die Königin sie, aber als sie an ihren jüngsten Sohn dachte, legte sich ein Schleier auf ihre Augen.

»Tolo ist noch zu jung, um zu wissen, welch furchtbare Dinge er getan hat. Wenn ich ihn wiederhätte, würde ich ihn an mich drücken und ihm aus ganzem Herzen vergeben. Und das sollten wir alle tun.«

»Ohne ihn zu *bestrafen*?« Niki war empört.

»Ja«, sagte die Königin.

Daraufhin murrte der Kronprinz, und Prinzessin Janeel malte in düsteren Farben aus, welch freudlose Zukunft Tolo in den Fängen des grausamen Zauberers erwarten würde, bis Immu sie hieß, still zu sein und an schönere Dinge zu denken.

»Was für schönere Dinge?« fragte die Prinzessin. »Es gibt doch keine.«

»Natürlich gibt es welche!« schimpfte Immu. »Dummes Kind!«

»Die Piraten werden uns fangen, und dann werde ich den Koboldkönig doch noch heiraten müssen!«

»Still, Liebchen. Es gibt noch Hoffnung. Vielleicht ist alles gar nicht so schlimm, wie es aussieht. Denkt doch nur an den furchtbaren Kampf um die Zitadelle von Ruwenda. Damals sah alles noch viel schlimmer aus. Welche Situation war je hoffnungsloser als jene? Und doch haben wir gesiegt! Und zum erstenmal, seit sich das Eis zurückgezogen hatte, blühten in Ruwenda wieder Schwarze Drillingslilien.«

»Ich erinnere mich daran.« Königin Anigel versuchte zu lächeln. Aber als Immu das Eis erwähnte, schauderte sie.

»Ja, es war die größte Schlacht, die je in Ruwenda stattgefunden hat«, sagte Kadiya. »Vielleicht die größte in der bekannten Welt! Menschen und Eingeborene und sogar Skri-

468

tek nahmen daran teil, und gute und böse Magie ließen sogar das Dreigestirn selbst erzittern.«

»Aber die Drei Blütenblätter der Lebenden Drillingslilie errangen einen großen Sieg«, sagte Immu zu dem Prinzen und der Prinzessin. »Eure Mutter, Tante Kadiya und Tante Haramis gewannen die Schlacht und auch den Krieg, obwohl alles hoffnungslos schien.«

»Erzähl uns die Geschichte noch einmal«, bat die Prinzessin und kuschelte sich in ihre kostbare Decke.

Und das tat Immu dann auch. Sie erzählte, wie die Erzzauberin Binah gerade noch rechtzeitig gekommen war, um bei der Geburt der Drillingsprinzessinnen von Ruwenda zu helfen, und berichtete davon, wie die Mädchen heranwuchsen und wie dann jede für sich auf die Suche ging und ihren magischen Talisman fand.

Das alte Nyssomu-Kindermädchen wollte gerade von der Errettung Ruwendas sprechen, als die Tür zu dem Schutzraum geöffnet wurde.

»Schwestern ... kommt mit mir.«

Kadiya sprang auf; ihr Gesicht leuchtete. »Hara! Hast du gute Nachrichten für uns?«

»Leg dein Schwert weg, Kadi. Für den Kampf, dem wir uns jetzt stellen müssen, brauchst du eine andere Waffe.« Die Erzzauberin war fast so bleich wie ein Sindona. Die Silhouette ihrer Gestalt in der Tür war von einem sanften Strahlen in allen Farben des Regenbogens umgeben. Sie sah fremd, ja beinahe furchteinflößend aus.

Königin Anigel rief verzweifelt aus: »Dann haben wir die Schlacht also nicht gewonnen?«

»Die Armee der Piraten flieht gerade aus dem Hafen«, sagte Haramis. »Antar und seine Männer sind den Nachzüglern dicht auf den Fersen. Ledavardis, König von Raktum, wurde von Lord Penapat und seinen Rittern gefangengenommen ...«

Niki und Jan jubelten.

»... aber die Schlacht ist noch nicht gewonnen. Orogastus ist noch hier. Ich habe die Sindona gerufen, die jetzt mit ihm kämpfen, aber er zerstört sie einen nach dem anderen. Die Zeit ist gekommen, um sich ihm zu stellen. Kommt jetzt mit mir! Die einzigen Waffen, die ihr brauchen werdet, sind eure Amulette.«

Kadiya löste ihren Schwertgurt. Die Königin legte ihren schweren Mantel ab, der sie nur hindern würde. Sie eilten durch den leeren Audienzsaal, durchquerten den Vorraum und kamen schließlich in das große Foyer am oberen Ende der großen Treppe, die hinunter in die Halle führte.

»Großer Gott!« stieß die Königin hervor.

Kadiya brachte kein Wort heraus, so eigenartig und schrecklich war die Szene, die sich ihren entsetzten Augen bot. Der gewaltige Raum, volle einhundertzwanzig Ellen lang und genauso breit, war erfüllt von Rauch. An den Wänden zwischen den Bannern flackerten gespenstisch die Fackeln. Überall waren Leichname aufgetürmt, und zwischen ihnen lagen wie weiße, rotgesprenkelte Früchte, die von einem unsichtbaren Baum herabgefallen waren, Hunderte von menschlichen Schädeln.

Immer wieder drangen ohrenbetäubende Explosionen von der westlich der Treppe gelegenen Hallenseite heran. Dort sahen Kadiya und Anigel geisterhaft bleiche Gestalten, die Schulter an Schulter dastanden: Sindona, vielleicht hundert, vielleicht auch weniger. Der Zauberer befand sich vermutlich unter ihnen, obwohl nichts von ihm zu sehen war.

Haramis hob ihren Talisman mit dem glühenden Bernstein darin. »Stellt euch dicht neben mich«, bat sie die Schwestern. »Nehmt die Schwarze Drillingslilie in die Hand. Vertreibt alle Angst und alle Hoffnungslosigkeit, alles, was eure Liebe je geschmälert hat. Gebt euch einander hin und gebt euch mir hin. Vertraut … und dann folgt mir.«

Kadiya und Anigel stellten sich mitten auf der Treppe neben Haramis. Das Halbdunkel und der Rauch waren plötzlich verschwunden, und der große Saal schien mit erbarmungslosem weißem Licht überflutet zu sein. Jetzt konnten sie Orogastus deutlich erkennen. Er trug seine Sternengewänder und hielt das Dreilappige Brennende Auge an seiner stumpfen Klinge fest, aber er hatte es so fest umklammert, daß das schwarze Metall tief in sein Fleisch gedrungen war und ihm Blut über die Hände strömte. Auf den Kugeln am Knauf des Talismans saßen die drei funkelnden Augen, die grüne und goldene und weiße Blitze aussandten, und jedesmal, wenn sie aufleuchteten, verschwand ein Sindona in einer Explosion aus Schall und Licht.

Die Überreste der zerstörten Statuen bedeckten den Boden um den Zauberer herum wie grober Schnee. Die Sindona hatten einen dreifachen Kreis um ihn gebildet. Der innerste Kreis aus gekrönten Wächtern war noch etwa sechs Schritte von ihm entfernt. Jeder hielt einen goldenen Schädel vor sich. Sie standen still und waren offensichtlich hilflos, als er mit schwindelerregender Geschwindigkeit herumfuhr und die Sindona auf allen Seiten auseinandersprengte.

Die Königin und die Herrin der Augen spürten plötzlich, wie sie aufstiegen, obwohl sie genau wußten, daß sie auf einer der breiten Stufen standen. Zusammen mit Haramis schwebten sie über Orogastus und blickten auf ihn hinunter.

Er hob den Kopf und sah sie. Sein halb von der Maske bedecktes Gesicht war von dem Strahlenkranz eines silbernen Sterns umgeben. Sein Mund öffnete sich, und er schrie nur ein Wort. »Haramis!«

Ich bin hier. Wir sind hier. Wir müssen dies zu Ende bringen.

Orogastus hob das Dreilappige Brennende Auge, bereit, die Zerstörung der Lebenden Drillingslilie zu befehlen. Aber er zögerte, als er daran dachte, was zuvor geschehen war, wie der Talisman versagt hatte – und wie er ihn dabei hatte fallen lassen müssen. Wenn er ihn jetzt fallen ließ, würden sich sofort die Sindona auf ihn stürzen und ihn zwischen ihren schweren Körpern zermalmen.

War sein Wille stark genug, um sie dieses Mal zu töten?

Vorhin war er ins Wanken geraten, abgelenkt von seiner verfluchten Liebe zu ihr. Aber jetzt würde einer von ihnen sterben müssen ...

Oder vielleicht doch nicht?

Er wurde von einem unermeßlichen Grauen gepackt. Nein! Sie würde ihn nicht töten. Sie würde etwas viel Schlimmeres mit ihm machen: ihn zu einem lebenden Toten machen und in die Schlucht der Gefangenen verbannen, in den Höllengrund der Erde. Der Polarstern würde ihn dorthin ziehen, so wie er ihn in das Kimilon gezogen hatte, und er würde gefangen und allein sein, bis er seinen letzten Atemzug tat.

»Nein!« schrie er. »Das wirst du nicht tun!« Er hielt den Talisman hoch über seinen Kopf, verbannte alle anderen Gedanken aus seinem Kopf und formte dann den Befehl.

Die Erzzauberin sagte: *Kadiya, Anigel, haltet jetzt treu und mit all eurer liebenden Kraft zu mir, denn wir müssen das umkehren, was er uns antun will.*

Der Knauf des Dreilappigen Brennenden Auges schien zu ungeheurer Größe anzuschwellen und den Sternenmann hinter sich zu verbergen. Die drei Frauen sahen, wie das braune Auge der Menschen, das goldene Auge der Eingeborenen und das silberblaue Auge des Versunkenen Volkes sie einen Augenblick lang anstarrten. Dann verwandelten sie sich. Sie wurden zu den drei goldenen Sternen des Dreigestirns, die sich zu schwarzen Kugeln mit einem goldenen Strahlenkranz entwickelten. Auch die Kugeln veränderten sich, sie blühten auf und nahmen die Gestalt einer großen, dreiblättrigen Blume an, die so schwarz war wie die Nacht. In ihrer golden leuchtenden Mitte stand ein Mann, und auf den Blütenblättern der Schwarzen Drillingslilie waren drei Frauen.

Haramis! Das kannst du mir nicht antun! Du liebst mich doch!

Der Mann hielt ein schwarzes Schwert in Händen. Aus seinen Augen strahlte gleißend helles Sternenlicht. Ganz deutlich sprach er: *Töte sie alle. Töte die Lebende Drillingslilie.*

Und die magischen Kräfte strömten.

In der Mitte der Blume, wo nun der Stern erstrahlte, entstand ein sich drehender Tunnel, ein Wirbelwind aus Licht. Bevor er sie alle verschlang, sahen sie, wie die Drillingslilie in drei Teile auseinanderbrach – golden, grün, weiß, mit einem sternförmigen Herz darin. Eine gleißende, dröhnende Helligkeit umgab sie, und sie schienen kopfüber hineinzustürzen, durch die Luft zu fliegen wie Blätter in einem Wirbelsturm aus aufblitzenden dreifarbigen Funken.

Die Erzzauberin des Meeres sagte: »Liebe ist nicht nur gestattet, sie ist sogar notwendig.«

Der Erzzauberer des Himmels sagte: »Sie ist auch sehr lästig.«

In dem rasenden Sturm aus Licht sahen sie vor sich einen Gegenstand. Er war sechseckig und tiefschwarz. Sie stürzten und wirbelten auf ihn zu, und er wuchs und wuchs, bis er riesig groß war und sie den Lärm um sich herum kaum noch ertragen konnten.

Die Erzzauberin des Landes sagte: »Habt keine Angst!«

Aber ich habe Angst! Furchtbare Angst …

Um Haramis, Kadiya und Anigel war plötzlich Stille.

Sie standen nebeneinander auf der Treppe.

Haramis stand mit gesenktem Kopf und hängenden Armen zwischen ihren Schwestern. Der Bernstein in dem Talisman auf ihrer Brust schlug im Rhythmus ihres Herzens.

Auch das glühende Licht der beiden anderen Amulette pulsierte.

Lebendig.

Kadiya stieß einen tiefen Seufzer aus. Sie ging vor Anigel die Treppe hinunter und bahnte sich vorsichtig ihren Weg durch die grausam anzusehenden menschlichen Überreste der Schlacht bis hin zu der Stelle, an der die verbliebenen Sindona standen. Weniger als zwei Dutzend von ihnen waren übrig, immer noch einen vollkommenen Kreis bildend, immer noch ihre goldenen Schädel vor sich haltend und freundlich lächelnd.

Inmitten des Kreises lag das Dreilappige Brennende Auge. Sonst nichts.

»Es war mein Talisman«, murmelte Kadiya. »Dann war es der seine. Wem gehört er jetzt?«

Aber die Wächter des Todes antworteten nicht. Die Schwestern sahen zu, wie ihre Gestalten immer durchsichtiger wurden, bis sie sich schließlich ins Nichts auflösten.

»Ich vermute, daß der Zauberer die Sternentruhe irgendwo versteckt hat«, sagte Anigel. »Wir werden sie bestimmt finden, und dann wirst du deinen Talisman eines Tages wieder benutzen können.«

»Ich bin gar nicht so sicher, ob ich das überhaupt will«, sagte die Herrin der Augen.

Anigels Augen füllten sich mit Tränen, vielleicht wegen des immer noch in der Luft hängenden Rauches. »Ich bin sicher, daß ich den meinen nicht mehr benutzen will.«

Sie drehten sich nach Haramis um, aber die war verschwunden. In der großen Halle war kein anderes lebendes Wesen mehr zu sehen.

»Laß uns nach draußen an die frische Luft gehen«, sagte Kadiya und nahm ihre Schwester bei der Hand.

Zusammen gingen sie durch das Westtor des Burgfrieds, hinaus in den Hof. Dort schien die Sonne, und die Luft war erstaunlich rein und warm. Eine große Menge aus übel zugerichteten und blutüberströmten laboruwendianischen Rittern und Soldaten jubelte den beiden Frauen zu. Lord Penapat rief aus: »Der Feind hat bis auf den letzten Mann die Flucht ergriffen – außer dem hier!«

Die Menge teilte sich, um König Ledavardis von Raktum zu zeigen, der auf einem Mauerstein saß.

Er erhob sich. Dann lächelte er freundlich, verneigte sich und sagte: »Der Koboldkönig bittet die Königin und die Herrin der Augen um Gnade und ergibt sich hiermit.«

»Ihr habt meine gefangenen Kinder freundlich behandelt«, sagte Anigel. »Ich werde Euch ebenso behandeln. Ich wünsche, daß Ihr sofort mein Land verlaßt.«

»Das ... das ist alles?« Ledavardis sah sie erstaunt an.

Die Königin nickte, dann sagte sie zu Penapat: »Nehmt Eure Männer, begleitet den König von Raktum zu seinem Schiff und wartet, bis er uns verlassen hat.«

Die Menge murrte, aber dann begannen fast alle Krieger zu lachen, bevor sie zum Nordtor des Palastes aufbrachen. Königin Anigel schien weder die toten Männer zu sehen, die überall herumlagen, noch das Blut oder die Ruinen des Palastes von Derorguila. Wie benommen sah sie hinauf zu dem blauen Himmel, über den ein paar Wolken segelten. Es war der Himmel der Trockenzeit, und vom Meer wehte ein warmer Wind. Schließlich sagte sie:

»Kadi ... Ich glaube, das Gleichgewicht der Welt ist wiederhergestellt.«

»Du hast vielleicht recht. Laß uns beten, daß dem so ist. Haramis wird es sicher wissen, aber ich finde, wir sollten noch etwas warten, bevor wir sie danach fragen.«

»Ja. Sie muß völlig erschöpft sein.«

Kadiya straffte die Schultern. »Wir haben noch viel Arbeit. Wir müssen uns um die Verwundeten kümmern und Speis und Trank für unsere siegreichen Kämpfer herbeischaffen. Ich werde zu den oberen Ebenen des Burgfrieds gehen und die adligen Frauen und die Dienstboten zusammenrufen, die ich finden kann. Dann können wir …«

Sie brach ab. Trompeten und lautes Jubelgeschrei waren zu hören und das dröhnende Trampeln von Fronlerhufen.

»Antar!« rief die Königin. »Antar!«

Sie eilte hinaus auf den Vorplatz, Kadiya dicht hinter ihr. Sie sahen, wie der König von Laboruwenda und seine Männer durch das Haupttor hereinritten. Und hinter dem König saß eine kleine Gestalt, die Anigel zuerst für Jagun oder Shiki hielt. Aber die beiden tapferen Eingeborenen ritten auf ihren eigenen Tieren hinter Antar her und winkten.

»Aber wen hat er denn dann bei sich?« rief Anigel ihrer Schwester zu. Völlig außer Atem blieb sie stehen. Der König erblickte sie, trieb sein Tier an und kam im Galopp auf sie zu. Schließlich erkannte die Königin die Gestalt hinter ihrem Gemahl und brach in Tränen der Freude aus.

»Mein Kleiner! O Gott sei Dank! Meine Lieben, ihr seid beide unversehrt!«

Lächelnd zügelte der König sein Tier, sprang aus dem Sattel und umarmte seine Gattin.

Kadiya hatte die Arme in die Hüften gestemmt und sah grinsend zu dem kleinen Prinzen Tolivar hinauf. »Nun, du wirst uns bestimmt eine Menge zu erzählen haben, nicht wahr, junger Mann?«

Tolo zuckte mit den Schultern und ließ sich von ihr aus dem Sattel heben. »Es ist nicht viel passiert. Ich bin dem Zauberer während des Erdbebens entwischt. Papa hat mich gefunden. Es war fast wie Zauberei.«

»Wir haben so viel Zauberei gehabt, daß es jetzt erst mal eine Weile für uns reicht«, sagte die Königin zu ihrem Sohn. »Und ich glaube, für dich auch.«

»Ja, Mama«, sagte Prinz Tolivar.

Er ließ sich von ihr umarmen und küssen, dann hob ihn sein Vater hoch, und zusammen gingen sie im warmen Sonnenschein zurück zum Burgfried des Palastes.

Haramis stieg die Treppe hoch. Wie ängstliche, lichtscheue Lingits krochen jetzt überall in den oberen Stockwerken der Palastfestung all jene hervor, die nicht am Kampf teilgenommen hatten. Die Erzzauberin machte auf der dritten Ebene halt, um alle zu beruhigen, die sie dort antraf, und ihnen zu sagen, daß der Krieg vorbei sei und Laboruwenda gesiegt habe. Dann bat sie darum, ihr einen ruhigen Ort zu zeigen, wo sie sich ausruhen könne. Eine ältere Adlige führte sie zu ihren eigenen Räumen und sagte bescheiden, es sei ihr eine Ehre, wenn die Erzzauberin sie benutzen würde. Nachdem Haramis ihr gedankt hatte, schloß sie erleichtert die Tür und versperrte sie.

Die Zimmer waren nicht sehr groß, und natürlich waren die Fensterscheiben bei dem Erdbeben zu Bruch gegangen. Aber durch die offenen Fenster kam nur ein leichter Wind herein, und das Bett war trocken. Haramis wußte, daß sie hier schlafen konnte.

Sie zog ihre Schuhe aus, schnürte ihr Gewand auf und wollte sich niederlegen. Aber dann setzte sie sich mit einem Ruck aufrecht hin, als ihr klar wurde, daß sie wieder einmal ihre Pflichten vernachlässigt hatte. Sie mußte sicher sein ... sicher sein, daß er verbannt worden war.

Sie nahm den Talisman zum letztenmal an diesem langen Tag in die Hand.

»Zeig mir die Schlucht der Gefangenen.«

Das Bild war schwer zu ergründen, und nur langsam verstand sie, was die Ansammlung wild durcheinandergeworfener Steine zu bedeuten hatte, die ihren Geist erfüllte. Als sie schließlich verstand, war sie zu erschöpft, um noch zu weinen.

Natürlich war das Erdbeben die Ursache: Es hatte ganz Labornok und auch Ruwenda erschüttert. Der tiefe Kamin unter dem Ort der Erkenntnis war während des großen Bebens eingestürzt und hatte die Höhle darunter und den

Polarstern in der Höhle unter einer unvorstellbaren Last von Felsen begraben.

»Wo ... wo ist Orogastus?«

Er ist den Weg des Versunkenen Volkes gegangen. Er ist nicht mehr in dieser Welt.

Sie hatte Orogastus in diese von Felsen blockierte, luftleere Hölle verbannt, ohne es zu wissen, und jetzt war er tot.

Hatte Iriane davon gewußt? Aber dies war eine Angelegenheit des Landes! Selbst wenn die Blaue Frau von dem Zusammenbruch der Schlucht Kenntnis gehabt hätte, war sie nicht verpflichtet, es ihr zu sagen. Der Zauberer war verschwunden, und alle Regeln der Erzzauberei waren eingehalten worden.

»Es ist zu Ende«, flüsterte sie. »Es tut mir nur leid, daß er am Schluß so furchtbare Angst gehabt hat ... Wer hätte gedacht, daß er Angst haben konnte?«

Endlich schloß sie die Augen und überließ sich ihren Träumen.

Epilog

Als Orogastus erwachte, war es Nacht um ihn. Jeder Knochen, jeder Muskel seines Körpers schrie vor Schmerz.

Das Kissen unter seinem Kopf war weich. Verwundert ließ er seine Hand über die Decken gleiten, die ihn bedeckten. Sie waren warm und seidig. In seiner Nähe sah er undeutlich ein längliches Loch. Aber es gab doch gar keine Fenster in der furchtbaren Schlucht der Gefangenen ...

Er setzte sich auf, erhob sich von dem Bett, in dem er gelegen hatte, und stellte fest, daß er bis auf das alte Sternenamulett an einer Kette um seinen Hals völlig nackt war. Die längliche Form war wirklich ein Fenster, vor dem dünne Vorhänge hingen. Als er sie beiseite schob, hielt er überrascht den Atem an.

Sterne. Mehr Sterne, als er jemals zuvor am Himmel gesehen hatte. Und sie funkelten nicht weiß, sondern sandten ein ruhiges Licht in jeder nur erdenklichen Farbe aus. Ein großer Fluß mit drei Armen aus nur schwach leuchtenden Sternen floß zwischen den helleren dahin. Waren das die Sternbilder, die er kannte? ... Ja. Aber er hatte sie noch nie so deutlich gesehen.

»Dann muß ich wohl doch tot sein.« Benommen drehte er sich um und stieß an einen kleinen Stuhl. Die Sterne tauchten den Raum jetzt in ein silbernes Licht, und er sah ein Gewand, das über dem Stuhl hing. Ohne nachzudenken, legte er es an.

Am Fußende des Bettes schien eine Tür zu sein. Er hinkte hinüber und stieß sich schmerzhaft den Zeh an etwas, das auf dem Boden lag.

Ein schwarzes Sechseck.

Ein plötzlicher Schwindel erfaßte ihn. Er taumelte und wäre beinahe gefallen. Mit einer Hand griff er nach dem Bettpfosten, mit der anderen nach dem Sternenanhänger und wartete, bis der panische Schrecken sich wieder gelegt hatte. Dann kniete er nieder und hob das schwarze Ding auf. Es war flach, maß etwa eine Elle im Durchmesser und war aus einem glatten Metall gefertigt: der Große Polarstern.

Er hielt ihn immer noch in der Hand, als er die Tür öffnete.

Dahinter lag ein behagliches, mit Büchern vollgestopftes Arbeitszimmer. Ein uralter Mann mit dunkler Gesichtsfarbe sah von seinem Buch auf, hob eine seiner weißen Augenbrauen und wartete.

»Wer seid Ihr?« flüsterte Orogastus. »Und warum ...« Er streckte die Hand mit dem Polarstern aus.

»Ihr braucht dieses Ding nicht«, sagte der Greis. »Werft es einfach in die Ecke. Und dann kommt her und setzt Euch.« Er deutete auf eine staubige Anrichte. »Nehmt Euch etwas zu trinken, wenn Ihr möchtet. Entschuldigt meine schlechten Manieren. Ich habe nicht so oft Besucher. Eigentlich seid Ihr der erste seit langer, langer Zeit. Aber ich hatte plötzlich Lust, mich einzumischen!« Er gluckste vergnügt in sich hinein. »Sehr seltsam. Aber diese ganze Sache ist ja auch sehr seltsam.«

Dann fing er wieder an zu lesen, als ob er allein wäre.

Über der Anrichte gab es noch ein weiteres Fenster zu den Sternen. Aber da draußen schwebte noch etwas, geformt wie ein Halbmond, der in einem leuchtenden Blau und Weiß angestrichen worden war. Viele Minuten lang starrte Orogastus in völligem Unverständnis darauf.

»Ihr werdet Euch an die Aussicht schon noch gewöhnen«, sagte Denby Varcour. »Sie ist so ziemlich das Beste an diesem Ort.«

Marion Zimmer Bradley

Die großen Romane der Autorin, die mit »Die Nebel von Avalon« weltberühmt wurde.

Der Bronzedrache
01/6359

Schloß des Schreckens
01/7712

Trommeln in der Dämmerung
01/9786

Die Teufelsanbeter
01/9962

Das graue Schloß am Meer
01/10086

Marion Zimmer Bradley
Julian May/Andre Norton
Die Zauberin von Ruwenda
01/9698

Im Hardcover:

Marion Zimmer Bradley
Mercedes Lackey/Andre Norton
Der Tigerclan von Merina
43/38

Die Erbin von Ruwenda
43/48

01/9698

Heyne-Taschenbücher